詩のジャポニスム

ジュディット・ゴーチエの自然と人間

Le Japonisme en poésie :
la nature et l'homme chez Judith Gautier

吉川順子
Junko Yoshikawa

口絵1　「灯光のそばのジュディット・ゴーチエ」
ジョン・シンガー・サージェントによる習作　1883–1885年
イギリス王室コレクション蔵　Supplied by Royal Collection Trust/© HM Queen Elizabeth II 2012

口絵2　エルネスト・エベール「サン＝グラシアンの石のベンチ」
1865年　エベール美術館蔵　© Conseil général de l'Isère/Musée Hébert
石のベンチの絵から、ジュディットは木々がしめしあって隠した恋人たちの口づけに思いを馳せ、それが父テオフィルの詩になった ──「数々の物たちの涙をみることのできる目には、/この人気のないベンチが過去を、/自分が置かれた一角の標識のような/長い口づけやバラの花束を懐かしんでいるのがわかる。」（本書56頁参照）

白玉詩書

LE

LIVRE DE JADE

PAR

JUDITH WALTER

FAC ET SPERA

A L

PARIS

ALPHONSE LEMERRE, ÉDITEUR

47, *Passage Choiseul*, 47

M.DCCC LXVII

口絵4　中国詩翻訳集『白玉詩書』のタイトルページ
1867年　金沢公子氏蔵

「大きくなる月をまねよ！　のぼる太陽をまねよ！

決してぐらつかず、決して揺れない、南の山のようになるのだ、

そして誇り高い松や杉のようにいつまでも緑のままでいよ！」──「若い詩人に」より。（本書193頁参照）

LE

DRAGON

IMPÉRIAL

PAR

JUDITH MENDÈS

FAC ET SPERA

PARIS

ALPHONSE LEMERRE, ÉDITEUR

PASSAGE CHOISEUL, 47

M. DCCC. LXIX

口絵5　『白玉詩書』の訳詩を転用している中国物小説『皇帝の龍』のタイトルページ
1869年　金沢公子氏蔵

「ここでは大地が輝く花壇となり、風は香り、音は音楽を奏でる。この場所で心配事も執着もなく暮らしたらどれほど心が和むだろう！

老子もいったではないか。心を無にして宇宙の調和をよりよく眺めることこそ完全無欠であると。

　そしてカン＝シは〔……〕あちこちで芍薬をつんでは、詩の韻律に思いをめぐらせた。」

──『皇帝の龍』第21章より。（本書194頁参照）

（右頁）
口絵3　セザール・ド・コック「ノルマンディー地方のヴール川のクレソン栽培地の景色」
1865年　グルノーブル美術館蔵　Photographie © Musée de Grenoble
「自然は緑色のドレスのうえに塵一粒受けておらず、毎日、日曜の少女みたいにおめかしをして輝いている」── ジュディットはこの絵を、自然の「秘密の美」のなかに入り込み、「肖像画」のように顔つきを与えていると称賛した。（本書59頁参照）

口絵6　金沢公子氏蔵、ジュディット・ゴーチエ初版本の一部

写真左上の『イスカンダル』には「親愛なるわが友エドゥアール・ロックロワへ　大臣におなりになって！　もう読んではいただけないでしょうけれど　ジュディット・ゴーチエ」à Mon cher Ami/Edouard Lockroy/Ministre hélas ! et/qui ne lira plus/Judith Gautier、左下の『皇帝の龍』には「アンリ・ウーセヘ　あなたの長年の友　ジュディット・マンデス」a henry Houssaye/sa vieille Amie/Judith Mendès というジュディット直筆の献呈の辞がみられる。背表紙は左から、『日々の連珠、連珠の二連目』『天国の征服』『白玉詩書』『奇妙な人々』『絹と金の屏風』（過去の所有者が装丁し直したものもある）。ほか、『蜻蛉集』『リヒャルト・ワーグナーの傍らで』も所蔵されている。

上右端の『絹と金の屏風』（1904年）を装丁し直す際に綴じ込まれたもとの表紙。本を広げると屏風にみえるデザインだったことがわかる。右から「金絲屏障」「遠東事蹟」「著作者　俞第德（ジュディット）」「出版人　華鮮（ファスケル）」と記されている。

口絵7　和歌翻訳集『蜻蛉集』の表紙　1885年
美しいグラデーションによる竹の絵のあいだにタイトルがあり、そこへ青色の細筆で描かれたトンボが一匹現れる。320mm×245mmの本で、挿絵は洋画家の山本芳翠が手掛けている。
（本書261頁参照）
※以下、『蜻蛉集』の写真はすべて京都大学人文科学研究所蔵本より。

口絵8　『蜻蛉集』のタイトルページ
表紙をめくるとトンボがもう一匹、タイトル等を記した四角囲みのうえにとまっている。短冊もしくは題簽のような羽を背負い、そこには「蜻蛉集」「千八百八十四年春」、（逆さにして）「志由知津堂阿良者須」「山本画」と書かれている。（本書261頁参照）

「人間は自分の周りをみて学んだ、それというのも、花々のしたで歌うウグイスから、水のなかで鳴くカエルに至るまで、すべてが人間に詩を教えていたからである。」

──『蜻蛉集』の巻頭を飾る『古今和歌集』「仮名序」の抄訳より。（本書312頁参照）

梅にウグイス

竹

月にカラス

芦にシラサギ

ずつ歌人名とともに置かれている。それらの配置は、生き物の羽にいざなわれたり、枝や葉の隙間に隠れたり、まるで詩が自然の至るところにひそんでいるかのように思わせる。（本書262頁参照）

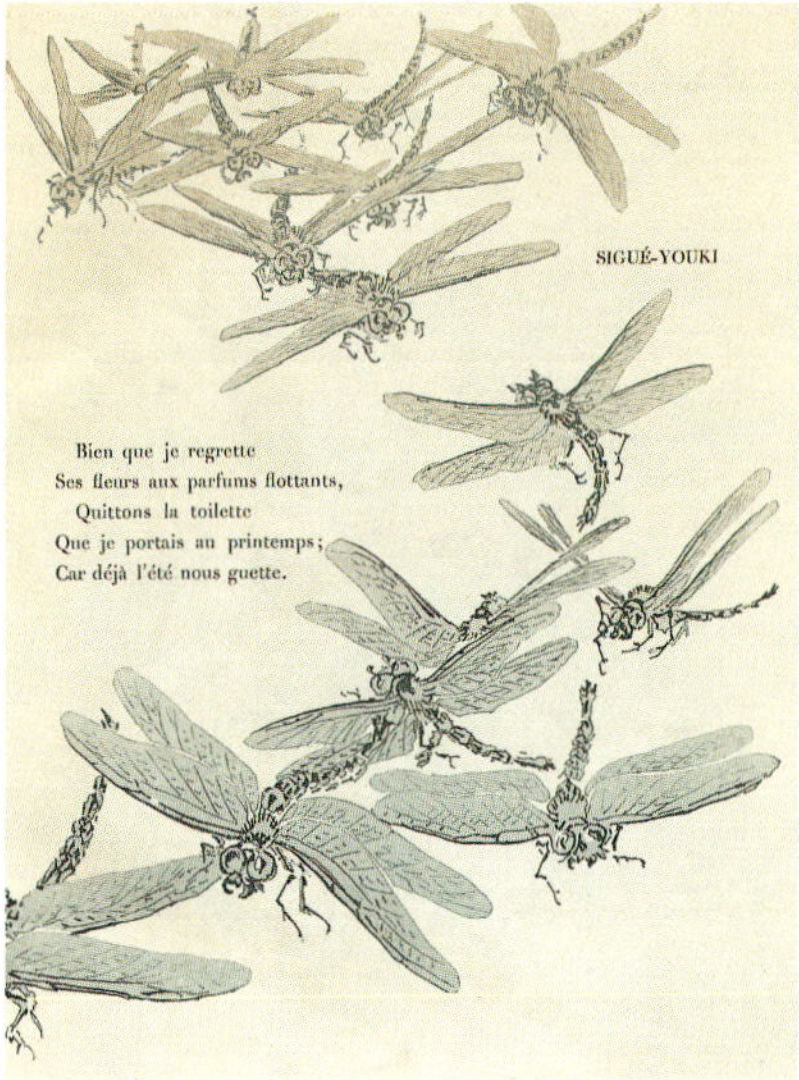
SIGUÉ-YOUKI
Bien que je regrette
Ses fleurs aux parfums flottants,
Quittons la toilette
Que je portais au printemps;
Car déjà l'été nous guette.

トンボ

INCONNU
Sur l'eau de l'étang,
L'herbe à la plante enlacée,
Vert tapis, s'étend.
Aucun regard ne descend
Jusqu'au fond de ma pensée.

滝に楓

La nuit sans étoiles
Dérobe en ses sombres toiles
Les fleurs du pécher.
Mais, parfum, quels sont les voiles
Où tu pourrais te cacher?

松にコウモリ

TOMONORI
Tout semble fleurir
Sous la neige qui voltige.
Comment découvrir
Le prunier, dans ce prestige,
Pour en cueillir une tige?

雪景にカラス

口絵9 『蜻蛉集』の挿絵と訳詩
訳詩は和歌に倣った5–7–5–7–7の音節による五行詩で、フランス詩らしく脚韻も踏んでいる。その数は88篇にのぼり、芳翠による上の八つの絵柄を11通りに色を変えて印刷した挿絵のうえに、一つ

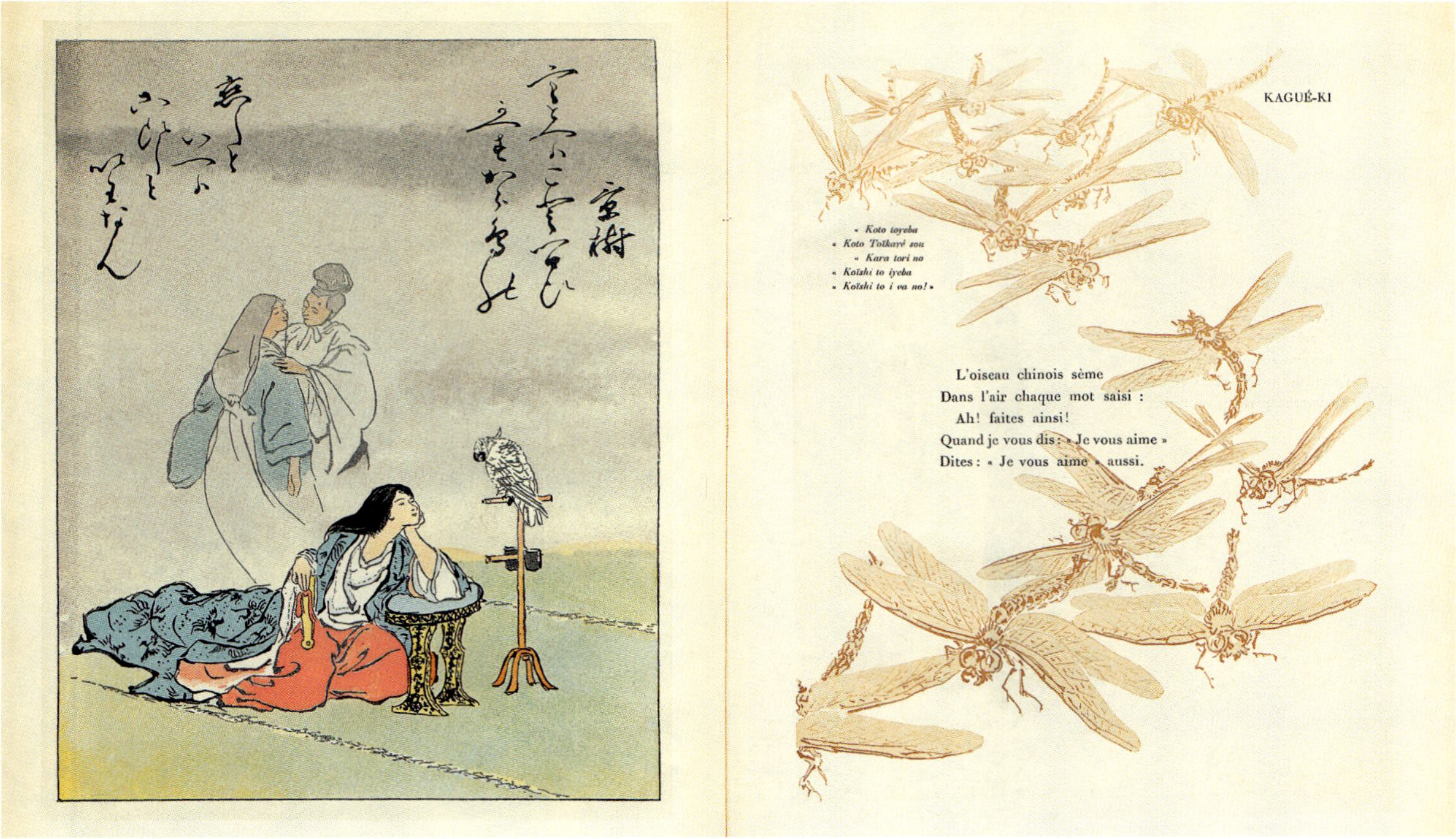

口絵10　『蜻蛉集』の単独刷の挿絵と訳詩

七つの訳詩には歌の内容を表した単独刷の挿絵も添えられている（左側の頁）。草書体の文字は右から「景樹／言とへばこと問ひ／かへすから鳥の／恋しと／いへば／こひしと／いはなむ」。右側の訳詩の頁に、そのローマ字表記がある。香川景樹のこの歌はいまだ出典がわかっていない。画賛のために書き捨てられた歌がフランスにたどり着いたのだろうか。（本書265、273頁参照）

プリミエ・コレクションの創刊に際して

「プリミエ」とは、初演を意味するフランス語の「première」から転じた「初演する、主演する」を意味する英語です。本コレクションのタイトルには、初々しい若い知性のデビュー作という意味がこめられています。

いわゆる大学院重点化によって博士学位取得者を増強する計画が始まってから十数年になります。学界、産業界、政界、官界さらには国際機関等に博士学位取得者が歓迎される時代がやがて到来するという当初の見通しは、国内外の諸状況もあって未だ実現せず、そのため、長期の研鑽を積みながら厳しい日々を送っている若手研究者も少なくありません。

しかしながら、多くの優秀な人材を学界に迎えたことで学術研究は新しい活況を呈し、領域によっては、既存の研究には見られなかった溌剌とした視点や方法が、若い人々によってもたらされています。そうした優れた業績を広く公開することは、学界のみならず、歴史の転換点にある21世紀の社会全体にとっても、未来を拓く大きな資産になることは間違いありません。

このたび、京都大学では、常にフロンティアに挑戦することで我が国の教育・研究において誉れある幾多の成果をもたらしてきた百有余年の歴史の上に、若手研究者の優れた業績を世に出すための支援制度を設けることに致しました。本コレクションの各巻は、いずれもこの制度のもとに刊行されるモノグラフです。ここでデビューした研究者は、我が国のみならず、国際的な学界において、将来につながる学術研究のリーダーとして活躍が期待される人たちです。関係者、読者の方々共々、このコレクションが健やかに成長していくことを見守っていきたいと祈念します。

第25代　京都大学総長　松本　紘

はじめに ——『蜻蛉集』という一冊の本から

今から八〇年前、昭和七年七月十六・十七日付の『東京朝日新聞』朝刊に、「西園寺公ジユヂットゴオチエ共譯「蜻蛉《せいれい》集」」に就いて（上・下）」と題する記事が掲載された（図1）。筆者は、東京帝国大学仏文科を出て日本放送協会の記者をしていた、高橋邦太郎という人物である。西園寺公とは、いうまでもなく明治期の内閣総理大臣、西園寺公望のことを指す。伊藤博文のあとを受けて立憲政友会の総裁を務め、二度の組閣を行い、第一次世界大戦後のパリ講和会議に全権大使として赴いた、日本憲政史上最後の元老として名高い。

江戸幕末、日本は黒船の来航を受け、開国を余儀なくされた。そして、日米和親条約、日米修好通商条約という不平等なとり決めによる欧米列強との外交が始まった。その脅威に立ち向かうべく、日本はあらゆる分野において近代化を押し進め、うしろをふりかえらずに古い殻を打ち捨てた。だが、こうした西欧諸国との厳しい対面のかげで、いくつもの魅力ある芽が生み出されていたことも確かである。とりわけ、日本とフランスの交流においては、双方の文化芸術が刺激を与えあい、人々の物質的生活のみならず精神的生活をも豊かにした。そのなかで西園寺もまた、政治的活躍を別にして、日仏文化交流の路傍にささやかな実をならせていたのである。

西園寺公望が、若き日のフランス留学中に文豪テオフィル・ゴーチエの娘ジュディットと知りあい、和歌を共訳した『蜻蛉集《せいれいしゅう》』と呼ばれる本が存在する —— このことを知った高橋邦太郎は、長らくその実物をひもとくことを夢みていた。日本人であれば、わが国の伝統的詩歌である和歌が十九世紀のフランスにどう伝えられたのかということに、多かれ少なかれ興味を抱かずにはいられないだろう。そこに西園寺ほどの人物が関わっていればなおさらである。だが、当時の日本にそうしたものは流布しておらず、パリに赴いた際にも探し出すことができなかった。ところが、この幻となっていた本との出会いは思いがけず高橋に訪れる。あるときパリからとり寄せた古書店のカタログに、偶然、『蜻蛉集』の売り出しをみつけたのである。強く熱望したものというのは、こんなふうにして手元にやってくるのだろうか。高橋は現地にいる友人に急いで連絡をし、ついに原書を手に入れることができた。そうして、日本に初めて『蜻蛉集』を紹介するべく執筆したのが、件の記事である。

日本人が誇る優美な和歌の芸術を華の都にもたらしたという『蜻蛉集』は、それだけですでに人々の関心を誘う。だが、「書は大版、空色の厚紙でわに革の浮出があり、さゝにとんぼの畫が描いてある」と高橋が記している通り、『蜻蛉集』の魅力は、淡い色合いの上質な装丁と、書名のトンボを始めとする全頁に施された日本的な挿絵によっても生み出されていた。実は、この挿絵は当時パリで活躍していた洋画家、山本芳翠の手になるものである。さらに、西園寺の「置土産」とも呼べる下訳を経て作られた訳は、「驚くべし〔……〕五七五七七と短歌と同じきシラブルを持つてゐる」五行詩、つまり、和歌の韻律を模した形をしており、しかも、西洋の詩のように脚韻まで踏んでいる。こうした「もつとも文明的なる大政治家の公と、文名天下にあまねき女流詩人との、ふたつながら得難い才さう」の出会いによって実現された、細部に至るまでのじつに繊細なつくりが人々を惹きつけないはずはなかった。

高橋の記事をきっかけに、『蜻蛉集』の存在は広く日本で知られるようになった。西園寺公望にかんする書物だけでなく、フランス文学や日仏両国の美術、文化交流史に関わる論考でもたびたびとりあげられた。『蜻蛉集』に言及する研究者たちは皆、心を躍らせた一読者の顔をみせていたのが印象的である。また、のちに研究者に転身した高橋やその友人の安藤徳器らは、『蜻蛉集』に訳し集められたもとの和歌をつきとめるという、気の遠くなるような作業にとりくんだ。あるいは、和歌に親しむ人々ならば、フランス語には馴染みがなくとも、ひそかに好奇心

西園寺公 ジユヂツト ゴオチエ 共譯

「蜻蛉集《せいれい》」に就いて

【上】 高橋邦太郎

西園寺公が明治四年から明治十三年まで凡十年間フランスにあつて、遂にフランスの制度文物人情風俗について學ぶところ少からざりしはつとに世の知るところであるが、公はまた滞佛中、かの一世の文豪テオフイル・ゴオチエの娘たるジユウヂツ・ゴオチエと共に古今和歌集を佛譯された。

この事はウイリアム・レオナアル・シユワルツの英文「佛文學に現れた極東」の五十二ページに明かに記されてゐるが、その書の現物を見る事は今日まで出来なかつた。恐らく西園寺家の文庫には一本を蔵してをられるであらうが、これを一見するだに一匹夫の到底望むべからざることである。

昨昭和六年、機を得てパリに遊んだ折にもこの書を手にいれたい、手にいれることが不可能であつたら一目見たいと希つてゐたけれど、私はパリ滞留中には不幸にして偶目しなかつた。

ところが、最近、パリより取寄せた古本屋のカタログ中に、この書名が載つてゐた。そこで早速、パリの友人を介して購入してもらひ、やうやくのことで入手することを得た。

この書は日本名を「蜻蛉集」といひ、佛名を Poemes de la Libellule といふ。和歌八十八首の翻譯を収めてあるが、[illegible]、千鳥、[illegible]等の詠ずるものである。

書は大版、空色の[illegible]紙でわに皮の押出があり、さいにとんぼの画が描いてある。表紙には佛文でジユウヂツ・ゴオチエ「蜻蛉の詩篇」佛譯 山本とある。

右下に細く、小さくパリ、マダム街七十九番地、印刷師ジヨオと刷つてある。

白紙一枚をへだてて見返しにとんぼと菊とが彩色で描かれて、虫の四枚の羽の一つ一つに「蜻蛉集」「千八百八十四年巻」「じゆぢつとあらはす」「山本画」と記してあり、この虫のとまつた菊形の中に佛文で「西園寺氏の素譯により、ジユウヂツ・ゴオチエが日本語より譯したるとんぼの詩篇、山本描く」と記してある。この西園寺公の肩書に Conseiller d'etat de S. M. L'Empereur du Japon とあるが、これは多分、参與を直譯したものと推測せられる。

さて、その次のページには献本の辞がついてゐる。これはジユウヂツ・ゴオチエが光妙寺三郎にこの書を献ずる五行の詩である。

le t'offre ces fleurs
De tes iles bien-aimées.
Sous nos ciels en pleurs.
Reconnais-tu leurs couleurs
Er leurs ames parfumées?

こよなく君の愛で給ふ
大和島根のもろもろの花
ここに集めて捧げまつる
涙しげきこの國に
覚束な、その色香は。
（大意譯）

傳ふるところによると光妙寺三郎はジユウヂツ・ゴオチエの愛人だつたさうである。この詩を讀めば Sous nos ciels en pleurs（涙しげきこの國に）の一句の中にジユウヂツ・ゴオチエがはるか遠く日本にある光妙寺三郎に對するまことの愛を見出すことが出来るのではなからうか。

しかも驚くべし、この詩は五七五七七と短歌と同じきシラブルを持つてゐるのである。

図1 高橋邦太郎「西園寺公 ジユヂツトゴオチエ 共譯「蜻蛉集《せいれい》」に就いて」（昭和7年7月16日付『東京朝日新聞』朝刊より）

をかき立てられていただろう。

しかしながら、そうした注目とは裏腹に、『蜻蛉集』が文学研究の対象として主役になったことはこれまでになく、日本のみならずフランスでも、詩歌に遊び、生きるよすがを得た日は次第に遠くなって、思い出されてはやがて時とともに忘れられるというくりかえしにとどまることとなった。高橋もまた、原歌を調べあげたのちは、筆を置いてしまったのである。それは特に、『蜻蛉集』が翻訳本だったから、それに、西園寺から下訳を得てこれを上梓したのがジュディット・ゴーチエというあまり知られていない人物だったからではないだろうか……。

こうした『蜻蛉集』に私が出会ったのは、それから随分と時を経た、およそ十年前のことである。遠藤周作による『爾も、また』の主人公田中ならずとも多くの先達が感じてきたはずであり、今になってその迷いが生じたのは私の不勉強ゆえだったのかもしれないが、憧れのフランス文学を学ぶうえで、ふと、自分が日本人であることをふりかえらずにはいられなくなったことがあった。私とテクストとの小さな格闘がフランス文学研究の世界にどう寄与できるのか、それに、自分に最も深くつながる豊かな文学が身近にありながら、なぜそれを通り越して、ゆかりのない他国の文学に関わるのか……今なら自分なりにいくつかの答えが出せるだろう。だが、しばらくそうした問いにとらわれつづけていたときに手渡されたのが、『蜻蛉集』だった。

高橋邦太郎を始め、何人もの人々が魅了されてきたように、私にとっても初めて手にする『蜻蛉集』は、それまでにみたフランスの書物にはない華やぎと不思議な情緒をもった、思わず見入ってしまうような本だった。しかし、それだけではなく、東西の狭間で立ち往生している私とは違って、強い歩みで東へ進んだ「ジュディット・ゴーチエ」という一人の作家の存在を知り、その彼女が日本の和歌をいかにも軽やかに拾いあげた『蜻蛉集』を手にとってみることは、私にとって意味のある作業となるように思われた。なぜそこでは、西洋と東洋がしなやかに出会うことができたのかと……

こうしたことから、しばらく『蜻蛉集』に向きあってみることにしたが、とはいえ初めは、高橋が明らかにした原歌を傍らにして一頁ずつ眺めながら、確かに独創的な形をしているものの、やはり翻訳の一つであるとしか認識できなかった。果たしてここから何か得られるものはあるのだろうか。

ところがあるとき、冒頭に掲げられた『古今和歌集』「仮名序」の抄訳のなかの一節を読み返して、立ち止まらずにはいられない違和感を抱いた。

> [...] depuis le rossignol chantant sous les fleurs, jusqu'à la grenouille qui dans l'eau coasse, tout lui enseignait la poésie.
> 〔花々のしたで歌うウグイスから、水のなかで鳴くカエルに至るまで、すべてが人間に詩を教えていた。〕

これは、誤訳だろうか。もとの文は当然、「花に鳴く鶯、水に住む蛙の声を聞けば、生きとし生けるもの、いづれか、歌を詠まざりける」であり、この「生きとし生けるもの」という感覚は思い返すまでもなく日本人の身体の奥深くまで染み込んでいる。同様に「真名序」いわく「詠は言に形はる」、すなわち、和歌は発した言葉からできるのであり、「春の鶯の花の中に囀り、秋の蝉の樹の上に吟ふは、曲折無しと雖も、各歌謡を発す」とある通り、ウグイスやセミの鳴き声もあやはなくともそれぞれ歌をうたっている、つまり、「物皆之れ有るは、自然の理」であると日本人は考えてきた。いいかえれば、人間もウグイスもカエルもセミも同次元に生きており、歌は人間だけの特権でもなければ、逆に、ウグイスやカエルから「教え」られたものでもない。ただ、すべてが等しくあるのみである。

むろん、西洋の伝統はこれとは異なる概念をもち、アリストテレスは『詩学』のなかで詩の起源とする模倣の行為について述べる際に、人間と他の動物の区別をはっきりつけていた。また、十六世紀の偉大なモラリストであるモンテーニュが『エセー』で、動物にも感情や思考、（人間に理解できないだけで）言葉があるといえば、十七世紀のデカルトは動物を機械のごとくみなして、理性も言語ももたないと『方法序説』で断じ、パスカルもかの『パンセ』で思考するという点において人間の優越性を説いた。当然、ウグイスやカエルから「教え」られるはずもない。

とはいえ、もちろん、古代ギリシャのアイソーポス（イソップ）や十八世紀のラ・フォンテーヌによる動物寓話に代表されるように、西洋でも、動物や自然が擬人化され、それらの行動が人間に教訓を与えるよう描かれていたことはよく知られているし、十八世紀スコットランドの詩人トムソンが、まさに生きとし生けるものへの眼差しをもって、季節ごとの自然の変化と大小様々な動植物の生態を綴った長編詩『四季』は多くの人々の心をとらえていた。ただ、人間が自然との精神的共鳴や一体化というものを強く意識するようになるのはロマン主義の到来とともにであって、例えば、ルソーやシャトーブリアンの作品にこそ、人間の懊悩・興奮・感慨に寄り添い、癒しを与えてくれるような、あるいは、人間の精神を投影させたような詩的な自然が豊かに現れる。そのなかでもとりわけ、自然を深く愛したイギリスのロマン派詩人ワーズワースの「自然を師とせよ」（『抒情歌謡集』「発想の転換をこそ」）という言葉には、ウグイスやカエルが人間に詩を「教え」たとした『蜻蛉集』の先の一節に通じるものが見出せるのかもしれない……

だが、いずれにしてもなぜ、有名な「仮名序」の本質的な一節、しかも「生きているものすべてが歌を詠む」というただそれだけの意味が、そのまま素直に訳されずにすりかわってしまったのだろうか。西園寺には日本の古典もフランス語も十分なほど素養があったはずだが、しかしそれすら大きくは問われないような箇所で、誤訳をしてしまったのだろうか。あるいは、西洋人に向けた、彼なりの何らかの考えによる意訳だったのか。それとも、ジュディット・ゴーチエが訳文を自由に修正してしまったのだろうか。さらにいえば、それは意図的な書きかえだったのか。しかし、それをすぐさま説明してくれる資料はない。

この違和感と疑問をもったときから、『蜻蛉集』が与える印象をたぐり寄せるだけの受身の向きあい方ではなく、長年打ち捨てられていたこの本のあらゆる背景と意味、それに、ジュディット・ゴーチエという、ほとんど研究されてこなかった一人の作家の本質を深く探ってみたいと思うようになった。もしかしたら、彼女がまっすぐ東へ手を伸ばしたのは、日本という美しい異国への憧れだけではなく、自然という、洋の東西を問わず人間が永遠に逃れられないテーマの追究に突き動かされていたからではないだろうか。そして、そうした彼女の文学の根幹を知ることは、おそらく、日本人が西洋文化、あるいはより広く異文化に向かう際の意識をかえりみることにつながり、私自身にも何か示唆を与えてくれるだろう……

こうして、『蜻蛉集』という一冊の本との出会いから始まり、その小さな一節の疑問を解くため、また、それが生み出されたわけを知るためにたどった研究の道のりは、後戻りをしたり遠回りをしたりして、予想以上に長くなった。もちろん、今もまだ道半ばであることに変わりはないが、これまでのあいだで、初めの問いへの答えのみならず、ジュディット・ゴーチエという作家の本質と真の魅力にも少なからず触れることができたように思う。それらが消えずに残されることを願いながら、ここに少しばかりまとめてみたい。

目次

研究篇

序章
文学を通じた東西の出会いを夢みて

ゴーチエ一家、ヌイイにて　1857年　リシュブール撮影　フランス国立図書館BnF蔵

女流作家ジュディット・ゴーチエ

ジュディット・ゴーチエ（一八四五―一九一七）は、十九世紀半ばから二〇世紀初頭にかけてのフランスに生き、東洋趣味に彩られた作品を数多く執筆したことで知られている作家である（図2）。フランスの東洋趣味の作家といえば、『お菊さん』を書いたピエール・ロチ（一八五〇―一九二三）が有名だが、ジュディットは彼とほぼ同世代であり、後年には共作も行った。日本ではこれまで彼女の作品の翻訳がほとんどなかったため、名前を耳にすることも少ないが、フランスでも今日、その作家活動の全体像に触れ得ている読者は決して多くない。ただ、ドイツの音楽家ワーグナーの友人として、あるいは、多くの言語に訳され広くもてはやされた中国詩翻訳集『白玉詩書』（「翡翠の本」とも呼ばれている）の訳者として、一部の人々には印象的に記憶されているかもしれないし、フランス文学を愛する人々ならば、彼女がロマン主義・芸術至上主義の作家テオフィル・ゴーチエ（一八一一―一八七二）の娘であるとすぐに気がつくだろう。

図2　30歳のジュディット・ゴーチエ（1875年、ナダール撮影、フランス国立図書館 BnF 蔵）

彼女はロチのようにじっさいに東洋の地を踏むことはなかった。だが、異国に憧れつづけた父の志向を受け継いで、生涯東洋に魅せられ、その風習や文化を自国に紹介したり小説や戯曲といった自らの創作に結晶させたりした。当時のフランスにおいて、東洋、とりわけ極東に、単なる解説者としてではなく、表現者としての感性と意志をもって向きあった最たる人物だったといえる。その一方で、東洋にまつわる主題以外でも、味わいのある長短篇小説や思慮に満ちた詩を残しているほか、当時の音楽や美術に親しんで批評記事を多く著したり、オペラ・歌曲・バレエの台本の制作にとりくんだりしており、まさに十九世紀フランスの芳醇な文化に育まれた作家でもあった。つまり、ジュディット・ゴーチエは、その一身のうちに西洋文化と東洋文化の出会いを内包した、稀有で魅力ある存在なのである。また、その完成された美貌がユゴーやワーグナーといった偉大な作家・芸術家たちを惹きつけ、浮き名を流す結果となったことも、彼女への夢想をいっそうかき立てる。本書は、そうした女流作家ジュディット・ゴーチエの文学の〈本質〉に光をあてていこうとするものである。

ジュディット・ゴーチエの生涯

ジュディット・ゴーチエは一八四五年八月二五日、パリに生まれた。そのときアルジェリアを旅していた父テオフィル・ゴーチエは、十九世紀前期から芸術至上主義を標榜した小説『モーパン嬢』や高踏派に影響を与えた詩集『七宝螺鈿集』、耽美的な幻想小説や異国への憧憬に満ちた作品を多く著し、批評家としても幅広く活躍した作家であり、母はイタリア出身のオペラ歌手エルネスタ・グリジ（一八一六―一八九五）である。また、叔母には当時のヨーロッパにおける伝説的なプリマ・バレリーナで、テオフィルが台本を手がけたロマン派バレエの傑作『ジゼル』を初演したカルロッタ・グリジがいる。母方の家系は、ほかにもベッリーニのオペラ『ノルマ』の初演に出演したジュリア・グリジなど、著名なオペラ歌手を輩出した芸術一家だった。一方、父も当代の作家や芸術家、学者、外国人らと積極的に交流をもった社交性のある人物だったことから、ジュディットは幼い頃より文学的・芸術的素養を育み得る、国際色豊かな環境で育った。兄弟には、トトと呼ばれた異母兄シャルル＝マリー＝テオフィルと、のちに作家エミール・ベルジュラの妻となった妹エステルがいる。

オペラ歌手である母がたびたび外国公演に赴く必要があったことから、ジュディットは生まれてまもなく乳母に預けられた。彼女はそこで愛情深く育てられ、自然や動物とのふれあいに満ちた幸せな日々を過ごした。しばらくして両親のもとに帰されることになったが、乳母との別れは幼い身に耐え難く、一旦パリの南西モンルージュに住む父方の祖父と叔母たちのもとに寄せられた。祖父は息子のテオフィルをたいそう誇りとしており、ジュディットに彼の詩で読み書きを学ばせることに余念がなかった。また、そこにはそれまでにみたことのなかった地平線までつづく庭とみずみずしい自然があり、初めて空の無限の広がりや星の輝きを知った。別れを経験しなければならなかった幼い彼女にとって、心を慰めてくれる唯一のよりどころが豊かな自然だったのである。

しかし、まもなくして、パリの暗く孤独なノートル＝ダム・ド・ラ・ミゼリコルド修道院に入れられてしまう。これはオペラ座のバレリーナとして輝きを放っていた叔母であり、洗礼の際の代母にもなったカルロッタの、姪にしかるべき教育を与えようとする意向に沿ったものだったが、生来、自由を求めるジュディットにとってはこのうえない苦痛となり、毒草を口にしてまで抵抗を試みたという。だが、親友との出会いが彼女の心を和らげ、結局、修道女たちに支えられた寄宿生活を二年間送った。この頃から、休暇ごとに両親や親類のもとを訪れるようになり、「物語を作るおじさん」としかみていなかった父の周りに多くの人々が集う様子や、彼女にはまねのできないステップを優雅に踏んでパトロンたちに囲まれる華やかな叔母の姿を目の当たりにした。また、ノディエの幻想的な短篇小説や中世の宮廷風恋愛を描いた古典である『薔薇物語』といった本に親しみ、地質学や天文学に興味をもち始めたのもこの頃である。

ところが、また突然、ジュディットは父の方針で修道院を出されることになる。彼はルイ＝ル＝グラン校で寄宿生活を送った自身の寂しい少年期の記憶から、同じ思いを娘に強いつづけることができなかったのである。こうして彼女は、ようやく両親と妹の住むラ・グランジュ＝バトリエール通りのアパルトマンで暮らすようになった。それ以後は、リハーサルに出かけることの多い母に代わり、父が自宅にとどまって娘たちを見守った。読書さえできればよいと考えた彼の信条により、全般的な教育は十分ではなかったものの、自宅の書架は常に開放され、彼女たちは女中にジョルジュ・サンドの作品を読ませたり、家庭教師や音楽教師を迎えたり、コンセルヴァトワールでダ

図3　ジュディットが少女期を過ごした家（パリ郊外ヌイイ、ロンシャン通り32番地）。（Mathilde Camacho, *Judith Gautier, sa vie et son œuvre*, Librairie E. Droz, 1939より）

ンスを習ったり、演劇や音楽会へ出かけたりと、文化的な生活を送ることができた。また、ボードレールやフロベールといった大作家たちが自宅を頻繁に訪れたのみならず、テオフィルはジュディットに自分の調べ物を手伝わせるようになり、彼女は作家の日常というものも早くから間近にみていた。

ジュディットが十二歳の時、一家はパリ郊外のヌイイに引越しをする（図3）。この新しい家には桜やポプラの木が植えられ、芝生が手入れされた庭があり、彼女は再び自然を享受できるようになった。また、父が毎週木曜に招き入れたフロベール、デュマ・フィス、画家のピュヴィス・ド・シャヴァンヌ、それにユゴーらに接し、芸術家や知識人たちの社会も垣間みられた。近所にはボードレールの仮住まいもあった。そして、彼女がシェイクスピアやスコット、バルザック、ポーなどの作品に手を伸ばし始めると、父自らが教育を施し、しきりに創作を促すようになったのである。

ところで、当時テオフィルは『モニトゥール・ユニヴェルセル』紙の主筆を務めており、一八六二年、ジュディットが十六歳のとき、ロンドンで開催された万国博覧会に取材で赴くことになった。これにジュディットら家族も同行したのだが、そこで彼女は初めてサムライ姿の日本人を目にする。もちろんそれまでにも、異国に高い関心をもって東洋学者と交流していた父から様々な話を聞いていただろうし、彼がエジプトを舞台とした『ミイラ物語』（一八五八）を執筆した際には調べ物を手伝うなど、東洋文化に触れる機会はいくらもあった。だが、この現実の出来事は、彼女にとっての「極東との初めての出会い」として、のちの方向性を決定づける強い印象を刻んだ。

さらには、この直後、職を失って路頭に迷っていた中国人を父が世話することになり、娘たちの中国語教師として雇い入れたのである。彼女はこの中国人ティン・トゥン・リンとの中国語学習を通して、何よりも中国の詩に関心をもち、彼を伴って王立図書館に通っては、詩を訳して手元に集めるようになった。これが、のちに処女作として出版される中国詩翻訳集『白玉詩書』（一八六七）の原点であり、われわれの知る東洋趣味の作家としての彼女の出発点である。

十代後半になったジュディットの興味は、中国詩のほか、天文学・数学・幾何学・地理学・ペルシャ語などにも広がった。なかでも音楽への関心が高く、毎週日曜に開催されたコンセール・ポピュレールの演奏会へ妹とともに足繁く通い、ワーグナーの作品も耳にしていた。そこで、彼女はある人物に出会う。当時、新進気鋭の詩人だった、四歳年上のカチュル・マンデス（一八四一―一九〇九）である。彼はフランス南西部の街ボルドーのユダヤ系銀行家の家系の出身で、両親に連れられて各国を転々としたのち、トゥールーズで少年期を過ごし、一八五九年に文学を志してパリへ出てきていた。翌年には作家ヴィリエ・ド・リラダンと『ルヴュ・ファンテジスト』誌を創刊（そこで彼はいち早くワーグナーを擁護した）、六三年には詩集『ピロメラ』を出版しており、のちには彼ら高踏派の祖としてテオフィル・ゴーチエも寄稿した『第一次現代高踏派詩集』の編集に携わることになる人物である。ジュディットはこの彼と、父の反対にもかかわらず、やがて思いを通わせるようになった。

また、この頃から、彼女も自ら執筆したものを新聞雑誌に発表するようになっていた。「ジュディット・ヴァルテール」というペンネームで、一八六三年から『アルティスト』誌などに寄稿し始めた書評、美術批評、それに、中国詩の翻訳である。まだ若い娘がこれらの仕事を円滑に進められたのは、文学界・美術界の重鎮となり、多くの出版社に顔が利いた父テオフィルの協力があってのことだろう。彼は誰よりも、ジュディットが文筆家として活躍することを期待していたのである。

だが、そうした父の後ろ盾にもかかわらず、一八六六年四月、彼女は彼からの祝福を得ないままマンデスと結婚してしまう。このことは、互いに頑なな彼女と父の関係を断絶させたのみならず、両親の不和の原因にもなった。テオフィルが仕事に忙殺されながらも、機知に富んだ愛情深い父親だったことはジュディットの自伝の多くのエピソードで語られているが、家庭に忠実だったとはいえず、この出来事をきっかけに、そもそも情熱を向けていたとされるジュディットの叔母カルロッタやかつての愛人ウジェニー・フォール（ジュディットの異母兄トトの母）のもとを転々とするようになった。一方、彼女とマンデスも、中国趣味に彩られた暮らしをし、文学サロンに出入りをして作家や芸術家たちとの交流を謳歌してはいたが、経済的な不安を抱えていたほか、結婚生活に対するマンデスの不誠実さは周囲も噂するほどで、早くも夫婦関係にはかげがさしていた。

ただ、通常の親子の情愛のみならず、父から娘へと注がれた文学への情熱と期待によって結ばれた絆は深く、ジュディットはやがて仕事に関連して再びテオフィルと連絡をとるようになり、二人の関係は修復されていった。一八六七年、パリ万博の年に出版した中国詩翻訳集『白玉詩書』は多くの称賛を受け、彼も自らの著作で言及するほどこれを喜んだ。また、彼の後押しにより、大手新聞の万博評を受けもつことになった。さらに、六八年には中国を舞台とした小説『皇帝の龍』を連載し、ようやく小説家として活躍できるようになったのである。この成功により、翌年には二本目の小説、古代ペルシャを舞台とした『イスカンダル』の連載も決まった。加えて、この頃自ら連絡をとりつけたワーグナーと生涯つづくことになる親交を得て、トリプシェンの彼の自宅を訪ね、内妻コジマを始め一家と交流をもったり、彼の作品について音楽批評記事を書いたりするようにもなった。まさに、作家「ジュディット・マンデス」としての豊かな居場所を手にし始めていたのである。

しかし、つづく一八七〇年代前半は、ジュディットにとって波乱の時期となった。私生活においては、マンデスがかねてより愛人関係にあった作曲家オーギュスタ・オルメスとのあいだに子供をもうけ、たびたび別居状態になったほか、一八七〇年の夏には普仏戦争が勃発し、筆を置かざるを得なくなった。そのなかで、四〇歳も年の離れた巨匠ヴィクトル・ユゴー（一八〇二—一八八五）との親密な関係が始まったともいわれている。また何より、一八七二年に父テオフィルが死去したことは、彼女にとって大きな悲しみとなったに違いない。さらには、自身もコレラにかかって療養が必要になったため、この頃の創作としては雑誌に発表した散文詩くらいしか見当たらない。そして、とうとう一八七四年には、マンデスとの離婚が決定的になってしまう。情熱がほとばしるままに始まった八年間の結婚生活だったが、心が通いあっていた時間はどれほどあっただろうか。以後ジュディットは、友人である作曲家ルイ・ベネディクトゥスから晩年まで献身的な思いを寄せられつづけたが、生涯独身を貫き通すことになる。

だが、これをきっかけに、第二の人生、パリとフランス北西部ディナール近郊の避暑地サン＝テノガを拠点とする、作家としての円熟期が始まった。ペンネームも一時用いた「F・ショーヌ」を経て、本名の「ジュディット・ゴーチエ」となる。新聞雑誌では、頻繁に中国・日本・タイ・インド・ペルシャといった東洋や極東の国々の文化を紹介する記事を書いたほか、官展（サロン）評などの美術批評も受けもった。また、ジャポニスムが大流行した一八七八年のパリ万博の際には、半年以上にわたって万博評を連載した。さらに、東洋を舞台とした長短篇小説や戯曲、あるいは東洋以外を主題とした作品も、一九〇〇年代初め頃までほぼ毎年のように生み出していく。中国詩の翻訳経験から、日本の和歌の翻訳（『蜻蛉集』）にも手を染めた。一八八九年および一九〇〇年のパリ万博では、東洋の舞踊や音楽についても筆をとった。ワーグナーにかんしては、普仏戦争が彼とフランスの友人たちとのあいだに水をさしたり、彼からの特別な好意がジュディットを困惑させたこともあったが、彼の作品に対する情熱は変わらず、代表作をとりあげたエッセーを出版したり、楽劇『パルジファル』の翻訳を行ったりした。それに、文筆活動だけでなく、日々の生活も充実したものとなり、「鳥たちの野」（ワーグナーの『タンホイザー』の登場人物ヴァルター・フォン・デア・フォーゲルヴァイデの名前が「鳥たちの野のヴァルター」〔ゴーチエのドイツ語版〕」を意味することや、その彼を師としたという『ニュルンベルクのマイスタージンガー』のヴァルターが鳥たちの楽園で歌を習ったことにちなむとされる）と名づけた自然あふれるサン＝テノガの別荘（図4・5）に、ロベール・ド・モンテスキウやピエール・ルイスといった作家仲間のほか、東洋の友人も招き入れ、パリのワシントン通りのアパルトマンではサロンを開いて、貴族や芸術家たちとも盛んに交流をもつようになった。

その後、自らの生涯を自伝『日々の連珠』（全三巻、未完一巻）でふりかえり始めた一九〇二年頃から、ジュディットは徐々に晩年を迎えていく。それでも、作家としての生活はまだ輝きを失わず、一九〇四年には『幸せな生活』誌賞（のちのフェミナ賞）の評議員、一九一〇年にはアカデミー・ゴンクールのメンバーに選ばれ、一九一一年にはレジオン・ドヌール勲章を受けた。戯曲の制作にも積極的で、自らの作品をオデオン座やヴォードヴィル劇場で上演しては、評判を呼んだ。そのなかで、上演には至らなかったものの、『天の娘』でロチとの共作も行っている。また、音楽への関心は相変わらず高く、ワーグナーの死後も彼の作品を音楽批評でとりあげたり、代母になったワーグナーの息子ジークフリートを始めとする若手音楽家を支援したりした。それに初めて、それまでの作品を集めた

図4　「鳥たちの野」と名づけられた別荘（フランス北西部ディナールのサン＝テノガ、パッサージュ・ノロワ8番地）。写真正面の階段は海に通じている。（Mathilde Camacho, *Judith Gautier, sa vie et son œuvre,* Librairie E. Droz, 1939 より）

図5　別荘の庭には離れ小屋があり、『蜻蛉集』に挿絵を提供した山本芳翠が室内に花鳥草木の壁画を残している。（ブルターニュ地方の遺産にかんするホームページ Glad, Le portail des patrimoines de Bretagne より、Guy Artur 撮影）

詩集『詩篇』を出版していることにも注目すべきである。これは、詩人だった亡き父テオフィルの生誕百年を記念したものでもあった。『中国にて』『日本』というエッセーを出版し、東洋の友人たちとの思い出もふりかえった。そして、とりわけ彼女の晩年を支えたのが、四〇歳近く年下の友人シュザンヌ・メイエル＝ザンデル（一八八二―一九七一）との出会いである。彼女は「鳥たちの野」に住み、ジュディットの死までの十五年間、傍らで過ごすことになる。

こうして、最晩年にさしかかった一九一四年に、第一次世界大戦が勃発した。ジュディットはサン＝テノガでシュザンヌとともに負傷者施設の世話にあたり、得意の人形劇による慰問も行った。一九一七年には自身の体調も損ない始めたが、シュザンヌや長年彼女に献身的な愛を捧げてきたベネディクトゥス、それに亡き妹の夫ベルジュラに支えられながら、最後まで困窮した人々を助け、若い芸術家の後押しをつづけていた。しかし、クリスマスを迎え終えた同年十二月二六日夜、彼女は冠状動脈血栓症を患い、ついに戦争の終結をみぬまま、七二年にわたる豊かな生涯を閉じたのである。庭に近い糸杉に囲まれた小さな墓に埋葬されることを願いながら。

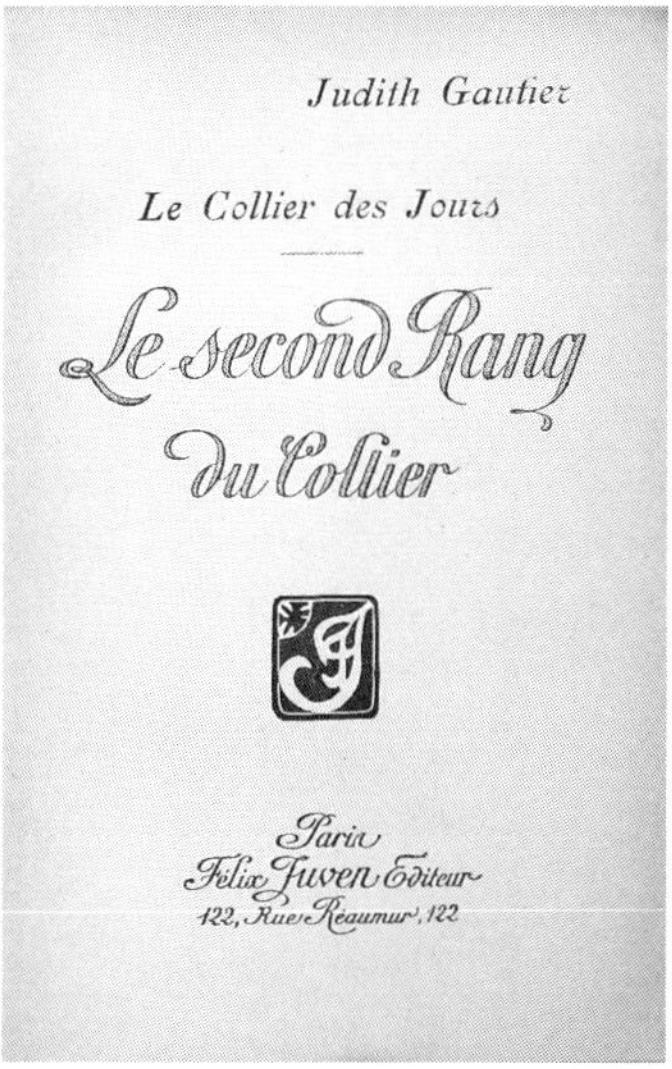

図 6　自伝『日々の連珠、連珠の二連目』のタイトルページ（1903 年刊、金沢公子氏蔵）

以上のようなジュディット・ゴーチエの生涯は、先に挙げた「連珠（首飾り）」という、女性らしい華やかさを示すとともに、記憶の珠を一つずつたぐり寄せる優しさを思わせるタイトルを冠した自伝でふりかえられている（図 6）。幼少期を綴った第一巻『日々の連珠、私の人生の思い出』（一九〇二）、文学活動を始めて多くの作家・芸術家たちとの親交を深めた時期をとりあげた第二巻『日々の連珠、連珠の二連目』（一九〇三）、ワーグナーとの思い出に特化した第三巻『日々の連珠、連珠の三連目』（一九〇九）、それに、未完となった第四巻「残酷な日々のなかで……」である（これは、彼女の晩年につき添ったシュザンヌ・メイエル＝ザンデルが自著『ジュディット・ゴーチエの傍らでの十五年』（一九六九）で公にした）[1]。いずれも翻訳がないのが残念だが、これらを読むと、エキゾチックで魅惑的なヴェールに覆われた彼女が、じっさいは素朴な心をもち、周囲に対して愛にあふれる眼差しを向けつづけた女性だったことがわかる。自伝の大半は、ユーモアをもって眺めた家族や友人たちとの些細なエピソードで占められている。年代に無頓着だとよくいわれるが、それは人生を彩る表立った出来事も自らの輝かしい歩みも、彼女にとってはそれほど重要な意味をもたなかったからではないだろうか。むしろ、彼女が記し残そうとしたのは、愛すべき人々と過ごした日々の思い出だった。事実、父テオフィルを始め、ボードレール、フロベール、デュマ父子、ユゴーといった錚々たる作家たちについて回想したのも日常を生きる彼らの普段着の姿であり、ときには親しみを込めてその奇妙な生活ぶりをあらわにした。ワーグナーとの思い出に費やされた第三巻でさえ、彼の作品自体に言及することはあまりなく、情熱と苦境の裏に隠された家庭人としての彼の素顔や、周囲で支えてくれる人々への彼の熱い思いを描いた。そうしたなかで、ところどころに、一人になった彼女の静かな孤独感や、自然に対する深い愛が滲み出ている。その内容にふさわしく、全体を通して平易でありながらもみずみずしい文体で綴られた、フランス文学における知られざる珠玉の自伝である。

東洋趣味に彩られた著作

すでに述べたように、ジュディット・ゴーチエは東洋趣味に彩られた著作を数多く残した。そのほとんどがもはやかえりみられなくなってしまったが、極東の詩の翻訳はヨーロッパにおける先駆としての価値をもち、長篇小説は読者を惹きつけてやまない展開と馥郁たる異国の香りに満ちており、短篇小説では中東から東南アジアを経て極東に至る国々の話が絶えずわれわれを楽しませてくれる。東洋を舞台とした戯曲もいくつか出版されている。また、エッセーでは彼女の東洋文化受容の実態をより近くにみてとれるし、詩集にも東洋の香り漂う小品が見つかるだろう。これにとどまらず、やや傷んだ新聞雑誌をめくれば、万国博覧会の報告や、埋もれてしまってほとんど目に止まることのない創作物にも触れることができる。万国博覧会では東洋の音楽にも関心を示してみせた。今ここに、そうした東洋関連の著作のうちの主なものを挙げるだけでも、改めてその豊かさに驚かずにはいられない（括弧内は舞台となった国や地域）。

一八六七　中国詩翻訳集『白玉詩書』*Le Livre de Jade*
一八六九　長篇小説『皇帝の龍』*Le Dragon impérial*（中国）
一八七五　長篇小説『簒奪者』*L'Usurpateur*（日本）
一八七九　エッセー『奇妙な人々』*Les Peuples étranges*（アジア）
　　　　　短篇小説「青い河の渡し守」« La batelière du fleuve Bleu »（中国）
　　　　　（短篇小説集『愛の残酷さ』*Les Cruautés de l'Amour* に収録）
一八八二　短篇小説「花咲く葦の旅籠屋」« L'auberge des roseaux en fleurs »（日本）
　　　　　短篇小説「不思議なチュニック」« La tunique merveilleuse »（中国）
　　　　　短篇小説「禁じられた果実」« Le fruit défendu »（中国）
　　　　　（短篇小説集『イゾリーヌ、ヘビ花』*Isoline et la Fleur-Serpent* に収録）

（1）Judith Gautier, *Le Collier des Jours, Souvenirs de ma vie*, Félix Juven, 1902 ; *Le Collier des Jours, Le Second Rang du Collier*, Félix Juven, 1903 ; *Le Collier des Jours, Le Troisième Rang du Collier*, Félix Juven, 1909 [s. d.] ; Suzanne Meyer-Zundel, « Pendant les jours sanglants... (Fragments du *Collier des Jours*, 1914) », *Quinze ans auprès de Judith Gautier*, Porto, 1969, pp. 229–255.

一八八五　エッセー『ポテパルの妻』*La Femme de Putiphar*（古代エジプト）
和歌翻訳集『蜻蛉集』*Poëmes de la libellule*
一八八六　長篇小説『イスカンダル』*Iskender*（ペルシャ）
一八八七　長篇小説『天国の征服』*La Conquête du Paradis*（インド）
長篇小説『太陽の巫女』*La Sœur du Soleil*（『簒奪者』の改訂版）
一八八八　戯曲『微笑みを売る女商人』*La Marchande de sourires*（日本）
一八八九　歌詞翻訳『一八八九年の万博における奇妙な音楽』*Les Musiques bizarres*（アジア）
一八九二　エッセー『世界の首都、東京』*Les Capitales du monde, Tokio*（日本）
一八九三　長篇小説『白い象の伝説』*Mémoires d'un éléphant blanc*（インド）
長篇小説『山の老人』*Le Vieux de la montagne*（エルサレム）
短篇小説集『東洋の花』*Fleurs d'Orient* に十八篇
一八九八　短篇小説集『ク・ン・アトヌ』*Khou-n-Atonou* に五篇
一九〇〇　長篇小説『愛の姫君たち』*Les Princesses d'Amour*（日本）
歌詞翻訳『一九〇〇年の万博における奇妙な音楽』*Les Musiques bizarres*（アジア）
一九〇二　中国詩翻訳集『玉書』*Le Livre de Jade*（『白玉詩書』の改訂版）
一九〇四　短篇小説集『絹と金の屛風』*Le Paravent de soie et d'or* に十一篇
一九一一　戯曲『天の娘』*La Fille du ciel*（中国、ロチとの共作）
エッセー『中国にて（不思議な物語）』*En Chine (Merveilleuses histoires)*
一九一二　エッセー『日本（不思議な物語）』*Le Japon (Merveilleuses histoires)*
一九一九　短篇小説・戯曲・エッセー集『仏塔の香り』*Les Parfums de la pagode* に十八篇

これらの著作のなかには、当時から諸外国語に翻訳されたものや、作家の生前没後を問わずたびたび再版されたものもある。いくつかは、日本でも近年、小山ブリジット編『ジュディット・ゴーチエ ―― 日本・中国趣味著作集』（二〇〇七）に復刻され、[2]『白い象の伝説』については挿絵を伴った吉田文訳『白い象の伝説 ―― アルフォンス・ミュシャ復刻挿画本』（二〇〇五）が出版された。[3] このようにジュディットは、ロチに並び、当時のフランスを代表する東洋趣味の作家だったといえ、その特有の存在感は世界に目を転じても揺るぎないものとなっている。

ただ、その一方で、彼女の著作が東洋趣味の範疇にとどまらなかったことも、今一度強調しておかなければならない。東洋を舞台としない小説として、『リュシエンヌ』（一八七七）、『イゾリーヌ』（一八八二）、『イズー』（一八八五）、『デュプレックス、歴史の数頁』（一九一二）、『五歳の将軍』（一九一八）、それに短篇小説がいくらかあったほか、人間の存在に対する独自な眼差しが表現された散文詩作品群（一八七二―一八七三）や、『新しい信仰の書』（一九〇〇）と題した哲学詩のようなもの、さらに、伝統的なフランス詩から実験的な詩までを集めた詩集『詩篇（神々に捧げる儀式、夢のままに、冗談、竪琴のために）』（一九一一）などの詩作品も残している。また、何らかの形で音楽に関連した著作が多いことにも注目される。例えば、『リヒャルト・ワーグナーとその詩作品、『リエンツィ』から『パルジファル』まで』（一八八二）、歌曲のための詩『フィンガルの結婚』（一八八八）、『パルジファル』の三度にわたって手直しをしたフランス語訳（一八九三、一八九八、一九一四）、オペラの台本『月光のソナタ』（一八九四）、親類でもあったオペラ歌手の伝記『偉大な歌手の物語（マリオ・ド・カンディア）』（一九一二）、『リヒャルト・ワーグナーの傍らで、一八六一年

（2）『ジュディット・ゴーチエ ―― 日本・中国趣味著作集（復刻集成全五巻＋別巻『蜻蛉集』）』、編集・解説小山ブリジット、エディション・シナプス、二〇〇七年。

（3）ジュディット・ゴーチエ、吉田文訳、『白い象の伝説 ―― アルフォンス・ミュシャ復刻挿画本』、ガラリエ・ソラ、二〇〇五年。また、畠中敏郎氏の「Judith Gautier の日本（一）」および「Judith Gautier の日本（二）」（『大阪外国語大学学報』、十九・二〇、ともに一九六八年、二七―三七頁・一三五―一五一頁）には、日本にかんする著作数点についての解説がある。

から一八八二年までの思い出』(一九四三)などである。そして、先にも述べた通り、万博評や東洋文化の紹介記事以外に、官展評や展覧会評などの美術批評、ワーグナーの作品を中心とした音楽批評、また、わずかながら書評も発表し、当時のヨーロッパの最新の文化芸術にも深く関わっていたことを見落とすわけにはいかない。

しかし、これらの知られざる著作のみならず、ジュディットを象徴する東洋関連の著作でさえ、これまで十分に読み解かれてきたとは到底いえない。二〇一一年より、イヴァン・ダニエルによる復刻版が刊行され始めたが、[4]西洋と東洋の接点を体現した興味深い作家でありながら、その本質を明るみに出そうとする研究はほとんど行われてこなかったのである。

ジュディット・ゴーチエ研究と『蜻蛉集』

彼女の文学に対してこれまでに費やされた研究は少なく、つぎのようないくつかが挙げられるにとどまる。まず、生涯および文学活動をたどった主な総合的研究として、マチルド・カマショの博士論文『ジュディット・ゴーチエ、その生涯と作品』(一九三九)、[5]ジュディットが晩年をともに過ごしたシュザンヌ・メイエル＝ザンデルによる『ジュディット・ゴーチエの傍らでの十五年』(一九六九)、[6]緻密な調査に基づいたジョアンナ・リチャードソンの『ジュディット・ゴーチエ』(一九八九)、[7]近年では、アンヌ・ダンクロによる『ジュディット・ゴーチエの生涯、ヴィクトル・ユゴーとリヒャルト・ワーグナーの女神』(一九九六)、[8]ベッティーナ・ナップによる『ジュディット・ゴーチエ、フランスの自由至上主義の知識人女性』(二〇〇七)[9]などがある。また、ゴーチエ父娘に関わった人物にかんする辞書形式の研究書として、アニエス・ド・ノブレによる『芸術家たちの世界、テオフィルとジュディット・ゴーチエの周辺』(二〇〇三)も挙げられる。[10]だが、いずれも作家の紹介や作品の大まかな背景の説明が中心であり、テクストの分析はほとんど行っていない。

一方、テクストを対象としたものとしては、あとから詳しくとりあげるように、中国詩翻訳集『白玉詩書』について比較的豊かな研究書・論文が、和歌翻訳集『蜻蛉集』についていくつか論考があり、ジュディットによる美術批評・音楽批評に焦点を当てたものもごくわずかだがある。また、短篇小説「ジン・グウ皇后」（一九〇四）の生成や『太陽の巫女』と歌舞伎の関連性について金沢公子氏が[11]、東洋関連の記事についてジャン＝クロード・フィゼーヌが[12]、日本の遊女をとりあげた戯曲『微笑みを売る女商人』について青木博子氏が[13]、中国を舞台とした長篇小説『皇帝の龍』における残忍性についてイヴァン・ダニエルが[14]、それぞれ論考を発表している。このほか、ウィリアム・

（4） Judith Gautier, *Œuvres complètes, édition d'Yvan Daniel*, t. 1, Classiques Garnier, 2011.

（5） Mathilde Camacho, *Judith Gautier, sa vie et son œuvre, thèse pour le doctorat d'université présentée à la faculté des lettres de l'Université de Paris*, Librairie E. Droz, 1939.

（6） Suzanne Meyer-Zundel, *op. cit.*

（7） Joanna Richardson, *Judith Gautier, traduit de l'anglais par Sara Oudin*, Éditions Seghers, 1989 (*Judith Gautier, A biography*, London, Quartet Books, 1986).

（8） Anne Danclos, *La Vie de Judith Gautier, égérie de Victor Hugo et de Richard Wagner*, Éditions Fernand Lanore, 1996.

（9） Bettina Knapp, *Judith Gautier, une intellectuelle française libertaire, traduit de l'américain par Daniel Cohen*, L'Harmattan, 2007 (*Judith Gautier, Writer, Orientalist, Musicologist, Feminist*, Dallas, Hamilton Books, 2004).

（10） Agnès de Noblet, *Un univers d'artistes, autour de Théophile Gautier et de Judith Gautier, dictionnaire*, L'Harmattan, 2003.

（11） 金沢公子、「ジュディット・ゴーチエの『ジン・グウ皇后』、神功皇后の新羅征討物語のフランスにおける変容」、『教養論集』、八、安田一郎教授退任記念号、成城大学、一九九〇年、一〇七―一二三頁。Kimiko Kanazawa, « Le Japon paru dans les oeuvres de Théophile et Judith Gautier »、『教養論集』、九、成城大学、一九九二年、三五―四四頁。同、「フランス文学におけるジャポニスムの一端、アルフォンス・ドーデとジュディット・ゴーチエの場合」、『教養論集』、十一、成城大学、一九九四年、五九―七〇頁。

（12） Jean-Claude Fizaine, « Un portrait de Judith en impératrice chinoise », *Bulletin de la Société Théophile Gautier*, nº 14, 1992, pp. 149–163.

（13） Hiroko Aoki, « *La Marchande de sourires* et le japonisme », *Études de Langue et Littérature Françaises*, nº 84, HAKUSUISHA, 2004, pp. 131–143.

（14） Yvan Daniel, « Cruauté et « Supplice chinois » dans *Le Dragon impérial* de Judith Gautier », *Le Supplice oriental dans la littérature et les arts, édition préparée par Antonio Dominguez Leiva et Muriel Détrie*, Neuilly-les-Dijon, Les Éditions du Murmure, 2005, pp. 31–45.

レオナール・シュワルツの『近代フランス文学における極東の想像的解釈』(一九二七)を始め、[15] 日仏の比較文学にかんする研究書などでもジュディットの名前を目にすることがある。しかし、彼女の文学活動の全体像を視野に入れ、かつ具体的なテクスト分析に基づいて、その特色や主張を明らかにしようとした研究はこれまでのところ非常に乏しい。確かに、エキゾチスムを主題とした当時の作品はしばしば誇張や誤解を含み、表面的もしくは商業的だとみなされることがある。また、新聞雑誌に寄稿を求められた小説や劇場から注文を受けた戯曲というのは、流行に乗じた側面をもち、量産されたきらいがあるだろう。ジュディット自身にも新奇なものに対する典型的な好奇心があったことは否定できない。こうした一つの印象が彼女の作品の本格的な研究を遅らせてきたのだろうか。

そのなかで、ジュディット・ゴーチエの著作がほとんど知られていない日本において、すでに明治期から特別な存在感を放っていた作品がある。彼女が一八八五年に上梓した和歌翻訳集『蜻蛉集』である。翻訳ということもあり、フランス文学史上ではあまりかえりみられない作品だが、日本ではフランス文学研究を別にして、少なからぬ人々に知られてきた。その理由は、中国詩の翻訳経験があったものの、日本語には全く精通していなかった彼女のために、当時パリに留学中だった、のちの内閣総理大臣、西園寺公望が下訳を提供し、さらには、同じくパリで活動していた洋画家の山本芳翠が挿絵を担当していたからである。とりわけ、西園寺がパリ時代にフランスの文化人たちと交流をもち、一つの作品の成立にも関わっていたという事実は、彼の功績を追う記者や彼の友人である政治家にも注目され、原書がごく一部の人の手にしか渡っていなかったものの、その噂は和歌を愛する人々の関心をもひいてきた。そうしたことから、フランスでは研究がほぼ皆無だったこの『蜻蛉集』に対し、その内容を詳しく知ろうとする動きが、戦前の日本で生まれていたのである。ちなみに、作品の魅力をいっそう引き立てる山本芳翠の挿絵も、近代日本美術史の研究対象となった。

本書の構成

本書の発端は、フランス文学研究者であるとともに日本人でもある一人として、これまで深くかえりみられてこなかった一つの問いへの答えを探すことにあった。今述べた和歌翻訳集『蜻蛉集』を、ジュディットはなぜ制作したのかという問いである。残念ながら、この作品への関心が戦前の日本で高まり、内容の分析につながる道筋がつけられかけたものの、その後の研究は進まなかった。それはおそらく、翻訳であることから文学研究の対象になりにくかったこと、フランス語と和歌という二つのかけ離れた分野が研究の壁になったこと、それに、ジュディット・ゴーチエという作家の活動やその価値がほとんど知られていなかったことによるだろう。

しかし、『蜻蛉集』を前にして、思い出さなければならないことが一つある。それは、彼女が晩年、『蜻蛉集』に先立つ中国詩翻訳集『白玉詩書』について、「私が最も喜んで書いたのは『白玉詩書』である」[16]と述べていたことである。これは、作家として数多くの小説を世に出したにもかかわらず、純粋な文学的動機に従い、あるいは、それを反映させることができたのは、逆説的に、むしろ翻訳である『白玉詩書』においてだったということを意味しているとも解釈できる。事実、小説などの執筆が仕事として絶えず求められていたのに対し、『白玉詩書』につながる中国詩翻訳の試みは、執筆活動を始める以前から自発的に行っていたものだった。ここで、本作家にとっての〈翻訳〉の意味は根底から揺らいでくる。

そして、このことをふまえると、同じく訳詩集である後年の『蜻蛉集』にも、彼女にとって『白玉詩書』と同様

（15） William Leonard Schwartz, *The Imaginative interpretation of the far east in modern french literature 1800–1925*, Librairie ancienne Honoré Champion, 1927. W・L・シュワルツ、『近代フランス文学にあらわれた中国と日本』、北原道彦訳、東京大学出版会、一九七一年。

（16） Suzanne Meyer-Zundel, *op. cit.*, p. 163.

の意味があったのではないかと想像せずにはいられない。じっさい、日本語に精通していなかった彼女が訳者として和歌をとりあげる必然性は全くなかったうえ、テクストを極限まで推敲し、書物全体に挿絵を施したり、より豪華な私家版まで制作したりするといった、おそらく全著作のなかで最も完成されたといっても過言ではない趣向の凝らしようである。つまり、『白玉詩書』や『蜻蛉集』といったジュディットの翻訳は、小説と同様、あるいはそれ以上に、彼女の文学の本質をなす作品として検討される必要があると考えられるのである。

このように『蜻蛉集』は、和歌翻訳集として日本人であるわれわれに格別な親しみを抱かせる作品であるばかりでなく、西洋文化と東洋文化の出会いを内包した稀有な作家の本質を知るため、いいかえれば、西洋文化が東洋文化を受容した意義をより深部から理解していくためにも、『白玉詩書』とともにとりわけ重要な作品であるといえる。こうしたことを念頭に置き、本書はつぎのような構成で考察を進めていきたい。

まず第一章では、本作家であるからこそ緻密にたどることができる、東洋文化受容の素地、つまり、当時の西洋文化によって培われていた彼女の知的土壌を把握しておくこととする。すでに述べたように、ジュディットは東洋関連の著作以外にも、美術や音楽などフランスないしヨーロッパの最新の文化に広く接し、批評記事を多く著してきた。そうしたテクストからは、西洋文化のなかのどのような事象に関心を抱き、それをどのように咀嚼して、時代とともに自らの美意識や思想を構築していたのかが浮き彫りになってくる。具体的には、作家活動を始めて『蜻蛉集』を生み出すまでの一八六〇年代から一八八〇年頃までに執筆した、ほぼすべての書評・美術批評・音楽批評を検討する。そして、そこから導き出せる、当時の西洋文化を通して常に彼女の思考の中心に据えられていたある一つの〈主題〉を提示したい。

つづいて第二章では、ジュディットが「最も喜んで書いた」という、彼女の著作のなかで看過すべからざる中国詩翻訳集『白玉詩書』（一八六七）をとりあげ、まず、彼女にとって〈翻訳〉とはいかなる行為だったのかという、翻訳を扱ううえでの原点を突き詰めていく。そもそもこの翻訳は、散文訳の形態をとることから、出版当初よりたびたび彼女自身による散文詩とみなされてきたが、その真偽のほどは確かめられてこなかった。そこで、彼女と散文詩との関係を洗い出すとともに、先行研究では検討されてこなかったプレオリジナル（一八六四―一八六六）に着目し、そこから『白玉詩書』に至った成立過程を分析することで、ジュディットにおいて翻訳とは、原詩のエッセンスをもとに恣意的な加筆をし、内容を強調するという〈創作〉的側面をもつものだったこと、ここでは確かに散文詩的な創意に基づくものだったことを明確にする。それに加えて、『白玉詩書』の五年後に彼女がじっさいに発表した散文詩作品群（一八七二―七三）にも注目すると、両者のあいだに形式のみならず主題的な連続性があったことがわかる。それが、第一章で提示した、西洋文化を通して追究しつづけていた〈主題〉と相通じるものだったことを指摘したい。

最後に第三章では、これらの結果をふまえたうえで、作品としての完成度がより高い和歌翻訳集『蜻蛉集』（一八八五）をとりあげ、あらゆる角度から内容を総合的に解明して、彼女の文学の本質に迫っていく。まず、作品成立の背景の調査や、作品の体裁、歌の選び方の分析などから、『蜻蛉集』もやはり『白玉詩書』と同様、純粋な〈翻訳〉ではなく〈創作〉的翻訳とみるべきものであることを示す。それでは、その創作は何を意図したものだったのだろうか。プレオリジナルが存在しながらも原詩の特定には困難がつきまとう『白玉詩書』に対し、『蜻蛉集』には原詩、西園寺による下訳、そしてジュディットによる完成訳という三つのテクストが揃っている。そのうち、ジュディットによる翻訳手法を分析すると、原詩にも西園寺の下訳にもない独自の〈主張〉が織り込まれていることに気づく。そして、その主張はほかでもなく、フランスやヨーロッパに訪れた文化的変動を経験することによって抱き始め、中国詩の翻訳と散文詩の創作を通して追究しつづけた主題が、和歌の翻訳を介して発せられたものであり、そこに、彼女の文学の一つの〈本質〉が認められることを示していきたい。

以上の三章を通して、西洋文化が東洋文化を受容した過程と意義の一端を考察することが本書の目的である。また特に、ジュディット・ゴーチエの『蜻蛉集』は〈詩のジャポニスム〉と呼ぶことができる。ジャポニスム研究は、十九世紀から二〇世紀に至る西欧諸国の美術を始め、工芸、建築、造園、デザイン、モード、音楽、思想、演劇、小説など、あらゆるジャンルに対象を広げて深化してきたが、詩のジャンルでは、二〇世紀に大きな流行を呼んだ俳句の受容が多く論じられてきた一方で、俳句よりも早くにもたらされていた和歌については十分に考察されてこなかった。しかし、作家による翻訳として作品にも値する完成度をもったこの『蜻蛉集』により、詩のジャポニスムは十九世紀のうちに一つの美しい花を咲かせていた。本書は、その研究を通して、単なる表面的な異文化摂取や模倣ではなく、より大きな文化文明の流れのなかに位置づけられ、思考のより深い部分で呼応した異文化交流としてのジャポニスムの顕著な一例を示していくことをも目指している。

なお、巻末「訳詩篇」には、第二章でとりあげる中国詩翻訳集『白玉詩書』、散文詩作品群、そして、第三章でとりあげる和歌翻訳集『蜻蛉集』の全訳を掲載する。本書で行う分析の参考資料とすることが第一の目的ではあるが、同時に一つの詩集として、私の拙い翻訳を通してでも、いまだほとんど知られていない詩人ジュディット・ゴーチエの清澄さと深遠さにきっといくらかは触れてもらえるはずである。

第一章

書評・美術批評・音楽批評

——ジュディットと自然

『イゾリーヌ』の挿絵より　フランス国立図書館BnF蔵

ジュディット・ゴーチエは東洋文化とのつながりが最も注目される作家である。だが、東洋趣味に彩られた小説や戯曲、あるいは、極東の詩の翻訳ばかりでなく、一方で、西洋文化にかんする批評記事も生涯を通して多く執筆していたことはあまり知られていない。ジャンルは書評に始まり、美術批評、音楽批評にまで及んでいる。彼女を西洋文化と東洋文化の出会いを内包した作家と考える所以がここにある。

その批評記事については、これまで、マチルド・カマショの『ジュディット・ゴーチエ、その生涯と作品』やジョアンナ・リチャードソンの『ジュディット・ゴーチエ』が参考文献表で紹介してきた[1]。しかし、それらが網羅的でないことは著者らが断っている通りである。ゆえに、彼女が関わった新聞雑誌をひもとけば、新資料を発見することも少なくない。

また、これらのテクストにかんする研究も、現在まで皆無に等しい。イザベル・カゾーの「ジュディット・ゴーチエの生涯と作品における音楽の役割」（一九八九）、クロディーヌ・ラコストの「美術批評家ジュディット・ゴーチエ」（一九九二）といった論文が存在するが、前者はテクスト自体の分析をほとんど行っておらず、後者は新たに発見した記事を復刻したのみだった[2]。

具体的には、一八六三年から一九一七年までの五〇余年にわたる、約一五〇の記事が今のところ見つかっている。書評、展覧会評、官展（サロン）評、万国博覧会評、親交のあったワーグナーの作品を中心とする音楽批評、演奏会

（1） Mathilde Camacho, *Judith Gautier, sa vie et son œuvre, thèse pour le doctorat d'université présentée à la faculté des lettres de l'Université de Paris*, Librairie E. Droz, 1939, pp. 96–97 ; Joanna Richardson, *Judith Gautier, traduit de l'anglais par Sara Oudin*, Éditions Seghers, 1989, pp. 302–306.

（2） Isabelle Cazeaux, « La part de la musique dans la vie et l'oeuvre de Judith Gautier », *Bulletin de la Société Théophile Gautier*, n° 8, 1989, pp. 107–113 ; Claudine Lacoste, « Judith Gautier critique d'art », *Bulletin de la Société Théophile Gautier*, n° 14, 1992, pp. 181–185.

評などである（もちろんそのなかには東洋文化にかんする記事も多く、『奇妙な人々』（一八七九）[3]のように、のちに本にまとめられたものもある）。いずれも、当時の一般読者に向けた報告としての性格が強いテクストだが、作品では直接語られない彼女の美意識や思想を端々にみることのできる貴重な資料でもある。

本章では、こうしたジュディットの批評記事のうち、執筆活動を開始した一八六三年から一八八〇年頃まで、すなわち、『蜻蛉集』に至るまでの書評・美術批評・音楽批評をとりあげる。十代の終わりから四〇代にかけてのこの時期は、父テオフィルの志向の継承、当時の文化や文学の発見、美術界との交わり、夫マンデスとの価値観の共有、ワーグナーの音楽との出会いなど、彼女の作家としての意識の形成に影響を及ぼしたと思われる経験に満ちている。こうした時期に執筆した批評記事をたどることによって、東洋文化の受容以前に、フランスないしヨーロッパのどのような文化芸術に触れ、それらのどういった点に価値を見出していたのか、また、そこからどのような問題意識を得ていたのかを明らかにしたい。

まず、執筆活動初期に発表した二つの書評について、本の主題とそれに対する見解を分析し、これらの書物やそれを生み出した当時の時代性をもとに、彼女がどのような事柄に関心を寄せていたのかを示す。つぎに、一八六〇・七〇年代の美術批評として、五つの展覧会にかんする記事をとりあげ、称賛した作品や批判した作品の特徴を整理して、彼女が当時の美術界のどのような動向から影響を受け、いかなるものに美を見出していたのかを明らかにする。そして、一八七〇年前後の音楽批評、とりわけ、ワーグナーの作品についての三つの記事をとりあげ、音楽界に大きな渦を巻き起こした彼の音楽をどう理解し、どのような点に着目していたのかを探りながら、彼女がとらえたワーグナーの音楽の本質、いいかえれば、芸術表現の意義を浮き彫りにする。

以上を通して、のちに考察する東洋文化受容の素地となった、ジュディット・ゴーチエの――とりわけ、〈自然〉という主題をめぐっていく――西洋文化理解を把握したい。

一　執筆活動初期の書評

ジュディットは執筆活動を始めた頃に、二つの印象的な書評を発表した。一つは、初めて公にしたテクストで、ローレンツ・フローリクの『主の祈り』とルイ・フィギエの『大地と海』を推薦した短い書評である。もう一つは、彼女自身が自伝で最初の執筆記事だとしている、ボードレールの翻訳によるエドガー・アラン・ポーの長篇詩『ユリイカ』についての長い書評である。

後者は、自伝によると、活字化されるとはつゆも知らずに父から頼まれるまま執筆したもので、前者も自ら本を選んだのか与えられたのかはわからず、いずれも本の選択に彼女の関心が反映されていると早急に判断することはできない。だが、執筆活動の初期にどのようなテクストと対峙し、どのような見解を示したのかをみることは、のちの志向の源泉を探る意味で興味深いだろう。

フローリク『主の祈り』とフィギエ『大地と海』

ジュディットは自伝第二巻『日々の連珠、連珠の二連目』で、テオフィルに頼まれて書き、知らぬ間に新聞に掲載された、ボードレールの翻訳によるポーの『ユリイカ』についての書評が自身の最初の執筆記事だったと回想している。[4] しかし、リチャードソンが参考文献表で明らかにしたように、じっさいはすでにその二ヶ月前から、『アルティスト』誌に、中国詩の翻訳を披露した記事と国民美術協会展にかんする記事を寄せていた。ところが、リ

---

(3)　Judith Gautier, *Les Peuples étranges*, G. Charpentier, 1879.

(4)　Judith Gautier, *Le Collier des Jours, Le Second Rang du Collier*, Félix Juven, 1903, pp. 65–69.

チャードソンが最初のものだとする中国詩の翻訳を載せた記事を改めてみてみると、編集者によるつぎのような断り書きが添えられていることに気づく。

このわかりやすいペンネーム（＝ジュディット・ヴァルテールのこと、「ヴァルテール」がドイツ語で「ゴーチエ」と同じく「森のあるじ」を意味するとしてつけられた）は、美貌と詩情とによって重ねて女らしい、ある偉大な詩人の娘を匿している。彼女はフィギエの新刊本についての記事で、目にみえる世界と目にみえない世界を想像のなかで一周したことを証明した。今日は、中国の詩人たちの作品をスタニスラス・ジュリアンが行うよりもうまく訳し、もはや不可能な言葉が存在しないのは女性にとってであることを証明している。(5)

この記述をもとに、「フィギエの新刊本についての記事」なるものを調査したところ、この一ヶ月前、つまり、前年の年末、同誌に「新年に贈る本」と題する彼女の書評が掲載されていたことが判明した。(6)一八六三年十二月十五日、十八歳のときのものである。これよりさかのぼる記事は見当たらないので、おそらくこれが最初のテクストだろう。初めて執筆した記事が、父の友人でもあった大詩人ボードレールによる、フランス作家に多大な影響を及ぼしたポーの『ユリイカ』の翻訳についての書評だったと回想するのはいかにも誇らしいことだろうから、彼女は自伝のなかで、それ以前の記事を押し隠してしまったのかもしれない。だが、その書評の発表に際して父がつけてくれたとする「ジュディット・ヴァルテール」というペンネームは、すでにそれ以前の記事でも使用されていた。このことからも、自伝のエピソードがいくぶん脚色されたものだったということは大体想像がつく。

さて、この新たに見つかった「新年に贈る本」と題する書評は、タイトルが示す通り、来る一八六四年の正月に子供たちに贈るべき本を推薦した短いテクストである。その本題に入る前の部分で、新年に一歳年老いてしまうのを嘆く女性の思いを、ジュディットはつぎのように綴っている――「太陽のもとではダイヤモンドにみえるのに触れると色褪せる小石のような、人生を歩むにつれて消えた、たいそう輝かしいすべての美しい夢を惜しんでいる。

開きすぎたバラは固い蕾を思って嘆くのだ」。女性の老いを小石やバラに重ねたやや大仰な表現だが、読者の脳裏に印象的なイメージを残しもするこうした自然にまつわる比喩は、のちの彼女のテクストで次第に確かな意味を帯びながら、特徴的な文体の一つとなっていくものである。その片鱗がこの最初のテクストからみられることを、まずは記憶しておきたい。

それから一冊目として、小さな子供向けに、アンデルセン童話の挿絵で知られるデンマークの画家ローレンツ・フローリク（一八二〇―一九〇八）の挿絵本『主の祈り』[7]を挙げている。「主の祈り」とは「天にまします我らの父よ」に始まる、よく知られたキリスト教の祈祷文のことである。神に祈る際に用いるようイエス・キリストが弟子たちに示したといわれるもので、フランス語では一般につぎのように唱えられていた。

> 天にいらっしゃる私たちの父よ、あなたの名が尊ばれますように。あなたの治世が訪れますように。あなたの意志が天と同じく地上にも行われますように。今日私たちに日々の糧をお与えください。私たちが私たちを傷つけた者を許すように、私たちの罪もお許しください。私たちを誘惑に負けないようにし、悪からお救いください。かくあらしめたまえ。[8]

フローリクの挿絵本『主の祈り』は、この祈祷文をいくつかの部分にわけ、それぞれの情景を表した挿絵のなかに

（5） Judith Walter, « Variations sur des thèmes chinois d'après les poésies de Li-taï-pé, Thou-fou, Than-jo-su, Houan-tchan-lin, Haon-ti. », *L'Artiste*, 15 janvier 1864.「ジュディット・ヴァルテール」というペンネームの由来は自伝第二巻（六六頁）に詳しい。一八六九年まで用いられた。

（6） Judith Walter, « Livres d'étrennes, II. L'oraison dominicale, de Lorenz Frolich. La terre et les mers, de Louis Figuier. », *L'Artiste*, 15 décembre 1863.

（7） *L'Oraison dominicale, illustrations (eaux-fortes) par Lorenz Flörich*, Lorenz Flörich, [s. d.].

（8） のちに、神を「あなた」vous から「きみ」tu と呼ぶようになる。

図7　ローレンツ・フローリク『主の祈り』のアダムとイヴの挿絵（年代不明）

文言を書き込んで、連ねたものである。

その一枚目が原罪前のアダムとイヴのエッチング画であり（図7）、それに言及しながら綴ったジュディットの文章のなかに、つぎのような箇所がある。

> それから、追放のあと、必要となって祈りが生まれる。人間は自分を弱いと感じて、天からの支えを求め、日々の糧を与えて、誘惑や罠を遠ざけ、意志の弱さを許してくれるよう請うた。

この記事の一節を、先の祈祷文と比較してみたい。「日々の糧」「誘惑」「罠（悪）」「許し」といった言葉が一致しており、彼女が祈祷文の内容に即して解説を施していたことがわかる。だが注視したいのは、彼女のテクストでは「人間は自分を弱いと感じて」という表現が加えられてあり、さらに「意志の弱さ」とくりかえされ、「弱い」という語が二度用いられていることである。『主の祈り』の根底に、神を父と呼び、加護を請わなければならない「弱い人間」という意識が流れていることは確かだが、じっさいの文言で具体的に発せられているわけではない。そうしたことから、この短い一節で、物理的かつ精神的な人間の弱さに重ねて言及したのは、独自な強調だったといえるだろう。

裸のままの無防備で無邪気なアダムとイヴの姿から、彼らがやがて知恵の実を食べてエデンを追われたのちの人間の弱さというものをまっすぐに見通しているのである。

これにつづく二冊目として、より年長の子供向けに挙げたのが、一八五〇年代からフランスにおける科学の大衆化に貢献し、『大洪水以前の大地』(一八六三)[9]で名を馳せていたルイ・フィギエ(一八一九—一八九四)の『大地と海』(一八六四)[10]である。ジュディットによれば、この本は地球の地質学的歴史を要約した『大洪水以前の大地』の「追記」であり、〈宇宙における地球の位置〉〈地球の形と大きさ〉〈地球の起伏〉〈地球の温度〉〈淡水域〉〈海〉という章からなる。彼女は、自伝で語っているように、幼少の頃から天文学を学び、宇宙に強い関心を抱いていた。[11]それゆえ、この書評で「私たちがどこにいるのか、どうやって私たちの生きるこの地球が形成されたのかを知り、その大変動と移り変わりを学ぶことほど、面白いものはあるだろうか」と記したのは、まさに率直な思いからだったのだろう。人間をとり巻く広大な地球と宇宙がどのようにあるのか、また、そのなかで人間はどのような存在なのかという問題意識を強くもっていたのである。じっさい、彼女が本書から唯一引用したのが、宇宙における地球を「神の種まき人が太陽の畑にまいた種の粒」に例えた冒頭の一文である。フィギエの原書ではさらにつぎのようにつづく。

地球は神の種まき人が、宇宙に芽を出させ、花をつけ、実をならせるために、太陽の畑にまいた種の粒である。人間の傲慢が長らく宇宙における地球の役割の重要さを誇張してきた。人間は地球を世界の中心にしようとした。地球にとって、太陽、月、惑星、星は、神の法によって、不動の地球の王座の前で、その住人の目を楽しませ、昼を

(9) Louis Figuier, *La Terre avant le déluge*, Hachette, 1863.
(10) Louis Figuier, *La Terre et les Mers, ou description physique du globe*, Hachette, 1864.
(11) 自伝第二巻(四一頁)に、「〔父は〕天文学にかんする最も優れた、最も新しい本を委ねてくれた。〔……〕最も無味乾燥で最もわかりにくい本にもうんざりしなかったし、それらを理解しようと夢中になった。そしてすぐに空の事についてとても詳しくなった」とある。

照らし、夜を淡い光で明るくするため、永遠に行進することを強いられた第二の体に過ぎなかった。こうした人間のうぬぼれによる物語ほど間違ったものはない。地球は太陽系のなかでほんのわずかな場所しか占めていないのである[12]。

ここでいうような空想的な天動説は、すでに十六世紀のコペルニクスによる地動説の提唱に始まり、十七世紀のガリレオ・ガリレイによる望遠鏡を使った観察などを経て、当然、過去のものとなっていたが、新しい科学技術を次々と手にし、あらゆる不可能を可能に変えようとして周りをかえりみずに盲目に進む人間の意識は、いまだ己の立ち位置を中心とする驕りから抜け出ていないことに変わりはなかっただろう。それゆえ、フィギエが宇宙や地球を語るにあたり、まず「人間の傲慢」を強い口調で戒めていたことは非常に印象的である。子供向けの本ではあるが、同時代の科学者によるこうした地球の矮小さの再確認は(図8右)、人間の位置を模索しようとするジュディットの問題意識を大きく揺さぶったに違いない。

宇宙・地球・人間を相対化して考えることは、さらに、人間の活動を超える宇宙や地球の豊かな営為の認識へとつながっていく。フィギエは、地球の位置や大きさにかんする章のあと、山や谷、洞窟や海など、ジュディットいわく「私たちの住む地球のすばらしさや面白さをみて回る長い旅」に出る。そこには、山脈、火山、砂漠、洞窟、河、海など、地球の多様な側面を表した挿絵が添えられてあり、読者の理解を助けてくれるのだが、その挿絵の多くで、大自然のなかに文字通り米粒のごとく小さな人間が描かれていることにも注目しなければならない。それは、巻頭に意味深く置かれた雪崩から逃げる人を始め(図8左)、そびえる山を前にした人、雪山のクレバスをよじ登る人、密林や砂漠をいく人、湖に臨む人、地震による廃墟や地割れの前にたたずむ人、見事な鍾乳洞を見上げる人、船で大洋に出る人など様々にある。フィギエが読者に思い出させた地球上の人間の小ささは、こうした挿絵からも突きつけられるようになっている。

UNE AVALANCHE DANS LES ALPES. (PAGE 192.)

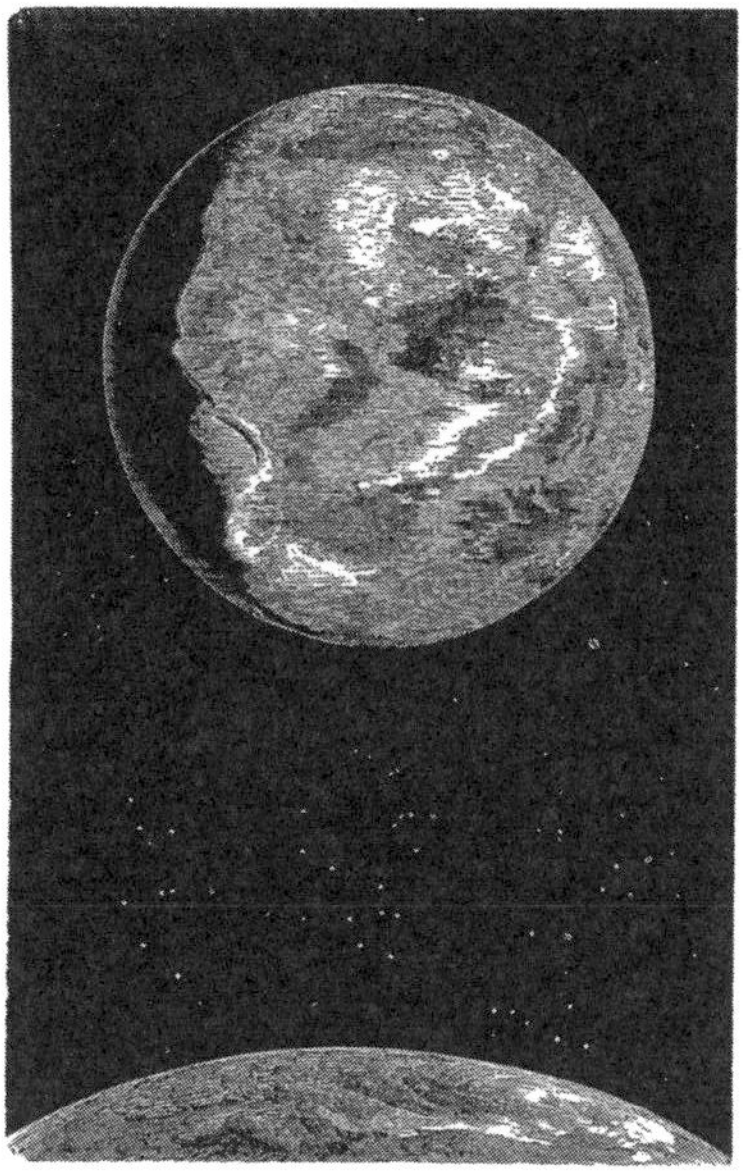

Fig. 14. La terre vue de la lune.

図 8　ルイ・フィギエ『大地と海』の挿絵「アルプス山脈の雪崩」（左）と「月からみた地球」（右）（1864 年刊、フランス国立図書館 BnF 蔵）

そうして、フィギエは地球の豊かな様相を説明するなかで、自然に対して奮闘してきた人間の歴史にも少なからず頁を割く。例えば、モンブラン登頂を目指した登山家たちの成功と失敗とに等しく言及しながら、登山がやがて一般化されるまでの道のりをたどったり、ヴォルテールやルソーも震撼させたリスボン地震で、窮地に立たされた人々が手を携えあうさまをふりかえる一方、垣間みえる個々の強欲さを赤裸々に語ったりするなど、幸不幸にかかわらず、自然を前にした人間たちの軌跡にも目を向けた。

しかし、この『大地と海』をとりあげたジュディットの視点は、それとはやや異なっている。彼女はフィギエが描いたような人間の歩みにはほとんど関心を示さず、あくまで、自然の圧倒的な存在を強調するのである。とりわけ、この地球をめぐる「旅」の場面を紹介するにあたり、ある独特な表現方法を用いていることに気づく。それは、

（12） Louis Figuier, *op. cit.*, p. 9.

地球の様相を科学的・客観的に解説したフィギエの筆致に対し、地球の多彩な表情をじつに〈人間的〉に表現していることである。もちろん、古来人々は玄武岩でできた険しい山を「巨人の手が作った」とみなしてきたようであるし、フィギエもたびたび用いた「アルプス山脈の巨人」などという表現は、誰しもが容易に思いつくものだろう。また彼は、同じようにアルプスを源流としながら異方向へ流れていくローヌ川とライン川を、「成長してから疎遠になる宿命をもった乳兄弟」と例えたりもしていた[13]。だが、ジュディットによる表現はといえば、火山の噴火口を「大地の傷口のような血なまぐさい深み」としたり、地震を「厳かな陸が突然死ぬ」とみたり、人を襲う地割れを「自分の子供を食べるこの母の怒り狂った身もだえ」といったりと、より生々しい地球の生を想起させるものとなっている。あるいは、大洋は「気まぐれと狂気に満ちた気難し屋」だとし、極海の太陽は「屍衣に覆われてしか現れない」というなど、それらがまるで人間のような意志や生命をもつかのように、具体的な描写を繰り広げている。ほかにも、洞窟内部の造形について、フィギエは「器用な芸術家たちに削り彫られたと思えるほど、調和のある長い丸天井になっている[14]」と述べたが、あくまでそう「思えるほど」というにとどめた彼に対し、ジュディットは「目にみえない芸術家が岩のなかに大聖堂や柱廊、見事なカーテンを彫り、輝くレースをかけ、数々の方法でクリスタルを刻み、この夢のすべての空想でできた暗い隠れ家を飾った」と、想像を逞しくしてより細かな意匠までもち出しながら、芸術家たる自然の営みを称えた。

フィギエは序文で、十八世紀の大法官アンリ・フランソワ・ダゲッソーの言葉を借り、「地理の骸骨に〈肉と血色〉をつけること[15]」を目指したと、科学の大衆化に尽力した学者らしい思いを述べている。そうした、地理の無味乾燥な知識を並べるのではなく、有機的な全体像や豊かな表情を広く伝えようとした同時代の科学者の導きと、それを受け入れる時代性があったからこそ、ジュディットはかねてから眺めつづけた地球や宇宙の姿[16]をいっそう生き生きとした生命体のようにとらえ、自然と人間の類似性をみるまで、想像を拡大することができたのだろう。

彼女が初めて書いたこの書評は、子供向けの推薦図書二冊を挙げただけのものであり、これらの本を自ら積極的に選んだのかどうかもわからない。しかし、人間の弱さをみつめた『主の祈り』についての見解と、人間をはるかに超える地球や宇宙の豊かさをかえりみた『大地と海』についての見解は、同一記事のなかで一つの強固な対をなしている。

ボードレールの翻訳によるポー『ユリイカ』

『アルティスト』誌で先の書評を執筆した翌年の三月、ジュディットは『モニトゥール・ユニヴェルセル』紙にも一本の書評を発表した。それが、本人によって最初の記事だと回想された、ボードレールの翻訳によるポーの長篇詩『ユリイカ』についての書評である。(17) その発端は、自伝第二巻で詳しくふりかえられている。

──出たばかりのエドガー・ポーの新刊だ！……きみへの本だよ、先験的宇宙進化論にかんするものだからね。そして父は私にシャルル・ボードレールによって翻訳された、『ユリイカ』の本を差し出す。

──これは私には少々無味乾燥で複雑にみえる〔……〕理解したか定かではない。きみが説明してくれるのを期待しているよ。

──私の天文学の先生はお父さんなのに！……

---

(13) *Ibid.*, pp. 71, 115 et 359.

(14) *Ibid.*, p. 355.

(15) *Ibid.*, p. VIII.

(16) 自伝第二巻（四一頁）に、望遠鏡で「太陽の黒点、土星の環、惑星の衛星、月の山」を観察したとある。子供時代の学習だが、単なる知識としてではなく、手にとるように宇宙の営みをみていたのだろう。

(17) J.-H. Walter, « EUREKA, Essai sur l'univers matériel et spirituel, par Edgar Poe, traduit par Ch. Baudelaire », *Le Moniteur universel*, 29 mars 1864. 三年後、『文学芸術通信』誌にも再録された。Judith Walter, « EUREKA », *Revue des lettres et des arts*, n° 10, 15 décembre 1867.

――私は基礎を教えたが、きみは私を追い抜いて長いじゃないか。〔……〕詳しい分析を書いてみなさい。[18]

ジュディットは戸惑ったが、夢中で論文を書き、それを父に手渡した。このように『ユリイカ』にめぐりあったのも、先の書評と同様、天文学への関心がもとにあったからである。そして、彼は目的も経過も知らせず、しばらくしてから、『モニトゥール・ユニヴェルセル』紙の記事となったこの論文をもち帰り、彼女を驚かせた。ちなみに、テオフィルにとって同紙は、それまでの『プレス』紙に代わって一八五五年四月から『ジュルナル・オフィシエル』紙に移る一八六八年まで、数多くの連載をもった縁ある紙面だった。ジュディット自身、「この新聞に対するお父さんの絶対権力的庇護がなければ、論文と一緒に手ひどく追い返されたでしょう」といっている。[19]

さて、エドガー・アラン・ポー（一八〇九―一八四九）が晩年の一八四八年に著した『ユリイカ、散文詩』[20]は、同年二月三日にニュー・ヨークで朗読した「普遍的宇宙創成論」を出版したものである。それが、一八六四年、ポーの数々の作品を翻訳していたシャルル・ボードレール（一八二一―一八六七）によって仏訳された。[21]宇宙の創造と進化を、粒子の発生に始まり、引力と重力、宇宙の限界、太陽系の惑星、星雲、銀河といった話題に及びつつ説明しようとした一見科学的な書物だが、数学的根拠に基づくものではなく、ポー自身が序文で、本書は「考えるよりむしろ感じる人たちに」、「〈芸術〉作品として、いわば〈物語〉として、あるいは、高望みといわれなければ〈詩〉として」捧げるものだと述べているように、きわめて思想的な作品である。ジュディットもこれを、「内なる絶対的な信仰の衝動のなかで「私はみつけた〔＝ユリイカ〕！……」と叫んだ」と、「信仰」という語を用いて要約した。じっさい、ポーが論じようとした宇宙は、彼自身によると、「星の宇宙」ではなく、「物理的、形而上学的、数学的――物質的、精神的――宇宙」、別の言葉では、「そのなかに存在すると想像し得る、精神的および物質的なあらゆるものがある、考え得る限り広大な空間の広がり」、つまり、物質のみならず精神をも視野に入れた宇宙である。そして、「その本質、起源、創造、現状、運命[22]」を示そうとした。

冗長で難解なこの作品について、彼女は結論をみつけることから始める――「ポーは抑えがたい直感から、理解できないものあるいは神が、初めに、その霊あるいは無から、意志の力で引き出して物質を創ったと結論づけた」。「神が創った」という、宇宙についての簡潔なこの仮説はポーの詩でも早いうちに提示されているのだが[23]、そのあと、神が創った最も小さな粒子から始まる宇宙の生成について――粒子の拡散と凝集運動、球の形を呈する星雲状物質の形成、太陽系を例にとった天体の放出、それを包む銀河、惑星間の距離、星の終焉等々――論が長らく展開されるため、本書は複雑な「偽」科学本の様相を呈することになった。しかし、その説明の過程でもしきりに「神の創造物」「神の意志」「神の行為」「神の目的」「神の胸」「神の心臓の音」と並べ立てているように、作品の本質は、物質的・精神的宇宙の誕生と消滅をすべて神の御業に帰すという、非実証的、ジュディットがいうように、信仰的な主張だった。

事実、詩の最後は、つぎのように結ばれている。

> これらすべての創造物、おまえが感覚を備えているという創造物も、活動のなかに生命をみつけることがないという単純な理由で生命を否定する創造物もすべて、大なり小なり、喜びや悲しみを感じる能力をもっている〔……〕また、これらの創造物は多かれ少なかれ意識をもっている。まず、自己同一性の意識、そして、弱いひらめきによってだが、

---

(18) Judith Gautier, *Le Second Rang du Collier*, p. 65.
(19) *Ibid.*, p. 66.
(20) Edgar Allan Poe, *Eureka, a prose poem*, New York, G. P. Putnam, 1848.
(21) Edgar Poe, *Eurêka, traduit par Charles Baudelaire*, Michel Lévy frères, 1864.
(22) *Ibid.*, pp. 4-6.
(23) 「抗しがたい直感から私は、神が最初に創った、――神が意志の力で、霊あるいは無から引き出した物質は、何の……単純さの、最も純粋で完璧な状態の物質にほかならないと結論づけるに至った。／私の論考の唯一絶対的な仮定はそれだろう」とある。*Ibid.*, p. 45.

われわれが話題にしている神的な存在 ―― 神との同一性の意識である。〔……〕個人の同一性の感覚が少しずつ普遍的な意識のなかに消えていくのを想像してみなさい、―― 例えば、人間が徐々に自分を人間と感じなくなり、ついに自分の存在を神の存在と同一視するような堂々とした勝利の時代に到達することを。そして、〔……〕最も大きな命のなかに最も小さな命があり、すべての命が神の魂のなかにあることを忘れてはならない[24]。

あらゆる生物・無生物に感情と意識を認め、それらがやがて個の意識を忘れて神をもとにした全体性のなかに融け込んでいくという主張は、きわめて想像的であり、理想主義的である。ボードレールは「訳者の覚え書」で、これを解説するのに「汎神論的」という言葉を用いていた[25]。

ジュディットはポーによる宇宙進化論を根気よく要約したあと、自らの見解を述べ始める。そこでまず、ポーが『ユリイカ』を書きながら詩を作る考えしかもっていなかったとするのは間違いで、彼は「世界の大きな秘密をみつけたと確信し、考えを展開するために才能の力のすべてを使った」といい、この試みを、ポー自身が遠慮がちに定義づけた「詩」以上の、壮大な真実の発見だったと絶賛する。また、彼が想定するよりも「もっと遠くの星」を期待したり、彼が想像力のいき着ける限界とした地点について「道の端に過ぎない」と大胆に反論したりするなど、宇宙の果てしない広大さを強く主張し、その調子はいっそう高揚したものとなる。

さらに、結論については、つぎのように述べる。

ポーはまず神をみつけ、つぎにこの物質の空間への拡散を、神の意志の所産、あるいは神の息吹の力に当てる。逆の力がすべての原子をその起源に返し、世界の説明はこの言葉に含まれるだろう。神の呼吸。

それが『ユリイカ』の主な考え、とても美しくとても新しい、始まりを終わりに結びつけ、到着点に出発点を定める、いわば、天文学全体のなかに多くの光を投げかけた考えなのである。

ここでジュディットは、物質の発生と消滅を「神の息吹の力」「神の呼吸」という、ポーの用いなかった語を使って説明している。彼が用いたのは、主に「意志」「目的」など神という一種のエネルギーの方向性を表す語、または「指」「手」「胸」「心臓の音」などそのエネルギーを宿した体を表す語であり、翻訳を行ったボードレールが「神の心臓のため息（音）」といいかえた箇所はあったが[26]、ジュディットはより具体的な息づかいの様子を求め、空気を吸って吐くという、生命を保つのためのダイナミックな行為を厳密に意味する語を選んだ。このことは、彼女が超越的な存在である神そのものの生気あふれる営みまで思い描いていたことを示している。また、ここで『ユリイカ』の主張を「とても美しい」と称えているのに加え、記事の末尾でも「この本の最後の偉大ですばらしい理想を強く信じたくなる」と述べていることから、ボードレールによって「汎神論」と評されたこのポーの主張を、肯定的に受けとっていたことも認められる。つまり、いい尽くせないほどの宇宙の広がりのなかで、生物・無生物にかかわらず、すべてが一つの豊かな呼吸から生まれ、同じ運動に従い、等しく感情と意識をもち、やがて融けあっていくというイメージに、ひときわ強い共感を覚えていたのである。

彼女はのちの自伝で、この記事を「不器用で、味わいのない、ひどく簡潔さの欠けたもの[27]」だったとふりかえっている。だが、ボードレール本人から難解な『ユリイカ』を見事に咀嚼したことに対する驚嘆と称賛の手紙を受けとったり[28]、「聖書と異なる言葉で世界の創造を語った[29]」かどで司祭から紙面で反論されたりする（司祭はこれが十代の

（24） *Ibid.*, pp. 247–248.
（25） 「訳者の覚え書」に、「本の最後の頁は、序文の最後の行で用いられた〈永遠の命〉という言葉に当てるべき意味を読者に示している。その言葉は汎神論的な意味で用いられたのであり、その言葉が通常もつ宗教的な意味においてではない」とある。*Ibid.*, p. 249.
（26） *Ibid.*, p. 242.
（27） Judith Gautier, *Le Second Rang du Collier*, p. 69.
（28） Charles Baudelaire, *Lettres, 1841–1866*, Société du Mercure de France, 1906, pp. 356–357.
（29） Judith Gautier, *Le Second Rang du Collier*, pp. 68–69.

女性の手によるものとは思わなかっただろう）など、少なからず世の反応を得た書評となった。

天文学への関心をきっかけに、受動的であれ能動的であれ、最初の執筆仕事の一つとして手にすることになった『ユリイカ』は、先の『主の祈り』『大地と海』と同様に人間の所業よりも人間を超える力を説き、さらには、個々が全体に融合していくことを理想として掲げた書物だった。これらとの対峙から得た見解には、以後のテクストで様々な分野にわたりながら繰り広げられていく彼女の世界観の芽が宿されている。

二　一八六〇・七〇年代の美術批評

ジュディットは『アルティスト』誌で初めて書評を執筆し、つぎの記事で中国詩の翻訳を披露したのち、さらに同誌で美術批評を経験する。『ユリイカ』の書評の少し前のことである。若い頃に画家を志し、夢破れたあとも、批評を執筆したり美術界の要職に就いたりするなどして美術に関わりつづけた父テオフィルに対し、彼女は生涯で美術よりもむしろ音楽のほうを積極的に愛したように思われる。だが、とりわけ彼の生前は、この最上の手本を傍らにしながら、まとまった美術批評もいくつか残した。

具体的には、『アルティスト』誌における一八六四年の国民美術協会展評、同年の官展評、『アントラクト』紙における一八六五年の官展評、『ガゼット・デ・ゼトランジェ』紙における一八六六年の官展評、『ラペル』紙における一八七六年の官展評である。『アルティスト』誌はテオフィルが執筆陣に名を連ねた雑誌であり、『アントラクト』紙も彼女が寄稿した時期には彼が率いていたことから、初期の美術批評は彼の計らいによるところが大きかったのだろう。

ここでは、これらの美術批評で、彼女がどのような作品のいかなる点を評価または批判し、それをどういった言葉で表現したのか、そして、いかなるものに美を見出していたのかということを探っていきたい。

国民美術協会展 —— 自然というモチーフの変奏

ジュディットの最初の美術批評は、一八六四年三月十五日付の『アルティスト』誌に掲載された。[30] 当時まだ十九歳にもみたなかった彼女にとって、フローリクの『主の祈り』とフィギエの『大地と海』についての書評などにつづく、公にした三番目のテクストだった。

彼女がこの記事でとりあげたのは国民美術協会展である。国民美術協会(Société nationale des Beaux-Arts)は、一八六二年に画家・彫刻家だったルイ・マルチネ(一八一四—一八九五)によって結成された美術団体で、官展を主催する芸術アカデミーの旧態依然とした支配から芸術家の自立を促し、自由な創作活動を支える新しい市場の開拓を目指していた。彼は一八六一年から、ガルニエ宮前のイタリアン通り二六番地にあったハートフォード侯の邸宅にギャルリー・マルチネを設置し、常設化していったほか、『クリエ・アルティスティック』誌を創刊して、美術界の動向を人々に伝えようとした。この展覧会には、ドラクロワ、アングル、コロー、ドービニー、ピュヴィス・ド・シャヴァンヌなど、当時の多くの画家が参加し、ギャルリーではコンサートや作家の講演も行われるようになった。そして、この動きにいち早く賛同したのが、ほかならぬテオフィル・ゴーチエである。[31] 彼は一八六二年二月に会長に

(30) Judith Walter, « Exposition de la Société nationale des Beaux-Arts, Boulevard des Italiens », *L'Artiste*, 15 mars 1864.
(31) テオフィルと国民美術協会については、クロディーヌ・ラコストの論文「テオフィル・ゴーチエ、国民美術協会会長」に詳しい。Claudine Lacoste, « Théophile Gautier, Président de la Société nationale des Beaux-Arts », *Bulletin de la Société Théophile Gautier*, n°16, 1994, pp. 117–133.

選出され、展覧会の開催に携わったほか、その様子を『モニトゥール・ユニヴェルセル』紙で伝えた。[32] ジュディットがこの展覧会にかんする記事を執筆することになったのも、おそらく、こうした背景によるものだろう。彼女が報告したのは六四年二月に開かれた展覧会の模様である。

彼女は二二名の画家・彫刻家による約三〇の作品をとりあげた。ただし、すべての作品を詳しく解説したわけではなく、紙面を割いて絶賛したものもあれば、簡潔な評価にとどまるもの、画家名や作品名を列挙しただけのもの、単に「男性の肖像」や「美しい水彩画」としか記していないものもある。だが、そうした扱いの差が関心の度合いを知るための一つの指標となる。

そのなかで最初に挙げたのは、テオフィルの友人で、すでに名声も得ていた版画家ギュスターヴ・ドレ（一八三二―一八八八）の聖書挿絵からとったデッサン群、とりわけ「サムソンの死」である。ペリシテ人にそそのかされたデリダの誘惑に屈して、怪力のもとである髪を切られてしまった士師サムソンだが、髪が伸びて力をとり戻し、ペリシテ人の神殿を崩壊させる場面を表している。ジュディットは、「崩壊がすさまじく怖ろしい。壊れた円柱は崩れ落ちそうに傾いて、天井はもはや慣性の力でもちこたえているだけである。まもなくすべてが白い煙の渦のなかに消えていく」と、ドレが描き出した躍動感や臨場感に注目している。また、彼のもう一つの絵についても、「誰もこれほど険しい岩のうえにこれほど激する滝を描いたり、これほど思いきって日没を輝かせたりはしないだろう」と、やはりその劇的な力強さを評価している。だが、真っ先にとりあげ、短い記事のなかで最も多くの行を費やしたこれらのドレの作品の批評でも、上記のほかは内容の説明や全体的な評価にとどまり、特別な印象を受けたことを示すような饒舌さや深い議論はない。つぎに挙げた、同じくテオフィルと懇意にしていたポール・ボードリー（一八二八―一八八六）の「ある男性の肖像画」でも、「狭い枠のなかに、何メートルもあるたくさんの画よりも多くの才能が含まれている」としているが、そのほかはデッサンや色彩といった技法の簡潔な解説にとどまっている。

ところが、この二人の作品やその他の作品に対する冷静な批評に対し、カミーユ・コロー（一七九六―一八七五）の

「夜の星」、ウジェーヌ・ラヴィエイユ（一八二〇―一八八九）の「四月のある朝」と「一月のある夕べ」、フランソワ・ドービニー（一八一七―一八七八）の「とても美しい風景画」（正式なタイトルは挙げていない）の四作品については、つぎのように一段と高ぶった文体による説明がある。

コローの「夜の星」はなんて魅力的な風景画だろう！　輝く一日の終わりと澄んだ夜の始まり、一番星が太陽の最後の反射光に光を交わらせる時間が、神の筆によってなんてうまく表現されているのだろう！

「四月のある朝」と「一月のある夕べ」はラヴィエイユ氏に二つのきれいな風景画の主題を与えた。四月の朝では、日が薄い霧を通ってのぼっている。まだ冬にむきだしにされたままの木がかすかに緑になっており、まもなく、この透明な蒸気のなかに見出せる春の豊かな息吹のもと、すっかりその神秘をとり戻すだろう。一月の夕べでは、太陽が地平線の白い布のふちに消え、一方田舎小屋のうえで三日月がぼんやりと空に現れ始め、反射光がおそらくやや青みがかった雪を照らしている。

またもう一つドービニーのとても美しい風景画がある。太陽が木々のうしろに現れ、大きく輝く反射光を水に投げかけて、きれいなばら色をした空を照らしている。牛たちが川の方におり、朝の香りをいっぱいに嗅ぎ、一日の到来に挨拶しているようだ。

四つの作品、正確にいえば、四つの「風景画」を立てつづけに挙げ、その説明の調子も感嘆文で始めてその高揚を終わりまで保つという、これまでとは異なった強いものである。また、絵の描写も緻密で、あらゆるとらえがたい細部、例えば、薄い霧の向こう、地平線の白んだふち、しがない小屋のうえ、木々のうしろにまで目を配っている。緑、白、青、ばら色といった色彩、一番星や沈む太陽の照り返し、朝日、三日月などの多様な光（「反射光」という語

（32）　ジュディットが批評した展覧会については、全三回にわたる以下の記事がある。Théophile Gautier, « Revue des Beaux-Arts : Exposition de la Société nationale des Beaux-Arts », *Le Moniteur universel*, 18 février-9 mars 1864.

を三度も用いている）、澄んだ夜、薄い霧、透明な蒸気といった空気感の描写も豊かである。それに、視覚のみならず、朝の香りといった嗅覚的な要素もとらえようとする。さらには、一つの静止した絵から、終わった日や過ぎ去った冬といった過去、これから始まる日やきたる春といった未来にまで想像を広げている。その想像力は、春になって木がとり戻していく神秘や、川におりていく牛たちの意志といったものにまで及ぶ。このように、風景画——とりわけ、いわゆるバルビゾン派と呼ばれる、一八二〇年代からフォンテーヌブローの森のバルビゾン村で自然に囲まれて野外制作をした画家たちの作品——に対する批評は、他の絵に対する批評に比べて、ことさら熱心に展開されているのである。

それから、最後に紹介された、ロダンの師としても知られるアルベール・カリエ＝ベルーズ（一八二四—一八八七）の彫像「D嬢の肖像」にかんする解説には、ある特有の表現手法がみられることにも注目したい。

非常に繊細なこの顔は、あまりに夢想的なので、太陽がなくて悲しんでいる花か、あるいは、もっと幸せな国からやってきて、戻るための翼がもうない鳥のようである。〔……〕この繊細さと才能をもって手がけられた大理石は、肌のように透明で滑らかになり、手折られたユリの様相をもつ。

少女の顔を花のみならず鳥にまで例え、大理石をユリとしたのは、飛躍に過ぎる比喩といわずにはいられない。しかし、唐突ではあるにせよ、いずれも自然のなかの動植物を引き合いに出した比喩であることは、当時の彼女の志向を知るうえで興味深い。ちょうど、先の「新年に贈る本」の書評の冒頭で、女性の老いを小石やバラに例えていたことを思い出させる。

同じ手法は、この展覧会評の一ヶ月後に同誌に掲載された「ネグロニ氏の中国コレクション」でも駆使された。

湖の畔の睡蓮の茂みのように、ふちを越えて無造作に伸びる枝の模様がつけられ、花と葉がいっぱいに散りばめられたこの小さな盃にはなんと魅力的な幻想があるのだろう！　エゾギクのブーケのなかに置かれた巣のようである。〔……〕たいそう風変わりに刻まれたこの玉の塊は一体何だろう。雪を被ったモンブランの頂のよう。中国で王杖にとって代わるブッダの歯のようである。〔……〕けだるげな中国の女性たちによって運ばれた織物を想像する。紙の間仕切りのうしろに、女性たちが〈金の睡蓮のような〉小さな足を静かに揺らしているのがみえる。詩人たちの花々しい比喩があなたの頭に浮かぶ。詩節のリズムが、音楽のようにあなたの耳に響く。(33)

湖畔の茂み、ブーケのなかの巣、雪山の頂、ブッダの歯、睡蓮……畳みかけるように並べられたこれらの言葉が、いずれも、盃の模様や玉の塊、織物を制作した女性の足を表すためのものであることに驚かずにはいられない。書き手、とりわけ、みたものを文字だけで伝えなければならない批評家にとって、もちろん、比喩が基本的な修辞であることはいうまでもない。例えば、十九世紀を代表するボードレールの美術批評でも、「破れた薄布のように様々な方向に延ばされ引っ張られる雲」「瞳がスープ鉢のなかの牡蠣のように泳ぐ」「あらゆる気取りが悪臭のする軟膏のように通り過ぎる」「岩にこすれる官能的な小川のように、鎖骨のふちで揺らめく紐飾り(34)」といった比喩にときおり出会う。だが、こうしたボードレールのときにグロテスクな比喩に対し、ジュディットの比喩は、その多用に加え、ほとんどが自然にまつわるものである点が特徴的である。またそれは、「詩人たちの」といわれていることから、通常の表現手法である以上に、夢想や理想といった特別な視点を含んだものだったと思われる。

以上が、ジュディットの最初の美術批評である国民美術協会展評にみられる、いくつかの傾向である。これら

（33） Judith Walter, « Collection chinoise de M. Négroni », *L'Artiste*, 15 avril 1864. ジャン・ルイ・ド・ネグロニは将校で、一八六四年に出版した『中国遠征の思い出』において離宮円明園の財宝に言及していた。J.-L. de Négroni, *Souvenirs de la campagne de Chine*, Imprimerie de Renou et Maulde, 1864.

（34） Baudelaire Dufaÿs, *Salon de 1846*, Michel Lévy frères, 1846, ch. IV, « Eugène Delacroix » ; ch. VIII, « De quelques dessinateurs » ; Charles Baudelaire, « Lettre à M. le Directeur de la Revue française sur le Salon de 1859 », *Revue française*, 20 juillet 1859, ch. IX, « Sculpture ».

が、つづく批評のなかで、重要な特徴として形をなしていくのを注視していきたい。

一八六四年の官展(彫刻部門)——芸術家の魂を通した作品

国民美術協会展評を執筆した一八六四年の夏、さらにジュディットは『アルティスト』誌で官展評も行った。[35] 周知の通り、官展(サロン)は十八世紀に始まった芸術アカデミー(Académie des Beaux-Arts)主催の公式展覧会で、十九世紀フランスの盛大な文化行事である。この官展について、テオフィルは一八三〇年代から批評を書きつづけており、この年には絵画部門の副選考委員長に選任された。ジュディットの自伝には、多くの画家たちが彼の庇護を求めて自宅を訪れたことが記されている。[36] それを受けるかのように、彼女も五月一日に開幕したこの年の官展について(ただし彫刻部門のみ)、六月十五日付の号で批評を行うことになった。[37] とりあげたのは、二七名の彫刻家によるおよそ三〇の作品である。批評の仕方は、国民美術協会展評と同じく、タイトルを正確に記載したものとそうでないもの、彫刻家名の引用にとどまるものから詳しく解説や評価をつけているものまで、様々である。

最初に、テオフィルの胸像を手がけた彫刻家でもある、オーギュスト・クレザンジェ(一八一四—一八八三)を挙げている。彼の作品は、官展の入り口を飾ったナポレオンやフランソワ一世の騎士像、カエサルの像、ローマの闘牛の彫刻という、いずれも勇壮さを際立たせたものが展示された。そのなかでも注目すべきは、「ローマの闘牛」の彫刻にかんする批評である。作品では、雄牛同士の勝負がつき、荒れた土のうえで、勝ち誇った野性的な表情の一方がもう一方の首元に角を突き刺しているという、血生臭い光景が表現されている。しかし、それを説明しながら、ジュディットは突如、つぎのような一節を挿入する。

クレザンジェがこれほどうまく表現することができるのは、このローマの美しい田舎においてである。このモデルを得たのは、その青みがかった山々の、空のかけらが落ちてきたような輝く水溜りのある、でこぼこした大きな平原である。

二頭の雄牛にクローズアップして決定的場面の衝撃を表現したこの彫像について、その主題とはかけ離れた、周囲ののどかな水辺のある平原を想像しているのである。彼女の視点は、作品が表現した一場面に固定されず、より広い空間へと延長されている。作品自体は獰猛な印象を与えるものであるにもかかわらず、その批評は、奇妙なことに、何ともみずみずしい空気感を醸し出してはいないだろうか。

つぎに挙げたのは、先の国民美術協会展評にも出てきたカリエ＝ベルーズによる、「オンディーヌ」という作品である。この彫刻家に対する評価はおそらくこの記事のなかで最も高く、作品解説に先立って、彫刻家の才能を賞賛した一節がある。そのなかでもとりわけ価値を見出しているのが、「冷ややかなまでに正確な」現実ではなく、「芸術家の魂を通して」解釈したものを表現しているという点である。そして、それが作品に漂う「詩情」になるのだという。その詩情を「果実を包み込むかすかな花のような」とまた植物に例えているところにも、彼女の文体的特徴が垣間みられるだろう。

これをふまえて、出品作である「オンディーヌ」に話題が移される。

オンディーヌは、月の光に似た緑の色調をかすかにもつイグサの束のなかに現れる。その美しい身体はヘビのようなうねりをもつ。髪で魅力的なかげができた顔は、まるで遠くの呼び声を聞いているように、横を向いている。おそらく、亡霊が地上を漂う時間、太陽の前に夜が翼を広げる時間、オンダンとオンディーヌが古いライン川の昔の伝説に

(35) Judith Walter, « Salon de 1864. Sculpture », *L'Artiste*, 15 juin 1864.
(36) Judith Gautier, *Le Second Rang du Collier*, pp. 271–275.
(37) テオフィル自身はこの様子を、五月から八月に全十三回にわたって『モニトゥール・ユニヴェルセル』紙で報告している。Théophile Gautier, « Salon de 1864 », *Le Moniteur universel*, 18 mai–14 août 1864.

あるような神秘的な輪舞を踊る時間なのだろう。

ヘビのようにしなやかなオンディーヌが現れるイグサの緑色から、はるかな月光を思い出した点も彼女らしい。それに加えてここでも、視点は、作品がじっさいに形作っているオンディーヌ、すなわち、女性の姿をした水の精霊そのものからすぐに離れていき、耳を傾けるであろう「遠くの呼び声」に言及したのをきっかけに、夜が忍び寄って亡霊が漂い始める黄昏時という、作品の背景へと想像の羽が延ばされているのがわかる。

また、この記事でもう一つジュディットが高く評価した作品が、ジャン＝ジュール・カンボ（一八二八―一九一七）の「キリギリス」である。この彫像は、ラ・フォンテーヌの寓話の、「キリギリスは夏中／歌いつづけ／すっからかんになってしまったことに／北風がやってきて気がついた」という有名な一節をもとに制作されたもので、これについて、彼女はつぎのように綴っている。

キリギリスは、腕に陽気な伴侶である楽器を抱えた、ほっそりとした優美な少女として表されている。けれども、小道の脇で歌っていた暖かい夕べは過ぎ去った。唸りをあげる冬が〔……〕賑やかな夏を去らせた。かわいそうなキリギリスは、もろい衣服に吹き込み凍えた肢体に吹きつける冷たい北風に、息を吐いてむなしく抵抗する。

他の多くの作品については全体の雰囲気や技法を評価するだけであるのに対し、この「キリギリス」についての説明は事細かであり、むしろ技法の解説はほとんどないのだが、その代わりに、小道の脇、夕べ、冬、夏、北風といった、彫像の表面にはみえない空間的・時間的背景を広く構築しようとしている。

クレザンジェの「ローマの闘牛」が繰り広げられたという田舎の水辺のある平原や、カリエ＝ベルーズの「オンディーヌ」が彷徨い始めるという黄昏時、それに、カンボの「キリギリス」がたどってきたという季節の推移といったものにそれぞれ思いをめぐらせていたことをみると、ジュディットが高く評価する作品というのは、現実の正確な再現に縛られず、その背後に広がる世界、みえない部分までを想像させるようなものだったと考えられる。それが、彼女のいう「芸術家の魂を通して」制作された作品なのではないだろうか。さらに、彼女が読みとろうとした背後の世界というのが、例えば、作品の動機や芸術家の心理といったものではなく、（風景画を扱っているのではないにもかかわらず）自然の風景やある時間帯がもつ持有の空気感、季節感だったこと、つまり、ここでも自然というモチーフが鍵を握っていることは無視できない。

一方、この記事で、ジュディットは批判的な意見も述べるようになっている。フランソワ・モローによる「酔っ払い」（このようにしか紹介していない）について、「このモデルは、日曜の夜に市門でみつけられたのだろう。やせ細って骨ばった体はぞっとするくらい飾り気のない姿勢をとっている。〔……〕ときには古代の簡素な姿勢と気高い形から離れるのもよいが、しかし卑俗になる必要はない」と、ありのままを表現し過ぎたレアリスム的傾向を批判した り、「N＊＊の屑屋あるいは盗品運び屋のようなもの」について、「作者はこの才能を別の主題で用いるべきだった。〔……〕彫刻の偉大な芸術は、このような異種交配をさせるにはあまりに古く、高尚なのである」と、芸術において世俗的な事物を表現することに反対したりしているのである。

一八六五年の官展 —— 風景画の詩情と生気

先の二つの批評はいずれも単発の記事で、ジュディットの見解の片鱗が散見されたに過ぎなかったが、翌一八六五年の官展では二ヶ月にわたり全十回の連載を担当しており、これまでにみられた特徴がより明確に表れてくる。その記事は、『アントラクト』紙に、五月十日から七月二六日まで「一八六五年の官展」と題して掲載された。(38) 同

(38) (I) Judith Walter, « Salon de 1865. MM. Puvis de Chavannes, Baudry, Hébert », *L'Entr'acte*, 10 mai 1865 ; (II) « Salon de 1865. II. MM. Gérome, Corot, Cabanel, Meissonier », *L'Entr'acte*, 13 mai 1865 ; (III) « Salon de 1865. III. Manet, Lambron, Moreau, Ribot », *L'Entr'acte*, 17 mai 1865 ;

紙は、一八六四年六月から六六年初めまで、テオフィルが編集長を務めた新聞である。また、前年に引きつづき官展の絵画部門の副選考委員長に就いた彼自身も、『モニトゥール・ユニヴェルセル』紙で五月六日から七月二五日にかけて、同じく「一八六五年の官展」と題する全十回の報告を行った。[39]

ジュディットは連載を始めるにあたり、最初の二回で著名な画家七名（ピュヴィス・ド・シャヴァンヌ、ボードリー、エベール、ジェローム、コロー、カバネル、メソニエ）をとりあげ、残りの八回で六八名によるおよそ百点の作品に言及した。その言及の程度に差があるのはこれまでと同様で、名前の羅列にとどまるものもあるが、基本的には、絵の構成を説明したり、雰囲気・表情・ラインを賛美したり、技法を評価したり、あるいは批判したりする。だが、ときおりこうした批評家の仕事について、「誰も〔会場の〕パレ・デ・ボザールの入り口をくぐらないうちから、作品はすでに人々に知らされていた。最も内密な情報をいち早く広め、ミダースの逸話〔＝触れるものをすべて金にしたというギリシャ神話の王の逸話〕が本当だったと示す、謎の不可解な声によって」[40]としたり、「絵の調査に当てた時間の四分の三をビュッフェで過ごしたり、お気に入りの絵をみるのに費やしたりせず、真面目に仕事をしていたら、今この雑然とした山積みから優れた点を見極めるために罪深い記憶に頼らなければならなくなって、これほど困窮することはなかった」[41]と吐露しており、数千点の作品の優劣を限られた条件下で判断しなければならない批評家の評価が絶対視されることに疑念を抱いていたようでもある。よって、自らは与えられた紙面になるべく多くの画家の名を挙げ、客観性を保った記述を心がけているように見受けられる。ただそうしたなかでも、以下に検討するように、語彙の用い方、くりかえされる主張、感情のほとばしりなどには、彼女自身の趣味趣向が滲み出ている。

まず、自然にまつわる比喩を用いるのはジュディットの十八番で、ボードリーによる狩りの女神「ディアーヌ」を「月の光」に、そのキューピッドの矢を「生意気なチョウたち」に例えたり、ナポレオン三世が異国の使節を宮殿に迎え入れた壮麗な様子を表したジェロームの作品「フォンテーヌブローでのタイ大使の歓待」を「外国の鳥の奇妙なさえずりに混ざった、蒸留酒と茶のような香りを導きいれる、見知らぬ庭に一瞬開かれた窓」とまで形容したりしている[42]。

また、これに加えて新たに注目すべきは、画中の自然をしきりに擬人（生物）化して説明する傾向もみられるようになることである。ベリーによる「低い沼地での夕暮れ」に描かれた海は「黒いかげを投げかけて空と戦って」いる「眉をひそめ」た「巨大な顔」であるとし、太陽が「この怒りに血まみれの光を投げている」とみる。一方、マズールの描く海は「太陽に撫でられて微笑み」、そこに星が「金色のベルトのような光の長い筋を送っている」とする。ジアンの水彩画にある光の瞬きや動きは「羽の音」になぞらえ、エルストの「秋の森のなか」に描かれた真っ赤な大きな木々は、「たくさんの傷口から血を流しているか、春の旅立ちを血の涙で泣いている[43]」と解釈する。このような自然の擬人化は、先にみたフィギエの『大地と海』の書評で、大地や海や太陽の表情をくりかえし人間様子に照らしあわせていたことと共通している。つまり、ジュディットは、表現手段として援用するため、自然の

(IV) « Salon de 1865. IV. MM. César de Cock et Xavier de Cock, Daubigny, Herst, Chintreuil », *L'Entr'acte*, 22 mai 1865 ; (V) « Salon de 1865. V. Delaunay, Schreyer, Giacomotti, Matejko, Bouguereau », *L'Entr'acte*, 29 mai 1865 ; (VI) « Salon de 1865. VI. MM. Jules Breton, Fromentin, Chifflart, Doré, Brandon », *L'Entr'acte*, 7 juin 1865 ; (VII) « Salon de 1865. VII. MM. Alma-Tadema, Chaplin, Heilbuth, Berchère, Journault, Valenzano », *L'Entr'acte*, 14 juin 1865 ; (VIII) « Salon de 1865. VIII. MM. Ziem, Van Lérius, Laugée, Verlat, Veyrassat, Daubigny fils, Madarasz, Huguet, Mmes Browne, Unternahrer », *L'Entr'acte*, 25 juin 1865 ; (IX) « Salon de 1865. IX. MM. Vollon, Desgoffe, Antigna, Cabat, Chavet, Bonvin, Belly, Mazure, Wyld, etc. », *L'Entr'acte*, 12 juillet 1865 ; (X) « Salon de 1865. X. Aquarelles. — Dessins. Mme La Princesse Mathilde, Mme Rothschild, MM. Ziem, Herst, Brandon, Stop, Axenfeld, Dubois, Amaury-Duval, Bellel, Lagier, Claudius, Popelin », *L'Entr'acte*, 26 juillet 1865. 以下、引用の際には « Salon de 1865 » (I) のように記す。この記事については、自伝第二巻（二七二頁）で回想されている。

（39）Théophile Gautier, « Salon de 1865 », *Le Moniteur universel*, 6 mai–25 juillet 1865.

（40）« Salon de 1865 » (I).

（41）« Salon de 1865 » (XI).

（42）それぞれ « Salon de 1865 » (I) (II).

（43）それぞれ « Salon de 1865 » (IX) (IX) (X) (X).

様々な様相を常に思考の引き出しに用意していただけでなく、自然を積極的に生き生きとした生物的なものととらえる視点も有していたのである。

こうした自然への眼差しに関連して、もう一つ着目したいのは、「詩情《ポエジー》」という語の使い方である。この語は、美術批評一般において珍しいものでないどころか、むしろ常套句で、それが指すところも幅広く、しかもかなり批評家の主観に左右される。テオフィル・ゴーチエの熟練した美術批評でも、「田舎の詩情」「薄暗い詩情」から「気力を失わせる詩情」「家庭の詩情」「兵隊の詩情」などまで至るところに用いられており[44]、他の批評家についても同様のことがいえるだろう。だが、ジュディットによるこの語の使い方には、ある一定の法則が見出せる。例えば、彼女のいう「詩情」とは、セザール・ド・コックの描いたノルマンディーの風景がもつ「静かで神秘的な詩情」であり、グザヴィエ・ド・コックに「草原の雌牛」を描かせた「繊細で、素朴な詩情」である。また、ドービニーが際立たせた空は「詩情と壮大さの源泉」であるという。大きな木々が堂々と立ち、光が強く輝くエルストの「日没」は「厳かで愁いに満ちた詩情」を帯び、夜の静寂が見事に表現されたシャントルイユの大きな風景画「夜霧」は「コローの詩情をまるごと」もち、ベルシェールのエジプトの風景画にも「壮大さ、力、詩情」があると表現する。あるいは、画家カバ本人によって、自然が眠りに就いたときにシカが水辺の空気を吸いにやってくると説明されている風景画「孤独」は、最後の色合いが「詩情と神秘のヴェール」のように作品に置かれているという[45]。このように「詩情」という語は、あるときは神秘的で優美な、あるときは壮大で厳かな作品について用いられ、意味するところはやや漠然としているものの、その大半が、ほかでもなく「風景画」を表現するために用いられているのは一目瞭然である。そもそもジュディットがこの記事でとりあげた百を数える作品のうち、風景画は三〇点ほどにとどまる。それにもかかわらず、「詩情」があると評価した作品は、ほぼ風景画に限られているのである。

絵画の美点を「詩情」の一語で説明するのは、ともすれば安易な方法のようにも思われるだろう。しかし、彼女による「詩情」という言葉には、絵画に対する自身の見解に基づいた最上の賛辞が含まれていた。「詩情〔がある〕」

という言葉に似た表現で、「詩人の精神のプリズムを通して〔みた対象〕」[46]というものもあるが（先の「芸術家の魂を通して」という表現にも似ている。そこでも、芸術家の魂を通すことで作品の「詩情」が生まれるとしていた）、実は、こうした表現の使用は単なるいい回しの問題ではない。それというのも、先の批評でも、「芸術家の魂を通して」作られた作品と「冷ややかなまでに正確な」現実の模写を対置させていたように、一方で「詩人の精神のプリズム」を通さずに描かれた絵、すなわち、写実的な絵に対する批判が彼女のなかに根強くあったからである。

例えば、ブレーズ・デゴッフ（一八三〇―一九〇一）による静物画について、つぎのような意見を述べている。

絵のなかに批判するものは何もない〔……〕これ以上、実物に近寄ることは不可能である。だが、〔……〕スグリの房やクリスタルの鉢から生まれる感動はごくわずかである。ブレーズ・デゴッフ氏が才能をこれ以上に伸ばさないのは残念である、というのもこの芸術家は実物の正確な模写にことさら執着しているからである。[47]

もちろんジュディットは、時として細部の正確さから生まれる絵の広がりも認めており、現実に基づく手法すべてに否定的だったわけではない。例えば、ランブロンの描いた聖母子が奇妙な鳥の群れに囲まれているのを「不快で、誤りで、あり得ない」とし、現実とかけ離れた誇張や装飾を批判した。また、ジアンのヴェネツィアの絵については「本物に基づきながら」凡庸さを離れることができたとして、描写が正確で自然であることを評価した。[48]だが、ありのままを写しとっただけで、思考がそこで止まってしまうようなレアリスムは、彼女の美術批評において

（44） Théophile Gautier, *Abécédaire du Salon de 1861*, E. Dentu, 1861, pp. 252, 223, 288, 225 et 312.
（45） それぞれ « Salon de 1865 » (IV) (IV) (IV) (IV) (VII) (IX).
（46） « Salon de 1865 » (VIII). ジアンの「カマルグ島のヴァンサン荘」について。
（47） « Salon de 1865 » (IX).
（48） それぞれ « Salon de 1865 » (III) (VIII).

以後も批判の的となりつづけ、その反対に、画家の詩的な眼差しを通して制作され、さらなる奥行きを秘めた作品というものにより高い関心が向けられた。つまり、「詩情」という語は決して手軽な褒め言葉ではなく、彼女の絵画鑑賞の本質に結びついていたのである。

そうした「詩情」を最も頻繁に見出し、最も「詩人の精神のプリズムを通して」いると判断したのが「風景画」だったことは注目に値する。ジュディットがいかに当時の風景画に心酔し、風景画家の存在と彼らの仕事を特別視していたかがここに表れている。そこで以下に、この官展評でとりわけ熱心に綴られた、四つの風景画の批評をたどってみたい。

一つ目は、エルネスト・エベール(一八一七―一九〇八)の「サン＝グラシアンの石のベンチ」である(口絵2)。スタンダールの従兄であるエベールは、ローマ大賞を得て、早くに成功を収めたアカデミーの画家である。上流階級の肖像画を多く手がけたが、一方で、長年暮らしたローマの農村を描いた風景画も残した。テオフィルと親交があり、この作品は、彼が「石のベンチ、エルネスト・エベールへ[49]」と題する詩を創作したことでも知られている。実は、その詩は、ジュディットが自伝で語っているように、自分の批評を「熱狂や嫌悪の理由を説明するのが下手で、とてもぎこちない[50]」という彼女を励まそうと、父テオフィルが記事をもとに作ったものだった。つぎがその批評の一部である。

それは、ただわずかな景色と寂しさだけがある(誰もこのベンチに座ってはいない)、小道の脇の石のベンチだが、優しく切ない思い出が包み込んでいる。かつては愛しあう散歩者たちが、ひそひそと長いあいだ、あるいは、たぶん静かに胸をいっぱいにして、お喋りしながらそこで腰を休めた。木々たちはしめしあって、瑞々しく、すばやく、ぎこちない口づけの数々を、人目を通さないその青葉で隠した。それから一陣の風が吹いた。廃墟と死がそこを通って、公園は寂れたままになった。ベンチは苔の布に覆われ、木々は寂しげに、荒れた枝を地に垂れるままにしている。[51]

これまでの記事でもみられたように、ここには、彼女の絵画鑑賞の特徴の一つ、作品に強く魅了されることと表現されていない背景にまで思いをめぐらせることが隣りあわせにある美学が表れている。背景まで想像させるのは、「芸術家の魂を通して」あるいは「詩人の精神のプリズムを通して」作られた作品だったということである。じっさいの絵の細部への言及はわずかで、代わりに、そこに描かれていない人、動き、音、思い、時間へと関心が拡大されていく。テオフィルが娘を励まそうと詩に昇華した、つまり、批評として高く評価したのも、まさにこのような想像された背景だった。[52] 詩の冒頭に登場させた「人気のない苔の生えたベンチ」から、すぐさま、あるカップルの「いつかの失恋」を想起させ、二人の逢引き、会話、別れ、その後の時間の経過をめぐっていくのである。またとりわけ、彼も「数々の物たちの涙をみることのできる目には、／この人気のないベンチが過去を、／自分が置かれた一角の標識のような／長い口づけやバラの花束を懐かしんでいるのがわかる」と詠んだように、彼女が見通した背景のなかには、石のベンチとそれをとり囲む木々が、恋人たちの逢瀬の単なる小道具としてではなく、彼らの

(49) Théophile Gautier, « *Le Banc de pierre*, à E. Hébert », *Le Moniteur universel du soir*, 28 juin 1865.
(50) Judith Gautier, *Le Second Rang du Collier*, p. 272.
(51) « Salon de 1865 » (I).
(52) テオフィルの詩はつぎの通り。「公園の奥、ぼんやりとした日かげに／人気のない苔の生えたベンチがある。／そこに夢想が、寂しげにいつかの失恋を思いながら／座っているような気がする。／思い出が木々のあいだで／報いを受けた幸せのことを語りながら、つぶやいている。／そして、涙のように、はかない枝から／一枚の葉があなたの足元に落ちる。／／そこには、抱きあった美しいカップルがやってきていた。／ねたんだ視線を受け、二人は離れた。／そして、ベンチに座ろうとして、／そこで寝ていた月の光を起こした。／二人が話したことを、女性は忘れている。／だが、男性は傷ついた心で覚えている。／そして森のなかに、憂鬱な心で、／一人会いにやってくるのである。／／数々の物たちの涙をみることのできる目には、／この人気のないベンチが過去を、／自分が置かれた一角の標識のような／長い口づけやバラの花束を懐かしんでいるのがわかる。／その上にはほったらかしの枝が落ち、／苔が色褪せ、花が香りを失う。／その灰色の石は、／過ぎ去った愛を覆う墓のようだ！」

図 9　カミーユ・コロー「ネミ湖の思い出」（1865年、シカゴ美術館蔵　Photography © The Art Institute of Chicago）

Jean-Baptiste-Camille Corot French, 1796–1875 / Souvenir of the Environs of Lake Nemi / 1865, Oil on canvas, 38 3/4×52 7/8 in. (98.4×134.3 cm), Bequest of Florence S. McCormick, 1979.1280, The Art Institute of Chicago.

思いを汲みとって互いに意思疎通できる一種の生き物のごとく提示されている。ベンチが置かれた一角は、記憶を溜め込んだ濃密な生きた空間となっているのである。

二つ目は、カミーユ・コロー（一七九六―一八七五）による風景画についてである。タイトルは記されていないが、「朝」もしくは「ネミ湖の思い出」のことだと思われる。例えば、「ネミ湖の思い出」は、木かげになった湖の、岩に囲まれた薄暗い一角を描いているが、鬱蒼と茂る木の間から空の薄い青色と連なる雲の白色が垣間みえるとともに湖面にも映し出され、清澄な雰囲気のみならず、人知れず流れる静かなひとときの感覚をも醸し出している（図9）。

それは自然ではない、自然以上のものである。おそらくコロー氏はみえるものを正確に表現しようとしていない。彼は夕暮れや夜明けの感覚を伝えようとし、朝の詩情と夕べの愁いを引き出す。その絵筆のもとで、自然は無垢な魅力をもつ女性のように神秘的なヴェールに包まれる。[53]

みえるものを正確に表現しようとはせず、自然以上のものをとらえていると評価するのは、まさに先述のレアリスム批判と軌を一にする。また、清純な女性と形容して自然に人格を与え、一種の擬人化を行いながら、そこに「神秘的なヴェール」を認める。つまり、画家によってとらえられている自然の計り知れない力を理解しようとしているのである。これと同じことは、つぎの引用にも表れている。

三つ目は、バルビゾン派の画家ドービニーの弟子である、セザール・ド・コック（一八二三―一九〇四）による風景画「ノルマンディー地方のヴール川のクレソン栽培地の景色」にかんしてである（口絵3・図10）。ヴール川はフランス北西部ノルマンディー地方の小さな川で、中世よりクレソンの栽培で知られていた。コックの絵は、鬱蒼とした背の高い木々や草が、枝の隙間からわずかに差し込む光を浴びたクレソン栽培地を抱き込んでいる構図になっている。浅い川面に木の緑色が映り、湿気を帯びた空気と草の青臭さが今にも漂ってきそうな奥行きをもつ。

コックは自然を追い、掘りさげ、より秘密の美のなかへ入り込む。自分が選んだ風景に対し、よく似た肖像画のように、顔つき、特徴、表情を与える。〔……〕ノルマンディー地方でのみ、風景がこの激しい高揚、淡く神秘的な詩情、これほど独特なみずみずしい色調をもつ。〔……〕自然は緑色のドレスのうえに塵一粒受けておらず、毎日、日曜の少女みたいにおめかしをして輝いている。力強く健やかな空気が心を楽しませてくれ、記憶は、自然が長い緑のマントのひだに半ば隠している、静けさとみずみずしさに包まれた素敵な藁葺きの家々に、しばしば立ち戻る。[54]

一見すると通常の風景画だが、ジュディットはここでも自然を、日曜のおそらくミサなどへ出かけるかしこまった

（53）《Salon de 1865》(II).
（54）《Salon de 1865》(IV).

図10　セザール・ド・コック「ノルマンディー地方のヴール川のクレソン栽培地の景色」より藁葺きの家の部分（1865年、グルノーブル美術館蔵　Photographie © Musée de Grenoble）

少女が緑色の衣装をまとっている様子に見立てて、擬人化するという独自の視点をあらわにしている。じっさい、画家がこの風景画を一つの「肖像画」であるかのようにとらえて、自然に顔や表情を与えているのだともはっきり述べているのである。そして、コローの自然を「神秘的なヴェール」に覆われているとしたのと同様、このコックの自然にも「秘密の美」というものを見出しており、彼女が自然を何らかの真理を内包するものとして注意深く追っていたことがわかる。

四つ目は、農村の日常を多く描いた画家ジュール・ブルトン（一八二七―一九〇九）による「一日の終わり」である（図11）。この作品は、正確にいうと、風景を前面に押し出したものではなく、田園での仕事をなし終えた女性たちのひとときを描いた絵なのだが、ジュディットは中心に置かれた人物像とその背後の自然との関係性に着目しているところが興味深い。

ブルトン氏だけが田園の広大で澄みきった詩情をこれほどまでに表現できる。〔……〕彼の画に登場する人物はいつも物腰に気高さを、姿勢に田舎の純朴さが与える

図 11　ジュール・ブルトン「一日の終わり」（1865 年、ウォルターズ美術館蔵　Photo © The Walters Art Museum, Baltimore）

に違いない調和をもっている。

これらの少女たちは、熱い光線で果実や小麦と一緒に黄金色に焦がす太陽のまっすぐな眼差しのもとに生き、母であり仲間である自然に育てられ、自然と常に接することでその偉大な何かに触れる。彼女たちは風景の一部をなし、知らぬまに風景と調和して全体の美に参加している。こんなふうにジュール・ブルトン氏は少女らを解釈しているようだ、この意味において彼は感動を与える。(55)

この絵に描かれた、自然とともに生き、そこから生きる糧のみならず「偉大な何か」をも受けとっている少女たちに対するほど、ジュディッ

（55）« Salon de 1865 » (VI).

トが共感を寄せているものはないだろう。それに、単に自然を享受し、のどかに暮らす人々の平穏なパストラル的光景に見入っているのでも、ミレーのように、農村に生きる人々の厳しい生業のなかの崇高さに目を奪われているのでもなく、人間たちが自然の一部となり、そこへ融け込んでしまうかのように描かれている点に心惹かれているのであり、それこそを「美」とし、それゆえに感動を生み出すと主張している。少女たちの漆黒の深い眼差しは、一日の疲れや憂いを帯びているのではなく、大地の神秘に触れ得ている証であるようにさえ思われる。個々が全体に融合すること、それはまさに『ユリイカ』の書評で「とても美しい考え」だとしていた理想ではないだろうか。その結論も、あらゆる創造物に感情と意識を認めるとともに、やがて「人間が除々に自分を人間と感じなく」なって全体に融合していくことを勝利としていたのである。

以上のように、一八六五年の官展評には、それまでのジュディットの美術批評でみられた特徴が明確に表れてきている。とりわけ、風景画への注目度が高く、なかでも自然を生気にあふれ、ときには記憶を内包し、何らかの真理を秘めたものと気づかせるような作品に強く共感していたことが明らかになった。また、こうした自然への関心の高さに始まり、自然にまつわる比喩の多用や自然の擬人化、人間と自然の融合といった主題への傾倒は、先の二つの書評の特徴ともたびたび一致をみる。このことは、当時の彼女の文筆家としての骨格がそうしたものによって形成されつつあったことを示している。

一八六六年の官展 —— バルビゾン派礼賛

一八六五年の官展評以降、しばらくジュディットが執筆した記事は見当たらない。このつぎの記事は、翌一八六六年五月の中国詩の翻訳の記事になる。この沈黙の背景として、同年初めから、マンデスとの結婚問題で父テオフィルと関係が悪化していたことが思い出される。さらに四月には、反対を押しきって結婚したことにより関係が断絶し、執筆活動の協力を得られなくなった。[56] そういうわけで、彼女の一八六六年の官展評は、これまでと異なる『ガゼット・デ・ゼトランジェ』紙で、五月七日から七月七日にかけて全五回にわたる連載が組まれた。[57] 三八名の画家による五〇あまりの作品をとりあげている。

三度目となるこの官展評は、手厳しい総括的感想から始められる。

> 画家たちは皆、十分なデッサン力、かなりの遠近法の術、少なからぬ解剖構造の知識をもっている。幾人かは細やかな絵の具遣い、繊細な色調、軽い筆遣いも心得ている。〔……〕それがあればどんな絵も十分で、正しく、ふさわしく、審査員は通してくれる。だが、これほど価値ある作品のなかで観衆は満たされずに冷め、出口では、何も語られなかった知的会話の記憶のようにおぼろな印象しか残っていない。現在の絵画はモデルから着想を得ている。カロリーヌ嬢の細い脚がディアーヌたちを描く十分な動機となり、これほど多くの裸体がキャンバスでうしろを向いているのは、アンリエット嬢が後姿のほうが美しいからである。[58]

(56) 一八六六年四月末頃のテオフィルからカルロッタ宛の手紙に、「ジュディットについてはウーセの新聞『十九世紀通信』に中国語の翻訳をいくつか送ったことしか知りません」とある。Théophile Gautier, *Correspondance générale, éditée par Claudine Lacoste-Veysseyre, sous la direction de Pierre Laubriet*, t. 9 (1865–1867), Droz, 1995, p. 216.

(57) (I) Judith Walter, « Salon de 1866. M. Ribot », *Gazette des étrangers*, 7 mai 1866 ; (II) « Salon de 1866. M. Gustave Moreau - Gustave Courbet », *Gazette des étrangers*, 17 mai 1866 ; (III) « Salon de 1866. M. Gérôme - M. Bonnat - M. Horovitz », *Gazette des étrangers*, 1er juin 1866 ; (IV) « Salon de 1866. M. H. Madarasz - M. Hamon - M. Puvis de Chavannes - M. Schryer - M. Robert-Fleury - M. Monet - M. Tavernier - M. Oudry - M. Roybet », *Gazette des étrangers*, 14 juin 1866 ; (V) « Salon de 1866. (Dernier article.) MM. Chintreuil, Gustave Doré, Daubigny fils, Auguste Herst ; Mlle Louisa Rochat ; MM. Ernest Hébert, Jalabert, Pérignon, Lazarus Whil, Carpeaux, Aimé Millet, Carrier-Belleuse, Jacquemart, Klagman, Godebski, Moulin, Claudius Popelin, Jules Crosnier », *Gazette des étrangers*, 7 juillet 1866. 以下、引用の際には « Salon de 1866 » (I) のように記す。この官展についてテオフィルは、五月十五日から八月十日まで全十一回にわたり、『モニトゥール・ユニヴェルセル』紙で報告した。Théophile Gautier, « Salon de 1866 », *Le Moniteur universel*, 15 mai–10 août 1866.

(58) « Salon de 1866 » (I).

連載を始めるにあたって述べた言葉としては辛辣だが、彼女がこれまでの美術批評を通して得てきた見解を確かにふまえたものである。前半では――六五年の官展評で、デゴッフのスグリとクリスタルの鉢を描いた静物画について、正確な模写以上の美点がないと不満を述べたように――技術の修得とあわせて求められるべき情熱や個性の欠如を非難している。[59] 後半では――六四年の官展評で、フランソワ・モローの「酔っ払い」の彫像の卑俗な姿勢を嫌悪していたように――あまりに手近な現実からモデルを得ていることを批判している。[60] このように苦言で始まるこの年の官展評では、やはり称賛した作品が少なく、一様に画中の内容を説明し、瑣末な技法の評価に終始したものが多い。

だが、ジュディットはこれまで同様、風景画に対してだけは相変わらず特別な関心を寄せている。まず、ギュスターヴ・クールベ（一八一九―一八七七）による風景画である。クールベは、テオフィルによって「最もありふれたモデルを文字通りに解釈[61]」するレアリスムを非難されていたが、一八六〇年代以降はバルビゾン派に近づいて風景画を多く描くようになり、画家自身が特に好んだ「鹿」をモチーフとした自然の絵は、「よい意味でのレアリスム[62]」と好意的に評価されるようになった。それと同じく、ジュディットも彼の鹿の絵の美点を、「プレジール＝フォンテーヌの小川（ドゥー川）にある鹿の隠れ場」を通してとらえている（図12）。

粘土で作られたようなこの風景画はじつに真実味が心をとらえる。なんて甘美でみずみずしい印象なのだろう！　岩が涙を流して、苔が濡れている。そして鹿たちは灰色の石のあいだをゆっくりと流れる小川に、なんて上手に小さくか細い脚を浸していることか！　この愛らしい動物たちは、鹿のあらゆる優美な側面を観衆によく教えようと、なんて親切に異なったポーズをみせてくれていることか！[63]

軽いテンポで好意的な評価を行うなかで、とりわけ、全体の印象や調和をみるだけでなく、画中の些細な一角にある濡れた苔を岩の涙によるものと想像し、鹿たちの細かな動作を、まるで彼らが人間を意識した媚態をとっているかのように解釈している。こうしたところからも、彼女が自然や動植物の生命を繊細にみてとっていたことがわかる。

また驚くべきは、風景画の論評以外でも、風景画や自然のモチーフに言及せずにはいられなかったことである。展示室の壁に貼られた紺色のテープをみては、ボナがその色と「同じくらい深くこの世のものならぬ空の絵」を出品しなかったことを悔やんだ。また、先に挙げた「石のベンチ」で風景画家としての活躍が期待されていたエベールが規定通りの二点しか出品できなかったことに不満を述べたりもした。さらに、ムランの「牧神とニンフ」の彫像について、作品には表現されていない周りの「みえない森」をたやすく想像できるといい、ついには、「忘れている美しい風景画がなんとたくさんあることだろう！」と吐露する。[64] もはや、熱烈な風景画愛好家としかいいようがない。

そして、連載の最終回では「多くの人は、風景画家たちの献身的な教えがなければ、田園を想像できないだろう」[65]、つまり、パリでは享受することができない自然を身近に感じるために風景画が存在するとき別り出し、堰をきったように一連の風景画賛美を繰り広げた。そのなかでも、絵が示す以上の自然に様々な方法で接近しようとしたこ

---

(59) デュビュッフの「放蕩息子」について、「魅力と感情が欠けている。ほとばしりがもう存在しない。構想が決して知識を超えていないのである」との記述もある。*Ibid.*

(60) ジェロームの「クレオパトラ」について、「顔つきは平凡で、最新の流行風に整えられた髪をして奇妙なほど現代的である」との記述もある。*Ibid.*

(61) Théophile Gautier, « Salon de 1853 », *La Presse*, 21 juillet 1853.

(62) Théophile Gautier, « Salon de 1868 », *Le Moniteur universel*, 11 mai 1868.

(63) « Salon de 1866 » (II).

(64) それぞれ « Salon de 1866 » (III) (V) (V) (V).

(65) « Salon de 1866 » (V).

図12　ギュスターヴ・クールベ「プレジール＝フォンテーヌの小川（ドゥー川）にある鹿の隠れ場」とその部分（右）（1866年、オルセー美術館蔵　© RMN-GP (Musée d'Orsay)/Hervé Lewandowski/distributed by AMF）

とは、ジュディットによる美術批評の特徴の最たる表れだといえるだろう。例えば、シャントルイユの「太陽が朝露を浴びる」と題された絵（図13）に描かれた太陽を「空の端に光線をほとばしらせて楽しそうに現れ、大きなまっすぐに立つ簡素な木々に光のチュニックを着せている」とし、エルストの「春」について「細くすらりとした木々が、白い花々と生まれたばかりの葉で作った刺繍を、空の淡く明るい紺色のうえに浮かびあがらせている」として、

図13　アントワーヌ・シャントルイユ「太陽が朝露を浴びる」（1866年、ストラスブール美術館蔵　Musée des Beaux-Arts de Strasbourg, photo M. Bertola）

自然の光景を人間の日常の営みになぞらえ、いっそうの親近感を生み出した。あるいは、ドレの描いた「サヴォワ地方の急流」を「太陽の反射光が割れる騒然とした鏡」とし、それが「草のなかのヘビのように岩と苔のなかをすばやく逃げていく」と自然にまつわる比喩を重ねて表現したのは、万物の類似性や呼応を積極的に見出そうとしているからであるようにも思われる。また、エルストの「廃墟の城塞都市」では、些細な前景に過ぎないヤギに温かい眼差しを

投げかけ、人間以外の生き物の生をもつぶさにとらえようとした[66]。

ジュディットがとりあげた当時の風景画は、コック兄弟、ドービニー父子、シャントルイユ、ブルトン、そしてコロー、クールべ等、フォンテーヌブローの森で野外制作を行ったバルビゾン派のうちに数えられる画家、ないし彼らの影響を受けた画家によるものがほとんどである。画家たちが活動の拠点としたフランソワ・ガンヌによる宿が一八二四年に開業され、一八二〇年代から印象派が現れる七〇年代まで、とりわけ、四八年の二月革命を契機とするレアリスムの隆盛と風景画の需要の高まりを受けて、バルビゾン村には多くの画家が集うようになり、芸術集団が形成されていった。そこには、小説『マネット・サロモン』（一八六七）[67]で村と宿の様子を描いたゴンクール兄弟を始め、作家や批評家たちもたびたび滞在しており、実はそのなかにほかならぬマンデスとジュディット夫妻も含まれていた。彼女の異母兄トトから、家族との不和によりカルロッタ・グリジのもとに身を寄せていたテオフィルに宛てられたつぎの一八六六年九月十九日付の書簡によって、そのことが明らかになっている。

〔ジュディットは〕風景画や、ズボンと作業着姿でロバに乗ってタバコを吸う風景画家たちに囲まれて、バルビゾンの方を歩き回っています！〔……〕いき着くところは奇人変人です[68]。

父の反対を押しきってマンデスと結婚し、作家や芸術家仲間とのボヘミアン的なその日暮らしを行うジュディットの姿は、家族にとって無謀なものと映ったのだろう。さらに、同年九月から十月のあいだに書かれたと思われるアンリ・カザリスからマラルメ宛の書簡にも、同様のことが記されている。

愛はお金でしか燃えない台所の火です。私はこの夏ずっとバルビゾンでマンデスに会いました。彼は先行きがどうなるかわからないまま暮らしています。奥方は美しいが、病気です[69]。

これらの書簡から、ジュディットが、おそらく一八六六年の官展評を書きあげたのち、バルビゾンでひと夏を過ごしていたことがわかる。それは、経済的に困窮し、病を患い、さらに結婚数ヶ月で夫マンデスの愛人問題も発覚するなど、私生活での問題が絶えない時期だったようである。だが、いずれにせよ注目すべきは、彼女がこの年、バルビゾン村で画家たちに混ざって自然のなかでの暮らしを謳歌していたという事実であり、それは、これまでにみてきた彼女の美術批評の特徴を裏づけるとともに、その志向が同時代のフランスにおける自然への回帰や美術界における同様の動向と共鳴したものだったことを物語っている。

ところで、翌一八六七年の春には、第二章でとりあげる中国詩翻訳集『白玉詩書』が、それまで数年にわたって公にされていたプレオリジナルを集めて出版される。その最終的な手入れが、ちょうどこの時期に行われていたことも興味深い。その訳詩に表れる特徴はまさにこうした美術批評にみられる傾向と一致しているからである。

一八七六年の官展 —— 自然の特別な美

このようにジュディットは三年にわたり美術批評を執筆したが、一八六六年をもって一旦は筆を置く。その理由は定かではないが、一つに、一八六七年の中国詩翻訳集『白玉詩書』の出版以降、小説などの創作にとりくむ環境が整ったこと、また、六六年冬にはテオフィルと再び連絡をとり始め、彼の計らいで万国博覧会にかんする記事を書けるようになったこと[70]、さらに、ワーグナーに傾倒し、音楽批評を執筆し始めたことなどが考えられる。美術批

(66) すべて *Ibid.*
(67) Edmond et Jules de Goncourt, *Manette Salomon*, A. Lacroix, 1867.
(68) Joanna Richardson, *op. cit.*, p. 67.
(69) *Ibid.*, p. 68.
(70) ジュディットは一八六七年のパリ万博の際に『モニトゥール・ユニヴェルセル』紙で連載をもつ。それに先立ち、六七年初めのテオフィル宛の書簡で、「万博の中国について書きたい」と伝えていた。Théophile Gautier, *Correspondance générale*, t. 9, p. 341. 彼が同紙と縁が深かっ

評は、中国詩の翻訳とともに、彼女が執筆活動を拡大する足がかりを作ったが、やはりテオフィルの場合とは異なって主たる仕事にはならなかったのである。ただ、およそ十年後の一八七六年に再び官展評に手を染めている。これを最後にみておきたい。

記事は「ジュディット・ゴーチエ」の名で、『ラペル』紙に一八七六年五月二日から七月二日まで全十二回にわたって連載された(71)。以前の官展評に比べると、とりあげた画家も一三〇名あまりで作品も一五〇を超える。だがその反面、個々の作品に対しては簡単な説明や一様な評価に終始することが多く、内容が濃いとはいいがたい。ただ、そのなかでも一貫して主張しているのが、以前の記事でもみられたレアリスム批判である。

まず、「最初の感想」と題した連載の第一回で、つぎのように総評している。

一八七六年の官展において支配的なのは、近代的な主調である。裸体はほとんどなく、女神たちは消え去る。優雅な最新の流行で粋に身を飾った女性たちがそれにとって代わる。結局、バタクラン劇場の端役をもとに描かれた女神よりも、本物のパリジェンヌのほうがよいのである(72)。

これは、第六回で「私室と市街」というジャンルをとりあげていることからもわかるように、市民の普段の生活やパリのありふれた街並みを描いた絵が多数出品され始めたことを受けている。だが、ジュディットは神話や歴史を題材とした古典への回帰を主張したわけでも、絵画の主題の近代化に賛同したわけでもなく、いずれの主題においても、これまでの批評と同様、俗世にモデルを得るという手法に疑問を呈していく。例えば、コンスタンの「マホメット二世」について、「そのモデルをサン・ティレネ美術館の衣裳部屋と甲冑コレクションに得たのだろう。だが、その最も古い遺物は十六世紀より向こうにさかのぼらない。一四五三年の衣装はたぶんもっと粗野で風変わりだった。けれども、それらはサン・ティレネ美術館にはないからみつけられないのである」と揶揄したり、ポメーの「最後の試み」について、「今年の官展の上々の位置にはこうしたジャンルの小さな画がその他多く花開いている。けれどもそれらは互いに似通っているし、われわれが生活のなかで毎日目にするものにも大変似ているから、読者の皆さんにこれ以上おつきあいしてもらう必要はないだろう」といい放ったりするなど、現実の模写や、凡庸な素材を扱った芸術に否定的見解を示している。[73]つまり、芸術家の想像力を介していない作品を批判した。

そして、これとは対照的に、画家の目が世界の一角をとらえ、それを理想化して表現したような作品を高く評価した。つぎの、象徴主義の先駆者とされる画家ギュスターヴ・モロー（一八二六—一八九八）に対する長い記述には、そうした現実と芸術作品の距離にかんするジュディットの見方が凝縮されている。

たことはもちろんだが、この万博では副選考委員長も務めていた。またリチャードソンによると、彼はマチルド皇女にジュディットの援助を請い、それによって『モニトゥール・ユニヴェルセル』紙への参加が優遇されたようである。Joanna Richardson, *op. cit.*, pp. 73–74.

（71）(I) Judith Gautier, « Le Salon. I. Première impression », *Le Rappel*, 2 mai 1876 ; (II) « Le Salon. II. Gustave Moreau », *Le Rappel*, 6 mai 1876 ; (III) « Le Salon. III. Les Grandes Toiles », *Le Rappel*, 7 mai 1876 ; (IV) « Le Salon. IV. Les Grandes Toiles/Sculpture », *Le Rappel*, 10 mai 1876 ; (V) « Le Salon. V. Les Grandes Toiles/Sculpture », *Le Rappel*, 14 mai 1876 ; (VI) « Le Salon. VI. Le Boudoir et la rue », *Le Rappel*, 23 mai 1876 ; (VII) « Les Refusés », *Le Rappel*, 27 mai 1876 ; (VIII) « Le Salon. Histoire et Genre », *Le Rappel*, 2 juin 1876 ; (IX) « Le Salon. L'Orient/Sculpture », *Le Rappel*, 15 juin 1876 ; (X) « Le Salon, Les Champs, les bois et la mer », *Le Rappel*, 21 juin 1876 ; (XI) « Le Salon (dernier article). Les Portraits/Dessins, Porcelaines, Gravures/Sculpture », *Le Rappel*, 26 juin 1876 ; (XII) « Les Envois de Rome, Sculpture/Peinture », *Le Rappel*, 2 juillet 1876. 以下、引用の際には « Salon de 1876 » (I) のように記す。

（72）« Salon de 1876 » (I).

（73）それぞれ « Salon de 1876 » (III) (VI). ほかにも、ボナの「天使と戦うヤコブ」について、「エホバの王座の前で、弦が光線でできた神の竪琴を指でかすめることしかしない彼が、どうしてこれほど卑俗な手をしているのか。なぜ、天空と雲を踏むだけの彼の足が、最もつらい歩行を強いられた不幸な人の足に似ているのか。それはボナ氏が、模写したものに何も加えなかったからである。モデルの耳の先が天使の羽のあいだにみえてしまっている」、モンシャブロンの女戦士の絵について、「見世物小屋で上演される大歴史劇の幕間に大きな太鼓を叩きにくる、きれいに錫めっきされた鎧に首をうずめる縁日芝居の女主人公の一人をモデルにしたようだ」、「カバネル氏が展示したシュラミの女は、誰か好きな女性の理想化した肖像以外の何物でもない」とある。それぞれ « Salon de 1876 » (III) (IV) (XI).

芸術家が夢で愛しんだ理想の人物像に手をつけ、画上にとどめたり、大理石のなかに閉じ込めたりするとき、観衆の心にきたす感情は深い落胆であり、そこには怒りさえ含まれている。〔……〕「〔そのモデルは〕どこかの柱廊がその知らない建築物の代わりをしてくれるでしょうし、一上演五フランの神々やヒロインたちから得たりもするでしょう」と芸術家は答える。だが、私たちを怒らせるのはそれだ。〔……〕昔の詩人が伝える消え去った街や気高い顔をみるべきは、その人自身のうちにおいてである〔……〕ギュスターヴ・モローはすべてを自身のなかから汲みとっている。彼の筆から生まれた真に神々しいヘラクレスには、きっと、拳の使用を禁じられた闘いがはびこるどの闘技場でも会えないだろう。モローは『サロメ』をみるために目を閉じて集中した。霊感が彼の前に見事な装いで危険なほど美しいこの少女を連れてきた。(74)

ジュディットにとって芸術の義務は美の探求であり、(75)世俗的な主題が画上にのぼるのを好まなかったが、そうした主題以上に問題としたのは、現実を模写するだけの写実的な手法であり、芸術家の独自なものの見方や夢の再現が芸術作品をなすのだと主張していた。それは、彼女が「芸術家の魂を通して」、もしくは、「詩人の精神のプリズムを通して」と表現していたものと同義だろう。

さらにつけ加えると、彼女はこのように主張する理由にもいくらか言及している。

今日のある画家たちにとって、芸術の唯一の目的は、実物をどうあろうとあるがままに再現することである。〔……〕彼らはいう、砂浜、山の近く、森で、霊感の全幻想に身を委ねながら、自然をとり押さえにいって何になるのか。〔……〕人間の美は稀である。その例外を追い求めることは理にかなっているのか。道を通り過ぎる人々、辻馬車の馭者たち、中産階級の男女がわれわれの目の前に全くありのままに広がっている。彼らの何でもない顔つきこそわれわれが画に再現するものであると。

この最新の理論から今日魅力の乏しい小さな絵が多く生まれた。だがそれらの絵もおそらく後々は考古学的視点からいくらか関心のあるものになるだろう、強烈なライバル、写真プリントによって完全に抹消されていなければ(76)!

特別な美を追求するよりも、ありふれているが最も無視できない日常を観察し、克明に記録することに意味を見出すレアリスム側の言い分に対し、ジュディットは、ありふれた日常の手を加えない再現なら写真で事足りると反論している。あるいは、フィルマン＝ジラールの「花河岸」については、いつも通るパリの一角を思い出して口をつく「まさにこれだ！」(77)という言葉以外に感想が見つからないし、現実を写しただけなら、本物の花河岸のほうが香りも生気もあってはるかによいともいう。

それでは、彼女が具体的にどのような絵を評価していたのかというと、それはやはり、「風景画」なのである。十九世紀の風景画の成立と発展は、神話や歴史の枠組みを介さず自然をありのままに描写するという意味で、レアリスムとも切り離せない。例えば、ボードレールは概して風景画に好意的ではなかったが、それは、風景画家が想像力を介さずに目の前の自然を崇拝し、模写しているとみていたからだった。「一八五九年の官展」評で彼は、自然の風景というものは「芸術家がそこに注ぎ得る今の感情以外に価値をもたない」ものだとし、風景が美しいとす

(74) « Salon de 1876 » (II). ほかにも、デュボワの「慈愛」について、「若い男の顔はまさにわれわれフランス人の軍隊でみつけられそうな典型を思わせるけれども、その顔はここでは気高く、理想化されている」、アンゴマールの「パリの屑屋」について、「ありのままを盲目的に模写するだけでは十分でなく、それが差し出す要素を集めて組みあわせて、そこから芸術的な意味を浮かびあがらせ、作品を創作しなければならないということをよく理解している」、ムンカーチの絵について、「芸術の魅力と永遠性を創るのはまさに芸術家たちにおけるこうしたものの見方の多様性ではないのか。ムンカーチ氏は彼がみるように自然を再現し、その見方がまさに彼の絵画の独創性をなしている」とある。それぞれ « Salon de 1876 » (IV) (VI) (VIII).

(75) ジュディットが芸術の義務を美の探求としたことは、「ラマット氏は、美の探求は芸術の第一の義務であるということを忘れるために主題を利用しはしなかったし、おぞましい顔をしかめさせたり、肉の削げ落ちた醜い体を描いたりはしなかった」、「偉大な芸術の伝統をこの上ない入念さをもって守り、まだ美の追求にとりくんでいるのは彼ら〔＝彫刻家〕なのである」といった記述に表れている。それぞれ « Salon de 1876 » (V) (VI).

(76) « Salon de 1876 » (VI).

(77) *Ibid.*

れば、それは「私自身のおかげで、私がそこに付与する考えや感情によって」、つまり人間の作用によってであると明言している。つまり、自然そのものにはほとんど価値を与えていない。ゆえに、ただ自然を写しているだけのような「風景画家たちのあいだには、きわめて怠惰な想像力の、控え目で卑小な才能しか」見出せなかったのである。[78] エミール・ゾラ(一八四〇—一九〇二)もまた、似たような風景画が乱立する状況に辟易して、「才能のある自然主義者は〔……〕何よりもまず人間としてであり、描いているほんの葉の茂みにも自分たちの人間性を混ぜる」と述べた。[79] 単なる模写を批判するというのは、レアリスムに対するジュディットも同じである。だが、彼女の美術批評においては、レアリスム批判が高まる一方で、年を追うごとに風景画が特別な位置を占めるようになる。じっさい、先の引用でも、レアリスム側の言い分を「砂浜、山の近く、森で、霊感の全幻想に身を委ねながら、自然をとり押さえにいって何になるのか」として、とりわけ「風景画」と対置させるような書き方をしていた。また、フィルマン=ジラールの「花河岸」にかんする見方に従えば、自然も、風景画に描かれたものより本物のほうがよいはずである。しかし、ジュディットにおいて、風景画だけは総じて特別な地位が守られる。それは、彼女にとって自然そのものが凡庸な日常物ではなく、特別な美を見出しうるもの、真理を秘めたものだったからではないだろうか。ちょうど、父テオフィルが、クールベやマネのような、ありのままを再現するレアリスム的美学に醜さしか見出さなかった一方で、ミレーは「田園の内なる詩情を理解している」、コローは「自然の魂と呼ばれるものを深く理解している」として褒め称えたのと共通する。[80] 事実、ジュディットがとらえる自然は、人間の精神によって価値を付与されずとも、それ自体で生き生きとした一種の神秘をもつ。そして、そのような自然を見つめ、そこから美や真理を引き出そうとする風景画家の芸術活動に、格別の信頼を寄せていたのである。

一八七六年の官展評では、第十回に「田園、森、海」と題して風景画のみを扱った回を設けている。単独のジャンルを扱ったものとしては、他の回(「大きな画」「私室と街路」「歴史と風俗」「東洋」など)に比べて、とりあげた画家数も作品数も多いことから、ジュディットの注目度の高さがうかがえる。また、手厳しい意見で始めた回が少なくないなかで、この回はつぎのような手放しの賛美で始めている。

現代の風景画家は、私たちに、シャンゼリゼ宮を離れることなく、なんとすばらしい遠出をさせてくれることだろう！　彼らは山間や谷間、露のなか、雪のなか、太陽のした、雨のしたに私たちを連れていってくれる。最も生彩に富んだ風景、最も美しい光の効果、あらゆる種類の雰囲気、あらゆる空の表情を私たちにみせてくれる。(81)

こうして始められる風景画の回は、しかしながら、紙面に十分な余裕があるわけではないため、三八名の画家による個々の絵に割かれた行数は決して多くはない。だが、その構成については、まさに「遠出をさせてくれる」ようによく練られている。

まず、描かれた自然、季節、時間帯、場所、色彩などの多様性を、文字を通して味わえるように絵が選択され、言及する順番も工夫されている。読者が絵の説明とともに訪れるのは、ブドウ畑、麦畑に始まる。ポプラ並木を通り抜けると、土手に出て、川がみえる。その橋を渡り、茂みをいくと、果樹園、草むら、リンゴ畑、そして農園に着く。そこには、田舎小屋や牛小屋がある。森を進み、コナラの道をいくと、沼、葉むら、林、池といった湿地に出る。さらに、小道をいけば、村にたどり着く。野原もある。山には急流があり、それはいつしか深みとなる。海である。こうして、砂浜に出れば掘っ立て小屋があり、ついに海岸まで至る。唐突な風景の並びや偏りはなく、個々の絵に描かれた多様な情景を、彼女の解説とともにゆるやかにたどっていくことができるのである。

(78) Charles Baudelaire, « Lettre à M. le Directeur de la Revue française sur le Salon de 1859 », *Revue française*, 1er juillet 1859, ch. VIII, « Paysage ».
(79) Émile Zola, « Les paysagistes », *L'Evénement illustré*, 1er juin 1868.
(80) Théophile Gautier, *Les Beaux-arts en Europe, 1855*, Michel Lévy frères, 1856, p. 59 ; « Salon de 1868 », *Le Moniteur universel*, 27 juin 1868.
(81) « Salon de 1876 » (X).

また、これらの情景のなかでは、この世を構成する様々な事物にも出会える。空、月、蒸気、地表、太陽、水、もや、霧、雲、星、夕日、かげ、光、雪、そよ風、砂、岩、海草、石、泡といった自然界のあらゆる要素や、馬、ツバメ、ロバ、牛、カエル、ハト、鳥といった動物、さらに、そのなかにみえるブドウを収穫する人、農民、落穂拾いをする人、散歩する人、水浴する人、漁師、夫、妻、少年、少女、子供、赤ん坊といった人間である。風景画のなかに織り込まれたわずかな細部も見落とさずに拾いあげ、言葉にすることで、豊かな鑑賞へと導いている。季節や時間、天候についても、ブドウの収穫、刈り入れ、夏、秋、冬、夜明け、夕暮れ、夜、雨、嵐と様々な表情をとらえている。色彩についても、青白さ、白、藤色、赤、青、赤茶色、緋色、緑、濃褐色、金、紫、銀、タール色、透明とじつに鮮やかで、風景画の繊細な表現を可能な限り写しとろうとしていることがわかる。

それに加えて、こうした多彩な風景画が一連の流れを描くように紹介されている点も面白い。つぎのように、読者はまさに、画家とその絵によって自然へと誘われるのである。

デルピー氏とともに、私たちは夜明けの最初の息吹に立ち会う〔……〕デュプレ氏は刈り入れ時期のピカルディー地方に連れていってくれる〔……〕ドービニー氏の「果樹園」では、生い茂ってみずみずしい木のしたで一息つくことができる〔……〕イスラエル氏は私たちを田舎小屋のなかへ入らせる〔……〕ビュイルフロワ氏は私たちを牛小屋のなかへと導き入れる〔……〕コルション＝ディアック氏に案内されて、私たちはフォンテーヌブローの森に入る〔……〕その森が私たちを、パール氏が再現した「カエルの沼」に連れていってくれるだろう〔……〕彼〔＝オルトマン氏〕は私たちにその〔＝森の〕より美しい姿をみせてくれる〔……〕ミッシェル氏は私たちをヴォージュの山々に登らせ、急流をみせてくれる〔……〕私たちは、フュレ氏によって丹念に観察されたチョウゲンボウの家族をゆっくり鑑賞することができる〔……〕(82)

他の回では内容の説明に加え、技法を評価したり辛辣な皮肉を並べたりすることもあった一方で、このように風景画に対しては、批評するというよりも、むしろ絵に、すなわち、画家が描きとめた自然の営みに、批評家自身が参加しているような印象を受ける。そして、記事の終わりを、「まだどれだけの名前を引用できるだろうか〔……〕だが、私たちの風景画家の流派は本当に数が多いので、それらを数えあげることは不可能である」(83)と締めくくっていることから、ジュディットが他のジャンル以上に風景画の存在を重視していたのは疑いようがない。

この一八七六年の官展評において、彼女は最初の美術批評から抱いてきた見解をいっそう確かなものにしている。扱う作品数の多さから、比喩や擬人法を駆使して個々の絵を説明したり、画中の内容を超えて想像をめぐらせたりするといった、以前の批評の饒舌さはあまりみられなかったが、芸術家の独創性が見出せない写実的な作品や卑俗な主題を一貫して忌避しつづけ、一方で、風景画への関心は衰えることなくますます強まっていた。(84)先に挙げた箇所で風景画をレアリスムと対置させていたように、自然に対してだけは、冷静な観察者ではなく、ひたすら寄り添い、特別な美と真理を受けとろうとする、温かな共感者だったのである。

以上が、一八六〇・七〇年代にジュディットが執筆した美術批評である。全体を通して、風景画に高い関心を抱いていたこと、また、自然をモチーフとした比喩を用いて万物の呼応を想起させていたこと、自然を擬人化してその生命を表現したこと、さらに、自然の美と真理に憧れ、絵画を通してそれに触れようとしていたことが理解された。ちなみに、フランスの美術において、自然は長らく神話や歴史を主題とした作品の背景でしかなく、一八一七年の芸術アカデミーによるローマ大賞の「歴史的風景画」部門創設や、イギリス、オランダ絵画の影響などを経て、ようやく十九世紀初頭に風景画が一ジャンルとして認められたとされる。そして、シャルル・レマールの『フォン

(82)« Salon de 1876 » (X).
(83)*Ibid.*
(84)一八七七年には「バルビゾンの七星」の一人に数えられるディアズ・ド・ラ・ペーニャの死を悼む記事を『アルティスト』誌に寄せている。Judith Gautier, « Exposition des œuvres de Diaz », *L'Artiste*, 1er juin 1877.

テーヌブローへの旅行者ガイド』(一八二〇)や、クロード＝フランソワ・ドゥヌクールの『フォンテーヌブロー宮殿への旅行者ガイド』(一八四〇)を始めとするガイドブックが多く刊行されたり、[85]一八四九年には鉄道が整備されたりしたことによって、都市の暮らしに倦み疲れたパリ市民のあいだで郊外の森への小旅行が流行し、一八二〇年代から七〇年代にかけて多くの画家たちがバルビゾン村で風景画の野外制作を行うようになった。ジュディットが彼らの風景画を批評で多くとりあげていたことから、その芸術観も、少なからずこうした当時の美術的・文化的変動の影響を受けて形成されたものだったと考えられる。

さらにこれに関連して、先にも触れた、美術に対する父テオフィルの見解の影響も探っていく必要があるだろう。それというのも、彼はかつて「一八三九年の官展、IX、ベルタン、アリニー、コロー」(のちに「三人の風景画家へ」と改題)と題した詩を発表し、まさにジュディットと同じく、風景画を手放しで賛美していたからである。

われわれ批評家にとって、
〔……〕
偉大な風景画家、霊感を受けた詩人が
〔……〕
世界の美しい肖像画を描いてくれるのは幸福なことである。
〔……〕
恵まれない子供たちよ、ああ！　絵がなければ、
われわれは母なる自然を忘れるかもしれない。
〔……〕
外に出ることなく、あなたとともにわれわれは旅をする、
パリにいながら、たくさんの景色のなかをさまよう。

絶えず青い波のなかで泳ぐ、
壁に穴を開けて懸けると、あなたの絵は、
われわれにとって開かれた窓のようである、
そこからわれわれは緑の大草原を、
金色の収穫を、秋が色づかせた森を、
果てしない地平線を、限りない空をみるのだ(86)！

このように、テオフィルにとっても、風景画は自然の生きた姿をとらえた「肖像画」であり、パリという都市に閉じ込められた人々に自然への「旅」をさせてくれるものだった。

また、一八七〇年には『くつろいだ自然(87)』という、春の雪解けから枯葉の冬に至るまでの季節のめぐりに沿って、森のなかの動植物の営みを丹念にたどった散文作品を出版している（図14）。バルビゾンに暮らした画家カルル・ボドメル（一八〇九―一八九三）による、三六枚の季節ごとの動植物の繊細な挿絵が添えられた、みずみずしく温かいテオフィルの晩年の作品である。そこには、人間が一切登場せず、動植物だけの世界が尊重され、語り手はときおり彼らに呼びかけては、魂、感情、性格、愛、芸術など人間と同じような営みを認める。そうした作品を残したのは、ほかでもなく、「人間の手が入った自然は、完全にくつろいではいない。人が自然を苦しませ、いらだたせ、やり

（85） Charles Rémard, *Guide du voyageur à Fontainebleau*, E. Durant, 1820 ; Claude-François Denecourt, *Guide du voyageur dans le palais et la forêt de Fontainebleau, ou Histoire et description abrégées de ces lieux remarquables et pittoresques*, Fontainebleau, chez l'auteur, 1840.

（86） Théophile Gautier, « Salon de 1839. IX. Bertin, Aligny, Corot », *La Presse*, 27 avril 1839. また、一八四九年には「風景画家たちのグループ」と題する記事も書いている。Théophile Gautier, « Palange des peintres de paysage », *La Presse*, 11 août 1849.

（87） Théophile Gautier, *La Nature chez elle, eaux-fortes de Karl Bodmer*, Imprimerie de l'Illustration, 1870.

図 14　テオフィル・ゴーチエ『くつろいだ自然』の挿絵。カルル・ボドメルによる「様々な鳥たちのいるキイチゴ」という挿絵を掲げた第 9 章は、「食卓の用意ができた」と題されている。（1870 年刊、フランス国立図書館 BnF 蔵）

方を強いている。自然は気ままに自由にしているほうが、ずっと感じがよく魅力的である[88]」という、自然に対する深い愛があったからである。

西洋文化の伝統においても、確かに、アイソーポス（イソップ）やラ・フォンテーヌの動物寓話を通して、多くの人々が自然現象や動物たちの、人間のごとき行動というものを想像してきた。しかし、それらはいずれも人間を諭すのに都合がよいよう、ときには彼らに対して無遠慮な性格づけがなされている。これについてテオフィルは、「寓話作家たちの意に反して、動物たちは寓話よりも自然のなかでのほうがずっと賢明である。ピルペイ、アイソーポス、フェードル、ラ・フォンテーヌは、彼らに人間たちの滑稽さや悪行や愚行をかぶせすぎた[89]」と指摘し、人間の驕りを介さずに自然の真理を理解しようとしていた。こうした父の信念は、まさに、娘ジュディットが美術批評でみせた自然への眼差しに、さらには後からとりあげる二つの訳詩集『白玉詩書』と『蜻蛉集』の世界観にまで受け継がれているように思われるのである。

三　一八七〇年前後の音楽批評

ジュディットは一八六四年から六六年にかけて毎年美術批評を公にしていたが、それと入れかわるように、六〇年代の終わりから七〇年にかけて集中的に執筆したのが音楽批評である。具体的にはワーグナーの作品の批評で、いずれも「ジュディット・マンデス」の名により『プレス』『リベルテ』『ラペル』紙に掲載された。

父テオフィルやその友人のネルヴァル、ボードレールらが、フランスでワーグナーを擁護した先駆者だったのみならず、夫マンデスも熱心な支持者だったことから、彼らとの文化的生活の共有が彼女の音楽批評に多大な影響を及ぼしたのではないかと想像される。だが、彼女自身はそれを否定しており[90]、よく知られているワーグナーとの交流も、自らの内に沸き起こった熱烈な思いが実現させたものだった。また、彼女がワーグナーを扱ったものはこの時期の批評記事にとどまらず、『リヒャルト・ワーグナーとその詩作品、『リエンツィ』から『パルジファル』まで』（一八八二）[91]、一八七八年頃からとりくみ始めた『パルジファル』の台本の翻訳（一八九三年の逐語訳、一八九八年の音楽に適合させた訳、一九一四年の新訳）[92]、ワーグナーとの思い出を綴った自伝第三巻『日々の連珠、連珠の三連目』（一九〇九）、

（88）*Ibid.*, ch. VII.

（89）*Ibid.*, ch. V.

（90）著書『リヒャルト・ワーグナーとその詩作品、『リエンツィ』から『パルジファル』まで』（十七頁）に、「私の使命は間違いなくこの新しい神の信奉者になること、彼を理解し信じることだった、なぜなら何も誰も私に影響を与えなかったからである」とある。

（91）Judith Gautier, *Richard Wagner et son œuvre poétique, depuis « Rienzi » jusqu'à « Parsifal »*, Charavay frères, 1882.

（92）*Parsifal, poème de Richard Wagner, traduction de Judith Gautier*, Armand Colin et Cie, 1893 ; *Parsifal, poème de Richard Wagner, traduction nouvelle s'adaptant à la musique*, Société Française d'Éditions d'Art, 1898 ; *Parsifal, drame sacré en trois actes de Richard Wagner, version française de Judith Gautier et Maurice Kufferath*, *La Petite Illustration*, n° 44, 3 janvier 1914.

一九一〇年から一一年にかけての一連の批評記事、死後出版のエッセー『リヒャルト・ワーグナーの傍らで』(一九四三)[93]とあり、まさに生涯にわたって彼の音楽に関わりつづけたといえる。

ここでは、一八七〇年前後に書かれた最初の音楽批評をとりあげ、ジュディットが彼の音楽のどのような点に惹かれ、どう解釈していたのかを明らかにしながら、若き日の彼女が一人の巨匠のうちにみた芸術表現の本質について考察していきたい。

バーデン劇場、『ローエングリン』——無限旋律による本質の表現

ジュディットは、自らの記憶にドイツの音楽家リヒャルト・ワーグナー(一八一三―一八八三)の存在が初めて刻まれた出来事を、『リヒャルト・ワーグナーとその詩作品、『リエンツィ』から『パルジファル』まで』の冒頭で詳しく語っている。

> 私の前でリヒャルト・ワーグナーが最初に話題になったのは、パリで『タンホイザー』が初演された日の夜の、やや奇妙な状況においてだった。〔……〕
>
> この上演の夜、幕間のときに、私は父と偶然オペラ通りを横切った。通りは人であふれかえっていた。ある男性が父に挨拶をしにきて、私たちを引き止めた。〔……〕男性は激しい憎しみと、失敗を見届けようとする獰猛な悦びをもって出席したその上演について話し始めた〔……〕。
>
> 私はこの出来事を決して忘れず、のちに、この若い意識を奇妙なまでに奮い立たせた怒りのなかに、一種の予感、初めて名前を耳にしたこの芸術家を、いつか熱狂的に賛美するに違いないと知らせる何かをみようとした。[94]

話しかけてきた男性とは作曲家のエクトル・ベルリオーズ(一八〇三―一八六九)で、ジュディットは思わずその場で彼に皮肉をいわずにはいられなかったのだが、いうまでもなくこの上演は、オペラの革新に激しく反対する観客に

よって失敗に追い込まれ、長らくワーグナーとその擁護者たちの苦い思い出になったとともに、反対派と擁護派の対立を激化させた、有名な一八六一年三月の『タンホイザー』パリ初演のことである。ボードレールはこの出来事をきっかけに、「リヒャルト・ワーグナーと『タンホイザー』のパリ公演」[95]を書き、ワーグナーの芸術性に強い賛同の意を示したのだった。

まだ十代半ばだったジュディットはこの上演に立ち会わなかったものの、まもなく彼の音楽に触れる機会を得た。

> 私が『さまよえるオランダ人』の楽譜を手にしたのは偶然だった。ピアノの先生が〔……〕その冊子をもってきたのである。〔……〕私はきわめて凡庸なピアノ弾きだったが、それでもこの見知らぬ楽譜をみて、かなり不完全で大雑把に演奏しながらも、心をかき乱されずにはいられなかった。数知れぬ間違いを通してではあるが、一種の直感が、この詩と音楽の意味と偉大さを理解させてくれた。[96]

そして、指揮者ジュール・パドルー（一八一九―一八八七）が一八六一年にオーケストラ「コンセール・ポピュレール」（のちのコンセール・パドルー）を創設し、毎週日曜に市民向けのコンサートを開催し始めると、批評家である父のもとに招待状が送られてきていたこともあって、妹とともに頻繁に訪れ、[97]そこでワーグナーの抜粋を聴くようになっ

---

(93) Judith Gautier, *Auprès de Richard Wagner, souvenirs 1861–1882*, Mercure de France, 1943.
(94) Judith Gautier, *Richard Wagner et son œuvre poétique*, pp. 15–17.
(95) Charles Baudelaire, « Richard Wagner et Tannhäuser à Paris », *Revue européenne*, 1er avril 1861.
(96) Judith Gautier, *Richard Wagner et son œuvre poétique*, pp. 17–18.
(97) 自伝第二巻（一六七頁）に、「私たちが音楽に夢中になり始めると、パドルーのコンセール・ポピュレールの常連だったトト〔＝異母兄〕〔……〕とその友達が、クラシック音楽を知って真剣に理解するためにそこへつづけて通うことを強く勧めた。パドルーは彼の演奏会評を書いていた父にすべての上演の席を一つ贈ってきていた」とある。

ていたことが、つぎの記述にうかがえる。

一八六八年の終わりに彼の作品についていくつか記事を書いたときには、多少上手なピアノ演奏やコンセール・ポピュレールで聴いた抜粋による、まだとても不完全な形でしかそれを知らなかった。(98)

実は、このコンセール・ポピュレールの演奏会は、マンデスに出会い、父の目を盗んで彼と会っていた場所でもある。(99) マンデスは一八六〇年初めに開かれたコンサートでワーグナーに心酔し、六一年に『ルヴュ・ファンテジスト』誌を創刊して、彼の音楽を積極的に擁護していた。だが一方で、ジュディット自身は、一八六八年にはまだ「不完全な形」でしか彼の音楽を聴いたことがなかったとしているほか、六九年の時点でも、ワーグナーがドレスデン革命に加担して逮捕状を出され、恩赦を得るまでスイスに逃亡していたことをよく知らなかったと自伝で述べており、(100)彼をとり巻く騒乱のなかにいたというよりも、むしろ自らの直感だけを頼りにしてその音楽に手を伸ばしていったようである。

さて、うえの引用で「一八六八年の終わりに彼の作品についていくつか記事を書いた」とあるのが、ジュディットによる最初の音楽批評のことである。初めて小説『皇帝の龍』を連載した年の秋、『プレス』紙に三度にわたって発表した。そのうちの一番目の記事をまずとりあげ、ワーグナーの音楽にかんする彼女の最初の解釈をみてみたい。

記事は「バーデン劇場、『ローエングリン』」と題され、一八六八年九月八日付の紙面に掲載された。(101) 作品紹介も行っているが、ワーグナーに対する誹謗中傷が多い時期にあって、その理念を擁護的に解説した部分が中心となっている。初めに、彼を「王座の君主」「本当の王」「われわれの時代の最も偉大な音楽の天才」と称え、『タンホイザー』のパリ初演を始めとした数々の障害にもかかわらず、その道は死さえも阻むことができないと熱烈に神格化している。そして、彼がいったことを彼以前には誰もいわなかったし、彼が行ったことをするのはもっと難しいという。

彼が行ったこととは、「オペラを調和のあるまとまり、すべての芸術、詩、音楽、絵画（装飾は重要）、彫刻（コーラスの集団は彫刻芸術に由来する）があらゆる形の人間の感情の表明に貢献するまとまりにすること」、すなわち、楽劇（総合芸術）の実現である。さらに、自ら台本を手がけた詩人であり音楽家であるワーグナーにおいて、「詩的表現」と「音楽的表現」は連動しており、音楽のみが語るときは「詩の着想のなかの最も甘美な魅力である、向こうの世界、表現できないもの」を表しているのだと述べる。つづけて引用されたワーグナー自身の言葉によれば、つぎのようになる――「詩人の偉大さはとりわけ、表現できないことをわれわれ自身に沈黙のなかでいわせるために口をつぐむことで測られる。だが、いわれないことをはっきりと聞こえさせるのが音楽家であり、響きのよい沈黙の確実な形が〈無限旋律〉である」[102]。

無限旋律は、示導動機（ライトモチーフ）などと並んで、ワーグナーの音楽における重要な手法の一つである。ゆえに、同記事はこの概念の説明にも紙面を費やしているが、その大半は彼自身の著書『四つのオペラの詩』の「音楽についての手紙」（一八六一）[103]からの引用になっている。彼はまず、オペラの伝統的形式を築いたイタリアオペラについて、「娯楽の夕べ」のための「舞台上で歌われる音楽の娯楽」であり、観客はときおり「［オペラの］会話中に小休止をとる」とき、この音楽に耳を傾けるとする。会話中にも音楽はつづけられるが、それは「華やかなディ

---

(98) *Ibid.*, p. 18.
(99) Joanna Richardson, *op. cit.*, pp. 45–47.
(100) Judith Gautier, *Le Collier des Jours, Le Troisième Rang du Collier*, Félix Juven, 1909 [s. d.], p. 73.
(101) Judith Mendès, « Théâtre de Bade : *Lohengrin*, opéra en trois actes, de Richard Wagner », *La Presse*, 8 septembre 1868.
(102) ワーグナーの著書『四つのオペラの詩』の「音楽についての手紙」（六二頁）から引用したものである。
(103) Richard Wagner, *Quatre poèmes d'opéras, traduits en prose française, précédés d'une Lettre sur la musique [à Frédéric Villot, Paris, 15 septembre 1860] par Richard Wagner. Le Vaisseau fantôme, Tannhaeuser, Lohengrin, Tristan et Iseult*, A. Bourdillat, 1861.

ナーで会話を盛りあげるための食卓の音楽」のようなものである。本当に聴く音楽、すなわち、「心から聴くアリア」は限られ、そのために「会話が中断されて、観客は関心を傾けて聴く」ことになる。これに何度も観客の集中を引くことのできる作曲家が、「尽きないメロディの創作者」とされている。このようなイタリアオペラに慣れた観客は、メロディが無限につづくワーグナーのオペラを前にして、突然、作品がつづくあいだ中、「すべての部分に対して同じ集中」を強いられることになる。だが、かつて心地よい会話を助けていた音楽を「高尚化」したに過ぎないようなメロディを、観客たちはイタリアオペラのメロディと同等のものとは認められず、それがさらに「聴かれよう」としていることに拒否反応を起こしてしまうのである。

こうしたワーグナー自身による、彼の音楽に対する観客の抵抗感の分析を引き合いに出したのち、ジュディットは、今回バーデン劇場で『ローエングリン』が成功したのは、観客が結局「音楽の唯一の形はメロディである」、そして、「広大なリズムによって思考を展開させることには、イタリア形式の窮屈な古物のなかで思考に猿轡をかませ首かせをつけるよりも、より多くの利点がある」と認めたからだと述べている。観客はわかりやすい娯楽に飽き足らず、音楽が表現し得る真に甘美な神髄を求めるようになったのである。

これにつづけて作品紹介に入るが、そこはほとんどあらすじをたどったに過ぎない。ただ、そのなかで、白馬の騎士ローエングリンが無実の罪を着せられたエルザを救うために神の裁きを問う決闘に名乗りをあげ、またエルザが自分を信じてくれる者に厭わず身を捧げようとする、互いの信頼が固く結ばれる場面について、つぎのような一節が出てくる。

そこに、ワーグナーのオペラで頻繁にみられるような、原始的な魅惑に満ち、理想的な感情によって強められ、その荘厳さによって自然な優雅さが弱まることの全くない、対話の美しさがある。

ここに並べられた「原始的な魅惑」「理想的な感情」「荘厳さ」「優雅さ」は、さらに記事の終わりでくりかえされる

「崇高さ」「理想的な清澄さ」「夢想的な正確さ」「全体の神々しい純粋さ」などとともに、ワーグナーの作品の主題的特質を説明している。いずれも抽象的な概念だが、そもそもジュディットが彼の作品の個々の主題をあれこれ論じることは少ない。これらは、無限旋律が表現するものについて述べる際に言及していた、「表現できないもの」「いわれないこと」「広大なリズムによる思考」といったものにも通じているだろう。ワーグナーの音楽のこうしたとらえ方は珍しいものではなく、ボードレールも、彼の音楽から「無限に大きく無限に美しい何かにみとれる感覚、目と魂を失神するまで喜ばせる強い光の感覚、そして、ついに考えられる最後の限界まで広げられた空間の感覚」が得られると述べていた。(104)

だが、こうした共通点が見出せるのも当然のことで、実は、うえの一節を含む『ローエングリン』のあらすじを追った部分は、ジュディットがボードレールの件の記事、「リヒャルト・ワーグナーと『タンホイザー』のパリ公演」をほぼ一語一句違えずに引き写したものなのである。(105) 記事すべてが剽窃というわけではないが、「まだ不完全な形でしか」ワーグナーの音楽を知らなかったという時期において、あらすじの説明については偉大な先達の過不足ない文を借りようとしたのだろうか。ただ、ボードレールが、上記のような抽象的な概念を始め、「人間の心のなかの最も隠されたもののすべて」を表現する力をワーグナーの音楽に認め、彼が同じ記事で引用したフランツ・リスト(一八一一—一八八六)も、ワーグナーの旋律によって「登場人物たちの主要な情念」や「心の秘密」が明かされるとしたのに対し、(106) ジュディットは登場人物たちの具体的なドラマや、そこから引き起こされる人間の心情の表現というものにそれほど関心を寄せてはいかない。彼女が感じとった「表現できないもの」は、また別の性質を帯

(104) Charles Baudelaire, « Richard Wagner et Tannhaüser à Paris », ch. I.
(105) *Ibid.*, ch. III.
(106) *Ibid.*, ch. IV et III.

びていくのである。
彼女がワーグナーの作品にいい表しがたい何かを認めていたことは、『ローエングリン』の最後で、主人公が聖杯の騎士であると知られて再び旅立っていくと同時に、エルザが息絶えてしまう場面について、つぎのように説明したことにもみてとれる。

オーケストラから、前奏曲の天使のようなメロディが立ちのぼる。河からのぼる霧のごとく、終わったドラマがもとの本質であるぼんやりとした静けさのなかに消えていくかのように。

ここでも、主人公の旅立ちとヒロインの死という具体的な主題が、やがて「もとの本質」に融け込んでいくとしているように、彼女はワーグナーの芸術が何らかの根源的なものを表現しているととらえていたのだろう。その様子を、「河からのぼる霧のごとく」と自然の現象に例えている点に注目しておきたい。
このように、ジュディットによる最初の音楽批評では、ワーグナーに対する手放しの賛美が表され、楽劇や無限旋律といった彼の基本的な手法が説明されているほか、その途切れなく展開されるメロディが表現するのは、作品の根底に流れる、より本質的で壮大な思考だと理解していたことが示されていた。ただし、ワーグナー本人の言葉を借りた部分も多く、ここではまだ彼女の見解を十分に知ることはできない。

リヒャルト・ワーグナーと批評家 —— 森の震えのごとき音楽

つづいて、一八六八年十月十七日と三〇日の二回にわたって『プレス』紙に掲載されたのが、ジュディットによるワーグナー評のなかでもとりわけ重要な「リヒャルト・ワーグナーと批評家」および「リヒャルト・ワーグナーと批評家（続篇）」[107]である。重要である理由は、彼の音楽の革新的な点がより詳しく分析され、そのなかで彼女を惹きつけたのがいかなるものだったのかが示されているからであり、また、この記事をワーグナー本人に送り、意見を求めたことで、彼の音楽を真に理解する者として親交が許されるようになったからでもある。実はこの記事は、作曲家で音楽評論家のエルネスト・レイエ（一八二三—一九〇九）が同年九月三〇日付の『ジュルナル・デ・デバ』紙で『ローエングリン』を批判したことに反論したものでもあった[108]。それゆえ、ワーグナーの音楽を擁護するために、緻密に論が進められているのである。

まず前篇では、彼の音楽に抵抗する批評家たちの論拠のでたらめさや日和見主義を指摘したあと、レイエを名指しし、彼の主張にはいくつかの誤りがあるとする。

> レイエ氏は、リヒャルト・ワーグナーの美の理論はグルックの有名な革新をもとにしているだけだと断言する。

だが、彼自身ワーグナーの理論に精通していないと告白していることからも、彼女はワーグナーの革新の意義を過小評価するこの主張に強く反論する。確かに、ワーグナーとクリストフ・ヴィリバルト・グルック（一七一四—一七八七）のオペラ改革には「いくつかの類似性」があるが、グルックが行ったのは「歌手の下手な虚栄や作曲家のいき過ぎた媚がイタリアオペラにもち込んで、最も華麗で美しいスペクタクルを最もつまらない馬鹿馬鹿しいものにした、すべての悪習を避けること」だったと、つまり、歌手の技巧の披露のせいで歌がドラマからかけ離れたものになった状況を打破しようとしたグルック自身の言葉（『アルセスト』の書簡体献辞）を引用してふりかえっている。もちろん、ワーグナーも作曲家の意図を無視した「俳優の横柄な態度を抑える」ことには賛成するだろう。しかし、

---

(107) Judith Mendès, « Richard Wagner et la critique », *La Presse*, 17 octobre 1868 ; « Richard Wagner et la critique (suite et fin) », *La Presse*, 30 octobre 1868.

(108) Ernest Reyer, « A propos de *Lohengrin* et de Richard Wagner », *Journal des Débats*, 30 septembre 1868. レイエはテオフィルと親交があったが、ジュディットは自伝第二巻（一六九頁）で「レイエが「パドルー氏はオーケストラに支配されるだろう」と書き、いつも意地悪く「ピエドルー」［＝オオカミの足］」と呼んでいたのを私たちはたいそう恨んでいた」と記している。

グルックが認識していた音楽の役割というのは、「〈筋を中断したり表面的な装飾で殺したりせずに、感情の表現や場面への関心を強めるために〉詩の補佐をする」ことだったのであり、この点において、音楽に対するワーグナーのつぎのような認識とは明確に異なる。

ワーグナーは〈ドラマのなかにおける音楽と詩の密接な融合〉を考案している。

それに加え、ジュディットによれば、グルックの考えは音楽家であれば誰もが抱いたはずのものであり[109]、じっさいには状況がいくらか改善されただけで、オペラの基本的な形式は変わらなかった。よって、もしグルックに実績がなければ、こうした主張だけで改革者の誉れを与えられることはなかっただろうとしている。これに対して、ワーグナーのスコアは伝統的なオペラの形式から離れる。

ワーグナーは作品のまとまりを壊し、断片やかけらの集まりにしてしまう慣用的な分割を完全に廃止した。〔……〕グルックが全く言及しなかったしおそらく考えてもみなかった、このわかつことのできない全体性、音楽様式の一体性を、ワーグナーは〈無限旋律〉のなかに見出した。彼以前の劇音楽においては、舞踊の形式から生まれた小さなリズムが支配的だった。楽想は絶えず中断されてばらばらに孤立しており、印象の統一性を求めることはできなかった。

こうして二人の音楽家の決定的な違いを示したあと、ジュディットは、ワーグナーがベートーヴェンの交響曲にみられる「結合」に自分の考える統一的で連続したメロディを見出したと述べているテクストを引用する。出典は記されていないが、先の記事でも参照していた『四つのオペラの詩』「音楽についての手紙」からの一節である[110]。

〔ベートーヴェンの交響曲の〕断片は絶えず新しい結合を作るために集まっていく。それはあるときは急流のように途切れぬ流れによって次第に大きくなり、あるときは旋風のように砕ける〔……〕この方式の全く新しい成果は、メロディを、それがもつあらゆるモチーフの豊かな発展によって大きく、特筆すべき長さをもつ塊をなすまでに広げることとなのである。

連続したメロディとは、すなわち、無限旋律のことで、ジュディットはかねてから「本質」を表現するものとして着目していた。ところで、この一節にかんして興味深いのは、これが彼女にとってとりわけ印象的な部分だったことを示すかのように、直後で、同じ内容をより表現力に富んだ文体で反芻していることである。

ワーグナーが最初にこの統一的なメロディを劇音楽に導入した。このメロディは筋に絡みつき、混ざり、ときおり筋にとって代わって、しばしば詩人がいえなかったことをいう。そして山々のあいだの平原を流れる見事な河のように膨らみ、速度を速め、急流のように激しくなり、苔のしたの小川のようにゆっくりと穏やかに優雅になる。幾千もの川がそのメロディのうえに流れ、それにとけてゆく。メロディは波打ち、隠れてはまた現れ、しかし決して砕けることなく、途切れることなく、常に同じ流れ、同じ本質を見出す。

ワーグナーがメロディの比喩として、リズムや強弱を表すために「急流」や「旋風」といった言葉を用いたのに対し、彼女は見事な大河、急流、苔のしたの小川、幾千もの川、波といった、より多様な表情をもつ水流を思い描きながらメロディをとらえている。そして、それらはやはり一つの「本質」のもとにあるのだと述べる。

彼女はさらにつづける。ワーグナーの音楽に引き込まれた人々は、息ができないほどの高みに上らされたり、登場人物の感情を同じように感じたり、幸不幸をわかちあったりすることになる。少し意識が逸れただけで追いつけなくなる。また、作品に入り込もうとしない人々は決して何も理解できない。

(109) ジュディットは、「音楽が存在するようになってから、誰もが楽しい感情を表すには楽しいリズムが必要で、ポルカのアリアで嘆くのは馬鹿らしいとわかっている」とも述べている。

(110) Richard Wagner, *op. cit.*, p. 58.

こうして、長らく森の端を、近寄りがたい大木と薮のカーテンを前にして、深く神秘的な暗がりに枝の隙間からわずかに目をやりつつ歩いていた者は、森を知っているとはいえないだろう。ああ！ 指が血まみれになるのを厭わずに茨を避けながら、絡みあった枝のしたに入り込んで行ったなら。限りない透明感によって暗がりが照らされ、大聖堂のステンドグラスのように太陽の光が葉を通っておりてくるのをみたなら。果てしない枝の奥の隅々にまで視線を入り込ませたなら。そうしたら、終わりのない演奏会のなかで音を立てる無限の震えと声を聴き始め、そうしたときにだけ、森を理解したといえるのだろう。

ワーグナーの作品を森に、それを理解できない人々を森に入り込めない者に例え、森の細部を示す語を始め、光とかげ、震えなど、視覚・聴覚を呼び覚ますような表現を散りばめている。この一節は引用符がないので、一見、ジュディット本人の発想かと思われる。だが、実は、「森」の比喩というのはワーグナー自身が「音楽についての手紙」で用いていたものである。

劇作品全体をとり巻く〔……〕大きなメロディは〔……〕魂のなかにある気持ちを生じさせるはずである。それは夕日を受けた美しい森が、街の喧騒から逃れてきた散歩者に生じさせる気持ちに似ている。〔……〕森を散歩する者は〔……〕彼のために森のなかで起こる、限りなく多様な声を〔……〕聞きわける〔……〕彼はより多くの様々な声を聞くようになるにつれ、それでもそれらの音のなかに〔……〕、森のただ一つのメロディがあると気づくのである。[11]

このように二つのテクストは、作品を森に、メロディを森が発する声に、聴衆を森の散歩者に例えた点が一致しており、ジュディットが彼の言葉をなぞっていたことは（すでにこれと同じ著書からの引用があったことを考えても）間違いない。それを、原典を示さず、表現をより充実させて書きかえたのは、このイメージに強く共感し、自らのなかにとり込んでいたからではないだろうか。

だが、これらのテクストを詳細にみてみると、それぞれが「森」に与えている意味に相違があることに気づく。

ワーグナーが森の比喩を用いたのは、多様な音楽的要素が一つの統一体のなかに収められているという、まさに〈無限旋律〉〈音楽と詩の融合〉の理念を説明するためだった。まとまりとしての森を想定しているので、森の細部に言及する必要はなかったのである。つまり、森を全体からみている。また、その森は街の喧騒から逃れて散歩しにくるという美しい森であり、優美で、荘厳な、芸術性の高い音楽を思わせる。だが、ジュディットのいう森は、まとまりとしての森だけを意味しているわけではなく、むしろ、大木や複雑に絡まった枝、光を妨げている葉、茂み、茨など、生息する様々な植物によって覆い隠され、容易に入り込むことのできない、神秘を秘めた森という側面が際立っている。つまり、関心は森の内部にある。また、植物の細部まで描かれているのみならず、それらは絡みあい、まるでしめしあわせているかのように深部を隠し、その神秘を守っているようにさえ思われる。そして、こうした底知れない森が内から絞り出す震えや声、つまり、一種の生物的な音が、ワーグナーの音楽だといっているのである。

この分析より、ジュディットが単にワーグナーの言葉を借用しただけではなく、独自な視点で、彼の音楽に森の深遠な生気のようなものを見出していたことがわかる。このことは、ワーグナーのメロディを、様々に表情を変えながら大地をうねり、幾千もの流れとなりながらも砕けることなく融けていく川という、やはり、自然の壮大な営みになぞらえていた先の例とも共通する。そこでも、彼が用いた比喩をなぞりつつ、独自の表現で膨らませて反復するという同じ手法をとっていた。これらのことから、彼女はワーグナーの音楽の本質を、無限旋律によって実現される楽想の統一性のみならず、作品の具体的な筋とは別次元の、自然のなかに息づく原始的なエネルギーに似たものに結びつけていたのではないかと考えられる。先の『ローエングリン』にかんする記事でも、「向こうの世界、表現できないもの」「広大なリズムによる思考」を表すとしたワーグナーのメロディを、「河からのぼる霧」という

（11） Richard Wagner, *op. cit.*, p. 64.

自然の幻想的な現象になぞらえていたのである。

「リヒャルト・ワーグナーと批評家」の前篇では、以上のようなオペラの形式を根本から変えたメロディの説明のあと、ワーグナーによるオーケストラ編成法を紹介し、レイエの誤解に対して反論した部分がつづく。しかし、いずれも擁護的な性格が強く、メロディを〈森〉や〈川〉に例えた先の箇所ほど、ジュディット自身の見解がしなやかに展開されたところはない。

つぎに「リヒャルト・ワーグナーと批評家」の続篇では、じっさいの作品が紹介される。具体的には『リエンツィ』から『マイスタージンガー』に至る六作品について、ワーグナーの音楽の発展過程における位置づけや上演時の評価、あらすじ等を解説した。六作品とは、「手つかずの孤独な小道を垣間みていたもののまだ大通りに沿っていた」『リエンツィ』、「まだ所々オペラの通常の形につながれている」『さまよえるオランダ人』、「才能がさらに力強く見事に表れている」『タンホイザー』、「理論が完璧に実現された」『ローエングリン』、「あらゆる方式や理論を忘れて才能を羽ばたかせ、インスピレーションの完璧な自発性に身を委ねる」『トリスタンとイゾルデ』、「高みからワーグナーが一度おりてきた」『マイスタージンガー』である。だが、限られた紙面で、これだけの大作すべての細部までめぐるのは不可能であり、あらすじから抽出した箇所はきわめて限定的である。ただ、その選択にこそ、ジュディットの視点の独自性が表れている。

まず、ワーグナー自身が「私を支配した芸術にかんする視点の発展において、いかなる本質的な段階」も示さないという『リエンツィ』(一八四二年初演)については、ほとんど具体的な内容に触れず、音楽自体を「熱情」「荘重さ」といったやや大雑把な言葉を用いて称賛するにとどまる。一方、『さまよえるオランダ人』(一八四三年初演)については、大体のあらすじを初めに記している。嵐のなかで、女性の愛がなければ救済されないというオランダ人の幽霊船に遭遇した船長ダラントが、財宝と引きかえに娘ゼンタを差し出すことにして、幽霊船に魅了されていたゼンタもそれを受け入れるが、彼女を思う恋人がいたことが発覚し、沈没していく幽霊船のあとを追ってゼンタも海に身を投じるというものである。だが注目すべきは、ジュディットがこうした本幕よりも、幽霊船がさまよう嵐の海を描写した〈序曲〉のほうに、より長い説明を費やしている点である。

序曲の最初の音から、突然海に鳴り響き、波から波へと苦しげにうねるこの不気味で絶望的な呼びかけを耳にして、ある震えがわれわれを襲う。それを聞いて、怯えるカモメたちが不吉に羽をはばたかせて飛び去る。空が暗くなり、海が揺れて膨らみ、船員は十字を切り、海賊までもが震えて逃げる。嵐が荒れ狂い、幽霊船の前を、すさまじい風が急に襲いかかる〔……〕！　その周りで、水が散り散りになろうとしているようだ。沸き立つ山々のように盛りあがっては、暗い奈落のようにえぐれ、そこへ船が音も立てずに落ちていく。〔……〕彼〔＝船員〕は幽霊船の船首にひじをつき、波に自分を飲み込むよう頼んでいるようだ。しかし顔をあげ、空の端に瞬く一つの星を遠くに探す。〔……〕だが、怒り狂った海は星を沈める。〔……〕幽霊船は引き返すが、暗礁はそれを壊したくないようだ。〔……〕しかし星が再び現れる。もう触れにくることのない波のうえにのぼっている。海が静まり、幽霊船は〔……〕岸に向かって押されていく。

幕があがる前の序曲について、海や波、空や風の激しい動き、音、明暗といった光景を想像し、描き出している。なかでも、「怒り狂った海は星を沈める」「暗礁はそれを壊したくない」「もう触れにくることのない波」といった表現には、海を獰猛な生き物であるかのごとく扱っていることが読みとれる。彼女がこの部分に特別な注意を払ったのは、やはり、ワーグナーの音楽にこうした自然の壮大な力を表現した魅力があるとみていたからだろう。じっさい、のちの『リヒャルト・ワーグナーとその詩作品、『リエンツィ』から『パルジファル』まで』においても、この作品の筋自体への言及が少ない一方で、つぎのような一文がある。

海の魂のようなこの音楽のなかに、大海の猛威、罪、神秘、穏やかさ、すべてがある。[112]

もちろん、『さまよえるオランダ人』のもととなった幽霊船の伝説において、海は重要な背景であり、ボードレールも、その序曲は「大海や風や闇のように不気味で深遠である」と述べている。[113] だが、ジュディットほど詳細に海の様子を綴ることはない。それに対し彼女は、音楽が「海の魂」を体現するとまで断言しているのである。

つぎに、『タンホイザー』(一八四五年初演)と『ローエングリン』(一八五〇年初演)についてはあらすじに言及していないが、後者の〈第一幕への前奏曲〉にかんして長い考察を加えている。この前奏曲は、最初にみた記事でも、「河からのぼる霧」のごとく立ちのぼるメロディとして着目していたものである。作品の背景である聖杯伝説で、天使が聖杯をもってきた際にティトゥレル王がみたという幻影を象徴している。

まるで、ずっと上方の空の呼吸できない精気が震えているのを聞くようである。敬虔なそよぎが回る。青い空を撫でる、とても軽い目にみえない羽の震えがかすかに聴こえる。天使の声が透明な蒸気の真ん中でささやいているようであり、乳白色の光が、霧のなかの星のような、青白い一点を示す。〔……〕靄が動く。強い衝撃がそれらをわかち、再び柔らかな波に返る。光が近づき、声が広がり、まもなく〔……〕空が開く。これは空の光景である！〔……〕それから天使は再び飛び立ち、空が閉じられ、青い蒸気が新たに広がり、聖なる頂の清浄無垢な雪のうえの神殿の周りで空気が激しく震えて、少しずつおさまり、ゆるやかになり、消えていく。

繊細な高音で始まるじっさいの音楽の清澄さを、じつによくとらえている一節である。聖杯の幻影を表したこの前奏曲について、ボードレールも「高い場所を流れる並外れた逸楽」「果てしない地平と広く拡散した光」「絶えず再生する熱気と白さの増加」といった表現を並べ、リストも聖杯の神殿は「何か紺青の波のなかに反映されて、もしくは、何か虹色の雲によって映し出されて」示されると形容して、それぞれに天の高みから神秘がもたらされる様子を聴きとっていた。[114] だが、彼らが抽象的な背景を伴った幻想を想定しているのに対し、ジュディットがより緻密に解説しているのは、本人がいうように「空の光景」である。その様子は非現実的な幻というよりも、そよぎ、青さ、蒸気、光、霧、靄といった、じっさいの空がみせる多様でときに神秘的な表情であり、これが音楽について述べたテクストであるとは思えないほどである。この〈空〉というモチーフへの着目にも、すでに挙げた〈川〉、〈森〉、〈海〉につづき、彼女がワーグナーの音楽に自然の生気を巧みに表現する力を認めていたことがうかがえるだろう。

『トリスタンとイゾルデ』（一八六五年初演）については、「最高の位置を占める主題」、すなわち「愛」を扱った傑作中の傑作として、綿密なあらすじの説明を行っている。ドラマの筋と歌詞をめぐり基本的には客観性を保って書いているが、そのなかで例外的に、〈第一幕への前奏曲〉にかんする箇所で高揚した文体がみられる。

導入部、それは完全で純粋に開花した愛そのものである。ため息のように柔らかい、広がる音色が、なんという物憂さを湛えていることか！　たえなる調べの抱擁のなかになんと情熱があることか、幸せに押しつぶされたようにときおり止まるこのゆるやかなメロディのなかになんと優しさがあることか！〔……〕それは悦楽のニルバーナの海に沈み込み、消えてゆく愛の河である。

この最後の一文で、愛を海に沈み込んでいく河に例えたのは、おそらく、記事のなかでもとりわけ長く引用した作品のクライマックス、トリスタンの死をあと追いするイゾルデが歌いあげる、有名な「愛の死」の歌詞をふまえているものと思われる（事実、第一幕への前奏曲は「愛の死」と連結させて独立的に演奏されることもある）。その歌詞の解説部分は、つぎのような、再びワーグナーによる『四つのオペラの詩』の「トリスタンとイゾルデ」の章からそのまま

（112）Judith Gautier, *Richard Wagner et son œuvre poétique*, p. 72.
（113）Charles Baudelaire, « Richard Wagner et Tannhaüser à Paris », ch. III.
（114）*Ibid.*, ch. I.

引き写したものになっている(115)。

私の耳に響くこの澄んだ音は、空気の柔らかいうねりですか。芳しい蒸気の波ですか。〔……〕この蒸気のなかに浸り、潜り、溺れなくてはなりませんか。歓喜の海の大きな波のなかに、香りの波の音の調和のなかに、宇宙の魂の果てしない息づかいのなかに、消え、意識を失って沈み込まなくてはなりませんか。至高の逸楽よ！

このように、蒸気や波、浸る、潜るといった語はいずれも水辺にまつわるものであり、じっさいに「歓喜の海」という語もみえる。前奏曲の解説で海に注ぎ込む愛の河という表現を用いたのは、作品の終わりで歌いあげられるこの「愛の死」で、愛のメロディが海の情景とともにドラマチックに繰り広げられることを想起していたからだろう。ただ、ジュディットは、この歌詞を長く引用して、読者に甘美な愛の大海原のイメージを印象づけただけではなく、前奏曲の調べそのものが、河から海へと、まるで本質に帰っていくかのように「沈み込み、消えてゆく」としている。単に、愛の深さや恍惚をうねる海のイメージで象徴させるのではなく、ワーグナーの音楽自体を自然に直接結びつけようとする意識がここにもみられる。

そして、最後の『マイスタージンガー』(一八六八年初演)については、あらすじを偏って紹介しているところが何とも面白い。彼女がとりあげたのは、第一幕の終わりで騎士ヴァルターが町娘エーファを賭けた歌合戦に出場するため、歌の素養がないにもかかわらず審査を受ける場面のみである。ヴァルターとエーファの出会い、親方ハンス・ザックスの指導によるヴァルターの修行、恋敵たちとの対立と和解、それに、クライマックスの歌合戦にすら言及していない。その唯一ともいえる、歌の審査の場面を紹介した部分が、以下である。

ある者がヴァルターに誰を師としているのかと尋ねる。

——祖父のヴォルフランです、彼は鳥たちを師としていました。

この言葉に、優れたマイスタージンガー〔＝親方歌手〕たちは吹き出す。

――つまり、ムネアカヒワから歌を習ったということかい。

――ははっ！　ははっ！　ナイチンゲールがあなたの師匠か。

〔……〕しかし、他の者より大胆なマイスタージンガー〔＝ハンス・ザックス〕は、自然を源としたこの新しい音楽に賛成し、ヴァルターは勝利して、エーファの夫となるのである。


作品の序盤に過ぎない歌の審査の場面のみを抜き出し、（じっさいには、ヴァルターはこの審査で一度落第するのだが）そこから一気に終盤のヴァルターの勝利へと結びつけて説明しているのである。これは、彼女がこの場面に格別の関心を寄せ、意味を見出していたことを如実に示している（この記事を送られたワーグナーが、何も直すところはないと称賛したなかで、この作品についてのみ、「まだ『マイスタージンガー』をよくご存知ないようだ」と告げたほどだった）(116)。

では一体、この場面のどういった点が彼女の関心をこれほどまでに沸き立たせていたのだろうか。同じ箇所について、のちの『リヒャルト・ワーグナーとその詩作品、『リエンツィ』から『パルジファル』まで』にも、より詳しく原詞をふまえて解説した部分があるので挙げてみたい。


〔……〕あなたは誰を師としているのですか。

ヴァルターは答える――冬の一番寒い時期、雪が中庭と城を覆っているときに、静かな炉端に座って、私は春の魅力を語ってくれる古い本を読んでいました。それからすぐに春がやってきて、寒い夜のあいだに本が私に教えてくれたものが、森や草原に鳴り響いているのを聴いたのです。私はそこで歌うことを学びました。

〔……〕それは、春が自然に投げかけた叫びで、その強い声が森や林に鳴り響き、遠くのこだまが返してきました。す

(115)　Richard Wagner, *op. cit.*, p. 316.
(116)　Judith Gautier, *Le Troisième Rang du Collier*, p. 5.

ると、すべてが目を覚まし、動き出しました。歌、香り、色がこの叫びで生まれるのです。
ひどくなる喧騒のなかで、ヴァルターは抵抗するために楽しく自由な歌をつづけた。不毛な冬の冷たい風に対し、再生する自然の名のもとに。[117]

この後年のテクストにおいて、ジュディットは、心待ちにしていた自然の歌が春になって辺りにこだまにすると、すべての音や感覚が呼応するなかに融け込んで歌を学んだというヴァルターの訴えを事細かに綴り直している。ドラマ性に富む本作品のなかで特にこの場面をとりあげたのは、間違いなく、「自然を源としたこの新しい音楽」、そして「再生する自然」から歌うことを学んだ、すなわち、音楽が自然の生命力を下敷きにしているという発想に強く共感したからだろう。それは、ワーグナーの音楽を常に〈川〉、〈森〉、〈海〉、〈空〉、〈河〉といった自然に重ねあわせて論じてきた彼女であれば、至極当然の反応だったと思われる。

ミュンヘン劇場、『ラインの黄金』—— 声を与えられた自然

一八六八年の、二回にわたる「リヒャルト・ワーグナーと批評家」の記事は、じっさいの演奏会の報告を行うことが多いジュディットの音楽批評において、最も分析的にワーグナーの音楽の特徴を考察したテクストだった。そして、彼女がその記事を、ルツェルン湖畔のトリプシェンに暮らしていたワーグナーに送り、意見を請うたことをきっかけとして長きにわたる親交が結ばれたことは、『リヒャルト・ワーグナーとその詩作品、『リエンツィ』から『パルジファル』まで』の序文や、自伝第三巻『日々の連珠、連珠の三連目』に詳しく回想されている通りである。

その手紙に対して彼から得た返事は好意的で、同年冬にパリで会うことも提案された。[118] だが、彼の渡仏が叶わなかったため、待ちきれなくなったジュディットは、翌一八六九年の七月半ばにミュンヘンで開催された国際美術展覧会の取材にかこつけて、自らルツェルンに赴くことを決意した。これには当時の夫マンデスと友人ヴィリエ・

ド・リラダンも同行し、九月半ばまで滞在が延長されたようである。その間、ワーグナーの自宅を頻繁に訪れ、彼の家族と親密な交流をもち、連れ立って小旅行にも出かけたほか、重大な問題を抱えたままミュンヘン宮廷歌劇場で初演を迎えることとなった『ラインの黄金』のリハーサルにも立ち会うなど、彼の波乱に満ちた過去、ルツェルンでの穏やかな日々、芸術に対する姿勢を目の当たりにした。自伝第三巻はすべてこの滞在中の出来事に費やされている。

さて、ジュディットによる批評としては、引きつづき、つぎのような記事がある。この滞在の前には、「リヒャルト・ワーグナーと批評家」から約五ヶ月後、一八六九年四月七日付の『リベルテ』紙に「リヒャルト・ワーグナー」と題し『リエンツィ』のパリ・リリック劇場初演を中心に報告を行った。また、ドイツ滞在中にもパリへ原稿を送っており、八月三日付の『ラペル』紙に「自宅のリヒャルト・ワーグナー」、七日付の『リベルテ』紙に「夏の散歩Ⅰ、バーデンにて」、二四日付の同紙に「夏の散歩Ⅱ、ルツェルン、Ⅲ、三万のカービン銃」が掲載された。そして帰国後は、九月七日付の『ラペル』紙に「ミュンヘン劇場、『ラインの黄金』」、十月七日付の『リベルテ』紙に「夏の散歩Ⅳ、コンスタンス湖で」、翌一八七〇年には、三月二六日付の『リベルテ』紙に「モネ劇場、『ローエングリン』」、六月二四日付の『ラペル』紙に「ワイマールにおけるリヒャルト・ワーグナー・フェスティヴァル」を寄せた。(119) ただし、これらの記事のなかには、旅先で訪れた街の様子やワーグナーの日常生活の報告、あるいは、

---

(117) Judith Gautier, *Richard Wagner et son œuvre poétique*, pp. 97–100.
(118) 自伝第三巻（四―七頁）に、ワーグナーからの「この冬にまたパリにいくでしょうから、お会いできることを今から楽しみにしています」という言葉が回想されている。
(119) Judith Mendès, « Richard Wagner », *La Liberté*, 7 avril 1869 ; « Richard Wagner chez lui, Lucerne, 30 juillet », *Le Rappel*, 3 août 1869 ; « Promenades d'été, I. A Bâle », *La Liberté*, 7 août 1869 ; « Promenades d'été, II. Lucerne, III. Trente mille carabines », *La Liberté*, 24 août 1869 ; « Théâtre de Munich. *L'Or du Rhin*, 2 septembre », *Le Rappel*, 7 septembre 1869 ; « Promenades d'été, IV. Sur le lac de Constance », *La Liberté*,

作品の簡単なあらすじや歌手の紹介に終始したものも多い。よって、音楽批評としては、「リヒャルト・ワーグナー」（リリック劇場、『リエンツィ』のパリ初演に際して）と「ミュンヘン劇場、『ラインの黄金』」の二記事をふりかえっておきたい。

一八七〇年前後にジュディットがワーグナーの音楽に対して抱いていた見解は、先の記事でほぼ説明され尽くされているように思われる。ここでとりあげる二記事のうち、一つ目の「リヒャルト・ワーグナー」でも、作品の本質的な価値には言及せず、彼の音楽による革新やその理論が反映された作品についてくりかえすに止めるとしている。よって、ジュディットによる彼の作品の新しい評価はほとんど見出せない。だが、四部作『ニーベルングの指輪』（一八七六年初演）をなす第一作目『ラインの黄金』に言及しているのはこれが初めてで、特に音楽にかんして意見を述べた箇所がある。一方、二つ目の「ミュンヘン劇場、『ラインの黄金』」は、タイトルが示す通り、ドイツ滞在中に遭遇した最も重大な出来事を扱っている。八月末にリハーサルを見学して劇場による演出の不十分さに驚き、ワーグナー本人を急遽呼び寄せたが、劇場から延期を許されず、結局、指揮者ハンス・リヒターと主役フランツ・ベッツが抗議の降板をしたまま非公式の初演（一八六九年九月二二日）となった。彼女はこの苦い経緯を自伝第三巻で詳しく回想しているが、記事では作品のあらすじと音楽的側面の解説を行っている。そこで、これらの二記事より、これまでとりあげられていなかった『ラインの黄金』について、彼女がどのような見解を抱いていたのかをみることとする。

まず、一つ目の「リヒャルト・ワーグナー」と題した短い記事は、前半でワーグナーの理論をふりかえり、後半で実例を挙げている。その末尾に、『ラインの黄金』にかんしてつぎのような記述がある。

『ラインの黄金』の第一幕は、ライン川の底で財宝を守るオンディーヌたちのあいだで繰り広げられる。これほど見事に水の流動性や透明感を音楽で表現するのは不可能である。この幕全体が輝きに包まれ、濡れた光に貫かれている。そして、第二幕でスカンジナビアの神々が高い山で眠るのがみえるときには、ライン川の抑圧的な波のもとにはなかった、和音を満たす、活気があり新鮮な空気を、神々とともに吸っている気分になる。

紙面に十分な余地がなかったことや、当時はまだこの作品が初演を迎えていなかったことなど、具体的なあらすじを語るのが難しい事情もあったと思われるが、ここで音楽にかんしてジュディットが綴っているのは、第一幕については水の動きや輝き、第二幕については空気という、あくまで作品の限定的な要素を表現した部分のみとなっている。だが、このことはすでに指摘した通り、彼女がワーグナーの音楽と自然の生気を密に結びつけていたことを裏づけるものにほかならない。

一方、二つ目の「ミュンヘン劇場、『ラインの黄金』」の記事は、初演前のリハーサルの見学後に執筆したため、あらすじが詳細にたどられている。つまり、ライン川の黄金で作る指輪の伝説に始まり、ニーベルング族のアルベリヒの野望、神々の長ヴォータンの策略、巨人族による女神フレイアと指輪の強奪、アルベリヒの呪い、神々の黄昏の予言へと至る流れである。また、これまでの記事と比べて新しい点は、あらすじや台詞とともに、具体的な音楽の構成にも言及しているところである。

まず大半は、登場人物が姿を現したり、感情をあらわにしたり、出来事が回想されるといった筋の展開を、音楽の音色や使用する楽器、リズムの変化、そして、いわゆる示導動機の分析とともに説明するという方法による。例えば、「河の暗い底から、粗野な重苦しいリズムで、奇妙な小人がのぼってくる」、「ラインの娘たちの一人が、荘厳で優雅なテーマにのって、ゆっくりと話す」、「アルベリヒは光る獲物をつかんで、地の底に急いでいく〔……〕そ

7 octobre 1869 ; « Théâtre de la Monnaie. *Lohengrin* par Richard Wagner, 22 mars 1870 », *La Liberté*, 26 mars 1870 ; « Le Festival Richard Wagner à Weimar, 19 juin », *Le Rappel*, 24 juin 1870.

して、音階が深みまでせせら笑う強奪者を追いかけてゆく」といったものである。(120) もちろん、これらの例にうかがえる音楽への言及は多くが非常に簡潔である。ただ、あるいくつかの箇所では、音楽が場面を描き出すさまをじつに詳細にたどっている。それは一体どのような場面を扱ったものだろうか。

まず一つ目は、第一幕の冒頭である。ライン河の底で、伝説の黄金を守るオンディーヌたちが戯れている。

ハンス・リヒターが指揮棒をあげ、オーケストラから静かな音が立ちのぼる。それは、ほとんど聞こえないくらいに、音階の低い深みで震えている。震える流れのなかで逃げるその輪郭をつかむことができない。それから、広がって長く伸びていくようだ。ゆっくりとした穏やかな滑りが繰り広げられ、そして消えてゆく。だが、すぐにまた別のよく似た滑りが同じ道をたどり、去ってゆく。

こうして波のあとに波がつづく。

すぐにこれらの音楽の波が広がり、絶え間なくつづく。散乱する光の音が、牛乳の滴のように落ちては広がり、青っぽい透明を通して、古い河の神秘的な深みを覗かせる。安らかなうねりが水の滑らかな重さを揺らす。そして、険しい暗礁の傍らで、水晶になった水のような澄んだ声が響き、優雅なオンディーヌが揺れる水のしたを泳ぎながら現れる。〔……〕弱い音が、相変わらず柔らかく揺れているオーケストラのなかを駆け抜ける。

先に挙げた例とは異なり、費やされた字数の多いことにまず気づくが、それ以上に、音楽の繊細な動き、高低やくりかえしや音色を細かくとらえ、それが表現する内容とまさに融合しているさまを丁寧に記述している点に目を見張るものがある。その内容とは、オンディーヌたちが現れる以前のライン河の〈水〉そのものや、水のなかに拡散する〈光〉の様子である。ジュディットの筆のもとで、ワーグナーの音楽による波の揺らぎの描写はじっさいの河の波かと紛うほどの重みと柔らかさを湛えている。

二つ目は、地下世界に住むニーベルング族の小人アルベリヒが、恋い焦がれるオンディーヌたちをとらえようとするものの、すり抜けられ、とうとう拳を挙げた瞬間である。

しかし太陽がライン河のうえを通り、その光が澄んだ水のなかに滑り込む。光が河のなかに広がり、ティンパニーにあわせて震える。〔……〕次第にトランペットの甲高い光がオーケストラに広がり、水が光って、輝く。ティンパニーの見事な震えのなかで、光る黄金が星の輝きとともに姿を現し、明るさに酔った水の精たちが、金属的な音の調べにあわせて、勝ち誇った響きのよい歌をうたい始める。

(120) ほかにも、「かすかでゆるやかなテーマが再び現れ、ヴォータンが夢のなかで話す」、「フレイア、美、若さ、愛の神々が現れる。美しい動機がオーケストラを輝かせる」、「山の高みから、巨人たちが彼女を脅した。彼女を探しにやってくる。〔……〕すでに彼らの重苦しい足音がコントラバスのなかに轟いている」、「巨人たちが金のリンゴのことを話すとき、すてきな、遠くから聞こえる一種のファンファーレがオーケストラのなかに漂う。それは若さを象徴している」、「若さのファンファーレが喜びの活気あるテーマに混ざる。しかし巨人たちはフレイアを連れ去り、オーケストラのなかでは風が炎を燃えあがらせるようになる」、「彼らの内に黄金を所有したいという欲望が生まれた。若さのファンファーレとラインの黄金を象徴するテーマが彼らの心のなかに同時に沸き起こってくる」、「フレイアはいってしまった。悲しげなファンファーレが懇願する叫び声のように遠くからまだ聞こえてくる。〔……〕喜びのテーマが悲痛なまでに遅くなる」、「ミーメは、鉄床の大げさなリズムにのり、狡猾な神に向けて彼のつらさを歌う」、「アルベリヒは見事な龍になり、並外れた声でトロンボーンの最もいかめしい調子にあわせて話す」、「アルベリヒはとらわれ人になってしまった。〔……〕鉄床のリズムがかちかち音を再び刻み、喜びのテーマのあとに神々が勝ち誇って生贄を連れてくる」、「財宝をとられたアルベリヒ〔……〕無駄な努力に対する後悔が鍛冶屋仕事の思い出の音楽に混ざる。愛の呪いの言葉が悲しくささやかれる。ラインの黄金のテーマが短調でうめきをあげる」、「ヴォータンが彼からそれをとりあげる〔……〕強くひゅうっという音がチェロの弦から流れる」、「ついに負けた〔……〕アルベリヒが立ちすくみ、彼の絶望が金管楽器の引き裂くような前兆のなかで弾ける」、「オーケストラが盛りあがり、ざわめく。永遠の若さの神々しいファンファーレが聞こえる。フレイアが戻ってくる。美、生命、愛の神々も戻ってくる」、「財宝のあいだの裂け目から、繊細で甘美な、すでに聞いたことのあるメロディが流れてくる。巨人が女神の輝く目をみたのだ」、「フレイアがとり戻される。ヴァルハラは報われた。喜びのトランペットが見事に鳴り響く」、「初めて聞き、またあとにも出てくるテーマがオーケストラに現れる。未来を見通す神が、未来の出来事の輪郭ができるのを眺めているようだ」などとある。

この場面で音楽が描写するとしているのは、まず太陽の光、つぎにその太陽からライン河の水のなかに差し込む光、そして、ラインの黄金の光である。それらの光のうち、最初に太陽からもたらされる光と、その水のなかでの瞬きがティンパニーによって表現されている、否、ティンパニーの震えとともに存在していると述べる一方、それらが黄金に反射して次第に強い光が放たれるとともに、オーケストラのなかで響き渡るトランペットの音自体が〈光〉になっているとしており、聴覚と視覚が混ざりあうような刺激が読者に与えられる。ワーグナーの音楽が、あらゆる感覚を通して、聴く者を光に触れさせている様子が伝わってくる。

三つ目は、黄金を手に入れるためなら愛をも捨てられるというアルベリヒによってラインの黄金が奪われ、水の中に激しい動揺が起こるなか、山の頂に神々の長ヴォータンとその妻フリッカが姿を現し、その威厳によって一時平穏がもたらされる場面である。

> オーケストラが暗くなる。水が黒くなる。激しい恐怖の激動が波をとらえる。暗闇が厚くなる。〔……〕しかし水の重さが少しずつ軽くなる。荘厳な静けさが動揺のあとにつづく。水が蒸発し、ゆっくりと青白い霧になってのぼってゆく。そして響きのよい澄んだ空気が金管楽器のなかに震え、光が音楽を覆う。
>
> 霧を介したように、ゆっくりとしたかすかな音のテーマが聞こえ、光る遠方からやってくるようである。〔……〕空気が彼ら〔＝ヴォータンとフリッカ〕を包み、日が次第に山々を包み込む。すでに日は、深い谷底を流れるライン河の波に口づけをし、最後の霧を散らしながら、岩山の頂のうえで荘重なリズムのなかにそびえ立つ誇らしげな城塞をあらわにしている〔……〕。

ここでは、オンディーヌたちのとり乱した最初の動揺を示す〈水〉の動きに始まり、その水が徐々に軽くなって段階的に形を変えることで、神々の世界が眼前にゆっくりと開かれていく壮麗さを象徴した、〈蒸気〉、〈霧〉、〈空気〉、そして〈光〉へという変化が、やはり先の例と同じように、オーケストラの全体性のなかで存在感を増してくる金管楽器の音色やメロディと融けあいながら舞台上に表されていることをジュディットは言葉の端々を通してみせてくれている。

四つ目は、黄金を奪取したアルベリヒが、その黄金で指輪を作ると世界を支配できるという伝説を信じ、金を鍛造する場面である。

アルベリヒのテーマが再び傲慢に現れる。輝く財宝を奪って、未練のなくなったラインの娘たちの回想がオーケストラに現れ、力をもつ黄金が華々しいティンパニーのトレモロのなかで光っている。アルベリヒは見事な金属を鍛造したのである。彼は王座、王冠、すばらしいものを作った。それが音楽のなかで輝いている。

この場面もドラマ全体のなかで、特別重要な台詞や転機を含んでいるわけではないのだが、音楽が黄金の〈光〉そのものを描写しているという点にジュディットはことさら注目したのだろう。簡潔な解説ではあるが、黄金で作った数々の宝が「ティンパニーのトレモロのなかで光っている」「音楽のなかで輝いている」という決定的な表現は、まさに、ワーグナーによる音楽がそうした自然の現象を自在に音に乗せていることを強調するものである。

そして最後は、神々の長ヴォータンがアルベリヒから無理やり奪ったことで呪いをかけられてしまった指輪を巨人族に譲り、その代わりに女神フレイアを解放させて、浄化の嵐が起こり、再び神々の城に平穏が戻ってくる場面である。

すばらしく明るい声で、雷神が風と雲を呼ぶ。すると地平線の四隅から、嵐の甲高い声が彼に返事をする。雲がやってきて、集まり、まとまる。突然、ティンパニーの光が合図をし、壮麗な轟音のなかで雷が鳴り響く。そして、ヴァイオリンが流れる音で雨の音を鳴らすとき、空が山々のうえに開ける。

壮大な作品の結末らしく、激しい風とけたたましい雷が大団円を告げる。そのなかで、オーケストラの巧みな使いわけによって、〈雷〉や〈風〉、〈光〉や〈雨〉が華やかに、また荘厳に表されていることを、ジュディットは何よりも強く感じとっていたことがわかる。また、それらの自然界の要素は互いにしめしあい、答えあい、意志をもってともに一つの見事な空の情景を作りあげているようにも思われる。読者の脳裏には、指揮者の導きのもとに繰り広げられるオーケストラの各パート間のかけあいと〈光〉や〈雨〉といった自然現象間の呼応とがやがて重なりあって残るのである。

以上の五つの例から、ジュディットがワーグナーの作品において特に念入りに分析したのは、音楽が、ドラマの急激な展開や登場人物たちの揺れ動く感情を追っていった箇所ではなく、自然の様々な現象を豊かに表現している箇所だったということが明らかになってくる。この記事に読みとれるこうした顕著な傾向は、『ラインの黄金』をとりあげた、およそ五ヶ月前の一つ目の記事で、ほとんどあらすじに触れない一方、音楽による水の動きや透明感、輝き、光、空気などの見事な描写を称賛していたことを思い返せば、よりいっそう確かなものだと納得できるだろう。

一八七〇年前後に執筆したワーグナーの音楽にかんする批評を通して、まずジュディットが、彼の音楽の革新点は「詩と音楽の融合」を目指すとともに、詩が語らない「向こうの世界、表現できないもの」を表現するため、思考が自由にめぐることのできる「広大なリズム」を求めたことにあると理解していたことがわかった。それは、具体的に無限旋律という方法で実現され、彼女はそこに一種の「本質」の表現を感じとった。しかし、それは個々のドラマの筋に直接関係するものではない。彼女が彼の音楽にみた魅力は、表面化しているドラマの根底に流れ、すべてを最後に吸収し、浄化する、自然の原始的な生気に通じるような「本質」の表現だった。それは、ワーグナーの作品を好んで〈川〉や〈森〉の繊細さや豊かさ、神秘性になぞらえ、さらには個別の作品の分析において、音楽が自然――〈海〉、〈水〉、〈光〉、〈空〉、〈空気〉など――を描写する数々の場面を拾い集めていたことからも裏づけられる。

のちに、フリードリヒ・ニーチェ(一八四四―一九〇〇)は「バイロイトにおけるリヒャルト・ワーグナー」(『反時代的考察』第四篇、一八七六)で、「〔ワーグナーは〕自然における今まで語ろうとしなかったすべてのものに声を与えた〔……〕彼は夜明け、森、雲、谷間、山々の頂、夜の恐ろしさや静けさにまで入り込み、至るところに秘密の願いをみてとる」、また、「彼の音色を通して語るすべてのものは、人間でも自然でも、厳密に個性化された情熱をもつ」[121]と述べているが、まさにジュディットも、多様に解釈され得る彼の音楽のなかで、とりわけ、壮大な自然あるいは宇宙の息吹と融合するような構想力、そして、その緻密で繊細な表現力に魅せられていたに違いない。それは、先の美術批評でみた風景画家たちの作品同様、彼の音楽を受容することで、自然の神秘を深くみつめ、それを芸術で表現する意義を目の当たりにしていたことを示している。

＊　＊　＊

本章では、ジュディットによる一八六〇年代から一八八〇年頃までの書評・美術批評・音楽批評を通して、彼女が当時のフランスやヨーロッパに生まれた新しい文化芸術をどのように摂取し、それが作家としての美意識や思想の形成にどう作用していたのか、そして、東洋文化を受容する素地となる知的土壌がどのように準備されていたのかということを検討してきた。本作家の研究において、これらの批評記事はいまだ十分に整理されておらず、その内容や特徴を探り、体系的に解釈しようとする試みも皆無だった。しかし、それぞれのテクストにおいて、彼女がどのような事柄に多くの紙面を割き、評価を示していたのかを分析した結果、異なるジャンルを扱った一見共通性

(121) Frédéric Nietzsche, *Richard Wagner à Bayreuth, traduction par Marie Baumgartner*, Schloss-Chemnitz, Ernest Schmeitzner, 1877, pp. 150–157.

のないこれらの批評が、ある一つの〈主題〉によって貫かれていたことが浮き彫りになった。それは、科学・文学・美術・音楽のいずれのジャンルにおいても、人間をとり巻く自然や宇宙への関心が常に彼女をとらえつづけていたということである。

執筆活動初期に寄稿した書評からは、当時の科学観の進歩や知的革新などを背景に、人間の可能性を過信するのではなく、むしろその小ささや弱さを思い知り、その反対に、人間をとり巻く周囲の事物に人間と同じような息吹や営みを認めて、いわば人間の絶対視から逃れる道に共感していたことが垣間みられた。また、一八六〇・七〇年代に執筆した美術批評で、自然にまつわる多様な比喩を駆使し、自然を擬人化する独自の視点を披露したほか、作品に表現されていない背景である周囲の自然にまで想像を広げ、何よりも風景画に現実以上のものをとらえた詩情が漂っていると高く評価しつづけたのは、常に自然という主題を愛しみ、生気を秘めた自然のなかにこそ追い求めるべき美と真理があると信じていたことの証左にほかならなかった。それは、自然そのものに価値を与えることのなかった古典絵画の伝統に対し、バルビゾン派に代表される風景画が画壇の表舞台で認められたことや、都市の近代化による疲弊から自然豊かな郊外への小旅行が流行したり、森の保護が訴えられたりした当時の風潮とも呼応するものだったと考えられた。そして、一八七〇年前後に発表したワーグナーの作品を中心とする音楽批評では、娯楽的・技芸的な既存のオペラとは一線を画した彼の革新的な手法である無限旋律が、作品の根底を流れる本質、より具体的には、自然がその生命力の奥底から発する声のような本質を表現していると感じとり、じっさい、海や空や光がみせる自然の圧倒的な力を見事に音楽に融合させながら作品を紡ぎ出しているという点にワーグナーによる芸術表現の意義の一つを認めていたことが確かめられた。

以上のように、ジュディットは当時のフランスやヨーロッパに訪れた、伝統の殻を脱ぎ捨てようとする新しい文化芸術の受容を通して、何よりも自然という主題を自身の思考の基軸とするようになっていたのである。その自然とは、長きにわたって西洋文化が示してきた、人間の背後に控えるだけの、あるいは、人間の夢想に黙って寄り添ってくれるような自然ではなく、人間の手を離れて自立した本来の自然であり、決して人間の下位には置かれず、人間と同等の営みや豊かな表情をもつ。むしろ、人間こそが自然から真理を受けとり、それに歩調をあわせていかなければならないということを彼女は強く感じとっていたに違いない。このような文学活動の初期に経験した西洋文化における省察が、やがて東洋文化との対面へと進んでいく彼女を本質のところで後押ししていくことになるのである。

コラム1 ♪「秘密を明かすガット弦」

イタリアのある街の人気の少ない古い地区に、たいそう仕事熱心な、夢中になったストラディヴァリのような弦楽器職人が住んでいる。休むことなく楽器の改良にいそしみ、何か並外れて素晴らしいもの、理想の、たった一つの、見事な繊細さを備えた、まるで響かせる音楽を理解しているかのように表現力豊かなヴァイオリンを作ることを夢みている。いわば、声、魂そのものを！……とりつかれた弦楽器職人は傑作を製作しているが、満足できない。無類の木を選ぶためにはるかな旅をし、一度は、誰も寄りつかない淵の端に垂れ下がった木を自分で切り倒そうとして命を落としかける。響きわたるざわめきのなかで急流の音を聞き、嵐の猛威のもとで育ったこの木が欲しいのである。その木はおそらくほかの木よりも音楽的意識のようなものを多く宿しているだろうと想像している。

同じ頃、素晴らしいオペラ歌手がイタリア中に名声をとどろかせている。弦楽器職人は街から街へ、劇場から劇場へとついて回る。ある日、ミラノで、ある若い裕福な貴族がその歌手をたいそう気に入り、結婚して、芸術をとりあげようとしていることを知る。結婚の日取りが決められる。だが、結婚式の数日前に、婚約者の女性は跡形もなく消えてしまう。恋人は狂ったように何か月も何年も探し、希望がみえなくなっても、忘れることはできない。

ある夜、その貴族の男は友人たちにコンサートホールへ連れ出され、名演奏家がヴァイオリン曲を演奏するのを聴く。そこで、音楽や演奏者の才能ではなく、ヴァイオリンの音そのものによって引き起こされる、ある深い感動を覚える。胸の鼓動が高鳴り、まるで失った恋人の声を聞いたかのように動揺する。

曲が終わると、楽屋裏にかけつけ、名演奏家に会いたいと頼む。いくらかかってもそのヴァイオリンを買いたいと思って。けれども、その芸術家は、自分のものではないので誰であろうと触れさせることはできないと答える。そのとき、ある奇妙な人物が近づいてきて、素早く横柄な仕草でヴァイオリンをつかみ、白いベルベットのケースに、愛を込めた慎重な手つきで寝かせる。若い貴族は新たに現れたその人物に近づき、ヴァイオリンを譲ってもらうのに必要な金額を決めてほしいと願い出る。けれども、その奇妙な男、無類の楽器製作の腕前によって有名になっていた気難しい弦楽器職人は、返事をせずにその場を離れ、逃げるようにヴァイオリンを持ち去る。

若い男はすぐにその頑なな弦楽器職人を見つけ出す。仕事場に会いに行き、再び頼み込む。そして心を動かそうと、ついに自分の悲しみと不幸を語る。その素晴らしい楽器の弦の音が、忽然といなくなった歌姫、恋人の声を思い出させるのだと打ち明ける。だが、そのオペラ歌手の名前を聞いて弦楽器職人は青ざめたかと思うと顔を赤らめ、あまりに奇妙な動揺を隠せないので、若い男はすべてを悟り、職人を問い詰める。しかし冷静さをとり戻した職人は何も答えず、表情もみせずに、とうとうその侵入者を仕事場から追い出して、閉じこもってしまう。

この奇妙な偏執狂が恋人のことを何か知っている、おそらくこの男が恋人をさらい、とらえているのだという考えが若い貴族の頭から離れなくなる。あらゆる手段を使って真実を突き止めようとする。だが、どうすることもできず、ある有名な催眠術師のところへ行って自分の捜索にかかわらせることを思いつく。その催眠術師が弦楽器職人を眠らせると、思わず自分の罪をすべて語ってしまう。歌姫が結婚のために諦めてもよいと思っていた芸術を愛するあまり、ある夜、口実を作って自分の家に引き込み、苦しませずに殺したのだと。生きた竪琴のような彼女が、ただの伯爵夫人になってしまおうとしている。ヴァイオリンの弦のように澄んだ声で、あらゆる神経、あらゆる線維をふるわせる彼女が！　自分だけが救うことができて、同時に、生涯にわたって思いを馳せていた傑作を完成させられる。感覚を備えた、意識のあるヴァイオリンを。けれども、そのためには歌手が命を落とさなければならなかった、そしてためらうことなく殺したのである。その長い絹のようなブロンドの髪は弓毛になった、そして得がたい腸から弦ができたのだ！

怒り狂った恋人はもう聞いていられなくなる。弦楽器職人に飛びかかり、首を絞める。それから仕事場に火をつけ、そこからヴァイオリンをもって逃げ去る……（自伝『日々の連珠、連珠の二連目』、一五二―一五五頁より）

＊　＊　＊

これは、十代半ばのジュディットが創作を促す父テオフィルに語った小説のアイデアである。愛娘から無邪気な恋物語を聞かされると思っていた彼は、ぞっとするようなこの話に驚愕した。これがじっさいに作品化されることはなかったが、自然の風にさらされた木や歌手の肉体から作ったヴァイオリンが感覚を備えて魂の音色を発するという主題は、万物の生気を深く感じとろうとしたジュディット文学の最初の芽だったとみることができるかもしれない。「秘密を明かすガット弦」***Le Boyau révélateur*** というタイトルは、テオフィルがその場の思いつきで提案したものである。

第二章

中国詩翻訳集『白玉詩書』と散文詩

——翻訳と創作

『玉書』の挿絵より　フランス国立図書館BnF蔵

ジュディット・ゴーチエは一八六三年、十八歳で、父テオフィルに促されて批評の執筆を始めた。またそれと同じ頃、彼の計らいで中国人から中国語を学ぶようにもなり、練習で行っていた中国詩の翻訳が彼女の文学活動の一つになった。その翻訳を集め、自身の最初の出版物として一八六七年に上梓したのが『白玉《はくぎょく》詩書《ししょ》』(1)である（口絵4）。初期のペンネーム「ジュディット・ヴァルテール」により、アルフォンス・ルメール社から出版された。原題は直訳すると「翡翠の本」で、「硬玉詩集」と訳されることもあったが、原書にある漢字表記に従って「白玉詩書」と呼ぶことにする。七一篇の中国詩が散文訳され、主題別の七章にわけられている（巻末「訳詩篇」に全訳を掲載）。

この訳詩集は、さらに三五年後の一九〇二年、詩を大幅に追加した改訂版『玉書』（漢字表記が変わる）が出され、初版にもまして評判を呼んだ(2)。また、初版・改訂版とも数々の外国語に重訳され、ジュディットの試みはヨーロッパ中で知られるところとなった(3)。その余波の一つとして、李太白の詩を訳した「磁器の亭」がハンス・ベートゲの中国詩集『中国の笛』（一九〇七）にドイツ語訳され、それを作曲家グスタフ・マーラーが交響曲『大地の歌』（一九〇

（1） Judith Walter, *Le Livre de Jade*, Alphonse Lemerre, 1867.『白玉詩書』からの引用はすべてこれによる。

（2） Judith Gautier, *Le Livre de Jade, poésies traduites du chinois, nouvelle édition*, Félix Juven, 1902. 再版としてはつぎのものなどがある。Judith Gautier, *Le Livre de Jade*, Jules Tallandier, 1928 ; *Le Livre de Jade*, Plon, 1933.

（3） 初版『白玉詩書』からは *Chinesische Lieder aus dem « Livre de Jade » von Judith Mendès, in das deutsche übertragen von Gottfried Böhm*, München, Theodor Ackermann, 1873（ドイツ語）、*Il Libro di Giada, echi dell'estremo Oriente, recati in versi italiani, secondo la lezione di Mma J. Walter da Tullo Massarani*, Firenze, Successori Le Monnier, 1882（イタリア語）、António Feijó, *Cancioneiro chinez*, 1890（ポルトガル語）、Stuart Merrill, *Pastels in Prose*, New York, Harper & Brothers, 1890（英語）、Hans Heilmann, *Die Chinesische Liryk*, Leipzig, Piper, 1905（ドイツ語）、改訂版『玉書』からは Hans Bethge, *Die Chinesische Flöte*, Leipzig, Insel Verlag, 1907（ドイツ語）、Nikolay Gumilev, *Farforovy Pavilion*, 1918（ロシア語）、*Chinese Lyrics from the Book of Jade, translated from the French of Judith Gautier by James Whitall*, New York, B. W. Huebsch, 1918（英語）などに重訳されている。

八）の第三楽章の歌詞に使用したことがわかっている。[4] また近年も、イヴァン・ダニエルによって改訂版が復刻されるなど、[5]『白玉詩書』および『玉書』は彼女の作品のなかでも特に強く記憶にとどめられているものである。そもそも十九世紀半ばのフランスにおいて、まとまった中国詩の翻訳は中国学者エルヴェ＝サン＝ドゥニ侯による『唐詩』（一八六二）[6] しかなかった。それゆえ『白玉詩書』は『唐詩』とともに、あるいは、よりいっそう手にしやすい翻訳として、フランスさらにはヨーロッパにおける中国詩受容の基盤を築いたといっても過言ではない。

本章では、翻訳であるにもかかわらず、「最も喜んで書いた」とジュディット本人が後年に述べた、全著作のなかでもとりわけ意味深いこの『白玉詩書』をとりあげ、まず、彼女の文学活動において、そもそも〈翻訳〉とはいかなる意味をもつ行為だったのかということを探っていく。そのうえで、どのような詩を選び、どう訳しているのかを読み解きながら、初めて東洋文化を扱ったこの著作が、第一章で導き出した当時の彼女の関心の軸、すなわち自然、あるいは、自然と人間の関係性という主題とどう関連していたのかということを考察していきたい。

実のところ『白玉詩書』は、出版当初から創作的な翻訳ではないかとささやかれつづけてきた。とりわけ、「散文訳」という形から、しばしば訳者自身による「散文詩」とみなされてきた。純粋な翻訳ではなく、何らかの創意を含む作品だとする見方が —— ただし、十分な検証はなされないまま —— これまでにもあったのである。この長年の「疑惑」に対して、ここでは、まず当時の散文詩の流行がじっさいジュディットに近い人々のあいだで繰り広げられたもので、それに通じる詩観を彼女自身ももっていたという事実をたどり直すことから始めたい。さらに、これまで看過されてきた『白玉詩書』のプレオリジナルと考えられる資料を新たにひもとき、そこから訳詩集の成立過程を詳らかにしていくと、確かに彼女の試みは通常の〈翻訳〉ではなく、散文による詩作を試みた半ば〈創作〉だったことが明らかになってくる。そして、それが五年後に発表するじっさいの散文詩の連作へとつながっていたことを、形式のみならず主題の連続性から確認し、それらの根底にあった思想を追っていくこととする。

以上のことから、ジュディットにおける〈翻訳〉の意味をとらえ直すとともに、彼女が西洋文化のなかで抱いていた問題意識が、中国詩の翻訳を通して追究されつづけ、やがて自らの創作へと結実していったことをみていきたい。

一　これまでの『白玉詩書』研究

『白玉詩書』はジュディットにとって処女作だったことから、彼女はその思い出を自伝で詳しく回想しており、その一節はこの訳詩集を研究するにあたっての重要な情報を与えてくれている。また、『白玉詩書』以前の中国詩受容についてはこれまでの研究でも言及されてきたが、訳詩集成立の背景として改めてふりかえっておく必要がある。そこでまずは、彼女が中国詩を翻訳することになった経緯と、当時のフランスにおける中国詩受容の実態とを、いくらか補足しつつ再確認することから始めたい。

また、いまだ研究が乏しい本作家の著作のなかで、『白玉詩書』には比較的多くの研究が費やされてきた。その

（4）浜尾房子、「マーラーの「大地の歌」と「陶器の亭」」、『音楽芸術』、第四七号、一九八九年、六二―六六頁。門田眞知子、『クローデルと中国詩の世界――ジュディット・ゴーチエの『玉書』などとの比較』、多賀出版、一九九八年、二八―二九頁。最上英明、「マーラーの《大地の歌》：唐詩からの変遷（第一～三楽章）」、『香川大学経済論叢』、第七六号、二〇〇三年、八〇七―八三〇頁ほかに詳しい。その他、『白玉詩書』の訳詩は、芥川龍之介のエッセー「パステルの龍」（一九二二）にもとりあげられている。

（5）Judith Gautier, *Le Livre de Jade*, Édition d'Yvan Daniel, Imprimerie nationale, 2004.

（6）Le Marquis d'Hervey-Saint-Denys, *Poésies de l'époque des Thang (VIIe, VIIIe et IXe siècles de notre ère)*, Amyot, 1862. 原書の漢字表記により『唐詩』とする。

アプローチの仕方は目的によって大きく二つにわけられる。それらを今一度ふまえたうえで、残されている疑問を洗い出し、ここで明らかにすべきこととその方法を整理しておくことにする。

ジュディットと中国詩

ジュディットが中国詩を翻訳することになった経緯は、自伝第二巻『日々の連珠、連珠の二連目』に詳しく綴られている。また、シュテファン・フォン・ミンデンの「エキゾチスムの体験、テオフィル・ゴーチエの中国人」(一九九〇)[7]には、彼女の中国語教師にかんする情報がまとめられている。そこで、これらをもとに、まずは彼女と中国詩の出会いを素描してみたい。すでに一八六二年、ロンドン万博で日本人に遭遇して、極東との初めての出会いを経験していたことは序章で述べた通りだが、その後、彼女は日本文化を深く知る前に、中国文化に親しむことになったのである。

発端は、彼女の幼馴染みだったノノ、のちにコレージュ・ド・フランスの東洋学者となるシャルル・クレルモン=ガノー(一八四六―一九二三)が、みすぼらしい格好をした男に聞き慣れない言葉で話しかけられたことにある。しばらくゴーチエ家に姿をみせていなかったノノだったが、「数ヶ月前に遭遇した」[8]というこの出来事を話しにやってきた。その男とは本物の中国人であり、マカオでカルリーという司教[9]に辞典編纂のために雇われて渡仏したが、司教が亡くなって解雇され、路頭に迷っていたらしい。フランス語がほとんど話せず、身寄りもなく、コレージュ・ド・フランスの中国語教授スタニスラス・ジュリアンのもとで仕事を得たが、報酬が即座に支払われなかった[10]。そこで興味をもったノノが身なりを整えさせると、まもなく彼に同情する女性が現れた。しかし、結婚寸前のところで急逝し、彼は再び行き場を失ってしまったという。これを聞いたテオフィルは彼を憐れに思うと同時に、長年抱いてきた東洋への強い憧れを刺激された。そのことを、ジュディットはつぎのように綴っている。

中国の住人に会うと思うと、私たちは大変興奮した。一体この現実にいそうにない人物が、ついたてや扇以外のところで、象牙の頭や紙の顔をして存在していたのだろうか。

以前から父はこう書いていた、

　私が今愛している女性は中国にいる。

また、ポーチエによる中国の喜劇の分析に基づいて、短篇小説『水上の亭』を書いた。中国の古代文明に強い関心を抱いていたし、アベル・レミュザの著作やバザンが翻訳した戯曲も読んでいた。父は想像のなかでこの国を旅した、けれどもそれは非現実的なままだった。[11]

当時の一般的なフランス人にとって、中国人はまだ、工芸品に描かれた人物像を通してしか触れ得ない、謎めいた存在だったのだろう。そこで、テオフィルはノノにこの中国人を連れてくるようにいい、祖国へ帰すための援助をしよう考えた。こうして、ゴーチエ一家はティン・トゥン・リン（丁墩齡、一八三〇か―一八八六）[12]を迎え入れることに

（7） Stephan von Minden, « Une expérience d'exotisme vécu : "le chinois de Théophile Gautier" », *Bulletin de la Société Théophile Gautier*, n° 12, « Colloque international, l'Orient de Théophile Gautier », t. I, 1990, pp. 35–53.

（8） Judith Gautier, *Le Collier des Jours, Le Second Rang du Collier*, Félix Juven, 1903, p. 159.

（9） ジョゼフ＝マリー・カルリー（一八一〇―一八六二）は宣教師で中国学者。パリ外国宣教会（Missions étrangères de Paris）より一八三五年に韓国へ派遣されたが、入国できずマカオにとどまった。四二年に宣教会を離れ、四四年に外交官テオドーズ・ド・ラグルネの秘書兼通訳として中国に渡った。ミンデンは、ジュディットのいうように、カルリーは司教の地位にはなかったとしている。Stéphan von Minden, *op. cit.*, p. 48, note. 9.

（10） ジョルジュ・グリゾンの記事によると、ティンはジュリアンのもとで助手の職を得たが、方言の多い中国語のなかで二人の言葉に齟齬があり、ティンが反発したため解雇されたようである。Georges Grison, « Tin-Tun-Ling », *Le Figaro*, 29 décembre 1917.

（11） Judith Gautier, *Le Second Rang du Collier*, p. 161.

（12） ティンはのちに小説『小さなスリッパ』を上梓している。Tin-Tun-Ling, lettre chinois de la province de Chang-si, *La Petite Pantoufle (Thou-sio-sié), traduction de M. Charles Aubert*, Librairie de l'Eau-forte, 1875.

なったのである。彼女はこの時の彼の身なりやふるまいについても、克明に記録している。

彼は小さな銅のボタンがついた黒いブロケードのチュニックのしたに、青い柔らかい布の寛衣を着ていた。慣習から、頭には金糸の刺繍で囲まれた四角い真珠のボタンを飾った黒い絹の小さな帽子をかぶっていた。黄色い顔は才気にあふれて繊細だったが、感情によって、とても鋭くつりあがった目を瞬かせながら、絶えず皺を作ったり伸ばしたりしていた。

三〇歳にみたなかったが、一目で何歳かを判断するのは絶対に無理だった。司祭のようであると同時に、若い雌猿や年増女のようでもあった。袖口からは細くて貴族的な手が半分出ており、指より長い爪が伸びていた。私たちはいくらか言葉を交わそうとしたが、簡単ではなかった。それというのも、彼は知っているわずかなフランス語でさえ、とても考えられない方法で発音するからだった。(13)

この一節が示す通り、意思疎通は容易ではなかったようだが、ティンはテオフィルが自分を帰国させようとしていることに気づくと強く拒んだ。それは、彼が一八五〇年代の中国でキリスト教の信仰をもとに清朝の帝国主義に反逆した革命国家・太平天国の一員で、帰国すれば刑に処せられるからだった。そうしたわけで、テオフィルは彼を自分のもとに置くことを決意し、辞書編纂に携わっていたことから知識人と見込んで、娘たちの中国語教師とすることにしたのである。

では、ジュディットはそこからどう中国詩の翻訳へと手を伸ばしていったのだろうか。テオフィルに雇われたティンはゴーチエ家の近くに部屋を与えられ、昼食後に現れて、娘たちに授業を行うようになった。具体的な学習方法や教材などはわからないが、ジュディットは兄の友人から、一八一三年にギーニュ神父によって編纂された中仏辞典(14)をもらっていたようである。そして、好奇心は瞬く間に広がっていった。

すぐに私は詩人の作品を読み、それを訳してみたいと思うようになった。『白玉詩書』の初版の材料を集め始めたのである。これは「ジュディット・ヴァルテール」がまもなく出版するものである。この作業を行うには、リシュリュー通りの図書館に赴かなくてはならなかった。そこでのみ中国の書物をみることができた。ほぼ毎日、婆や代わりのティンを伴って草稿の部屋にいき、詩集をひもといては気に入った詩を写し、それをもち帰って心ゆくまで勉強した。[15]

このように、彼女は中国語を学び始めてまもなく中国詩に興味をもち、毎日のようにティンを連れて帝国図書館に通うようになった。これが『白玉詩書』に結びつく翻訳作業の始まりである。

ところで、ジュディットの自伝は年代に無頓着なため、ティンに出会った時期や中国語学習を開始した時期は具体的に記されていない。これについて、ティンとの出会いの時期を最初に推測したミュリエル・デトリの論文と、ティンに詳しいシュテファン・フォン・ミンデンの論文を参照すると、まずデトリは、一八六三年七月十七日付のゴンクール兄弟の『日記』に初めてゴーチエ宅にいるティンについての記述が現れることから、ティンは「この日付の少し前に」テオフィルのもとに招き入れられたのだろうとしている。[16]じっさい、この日の日記をみてみると、ゴーチエ宅の夕食の際に、娘たちが「昨日夕食をともにした中国人のことを話した〔……〕彼が彼女たちにいった中国語の言葉をたどたどしく話した」[17]とある。一方、ミンデンは同じ資料を引きながら、ティンが雇われたのは「一

(13) Judith Gautier, *Le Second Rang du Collier*, pp. 161–162.
(14) *Dictionnaire chinois, français et latin publié par l'ordre de S. M. Napoléon par M. de Guignes*, Imprimerie impériale, 1813.
(15) Judith Gautier, *Le Second Rang du Collier*, pp. 203–204.
(16) Muriel Détrie, « *Le Livre de jade* de Judith Gautier : un livre pionnier », *Revue de littérature comparée*, n° 3, 1989, pp. 304–305 et note 2.
(17) Edmond et Jules Goncourt, *Journal des Goncourt, mémoire de la vie littéraire*, II (1862–1865), G. Charpentier et E. Fasquelle, 1888, pp. 130–132.

八六三年の初頭」だとしている。[18] 些細なことのようだが、正確には一体いつ頃、ジュディットはティンに出会ったのだろうか。まず、ゴンクールの日記の記述には、ほぼ毎日引き連れて図書館にいったというような親密な家庭教師としてのティンの存在感が感じられないし、中国語学習もそれほど進んでいるようには見受けられない。ミンデンは出会いの時期をいくぶん早くに見積もったが、デトリのいうように、この日記の七月からそれほどさかのぼらないのではないだろうか。また、ジュディットの自伝によれば、ティンは一八六二年のカルリー司教の死で行き場を失ってから、ノノに助けられ、さらに女性と出会って結婚まで考えるといった紆余曲折をたどっている。そして、ノノがテオフィルに彼のことを話した時点で、すでに「数ヶ月前」の出来事となっていた。さらに、ティンにかんするジョルジュ・グリゾンの記事には、彼が街でみかけられるようになったのは「一八六三年の中ごろ」とある。[19] これらを総合して考えると、ジュディットがティンに出会い、中国語学習を始めて詩の翻訳に興味をもったのは、一八六三年の夏から秋頃だったと推定するのがおそらく適当ではないだろうか。この時期の問題は、あとから行う分析で一つの重要な指標になる。

『白玉詩書』以前の中国詩翻訳

では、『白玉詩書』以前のフランスにおける中国詩受容はどのように行われていたのだろうか。これについては、ウィリアム・レオナール・シュワルツの『一八〇〇年から一九二五年の近代フランス文学における極東の想像的解釈』（一九二七）[20]やフン・チェン＝フの『フランス文学における中国の影響の一世紀、一八一五年から一九三〇年』（一九三四）[21]、『白玉詩書』にかんする先行研究などに詳しい。ここではそれらに依拠しつつ、いくつかの点を補足してふりかえっておきたい。

まずは、フランスを含むヨーロッパと中国の交流史を素描しておく必要があるだろう。中国では、明朝（一三六八—一六四四）の初代洪武帝による海禁政策以来、貿易は基本的に朝貢形式に限られていた。大航海時代が始まり、一五一七年にポルトガル人が広東に来航し、つづいてスペイン・オランダ・イギリス人もやってきたが、明はその姿勢を崩さなかった。だが、一五五七年にポルトガルが倭寇討伐に協力したことからマカオ居住権を与えられ、商人や宣教師が渡来するようになった。そのなかで、初めて北京で布教活動が認められ、教会を建設したのがイエズス会の宣教師マテオ＝リッチ（一五五二—一六一〇）である。こうして、明朝末期から清朝初めにかけて多くの宣教師が来航した。なかでも、ファン・ゴンサーレス・デ・メンドーサ（一五四五—一六一八）の『シナ大王国誌』（一五八五）はフランス語を始め、[22]ヨーロッパ各国語に訳された。またフランス人では、ルイ十四世によって派遣され、康熙帝に幾何学や天文学などを伝えたヨアキム・ブーヴェ（一六五六—一七三〇）や、彼とともに清の実地測量をして『皇輿全覧図』を作成したジャン・バチスト・レジス（一六六三—一七三八）などがいる。[23]

清朝（一六四四—一九一二）になっても貿易は統制され、相手国もポルトガル・スペイン・オランダ・イギリスなどに限られていた。だが十八世紀に入ると、イギリスが貿易を独占するようになった。そのなかで乾隆帝は、典礼論争（孔子崇拝や伝統的祭祀を認めるイエズス会と認めないドミニコ会やフランチェスコ会の論争で、雍正帝は一七二四年にキリスト教

（18） Stephan von Minden, *op. cit.*, p. 36.
（19） Georges Grison, *op. cit.*
（20） William Leonard Schwartz, *The Imaginative interpretation of the far east in modern french literature 1800–1925*, Librairie ancienne Honoré Champion, 1927.
（21） Hung Cheng-Fu, *Un siècle d'influence chinoise sur la littérature française, 1815–1930*, F. Loviton, 1934.
（22） 十三世紀にマルコ・ポーロ（一二五四—一三二四）が『東方見聞録』を著していたことはいうまでもない。
（23） その他、門田氏（前掲書、九—十頁）は、ジャン・ド・フォンタネ（一六四三—一七一〇）、ルイ・ル・コント（一六五八—一七〇八）、ジャン＝バチスト・デュ・アルド（一六七四—一七四三）、ジョゼフ・ド・プレマール（一六六六—一七三五）、ジョゼフ・ド・メーヤ（一六六九—一七四八）、アントワーヌ・ゴービル（一六八九—一七五九）、ジャン＝ジョゼフ＝マリー・アミヨといったフランス人宣教師を挙げている。

布教を禁止し、朝廷で学問や芸術に関わる宣教師以外はマカオに追放していた）の懸念などから、一七五七年に貿易を広東一港に限定、特許商人のみに制限した。これに対して、イギリスは十八世紀末から撤廃を求めたが叶わず、片貿易で銀の支払いに困窮したため、本国の綿製品で購入したインド産のアヘンを代価に当てるようになった。そこから中国でアヘン吸引が広まり、密輸が止まらず、一八三〇年代には片貿易が逆転して中国から銀が流出するようになった。衰退し始めた中国への侵略を欧米諸国が目論むなかで、イギリスがこの貿易摩擦に乗じて武力を用いたのがアヘン戦争である。惨敗した中国は一八四二年に南京条約を結ばされ、半植民地化していく。便乗したフランスも四四年に、自国に有利な黄埔条約をとりつけた。ところが、戦後も閉鎖的な中国への輸出は伸びなかったため、イギリスはアロー号の乗組員が逮捕された事件をきっかけに再出兵し、フランスのナポレオン三世も賛同して、第二次アヘン戦争が勃発した。一八五八年に清朝が屈服して天津条約を結ぶことになったが、批准にきた使節を追い返したことから戦争が再開、北京が占領されて離宮円明園の財宝が略奪され、最終的には一八六〇年、中国にとってさらに不利な北京条約が締結された。以上が、十九世紀半ばまでの政治的背景である。

こうした貿易や人の往来に伴い、十七・十八世紀には諸学問においても交流が生まれ、十九世紀にかけてヨーロッパでは中国学が確立された。ここではフランスに焦点を絞り、特に詩の受容に関連する事柄を整理しておきたい。早くは、ニコラ・フレレ（一六八八―一七四九）による「中国人の詩について」（一七一四）という論文がある。彼は王立碑文文芸アカデミー（Académie Royale des Inscriptions et belles lettres）の歴史言語学者で、最初の中国語辞書編纂（未完）や文法研究に従事しており、この論文では、宣教師らが集めた資料をもとに、古代詩から『詩経』までを紹介した。また、一七三三年にはラシャルム神父が『詩経』をラテン語訳している。[24]『詩経』の訳は、ほかにも、デュ・アルド神父の『シナ帝国全誌』（一七三五）、シボ神父の『イエズス会士紀要集』第四巻（一七七九）、第八巻（一七八二）などに収録されている。[25]十八世紀にはまだまとまった中国詩のフランス語訳はなかったが、こうした宣教師による報告書に、「中国の古いオード」として中国最古の詩集『詩経』への言及がしばしばみられた。この傾向について、門田眞知子氏は「孔子の編纂した国家の聖なる書というイメージが大きく作用した」[26]可能性を指摘している。またデトリは、宣教師たちの関心が「詩の価値を明らかにすることよりも中国の習慣や風習をヨーロッパの人々に教えること」[27]にあったとも述べている。確かに十九世紀半ばまで、翻訳の主な対象は哲学書であり、文学では小説や戯曲だった。そのなかで、詩の翻訳はまだ断片的なものにとどまり、文学研究にはほど遠かったのだろう。

十九世紀に入ると、一八一三年にナポレオン一世の命を受けたジョゼフ・ド・ギーニュ・フィスによって、ジュディットも所有していた中仏羅辞典が編纂された[28]。また、中国学の発展における重要な転機も訪れる。中国語講座の創設である。一八一四年にコレージュ・ド・フランスに中国語講座が設けられ、初代教授にアベル・レミュザ（一七八八—一八三二）が、つづいてスタニスラス・ジュリアン（一七九七—一八七三）が就いた。一八四五年には東洋語専門学校（École spéciale des Langues orientales）にも講座が開かれ、初代教授にアントワーヌ・バザン（一七九九—一八六三）、彼のあとにジュリアンがコレージュ・ド・フランス教授と兼任した。こうしたなか、中国詩は引きつづき学者によっ

（24） Nicolas Fréret, « De la poésie des Chinois » [1714], *Œuvres complètes de Fréret*, t. III, Dandré, 1796. ラシャルム神父の『詩経』ラテン語訳は草稿状態で残され、一八三〇年にジュール・モールが書きおこした。*Confucii Chi-King, sive Liber carminum, ex latina P. Lacharme interpretatione, edidit Julius Mohl*, Stuttgartiae et Tubingae, Sumptibus J. B. Cottae, 1830. この二点は、門田眞知子、「ヨーロッパ文化圏への中国詩の移入：一・その小史」（『鳥取大学教育学部研究報告、人文社会科学』、第四七巻第一号、一九九六年、一二一—一三一頁）に紹介されている。

（25） Jean-Baptiste du Halde, « Odes choisies du Chi King », *Description géographique, historique, chronologique, politique et physique de l'Empire de la Chine et de la Tartarie chinoise*, P.-G. Le Mercier, 1735, pp. 309–317 ; *Mémoires concernant l'histoire, les sciences, les arts, les mœurs, les usages des Chinois, par les missionnaires de Pe-kin*, Nyon aîné, t. IV, 1779, pp. 171–176 ; t. VIII, 1782, pp. 198, 199 et 240. この三点は、森英樹、「フランス文学と漢文学との出会い（その九）—— セガレンの『碑』と中国古典〔一〕」（『慶應義塾大学日吉紀要フランス語フランス文学』、三九、二〇〇四、五頁）に紹介されている。

（26） 門田眞知子、前掲書、十七頁。

（27） Muriel Détrie, *op. cit.*, p. 308.

（28） *Dictionnaire chinois, français et latin publié par l'ordre de S. M. Napoléon par M. de Guignes*, Imprimerie impériale, 1813.

てとりあげられたり、小説の翻訳に含まれたりして、徐々に知られるようになった。例えば、マリー＝フェリシテ・ブロセ（一八〇二―一八八〇）の『『詩経』と中国古詩についての詩論』（一八二八）、レミュザの『新アジア論叢』第二巻の「杜甫、中国の詩人」（一八二九）、ジュリアンの『趙氏孤児』の翻訳（一八三四）、エドゥアール・ビオ（一八〇三―一八五〇）の「『詩経』による、古代中国人の風習についての研究」（一八四三）などである。[29]

以上のように、中国詩ではまず『詩経』を中心に関心が寄せられていたが、一八四三年のグレール神父による『カトリック百科事典』には、中国詩の歴史にかんする興味深い記述がみられる。

> ある中国の作家がいうには［唐詩合解、序、一頁］、詩は一本の木に例えられる。三百の詩（『詩経』）は根である。詩人蘇味道（Sou-weï-tao）と李嶠（Li-kiao）によって芽が出た。建安年間（紀元一九六年）に小さな木になった。つぎの王朝下では木が枝と葉でいっぱいになった。唐の時代にはその枝と葉が遠くへ木かげを広げ、詩は花と実をつけ始めた。[30]

ここにいう通り、中国詩が隆盛を極めたのは唐詩においてだったことはいうまでもない。そして、その唐詩を初めてまとまった形で翻訳し、フランスにおける中国詩受容を前進させたのが、一八六二年のエルヴェ＝サン＝ドゥニ侯（一八二二―一八九二）による『唐詩』[31]である。彼はのちにジュリアンのあとを継いで、コレージュ・ド・フランスの中国語講座教授になる。この訳詩集でも学者らしく、中国詩の歴史、作詩法、主題などの概説に始まり、李太白や杜甫を始め三〇名あまりの詩人の作品をとりあげ、詩人の来歴や作品の背景、語彙の説明を行うなど、詳細な研究成果を公にした。また冒頭に置いた「中国における詩法と韻律法」で『詩経』を研究したビオの言葉を引用し[32]、時代の特色は年代記よりも伝説や物語、詩、歌謡に刻まれているという彼の信念が自分を唐詩の翻訳に導いたと述べているほか、シボ神父やレミュザなどほかの学者の見解に言及することも忘れない、それまでの研究史をふまえた真摯な翻訳だったといえる。

そして、この五年後の一八六七年に、二番目のまとまった中国詩の翻訳として出版されたのが、ジュディットの

『白玉詩書』である（図15）。上記の通り、フランスにおける中国詩受容が遅々としていたことを考えれば、学究の世界にも属さない彼女のこの試みがいかに世に驚きを与えたかは想像に難くない。また、『白玉詩書』は細かい解説を一切省き、平易な言葉で訳した詩を主題ごとにまとめた、じつに手にしやすい訳詩集だった。デトリがいうように、「ジュディット・ゴーチエ以前のすべての中国学者は中国詩を西洋語に訳す難しさ、不可能性を揃って強調して」[33]おり、サン＝ドゥニもその例に漏れなかったが、彼女は全く異なる立場から中国詩をいとも軽快に扱い、先行する翻訳とは大きく趣を異にする形で発表したのである。

ところで、このように研究が進む傍ら、十九世紀前半から作家や詩人たちも中国詩に高い関心を寄せていた。なかでも詩の形式が彼らを大いに惹きつけ、七言絶句を思わせる「七音節」や「四行詩」といった韻律をフランス語でまねて詩を作る者も出てきた。ジュディットの父テオフィルも研究の恩恵を受けながら中国の物語を執筆したほ

（29）Marie Félicité Brosset, *Essai sur le Chi-King et sur l'ancienne poésie chinoise*, F. Didot, 1828 ; Abel Rémusat, « TOU-FOU, poète chinois », *Nouveaux mélanges asiatiques*, t. 2, Schubart et Heideloff, 1829, pp. 174-178 ; Stanislas Julien, *Tchao-chi-kou-eul, ou l'Orphelin de la Chine*, Moutardier, 1834 ; Édouard Biot, « Recherches sur les mœurs des anciens Chinois, d'après le *Chi-king* », *Journal Asiatique*, novembre 1843 ; « Recherches sur les mœurs des anciens Chinois, d'après le *Chi-king* (Suite et fin) », *ibid.*, décembre 1843.

（30）*Encyclopédie catholique, répertoire universel et raisonné des sciences, des lettres, des arts et des métiers, formant une bibliothèque universelle, publiée par la Société de l'encyclopédie catholique, sous la direction de M. l'abbé Glaire, de M. le Vte Walsh, et d'un comité d'orthodoxie*, t. 6, Parent-Desbarres, 1843, pp. 427-428.『唐詩合解箋注』に「譬之木於三百篇根也蘇李發萌芽建安成拱把六朝生枝葉至唐而枝葉垂蔭始花始實矣」とある。引用文は「蘇李」に対して唐代の蘇味道と李嶠を当てているが、正しくは五言詩の祖とされる漢代の蘇武と李陵。

（31）Le Marquis d'Hervey-Saint-Denys, *op. cit.*

（32）「歴史研究で、ある決まった時代の慣習や社会生活の詳細や人々の文明化の程度を調べるとき、戦争や争いの話で埋め尽くされた通常の年代記にはたいていこの図を描くための特徴をほとんど見出せない。その世紀固有の特徴をもつ伝説や物語、詩、民謡に当たるほうが余程有益である」とある。Le Marquis d'Hervey-Saint-Denys, « L'art poétique et la prosodie chez les Chinois », *op. cit.*, p. V.

（33）Muriel Détrie, *op. cit.*, p. 306.

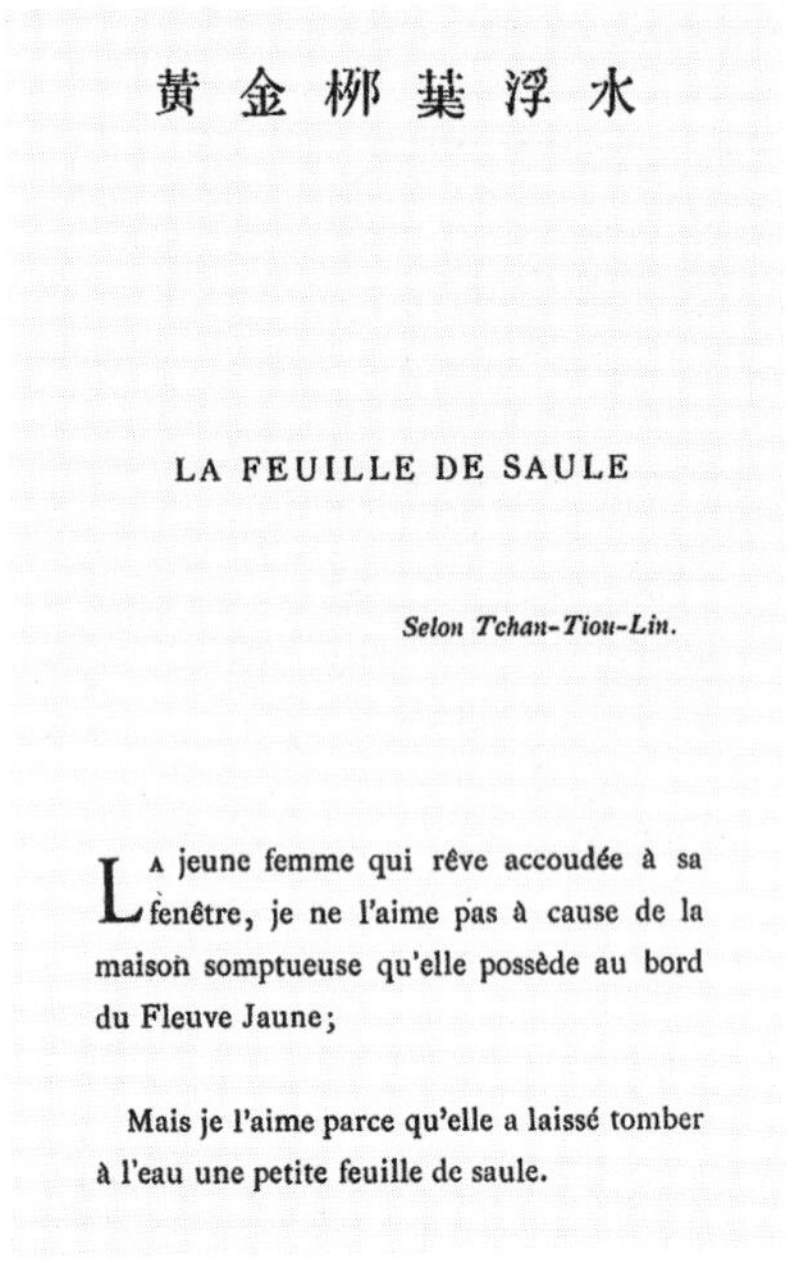
黄金栁葉浮水

LA FEUILLE DE SAULE

Selon Tchan-Tiou-Lin.

La jeune femme qui rêve accoudée à sa fenêtre, je ne l'aime pas à cause de la maison somptueuse qu'elle possède au bord du Fleuve Jaune;

Mais je l'aime parce qu'elle a laissé tomber à l'eau une petite feuille de saule.

図 15　『白玉詩書』の章の冒頭。漢字が装飾的に配されている。（1867 年刊、フランス国立図書館 BnF 蔵）

か、中国詩にも興味をもち、一八四六年の中国を舞台とした短篇小説「水上の亭」では、中国人が詩形を固守しながら詩作する場面を描き出していた。そして、娘のジュディットが中国詩を散文で訳しているのをみて、七音節の韻文に、彼自ら訳し直してみせたというエピソードも残されている。

　私の父はこれらの中国の詩の翻訳に大変興味をもち、何度か韻文に直した。残念ながら下書きしかしなかったので、おそらくいずれも残っていないだろう。私の記憶にあるのは『貞節な妻』と題された作品の末の二句だけである、

　　Avant d'être ainsi liée, Que ne vous ai-je connu!

　〔このように結婚する前に、どうしてあなたと知りあわなかったのでしょう！〕

　韻律は中国語の原文のように七音節からなるものだった。(34)

ここに挙げられた「貞節な妻」という詩は、じっさい『白玉詩書』に収録されているものである。

ところで、この父娘のやりとりはいつ頃行われたのだろうか。先に述べたように、おそらくジュディットは一八六三年の夏か秋頃から翻訳を始め、一八六七年に『白玉詩書』を出版した。その出版後にこうしたやりとりがあっ

たのかもしれないが、実は、二人はジュディットとマンデスの結婚をめぐって六六年二月頃から関係が悪化し、同四月に彼女が反対を押しきって結婚したことで音信が途絶える。年末には手紙のやりとりが再開されるが、新しい生活が始まって旅行を頻繁に行うようになったり、執筆の仕事が増えたり、一八七〇年には普仏戦争が勃発するなど、マンデス夫人となって落ち着かない日々がつづくうち、七二年にテオフィルは死去してしまう。こうしたことから、この無邪気なエピソードが六六年以降のものだったとは考えにくい。そのうえ、東洋文化に強い関心を抱き、早くから中国詩の形式に注目していたテオフィルなら、娘の翻訳練習をみて、すぐにこうした遊びを思いついたのではないだろうか。つまり、韻文訳というアイデアを、ジュディットは『白玉詩書』の構想に入る前から父にみせられていたはずなのである。

しかし、彼女はそれに倣わず、中国詩の形式にも全く気を留めなかった。じっさい、形式や韻律について解説を加えるのも改訂版になってからである。もちろん、若い彼女に韻文訳を行う腕がまだなかったのかもしれないが、当時これほど注目されていた中国詩の形式に微塵も興味を示さなかったのは、翻訳作業における意図が別のところに存在したからだとも考えられる。いいかえれば、『白玉詩書』は、学者の厳密な翻訳とも、形式や韻律に対する当時の詩人たちの好奇心とも異なる目的によって制作された可能性があるのである。

二つのアプローチ —— 比較文学研究と散文詩研究

以上のような『白玉詩書』の成立にまつわる背景は、先行研究でもたびたび紹介されてきた。だが、それらの研究の目的は必ずしもジュディットの文学における本訳詩集の意味を考察することにはなかった。では、これまでの研究はどのような見地から行われてきたのか。それはアプローチの仕方によって大きく二つにわけられる。

(34) Judith Gautier, *Le Second Rang du Collier*, p. 205.

一つは、比較文学研究としてのアプローチで、多くがこれに該当する。年代順に挙げると、ミュリエル・デトリの「ジュディット・ゴーチエの『白玉詩書』、先駆書」（一九八九）[35]、ピエール・ノグレットの「ジュディット・ゴーチエと『白玉詩書』」（一九九二）[36]、門田眞知子氏の「ジュディット・ゴーチエは『白玉詩書』でどのように中国詩を翻訳したのか」（一九九六）[37]、同『クローデルと中国詩の世界――ジュディット・ゴーチエの『玉書』などとの比較』（一九九八）[38]、森英樹氏の「フランス文学と漢文学との出会い（その六）――ジュディット・ゴーチェの中国詩翻訳〔一〕」（二〇〇二）および「（その七）――ジュディット・ゴーチェの中国詩翻訳〔二〕」（二〇〇二）[39]などがある。

まずデトリは、『白玉詩書』が中国詩翻訳の先駆として世に及ぼした影響の大きさから正当な評価が必要だとし、しばしば批判された翻訳の非忠実性は、「中国詩を西洋語に翻訳する際に生じる特殊な問題に対処するため、彼女がとった方法や行わざるを得なかったいくつもの選択に起因している」ことを示そうとした。具体的には、単音節言語・不変化語である中国語と多音節言語・屈折語であるフランス語の違い、中国語における人称代名詞の省略や動詞の不定形の使用、婉曲表現などといった問題である。そのうえで、サン＝ドゥニの『唐詩』よりも幅広い時代の詩を一般読者が手にしやすい形で発表したことや、紋切り型ではない中国人の感情に迫ったことなどから、たとえ翻訳に誤りがあったとしても、「西洋の人々に全く知られていなかった詩人のことを伝え」、「中国詩が飾り気のない具体的な言葉で、非常に人間的で普遍的な感情を表現した、素朴な芸術であると最初に示した」ことに功績があるとした[40]。ノグレットも、詩の選択が完全には中国的でないことや翻訳方法に批判的でありながらも、「当時の環境に『白玉詩書』を置き、度重なる再版を支えた称賛と成功があったことを考えれば、フランス文学における一つの位置をジュディット・ゴーチエに与えなければならない[41]」と評価している。

一方、門田氏の目的はポール・クローデル（一八六八―一九五五）と唐詩の関係を明らかにすることにあり、彼が『白玉詩書』を参照したことから、それが西洋文学や中国学においていかなる意味をもっていたのかを見極めようとした。特に、改訂版『玉書』の原詩を調べ、翻訳例を検証したり、翻訳への西洋的思考の影響などを指摘したりしている。そして、非忠実性が問題とされるものの、『白玉詩書』には「中国の世界を咀嚼したうえで、彼女の西洋的世界を訳のうえに構築してゆく趣」があり、「訳のみずみずしさ、おもしろさ、ユニークさの観点[42]」からいえば、正確な翻訳にも勝るとした。また森氏は、フランス文学と漢文学との出会いをサン＝ドゥニからセガレンまでめぐった一連の研究のなかで本訳詩集をとりあげた。とりわけ、門田氏と同じく原詩の調査を行い、それとジュディット訳ないしサン＝ドゥニ訳を比較して、原詩のニュアンスをうまくとらえた例、変形した例、自由創作的な例など、訳詩を個別に検討した。

このように、比較文学的見地から『白玉詩書』にアプローチした研究は、いずれもフランスにおける中国詩の受容という大きな主題への関心に基づいており、そのなかに本訳詩集を位置づけようとしたものである。そして、翻訳例の分析から、誤りや原詩との隔たりを指摘せざるを得なかったが、中国詩翻訳の先駆として果した役割を重んじ、自由な翻訳であることが逆に鑑賞し易さや文学性の高さといった美点として働いたことを認めてきた。

（35） Muriel Détrie, *op. cit.*, pp. 301–324.

（36） Pierre Nogrette, « Judith Gautier et « Le Livre de jade » », *Bulletin de la Société Théophile Gautier*, n° 14, 1992, pp. 165–180.

（37） Machiko Kadota, « Comment Judith Gautier a interprété les poèmes chinois dans *Le Livre de Jade*? »,『仏蘭西学研究』、第二六号、一九九六年、三七―六〇頁。

（38） 門田眞知子、前掲書。主に、「第二章、ジュディット・ゴーチエと彼女の中国詩訳集――*Le Livre de Jade*（『玉書』）を巡って」（三七―九三頁）、「補録、ジュディット・ゴーチエの『玉書』の原詩と原詩人――一九〇二年の改訂版に基づいて」（一八七―二〇九頁）。

（39） 森英樹、「フランス文学と漢文学との出会い（その六）――ジュディット・ゴーチェの中国詩翻訳（一）」、『慶應義塾大学日吉紀要フランス語フランス文学』、三四、二〇〇二、七一―一〇四頁および同、「フランス文学と漢文学との出会い（その七）――ジュディット・ゴーチェの中国詩翻訳（二）」、『慶應義塾大学日吉紀要フランス語フランス文学』、三五、二〇〇二、一一三―一四三頁。

（40） Muriel Détrie, *op. cit.*, pp. 304, 309 et 323–324.

（41） Pierre Nogrette, *op. cit.*, p. 179.

（42） 門田眞知子、前掲書、九一―九二頁。

もう一つのアプローチは、散文詩研究である。これについては比較文学的アプローチほどまとまった論考は存在しないが、あとから詳しくとりあげる通り、すでに出版直後から存在した、ジュディットによる散文訳を散文詩になぞらえようとする見方に始まっている。とりわけその事実は、『白玉詩書』から十七年後の一八八四年に出版されたジョリ＝カルル・ユイスマンス（一八四八―一九〇七）による小説『さかしま』のつぎの一節に、印象深く刻まれている。

〔……〕デ・ゼッサントは自分のために印刷させたもう一つの小冊子をめくった。それは散文詩集、ボードレールに捧げられ、彼の詩の中庭に開かれた小さな礼拝堂だった。

この詩集には、かの気まぐれなアロイジウス・ベルトランがレオナルドの手法を散文に転用し、その金属的な酸化物で、輝く七宝のように強い色彩が光る小さな絵を描いた『夜のガスパール』の抜粋が含まれていた。デ・ゼッサントはそこに、ルコント・ド・リールとフロベールの肖像が印刷された、すばらしい文体で見事に明晰なヴィリエの作品『民の声』と、全篇にわたり、朝鮮人参と茶のエキゾチックな香りが月の光のもとでお喋りする水の匂い立つみずみずしさに混ざりあっている、優美な『白玉詩書』の抜粋をいくつかつけ加えていた。(43)

主人公デ・ゼッサントが作った散文詩集に、ベルトラン、ヴィリエ・ド・リラダンらの作品に並んで、『白玉詩書』の訳詩が収められているのである。おそらくこの一節が呼び水となって、訳詩がじっさいの散文詩選集に収録されたり、散文詩の研究で言及されたりするようになったのだろう。例えば、一八九〇年のスチュアート・メリルによる散文詩翻訳集『パステルズ・イン・プロース』にも、ベルトラン、ボードレール、マラルメ、マンデスらの散文詩とともに、ジュディットの訳詩が英訳されている。(44)

このアプローチによる研究としては、一九〇二年にカチュル・マンデスが『一八六七年から一九〇〇年のフランス詩の動向にかんする公教育美術大臣への報告』のなかで、元夫人である彼女の作品をつぎのようにふりかえったのが最初だった。

おそらく、——自由詩の起源を語るのに——考慮しなければならないのは、韻文の思考を呼び起こすあらゆるリズムが注意深く退けられた『夜のガスパール』の見事な小画でも、数頁を除き散文であることしか望まず、じっさいに散文でしかなかったシャルル・ボードレールの散文詩でもなく、純粋で寛大な精神をもった、美しい韻律の作家、A・ド・レトワール（ルイ・ド・リヴロン）氏のいくつかの抒情詩と叙事詩、そして、とりわけうっとりするほど響きがよく、音楽的に計算されたジュディット・ゴーチエ女史の『白玉詩書』だろう。[45]

ここでは、散文詩ではなく自由詩を問題にしているが[46]、出版当時の夫が、翻訳であるはずの『白玉詩書』を一個の文学作品としてとりあげ、その詩的文体の新しさを認めていたことは注目に値する。また、フェルナン・リュードの『アロイジウス・ベルトラン』（一九七〇）は「マラルメの友人アンリ・カザリス（『悲しい人生』、一八六五）〔……〕、テオフィルの娘でカチュル・マンデスののちの夫人であるジュディット・ゴーチエ（『白玉詩書』、一八六七）、ギュスターヴ・カーンによるとマンデスもまた「ベルトランに生み出され、ボードレールに作り直されたこの形式の使用において高踏派を代表」しようとしていた（「愛の物語」につづいて発表された十一の散文詩、一八六八）[47]」と述べ、本訳詩集を散文詩のなかに含めた。ナタリー・ヴァンサン＝ミュニアの『初期の散文詩、フランスの十九世紀前半におけ

(43) Joris-Karl Huysmans, *À rebours*, Charpentier, 1884, ch. XIV.
(44) Stuart Merrill, *Pastels in prose*, New York, Harper & Brothers, 1890.
(45) Catulle Mendès, *Rapport à M. le ministre de l'Instruction publique et des beaux-arts sur le mouvement poétique français de 1867 à 1900*, Fasquelle, 1902, pp. 152–153.
(46) 定型詩の形式や規則を否定する点では散文詩と似ているが、自由詩は、韻律の放棄ではなく多様化にとどまる点で散文詩とは異なり、詩壇で実践されるようになるのも十九世紀末である。
(47) Fernand Rude, *Aloysius Bertrand*, Seghers, 1970, pp. 49–50.

る一ジャンルの系譜』(一九九六)も、「一八六七年、ジュディット・ゴーチエが『白玉詩書』で中国詩の翻案を発表した(この集は中国詩人「ティン゠トゥン゠リンに」捧げられており、各詩にはエピグラフとして中国の名前が「〜による」と付されている)[48]」とし、散文詩の流行に影響を与えたとされるスコットランドの詩人ジェイムズ・マクファーソンの『オシアン』(一七六五)に始まる「偽翻訳」の系譜、すなわち、外国の文献から掘り起こされた詩を散文訳したかのように装うことによって、異国情緒を醸し出すとともに、詩が伝統的形式を踏まずとも存在し得ることを印象づけた当時の作品群のなかに位置づけた。クリスチャン・ルロワの『十七世紀から今日までのフランスの散文詩』(二〇〇一)も、ボードレールによる小散文詩の影響を受けた散文詩の流行を論じるなかで、一八六〇年頃から現れた「小詩」と題する詩形式の短い抒情作品の一つとして、ジュディットによる「中国の小詩」(『白玉詩書』のプレオリジナルとして雑誌に発表されていたもので、本書でもあとから詳しくとりあげる)を、翻訳と断らずに紹介した[49]。

あるいは、シュザンヌ・ベルナールの大著『ボードレールから今日までの散文詩』(一九五九)は、『白玉詩書』だけでなく、ジュディットがのちに発表する散文詩にも言及した――「マンデスとユイスマンスが称賛したこれらの小さい詩篇の表現力にあふれた短さは、一八七二から一八七三年にかけてエミール・ブレモンの『文学芸術復興』誌に発表される、今度は自身の作である散文詩で再びみられる[50]」。しかし、ジュディットの散文詩は「『白玉詩書』で翻訳した短い中国詩に無意識的に倣ってかたどった」ものに過ぎず、「李太白や杜甫が風景を描くのに用いたのと同じ簡潔さを心理的な主題にあてはめている」ため、「読者は翻訳を読みつづけている印象をもつ[51]」とし、そこにほとんど価値を認めようとしなかった。

以上が、視点は少しずつ異なるが、『白玉詩書』に収められた訳詩に対する散文詩研究からのアプローチの例である。

ジュディット研究としての課題

さて、『白玉詩書』に対するこれまでの二つのアプローチは、作品に好意的であれ批判的であれ、一つの重要な視点を欠いていたように思われる。つまり、ジュディット自身がこの翻訳にとりくむにあたってどのような意図をもっていたのかということである。もちろん、一方はフランスにおける中国詩の受容、他方は散文詩の発展という大きな問題を設定しており、『白玉詩書』に内在する動機よりも、対外的な影響に関心が寄せられたのは当然のことだろう。しかし、そのために、なぜ訳詩にこれほどの自由さや非忠実性がみられるのか、本当に散文詩の範疇に位置づけられるべく制作されたのかといった、作品の本質に関わる問題が問われないまま、評価が下されてきた。

では、ジュディット研究は、『白玉詩書』が彼女の著作のなかでどのような意味をもつと考えてきたのだろうか。マチルド・カマショの『ジュディット・ゴーチエ、その生涯と作品』[52]やジョアンナ・リチャードソンの『ジュ

---

(48) Nathalie Vincent-Munnia, *Les Premiers poèmes en prose, généalogie d'un genre dans la première moitié du dix-neuvième siècle français*, Champion, 1996, pp. 70–71.

(49) Christian Leroy, *La Poésie en prose française du XVII*^{e} *siècle à nos jours*, Honoré Champion, 2001, p. 143.

(50) Suzanne Bernard, *Le Poème en prose de Baudelaire jusqu'à nos jours*, Librairie Nizet, 1959, p. 339.

(51) *Ibid.*, pp. 341–342. そのほか、ジュディットの散文詩にかんしては、ダニエル・グロノフスキの「自由詩の詩学、ジュール・ラフォルグの『最後の詩』(一八八六)」(一九八四)やクライヴ・スコットの『自由詩、一八八六年から一九一四年のフランスにおける自由詩の出現』(一九九〇)などにわずかな言及がある。Daniel Grojnowski, « Poétique du vers libre : « Derniers vers » de Jules Laforgue (1886) », *Revue d'histoire littéraire de la France*, n° 3, 1984, pp. 390–413, note 33 ; Clive Scott, *Vers libre, The Emergence of Free Verse in France 1886–1914*, Oxford, Clarendon Press, 1990, p. 70.

(52) Mathilde Camacho, *Judith Gautier, sa vie et son œuvre, thèse pour le doctorat d'université présentée à la faculté des lettres de l'Université de Paris*, Librairie E. Droz, 1939, pp. 29–32 et 47–53.

ディット・ゴーチエ』[53]が本訳詩集をとりあげているが、作家と中国詩の出会いや当時の反応などを紹介しただけで、制作の経緯を明らかにしたり、テクストを分析したりすることはなかった。それゆえ、「中国詩の韻律を深く意識し、正確なイメージを伝える言葉をフランス語でみつけるために詩のなかの思想を見抜いた」、あるいは、「彼ら〔＝中国の詩人〕の愛の詩、喜びの詩、悲しみの詩、酔いの詩、戦いの詩をうたいながらも、自分の文体を作りあげていた」といった印象批評にとどまっている。[54]

これらに対して、イヴァン・ダニエルの「『白玉詩書』、ジュディット・ゴーチエの夢」（二〇〇四）[55]は、文学史的背景に照らしあわせ、主題の観点から作品の志向を探ろうとした。例えば、隔たった場所・時代や孤高への憧れ、あるいは近代性の否定といった高踏派的主題との共通性、愛や情熱の主題の多さといったロマン主義的傾向、女性性の賛美と、中国思想において女性的な陰の世界に関連する水、夜、月といった主題の偏在などである。また、彼女が中国詩の受容にあたって「詩の主題の永続性や普遍性を信じ〔……〕時間と大陸を越えた、一連の類似と比較を織りなしている」という興味深い点も指摘した。しかし、なぜ訳が不正確なのかという問題に対しては、「古典的な中国から最も時代の近い高踏派の台頭まで、初期ロマン派の叙情的な大テーマをも捨てることなく、きわめて多様な源泉をもつ影響やイメージを織り交ぜた」とするにとどまり、一詩節の翻訳に「たいてい短い一文もしくは一パラグラフを割り当てただけ」で「訳詩の大半は四行詩に対する四つのパラグラフの形で表されている」としたのも正確ではない。[56]

ただ、ジュディットが『白玉詩書』で何を行おうとしたのかという本質的な問題がこれまで追究されてこなかったのは、制作過程を示す資料がほとんどなかったことや、膨大な数の中国詩から原詩をつきとめるのが非常に困難を極める作業だったことにもよる。原詩の特定は、門田氏や森氏のほかにフェルディナン・ストセが試み、原詩の漢字と訳との対応関係などを「ジュディット・ゴーチエの『白玉詩書』の出典、詩の信憑性にかんする考察」（二〇〇六）[57]で報告しているが、忠実さの度合いを測るのみで、訳詩自体の文学的・思想的特徴までを分析するものではなかった。

しかし、こうした研究をふまえたうえで、長らく看過されてきたある重要な資料をふりかえってみる必要がある。それは、ジュディットが初版の出版に先立って雑誌に発表していた中国詩の翻訳、すなわち、プレオリジナルである。それを掲載した記事の存在は、すでに二つがリチャードソン、一つがミンデンによって指摘されていたが(58)、いずれの研究でもかえりみられてはこなかった。だが、実はこのプレオリジナルから『白玉詩書』に至った過程にはある発展性がみられ、それを詳しく分析することで制作の方針や意図に迫ることができる。そこで、ジュディットの文学における一作品として改めて『白玉詩書』にアプローチするため、新たにこの資料を検討していきながら、とりわけ、これまでにとりあげられてきた『白玉詩書』の二つの様相、〈自由な翻訳であること〉と〈散文詩的であること〉を印象ではなく確証をもって示し、かつ、別個に考察されてきたこれらを同時に説明し得る答えを導き出していきたい。

---

(53) Joanna Richardson, *Judith Gautier, traduit de l'anglais par Sara Oudin*, Éditions Seghers, 1989, pp. 38–40 et 69–73.

(54) Mathilde Camacho, *op. cit.*, pp. 48 et 52.

(55) Yvan Daniel, « Présentation, Le Livre de Jade, un rêve de Judith Gautier », *Le Livre de Jade*, Édition d'Yvan Daniel, Imprimerie nationale, 2004, pp. 7–33.

(56) *Ibid.*, pp. 20–27, 16, 9 et 14.

(57) Ferdinand Stocès, « Sur les sources du *Livre de Jade* de Judith Gautier [1845–1917] [Remarques sur l'authenticité des poèmes] », *Revue de littérature comparée*, n° 319, 2006, pp. 335–350.

(58) ミンデンは、一八六六年四月末のテオフィルからカルロッタ・グリジ宛の書簡にある、「ジュディットについてはウーセの新聞『十九世紀通信』に中国語の翻訳をいくつか送ったことしか知りません」という一節をもとに記事をつきとめた。Stephan von Minden, *op. cit.*, p. 50, note 42.

二　ジュディットと散文詩の流行

これまで『白玉詩書』は、たびたび訳の不正確さや創作性といったものが問題にされてきた。そうしたことから、上述のプレオリジナルを新たに分析することによって制作の真意を探っていくことを目指しているが、創作性を考察するにあたっては、ジュディットが当時どのような文学的環境に置かれていたのかということも把握しておかなければならない。なかでも、彼女に近い人物らが『白玉詩書』の訳詩を「散文詩」とみなしていたことは、作品の背景を知るための意味深い指標である。

そこで、テクストを分析する前に、彼女自身がじっさいに散文詩をどう受容していたのか、また、詩に対してどのような見解を抱いていたのかということを追ってみたい。

『白玉詩書』出版直後の評価

『白玉詩書』の訳詩は、のちの中国学者や文学者らによってしばしば誤りが指摘されてきた。しかし、訳の正誤を判別し得なかったはずである同時代の作家や詩人までもが、本訳詩集を手にするや否や翻訳として評価するのをやめ、全く別の視点から称賛していたのは奇妙なことである。まずは、このことからふりかえってみたい。

『白玉詩書』が出版されたのは、パリ万博が開かれた一八六七年である。より正確な時期はリチャードソンの著書に詳しい。(59)それによれば、一八六七年初めに書かれたと思われるジュディットからテオフィル宛の書簡に「一ヶ月前に脱稿した『白玉詩書』が二月の終わりに出版されます」(60)と記されているが、じっさいは五月初旬に延びたようである。その根拠は、『白玉詩書』の発売に言及した、同年五月九日付のシャルル・ルコント・ド・リール（一八一八―一八九四）からジョゼ＝マリア・ド・エレディア（一八四二―一九〇五）に宛てた書簡にある。ともに高踏派の詩人として、ジュディットとマンデスの夫妻が親交を深めた人物で、ここには、これまでわかっているなかで最も早い『白玉詩書』の感想もみることができる。

> 『白玉詩書』が一昨日発売されました。ルメール社は優美で独創的な一冊に仕上げました。印刷の外観は、先入観を与えすぎることなく、私の知るなかで最も奇抜で最も理解できないジュディット・ヴァルテール女史の偽中国詩にあっています。そのうえこの小冊は、易しく、優雅で、ほどよく精彩があり、ごく自然な女性らしさをもつ言葉という類まれな美点のほかに、よい意味で、端から端まで「純粋な」気持ちと一貫した高揚のなかで書かれたという点をもっています。いうまでもありませんが、これと似たようなものは、やはり馬鹿で、滑稽で、残忍な国に過ぎない中国にはないでしょう。[61]

ルコント・ド・リールは『白玉詩書』を褒めているが、一方で「偽中国詩」といいきっている点に注意しなければならない。非難めいたところはないものの、ティンとともに図書館に通って翻訳をしたという事実を正面から否定するものだからである。中国学者らが原詩との比較に基づいて誤りを指摘するのとは違い、彼は原詩を知り得たはずがない。それなのに偽物と断言したのはなぜだろうか。彼はジュディットの結婚の際の夫側証人であり、夫妻はアンヴァリッド大通りにあったこの詩の大家のサロンにも出入りしていた。そうしたなかで、彼はジュディットの翻訳作業の内情を知っていたというのだろうか。

　また、本書はユゴーにも贈呈された。その際、ジュディットはこの巨匠の名前を漢字の当て字で綴っていた。そ

（59） Joanna Richardson, *op. cit.*, p. 69.

（60） Théophile Gautier, *Correspondance générale, éditée par Claudine Lacoste-Veysseyre, sous la direction de Pierre Laubriet*, t. 9 (1865–1867), Droz, 1995, p. 341.

（61） Joanna Richardson, *op. cit.*, p. 70.

のことが、まず受け渡しの仲介をしたオーギュスト・ヴァクリ（一八一九―一八九五）からユゴーへの五月三〇日付の手紙で、つぎのように記されている。

すべてが中国語から翻訳されたかどうかはわかりませんが、フランス語から中国語に訳された献辞があります。ご説明すると、あなたの名前は中国人の前で発音されたら、厳正で大きなことをいいながら、深刻そうに歩いている、遠くにいる勝利者という意味になるそうです。(62)

そして、六月十六日付のユゴーからジュディットへの礼状がつぎのようにある。

ご本をお受けとりしました。最初の頁に私の名前を書いてくださり、女神の手によるようなすばらしい象形文字になっているのを拝見しました。『白玉詩書』は甘美な作品です。いうなれば、フランスがこの中国のなかにあり、雪花石膏がこの磁器のなかにあります。(63)

先のルコント・ド・リール同様、ヴァクリも「中国語から訳されたかどうかわからない」という。また、ユゴーの「フランスがこの中国のなかにあり、雪花石膏がこの磁器のなかにある」という表現も、裏返せば、ジュディットの創意が多分に入り込んでいるということをいっているように思われる。当時の読者のほとんどが原詩を知らなかったはずであるのに、揃って詩の信憑性を疑ったのは、第一に、学者でさえ困難だとした中国詩の翻訳を、若い彼女がなしとげたとは到底考えられなかったからかもしれない。(64)

また、公になった感想としては、五月十一日付の『エタンダール』誌に掲載された、ポール・ヴェルレーヌ（一八四四―一八九六）によるつぎのような書評がある。

すばらしい八つ折り判の『白玉詩書』は、様々な中国の詩人の翻訳として紹介されており、その言葉を私は信じたいと思う。随所にみられるじつにパリらしい調子や、水晶のボタンをつけた中国の文人には到底無理だと思われるかすかに皮肉な響きが、翻訳は、翻訳なのだからそう呼ぶが、もちろんとても自由なものだと告げてはいても。私は幸い、杜甫、張籍、Tchan-Oui らの言語に精通していない。だから原詩に非忠実な見かけをあまり辛辣には非難しない。魅力がそれに勝っていて、ないとされた誠実さを確かな才能が補っているからだ。

しかしそこから、『白玉詩書』を中国的な色合いに覆われた「パリの本」と呼ぶのがよいと結論しないでほしい。逆に、この甘美な作品の作者もしくは訳者ほど、絶妙に奇抜で、詩的に凝ったという意味で、中国人であることは不可能である。想像されよ、黄河のほとりの、心地よい奇妙さと魅惑的な驚きをもったテオクリトスを。ときおり調子が高揚して、茶や温かい酒や桃花の香りあふれる小田園詩から、戦争の図、悲壮な場面、ときには深い思想へと移る。だが、作者は自らに課した決まり、つまり表現の簡明さ、文章の簡潔さ、用いた方法の厳守を、決して破りはしない。私はわれわれの文学でこの本に類するのは、永久に亡きアロイジウス・ベルトランの『夜のガスパール』しか知らない。そして選べといわれれば、より高い独創性とより端正な形式とより本物で強い詩情から、『白玉詩書』の方をはるかに好むだろう。(65)

ヴェルレーヌの言葉は穏やかだが、「自由な翻訳」「非忠実な見かけ」とくりかえし、彼もまた翻訳の信憑性を問題

(62) Victor Hugo, *Correspondance*, III (1867–1873), Albin Michel, 1952, p. 46.
(63) *Ibid.*, p. 48.
(64) フランソワ・コペーも十月五日付の『モニトゥール・ユニヴェルセル』紙で、「ジュディット・ヴァルテール女史は、こよなく愛しよく知る中国の詩人を、人格や本質に至るまでフランスに知れ渡らせ、好ませようとし、注目すべき彼らの詩の翻訳を『白玉詩書』でみせてくれた。／ただ、本当に翻訳だろうか、ジュディット・ヴァルテール女史はわれわれに読ませるすべての詩が本物だと確証できるだろうかといわねばならない。私は、彼女が杜甫や蘇東坡を読むおかげで中国の詩人になり、舞踏会の装身具に第一級の高等官吏の玉のボタンをつけていたとしても驚きはしない」と述べている。François Coppée, « Le Livre de Jade, par Mme Judith Walter », *Le Moniteur Universel*, 5 octobre 1867.
(65) Paul Verlaine, *« Le Livre de jade* par Judith Walter *»*, *L'Étendard*, 11 mai 1867.

にしている。その理由は、ユゴーと同様、中国詩に由来するとは思えないフランス的な調子を認めたからである。ルコント・ド・リールの書簡にも、中国にこのような詩が存在するはずがないという偏見が読みとれた。だが、それ以上に本書を「偽中国詩」と思わせたのは、訳詩そのものの完成度でもあったようである。ルコント・ド・リールが独特な魅力をもつ言葉をこの本の美点としたように、ヴェルレーヌも作者によって構築された形式や文体を評価している。つまり、詩の信憑性が疑われたのは、作品としての魅力が翻訳としての価値を上回っていたからでもある。

この魅力について、ヴェルレーヌは、うえの書評の終わりでもう一つ興味深い視点を提示している。ベルトランの『夜のガスパール』（一八四二）を引き合いに出した点である。このタイトルが即座に「散文詩」のジャンルを示唆するのは、フランス文学史において明白なこととなっている。それに、ジュディットの訳詩から散文詩を想起したのは、ヴェルレーヌだけではなかった。彼女の父テオフィルも同様の見解を示したのである。同年八月三一日のボードレールの死を悼み、翌春に『ユニヴェール・イリュストレ』誌に掲載した「テオフィル・ゴーチエによるシャルル・ボードレール」（同年にミッシェル・レヴィ社から出版された『ボードレール全集』の『悪の華』の序文として収録）のなかで、ボードレールの小散文詩を語るに当たり、つぎのようにジュディットの翻訳に言及した。

それ〔＝ボードレールの小散文詩〕は、強さと濃さと深さと優雅さによって、ボードレールが手本とした『夜のガスパール』の愛らしい幻想よりもはるかに優れていると思う。〔……〕われわれはこの甘美な小品〔＝小散文詩「月の恵み」〕に類似するものとして、ジュディット・ヴァルテールが見事に訳した李太白の詩以外に知らない。その詩では、中国の王女が、光のなかで、月がダイヤモンドを散りばめた階段のうえに白い絹の衣服のひだをひきずっている。月に操られた気まぐれな者だけが、こんなふうに月とその神秘的な魅力を理解することができたのだ。(66)

亡きボードレールの代表作について、しかも彼の生前の功績を称える節目の文章で、まだ若い自分の娘の処女作を引き合いに出すのは何とも大胆なやり方だと思わずにはいられないが、それはさておき、彼までもが『白玉詩書』の訳詩を散文詩と同列に並べようとしたことに注目しなければならない。

おそらく、ユイスマンスの『さかしま』の一節や後年の研究は、こうした著名な人物たちの見解を踏襲して、『白玉詩書』の訳詩を散文詩になぞらえたり、散文詩そのものとみなしたりしてきたのだろう。一八八五年のロベール・ド・ボニエールによるエッセー『今日の記憶』も、「『白玉詩書』は一連の小散文詩で、彼女〔＝ジュディット〕はそれが昔の中国詩人のものだとしているが、本当は彼女自身の作である」(67)と断言している。また、アナトール・フランスの『文学生活』（一八九二）にも同様の意見がみられる。

> 彼女が杜甫や張籍や李太白のうちに『白玉詩書』に含まれる繊細な画のすべての細部を見出していたとは思えない。磁器の国の詩人たちが、彼女よりも前にこの優雅さを、できた詩篇のどれそれにおいてあなた方を魅了するような、またアロイジウス・ベルトランとシャルル・ボードレールの散文詩に並べることができるこの花を知っていたとは思えない。〔……〕ジュディット・ゴーチエは彼女の形をみつけた。自分の文体をもった。静かで確かで豊かで穏やかな、テオフィル・ゴーチエの文体のように力強く内容豊かではないが、また別な風に流動的で軽快な文体を。(68)

そして、ジュディット亡きあとも、散文詩か否かをめぐる議論はくすぶりつづけた。ポール・スーデーはつぎのように反論している。

（66）Théophile Gautier, « Charles Baudelaire », *Œuvres complètes de Charles Baudelaire*, I, Michel Lévy frères, 1868, p. 74. ジュディットは「彼は私の最初の本をたいそう気に入り、ボードレールの散文詩にかんして、この本のことを数行書いてくれるというすばらしく思いがけない贈り物をしてくれた」と自伝第二巻（二〇五―二〇六頁）に記している。

（67）Robert de Bonnières, « XXIII, Madame Judith Gautier », *Mémoires d'aujourd'hui*, 2ème série, Ollendorf, 1885, p. 307.

（68）Anatole France, « Judith Gautier », *La Vie littéraire*, 4ème série, Calmann-Lévy, 1892, pp. 134-135.

ある批評家たちは『白玉詩書』の小篇はジュディット・ゴーチエが作り出した散文詩の可能性があると考えた。私は、平凡な中国学者でテクストを照合することはできないが、全くそうではないと思う。タイトルが正式に「中国語から訳された詩」の集であると知らせているし、これらの小篇はそれぞれ明白にだれそれの作者のものだとされている。[69]

確かに、それぞれの訳詩には詩人名が添えられているのである。

このように、出版直後に寄せられた『白玉詩書』に対する意見をたどると、ジュディットによる訳詩の信憑性が疑われたことと、散文詩とみなされたことは、常に隣りあっていたとわかる。しかし、最初にヴェルレーヌはなぜ、二五年も前に出版された『夜のガスパール』を呼び起こしながら、訳詩を散文詩になぞらえようとしたのだろうか。

散文詩流行の立役者とジュディット

モーリス・ラヴェルがピアノ組曲の着想を得たことでも知られる『夜のガスパール、レンブラントとカロ風の幻想曲』[70]は、アロイジウス・ベルトラン（一八〇七—一八四一）による散文詩集で、作者が三四歳で夭逝した翌年の一八四二年に出版された。六部〈フランドル派〉〈古いパリ〉〈夜とその幻惑〉〈年代記〉〈スペインとイタリア〉〈即興詩集〉にわけられた五二篇の散文詩と、十三篇の断片よりなる。

ヴェルレーヌが『白玉詩書』の書評で二五年前のこの作品を想起したのは、当時、十九世紀の詩の発展におけるある記念碑的な出来事が、忘れられかけていたこの作品を詩壇の表舞台に呼び戻していたからであることは間違いない。それは、ボードレールが自らの「小散文詩」（テオフィルはこれを論じる際に『白玉詩書』を引き合いに出すことになる）を紙面に発表するにあたり、この作品に言及した献辞をあわせて掲載したことである。「アルセーヌ・ウーセへ」とある、その一節を引用してみたい。

> あなたに少し告白することがあります。少なくとも二〇回、アロイジウス・ベルトランの有名な『夜のガスパール』（あなたも、私も、私たちの友人の何人かも知っている本に、十分有名と呼ばれる権利はないでしょうか）をまさにめくりながら、私も似たようなものを作ろう、ベルトランがたいそう驚くほど生彩に富んだ昔の生活の描写に用いた方法を、現代の生活、あるいはもっと抽象的な、現代のある生活の描写にあてはめてみようという考えが思い浮かんだのです。
> 私たちのうち誰が、野望の日々のなかで、詩的散文の奇跡を夢みなかったでしょうか。リズムや脚韻なくして音楽的で、魂の抒情的な動きにも夢想のうねりにも意識の躍動にもあう、十分になめらかで十分に耳ざわりな、詩的散文の奇跡を。[71]

このボードレールによる一節が、『夜のガスパール』を散文詩の代名詞たらしめるほどの印象を世に植えつけていたのである。これは、一八六二年八月二六日付の『プレス』紙に、あとにつづく「小散文詩」二六篇を携えて掲載された。ボードレールの散文詩は一八五五年に最初の二篇が発表されて以来、[72]複数の新聞雑誌に寄稿され、上の献辞の記事以後も「パリの憂鬱」と題して公にされつづけた。こうしたなかで、『夜のガスパール』が一八六八年に再版され、[73]ボードレールのこれらの小散文詩も、彼の死後の一八六九年に全集の一部として出版されることになる。[74]

(69) Paul Souday, « Les Livres. Judith Gautier », *Le Temps*, 19 janvier 1918.
(70) Louis [Aloysius] Bertrand, *Gaspard de la nuit, fantaisies à la manière de Rembrandt et de Callot*, Victor Pavie, 1842.
(71) Charles Baudelaire, « Petits poèmes en prose, à Arsène Houssaye », *La Presse*, 26 août 1862.
(72) Charles Baudelaire, « Le crépuscule du soir » ; « La solitude », *Fontainebleau, paysages, légendes, souvenirs, fantaisies*, Hachette, 1855, pp. 78–80.
(73) Louis [Aloysius] Bertrand, *Gaspard de la nuit, fantaisies à la manière de Rembrandt et de Callot, nouvelle édition augmentée de pièces en prose et en vers*, René Pincebourde, 1868.
(74) Charles Baudelaire, *Petits poèmes en prose, Œuvres complètes de Charles Baudelaire*, IV, Michel Lévy frères, 1869.

ところで、散文詩の試みは、ボードレールが「私たちのうち誰が〔……〕詩的散文の奇跡を夢みなかったでしょうか」と述べているように、彼に限られたものではなかった。献辞の相手アルセーヌ・ウーセ（一八一五—一八九六）が率いる『アルティスト』誌で、すでに一八四〇年代半ばから五〇年代にかけてベルトランにかんする記事が掲載され、ウーセほか、ジュール・シャンフルーリ（一八二一—一八八九）やアンリ・ミュルジェール（一八二二—一八六一）らが、自作の散文詩も発表していた。つまり、ベルトラン亡きあとも、彼に対する関心と散文詩の試みは連綿とつづいていたのである。

こうした詩壇における一連の動向が、『白玉詩書』に対するヴェルレーヌの書評の背景にあった。つまり、彼はジュディットによる簡潔な散文形式の訳詩を、同時代の革新的な詩の形式に結びつけようとしていたのである。ところが、当時、まだ執筆活動を開始していなかったジュディット自身はこの動向について見解を残しておらず、『白玉詩書』の訳詩が散文詩とみなされたことに言及した資料も見つかっていない。もちろん、彼女が訳詩を散文詩に関連づけたこともない。では、読者が抱いた印象は、訳者の意志とは無関係の一方的なものだったのだろうか。

しかし、実のところ、そういいきることはできない。彼女は散文詩流行の立役者たちとまさに近しい間柄にあったからである。まず、ボードレールにかんして、父テオフィルとの親交はいうまでもないが、ジュディットの自伝にも記述が多い。彼女は修道院を出て両親の元へ帰ったその日にボードレールと初対面し、ヌイイに引っ越してからも、彼は同じ通りに仮住まいをもっていたため頻繁に訪ねてきていた。自伝には彼の奇妙な逸話がいくつも残されているが、文学的な観点から興味深いのは、彼女が早くから彼の翻訳したポーの作品を愛読していたこと、そして、第一章でとりあげたように、父に促されてポーの『ユリイカ』の翻訳について書評を書いたところ、『モニトゥール・ユニヴェルセル』紙に掲載され、訳者のボードレール本人から驚嘆と感謝の手紙を受けとったことである[75]。この記事の掲載は一八六四年三月二九日（手紙はその八日後[76]）で、四月二四日に彼は借金に負われてブリュッセルに逃亡してしまう。だが、ジュディットが彼の訳本に対峙した時期は、彼が件の献辞の公開につづいて散文詩を準備していた時期に合致していることから、そうした試みを彼女が耳にしていたとしてもおかしくはない。

さらに、この記事の掲載を祝って、彼女にエメラルドの指輪を贈った人物がいた。それがウーセである。(77) 彼女の自伝にウーセはあまり登場しないが、つながりははっきりしている。前述の通り、彼が自作の散文詩を発表することもあった自ら率いる『アルティスト』誌、ほかならぬこの雑誌に、『白玉詩書』のプレオリジナル、つまり、彼女が一八六三年秋頃から書きためていたと思われる最初の訳詩をまとめた記事二本が掲載されたのである（一八六四年のことで、ちょうど『ユリイカ』の書評を書く数ヶ月前である）。それのみならず、『アルティスト』誌につづいて、もう一本の訳詩の記事を載せた『十九世紀通信』もウーセの雑誌だった。つまり、ボードレールが小散文詩についての所信を述べた献辞を宛て、散文詩や『夜のガスパール』への関心を共有していたウーセが、ジュディットの訳詩の発表を支えた人物だったのである。もちろん、若い彼女にとってあり余るほどのこうした人脈は、父テオフィルの恩恵を受けたものにほかならないだろう。

しかし、ジュディットと散文詩の接点を探るうえで、一八六三年の、のちに夫となるカチュル・マンデスとの出会いも無視できない。それというのも、ボードレールの小散文詩をいち早く掲載した雑誌の一つである『ルヴュ・ファンテジスト』誌は彼の手によるものであり、ボードレールの散文詩を扱った直前の号では、ベルトランにかんする記事も載せていたからである。(78) それだけではない。マンデスの友人ヴィリエ・ド・リラダンが率い、一八六七年から六八年にかけてジュディットら夫妻も寄稿する雑誌『文学芸術通信』は、同時期にベルトランの散文詩のみ

(75) ボードレールについては、自伝第一巻（一三九―一四二頁）、第二巻（一一頁、三八頁、六三―六八頁）などに記述がある。
(76) Charles Baudelaire, *Lettres, 1841–1866*, Société du Mercure de France, 1906, pp. 356–357.
(77) Judith Gautier, *Le Second Rang du Collier*, p. 68.
(78) Charles Baudelaire, « Poèmes en prose », *Revue fantaisiste*, 1er novembre 1861 ; Fortuné Calmels, « Les oubliés du dix-neuvième siècle, Louis Bertrand », *Revue fantaisiste*, 15 octobre 1861.

ならず、マラルメやマンデスの愛人オーギュスタ・オルメスの散文詩も掲載している。さらに、マンデス自身も六八年に作品集『愛の物語』[79]で散文詩を披露することを考えると、そこに至る年月、つまり、中国詩の翻訳を進めていた時期に、彼女は散文詩への高まる関心を共有した人々のあいだに身を置いていたと推測できるのである（先に挙げた通り、マンデスは一九〇二年に、『一八六七年から一九〇〇年のフランス詩の動向にかんする公教育美術大臣への報告』で、自由詩の起源を語る際に『白玉詩書』を想起することにもなる）。

当時のジュディットの詩観

以上のように、当時のジュディットの文学的環境のなかに、散文詩の流行が無視できない出来事の一つとしてあったと考えられる一方で、なお、彼女自身が散文詩についての見解を明確に語った資料はない。しかし、まだ若かった彼女が詩に手を染め、詩に対して抱いた最初の感覚を率直に示しているものとして、自伝に収められたつぎの二つのエピソードに着目したい。

一つ目は、最初の創作の経験を回想したものである。子供時代に冒険的な遠出をし、大急ぎで帰宅したあとの出来事である。

〔……〕私はといえば、数段飛ばしでアトリエまでよじ登り、閉じこもる。大騒動、大声、叫び声、ドアが大きな音を立てて閉まる音が聞こえている……。けれども、耳を塞いで、きつく瞼を閉じて、強い瞑想に入り込み、すぐに書き始める。

これが、私が文学を試みる最初である。とても軽く始まる。だが、頭のなかで主題を練りあげていたはずだ。それというのも、まるで書き写すかのように簡単に出てくるから。その作品は「ツバメたちの帰宅」と題する。一種の散文詩で、そのまま詩節になる。[80]

試し書き程度で作品になるようなものではなかったが、後年のジュディットが自分の最初の文学の試みを「散文詩」だったと明言していること自体が、興味深い事実である。

二つ目のエピソードは、詩作を促すテオフィルとのやりとりである。

そしてこの機会に父は私が詩を作る練習をしないことをたしなめるのである。

——私には全く才能がないに決まっているわ。お父さんのいうことに従って努力しようとした途端に、スズメが飛んでいくように考えが散乱して、一つとしてつかまえておくことができないの。脚韻と韻律だけで頭がいっぱいなのに……全く韻律をつけられない！……それに母音衝突も不快に思わないし面白いといいたいくらい。バルザックの有名な

おおインカよ！　おお不運で不幸な王よ!!!

という詩節だって長すぎると思わないわ。

それに少し前から私は、すごく独特でほかのどれよりも難しそうなある種の詩が好きなの。この新しい趣味を教えてくれたのはモーザン＝ハンよ。ハイヤームやハーフィズやサアディを読み聞かせてくれながら……とても短いペルシャの詩よ、二行詩や四行詩の。でも完璧で完全、真珠かダイヤモンドみたい。散文やぎこちない逐語訳からでもそれがどういうものかがわかるわ。(81)

ここではまず、単に詩の才能がないということだけでなく、脚韻・韻律・母音衝突といった伝統的な韻文の規則に

---

(79) Catulle Mendès, *Histoires d'amour*, Alphonse Lemerre, 1868, pp. 267–280.

(80) Judith Gautier, *Le Second Rang du Collier*, pp. 58–59.

(81) *Ibid.*, p. 282. このあとジュディットは具体的にペルシャ詩を紹介する。そのなかに「彼〔＝テオフィル〕はこの二行詩をフランス語の韻文に訳したがる」(二八二―二八三頁) とある。散文でもわかるというジュディットに対し、中国詩と同じくペルシャ詩も韻文に直そうとするところが特徴的であり、ジュディットが彼の東洋趣味を引き継ぎつつも、詩については決定的な見解の違いがあったことがうかがえる。

対する反論が発せられている。そして、ペルシャ詩への興味がつづけて語られるが、この後半は一見、前半と脈絡がないようにみえる。しかし、古典的な定型詩の規範に対する違和感を訴えた前半からの流れをふまえると、このペルシャ詩にまつわる部分には、単なる東洋趣味の表れではなく、つぎの二つの意味を読みとるべきだと思われる。一つは、彼女にとってペルシャ詩が、「とても短い」がそれで完璧な、フランス詩とは異なる形式をもつもの、つまり、規範を打ち砕く新しい可能性を示すものとしてあったということ、そしてもう一つは、「散文やぎこちない逐語訳からでも」詩の本質がわかるというように、詩は形式の権威に依存するものではないという確信を抱いていたことである。ジュディットの自伝は年代が曖昧なため、このエピソードが正確にいつ頃のものであるかはわからない。だが、彼女がペルシャの元帥モーザン＝ハンに出会い、結婚を申し込まれたのが一八六五年のことだとテオフィルの書簡の日付より推測できることから[82]、このエピソードはおそらくそれ以前、つまり、彼女が中国詩の翻訳を行っていたのとほぼ同時期のものだと思われる。

ジュディットは自分の訳詩が散文詩になぞらえられたことや、当時の身近な人々が関わった散文詩の流行に対し、自らの考えを述べることはなかった。だが、ここに挙げた少々荒削りではあるが、詩に対する見解の萌芽を示す二つのエピソードには、彼女自身の詩人としての道のりも、散文詩の概念と同じ、伝統詩の形骸化した規範の否定から始まっていたことをみてとることができるだろう。

『白玉詩書』の散文訳――当時の散文詩との比較

それでは、散文詩に例えられた『白玉詩書』の訳詩とは、じっさいどのようなものだったのだろうか。本訳詩集には七一篇の中国詩の訳が収められており、そのほとんどが同じ散文形式をとっている。代表的な一例を挙げて、その形をみてみたい。つぎの「玉の階段」〈月〉の章の三番目、以下、〈月・三〉と記す）は、李太白の「玉階怨」の訳と考えられるものである[83]（図16）。

玉の階段　　李太白による

満月の淡い明かりのした、王妃が露ですっかり輝いている玉の階段をまたのぼる。

ドレスの裾が段のふちに優しく口づけをする。白い絹と玉は似ている。

月の光が王妃の寝室に広がった。扉を入ると、王妃はすっかり目をくらまされる。

窓の前の、水晶の珠にふちどられたカーテンのうえに、光を奪いあうダイヤモンドの集まりをみているような気がするからだ。

そして、青白い木の床では、まるで星たちが輪舞しているようだ。

このように、短い一文、ないし最小限の句点かセミコロンによってゆるやかにつなげられた複数の文が簡潔な一節(行)をなし、節と節のあいだに余白がとられている。決まった音節数も脚韻もなく、読み下しやすい文であるとともに、見た目にも軽やかである。ところで、この訳詩は王女や月を主題としていることから、テオフィルがボードレールの小散文詩にかんして述べた先の一節で、「この甘美な小品に類似するものとして、ジュディット・ヴァルテールが見事に訳した李太白の詩以外に知らない。その詩では、中国の王女が、光のなかで、月が〔……〕」とした際に、想起していたと考えられるものである。

(82)　一八六五年八月十六日頃のものと思われるテオフィルからエルネスタ・グリジ宛の書簡に、モーザン＝ハンからジュディットへの求婚を意味する「ペルシャの問題」という表現がある。Théophile Gautier, *Correspondance générale*, t. 9, p. 99.

(83)　門田眞知子、前掲書、一九五頁。

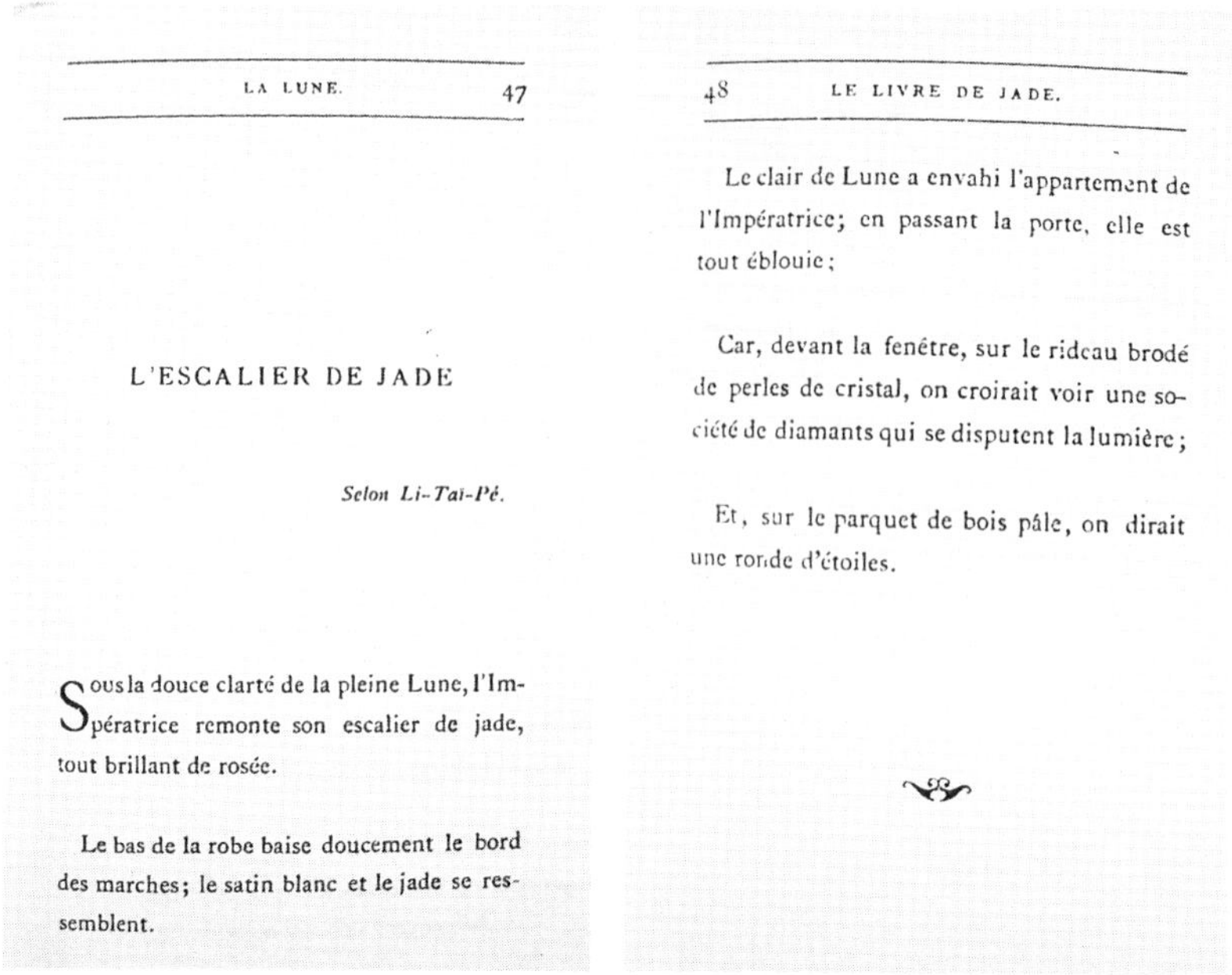
LA LUNE. 47

L'ESCALIER DE JADE

Selon Li-Taï-Pé.

Sous la douce clarté de la pleine Lune, l'Impératrice remonte son escalier de jade, tout brillant de rosée.

Le bas de la robe baise doucement le bord des marches; le satin blanc et le jade se ressemblent.

48 LE LIVRE DE JADE.

Le clair de Lune a envahi l'appartement de l'Impératrice; en passant la porte, elle est tout éblouie;

Car, devant la fenêtre, sur le rideau brodé de perles de cristal, on croirait voir une société de diamants qui se disputent la lumière;

Et, sur le parquet de bois pâle, on dirait une ronde d'étoiles.

図 16　『白玉詩書』の訳詩の例「玉の階段」(1867 年刊、金沢公子氏蔵)

その「甘美な小品」とは、ボードレールの小散文詩「月の恵み」のことである。それも引用してみたい。形態は彼の数々の散文詩と同じく、十分な長さとまとまりをもつもので、ジュディットの訳詩と共通点があるとはいいがたい。

　気まぐれそのものである月が、窓からのぞいて、おまえが揺りかごで眠っているあいだに、独り言をいった、「この女の子が気に入った」と。

　そして雲の階段をふわふわとおりてきて音を立てずにガラス窓を通り抜けた。それから母親のようなしなやかな愛を込めておまえのうえに広がり、おまえの顔に自分の色を落とした。そのためおまえの瞳は緑に、頬はこのうえなく青白いままとなった。おまえの目がこんなにも奇妙に大きくなったのはこの訪問者をみつめていたからだ。そして彼女があれほどきつく胸を抱きしめたから、おまえは常に泣きたい気持ちをもつようになったのだ。

　けれども、月は喜びをうちあけようと、燐光を帯びた空気のように、発光する毒のように部屋中を満たした。そしてこの生きた光のすべてが考えていった、「おまえは永遠に私のくちづけの影響を受けるのだ。おまえは私の思うように美しくなるだろう。おまえは私が愛するものと、私を愛するものを愛するだろう、水、雲、沈黙、そして夜を。広大な緑の海を。形をなさずいろいろな形をとる水を。おまえのいない場所を。おまえが知らない恋人を。怪物じみた花々を。錯乱させる香りを。ピアノのうえでうっとりして、女性のように、しゃがれた甘い声でうめく猫たちを！

そしておまえは私の恋人たちに愛され、私の取り巻きたちにいい寄られるだろう。おまえは、私が夜の愛撫で同じように胸を抱きしめてやった、緑の目をした男たちの女王になるだろう。海を、広大な荒々しい緑の海を、形をなさずいろいろな形をとる水を、彼らのいない場所を、彼らが知らない女性を、未知の宗教の香炉に似た不吉な花々を、意志を狂わせる香りを、そして狂気の印である野生の官能的な動物たちを愛する男たちの女王になるだろう。」

そういうわけで、呪われ甘やかされた愛しい子供よ、私は今おまえの足元に身を屈め、あの恐ろしい女神の、宿命を告げる名づけ親の、すべての月の申し子たちに毒を飲ませる乳母のかげを、おまえの体にくまなく探し求めているのだ。(84)

ジュディットの訳詩とこのボードレールの散文詩は、確かにどちらも散文ではあるが、長さに大きな差があり、密でない前者に対し、後者は十分なまとまりをもっている。また、形式面だけでなく内容にも違いがあることは明白で、月が窓を通り抜けて侵入するという点は共通しているものの、月の光、露の光、水晶の光が競演する幻想的な情景、光の美しく細やかな運動を描いた前者に対して、後者は幼子に対する月の狂気的な執着を主題とし、その光はまるでゆく末を呪う覆いのようである。ボードレールの散文詩はその宿命を諭すように、重く、追い詰めるような連続性をもつ文体になっている。

---

(84) Charles Baudelaire, « Les bienfaits de la lune », *Petits poèmes en prose*, 1869, pp. 113–114.

それでは、このボードレールが手本にしたというベルトランの散文詩はどうだろうか。例として、同じように月を主題とした作品「月の光」をとりあげてみたい。

おお！　なんと心地よいことか、夜、時が鐘を震わせるときに、金貨のような鼻をした月を眺めるのは！

＊

二人のけちん坊が家の窓のしたで文句をいい、一頭の犬が十字路で遠ぼえし、家のコオロギが低い声で予言をしていた。

けれども私の耳はすぐにもう深い沈黙しか探らなくなった。ハンセン病患者たちは、ジャックマールが妻を打つ音を聞いて、自分たちのあばら家に戻っていた。

犬は、雨で錆び北風で凍てついた夜警の矛を前にして、路地に入り込んでいた。

コオロギは、暖炉の灰のなかで最後の火花が最後の光を消すとすぐに、眠りについていた。

そして私は、――熱がこれほど安定しないので、――月が、顔に濃い化粧をして、まるで首を吊った人のごとく、舌をみせているように思っていた。(85)

ジュディットの耽美的な散文訳と、荒んだ俗世に現れる月を道化とみたこのベルトランの散文詩は、内容的に似通った点はほとんどないが、形態だけについていえば、ボードレールによる「十分になめらかで十分に耳ざわりな」と形容された重厚なテクストに比べ、ともに余白をもたせた簡潔な散文の集合体であるこれら二つのほうが近い。ヴェルレーヌが『夜のガスパール』を想起した所以もここにあるのだろう。

ちなみに、『白玉詩書』に先立つサン＝ドゥニの『唐詩』の訳例も挙げておきたい。ジュディットが訳した先の詩と同一のものはないが、同じ李太白による詩の訳「カラスたちがクースーの塔にとまりにいくとき」が、以下のようにある。

カラスたちがクースー（一）の塔にとまりにいくとき
ウー王の宮殿では、美しいシーチー（二）が酔って盛りあがっている。
最も楽しい歌をうたい、最も官能的な踊りをおどる。
太陽の半分はすでに青々とした丘のうしろに消えてしまったが、陽気さは全く尽きない。

金の水時計の銀の針がむなしく夜が流れ去ったことを指し示す。
秋の月がどれほど少しずつキアンの海のほうに傾いているかをみよ。
西のほうで空がどれほど白んでいるかをみよ。われわれに夜明けを知らせている。
宮殿は相変わらず歓喜のなかにある。何という享楽！　何という陶酔！　何という悦楽[86]（三）！

この訳詩のなかの（一）から（三）の小書きの数字はサン＝ドゥニのテクストにあるもので、語句の説明や詩の背景などの解説を注記した、学者らしい翻訳であることを示している。また、原詩は不明だが、訳の形式からおそらく八句による律詩だと推測できる。つまり、原詩の形式を厳密に踏襲していると考えられるのである。

以上の比較からわかるように、ジュディットによる散文訳は、サン＝ドゥニの訳のように説明的ではなく、むしろ鑑賞を重視した詩的なものであり、形式だけについていえば、確かにベルトランの散文詩に似ているといえる。

（85）　Louis [Aloysius] Bertrand, « Le clair de lune », *Gaspard de la nuit*, 1842, pp. 127–130.

（86）　Le Marquis d'Hervey-Saint-Denys, « A l'heure où les corbeaux vont se percher sur la tour de Kou-Sou », *op. cit.*, pp. 57–59.

しかし、表面的な印象から、彼女が散文詩を意識して翻訳を行った、あるいは、全く自作の散文詩を作ったとまでいいきるのは早急すぎるのではないだろうか。翻訳作業で散文詩を念頭に置いていたかどうかは、『白玉詩書』の訳詩を成立過程からとらえ直さなければわからないはずである。

三 『白玉詩書』の成立過程

『白玉詩書』の訳詩が出版直後から散文詩になぞらえられたこと、ジュディットと散文詩の流行との関係、伝統的な規範を拒む彼女の詩観、それに、数年後に自身も散文詩を発表することから、彼女がこの翻訳で詩を扱うにあたって散文詩を意識していたというのは大いにあり得ることだろう。しかし、それでも『白玉詩書』は翻訳らしく提示されているのであり、それを創作と断定することは、成立過程から証明されない限り不可能である。

その成立過程を探る一つの方法として行われてきたのが、原詩の調査である。そして、それをもとにして、訳詩が原詩に忠実でない理由が様々に考察されてきた。だが、膨大に存在する中国詩から原詩を特定するのは困難なことも多く、翻訳手法を導き出すに足る材料をそこから得ることはできない。これに対してここでは、これまで検討されてこなかった『白玉詩書』のプレオリジナルと決定稿を新たに比較することで、別の角度から制作の意図を明らかにしていきたい。

原詩の調査 —— 翻訳の非忠実性をめぐって

ジュディットが一八六三年の夏か秋頃からティン・トゥン・リンと中国詩の翻訳を始め、六七年に『白玉詩書』を出版するに至るまで、帝国図書館にしかなかったという中国の書物をもとに作業を進めていたことは自伝に記されていたが、どのような手順や方針がとられていたのかはわかっていない。また、彼女はのちの未完の自伝第四巻で、「父は私のために、帝国図書館に、中国詩人の作品集をいくつかヌイイにもち帰れるよう頼んでくれていた。それが許可されて、途方もない仕事が始まった」[87]と本の貸出が認められていたことを明かしており、じっさい六六年二月にテオフィルと図書館の管理者ジュール・タシュローとのあいだで交わされた書簡も残っているが[88]、具体的にどの書物をみていたのかは判明していない。

これにかんして、デトリや門田氏は、モーリス・クーランによる国立図書館草稿部の『中国、韓国、日本の書籍目録』（一九〇二）をもとに、ジュディットが閲覧した可能性のある資料の割り出しを試みた[89]。それによれば、唐詩が多く訳されていることから『唐詩貫珠箋釋』『唐詩合選詳解』『李太白文集輯註』『杜少陵全集詳註』、宋詩については『楽府雅詞』『陽春白雪』『回文類聚』『織錦回文圖』『諸家詩餘』などが用いられた可能性が高いようである（門田氏は、とりわけ最後の二冊は、『白玉詩書』の各章の冒頭に装飾的に置かれた漢字のなかに「織錦回文」「詩家」という似た文字があるので、ジュディットが手にしていた可能性が高いとしている。巻末「訳詩篇」八六・九〇頁参照）。ちなみに、サン＝ドゥニの『唐詩』は、帝国図書館の『唐詩合解』『唐詩合選詳解』『李太白文集』『杜甫全集詳注』を用いた旨を明記している[90]。

つぎに、これらの資料からジュディットが翻訳した原詩をつきとめなければならなかった。しかし、それは途方

（87） Suzanne Meyer-Zundel, *Quinze ans auprès de Judith Gautier*, Porto, 1969, pp. 244–245.

（88） Joanna Richardson, *op. cit.*, p. 40. 自伝第二巻（二〇五頁）にも「図書館から必要な本をもち帰ることを許された」とある。

（89） Muriel Détrie, *op. cit.*, pp. 310–311. 門田眞知子、前掲書、一八三頁。Maurice Courant, *Catalogue des livres chinois, coréens, japonais, etc.*, Ernest Leroux, 1902.

（90） 『唐詩』の「中国における詩法と韻律法」（一〇二頁）に「私が使った唐詩人の校訂版は四つある。（一）『唐詩合解』（解説つき唐詩）、帝国出版、大きな四つ折判、十二巻、北京、一七二六、（二）『唐詩合選詳解』（よりよい解説を精選した唐詩）、十二折判、十二巻、最近の版、（三）『李太白文集』（李太白の作品、注つき）、十巻、（四）『杜甫全集詳注』（注釈と解説つき杜甫作品）、八つ折判、十巻。これらの本はリシュリュー通りの図書館にある」とある。

もない作業である。それというのも、『白玉詩書』には出典を示すものとして「ローマ字表記による詩人名」しか記されていないからである。全二二名の詩人が引かれている。

Tchan-Tiou-Lin / Tin-Tun-Ling / Li-Taï-Pé / Tchang-Tsi / Tse-Tié / Thou-Fou / Tché-Tsi / Sao-Nan / Tan-Jo-Su / Sou-Tong-Po / Li-Su-Tchon / Su-Tchon / Haon-Ti / Ouan-Po / Ouan-Tchan-Lin / Han-Ou / Tchan-Oui / Ouan-Oui / Tsoui-Tchou-Tchi / Roa-Li / Chen-Tué-Tsi / Ouan-Tié

これらのうち、「李太白」Li-Taï-Péや「杜甫」Thou-Fou、「蘇東坡」Sou-Tong-Po、それにジュディットの中国語教師である「丁墩齢」Tin-Tun-Lingなどはすぐに判別できる。また、それ以外の詩人も、改訂版『玉書』で「ローマ字表記による詩人名」に「漢字表記による詩人名」が加えられることから、いくつかは判明する。「張九齢」Tchan-Tiou-Lin、「張若虚」Tan-Jo-Su、「王績」Haon-Ti、「王勃」Ouan-Po、「王昌齢」Ouan-Tchan-Lin、「王維」Ouan-Oui、「崔宗之」Tsoui-Tchou-Tchi、「張籍（門田氏によれば、『玉書』の張説は誤り）」Tchang-Tsiなどである。だが、それ以外は『玉書』で詩人名が変更されているため、誰を指すのか判然としないことも少なくない。

さらに、詩のタイトルについては、「飲中八仙歌」を「一緒に酒を飲んでいた八人の偉大な詩人に」〈酒・八〉としたように原題に忠実に訳したものもあるが、デトリも指摘している通り、「静夜思」を「宿」〈旅人たち・二〉とするなど、原題とかけ離れたタイトルがつけられていることもある。そうしたことから、門田氏や森氏らが（改訂版『玉書』を対象に）丹念に行った原詩の調査にもかかわらず、少なからぬ部分が不明のままとなっているのである。ただ、全体的な傾向としては、李太白、杜甫、王勃、王維、張九齢、張若虚、王昌齢、張籍など、中国詩の最盛期である唐代の詩人の作品が多いこと、サン＝ドゥニの『唐詩』には採用されなかった蘇東坡など、宋代の詩人の作品も含まれていること、サン＝ドゥニに比べて短い詩を選んでいることなどが指摘されている（これまでに原詩と特定もしくは推測された詩は、巻末「訳詩篇」の各訳詩の末尾に記す）。

さて、そのうち原詩が判明したいくつかの例をもとに、ジュディットの翻訳手法、とりわけ、訳が正確か否か、正確でないならばそれはいかなる点かといったことが分析された。デトリは、李太白の「玉階怨」の訳「玉の階段」〈月・三〉や張籍の「節婦吟」の訳「貞節な妻」〈恋人たち・四〉を例に、(一)単音節言語・不変化語である中国語から多音節言語・屈折語であるフランス語への翻訳であり、ジュディットが原詩に内包された関係性や思考を明確に述べたことから文章が長くなっていること、(二)人称代名詞の省略や動詞の不定形の使用など非人称性・両義性の強い中国詩に対し、主語や等位・従位接続詞、副詞、成句、時制などを補ってヨーロッパ人の求める論理性をつけたこと、ときに想像によってそれを構築したこと、(三)感情をあらわにせず言葉の象徴的なイメージによって示唆する原詩に対し、形容詞や副詞を補ったことで感情表現の濃い訳詩になっていること、またそこにジュディットのロマン主義的感受性が影響していること、(四)原詩の背後にある文化的・歴史的意味合いをとらえなかったために詩が広がりを失い単純になっていること、などを挙げた。(91) つまり、訳者の技量の問題だけではなく、中国詩を西洋語に翻訳する際につきまとう数々の困難が原詩への非忠実性の原因になっているとした。

一方、門田氏は、原詩が特定された訳詩を個別に分析し、翻訳の様々なパターンを挙げた。例えば、『詩経』の「碩鼠」の訳「大きなネズミ」〈旅人たち・三〉はきわめて忠実な訳、杜甫の「飲中八仙歌」の訳「一緒に酒を飲んでいた八人の偉大な詩人に」〈酒・八〉は原詩のリズムを生かそうとしたが誤訳の多い訳、李太白の「静夜思」の訳「宿」〈旅人たち・二〉は時間的な構成を欠く中国詩に対して未来・現在・過去という時間の流れや論理的思考を導入した訳、蘇東坡の「卜算子」の訳「鵜」〈秋・二〉は原詩から離れ、キーワードだけを残したほぼ創作のような訳、「磁器の亭」〈酒・五〉は李太白の「宴陶家亭子」と「登単父陶少府半月臺」という二つの詩をセットと判断したか、故意に組みあわせて創作したとみえ、作り事やユーモアを加えた訳、李太白の「烏夜啼」の訳「赤い花」〈戦・四〉は

(91) Muriel Détrie, *op. cit.*, pp. 315–323.

省略がみられ、ほかの詩の内容も織り交ぜたと思われる訳、などである。[92] そして、「彼女の訳の論理構造に、既にフランス的な要素が密接にまとわりついていて、彼女はその独特のフランス訳詩を作りあげた[93]」のだとした。

このように、これまでの研究では、ジュディットの訳詩が原詩に非忠実なものとなっている理由が、明らかな誤訳のほかは、両言語の差異や西洋的思考の影響などにあると擁護的にも考えられてきた。

プレオリジナルから『白玉詩書』に至るまで

ところで、この非忠実性の問題にかんして、ジュディットも後年つぎのような弁解をしている。

『白玉詩書』は大変な努力の結果だったが、執念と誠意にもかかわらず、この小冊をなす詩の正確さについて私は完全に安心することができなかった。だから、それらが厳密に翻訳されたとはあえて断言せず、ただこういった、だれそれの詩人によると。詩がそこから着想を得て、解釈されたものだとほのめかしながら。[94]

「だれそれの詩人による」というのは、詩人名を表記する際、「李太白による」*Selon Li-Taï-Pé* など、「〜によれば」**selon** という間接性を意味する前置詞を添えたことを指す。すでに述べたように、『白玉詩書』の訳詩には原詩も出典も記されておらず、出処を示す唯一のものとして「ローマ字表記による詩人名」があったが、それすら遠慮がちに付したものだったというのである。それは自らの翻訳の技量に不安があったからであり、すなわち、彼女は訳の非忠実性を十分に意識していたということになる。しかし、この説明に対して、彼女は本当に翻訳の正確を期すための「執念と誠意」をもっていたのか、という疑問をあえて呈さなければならない。[95]

まず、翻訳の経緯を思い出してみたい。ジュディットは一八六三年に中国語を習い始め、すぐに中国詩を訳したいという思いを抱き、帝国図書館で作業に勤しむことになった。そして、六七年五月に『白玉詩書』が出版された。だが、彼女に丸四年の準備期間があったわけではない。これまで十分に考慮されてこなかったが、訳詩はすでに六四年一月から雑誌に発表されていた。つまり、中国語学習の開始から一年と経たないうちに、訳詩は活字化され始めていたのである。また先に、彼女が中国語を習い始めた時期が早くとも一八六三年の夏だと思われることを述べた。そうだとすれば、発表に至るまでの期間は半年となかった可能性すらある。さらに、ティンのフランス語力が十分ではなく、意思疎通に問題があったこともいわれていた。こうした状況下で、中国学者でさえ避けようとする詩の翻訳にとりくむのは、あまりに大胆な企てではないだろうか。このことから、『白玉詩書』の目的は元来、純粋な翻訳を行うことにはなかったのではないかという憶測が生まれてくる。じっさい、門田氏の研究では、二つの詩を組みあわせて一つの訳詩を作ったと思われる例も指摘されていた。こうした憶測を裏づけるため、プレオリジナルから『白玉詩書』に至る成立過程を探ってみたい。

『白玉詩書』のプレオリジナルとは、出版に先立って三度、雑誌に発表されていた訳詩のことである（表1）。一つ目が、一八六四年一月十五日付の『アルティスト』誌に掲載された「李太白、杜甫、張若虚、王昌齢、**Haon-Ti** の詩による中国的主題の変奏」(96)、二つ目が、一八六五年六月一日付の同誌に掲載された「**Su-Tchou**、蘇東坡、杜甫、李太白、**Kouan-Tchau-Lin** の詩による中国的主題の変奏」(97)、三つ目が、一八六六年五月一日付の『十九世紀通信』

(92) 門田眞知子、前掲書、五八―八七頁。
(93) 同右、九一頁。
(94) Suzanne Meyer-Zundel, *op. cit.*, p. 245.
(95) 『白玉詩書』をふりかえったジュディットの記述にはほかにもやや信じがたい箇所がある。彼女は改訂版『玉書』について「多く追加し厳密に修正したので、今度は中国語から翻訳されたと保証できた」としているが、じっさいの内容の修正はわずかで、そのほとんどが句読点など文体に関わるものだった。
(96) Judith Walter, « Variations sur des thèmes chinois d'après les poésies de Li-Taï-Pé, Thou-Fou, Than-Jo-Su, Houan-Tchan-Lin, Haon-Ti », *L'Artiste*, 15 janvier 1864.
(97) Judith Walter, « Variations sur des thèmes chinois d'après des poésies de Su-Tchou, Sou-Ton-Po, Thou-Fou, Li-Taï-Pé et Kouan-Tchau-Lin »,

表1　『白玉詩書』のプレオリジナル三記事

(1)「李太白、杜甫、張若虚、王昌齢、Haon-ti の詩による中国的主題の変奏」(1864 年)

	タイトル	プレオリジナル 詩節数	『白玉詩書』〈章題〉	『白玉詩書』詩節数
1	「暖かい天気のときに」	五節	〈秋〉	四節
2	「不思議な笛」	三節	〈詩人たち〉	
3	「水のなかの月」	四節	収録されず	
4	「私が自然を歌っていたあいだに」	五節	〈秋〉	
5	「西の窓から」	四節	〈戦〉	
6	「夏の心地よさに目もくれず」	五節	〈詩人たち〉	四節
7	「九月の思い」	四節	〈酒〉	
8	「心のなかの家」	七節	〈恋人たち〉	
9	「太陽に向けたさみしい心」	五節	〈秋〉	

(2)「Su-Tchou、蘇東坡、杜甫、李太白、Kouan-Tchau-Lin の詩による中国的主題の変奏」(1865 年)

1	「詩人が舟のうえで笑う」	四節	〈詩人たち〉	
2	「李太白への賛辞」	五節	〈詩人たち〉	
3	「舟の揺らぎについて、あるいは西の地方から」	八節	〈恋人たち〉	
4	「白い霜のうえに書かれた思い」	四節	〈秋〉	
5	「秋の思い」	五節	〈秋〉	
6	「農夫の悲しみ」	五節	〈秋〉	
7	「賢者たちが踊る」	四節	〈詩人たち〉	
8	「花々がいかめしいもみの木々を笑う」	五節	〈秋〉	

(3)「月の夜々、中国の小詩」(1866 年)

1	「海のなかの月の光」	Li-hu-tchou による	六節	〈月〉	五節
2	「玉の階段」	李太白による	七節	〈月〉	五節
3	「曲江で」	杜甫による	五節	〈恋人たち〉	
4	「河口のそばで」	李太白による	九節	〈月〉	五節
5	「草原での夜の散歩」	杜甫による	五節	〈月〉	
6	「花々にふちどられた川のそばで」 Ⅰ	張若虚による	四節	〈月〉	
	Ⅱ		四節	〈月〉	
	Ⅲ		二節	〈月〉	三節
	Ⅳ		四節	〈月〉	
	Ⅴ		六節	〈月〉	五節

※『白玉詩書』の詩節数を空欄としているものはプレオリジナルの詩節数と同じ。

誌に掲載された「月の夜々、中国の小詩」[98]である。本の出版前に、毎年一記事ずつ公にされていたことになる。ちなみに、『アルティスト』誌は、先述の通りアルセーヌ・ウーセが編集長を務めていた芸術雑誌で、ジュディットが初めて書評や美術批評を発表したのも同誌だった。また、『十九世紀通信』も六六年四月に刊行されたウーセによる高級雑誌で、彼女は創刊間もない頃に寄稿したことになる。

つづいて、各記事の内容をみていきたい。翻訳作業におけるジュディットの当初の方針はすぐにみてとれる。まずは、記事のタイトルである。三つ目の記事にのみ「月の夜々、中国の小詩」という主題を示すタイトルが選ばれているが、最初の二つは「〜の詩による中国的主題の変奏」と題されている。「変奏(曲)」variation とは、元来、主題となる旋律とその変奏によって構成される楽曲を示す音楽用語だが、詩のタイトルにおいても、テオフィルの「古い主題の新しい変奏」(一八四九)[99]などのように用いられていた。こうしたタイトルはほかでもなく、もとの主題に「変化」をつけたことを示唆している。

また、ジュディットは訳の正確さに対する不安から、「だれそれの詩人による」という間接的な書き方で詩人名を記したと述べていたが、実は、この形式が採られるのは三つ目の記事からで、最初の二つの記事では訳詩に詩人名すら添えられず、タイトル中にまとめて列挙されただけだった(それらの詩人名は『白玉詩書』でようやく各訳詩に割り当てられることになる)。かろうじてタイトルに掲げられた中国名はほとんど飾りに過ぎなかったといえるだろう。すでにこうした記事の形態が、正確な翻訳を行おうという意志の希薄さを物語っている。

(98) *L'Artiste*, 1er juin 1865. タイトルについて、「Su-Tchou、崇敬される完璧さ。蘇東坡、東の丘の植物。杜甫、大きななかまど。李太白、白い梅の木。王昌齢、太陽の光で一年中輝いている王」、また「最後の現代詩は若い中国人ティン・トゥラ〔ママ〕・リン氏のものである」との説明がある。

(99) Judith Walter, « Soirs de lune, petits poèmes chinois », *Revue du XIXe siècle*, 1er mai 1866.
Théophile Gautier, « Variations nouvelles sur de vieux thèmes », *Revue des deux mondes*, 1er janvier 1849.

つぎに、訳詩の編集方法である。一つ目の記事には九篇、二つ目には八篇、三つ目には六篇の訳詩が掲載されている。『白玉詩書』を出版する際、そのうちの一篇が削除され、一篇が五つに分割されたので、二六篇になり、そこに新たな四五篇を加えて、全七一篇の訳詩集となった。それら二六篇のプレオリジナルは、同書に収録されるにあたって多かれ少なかれ手を加えられている。そして、その修正の過程を分析すると、ジュディットによる翻訳作業が、正確さを懸念するどころか、それとは正反対の方向を向いていたことが明らかになってくるのである。

第一に注目したいのが、章立てである。『白玉詩書』では、訳詩が主題別の七章、〈恋人たち〉〈月〉〈秋〉〈旅人たち〉〈酒〉〈戦〉〈詩人たち〉に分類される。このうち、〈月〉の章に収められた九篇をみてみると、すべてが三つ目の記事から採用された訳詩だとわかる（この記事にある六篇のうち、一篇のみ〈恋人たち〉の章に収められ、一篇が五分割されて〈月〉の章の全九篇となった）。事実、この三つ目の記事は「月の夜々」と題され、月を詠んだ詩ばかりが集められていた。一つ目と二つ目の記事の訳詩にはこうした統一性がないことから、中国詩を主題によってまとめるというアイデアを得たのは三つ目の記事からだったと思われる。この〈月〉の章に始まり、ほかの主題が立てられていったのだろう。

そうすると注意すべきは、『白玉詩書』でいずれかの章に分類される一つ目と二つ目の記事の十六篇の訳詩は、章をなすために、あとからどう主題を見出されたのかということである。事実、なかには内容が章の主題にあまりそぐわないままふりわけられたものもある。例えば、〈詩人たち〉の章に収められた訳詩「夏の心地よさに目もくれず」〈詩人たち・五〉は、桃や梅に彩られ、チョウが舞う水辺を前にして、自分だけが憂鬱なままでいると詠んだものであり、プレオリジナルでは詩人であることを具体的に示す箇所はなかったし、〈恋人たち〉の章に収められた「西の地方からみた舟の揺らぎについて」〈恋人たち・十七〉（プレオリジナルのタイトルは「舟の揺らぎについて、あるいは西の地方から」）は、岸につながれた舟から遠ざかるのを憂い、そこへ歌や花を送ろうとしていることが詠まれているだけで、恋愛的な意味合いが明確にあったわけではなかった。

だが、内容が章の主題にそぐわないだけでなく、ジュディットが内容を操作してしまった例もある。例えば、一つ目と二つ目の記事から〈秋〉の章に収められた七篇をみてみたい。そのうち、もともと秋の詩だったのは「秋の思い」〈秋・五〉、それから「秋の風が木々から葉をむしりとって」と始まる「太陽に向けたさみしい心」〈秋・六〉、そして、霜を主題とした「白い霜のうえに書かれた思い」〈秋・七〉の三篇だけである。ほかの四篇は、当初、秋の詩として訳されてはいなかった。そのため、二篇には修正を加えている。まず、「私が自然を歌っていたあいだに」〈秋・三〉では、プレオリジナルの「太陽」という語を「秋の太陽」に変更した。もとの詩に季節感を表す語がなかったため、こうした加筆も可能だったのである。また、「［小さな］花々がいかめしいもみの木々を笑う」〈秋・十〉では、内容からしてふさわしいと思われる「冬のある朝」を「秋のある朝」とした。一方、「農夫の悲しみ」〈秋・八〉や「暖かい天気のときに」〈秋・十二〉といった訳詩については、「雪が大地に軽やかに落ちた」や「冬が鏡の向こう側に」という冬を示唆する表現があるため、秋の色に塗りかえることができず、そのまま目を瞑って〈秋〉の章に収めている。さらに、初めから秋の詩としてあった「秋の思い」〈秋・五〉でも、「冷たい雨」を「さみしい雨」として寂寥感を出したり、「花々が落ちる」を「熟した花々が落ちる」として実りを表したりして、意識的に秋のイメージが添加されているように思われる。ほかにも、先ほどの〈詩人たち〉の章に収められた「夏の心地よさに目もくれず」〈詩人たち・五〉という訳詩には、結局、「詩を作ることができない」という表現を足し、主人公を詩人に仕立てた。このように、まず章立てにおいて、原詩の内容よりも、自らの方針を優先させていたことがわかる。

　第二に注目したいのは、訳詩の構造である。ジュディットはプレオリジナルの時点から、先に示したような散文訳（ただし、節のあいだの余白はない）を行っていた。各節は一文もしくは複数の文でできているか、あるいは、一文が二つの節にまたがっている。この構造について、これまでの研究では、「たいてい中国詩の各詩節にひとつづきの散文を当てている」、あるいは、「ほとんどの訳詩は四行詩に対する四つの段落の形になっている」など、ジュディットが原詩の形式を踏襲しているものとみなされやすかった。[100] しかし、原詩が判明している例をみてみると、詩節数は必ずしももとの形式に対応してはいない。事実、『白玉詩書』の全訳詩の詩節数は、三節が八篇、四節が二七篇、五節が二三篇、六節が八篇、七節が二篇、八節が一篇、九節が一篇、長詩が一篇となっている。確かに、唐詩には絶句（四句）が多いように、訳詩も四節によるものが多い。だが、残りの六割は中国詩の代表的な詩形から外れている。

さらに、訳詩の構造は、プレオリジナルから決定稿に至るまでにときおり変更されている。具体的には七例あり、ほとんどが詩節数を減らしたものである。なぜ、そうする必要があったのだろうか。通常、翻訳であることを念頭に置き、理由として考えられるのは、原詩の形にあわせ直したというものだろう。しかし、例えば絶句のような四節に直されたものは二篇のみで、ほかは、五節に直したものが四篇、三節に直したものが一篇となっている。そのうち、原詩が判明している一篇、李太白の絶句「玉階怨」の訳「玉の階段」〈月・三〉をみてみたい。原詩はつぎの通りである。

玉階生白露
夜久侵羅襪
却下水精簾
玲瓏望秋月

「立派な後宮のきざはしに夜露がおりてきた。夜が長く、薄絹の足袋が露で濡れてきた。水晶の簾をおろすと、透き通った簾を通る秋の月の光が玉のように輝くのを眺めている。」——との意味になる。この詩が、一八六六年のプレオリジナルでは、つぎのように訳された（図17）。

玉の階段　　李太白による

満月の淡い明かりにもかかわらず、王妃は玉の階段をまたのぼる。

階段はもうすっかり露で輝いている。

ドレスの裾が段のふちに優しく口づけをする。

白い絹と玉は似ている。

月の光が王妃の寝室に広がった。扉を入ると、王妃はすっかり目をくらまされる。

窓の前の、水晶の珠にふちどられたカーテンのうえに、光を奪いあうダイヤモンドの集まりをみているような気がする。

　そして地面ではまるで星たちが輪舞しているようだ。


秋という設定が省略され、ドレスが階段に口づけをする、光を奪いあうダイヤモンド、星の輪舞といった詩的な脚色もされているが、基本的には、玉階、夜露、月光、絹、水晶の簾というモチーフや視点の動きが原詩と合致している。ただ、原詩は絶句だが、七節で訳された。この構造をもし手直しするならば、原詩に倣った四節にするべきではないだろうか。だが、『白玉詩書』に収める際にジュディットが変えたのは、節のあいだに余白をもたせた五節の形にだった（一五三―一五四頁・図16参照）。つまり、修正の意図は翻訳の正確を期することにはなかったのである。

　また、文の追加や削除もみられる。原詩を特定できない訳詩が多いため、その意図を推し量ることは難しいが、つぎのような例があることから、おそらくそれらの修正は創作的なものだったに違いない。以下は、「西の窓から」〈戦・五〉のもととなった、王昌齢による「閨怨」である。

（100） Muriel Détrie, *op. cit.*, p. 314 ; Yvan Daniel, *op. cit.*, p. 14.

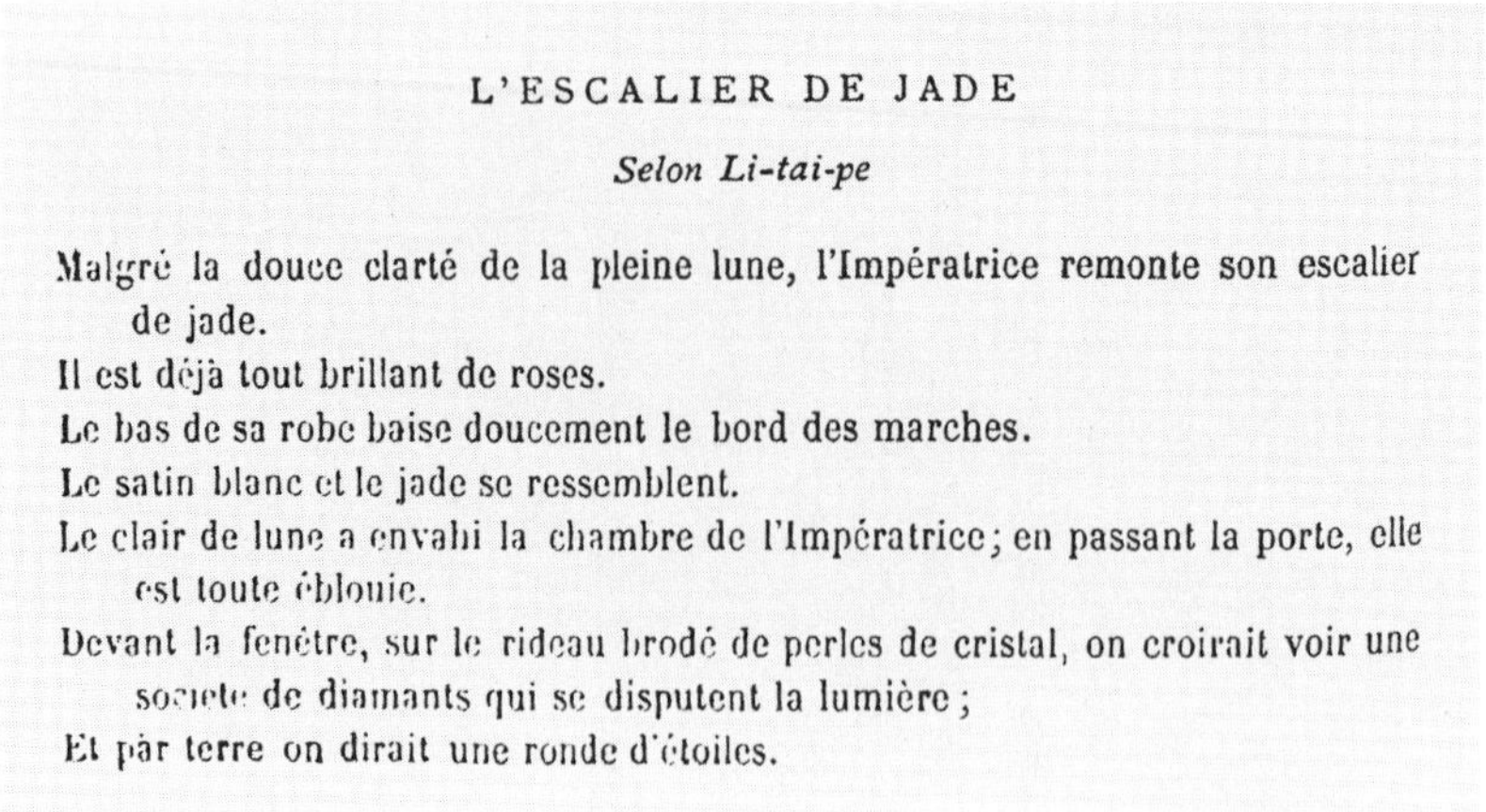

L'ESCALIER DE JADE

Selon Li-tai-pe

Malgré la douce clarté de la pleine lune, l'Impératrice remonte son escalier de jade.
Il est déjà tout brillant de roses.
Le bas de sa robe baise doucement le bord des marches.
Le satin blanc et le jade se ressemblent.
Le clair de lune a envahi la chambre de l'Impératrice; en passant la porte, elle est toute éblouie.
Devant la fenêtre, sur le rideau brodé de perles de cristal, on croirait voir une société de diamants qui se disputent la lumière;
Et pàr terre on dirait une ronde d'étoiles.

図 17　『白玉詩書』「玉の階段」のプレオリジナル（1866 年 5 月 1 日付『19 世紀通信』誌より、フランス国立図書館 BnF 蔵）

閨中少婦不知愁
春日凝妝上翠楼
忽見陌頭楊柳色
悔教夫婿覓封候

「閨房にいてかわいがられている若妻には愁いというものがわからない。春ののどかな日に、よそおいを凝らし、青く塗った高殿にのぼって過ごしている。道端の楊柳の青々とした色をみてにわかに気づいた。夫に手柄を立てて立身出世させようとしたことを悔やむ。」――との意味である。これが、一八六四年のプレオリジナルでは、つぎのように訳された。

西の窓から

夫はいってしまった、栄光を追いかけて。

私は若い娘の頃の自由をとり戻して初めは喜んだ。

でも今は、黄色くなった柳の葉を窓からみている。夫が出発したときは、淡い緑色をしていた。

あの人も喜んでいるのかしら、私から遠く離れて。


四行詩の形は保たれているが、一語ずつ忠実に訳すという意識はほとんどなく、やはり翻訳というよりも「変奏」である。閨房や春の日といった状況の説明、若妻が深い愛に目覚めた様子などが十分に解釈されず、代わりに、柳の葉の細かな変化が描かれて、それを眺める若妻のまだどこか無邪気な心情が表されている。このプレオリジナルに対し、『白玉詩書』では、冒頭で「たけり狂うたくさんの兵士たちの先頭で、銅鑼をけたたましく鳴らし」という状況を説明する長めの表現がつけ加えられる。だが、原詩は特に荒々しい戦いを示唆してはいない。このように、節の数が変わるような構造の修正、あるいは、文の追加や削除も、原詩に倣ったものではなく、全くの創作によっている。

そして、第三に看過できないのが、三つ目のプレオリジナルの最後に掲載された、〈月〉の章に収められることになる「花々にふちどられた川のそばで」という訳詩の扱い方である。プレオリジナルではⅠからⅤまでの一連の詩として訳されていた。だが、『白玉詩書』ではそれぞれ独立した詩として再録され、各詩に異なるタイトルがつけられる。Ⅰは「小さな湖のほとりで」〈月・七〉、Ⅱは「穏やかな河」〈月・一〉、Ⅲはもとのタイトルに近い「花々にふちどられた川で」〈月・五〉、Ⅳは「鏡の前の女性」〈月・九〉、Ⅴは「詩人が月をみる」〈月・四〉である。それに加え、もとの順序とは全く異なる並べ方で章のなかに分散させられてしまう。ところで、門田氏は『玉書』をもとに、この原詩を張若虚の三六句からなる七言古詩「春江花月夜」と推測している。『玉書』では並び順がさらに変わるため、門田氏の調査結果でも「春江花月夜」の各句が前後しているが、プレオリジナルのⅠからⅤの順に並べてみると、それぞれ第五句から第八句、第九句から第十二句、第十七句から第二〇句、第二一句から第二四句、第二五句から第二八句と、省略されたと思しき句はあるものの原詩通りに揃う。つまり、ジュディットはプレオリジナルで五つにわけてはいたが、一つの詩を順に訳しただけだったのである。そうすると、『白玉詩書』に再録する際の並べかえやタイトルのつけかえは、明らかに原詩の内容や文体を自らの方針で退けたことになる。

『白玉詩書』には制作当時の資料がほとんどないことから、原詩をつきとめるのが難しく、そのため、ジュディットがどう翻訳したのかを知ることも容易ではない。しかし、プレオリジナルから決定稿に至るまでの加筆を分析すると、彼女の翻訳に対する基本的な姿勢が、原詩の尊重ではなく、自分が望む詩集の完成、いわば創作性を優先するものだったことが明らかになる。彼女は翻訳の正確を期すために「執念と誠意」をもってとりくんだと述べていたが、その言葉に反する部分があったことは否定できないだろう。また、これまで、原詩に忠実ではない理由として、両言語間の相違や西洋的思考の影響などが挙げられており、それらが多かれ少なかれ働いたことは当然考えられるが、そもそもそれ以前に、翻訳の厳密さはほとんど放棄されていたのである。こうした事実が、原詩の確定を困難にする一因にもなっている。

プレオリジナルへの加筆〈文体と構造〉――散文詩的な創作性

プレオリジナルから『白玉詩書』に至るまでの数々の修正から、ジュディットが少なからず創作的な意識をもって翻訳にあたっていたということがわかった。それではより具体的に、彼女はどのような詩を作ろうとしたのだろうか。原詩から遠ざかることを躊躇しないならば、テオフィルがやってみせたような韻文訳を行うこともできたはずである。じっさい、のちの『蜻蛉集』では和歌の韻文訳を行う。だが、『白玉詩書』については、改訂版『玉書』でも散文訳というスタイルを変えず、加筆の多くがその文体に関わるものだった。そうしたことから、彼女にとって本訳詩集は「散文訳」であるということ自体にも意味があったと考えられる。

ジュディットが後年、「最も喜んで書いたのは『白玉詩書』である」[101]と述べていることから、逆説的にもこの翻訳でこそ、純粋な文学的動機に従うことができたのではないかと想像できる。また、『白玉詩書』という書名も意味深い。ダニエルは、「(白)玉」jadeという中国の石の名前をもつ書名について、「詩的な物」「〈玉〉の硬さは時の経過に左右されない」「玉は固まった光」「輝き、透明感、光沢」[102]などと考えた。だが、すでに彼女自身が、ある中国のコレクションについての記事で、「玉」の象徴的な意味を説明していた。

私たちにとって最も興味深く、最も好奇心をそそられるのは、間違いなく玉の部である。私たちの国ではほとんど知られていないこの石は中国特有のもので、中国人は何よりも珍重している。彼らにとって、玉は最も高い完璧性をもつものの典型である。完全な美、完全な詩、完全な徳が、玉に例えられる。[103]

ここから、当時の彼女の認識のなかで、「玉」の詩とは「完全な詩」を意味するものだったことがわかる。『白玉詩書』という書名には、単なる耽美性や異国情緒への憧れではなく、「完全な詩の本」を自ら手がけようとする、詩人としての気概が表されていたのではないだろうか。

では、それは一体どのような詩だったのだろうか。そこには散文詩と呼び得る創意がじっさいに含まれていたのだろうか。そこで、プレオリジナルから『白玉詩書』に至るまでの加筆をさらに分析し、どのような意図が働いていたのかを明らかにしたい。

ジュディットがプレオリジナルに施した加筆には、すでにみたような章立てという演出や、訳詩の構造の修正、それに、文体の修正、内容への手入れがある。ここでは、文体と構造の（もちろん内容とも不可分の）修正の目的をさらに探ってみたい。『白玉詩書』に再録される二六篇のプレオリジナルは必ずどこかが修正された。まずは、単純な訂正（数の一致、時制の整合、句読点の削除など）である。[104] それから、いい回しを滑らかにするために語順を入れかえ

(101) Suzanne Meyer-Zundel, *op. cit.*, p. 163.

(102) Yvan Daniel, *op. cit.*, p. 23.

(103) Judith Walter, « Collection chinoise de M. Négroni », *L'Artiste*, 15 avril 1864. ちなみに、一八六四年のプレオリジナルの訳詩「九月の思い」の「碧玉のように透明な冷たい白い酒」という表現が、『白玉詩書』では「玉のように冷たく透明な酒」と変更される〈酒・三〉。このことから、六四年当時ジュディットは「玉」jade をまだ知らなかったか、「碧玉」jaspe と混同していたと思われる。

(104) 具体的には、si éloigné de moi, et retenu au rivage → si éloigné de moi et retenu au rivage、c'est là que le vent est parfumé, et que demeure le printemps → c'est là que le vent est parfumé et que demeure le printemps（読点の削除、〈恋人たち・十七〉）、les petits nuages [...] c'est une des femmes → les petits nuages [...] ce sont les femmes（数の一致、〈月・二〉）、la grande montagne à l'ouest → la grande montagne de

たり、リズムをつけるためにくりかえしを導入したり、部分的に韻を踏ませたりしたものもある。例えば、「賢者たちが踊る」〈詩人たち・一〉では、冒頭の「玉の先飾りがついた笛」という表現が末尾でもくりかえされるようになり、一定のリズムが生み出された。[105] こうしたリズム性は、『白玉詩書』で新たにつけ加えられた訳詩でもときおりみられる。[106] だが、数は限られており、音楽性の追求が作品の主要な目的だったとは思われない。

このような比較的些細な修正のほかに、より深く詩の意味に関わる修正もある。一つはセミコロン(;)の使い方である。ジュディットはプレオリジナルのテクストに対し、セミコロンを加えたり削除したり、読点をセミコロンに変えたりまたその逆を行ったりと、非常に綿密な修正を施している。通常、セミコロンは句点と読点の中間的な記号として、並列節や等位節のあいだで休止を表すために用いられるが、個人的な嗜好によることも多い。彼女の場合は修正の仕方から、大きく三つの目的があったと推測できる。

まず、(一)前文の内容にかんする比喩を提示する場合である。ある情景とその比喩という二つの内容を、一文のなかでいい連ねるのではなく、セミコロンで二文にわけて接続することで、それらの類似性が強調される。つぎはともに、「秋の思い」〈秋・五〉からの例である(ここではセミコロンの位置を斜線で示す)。

まるで青空が去ったのを空が嘆きたいかのように、冷たい雨が降っている。
→さみしい雨だ/まるで青空が去ったのを空が嘆いているかのようだ。

今こそ木々から花々が落ちるように、夏に溜まった詩を紙に落とす時だ。
→今こそ夏のあいだに溜まった詩を紙に落とすときだ/そんなふうに、木々から、熟した花々が落ちる。

これらの例についてさらにいえば、前者では「冷たい雨」が「さみしい雨」に変えられてあり、比喩部分の「嘆いているかのようだ」という、空に感情を与えた表現と一致させられている。同じく後者も、「花々」が「熟した花々」

に変更されて、「夏に溜まった詩」、すなわち、夏のあいだに練りあげられ、熟成した詩という意味と呼応するようになっている。

また、(二)前文の内容を受けた新しい展開を示す場合もある。セミコロンで隔てることで、詩中に一線を画す展開があると印象づけられる。つぎの「私が自然を歌っていたあいだに」〈秋・三〉と「九月の思い」〈酒・三〉からの例では、前者ではもともと読点、後者では句点だったところがセミコロンに変えられた。

> 最後の詩節で、顔をあげた/すると水のなかに雨が落ちているのがみえた。
> 美しい盛りの女性は八月の暖かい風のようである。私たちの人生をよみがえらせ香り立たせてくれる/

---

l'ouest(前置詞の変更、〈月・六〉)、je regarde [...] le soleil marche [...] Et j'ai chanté → j'ai regardé [...] le soleil marchait [...] Et j'ai [...] chanté(時制の整合、〈秋・三〉)、Le souffle d'hiver → Les souffles d'hiver(数の変更、〈秋・六〉)、En bas de la montagne → au bas de la montagne(前置詞の変更、〈秋・十〉)、je songe, en buvant → je songe en buvant、Le vent me caresse doucement les joues et rafraîchit → Le vent me caresse doucement les joues, et rafraîchit(読点の削除、〈酒・三〉)、j'ai coupé une branche de saule, et j'ai répondu une chanson → j'ai coupé une branche de saule et j'ai répondu une chanson(読点の削除、〈詩人たち・四〉)、Pourtant → Cependant(副詞の変更、〈詩人たち・五〉)、などである。

(105) ほかに、Ses poissons viennent souffler des globules à la surface qui sont autant de perles brillantes → Les poissons viennent souffler à la surface des globules qui sont autant de perles brillantes、je vais jeter une fleur dans la mer, que le vent poussera doucement jusqu'au navire → je vais jeter dans la mer une fleur que le vent poussera jusqu'au navire(語順の入れかえ、〈恋人たち・十七〉)、Sans doute de l'autre côté de la montagne le jour se lève → sans doute le jour se lève de l'autre côté de la montagne(語順の入れかえ、〈月・六〉)、Les arbres n'ont presque plus de feuilles ; le vent les décroche en soufflant → Les arbres sont couverts de rouille, et le vent froid du soir décroche les dernières feuilles(rouille と feuilles の韻、〈月・六〉)、peut-être est-ce [...] → C'est peut-être [...](語順の入れかえ、〈秋・十一〉)、la nature ainsi imiter les hommes → la nature imiter ainsi les hommes(語順の入れかえ、〈詩人たち・三〉)などがある。

(106) 例えば、「柳の葉」〈恋人たち・一〉、「蜜柑の葉のかげ」〈恋人たち・二〉、「間違った道」〈恋人たち・十二〉、「花の舟のいちばん美しい女性へ」〈恋人たち・十五〉、「河の真ん中で」〈酒・一〉、「磁器の亭」〈酒・五〉、「高官の三人の女性たち」〈酒・六〉、など。

けれども、齢の白い絹がその頭を覆うと、私たちは冬の風のように逃げてしまう。

前者では、天気のよさを詩に詠んでいるあいだに、ふと顔をあげると雨が降っていたという急な展開、後者では、輝きにあふれて人々を惹きつけていた若い女性が白髪に覆われた途端に彼らを去らせてしまうという正反対の状況を、セミコロンで接続して対照的に示している。

さらに、(三)対比を強調する場合もある。つぎの「西の地方からみた舟の揺らぎについて」〈恋人たち・十七〉からの例では「小さな花」と「私」が、「小さな花々がいかめしいもみの木々を笑う」〈秋・十〉からの例では「もみの木々」と「花々」が、それぞれ反対の性質をもつものとして対比させられている。

小さな花は、死んでいても、水のうえで軽快に踊り、私は悲しみにくれた心で歌う。
→小さな花は、死んでいても、水のうえで軽快に踊る／それなのに私は悲しみにくれた心で歌う。

山の高みに、もみの木々がきまじめに尖って立っている。山の裾には、色鮮やかな花々が草のうえに広がっている。
→山の高みに、もみの木々がきまじめに尖って立っている／山の裾には、色鮮やかな花々が草のうえに広がっている。

以上のような三つの基準に従い、訳詩の推敲過程でセミコロンの使用が整えられたように見受けられる。セミコロンと句読点の違いはわずかなようだが、一文としてつなげるよりも比喩や展開や対比が強調され、個々の文として独立させるよりも前文との密接な関係が示される。[107] ジュディットはセミコロンを効果的に使用することで、それぞれの詩が含みもつ独自の視点を強調したのである。『白玉詩書』で新たに追加された訳詩でも、セミコロンのつけ方に同じ規則性が見受けられる。

また、詩の意味に深く関わるものとして、構造の修正がある。それは、先に例を挙げたように、主に、訳詩の詩節数の変更のことである。詩節数が変更された訳詩は七例あり、それが必ずしも原詩を尊重するものでなかったことはすでに述べた。よって、変更後の節の数自体に意味があるわけではない。詩節数は、節を削除したり、一節を前の節につなげたり、一節を二節に分割した結果変わっただけで、問題はどういう目的で構造が手直しされたのかということである。例えば、「海のなかの月の光」〈月・二〉では、つぎのように最後の節が削除された。

今しがた満月が水から出てきた。海は銀の大きなお盆に似ている。
舟のうえで友たちが酒を何杯も飲んでいる。
月に照らされ、山のうえで揺れる小さな雲々をみて、
ある者たちは白い服を着て散歩する皇帝の妃たちのうちの一人だという。
また別の者たちは白鳥の群れだといい張る。
~~それらの白鳥は初恋の夢想の数々だ。~~

月光を受けた雲を「妃」や「白鳥」に例えたあと、さらにその「白鳥」を「初恋の夢想」にまで例えるのはややくどく、雲の形を話題にするなかで、「初恋の夢想」という感慨が突如現れるのも飛躍に過ぎるきらいがある。そこで、この一節を削除し、内容を雲の形の比喩にかんする議論に絞ったのだろう。「皇帝の妃たち」と複数にしたのも、雲が一つではないからである。冒頭でも、海を「お盆」とみていたように、酔いがみせた幻だろうか、この詩

(107) 逆にセミコロンが削除された例をみてもわかる。例えば、「草原での夜の散歩」〈月・六〉では、「木々にはもうほとんど葉がない／風が吹いて落とす」という文中のセミコロンが、「木々はさび病に覆われ、夜の冷たい風が最後の葉を落とす」と読点に変えられた。木々の葉が風に吹かれて落ちることは強調の必要がない一連の出来事であり、比喩・展開・対比に当たらない。また、「暖かい天気のときに」〈秋・十一〉でも、「女性たちが花咲いた茂みに座っている／おしゃべりをしている」という文が「[女性たちが]花咲いた茂みに座って、低い声で内緒話をしている」と変更された。女性たちが茂みに座っていることに対し、おしゃべりをしていることは新しい展開や対比ではないからである。

では様々なものの姿が重ねあわせられているのである。

文を削除したものとしては、「花々にふちどられた川のそばで」のV（『白玉詩書』では「詩人が月をみる」〈月・四〉）もある。ここでは、以下のように第二節の後半を削除し、代わりに、傍線で記した第三節を第二節につなげて、五節の詩に変えた。

> 庭から女性が歌っているのが聞こえてくる、けれども思わず月をみる。
> 隣の庭で歌う女性に会おうとは全く思わなかった。~~心のなかで会っているほうがよい。~~
> 目はずっと空で月を追っている。
> 月も私をみていると思う、銀色の長い光線が私の目にまで届いているから。
> コウモリたちがときおり横切って急に瞼を閉じさせる。けれども再び瞼をあげると、相変わらず私に投げられた銀色の視線がみえる。
> 月は詩人たちの目のなかに姿を映す、海の詩人、龍の光るうろこのなかに映すように。

月に惹きつけられて、凝視しているという主題を際立たせるためには、聞こえてくる歌声の持ち主である女性とは「心のなかで会っているほうがよい」という、論点からやや外れる多少の徒心も削除し、女性の声が聞こえても月をみている、女性に会おうとも思わず月を追っていると冒頭の二節でくりかえして、月だけに集中している様子を前面に押し出すほうがよい。こうして、私とまるで視線のような光を投げかけてくる月との交感に主題が集約される。

二節を一節にまとめた例はほかにもある。すでに七節から五節へと構造が変えられた例としてとりあげた「玉の階段」〈月・三〉は、具体的に、つぎの傍線を引いた第二節と第四節がそれぞれ前の節につなげられた。

> 満月の淡い明かりにもかかわらず、王妃は玉の階段をまたのぼる。

階段はもうすっかり露で輝いている。

ドレスの裾が段のふちに優しく口づけをする。

白い絹と玉は似ている。

月の光が王妃の寝室に広がった。扉を入ると、王妃はすっかり目をくらまされる。

窓の前の、水晶の珠にふちどられたカーテンのうえに、光を奪いあうダイヤモンドの集まりをみているような気がする。

　そして地面ではまるで星たちが輪舞しているようだ。


第二節と第四節はいずれも前の節の内容に対する補足的な部分なので、つなげた方が詩の展開はより明確になる。つまり、玉の階段をのぼる王妃から、裾と玉の接触、月の光に満ちた寝室、窓の前の水晶に反射した光の集まり、その光の床での輪舞まで、各情景が一枚ずつ現れる画のように印象づけられる。また、すでに述べた通り、『白玉詩書』では各節のあいだに余白が置かれるようになる。こうした体裁の工夫も、詩の展開の明瞭化に一役買っているだろう。

「河口のそばで」〈月・八〉でも、同じく、傍線を引いた第二、四、六、九節が前の節につなげられた。


さざ波が水の澄んだ緑色を銀色に変える月の光で輝いている。

まるでたくさんの魚が海へ向かっているのをみているようだ。

私は岸のほとりをすべる舟に一人でいる。何度か舵で水をかすめる。

夜と孤独が私の心をさみしさでいっぱいにする。

けれどもほら大きな真珠のような花々をつけた睡蓮の茂みが。

それを舵でそっと撫でる。

葉のそよぎが優しくささやき、花々が小さな白い頭を垂れて、私に話しかけているみたいだ。

睡蓮は私を慰めようとしている、
けれどももう、それを聞いて、さみしさを忘れてしまっていた。

九節によるプレオリジナルでは、情景・行為・感情が連ねられてあり、平坦でややまとまりに欠ける。これに対し『白玉詩書』では、五節に再編成したことで、詩の展開と主眼が明確になる。全景を示す第一節に始まって、第二節で孤独な私に焦点が絞られ、第三節で睡蓮が登場する。第四節（プレオリジナルの第七節）は唯一ほかのどの節とも結合されなかったように、睡蓮が人間のように振舞うことを発見するという重要な転機を含んでおり、第五節でそれにより慰められたと結ばれる。このような構造の修正と加えられる余白の効果によって、この詩の主眼、すなわち、睡蓮から思いがけない救いを得たという幻想的な出来事が浮き彫りになり、空間的・時間的な厚みが醸し出されるようになるのである。

一方、一節を二節にわけた例もある。先に述べたように、「花々にふちどられた川のそばで」は一つの詩を一連の五つの詩として訳したものだったが、『白玉詩書』ではそれらが個々に独立した詩として再録された。そのうちのⅢが「花々にふちどられた川で」〈月・五〉と題された訳詩になっている。まず、プレオリジナルはつぎのような二節によるものだった。

ただ一片の雲が空に漂っている。私の舟だけが河にある。けれどもほら月がのぼる。雲はより楽しそうだ。
そして私は舟のなかでそれほどさみしくはなくなっている。

ここでは、内容が非常に簡潔で、雲が月と出会って喜んだという第一節に対し、私のさみしさが軽減されたという第二節はわずかにつけ足されただけのような不安定さがある。これが『白玉詩書』では、第一節の前の二文を新しい第一節とし、三つ目の文につぎのような傍線を引いた表現を加えて第二節とし、四つ目の文と第二節をあわせて

第三節が作られた。

ただ一片の雲が空に漂っている。私の舟だけが河にある。

けれどもほら月が空と河にのぼる。

雲はそれほど暗くはなくなり、私は孤独な舟のなかでそれほどさみしくはなくなっている。

この修正の意図は明らかだろう。まず第一節で二つの孤独な存在、すなわち、雲と私（の舟）という並列関係を示している。第二節で「空と河に」という二つの場所を示す表現を加えたのも、同じ目的による。そして、破線を引いたように、第三節で雲に対する形容を「より楽しそう」plus gaiという優等比較から「それほど暗くはなくなり（＝より暗くない）」moins sombreという劣等比較に変えたのも、「それほどさみしくはなくなっている（＝よりさみしくない）」moins tristeという私にかんする劣等比較と対応させるためで、これらすべての修正が一貫して、雲と私の交感というこの詩の主題を浮き彫りにしているのである。

このように、ジュディットがプレオリジナルの文体と構造に施した修正は、詩に含まれる独自の視点を明瞭にし、詩情が生まれる場を再構築するためのものだったといえる。それはすなわち、半ば創作であるこの作品で、彼女が韻律や脚韻といった詩の伝統的な手法を拠り所とせず、散文を用いて柔軟に組み立てた構造そのものから詩を生み出そうとしたこと、つまり、一種の散文詩を試みたことを意味している。このことについて思い出されるのは、彼女が早くから、フランス詩の古典的な規範に対する違和感を唱えていたことである。その感覚が初めて形をなしたのが『白玉詩書』だったのではないだろうか。

四　『白玉詩書』の散文訳から散文詩の創作へ

『白玉詩書』の成立過程の分析から、ジュディットが、翻訳の本来のあり方である原詩への忠実さの追求とは逆に、訳詩を脚色・修正するなど創作的な意図をもってとりくんでいたことがわかった。また、散文訳という手段も、単に韻文訳より容易であるからではなく、主体的に詩を表現するために選びとったものだった。それは、形骸化した韻律や形式を手放し、内容にふさわしい詩の構造を模索するという散文詩的発想による。ヴェルレーヌによる書評以来、根強く存在した、『白玉詩書』の散文訳を散文詩になぞらえる見方はこれまで印象の域を出なかったが、成立過程をふりかえることで、翻訳に散文詩的な創作性があったことは確かに認められたはずである。

そもそもジュディットは古典的な詩法を拒む発言をしていたが、それのみならず、『白玉詩書』の五年後の一八七二年には、じっさいに自ら散文詩を発表することにもなる。『白玉詩書』の散文訳とこの散文詩の関連性はこれまでほとんどかえりみられてこなかったが、それを明らかにすることで、『白玉詩書』における散文詩へとつながる志向はさらに浮き彫りになってくるだろう。そこで最後に、その関連性を形式のみならず主題の観点から探るとともに、なぜ散文訳・散文詩という手段を選んだのか、その根底にあった意識にも迫っていきたい。

七つの章の主題

まず、『白玉詩書』に収められた七一篇の詩の主題をふりかえってみたい。『白玉詩書』は〈恋人たち〉〈月〉〈秋〉〈旅人たち〉〈酒〉〈戦〉〈詩人たち〉という七つの章からなり、それぞれ十七・九・十二・六・八・七・十二篇の訳詩が収められている。すでに指摘したように、一つ目と二つ目の記事にあったプレオリジナルの訳詩にとってこの主題わけはあとづけで、そのために内容を調整しなければならないものもあったが、結果的には三つの記事から、

〈恋人たち〉に三篇、〈月〉に九篇、〈秋〉に七篇、〈酒〉に一篇、〈戦〉に一篇、〈詩人たち〉に五篇が再録された。これをみると、『白玉詩書』制作の際に、〈恋人たち〉の章に最も多くの詩を加えて重視したこと、そして、中国詩を人、自然、季節、物など多様な切り口から紹介しようとしたことがわかる。

それでは、これらの七つの主題は中国詩を代表させるに最もふさわしいという理由で選ばれたのだろうか。デトリは、「愛の主題で始め〔……〕、ジュディット・ゴーチエは中国詩の伝統よりもフランス的な趣向に則った。中国詩で愛は滅多に理想化されず、友情よりも占める範囲が小さい。それに対してほかの章は〔……〕中国詩のより伝統的な主題を代表している」とみなし、また、「『白玉詩書』の大半の訳詩は、簡明で自然なイメージを用いており、気取り、それに奇妙さや異様さの追求が徹底されていたような中国に着想を得た当時の詩とは区別される」とした[108]。確かに、数のうえで〈恋人たち〉や〈詩人たち〉の章に偏りがあり、テクストに西洋的なイメージがときおり見受けられるものの、東洋に対する典型的あるいは偏見的なイメージにとらわれることなく、中国人の感情を素朴でわかりやすい詩を通して拾い集めているといえるだろう[109]。

だが、翻訳するうえで、これらの主題だけに特別な意味が与えられていたとは思えない。それというのも、すでに指摘した通り、章の主題とやや離れた詩があったり、各章の詩の数にばらつきがあったりするからである。それよりも、まずは訳した詩の山があり、それらを分類し得る主題をあとから立てて調整していったとみるべきではないだろうか。じっさい、のちの『玉書』に添えた序文にも、中国詩の主題的傾向について解説した箇所はない。ま

（108） Muriel Détrie, *op. cit.*, pp. 312-313.

（109） フランソワ・コペーも「人生、旅、戦、夢、愛のすべての出来事、すべての感覚が、あるときは精神的で繊細、あるときは詩的で優しい形で、しかし常に驚きと異国情緒をもち、常に中国的に表現されている」とした。François Coppée, « Le Livre de Jade, par Mme Judith Walter », *Le Moniteur Universel*, 5 octobre 1867.

た、ダニエルが指摘するように[110]、主題の独自性よりも、むしろ普遍性を見出そうとしている。例えば、「ペルシャの詩人オマル・ハイヤームのように、彼〔＝李太白〕は情熱的に酔い、酒を歌う」、「詩人たちはあらゆる国、時代において同じような心をもっている。ヴィクトル・ユゴーの十世紀前に、中国の亡命者〔＝杜甫〕が自然のもたらす光景から年月を数えている」、「この中国のサッフォー〔＝李易安〕をむさぼる愛」、「オルフェウスの十二世紀前、ダビデの、ホメロスの十五世紀前に、中国の詩人たちが琴を演奏しながら詩を歌っていた」など、時間と場所を異にする詩人たちの共通性を頻繁に語っているのである[111]。

それに、訳詩を自らの思い通りに手直ししていた彼女が、ただ原詩に従って、主題を分類するという作業にことさら精魂を込めたとも思えない。そうしたことから、章立てに用いた七つの主題の設定には、やや便宜的な面もあったのではないかと推測できる。

プレオリジナルへの加筆〈内容〉――もう一つの主題

こうした『白玉詩書』の表向きの主題に対し、一方で、章立てにかかわらず一貫してみられ、翻訳過程でも強調されたもう一つの主題が存在することが、再びプレオリジナルへの加筆を分析すると明らかになってくる。先ほどは、その加筆を主に文体と構造面から分析したが、さらに内容面からもみてみたい。

ジュディットがプレオリジナルに施した表現の修正は、すでに述べたように、単純な訂正のほか、いい回しを滑らかにするためのものなどがあったが、それとは別に、明らかに意味の変更を意図したと考えられるものもある。例として、まず「西の地方からみた舟の揺らぎについて」〈恋人たち・十七〉の冒頭をみてみたい。太陽に照らされた海とそこに漂う泡や波を、比喩をふんだんに用いて描写している。プレオリジナルでは、冒頭部分がつぎのようにあった。

青い蒸気が軽い薄布のように舟を覆い、白い歯の列のような泡のレースがとりまいている。

太陽が水のなかの自分をみながらゆっくりと歩き、海は金色の刺繍が施された大きな絹の布のようにみえる。

海の魚が輝く真珠ほどたくさんある気泡を水面に吹き出しにきて、透明な波が優しく舟を揺らしている。


このなかの傍線部分が、『白玉詩書』では「太陽が海に微笑みながらゆっくりとのぼり」という表現に変えられる。プレオリジナルと決定稿のいずれにおいても、蒸気が薄布に、海が刺繍された絹に、泡が歯やレースや真珠に例えられ、海の様子から人間の装飾品へと連想が重ねられる描写のなかで太陽が擬人化されているが、決定稿では「みる」を「微笑む」に変えたことでその太陽に感情が与えられ、さらに「水のなかの自分をみる」を「海に微笑む」としたことで、海もまた単なる物質ではなく、太陽の感情を受けとめ得る存在として現れ始める。主人公はそのようにわざわざ強調的に書きかえられた自然の交感のなかに身を置いているのである。

また、「穏やかな河」〈月・一〉のプレオリジナルは、つぎのようにあった。


人は地上にいる限り、いつも澄んで輝く月をみる。

穏やかな河が流れるように、月は毎日空を渡る。

決してあと戻りするところをみることはない。

けれどもふらついた考えをもった人はまるで道がわからないかのように引き返す。


この訳詩は、第三節の傍線部分が「止まるところもあと戻りするところもみることはない」、第四節の傍線部分が「人は気短かでふらついた考えをもっている」と修正される。月にかんする部分に「あと戻り」だけではなく「止

(110) Yvan Daniel, *op. cit.*, pp. 16–17.
(111) Judith Gautier, *Le Livre de Jade, poésies traduites du chinois, nouvelle édition*, Félix Juven, 1902, pp. XII, XVI, XVII et XXI.

まる」とつけ加え、同様に、人に対して「ふらついた」だけではなく「気短か」とつけ加えていることから、思考の徘徊と停止という点で、両者を並べているのがわかる。また、プレオリジナルの「ふらついた考えをもった人はまるで道がわからないかのように引き返す」という表現が人間の迷いの多さに焦点を当てているのに対し、決定稿の「人は気短かでふらついた考えをもっている」という(「まるで道がわからないかのように」という部分が削除された)表現は、迷いの多さではなく継続性のなさを述べており、それは月がもつ、ひたすら穏やかに進みつづけるという永久性を際立たせることにもなっている。つまり、月と人が対比させられている。

「私が自然を歌っていたあいだに」〈秋・三〉にも、プレオリジナルから決定稿に至るまでにいくつか修正された点がある。まず、プレオリジナルはつぎの通りである。

> 水辺の亭に腰かけて、よい天気を眺めている。太陽が澄んだ空を通って、ゆっくりと西に歩いている。
> 舟は枝のうえの鳥たちと同じくらい軽く水のうえをたゆたい、太陽が海に大きな金色の筋を放っている。
> 筆をとり、紙のうえに、女性が手で撫でつける黒い髪のような文字を書いた。
> そしてよい天気を歌った。
> 最後の詩節で、顔をあげた、すると水のなかに雨が落ちているのがみえた。

内容は、天気を詠もうとしている詩人と、空を渡る太陽にかんするものである。このプレオリジナルに対して、決定稿では時制の訂正がいくつか行われたほか、傍線部分が変更され、新たな表現が加えられた。まず、一つ目の傍線部分が「秋の太陽が海に金色を流し込んでいた」と書きかえられたのは、単に太陽が光線を投げかけているという情景ではなく、墨に浸した筆をもって文字を書こうとしている詩人と対比させ、金色の絵の具のように光を海に流し込む太陽を表すためだと考えられる。また、二つ目の傍線部分が「紙のうえに身をかがめ」とされ、つぎの節に「金色の太陽のしたで〔よい天気を歌った〕」とつけ加えられた。これらはいずれも、すっかり俯いた状態から顔をあげると、一転してそれまでの快晴が雨に変わっていたという急激な変化を強調するものである。つまり、太陽の様変わりが、まるで詩人を翻弄しているかのように思わせる。よく似たことが、「太陽に向けたさみしい心」〈秋・六〉という訳詩にもみられる。プレオリジナルで「太陽がのぼったら、一番高い岩のうえに腰かけにいこう、光が私の心をとかすかどうかをみに」とあった箇所を、「夏が戻ってきたら、一番高い岩のうえに腰かけにいこう、太陽が私の心をとかすかどうかをみに」と変え、太陽自体が意志をもつかのように表しているのである。

また、「農夫の悲しみ」〈秋・八〉は、大地を恋人とみる農夫の思いが詠まれた詩である。プレオリジナルはつぎのようにある。


雪が大地に軽やかに落ちた、チョウたちの大群のように。

農夫は鋤を置いた、そしてみえない糸が心を締めつけるような気がする。

悲しいのだ、大地は恋人だったから、それに希望でいっぱいの種を託そうとそのうえに身を屈めていたとき、秘密の思いも話していたから。

のちに、種が芽を出したとき、満開になった自分の思いをみつけた。

そして今大地は喪のヴェールのしたに身を隠している。


もちろん、ここでも農夫が大地に寄せる思いや、大地との結びつきは強く表されている。だが、さらに決定稿では、一つ目の傍線部分を「話す（いう）」から「ささげる（与える）」に変えて、農夫が大地をこよなく慈しみ、思いを託したことを強調しており、二つ目は同じ「芽を出す」という意味の動詞でも、「伸びる・成長する」といった物理的変化を表すpousserから、「（思想や感情が）芽生える・発生する」という意味を含むgermerに変えることによって、発芽と開花を農夫の託した思いに対する大地からの心ある反応として表し、人間と大地の深い結びつきを印象づけることになった。

同様のことが、「夏の心地よさに目もくれず」〈詩人たち・五〉でもみられる。まずはプレオリジナルである。

桃の花がばら色のチョウたちのように舞っている。
柳がしなを作って水面に傾いている。
けれども私の憂いはいつまでも消えない。
梅の香りを運んできてくれる東のそよ風にも、何も感じない。
おお眠りのなかで悲しみを忘れさせてくれる夜はいつやってくるのだろうか！

ここでは、傍線部分が「柳が微笑みながら水のなかの自分をみている」と変更された。もとの「柳がしなを作って水面に傾いている」という表現は（「しなを作って（なまめかしく）」という語に人の媚態に似た特徴が表されてはいるが）柳の木の形状をいい表しただけであるのに対し、変更後は、柳がその微笑みとともに擬人化されている。さらに、この訳詩は五節から四節へと、プレオリジナルの第一・二節を結合させて、構造も変えられた。これにより決定稿では、穏やかな桃の花や柳など、タイトルのいう夏の（しかし、むしろ春の）心地よさを詠んだ第一節と、憂鬱さの消えない私が登場する第二節以降が対照的に配置される。つまり、自然と人間が詩の構造をもって対比されることになる。

このように、プレオリジナルへの加筆のうち内容面に関わるものをたどっていくと、七つの章の主題とは別に、ジュディットがもう一つのより大きな、作品全体を貫く主題、すなわち、同等の生を有する自然と人間の交感、あるいは、人間を超える自然の存在といったものを強調しようとしていたことが浮き彫りになってくる。思い返せば、綿密に修正したセミコロンの使い方や詩節数の変更などの文体と構造面への加筆も、自然と人間の比喩関係や対比を強調するものだった。それに、『白玉詩書』が、自然の只中に生きる人間、人間の行いと自然の営みの呼応、自然の意志などを詠んだ詩をじつに多く収めていることは、思いつくままに頁を開き、訳詩をいくつか読み流すだけですぐに感じとれるだろう。それは、第一章でとりあげた『白玉詩書』とほぼ同時期に執筆していた批評で、様々な主題を通して、人間をとり巻く自然や宇宙に高い関心を示し、そこに豊かな生気や意志や感情を認めたり、美や真理を求めたりしていたこととも一致しているのである。

頻出するアナロジー —— 地上のただ一つの法則

こうした主題に関連して、さらに興味深い統計を出すことができる。全七一篇の訳詩のうち、実に八割近くでアナロジー(類似)を示す表現が用いられているのである。具体的には、「～のような」comme が三二回、「～と同様の」pareil à が五回、「～に似ている」semblable à が五回、「同様に」de meme が三回、「～に似ている」ressembler à が八回、「～のようにみえる」sembler が四回、「まるで～のようである」on dirait が四回、「～のような気がする」on croirait voir/on croirait que が七回、「このように」ainsi が七回、「～をまねしている」imiter が七回、「～のようである」avoir l'air de が一回である。あるいは、こうした表現によらずとも、内容全体や構造によって類似を意味しているものもある。(112)

これらのアナロジーを示す表現は、物、人間、動物、植物、そして、自然界の様々な現象を結びつけている。内容的には、単純なものから重要な意味を担ったものまである。例えば、丸い橋を「トラの背中のよう」「三日月のようにみえる」〈酒・五〉としたり、睫毛を「チョウたちの触覚に似ている」〈詩人たち・九〉としたり、海を「金色の刺繍が施された大きな絹の布のよう」〈恋人たち・十七〉あるいは「銀の大きなお盆に似ている」〈月・二〉としたような、単に形状の類似に基づくものがまずある。また、形のみならず色の類似によるものとして、睫毛を「黒いツバメの二つの羽に似た」〈恋人たち・五〉、筆文字を「黒い髪のような」〈秋・三〉、霜に覆われた木を「おしろいをつけた女性の顔に似ている」〈秋・七〉、霧に覆われた石を「眠っているヒツジにみえる」〈詩人たち・八〉といった例がある。

---

(112) 「水のうえの葉」〈恋人たち・十〉、「扇」〈恋人たち・十四〉、「あの思いを忘れるために」〈酒・二〉など。

宝石の形や色が想起されることもあり、睡蓮は「大きな真珠のような」〈月・八〉と、逆に、サファイヤは「夜空のような」〈恋人たち・十五〉と、それぞれはるかに離れた物同士が結びつけられた。

さらには、この世の物や生き物の様々な動きやありようを別のもので説明している。水面に飛び出す魚を「まるで花咲く睡蓮のよう」〈月・七〉とし、「チョウたちの大群のよう」〈秋・八〉、「ばら色のチョウたちのよう」〈詩人たち・五〉と例えられたのは、あるときは地面に落ちる雪であり、あるときは桃の花である。湖が「水でいっぱいになった茶碗」〈詩人たち・三〉といった身近な生活用品に見立てられることもあった。音の類似にも着目し、絹の服を「秋の風に揺られる枯葉の音をまねる」〈戦・二〉としたものもある。

ちなみに、白い霜に覆われた草を「まるで彫刻家がうえに玉の粉を落としたかのように」〈秋・四〉としたり、花々に囲まれた大きな尖った岩を「仏塔に似ている」〈詩人たち・三〉としたり、「二つの山のあいだを流れる河の床のよう」〈酒・八〉と酒を流し込む喉を例えたのは、フィギエの『大地と海』にかんする書評で、地球の表情を人間の営みに準えて解釈していたことを思い出させる。

以上は、比較的単純なアナロジーだが、人間の行動や状態を動植物の営みと重ねあわせた、より豊かな表現も多い。酒を大量に飲む様子を「魚が水を吸い込むように」「急流が湖に落ちるように」〈酒・八〉とみたり、若者たちのはしゃぎようや派手な格好を「緑のキリギリスたちが麦と同時に出てくる。こんなふうに」〈秋・二〉、「若い春が戻ってきて庭が新しい草や花咲いた桃の木できらめくように」〈旅人たち・一〉とみたりもする。「巣にいるツバメのように家にいる」妻のもとへは、「ツバメの雄のように」〈恋人たち・七〉夫が戻ってくる。また、人間の肉体や心もこの世のあらゆる現象に通じており、涙は「嵐の雨のように」〈恋人たち・八〉落ち、「赤い盃のような」〈戦・六〉傷口から血が流れ、憂いは「雲のヴェールのように」〈秋・五〉、「高い山々が谷に夜をもたらすように」〈秋・六〉心に覆いかぶさるという。

人間が生きていくうえで遭遇する物事のなりゆきも、周りを見渡せば、自然の至るところで諭されているのだという。つまり、「泥のなかに落ちた花のように」〈詩人たち・九〉道ゆく人々に見捨てられるのであり、「黒いツバメたちが去る。白いコウノトリたちがやってくる。こんなふうに」〈秋・一〉年老いて黒髪に白髪が混じり、「毎日その〔＝満月の〕丸い塊は欠けていきます。そんなふうに」〈戦・三〉女性の美しさが損なわれていく。ジュディットは、以前の書評で、女性の若さが失われる様子を「太陽のもとではダイヤモンドにみえるのに触れると色褪せる小石のような」、あるいは、「開きすぎたバラは固い蕾を思って嘆く」と例えたこともあった。そして、こうしたアナロジーを示す表現は、人間の心理やこの世の真理に対しても用いられる。酒が心を癒してくれるのは「絹の布についたしみをとる植物のよう」〈酒・四〉な作用であり、河の流れをずっと目で追っている鵜をみて、「こんなふうに心に大きな恋を抱く人はいつも同じ思いのうねりを追っている」〈秋・二〉のだと考えるのである。

確かに、詩において、ある物の性質を示すためにアナロジーを示す表現を用いるのは常套手段である。だが、同じく中国詩を翻訳したサン＝ドゥニの『唐詩』にはないこれほどの使用頻度をみれば、もはや『白玉詩書』は「アナロジーのアンソロジー」といっても過言ではない。まるでそれぞれの詩が、この世の物事・人間・自然は互いに似ているのだと、くりかえし訴えかけてくるかのようである。それは、プレオリジナルへの加筆の分析で明らかにしたように、この世に存在するものすべてが同じような営みを行い、その一角に人間が身を置いているという見方が書物全体を通して強調されていることとまさにつながっている。それのみならず、第一章でみたように、『白玉詩書』と同時期の各種批評でも、自然にまつわる比喩表現が好んで用いられていたし、「鳥たちの歌はおまえにとって外国語ではない」という「秋の笛」〈旅人たち・五〉の一節は、ワーグナーの『マイスタージンガー』のなかでジュディットが特に気に入っていた、鳥たちから歌を学んだという場面を思い起こさせもする。

ところで、彼女は『白玉詩書』の最後の章を〈詩人たち〉という主題にあてた。この章には十二篇の訳詩が収められてあり、それらは詩作の苦しみや、社会における詩人の孤独、神聖化された古の詩人たちへの賛美などを詠んでいる。だが同時に、この章にも上記のような傾向が色濃く反映されており、この世の物事は互いに似ている、あるいは、「白い髪」〈秋・一〉という訳詩にある表現を借りれば、「これが全地上のただ一つの法則なのだ、空に月が一つしかないように」という見解を、詩作に当てはめた詩が多くみられる。

例えば、詩作の行為が自然現象に例えられている。「十二月二〇日李太白に贈る」〈詩人たち・十一〉では、突然霊感がおりてきて文字を綴っていく様子を、夕立の雨降りに同じだとしている。

夏の澄んだ空に嵐を予測させるものは何もない。けれども突然風が雲を集めて、雨が降る。

それと同じようにしみ一つない紙のうえにきみの才能の息吹が黒い文字を降らせる。それはきみの筆から静かに流れる精神の涙である。

また、「永久の文字」〈詩人たち・十二〉では、水の揺らぎに似た竹の揺らぎ、滝の音に似た葉音など、万物が互いに似通って存在するなかへ融け込むように、詩人が、白い雪のうえに落ちる花びらのごとく、紙のうえに文字を書いているという、全体の調和が詠まれている。

詩を作りながら窓から竹の揺らぎをみている。まるで動く水のようである。そして葉は棘をかすめながら滝の音をまねている。

紙のうえに文字を落とす。遠くからみるとまるで梅の花が逆さになって雪のなかに落ちるようである。

あるいは逆に、「詩人が舟のうえで笑う」〈詩人たち・三〉に登場する詩人は、「自然が人間をまねている」のを微笑ましくみている。小さな湖は水で満たされた茶碗であり、竹が小屋の形を、木々が緑の屋根を作り、尖った大きな岩は仏塔に似ているからである。このように、この世の物事は互いに似ている、もしくは、地上には一つの法則しかないという見方は〈詩人たち〉の章でもくりかえされ、彼らに気づきをもたらす真理として表されているのである。

しかし、広大な世界に一つしかない法則の中心にあるのは――西洋文明の伝統に反して――人間ではない。すべてが一つの法則に従い、互いに似通ったり、同じような行いをしたりしているだけである。よって、「若い詩人に」〈詩人たち・二〉と題された訳詩は、ともすれば人間の柵にとらわれてしまう若い詩人に対して、つぎのように訴えかける。

大きくなる月をまねよ！　のぼる太陽をまねよ！

決してぐらつかず、決して揺れない、南の山のようになるのだ、

そして誇り高い松や杉のようにいつまでも緑のままでいよ！

法則に背かずに存在する自然のようにあることが最も強くしなやかでいるための方法であり、自然の一部となって詩に向かえというメッセージである。

巻末の訳詩「永久の文字」〈詩人たち・十二〉の末尾でのみ、白い霜が太陽に消されても「私が紙のうえに落とす文字は決して消えることがないだろう」と、自然の摂理に抗う詩の力を称えてこの集を閉じているが、以上のように、『白玉詩書』の七つの章の主題があとづけのやや表面的な分類だと考えられる一方で、人間と自然の交感にまつわるもう一つの主題が訳詩全般にみられ、加筆の過程でも強調されていたことがわかった。その主題の重要性は、物・人間・自然を結びつけるアナロジーにかんする表現が頻用されているという文体的特徴からも裏づけられる。つまり、くりかえし述べる通り、人間と自然は本来似通っていて、この地上にはただ一つの法則しかないという観念が作品の根底に流れているのである。その観念が、訳詩集の最後に置かれた〈詩人たち〉の章で、詩作にも結びつけられていることは、ジュディットの詩観を考えるうえで注目しておくべき点だろう。

こうした観念は、果たして、純粋に中国詩に由来するものなのだろうか。例えば、中国の思想における万物の根

本である原理、すなわち「道（タオ）」を重んじ、人為を廃そうとした無為自然の考えを受けているようにも思われる。じっさい、彼女がそういう思想に関心を抱いていたことは、『白玉詩書』の翌年、『リベルテ』紙に掲載された長篇小説『皇帝の龍』（口絵5）に、老子の言葉を引き合いに出した、つぎのような一節を挿入している点にもうかがえる。

――すばらしい谷だ！と彼はいった。なんて赤々と燃えた丘なのだ！　まさに花咲く山々の名にふさわしい。ここでは大地が輝く花壇となり、風は香り、音は音楽を奏でる。この場所で心配事も執着もなく暮らしたらどれほど心が和むだろう！　老子もいったではないか。心を無にして宇宙の調和をよりよく眺めることこそ完全無欠であると。そしてカン＝シは夢想にふけって高官たちからゆっくりと離れ、あちこちで芍薬をつんでは、詩の韻律に思いをめぐらせた。[113]

引用している老子の言葉は、おそらく、父テオフィルも渉猟していたという中国学者アベル・レミュザの『アジア雑録』（一八二五）からとったものだと考えられる。[114]この文は老子の思想を咀嚼したレミュザ自身による言葉（『道徳経』第十六章に基づくものか）だが、彼はこの前後で、「人は大地を手本とし、大地は天を手本とし、天は道を手本とし、〔宇宙の母である〕道はそれ自体を手本とする」、「過度な欲望より大きい罪はない」という、老子の『道徳経』の第二五章および第四六章にある教えも部分的に翻訳している。『白玉詩書』が読者に気づかせる、自然と人間の類似性や万物に共通する法則の存在、そして、その法則に従って生きよという訴えは、まさにこうした「道」の考えと同じである。ちなみに、この『皇帝の龍』の一節でもまた、万物の調和を重んじる姿勢が詩の基盤たるよう、つづけて詩作の場面が置かれている。詩人カン＝シは、私欲や心の動揺を捨て、彼をとりまく自然の息吹を敏感に感じとり、その律動に融け込むことで、新たな詩を作ろうとするのである。

ただ、『白玉詩書』の原詩の特定は難しく、詩を介した中国思想の影響の有無については、検証が容易ではない。

しかし、サン＝ドゥニの『唐詩』にはみられないアナロジーを示す表現の極端な多さから、こうした観念はそのまま原詩に由来するというよりも、ジュディット自身が加味し、意図的に強調したものだったと考えずにはいられない。それは、彼女が翻訳過程で原詩の内容を自由に変えていたことからも想像がつく。それに、すでに第一章でみた通り、自然と人間の関係性という主題は、ジュディットが中国詩のみならず、当時の西洋文化全般を通して追究しつづけていたものでもあるからである。

散文詩作品群の形式と主題 —— 宇宙に融け込む人間

さて、ジュディットが中国詩の翻訳で行った半ば散文による詩作のような試みは、『白玉詩書』の出版をもって終えられたわけではなかった。先に挙げたばかりの小説『皇帝の龍』に、その片鱗がみられるのである。『皇帝の龍』は一八六九年に『白玉詩書』と同じアルフォンス・ルメール社から出版されたが、オリジナルは六八年四月から五月にかけて『リベルテ』紙に掲載されていた[115]。『白玉詩書』の出版から一年後のことである。だが、この小説の構想を練り始めた時期はさらに早いと思われる。一八六六年の末頃に書かれたテオフィル宛の書簡に、「今、政治的で中国的でドラマチックな大きな小説をできる限り気を配って用意しています[116]」との記述があるからである。これは、中国を舞台に、愛と友情、政治と宗教が織り交ざる壮大な冒険譚という内容に照らしあわせても、『皇帝

(113) Judith Mendès, *Le Dragon impérial*, Alphonse Lemerre, 1869, ch. XXI, pp. 228–229.
(114) 「紀元前六世紀の思想家、老子の人生と主張について」の章に同一の文がある。Abel Rémusat, *Mélanges asiatiques*, I, Librairie Orientale de Dondey-Dupré Père et Fils, 1825, p. 94. この一節は、宣教師エヴァリスト・ユック（一八一三—一八六〇）による『中華帝国』第二巻（一八五四）の第五章にも引用されている。Évariste Huc, *L'Empire chinois*, II, Librairie de Gaume Frère, 1854, p. 210.
(115) Judith Mendès, « Le Dragon impérial », *La Liberté*, 11 avril–27 mai 1868.
(116) Théophile Gautier, *Correspondance générale*, t. 9, p. 340.

の龍』を指しているとしか考えられない。また、この書簡には「一ヶ月前に引き渡した『白玉詩書』」と述べた箇所もある。このことから、『皇帝の龍』は『白玉詩書』制作の終盤頃あるいは完成直後、すなわち、中国詩への情熱がまだ覚めやらぬ頃から書き始められたと推測できる。

この長篇小説は三人の登場人物が、あるいは天下取りを夢みて、あるいは友や恋人を追って北京へのぼるなかで、政治的・宗教的思惑をもつ組織の抗争に巻き込まれ、誤解やすれ違いに見舞われながら目的の達成を目指すという冒険譚である。だが、そのなかの主人公は「詩人」という設定で、意中の女性を娶るために課せられた詩の創作に始まり、旅の途中で即興する詩や、結末で絞り出すように発せられる詩に至るまで、詩が物語中で重要な役割を担っている。また、全二九章の冒頭には中国由来のものと思わせるような短いエピグラフが置かれている。この登場人物による詩(中国詩を翻訳した体裁で挿入されている)とエピグラフはあわせて五〇篇あり(長い散文である結末の詩は除く)、段落わけした短い散文の集合体という形が『白玉詩書』の散文訳に似ている。

そしてじっさいに、このうちの六つが『白玉詩書』の訳詩の使い回しであることが判明した[117]。そうすると、残りの四四篇の詩は一体どこから採られたのだろうか。例えば、『白玉詩書』に収録されなかった訳詩が使われたということも考えられるだろう。だが、作中の地名を含んでいたり物語の筋と一致したりする詩、章の内容を示唆するエピグラフなどもあることから、ジュディット自身が散文訳と同じ形式で創作したものがあったとしても不思議ではない。その意味において、『皇帝の龍』は「創作的な翻訳」から「創作」への過渡的な段階だったとみることができる。だが、こうした詩やエピグラフは小説の付属的な要素に過ぎず、物語の筋を代弁させるだけで、詩的な内容が乏しいものであることは否めない。

これに対し、『白玉詩書』の散文訳に垣間みられた散文詩的な創意が明確に作品化したのは、やはり、この三年後の一八七二年から七三年にかけて『文学芸術復興』誌に「ジュディット・マンデス」の名で発表された、じっさいに「散文詩」と題されている一連の創作においてだったと考えるべきだろう。この自作の散文詩の存在は、ジュディット研究ではほとんど考慮されてこなかったが、散文詩研究のなかでシュザンヌ・ベルナールらによって指摘されていた[118]。また、晩年のジュディットにつき添ったシュザンヌ・メイエル＝ザンデルが、著書『ジュディット・ゴーチエの傍らでの十五年』で、四篇を引用して回想している[119]。だが、これらの散文詩が一年にわたって連続的に発表されていたことや、それぞれの詳しい内容については触れられてこなかった。

『文学芸術復興』誌は一八七二年に創刊された文芸誌で、ジャン・エカールを編集長に、エミール・ブレモンを主筆に、一八七四年まで全十六号が刊行された。すでに述べたように、当時はボードレールの『パリの憂鬱（小散文詩）』（一八六九）を始め、マンデスの『愛の物語』（一八六八）やシャルル・クロの『白檀の小箱』（一八七三）など、ジュディットに近い者たちも詩集に散文詩をとりいれ（この二つは『白玉詩書』と同じアルフォンス・ルメール社から出版）、多くの詩人が散文詩の創作を試みていた[120]。同誌でも、依然として韻文詩のほうが多いものの、散文詩の存在感はそれに劣っていない。なかでも、ジュディットの作品はとりわけ目立って「散文詩」と名打たれている。

第一作目は一八七二年六月一日付の号の「チロエ島」である（図18）。これには「散文詩」という題詞はないが、つぎの七月十三日号で「散文詩Ⅱ忘却、Ⅲ自殺」とあるので、「チロエ島」はあとから「散文詩Ⅰ」の位置づけになったのだろうか。こうして、八月三日号で「散文詩Ⅳ罰」、九月二八日号で「散文詩Ⅴ港」（このあとに「散文詩Ⅵ」

(117) その六つとは、「若い詩人が河の対岸に住む愛しい女性を思う」「白い髪」「西の地方からみた舟の揺らぎについて」「杜甫の家で飲みながら」「皇帝」「間違った道」で、それぞれ第十二章のエピグラフ、第十四章の主人公が崇拝する詩人の詩、第十六章のエピグラフ（修正あり）、第十六章の登場人物による詩（修正あり）、第二〇章のエピグラフ、第二六章エピグラフとして用いられている。
(118) Suzanne Bernard, *op. cit.*, pp. 339 et 341–342.
(119) 二篇は雑誌に掲載されていないものである。Suzanne Meyer-Zundel, *op. cit.*, pp. 81–82 [sans titre], 82 [sans titre], 102–103 [« Chatiment »] et 165 [« Le Port »].
(120) Catulle Mendès, *Histoires d'amour*, Alphonse Lemerre, 1868 ; Charles Cros, *Le Coffret de santal*, Alphonse Lemerre, 1873, pp. 143–169.

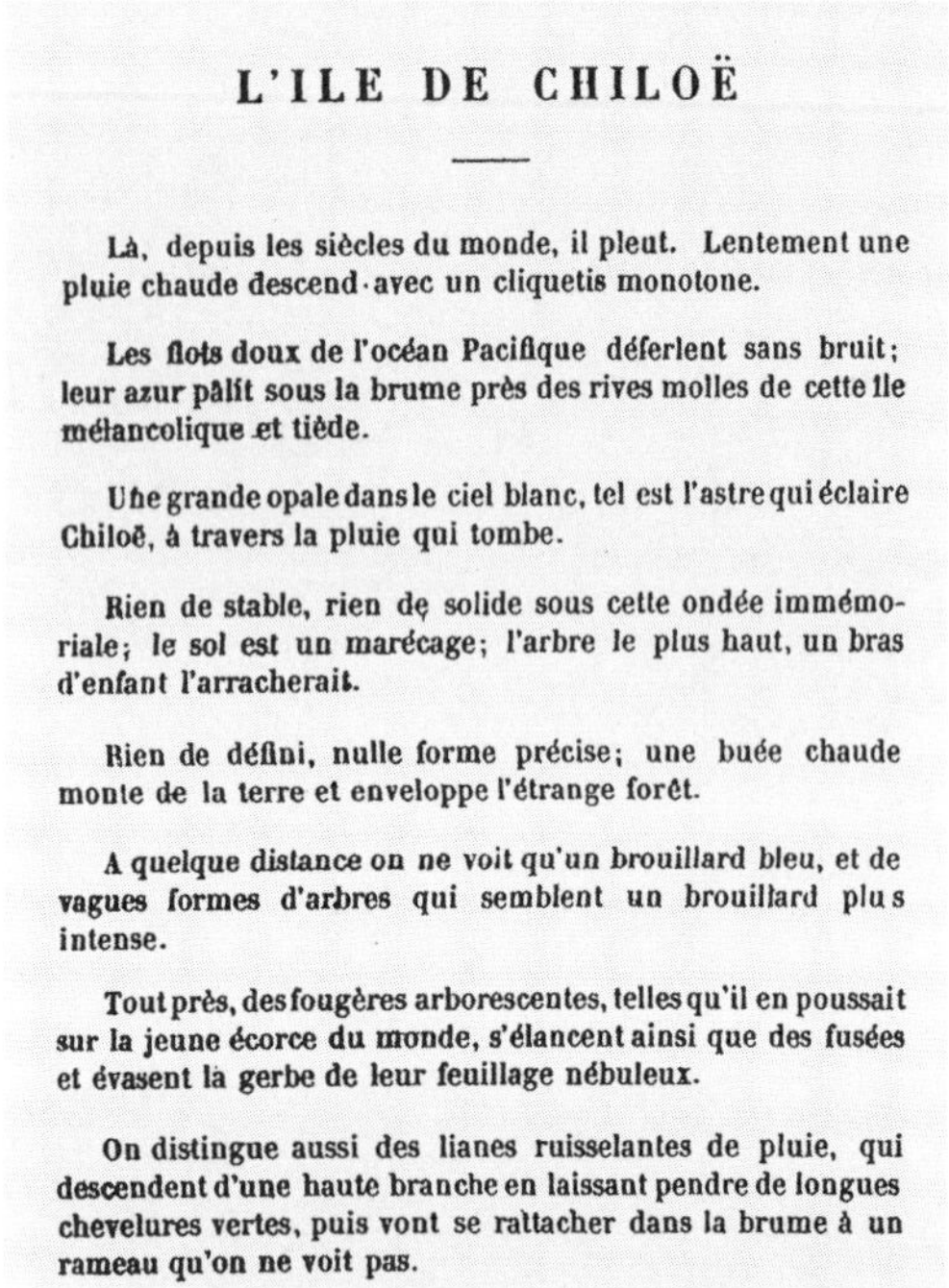

L'ILE DE CHILOË

Là, depuis les siècles du monde, il pleut. Lentement une pluie chaude descend avec un cliquetis monotone.

Les flots doux de l'océan Pacifique déferlent sans bruit; leur azur pâlit sous la brume près des rives molles de cette île mélancolique et tiède.

Une grande opale dans le ciel blanc, tel est l'astre qui éclaire Chiloë, à travers la pluie qui tombe.

Rien de stable, rien de solide sous cette ondée immémoriale; le sol est un marécage; l'arbre le plus haut, un bras d'enfant l'arracherait.

Rien de défini, nulle forme précise; une buée chaude monte de la terre et enveloppe l'étrange forêt.

A quelque distance on ne voit qu'un brouillard bleu, et de vagues formes d'arbres qui semblent un brouillard plus intense.

Tout près, des fougères arborescentes, telles qu'il en poussait sur la jeune écorce du monde, s'élancent ainsi que des fusées et évasent la gerbe de leur feuillage nébuleux.

On distingue aussi des lianes ruisselantes de pluie, qui descendent d'une haute branche en laissant pendre de longues chevelures vertes, puis vont se rattacher dans la brume à un rameau qu'on ne voit pas.

Il pleut; nul oiseau ne rompt de son vol les minces fils de la tranquille averse; aucune gazelle, par son passage, ne décharge les branches lourdes d'eau.

Seulement, parmi les hautes herbes, quelques mouvements de reptiles, et, sous les larges feuilles luisantes étendues sur les flaques d'eau, la carapace d'un crustacé, être étrange des temps anciens, que la nature dédaigne et ne refait plus.

Je ne sais pourquoi je voudrais pleurer dans cette île (pleurer sans cause, car je n'ai nul chagrin), au milieu de la pluie perpétuelle qui confondrait sur mes joues ses gouttelettes avec mes larmes.

Je voudrais pleurer aussi longtemps que la pluie tombera dans cette île mélancolique, où il pleut depuis les siècles du monde, aussi longtemps qu'il pleuvra dans l'île brumeuse de Chiloë qu'entoure l'océan Pacifique.

JUDITH MENDÈS.

図18　散文詩「チロエ島」(1872年6月1日付『文学芸術復興』誌より、フランス国立図書館BnF蔵)

があるはずだが見つかっていない)、十二月二一日号で「散文詩Ⅶ死の勝利」、翌一八七三年三月十五日号で「カモメ」(「散文詩」の題詞なし)が掲載された。[121] このように、最初と最後の作品に題詞がないという不統一感はあるが、約一年にわたり、連続性をもたせて、同じ散文詩形式の作品が発表されていたことになる。それは『白玉詩書』の訳詩と同様、一文もしくはいくつかの文からなる比較的短い節が、一節ずつ余白を空けて並べられた体裁をもつ。詩節数は七から十五で、三から六節が多かった訳詩に比べて長くはなっている(巻末「訳詩篇」に全訳を掲載)。

さて、「チロエ島」「忘却」「自殺」「罰」「港」「死の勝利」「カモメ」というこれら七つの散文詩に、主題的な関連性はあるのだろうか。ベルナールは「忘却」をとりあげ、「李太白や杜甫が風景を描くのに用いたのと同じ簡潔さを心理的な主題にあてはめている」[122]とした。あるいは、メイエル＝ザンデルは「罰」についてのジュディット本人の言葉として、両性具有的な美しさをもつ少年に出会い、無遠慮に近づいて彼を怯えさせたという出来事にインスピレーションを得て書いたと紹介した。また、未発表の散文詩二篇をとりあげ、本人の恋愛や私生活のかげをみようともした[123]。だが、おそらく誰も、七篇が連続的に発表されていたことに十分留意しなかったのではないだろうか。それというのも、これらの散文詩を通して読むと、単なる感情の発露や一経験の投影ではなく、一つの思想を軸に連作された、文学的な厚みをもつ作品群だとわかってくるからである。

まず、「チロエ島」は連作の最初を飾るものとして、この作品群の源泉である思想を最も鮮やかに提示している。チロエ島とは南米チリ対岸の太平洋上にある島で、十九世紀半ばにイギリスの自然科学者チャールズ・ダーウィン（一八〇九―一八八二）が調査に訪れ、島の様子を『ビーグル号航海記』（一八三九）に著したことでも知られる。「夜には豪雨や疾風によってここがチロエだと確信した」と記されているように、繁栄を阻むほどの湿潤な気候をもつ、「静かで辺鄙な世界の片隅」の島である[124]。ジュディットは作品群のなかで唯一の実在の地としてこの島を選び、冒頭に置いた。その理由は、ほかでもなく上記のような風土にあった。散文詩はつぎのように始まる。

（121） Judith Mendès, « L'Ile de Chiloé », *La Renaissance littéraire et artistique*, 1 juin 1872 ; « Poëmes en prose, II. Oubli, III. Suicide. », *La Renaissance littéraire et artistique*, 13 juillet 1872 ; « Poëmes en prose, IV. Châtiment. », *La Renaissance littéraire et artistique*, 3 août 1872 ; « Poëmes en prose, V. Le Port. », *La Renaissance littéraire et artistique*, 28 septembre 1872 ; « Poëmes en prose, VII. Victoire funèbre. », *La Renaissance littéraire et artistique*, 21 décembre 1872 ; « Le Goëland », *La Renaissance littéraire et artistique*, 15 mars 1873.

（122） Suzanne Bernard, *op. cit.*, p. 342.

（123） Suzanne Meyer-Zundel, *op. cit.*, pp. 101–103 et 81–82.

（124） Charles Darwin, *Narrative of the surveying voyages of His Majesty's ships "Adventure" and "Beagle", between the years 1826 and 1836, describing their examination of the Southern shores of South America and the "Beagle's" circumnavigation of the globe*, London, Colburn, 1839, [21st, 29th–30th november 1834].

そこでは、この世の何世紀も前から、雨が降っている。ゆっくりと熱い雨が単調な音を立てて落ちている。

初めに、はるか遠くの時代からずっと雨が降りつづくという果てしない時間の広がりと、音を重く刻む熱い雨という濃密なイメージが読者を覆う。そのイメージは第二・三節へとつづく。

太平洋の穏やかな波が音もなく押し寄せている。その青色はこの陰鬱で生暖かい島のゆるやかな岸のそばの霧のしたで薄くなっている。

白い空にある大きなオパール、それが降る雨を通して、チロエ島を照らす星である。

ここでは、第一節の時間的な広がりに加え、波を静かに送る太平洋、そして、星を配した空という、空間的な広がりが重ねられる。こうして、今現在のこの地を抱き込む時間的・空間的な広大さが示されるのである。さて、そこに降る雨は、物寂しい雨でも豊穣の雨でもない。それは、何らかの感情を呼び覚ます雨ではなく、霧を伴って波打ち際の青色を曖昧にさせる雨であり、空を白ませ、星の光をオパール、すなわち、蛋白石のごとく曇らせてしまうような、視覚的な雨としてある。逆にいえば、こうした雨の性質を表すために、チロエ島ならではの原始的な濃い雨が必要だったのだろう。このように冒頭では、広大さと、ぼんやりした輪郭や光という、じつに頼りどころのない場が、散文詩のゆるやかなリズムとともに提示される。

では、なぜこうした不安定な場が用意されたのか。その理由は、この詩の中心的な主張となるつぎの第四・五節に示されている。

安定しているもの、堅固なものは何もない、この太古からある波のもとでは。地面は沼である。一番高いところにある星は、子供の腕がもぎとるだろう。

決まったものは何もない、はっきりした形もない。熱い水蒸気が大地からのぼって奇妙な森を包んでいる。

それほど派手な韻律的技巧がないこの詩のなかで、上記の二節が唯一、冒頭でくりかえしを二度用い、強い主張を行っている。そして、時の長さと地の広がりにおいては、すべてに変化を被る可能性があり、確実で永久に頼ることのできる堅牢なものは何一つないと訴えている。この主張を行うためにこそ、特有の湿潤な風土をもち、混沌としたこの世の原始の状態を残すチロエ島を、象徴的な地として舞台に設定する必要があったのである。特に、「地面」「一番高いところにある星」といった表現には、人間の拠って立つものや理想が重ねられていると解釈することもできるだろう。それらが揺さぶりを受け得るものであるとの戒めが言外に匂わされているようでもある。

さらに、引用部分後半の第五節では、特に「形」というものに言及がある。これは、つづく第六節から第八節における、霧のなかで「曖昧な形」しかみえなくなっているチロエ島の木や植物の具体的な描写へと受け継がれていき、この散文詩のなかで最も純化された観念を提示している。そして、この「決まったものは何もない、はっきりした形もない」という観念は、ほかでもなく、散文詩作品群の第一番目の詩の導入部という特別な位置で強調されることによって、伝統に支えられた定型を放棄する、散文詩創作の宣言そのものだと読まずにはいられない。つまり、チロエ島は、詩人の創作活動の土台にある世界観を述べるために借用された地とみることができるのではないだろうか。

終わりの四節では、雨が降りつづくこの島に息づくものたちが次々に描かれる。第九・十節には「鳥」「ガゼル」「爬虫類」「甲殻類」が登場する。だが、どの生き物も、その雨の降る世界を邪魔したりはせず、植物のかげに隠れてわずかな動きをみせるにとどまる――「どの鳥も静かなにわか雨の細かい筋を遮って飛びはしない。どのガゼルも、通りすがりに、水で重くなった枝を払いはしない」。そして、第十一・十二節に現れるのが「私」である。

私はどうしてこの島で（理由もなく、なぜなら悲しんでいないのだから）泣きたくなるのかわからない、頬のうえでしずくと涙を混ぜてしまうような永遠につづく雨の只中で。

この世の何世紀も前から雨が降っているこの陰鬱な島で、雨が降る限り泣いていたい、太平洋がとり囲むチロエの靄のかかった島で雨が降る限り。

「泣きたくなる」とくりかえされているが、それは「理由もなく」というように、孤独や悲しみといった個人の感情によるものではない。「私」にはほとんど自我はなく、ただ太古から降りつづき、永遠に降りつづく雨に融け込んでしまったかのように、しずくと涙が平行し、雨のつづく限り涙が流れているだけである。自我が残っているとすれば、それは周りの雨とともにあろうという淡い希望だけだろう。「私」も、前節に登場したほかの生き物と同じく、チロエ島の雨に逆らおうとはしないのである。

チロエ島の雨や、島をとり囲む海の波は、「この世の何世紀も前から」「太古からある」と形容されているように、この世界を制する力、いいかえれば宇宙の原理を象徴している。そして、その原理だけがただ一つの絶対であり、この世のすべてのものや形を流動的にせしめている。「私」はそれに抗うことなく、つき従っていこうとする。この世界観と姿勢はそのまま、人間が作った権威や伝統、美意識によって固定されていた定型詩を放棄した理由に通じているように思われる。

このように、散文詩作品群の最初に置かれた「チロエ島」は、散文詩という形式を選択する根底にあった意識を象徴的に表していると読み得るが、さらにその根拠として、これにつづく六つの作品が同様の世界観やイメージの変奏となっており、同じような「私」の姿勢が散文詩作品群全体にくりかえされていることをみていきたい。

二番目の詩「忘却」は比較的短く、内容も抽象的なものにとどまる。始終襲ってくる強い欲望が主題になっているが、それが何の欲望かはわからず——「復讐の欲望か。名誉のか。愛のか。」——、どこにも——「あらゆる喜び、あらゆる憎しみ、あらゆる狂気のなかに」も——見出せず、ただ具体性のない欲望だけがある。そして、その理由はつぎのように説明される。

一体私の欲望を表現するような言葉は失われてしまったのか。欲望の目的はもはや存在しないのか。

おそらく前の世からその欲望をもってきて、理由は忘れてしまったのだ。

つまり、「言葉」「目的」「理由」という社会的要素を見失った、原始的な状態が提示されているのである。「チロエ島」でも、「私」は「理由もなく泣きたい」思いに駆られていた。この「忘却」には、「チロエ島」の単調さとは異なる激しさがあるが、衝動が残されているだけで積極的な投機を行ったり野心を抱いたりすることはもはやできず、時空を越えた不可思議な力に操られるだけという特異な状態は、宇宙の原理に融け込むこと以外をしようとしなかった「チロエ島」での「私」の姿勢に似ている。

三番目の詩「自殺」以降は、「チロエ島」で世界の広大さを象徴していた「海」が共通して現れるようになる。そして、「チロエ島」では島をとり囲む海として登場したのに対し、「自殺」以降の詩はすべて大海原の只中で展開され、さらにそこへ、全く拠りどころのない「小舟」が浮かべられている。広い海に浮かぶ島から、さらに不安定で象徴的な小舟へとモチーフが純化されたといえるだろうか。まず、「自殺」はつぎのように始まる。

海に、帆も櫂もない小舟が、一隻ある。捨てられている。穏やかな海がゆりかごのように揺らしている。

このように、冒頭で自ら漕ぎ出すことのできない小舟が現れる。つぎに、「一体誰がうねりに揺られるこの舟で眠っているのだろう。通りがかるカモメたちはそれをみることができる」と舟のなかにいる人の存在が示唆されるが、じっさいに姿をみせることはなく、何らかの行動や感情も、タイトルにある「自殺」につながるような苦悶や狂気も説明はされない。そして、最後の三節でつぎのように結ばれる。

海、物いわぬ共犯者が、傷口から流れる血のように、この心地よいゆりかごのなかへゆっくりと入り込む。そして
ゆりかごは少しずつ、重くなり、音がしなくなる。

それから消える。水面に円が描かれ、大きくなり、波から波へと流れる。

沖に向かって、海岸に向かって流れ、そこでゆるやかに消えてゆく、一隻の舟の鎖がぶらさがっている柱の近くで。

なされるがままに浸水し、沈没していく小舟が引き起こす波の輪の広がり、そして消滅が、ゆっくりとした調子で順に描かれるばかりである。「自殺」というタイトルでありながら、自己の感情や自らに死を与えようとする人間的な衝動は示されず、逆に、死に向かう人間の「共犯者」として、「流れる血」のごとく忍び寄ってくる海に、無機的な人間はただ飲み込まれ、やがて波の輪となって消える様子だけが強調される。あたかも、「自殺」すら、みえない意志によって決定される、宇宙のなかの一つの静かな消滅に過ぎないといっているようである。

四番目の詩「罰」は散文詩作品群のなかで最も長い。また先に言及したように、メイエル＝ザンデルの著書では、両性具有的な少年との出会いに着想を得たとするジュディット本人の言葉が紹介されており[125]、その通りに、この作品群には珍しく愛が主題となっている。ただ、「海」と「小舟」のモチーフを用いた点は変わっておらず、具体的な経験に基づいていたとしても、そこからの着想が作品群の根本的な主題に融合される形で作られたのではないだろうか。

私たちはどうやって激しい波にあちこちへ投げられるあの舟にいたのだろうか。あなたは船首に、私は静かな船尾に。

このように先の「自殺」と同じく、海は絶対的な存在で、小舟がなされるがままになっている状況が初めに提示さ

れる。自発的な行動はもうとれないのである。そのなかで、第四節では「私」が見知らぬ船頭によって「あなた」から引き離されたり、第七節では「あなた」から「罰せられる」という不吉な言葉を突きつけられたりする。荒れ狂う嵐の海で、忌まわしい言葉とせせら笑いがくりかえされる。だが、第八節はそうした状況に対する「私」の特異な態度を示す。

けれども自分の罪を忘れやすい私は微笑んでいた。こんなふうに嵐のなかで、終わりなく、旅していたかったのだ。

海の危険に直面し、ゆく末を呪われながらも、「私」はいっこうに動揺せず、波に身を委ねているのである。つづく第九節以降では波にさらわれ、とうとう「あなた」から引き離されてしまった「私」の後悔が愛の主題とともに描かれる。だが前半に提示された、作品の基調である海がなすままに揺さぶられ、自分の思い通りにならない状況においても抵抗せず、「麻痺状態で」、「危険にも〔……〕歯をがたがたいわせる凍てつく寒さにも気をとめず」に無感覚でいる、それよりも海が振るう猛威を受け入れ、罪を消化し、なおかつそこで永遠に揺さぶられつづけることを選ぼうとする強かともいうべき服従は、これまでの散文詩でみられた「私」の態度にまた共通している。

五番目の詩「港」も、散文詩作品群に流れる世界観やイメージが鮮明に表されているものの一つである。冒頭には、同様に「海」と「船」が現れる。

海をみていた。なげやりな思考が波に任せて、あるときは静かで神秘的な地平線のほうへ、あるときは最初の波のあてにならない営みのほうへ、漂っていた。

一隻の船が長旅に向けて出港しかけていた。〔……〕

---

(125) Suzanne Meyer-Zundel, *op. cit.*, pp. 101–103.

海を眺めていても、感傷に浸ったり遥か彼方に思いを馳せたりするのではなく、ただ浅い思考が波の動き、すなわち、宇宙の運動をなぞるだけである。そうした「私」も、第四節から第六節にかけては、「知らない国々や、誰も聞いていないたくさんの音や、人がいない所で行われたすべての営みのこと」を考えようとする。だが、それは「冷たい波がたたきつける北の地」や「生気がなくて白く、死のように冷たい海」だったり、「暑さで麻痺した国々や、くたびれた波がくずおれる燃えるような浜辺」だったりと、感覚の働かないような冷たさ・暑さの極限、人間的な思考が停止してしまうような地のことである。そうしたところへ、第七節でついに船が帆をあげ、ある男性との視線の交錯が希望をもたらす。

港に触れて永遠に嵐から逃れられたように思った。私の心はその目のなかに錨をおろした。

大海の只中に置かれる不安定さしか表現していなかったこれまでの作品に対し、初めて詩のタイトルでもある「港」が現れる。ようやく、自然の猛威から保護される安住の地に落ち着こうとしたのである。しかし、詩は最後でつぎのような展開を迎える。

けれども船は、獲物を運び去るワシのように大きな羽で、遠ざかった。

それ以来、人気のない海のうえで休みなくさまよっている。

嵐が情け容赦なく私を愚弄し、地平線の灯台のように光る星々をもう信じなくなって長い。

つまり、タイトルは逆説的なものであり、「港」は決して手に入らない地として、詩が閉じられるのである。安全な地に落ち着き、現れた男性との豊かな生活を作り出すことができるかにみえたが、最終的にいき着いたのは、無慈悲であろうとも受け入れ、身を任せるほかはない広大な海だった。この自然もしくは宇宙に望むと望まざるとにかかわらず漂うだけの存在というイメージは、散文詩作品群で最も色濃く表現されているものである。

六番目の詩「死の勝利」には、例外的に、海も小舟も登場しない。だが、近寄れない「灯台」のように光るという「おまえ」への呼びかけが冒頭にあり、先の詩「港」の最終節で、もう信じなくなって長いとされた地平線の「灯台（のように光る星々）」と連続性を保っている。その「おまえ」とは、第二節で「唯一の美、全能、神」と称えられる。先の詩「港」で、灯台はいわば私が身を落ち着けようと夢みた安住の地の目印だったが、この詩の灯台も、理想や希望として追い求めるものを指している。ただ、「おまえ」は「私の目の幻想」でできており、何より私が崇め、ひれ伏すことによって成立しているという。それゆえ、「私」がひとたび手元につかまえると、すべての美点が消失し、「おまえ」は崩壊する。だが、それによって逆に、恍惚と渇望に支配されていた「私」に平穏がもたらされるのである。

するとおまえの王座はひっくり返り、栄光は引き裂かれる――おまえはもういない――それから私に平和が戻ってくるだろう。

安住の地、もしくは、希望の光と思っていた「灯台」は結局、自分が作り出した虚像に過ぎず、それを手放すことで静かな平和が訪れることになる。そのうえで、最終節はつぎのように結ばれる。

そしてとうとう死へと通じる単調な道をいくことになるのだ、情熱も、欲望も、ふりかえることもなく。

「死」という不吉な言葉が使われているが、前節に「平和が戻ってくる」とあり、タイトルも「死の勝利」であるように、この死は必ずしも忌むべきすべての終わりではなく、利己的な感情を手放すこと、自我の死を意味するのだろう。これまでの散文詩で示されたように、人間が自然や宇宙の原理に従うべきならば、自我の死は歓迎されるはずである。この詩には作品群で唯一といってよいほど自発的な「私」が登場しているが、その行動はやがて欲望を手放して単調な世界に入り込むためであるという点において、これまでの主張と違うところがない。
そして、最後の詩「カモメ」は、最初の「チロエ島」と同様に「散文詩」という題詞は付されていないが、これまでと同形式の詩であり、この作品群を総括するような内容をもつことから、連作の最後を飾るべく発表された作品だったと考えられる。まず、初めの三節は、作品群に現れつづけたモチーフである「海」に費やされている。

おお静かな海よ！　完璧な美！　天空！

海風の厳しい冷たさがある記憶とともに額をかすめる。おおあの声とともに耳に響く海の叫び！

なんて素敵な調和だろう。海とあの優美な美しさは。

これまでの作品で、海は広大な空間を表し、ときに静かでときに荒々しく絶対的な力を振るう宇宙の原理の象徴として用いられてきた。そして、「私」はその海に服従し、波に任せて漂う生き方を選択していた。そのように屈するのは、海によって無慈悲に強いられるからだけではなく、海がもつ「完璧な美」に魅せられているからだということが第一節で示されている。また、第二節では、海風によってある記憶が呼び覚まされ、所有形容詞を添えられた何者かの「声」と「美しさ」が思い出される。それらの所有者は明らかにされないが、いずれもこの作品群における絶対的な存在である海の「叫び」にあわさり、海と調和しているものだという。
こうした「海」に対し、第四・五節には、同じく作品群に共通する、望むと望まざるとにかかわらず「私」の居場所である「小舟」が再び現れる。

大波がやってきては去り、また戻ってきて岸のほうに向かう。ぼんやりとした夢想が去来して、煮えきらない欲望、まもなく沈むもろい小舟に絶えず打ちつける。

静かな空のしたのなんて平和な地平線！　おお穏やかな海の只中で遭難する不安！

大海に浮かぶ小舟はそれだけでこのうえなく不安定な存在だが、ここに描かれた小舟は「煮えきらない欲望」といいかえられ、「ぼんやりとした夢想」が絶えず打ちつけるとあるように、内なる揺れを抱えていることも示唆されている。つまり、安定的な調和に支えられた海に対し、小舟は外的にも内的にも不確実で、それは小舟によって象徴されている「私」もしくは人間という存在の不安定さをも意味していると考えられる。

第六節から第八節にかけてはまた場面が一転し、再びほとんど海と同化してしまったような「顔」や「目」について、つぎのように語られる。

水が太陽のしたで透き通り、穏やかな波が低い声で叫ぶ。おお波に身を委ねるのんびりとした優しいあの顔！　海と空をすべて飲み込む憂いのないあの美しい目！

このむき出しの平面はなんて色褪せて単調なのだろう。おお透明な水のように澄んだ目の記憶！

その目はなんて生気がなく冷たいのだろう。おお澄みきった海の郷愁！

ここでも、「顔」と「目」は所有形容詞を伴って現れるが、誰（何）のものか（あるいはタイトルにあるカモメのものか）は依然としてわからない。しかし、むしろこの総括的な詩において、それは具体的な何者かではなく、漠然とした理想の状態を描いているように思われる。まず、これらの節で、海はつぎの二つの特徴によって説明されている。「澄みきった」美しさをもつこと、そして、「むき出しの平面」「色褪せて単調」であることである。ここで、「平面」にも「単調」にも否定的な意味合いはない。それというのも、この散文詩作品群において、単調で完璧な調和のとれた宇宙のリズムは、一貫して肯定的にとらえられてきたからである。この海が「波が低い声で叫ぶ」というように生気を漂わす（第二節にも「海の叫び」とあった）一方で、誰かのものであるはずの「顔」や「目」は具体性に欠け、人格をもたない。そして、その「目」というのは、「透明な水のように澄んだ」「生気がなく冷たい」と形容されており、先の「澄みきった」美しさと「単調さ」が強調された海の特徴と一致する。また、「顔」や「目」は「波に身を委ねる」「すべての海と空を飲み込む」とあるように、海や空に象徴される宇宙とほとんど融合しかけている。加えていえば、第七・八節を構成している各二文は、第七節で「このむき出しの平面〔＝海〕はなんて〔……〕目の記憶！」、第八節で「その目はなんて〔……〕海の郷愁！」というように、「海」と「目」が完全に交錯している。つまり、この三節では、宇宙と人間が軋轢なく、融和するように存在するという、ほかの作品においてもみられたような理想的な状態が表現されていると考えられるのである。

こうして、海への憧れと人間の不安定さを描き、そこから、人間と宇宙が同化する理想的状態を示したのち、終わりの第九・十節で、タイトルにもある「カモメ」が現れる。

一羽の鳥が波のうえを通りがかる。おお！　海のうえを逃げるカモメの無垢な羽を撫でたい！
ほら野生の鳥を手につかまえた。おお飛び立つ欲望、海のうえのカモメのように。

この最後の部分から、「カモメ」は「一羽の鳥」であると同時に、「欲望」の比喩でもあることがわかる。まず、カモメは、「波のうえ」「海のうえ」といった頭上にあることを意味する表現に加え、「通りがかる」「逃げる」といった動詞、そして、手懐けられていないことを示す「野生の」という形容詞によって、ひとところにとどまらず、つかまえることができないという性質が強調されている。しかし、「撫でたい」という思いが生じると、「一羽の鳥」であるカモメは簡単に手のなかにつかまえられてしまう。だが最後に、「欲望」の比喩であるカモメは飛び立ち、読者の脳裏には去っていくカモメの像が残って、つかまえられた像では帰結しない。

そうした「カモメ」のイメージがなぜ「欲望」に重ねられたのだろうか。散文詩作品群で「欲望」という語が用いられたのは、まず「忘却」においてだった。そこでは、理由や目的を失った欲望だけが残骸のように残り、タイトルの「忘却」は、欲望の存在理由を忘れてしまうことを意味していた。つぎに「欲望」の語が現れたのは「死の勝利」においてで、情熱も欲望もなく、死に通じる単調な道をいくという「平和」が結末にあった。このように、ジュディットの散文詩作品群にみられる「欲望」は、いつも消滅に向かっていく。これらをふまえれば、ここで「欲望」が「カモメ」に例えられた理由は明らかだろう。つまり、最後の節でじっさいのカモメはつかまえられたかもしれないが、それとひきかえに、「欲望」はやはり手放されていくのである。何度もくりかえされ、原文の語順では結びの語にもなっている「海のうえ」という表現は、人間と宇宙の融合の末、人間の欲望が海に象徴される宇宙の原理に吸収されていくことを意味しているようにも思われる。

このように、散文詩作品群の最後に置かれた「カモメ」という詩は、それまでの詩で用いられたモチーフをくりかえし、その純化された理想を改めて強調していること、それに、感嘆表現をほぼすべての節で使用し、最高潮の訴えを行っていることから、作品群に通底する世界観を総括した詩だったとみなすことができる。これまでの研究では十分に考慮されてこなかったが、『文学芸術復興』誌におけるジュディットの散文詩は一年にわたって七篇が連続的に寄せられたのであり、それらを通読するとわかるように、そこには同じ観念、すなわち、人間の自我を排し、宇宙の原理に身を委ねるという観念が変奏的に表現されていたのである。

こうした散文詩作品群の主題は、『白玉詩書』で強調された、「この世の物事は互いに似ている」「全地上にはただ一つの法則しかない」との認識を、究極的な地点まで押し進めたものだと考えられる。『白玉詩書』は翻訳であり、原詩の内容を最低限にも保持する必要があったことから、この世のあらゆる事物や人間や動物のあいだには類似性があるという目配せを、例えば、アナロジーを表す表現の多用や、自然の擬人化などによって、細部に織り込んでいた。これに対して、創作である散文詩作品群には、あらかじめ設定されたモチーフも枠組みもなく、思想を自由に打ち出すことができる。そこで新たに、「ただ一つの法則」を決定している広大な宇宙のありさまと、そこでの人間のあるべき姿、つまり、宇宙の原理に逆らわずに融け込む姿に焦点を当て、理想とする世界の描写を繰り広げたのだろう。以上の分析から、『白玉詩書』とその後の散文詩作品群には主題的な連続性があったと確認できる。やはり、『白玉詩書』の「散文訳」には、のちの「散文詩」に通じる発想がもとにあった、あるいは、少なくともその萌芽が宿されていたのである。

それでは、上記の思想と散文詩という形式はどう関連するのだろうか。まず、ジュディットにおいては、宇宙や自然に対する見解が、そのまま詩作の源泉となっていたことを示す例が多く見受けられた。『白玉詩書』には、降る雨や落ちる花びらといった自然の動きで詩作を例えたり、詩人が人間に似た自然の営みを感慨深く眺めたり、詩人に自然をまねよと諭した詩があったほか、小説『皇帝の龍』にも、「宇宙の調和をよりよく眺めること」を完全無欠とした老子の言葉をふまえて、自然のなかで詩のリズムに思いをめぐらせるという場面があった。このように、宇宙に耳を傾け、自らもその一部となり、詩作を行う詩人の姿が称揚されていた。

では、宇宙の原理に融合する詩作とは一体どのようなものか。もちろん、その答えが容易に導き出されるとは思えない。また、この若き日の試みがジュディットの詩作の全てではない。ただ、当時の彼女の思考をたどり直すと、宇宙の原理は絶対であり、「チロエ島」の一節がいうように、それ以外に「安定しているもの、堅固なものは何もない」「決まったものは何もない、はっきりした形もない」のだった。その観点からすれば、人間による決定、すなわち、人間の美意識や慣習によって固定された形に言葉や意味を閉じ込めようとする詩作は、いわば宇宙の原理に背くことになり、大きなジレンマを感じさせる。事実、彼女は早い時期から、定型詩の凝り固まった韻律に違和感を覚えていた。それを拒むところからたどり着いたのが、まずは散文詩だったのではないだろうか。例えば、ボードレールは「魂の抒情的な動きにも夢想のうねりにも意識の躍動にもあう、十分になめらかで十分に耳ざわりな、詩的散文」として、現代的な複雑さをもつ心理を表現するために、伝統を逸脱した散文詩を試みていた。それに対し、ジュディットによる散文詩の創作は、宇宙の原理が人間の上位にあること、そして、それ以外はすべてが流動的であることを認め、ゆえに、人間が安住する枠組みを放棄し、宇宙の調和や真理を詩に写しとろうという期待に端を発したものだったのである。それが、単調でありながらも、ゆるやかで、沈着な彼女の散文詩の姿を形作っているように思われる。

＊　＊　＊

ジュディットの処女作である中国詩翻訳集『白玉詩書』は、まとまった翻訳が中国学者サン＝ドゥニによる『唐詩』しかなかった時代に、きわめて稀有な中国語教育の賜物として生み出されたものだった。しかし、出版直後から、翻訳としての価値よりも、彼女自身の創作としての香りのほうが高く評価されてきた。なかでも、その散文訳という形から散文詩になぞらえられ、散文詩選集にも収録されるほどだった。だが、彼女がこの訳詩集を散文詩に結びつけて言及したことはなく、訳詩と散文詩の関連性ついての実証的な説明もこれまでなされてこなかった。

ジュディットにとって〈翻訳〉とはどのような意味をもつ行為だったのか。「最も喜んで書いた」という『白玉詩書』は〈翻訳〉か〈創作〉か。さらに、散文詩としての創意はあったのか。こうした観点から、本章ではまず、彼女と散文詩流行の接点を探り、自伝の記述から当時の詩観を推し量った。そこから、彼女が散文詩流行の立役者たちと関わりをもっていたこと、また、早くから定型詩に違和感を抱いていたことがわかった。しかし、これらの背景だけをもとにして、『白玉詩書』の散文訳に散文詩的意図があったとはいえない。

そこで着目したのが、『白玉詩書』の成立に大きく関与する資料であるにもかかわらず、これまで看過されてきたプレオリジナルである。『白玉詩書』出版の三年前から雑誌に発表されていたこのプレオリジナルは、訳詩集に再録される際に少なからぬ加筆がなされた。さらに、それは翻訳の正確を期すためではなく、文体や構造、内容の修正に至るまで、編集のためや、詩としての質を向上させるために恣意的に施した書きかえだった。具体的には、比喩や展開、対比関係、すなわち、詩に表された視点を明確にし、詩情が生まれる場を再構築しようとするものである。このように、韻律や形式に頼らず、散文で詩を成立させようとすることは、ほかならぬ散文詩の創作に通じていた。

この散文訳と散文詩との関連性は、さらに『白玉詩書』の五年後、ジュディットが今度は純粋な創作として発表した散文詩作品群との主題の共通性によっても裏づけられた。プレオリジナルへの加筆や訳詩の内容・文体の分析から、『白玉詩書』には、人間と自然の対比を強調したり、自然を擬人化したりすることによって、この世のものは互いに似通い、地上にはただ一つの法則しかないという認識が織り込まれていたことが明らかになったが、一方、散文詩作品群は、宇宙の広大さと絶対的な原理に圧倒され、自らの意志や欲求を放棄して、そこに融合しようとする人間の姿を一貫して描いていた。つまり、両者には、人間と同じ生をもつ自然や、人間に勝る宇宙に向けた意識という主題の共通性があったのである。そして、散文詩作品群が特に強く訴えたのが、宇宙の原理以外に堅固なものは何もないということである。それは詩作にも通じ、ジュディットの描く詩人は自然に寄り添って、そのリズムに耳をすませる。そうした意識が、人間の決めた定型詩の縛りに疑念を抱き、散文詩を試みる動機となっていたのではないかと考えられた。

以上のことから、ジュディットにとって〈翻訳〉は、原詩に新しい詩の可能性を見出し、そこへ加筆することによって独自の主張を表現するという、〈創作〉にも通じる行為だったことが明らかになった。そして、『白玉詩書』および散文詩作品群で表現されたのは、第一章の各種批評の分析から導き出した当時の彼女の思考の軸、すなわち、自然を愛し、人間の営みに匹敵する自然の生き生きとした豊かさを認めると同時に、人間を凌駕する宇宙や自然の絶大な力を重く感じとって、すべてがその法則に従い、融合していくのを理想とする考えと相通じるものだったことがわかった。つまり、彼女は、西洋文化において抱き始めた問題意識に対する答えを東洋文化のなかに見出し、それを強調することによって自らの手による東洋の作品、「完全な詩」を意味する中国詩翻訳集『白玉詩書』を作り出したのである。このことは、同じく極東の詩である和歌の翻訳集『蜻蛉集』の意味を考察するうえで、大きな手がかりを与えてくれることになるだろう。

コラム2　♪『白玉詩書』をメロディにのせて

中国詩翻訳集『白玉詩書』の訳詩はすべて散文体で書かれてあり、形骸化した古い詩の形式から解き放たれようとするこの試みはさらに散文詩の創作へとつながっていったのだが、その一方でジュディットは、一八六七年十一月十日付の『文学芸術通信』誌に、「中国の歌」と題する韻文詩も発表していた。音節数は八つで、六つの詩節からなる一般的なフランス詩である。しかも、内容をたどると、『白玉詩書』に収められた「若い王の亭」（本書巻末「訳詩篇」七五頁）の変奏にほかならないことがわかる。

小さな川の柳のしたに
ツィ＝リの王が住んでいた。
澄んだ玉と艶のある金が
王の新しい服のうえできらめいていた。

〔……〕

波はそのいとしいかげをとどめられず、
水はやもめになっている。
けれども王、小さな川の王は、
記憶をもちつづけているだろうか。

定型詩の規範に違和感を覚え、散文詩へと向かった当時の彼女の志向に、同じ中国詩を源泉としながら逆らうことになるこの詩の存在は、以前から不思議でならなかった。

だが最近になって、パリのとある古書店のカタログにその疑問を消し去ってくれる資料をみつけることができた。すでに買い手がついていて手にすることは叶わなかったが、それはジュディット自身による「中国の歌」の手稿だった。

薄く罫線の入った白い紙に、黒インクで詩が清書されている。六つの詩節が等間隔に並べられているが、第一節の上部中央に(1)、第三節のうえに(2)、第五節のうえに(3)と記され、二節ごとに区切られている。そして、末尾にはつぎのような言葉が添えられていた。

わが友アルマン・グジアンへ
曲をつけてくださいますように
ジュディット・マンデス

つまり、二節ごとの区切りは、そのまま歌の一番から三番になるのである。アルマン・グジアン（一八三九—一八九二）は作曲家であると同時に、まさしく「中国の歌」を掲載した『文学芸術通信』誌の編集長でもあった。ゆえに、この手稿が先だったか記事が先だったかはわからないものの、

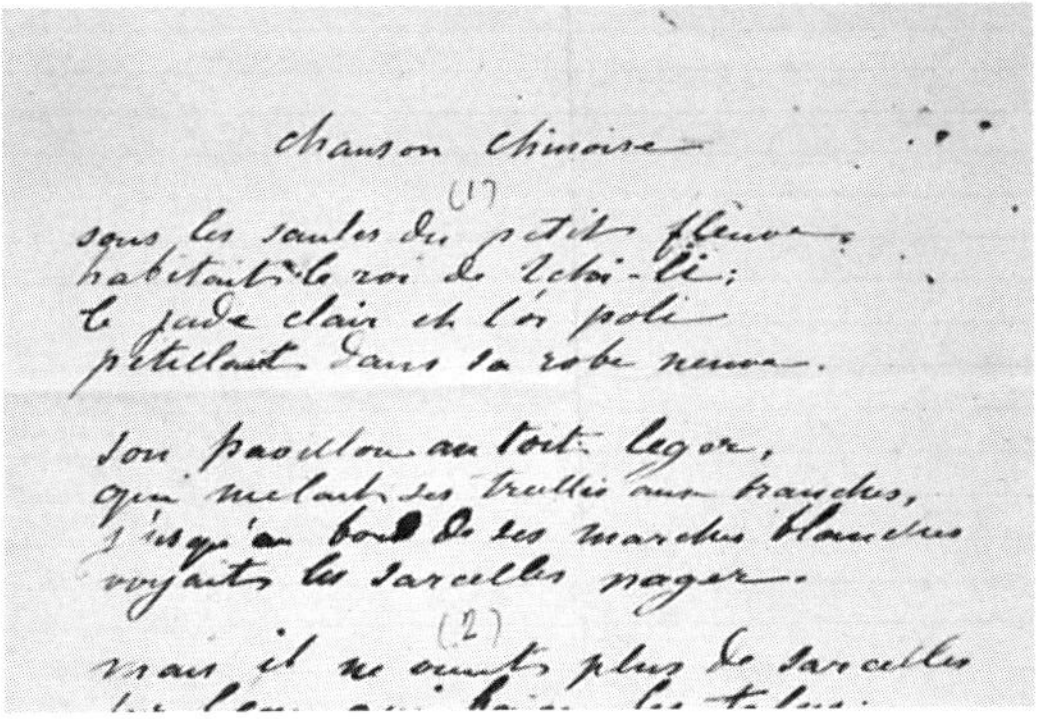
Chanson chinoise
(1)
sous les saules du petit fleuve
habitait le roi de Tchi-li;
le jade clair et l'or poli
pétillait dans sa robe neuve.

Son pavillon au toit léger,
qui mêlait ses treillis aux branches,
jusqu'au bord de ses marches blanches
voyait les sarcelles nager.
(2)
mais il ne vient plus de sarcelles

ジュディットによる「中国の歌」の手稿
歌詞の順番を示す（1）（2）という数字が中央にみられる。

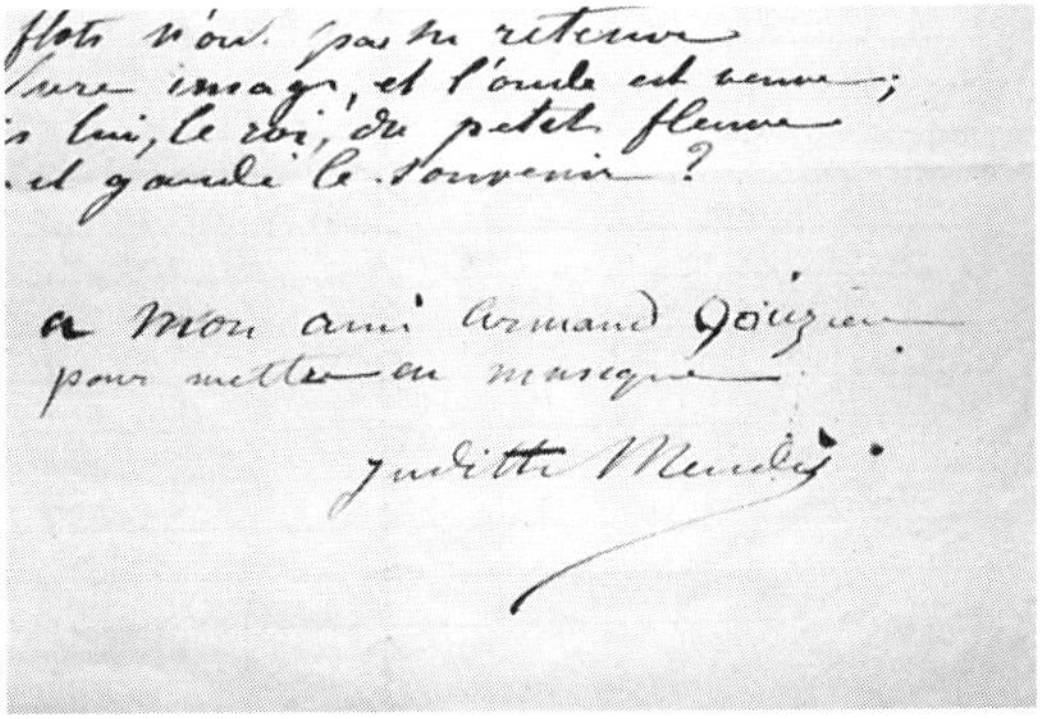
flots n'ont pas retenu
ure image, et l'onde est veuve;
s lui, le roi, du petit fleuve
il garde le souvenir?

a mon ami Armand Gouzien
pour mettre en musique
Judith Mendès

手稿の末尾に記された「ジュディット・マンデス」の署名
作曲家アルマン・グジアンに宛てたメッセージが綴られている。
A mon ami Armand Gouzien
pour mettre en musique　Judith Mendès
（1867年か。ともにパリの古書店 Librairie Le Feu Follet より）

おそらくジュディットは初めから歌曲にされることを念頭に置きながら、『白玉詩書』の一篇の詩を歌にふさわしい韻文体に変えて「中国の歌」をしたためていたのだろう。

　それがじっさいどのような歌曲になったのかはわからないが、ジュディットは「柳」や「玉」といった中国趣味的装飾のみならず、「格子を枝に絡め〔……〕マガモたちが泳いでくるのをみていた」亭、「土手に口づけする水面」、「曲がった手すりにそって〔……〕のぼっては泣いている」風、「月がすばやく通り過ぎていくように」いなくなった王、王の「いとしいかげをとどめられ」なくなった波など、中国詩を通して感じとりつづけた万物に宿る生気とそれらの呼応という主題を存分に散りばめた詩を、メロディの力によって羽ばたかせようとしていた。

　ジュディットの詩作は、固定化された韻文を離れて宇宙の原理を見据えた散文詩の試みとは異なるもう一つの場、歌曲という当時の優雅なサロンにおける華であると同時に、彼女の人生に少なからぬ光を与えつづけることになるこの音楽の懐においても、息を吹き込まれようとしていたのである。

第三章

和歌翻訳集『蜻蛉集』——詩のジャポニスム

『簒奪者』の挿絵より　フランス国立図書館BnF蔵

『蜻蛉集』[1]は、一八八五年、すでに極東にかんするいくつもの作品を世に送り出していたジュディット・ゴーチエが、四〇歳のときにジロ社より出版した和歌の翻訳集である（口絵7）。原題の直訳は「トンボの詩篇」だが、タイトルページに「蜻蛉集」と漢字表記があることから（口絵8）、日本では「せいれいしゅう」と呼びならわされてきた。こうした固有の書名がつけられていることからもわかるように、本書は既存の歌集の翻訳ではなく、複数の歌集から独自に和歌を選んで訳したアンソロジーである。とりわけ、八八篇にのぼる訳詩が、和歌の韻律、すなわち三十一文字《みそひともじ》を模した五・七・五・七・七の音節数による五行詩に仕立てられ、トンボを始め日本風の挿絵を施した頁に一つずつ配置されるという、ジャポニスムの香気に満ちた贅沢な体裁が大きな特色となっている（巻末「訳詩篇」に全訳を掲載、また、原書には頁数がないため、ここでは掲載順により一から八八番と歌番号を付す）。

本章では、第二章で中国詩翻訳集『白玉詩書』を通して明らかにした通り、ジュディットの〈翻訳〉が〈創作〉的側面を備えていたことをふまえ、「最も喜んで書いた」と回想された意味深い作品である『白玉詩書』と同じ極東の詩の翻訳集であるとともに、より高い完成度をもったこの『蜻蛉集』から、彼女の文学のさらなる〈本質〉に迫っていくこととする。

この訳詩集にはこれまでわずかな研究しか費やされてこなかったが、その理由には、制作の経緯を伝える資料がほとんど残っていないことのほか、何より翻訳であるため、文学研究の対象とされにくかったことなどが考えられる。事実、詩人による翻訳としてテクストの独創性がたびたび称賛されてはきたが、具体的にどのようなテクスト

（1） Judith Gautier, *Poëmes de la libellule, traduits du japonais d'après la version littérale de M. Saionzi, conseiller d'état de S. M. l'Empereur du Japon, par Judith Gautier, illustrés par Yamamoto*, Gillot, 1885.『蜻蛉集』からの引用はすべてこれによる。タイトルページの挿絵に「千八百八十四年春」との漢字表記があるが、じっさいの出版年は一八八五年だったことが後述する高階絵里加氏の『異界の海』（六七頁、注十二）に記されている。

に仕上げられているのかを分析しようとする研究はこれまでになかった。だが、先の『白玉詩書』が創作的だったということのみならず、翻訳家でもなく、日本語すら読むことができなかったジュディットがなぜこの作品にとりくんだのかと考えると、そこに何らかの文学的意図が存在したことを想定せずにはいられない。

こうした推測をもとに、まずは、この訳詩集が通常の翻訳の現場で手がけられたものではなく、当時の作家や詩人たちの文学的関心を受けた、創作者としてのジュディットが生み出したものだったことを明らかにする。また、じっさいに作品の分析を進めると、翻訳の範疇を越えて和歌を思いのまま表現しようとしたことを裏づける一貫した志向があらゆる側面に見出されるだけでなく、特に翻訳手法の分析からは、独自に発信している〈主張〉も導き出されてくる。そして、その〈主張〉こそ、第一・二章でたどってきたような当時の西洋文化や中国詩の受容を通して追究しつづけた主題が、和歌を媒体にして発せられたものにほかならず、そこには日本的美学に対する作家の共鳴と自省とが反映されていることを示していく。

以上のことから、西洋文化と東洋文化の出会いを内包したジュディットの文学に通底する〈本質〉を総括するとともに、十九世紀後期のフランスに開花したこの〈詩のジャポニスム〉を通して、外国文化への好奇心や表面的な模倣ではなく、より開かれた意義を担った文化的交感としてのジャポニスムのあり方に光を当てていきたい。

一　これまでの『蜻蛉集』研究

序章で述べたように、今日、フランスでもジュディット・ゴーチエの作品がかえりみられることは少なく、まして日本ではジュディットという作家も彼女の作品も一般的にはほとんど知られていない。ところが例外的に、『蜻蛉集』はフランスよりも日本でたびたび書物にとりあげられ、長きにわたって人々の関心をひいてきた。「明治以来わが国の一部に「蜻蛉集」として少なくとも名のみは知られて来た」のだという。(2)

「五〇フランのものが八〇〇部で、豪華版として二〇〇部が、著者であるジュディット・ゴーチエ夫人の直筆サインと、画家のオリジナル水彩画を添えて発行された。この二〇〇フランする二〇〇部は仮綴じ本になっており、ヤマモトのデザインで装飾され、リボンをかけた本物の木の箱に入れて売られた」(3)と伝えられるうち、通常版の数冊は、現在、わが国の大学図書館や研究所等が所蔵している。また近年、日本で小山ブリジット氏の編により、エディション・シナプス社から復刻版の『ジュディット・ゴーチエ ―― 日本・中国趣味著作集』が出版された際にも、『蜻蛉集』は別巻としてオールカラー印刷され、収録された全十三作品のなかでも異彩を放った。

一世紀以上前のフランスで日本の古典詩歌がどのように紹介されていたのかは、それだけですでに多くの日本人の興味を引くテーマだろう。だが、本訳詩集がこのように日本で知られてきた理由はまた別のところにもあった。その制作に、当時パリに留学中だったのちの第十二・十四代内閣総理大臣・西園寺公望が協力していたこと、さらに、同じくパリで修行を積んでいた洋画家・山本芳翠が挿絵を提供したことである。彼ら二人の日本人が関わったことから、『蜻蛉集』は日本において西園寺公望研究や山本芳翠研究、あるいは、日仏文化交流にかんする研究の

(2) 畠中敏郎、「Judith Gautier の日本(一)」、『大阪外国語大学学報』、十九、一九六八年、三一頁。

(3) O[ctave] U[zanne], « Petite gazette du bibliophile », *Le Livre, bibliographie moderne*, 10 août 1885. この記事の翻訳が、高階絵里加氏の『異界の海』(二七一―二七二頁)に掲載されている。当時、新聞一部が約三〇サンチーム、通常の本が三フラン五〇サンチームだったことから、一サンチームを約四円として換算すると、『蜻蛉集』の通常版は二万円、豪華版は八万円ほどだったと推測できる(『白玉詩書』は六フラン、二千四百円ほどだった)。また、木箱入りという豪華版は、いまだ見つかったという話を聞いたことがない。吉田精一氏による「蜻蛉集の豪華本」(『吉田精一著作集』、別巻一「随想」、桜楓社、一九八一年、四二六―四二七頁)というエッセーがあるが、木箱については触れられていない。「天金で背皮と表紙の一部が革製」とあるのも、おそらく以前の持ち主が装丁し直したもので、『蜻蛉集』の豪華版は幻のままとなっている。

なかでたびたび言及され、フランス本国における以上に注目されてきたのである。そこで、まずはこうした先行研究をふりかえり、本書が新たにとりくむべき課題を確認することから始めたい。

西園寺公望伝で語られた『蜻蛉集』

『蜻蛉集』は和歌翻訳集だが、訳者のジュディット・ゴーチエは日本語に通じていなかった。その彼女のために、和歌の逐語訳を提供したのが西園寺公望（一八四九―一九四〇）である。公家出身の彼は若い頃より役職を与えられていたが、二〇歳で職を辞し、法学や行政学を学ぶために、一八七一年三月からおよそ十年に及ぶパリ生活を送っていた。(4) ジュディットはそうした彼から下訳の提供を受けて、和歌の韻文訳を行ったのである。その旨は『蜻蛉集』のタイトルページに「日本国天皇陛下の参与西園寺氏の逐語訳に基づきジュディット・ゴーチエにより日本語から訳された」と記されており、下訳も巻末に「目次および蜻蛉集の逐語訳」として掲載されている。このことから、数多く存在する西園寺公望伝の類でたびたび本書のことが語られてきた。

西園寺の伝記には、国木田哲夫（独歩）の編による自著『陶庵随筆』（一九〇三）を始め、早くに出版されたものとして、白柳秀湖の『西園寺公望傳』（一九二九）、竹越與三郎の『陶庵公』（一九三〇）などがあるが、(5) 本研究に関連するものとしては、田中貢太郎の『西園寺公望傳』（一九三二）(6) から紹介しておきたい。『蜻蛉集』にはまだ言及していないが、「マンデエズ夫人」（マンデスのこと。ジュディットは夫カチュル・マンデスと一八七四年まで生活をともにし、この間の作品を「ジュディット・マンデス」の名で執筆していた）という一節を設け、西園寺とジュディットの交流を詳しくとりあげている。ここでは、パリで社交生活を始めた西園寺が、オデオン座で演劇を鑑賞後、公使館員・船越光之丞を介してジュディットと知りあったことや、彼女の新作オペラの制作に協力したことなどが紹介された。(7) 著者が「小説的伝記」と断っているように、多少の脚色や誤解もあると思われるが、パリ時代の西園寺の華々しい文化交流に人々の関心を引くきっかけを作ったに違いない。ちなみに、西園寺とジュディットの出会いに船越という人物が一役買ったことは、のちの小泉策太郎による『随筆西園寺公』(一九三九)所収の「坐漁荘日記」にも、西園寺自身の言葉として記録されている。彼自らがジュディットのことを語った数少ない資料でもあるので、[8] ここに引用しておきたい。

マダム・ゴーチェは有名なテオヒル・ゴーチェの娘で、文章もかく、詩も作る、畫もかく、當時有名な才媛であつて、〔……〕わたしがこの人と交際して、脚本の手傳ひなどをしたのは、船越がこの女をしつてゐて、支那、日本の、東洋物の脚本を作るについて何かをきかれたが、船越は(養子想ふに今の光之丞にあらず)陸軍の人でさういふ事には不案内、幸ひ西園寺がゐるからといふので、わたしを紹介した。〔……〕後年、媾和會議で巴里斯へ行つたとき、このマダム・ゴーチェの親友であるといふ婦人から手紙を貰つた。ゴーチェは此婦人の家で死んだといふ程の親しい仲であつて、

---

(4) 西園寺は、一八七〇年末に横浜からアメリカ郵船グレートリパブリック号で出航、太平洋、アメリカ大陸、大西洋を経てイギリスのリバプール港に着き、翌年三月にパリに到着した。その翌日は、普仏戦争の敗北によるプロイセンへの降伏を認めないパリ市民が、革命政府パリ・コミューンを樹立した日だった。

(5) 西園寺陶庵、国木田哲夫編、『陶庵随筆』、新聲社、一九〇三年。白柳秀湖、『西園寺公望傳』、日本評論社、一九二九年。竹越與三郎、『陶庵公』、叢文閣、一九三〇年。

(6) 田中貢太郎、『西園寺公望傳』、偉人傳全集・第二巻、改造社、一九三二年。

(7) 具体的な作品名は挙げられていない。一八八八年にオデオン座で初演・出版され、西園寺に捧げられた戯曲『微笑みを売る女商人』のことだろうか。

(8) 『蜻蛉集』にかんする資料は、ジュディット側だけでなく西園寺側にもほとんど存在しない。鈴木良氏も「フランスで何を学んだか〔……〕そうしたことは書きとめられる場合が少なく〔……〕その心情を詳しくつづった日記も残されていないのです」(「近代日本のなかのフランス山脈 — 西園寺公望と中江兆民」、『立命館言語文化研究』、一巻二号、一九九〇年、五二頁)、「この詩集を作るにいたった西園寺の思い出は具体的な経過を述べていない。そのため彼の内面的な動きはわからない」(「西園寺公望とフランス」、後藤靖編『近代日本社会と思想』、吉川弘文館、一九九二年、一一六頁)と述べている。

わたしのこともよく話したさうだ。[9]

「マダム・ゴーチェの親友」とは彼女が晩年をともに過ごしたシュザンヌ・メイエル＝ザンデルのことで、その著書『ジュディット・ゴーチエの傍らでの十五年』にも、確かに、ジュディットの死後、西園寺に写真を送ったことが記されている。[10]

さて、『蜻蛉集』に言及しているものとしては、安藤徳器の『陶庵素描』（一九三六）が挙げられる。まず本篇に、「オデオン座観劇の帰るさ、マンデエズ夫人――ジュディット・ゴォチエに紹介され〔……〕古今集の逐次譯「蜻蛉集」を出版し、「笑ひとひさぐ者（マルシャン・ド・スーリール）」なる脚本をオデオン座に上演する」[11]とあり、先の田中の伝記で紹介された二人の出会いにまつわる逸話に加え、『蜻蛉集』を初めて話題にしている（ただし、『古今集の訳』としたのは誤りである）。そして注目すべきが、巻末に「蜻蛉集」という章を立て、西園寺による下訳と本の冒頭に置かれている『古今集』「仮名序」抄訳のフランス語原文およびその和訳、さらに作品には記されなかった原歌を掲載した点である。ここで初めて『蜻蛉集』のおよその姿が日本の読者に明らかにされた。本書はほかにも、『蜻蛉集』をとりあげたウィリアム・レオナール・シュワルツの『近代フランス文学における極東の想像的解釈』[12]に言及し、そこに引用されたガブリエーレ・ダヌンツィオの詩「西洋のウタ」（『蜻蛉集』と同じ試みをイタリア語で行ったもの）[13]を紹介したり、ミッシェル・ルヴォンやウィリアム・ポーターによる和歌の翻訳[14]について述べたりするなど、西園寺公望伝でありながらも、『蜻蛉集』を文学研究の見地からとらえ始めていた。

『蜻蛉集』をとりあげたものでは、翌年に刊行された木村毅の『西園寺公望傳』（一九三七）[15]も重要だろう。本篇は西園寺の政治人生を主とし、『蜻蛉集』には言及していないが、冒頭の近衛文麿によるエッセー「西園寺公望公を語る」で「ヂユデイツト・ゴオチエとの合著なる佛譯『古今集』」と紹介があるほか、巻末には、木村の友人・高橋邦太郎による「蜻蛉集考證」[16]を収録した。高橋は先述の安藤徳器の友人でもあり、『陶庵素描』で数少ない『蜻蛉集』の所有者として紹介されていた人物である。[17] じっさい、彼はすでに一九三二年、パリの古書店から『蜻蛉集』を入手し、同年七月十六・十七日付の『東京朝日新聞』に、作品の装丁や概要、シュワルツの著書やほかの和歌翻訳について述べた記事を寄せていた[18](iii頁、図1参照)。実は、先の安藤徳器の『陶庵素描』の記述がこの記事に酷似

(9) 小泉策太郎、『随筆西園寺公』、小泉三申全集・第三巻、岩波書店、一九三九年、四五二―四五三頁。別の箇所に、「此日は雑談にて一同要領を得たることなきも、豫め送置せし中央公論の原稿、餘程氣に入られしやう也。／公の直譯せし和歌は初版にありしも此書にはなし。挿畫もモット立派であつたが變つてゐる(蜻蛉集か)」(四八一頁)という記述があり、『蜻蛉集』が話題になっているが、果たして、西園寺の下訳が掲載されず、挿絵も貧弱な版というものが存在したのかどうかはわからない。

(10) Suzanne Meyer-Zundel, *Quinze ans auprès de Judith Gautier*, Porto, 1969, pp. 146-147.

(11) 安藤徳器、『陶庵素描』、新英社、一九三六年、五五―五六頁。

(12) William Leonard Schwartz, *The Imaginative interpretation of the far east in modern french literature 1800–1925*, Librairie ancienne Honoré Champion, 1927.

(13) Gabriele d'Annunzio, « Outa Occidentale », *Isaotta Guttadauro ed altre poesie*, Roma, La Tribuna, 1886. ダヌンツィオが『蜻蛉集』をまねて「西洋のウタ」を作ったことはシュワルツ以来よく知られてきたが、近年、早稲田大学戸山図書館でダヌンツィオ自身の書き込みがある『蜻蛉集』が見つかり、尾崎有紀子氏によって紹介された。尾崎有紀子、「『蜻蛉集』とダヌンツィオ――「西洋うた *Outa occidentale*」新資料をめぐって」、早稲田大学比較文学研究室『比較文学年誌』、第四六号、二〇一〇年、八九―一〇九頁。同、「『蜻蛉集』とダヌンツィオ・補遺」、早稲田大学比較文学研究室『比較文学年誌』、第四七号、二〇一一年、七一―七五頁。

(14) Michel Revon, *Anthologie de la Littérature Japonaise des Origines au XX siècle*, Librairie Delagrave, 1910 ; William N. Porter, *Hundred Verses from Old Japan*, Oxford, Clarendon, 1909.

(15) 木村毅、『西園寺公望傳』、歴代総理大臣傳記全集・第七巻、傳記刊行會、一九三七年。

(16) 高橋邦太郎、「蜻蛉集考證」、木村毅前掲書、二二六―二三九頁。高橋邦太郎(一八九八―一九八四)は、東大仏文科を卒業後日本放送協会に入局、五五歳で退職し、共立女子大学専任講師を経て一九六七年まで教授職にあった。翻訳家、日仏文化交流研究者である。

(17) 安藤徳器の前掲書(一四三頁)に「伊藤公の大磯滄浪閣に初版が秘蔵されてゐたが、惜しい哉大正震災で流失し再版のものは南葵文庫と筆者の友人高橋邦太郎君が所蔵してゐる」とある。この「初版」と「再版」の違いについては不明である。「豪華版」のことか。

(18) 高橋邦太郎、「西園寺公ジユヂットゴオチエ共譯「蜻蛉集」に就いて、上」、『東京朝日新聞』、一九三二(昭和七)年七月十六日(朝刊)。同、

していることから、先立って発表されていた高橋の記事を彼が大いに参照していたことは間違いない。安藤が『蜻蛉集』のテクストの一部や原歌を初めて公にした一方で、作品の解説については高橋の功績が先にあったことを強調しておかなくてはならないだろう。その高橋が、安藤の著書の翌年、改めて作品の概要を示し、ジュディットや挿絵を担当した山本芳翠、それに献辞で本訳詩集を捧げられた光妙寺三郎の紹介に頁を割いたのが、「蜻蛉集考證」だった。安藤および高橋による『蜻蛉集』のテクスト研究については、のちほど詳しく述べたい。

このように、和歌の難解さや資料不足などにより、フランスではほとんど行われていなかった『蜻蛉集』研究は、日本において西園寺公望研究をきっかけに一つの突破口を得たといえる。つづく西園寺公望伝は数も多く、『蜻蛉集』にかんしては先行研究を踏襲したものがほとんどなので割愛するが、主要なものでは、西園寺が創設した私塾立命館に始まる、立命館大学編『西園寺公望傳』（一九九〇―一九九七）[19]にも本訳詩集のことが記載され、日本でますますその存在が広く認知されるようになった。

山本芳翠の挿絵からみた『蜻蛉集』

一方、『蜻蛉集』の制作に携わったもう一人の日本人、山本芳翠（一八五〇―一九〇六）はこの作品に欠かせない要素である挿絵を担当した。このことから、『蜻蛉集』が山本のパリ時代の活動の一環としてとりあげられたり、挿絵に描かれたトンボが当時のジャポニスムの流行における一大モチーフだったことと関連づけて考察されたりするなど、美術の分野からの研究は充実している。

ジュディットと山本については、あとにも挙げる高階絵里加氏の一連の研究に最も詳しい。これをもとに山本の経歴を素描すると、彼は工部美術学校で洋画を学んだのち、一八七八年のパリ万国博覧会の際に事務局雇いとして渡仏、ジャン＝レオン・ジェロームのもとで学びつつ、八七年までパリで創作活動を行った。八〇年代前半にジュディットとの交流が始まり、パリで個展を開いたり、フランス各地で装飾壁画を描いたり、挿絵としては『蜻蛉集』

のほか、ロベール・ド・モンテスキウの詩集『蝙蝠』(一八九三)にも提供したりするなど、彼女を通じて活動を広げていたようである。

美術の分野で『蜻蛉集』を紹介した文献としては、まずジークフリート・ヴィヒマンの『ジャポニスム、一八五八年からの西洋美術における日本の影響』(一九八一)[20]が挙げられる。彼は、「ひとまとまりの宇宙という意識と、命が与えられるべきすべてのものに対する理解」[21]をもった日本人画家たちの影響から、虫に近づき、それを正確に描くことがヨーロッパで流行していたなかで、特に『蜻蛉集』の挿絵がトンボのモチーフの多用を促したとした。また、より詳しい論考には、丹尾安典氏の「ヨーロッパへ飛んでいった蜻蛉」(一九八八)[22]がある。丹尾氏は、トンボが描かれたり彫られたりした蜻蛉島・日本の工芸品が十九世紀後半のヨーロッパに数多く輸入され、アール・ヌーヴォーなど当時のフランス工芸に影響を与えた経緯を紹介し、その一例として『蜻蛉集』のトンボの挿絵をとりあげた。そのなかで、ジュディットの親しい友人で「『蜻蛉集』の豪華版の予約をした」という日本びいきの画家ギュスターヴ・モローが、油彩画「キマイラ達」(一八八四)でトンボの怪物を描いたことに、『蜻蛉集』の挿絵との呼応を見出せるのではないかとも推測している。

そして重要なのは、高階絵里加氏による『異界の海、芳翠・清輝・天心における西洋』(二〇〇〇)[23]を中心とした

「西園寺公ジユウヂツゴオチエ共譯「蜻蛉集」に就いて、下」、同、一九三二(昭和七)年七月十七日(朝刊)。

(19) 立命館大学編『西園寺公望傳』、第一巻、立命館大学西園寺公望伝編纂委員会、岩波書店、一九九〇年、二四六—二四八頁。

(20) Siegfried Wichmann, *Japonisme, The Japanese Influence in Western Art since 1858*, London, Thames and Hudson, 1981.

(21) *Ibid.*, p. 124.

(22) 丹尾安典、「ヨーロッパへ飛んでいった蜻蛉」、『芸術新潮』、十一月号、一九八八年、五一—五七頁。

(23) 高階絵里加、『異界の海、芳翠・清輝・天心における西洋』、三好企画、二〇〇〇年。また、これに先立つ論文として、「パリ時代の山本芳翠」、『近代画説』、四、一九九五年、四二—七一頁、「パリ時代の山本芳翠〔資料編〕」、『近代画説』、六、一九九七年、五三—七五頁がある。

一連の論考である。高階氏は、山本のパリでの活動を調査するなかで、ジュディットとの交流から生まれた作品、とりわけブルターニュにある彼女の別荘の壁画(十二頁・図5参照)や『蜻蛉集』の挿絵に着目し、後者については出版状況や当時の書評も詳しく紹介した。また、挿絵のより具体的な分析は、「フランスから来た「日本」——『蜻蛉集』挿絵について」(二〇〇六)[24]に報告されている。ここで高階氏は、山本の挿絵が当時のフランスで求められていた装飾と芸術の融合を実現したこと、自然のモチーフや省略・余白を用いたリズミカルな構図によって当時のヨーロッパ人の求める日本風を示したこと、さらには、挿絵のなかに様々な形で組み込まれた詩、つまり、詩と絵の融合が文字と絵を別領域のものとみなしてきた西欧絵画に刺激を与え、その後の詩集のあり方に深く影響したことなどを論じた。これらの高階氏の報告は、本書のなかでもその都度参照していきたい。

このように、山本の挿絵作品としての『蜻蛉集』はこれまでに研究が重ねられ、様々な角度から評価されてきている。

ジュディット・ゴーチエの作品として——訳詩へのアプローチ

それでは、テクスト自体に対して、文学研究の見地からはどのようなアプローチがなされてきたのだろうか。フランスでは、まだジュディットが存命の頃、エドム・アルカンボーが『パリ日仏協会会報』に「日本詩歌と蜻蛉集」(一九一三—一九一四)[25]と題する論考を発表した。これが、新聞や雑誌の小さな書評ではなく、まとまった論考で『蜻蛉集』がとりあげられた最初だろう。ここでアルカンボーが読者に想起させようとしたのは、何より、ルヴォン、アストン、チェンバレンといった著名な日本学者に先立って、一詩人のジュディットが日本詩歌を紹介していたこと、さらに、その翻訳が和歌とフランス詩の融合、あるいは、翻訳者の仕事と詩人の仕事が融合した見事なものだったということである。ゆえに、論考につづいて、「ジュディット・ゴーチエ夫人」の名のもと、『蜻蛉集』の全テクストを四〇頁あまりにわたって掲載した[26]。だが、彼の目的は、十分な形で世に広められなかったテクストを改めて活字化すること自体にあったのであり、その先の問題である個々のテクストを研究することにはなかった。

これに対し、文学研究の分野で『蜻蛉集』をとりあげたおそらく最も早い文献は、高橋や安藤の著作にも紹介された、ウィリアム・レオナール・シュワルツの『近代フランス文学における極東の想像的解釈』(一九二七)だろう。彼は特にジュディットによる韻文訳の手法に興味をもった。そして、ローマ字表記による原歌、西園寺による逐語訳、ルヴォンによる五行詩への訳(一九一〇)、ポーターによる英訳(一九〇九)、ジュディットによる韻文訳を比較したり、ジュディット訳の脚韻が、女性韻(最後の音節が無音のeで構成される韻)と男性韻(それ以外)の組みあわせになっていることを指摘したりした。[27] ただ、彼が『蜻蛉集』に割いたのは二頁ほどで、分析も表面的なものにとどまり、すべてのテクストに目を向けるには至らなかった。

もちろん、ジュディット研究の基本文献も『蜻蛉集』に言及はしている。しかし、カマショの『ジュディット・ゴーチエ、その生涯と作品』は、一例を挙げ、ジュディットによる韻文訳が西園寺訳に忠実でありつつ、魅力を増した仕上がりになっていると評価したのみであり、リチャードソンの『ジュディット・ゴーチエ』も、フィリップ・ビュルティによる書評を引用して、わずかに作品を紹介しただけだった。[28] このほか日本では、畠中敏郎氏の

---

(24) 高階絵里加「フランスから来た「日本」——『蜻蛉集』挿絵について」、宇佐美斉編『日仏交感の近代——文学・美術・音楽』、京都大学学術出版会、二〇〇六年、一八四—二〇四頁。

(25) E[dme] A[rcambeau], « La poésie japonaise et les Poèmes de la libellule », *Bulletin de la Société franco-japonaise de Paris*, n° 31–32, octobre 1913–janvier 1914, pp. 17–24.

(26) Madame Judith Gautier, « Poèmes de la libellule », *ibid.*, pp. 25–56. 高橋邦太郎が「蜻蛉集考證」で「千九百十三年巴里發行の日佛協會雑誌に全文が掲載されてゐる」(『西園寺公望傳』、二二六頁)と紹介したのがこの記事である。

(27) William Leonard Schwartz, *op. cit.*, pp. 52–54.

(28) Mathilde Camacho, *Judith Gautier, sa vie et son œuvre, thèse pour le doctorat d'université présentée à la faculté des lettres de l'Université de Paris*, Librairie E. Droz, 1939, pp. 53–54 ; Joanna Richardson, *Judith Gautier, traduit de l'anglais par Sara Oudin*, Éditions Seghers, 1989, p. 162.

「Judith Gautier の日本（一）」（一九六八）、佐々木康之氏の「西園寺文庫蔵『蜻蛉集』について」（一九八八）、高階秀爾氏の「詩人の娘・詩人の妻、ジューディット・ゴーティエ」（一九八九）、河盛好蔵氏の「まぼろしの詩集『蜻蛉集』」（一九九九）[29]などが、フランス文学研究の側から本訳詩集に言及したものとして挙げられる。だが、これらも作品の概説を主としており、テクストを引用しても形式面を示すにとどまっている。

　こうしたなかで、訳詩自体に迫った研究としては、現在までフランスにも日本にも、先述の安藤徳器の『陶庵素描』に収められた「蜻蛉集」の項と、「蜻蛉集考證」を執筆していた高橋邦太郎が改めて後年に発表した「「蜻蛉集」考」（一九六六）[30]をおいてほかにはない。すでに述べたように、前者の安藤の著書は『蜻蛉集』の冒頭に置かれた「仮名序」の抄訳と西園寺による下訳を和訳とともに掲載し、さらに八八篇にのぼる訳詩の大半の原歌を明らかにした。『蜻蛉集』には西園寺による下訳が掲載されたが、原歌にかんする情報はローマ字表記の歌人名以外何も示されていなかったからである。そこで、これらをたよりに原歌とその出典を調べあげた。一方、後者の高橋はすでに「蜻蛉集考證」を公にしていたが、のちに記者から学者に転身して研究を前進させた。そして、この「「蜻蛉集」考」で、まず西園寺の渡仏、パリでの動向、ゴンクール兄弟の『日記』における彼にかんする記述をまとめ、『蜻蛉集』成立の背景に光を当てた。また、「仮名序」の抄訳について、アストン、ディキンス、若目田による英訳例、ルヴォン、ボノーによる仏訳例があることを紹介し、冒頭文を並べて掲載している。さらに、挿絵の絵柄にも詳しく言及した。そして何より、『蜻蛉集』の全テクストを掲載するとともに、安藤が行った原歌の特定を、より完成した形で発表したのである（未詳だった三三、四九、五三、五六、六一、七四番の歌を特定、二〇、六四番の歌を変更。ただし、三三番は後述する単独刷の挿絵にあるかな文字を起こしたもので出典は依然として不明、二〇番は安藤の案のほうが正しいと思われる。また、安藤が記していなかった出典もいくつか加えた）。ちなみに、高橋は三〇年前に安藤の先行研究があったことを紹介していない。また、安藤の著書はあくまで西園寺公望伝なので、後年では文学研究として発表された高橋の論考のほうが注目されやすい。しかし、特定した原歌がほぼ同じであるうえ、安藤と同じように二三番の歌の出典を『古今集』恋の部二（じっさいは三）、七〇番の出典を『拾遺集』（じっさいは『千載集』）、八二番の出典を『後拾遺集』恋の部二（じっさいは三）と誤っていることから、高橋が安藤による結果をふまえたうえで、調査を進めたことは間違いないだろう。

いずれにせよ、長らく総体としてしか認識されていなかった『蜻蛉集』は、これらの論考によって初めて、原歌の調査という形ではあるが、個々の訳詩に注目が寄せられた。特に、原歌・西園寺訳・ジュディット訳という、訳詩の成立過程を示す三つのテクストが揃い、『蜻蛉集』研究を新しい段階に進める手がかりが与えられた。だが、安藤や高橋らの研究はここでとまっている。そして、現在まで、作品の内部に迫る研究は誰の手によっても進められていない。八八を数える和歌はどのようにして選ばれたのか、原歌は下訳を経てどのような韻文訳に生まれ変わっているのかといった疑問は自然に生じてくるはずだが、これまでほとんど考察されてこなかった。また、作品がどのような意義をもつのかということも追究されていない。それはやはり、『蜻蛉集』が〈翻訳〉としてしかとらえられず、ジュディットの文学活動の一環としてその意義を積極的にかえりみようとはされてこなかったからではないだろうか。しかし、彼女のもう一つの訳詩集『白玉詩書』が多分に創作性を含むものだったことを考えると、この『蜻蛉集』も、単なる翻訳として見過ごしていくわけにはいかない。こうしたことから、テクスト自体を分析するという大きな課題がいまだ手つかずの状態で残されており、『蜻蛉集』をジュディットの作品として新たにとらえ直していかなければならないのである。

（29）畠中敏郎、前掲論文。佐々木康之、「西園寺文庫蔵『蜻蛉集』について」、『立命館図書館だより』、第四二号、一九八八年、一―二頁。高階秀爾、「詩人の娘・詩人の妻 ―― ジューディット・ゴーティエ」、『世紀末の美神たち』、集英社、一九八九年、三二一―三四六頁。河盛好蔵、「まぼろしの詩集『蜻蛉集』」、『芸術新潮』、五月号、一九九九年、一一六―一二〇頁。

（30）高橋邦太郎、「『蜻蛉集』考」、『共立女子大学紀要』、第十二号、一九六六年、三七四―四六五頁。

二　『蜻蛉集』制作の背景

『蜻蛉集』研究のこれからの課題は、かえりみられてこなかったテクストの特徴を解明することにある。だがその前に、この訳詩集がジュディットにとってどのような意味をもつものだったのか、その外側から把握しておくことも重要である。また、テクストにどのような独自性があるのかを判断するためには、訳詩集をとり巻く背景にも照らしあわせてみなくてはならないだろう。

『蜻蛉集』を成立させた背景のうち、ジュディットが日本に関心をもった経緯や、西園寺・山本のパリでの動向などは、すでに様々な資料や研究で明らかにされてきた。しかし、彼女がいつどのようにして和歌を知り、『蜻蛉集』の着想を得て、西園寺と共作を進めたのかは調査されてこなかった。さらに、ジュディットの文学における本訳詩集の意味を考察しようとする視点がほとんどなかったため、彼女がなぜこれを制作したのかという、動機に関わる背景も整理されてこなかった。『蜻蛉集』以前の和歌翻訳との関連性も論じられていない。そこで、作品分析に先立ち、こうした制作の背景を総合的にたどり直しておくこととする。

ジュディットと極東

まずは、ジュディットが日本に興味をもつようになったきっかけをふりかえりたい。それは、自伝第二巻『日々の連珠、連珠の二連目』のなかの、あるエピソードに象徴的に記されている。序章でも述べた通り、一八六二年にロンドンで開催された万国博覧会での出来事で、これまでにもたびたび引用されてきた。彼女は父テオフィルが『モニトゥール・ユニヴェルセル』紙の記者としてロンドンに赴くのにあわせて、家族とともに海を渡った。その旅の様子を綴っており、なかでも熱の込もった筆致で書いているのが、つぎの日本のサムライとの遭遇の場面である。じっさい、このロンドン万博は、福澤諭吉を含む遣欧使節団が初めて視察に訪れた回だった。

ある日、私は街角で、忘れられない印象を残す出会いをした。私たち、母と妹と私が、（どこかわからないが）あるアーケードを散歩していたとき、目の前に、とても奇妙な二人の人物が、やじ馬の集団につけられているのをみたのである。それは、自国の衣装をつけた二人の日本人だった。彼らはやじ馬の行列がみえないふりをしていたが、逃げようとして、象牙やらべっ甲やらでできた装身具の類を売っている上品なブティックに入ったので、やじ馬たちはつきまとっていた。私たちは我慢できなかった。同じように、そのブティックに入ってしまったのである。やじ馬の行列はショーウィンドーのうしろでひしめいていたけれど。

私は魅了された。それが私の極東との初めての出会いである。そして、その瞬間から、極東のとりこになってしまった。

〔……〕

私にとって何という運命的な出会い、忘れがたい光景だったことだろう！　驚くべき世界がそっくりと現れ、（夢中にさせることになるものを前にするといつも感じる）ある直感のようなものによってその全体が垣間みえ、その特別な美しさを知らされたのである。[31]

ジュディットはこの記憶を核としつつ、一八七五年に日本関連の第一作目として小説『簒奪者』[32]を、一八八五年に第二作目として『蜻蛉集』を発表することになる。

しかし、これらの作品に至る過程において、極東の大国・中国の存在が彼女の文学のなかで大きな位置を占めて

（31）Judith Gautier, *Le Collier des Jours, Le Second Rang du Collier*, Félix Juven, 1903, pp. 132–134.

（32）Judith Mendès, *L'Usurpateur*, 2 vol., Albert Lacroix, 1875. 一八八七年には『太陽の巫女』として改訂され、アカデミー・フランセーズより賞を受けた。

いたことを忘れるわけにはいかない。第二章でとりあげたように、このロンドン万博で日本人に遭遇して極東に魅せられた直後、じっさいに親しむことになったのは日本文化ではなく、まず中国文化だったからである。彼女は、翌一八六三年に、テオフィルが雇い入れた中国人ティン・トゥン・リンから中国語を教わることになった。そして、その経験をもとに、一八六七年、処女作として中国詩翻訳集『白玉詩書』を出版、一八六九年には中国に取材した小説『皇帝の龍』[33]で作家として活躍し始めていた。

ジュディットの作品で日本よりも先に中国が現れるのは、中国人との出会いが偶然早く訪れたことだけによるのではもちろんないだろう。地理的・歴史的にみても、フランスとの関係は日本よりも中国のほうがはるかに深い。それは文学的なことにかんしても同様で、中国の文学作品は日本のものより早く受容されていた。それに、彼女がテオフィルの執筆作業を間近でみて、彼の影響を強く受けていたことを考えれば、中国に親しみをもったことは容易に想像できる。それというのも、テオフィルは文学作品で日本を十分にとりあげることはなかったが(もちろん、東洋に憧れつづけた彼が日本に興味をもたなかったはずはないが、作品の中心的な主題とする機会はついに訪れなかった)、中国を舞台としたものとしては短篇小説「水上の亭」(一八四六)を書いており、その文化にかんする記事も一八四〇年代から、例えば、一八五一年のロンドン国際博覧会や一八五五年のパリ万国博覧会の際に寄稿したほど、中国びいきだったからである。[34]このようにジュディットは、個人的な偶然だけでなく、時代的・環境的な必然として、まず中国に親しみ、作品の題材としていたのである。

このことから、彼女と日本について考察する際には、彼女と中国の関係もふまえておく必要がある。これは、単に中国と日本が同じ極東の地域だからではなく、彼女が小説にせよ、エッセーにせよ、戯曲にせよ、常にまず中国物で行ったことを日本物に適用していたからでもある。事実、詩の翻訳でも、『蜻蛉集』に先立って、『白玉詩書』

で中国詩翻訳を行っていたことは十分に考慮しなければならない。それに中国詩と和歌に大きな違いがあることはいうまでもないが、極東とまだはるかな距離のあった当時のヨーロッパ人がこれらを同種のものとみなしたとしても不思議はないだろう。[35] 下訳をもとに翻訳するジュディットにとってならなおさら、和歌は中国詩への関心の延長線上に現れたものだったのではないだろうか。

つまり、『蜻蛉集』の成立を考えるにあたっては、ジュディットと日本という単独の関係だけでなく、中国から日本へと拡大された文化交流の歴史、テオフィルを始め先人からの文学的影響、自身における中国から日本へ、そして中国詩から和歌への関心の延長といった、幾重にも重なる波紋の広がりを念頭に置かなければならない。

『蜻蛉集』以前の和歌翻訳

一方で、ジュディットは『蜻蛉集』以前に出版されていた和歌翻訳をどうとらえていたのだろうか。いいかえれば、先行する翻訳のなかに、彼女が『蜻蛉集』を制作した動機を見出すことはできるのだろうか。一八七三年に中国人教師が彼女のもとを去ったのに対して、一八六〇年代の終わりには明治維新を経た日本から多くの政府関係者

（33） Judith Mendès, *Le Dragon impérial*, Alphonse Lemerre, 1869. 原書には『青龍賓艦』という漢字表記もある。

（34） Théophile Gautier, « Le pavillon sur l'eau, nouvelle chinoise », *Le Musée des familles*, 29 septembre 1846. 執筆記事としては、例えばつぎのものがある。Théophile Gautier, « Exposition des échantillons et des modèles rapportés par la mission commerciale en Chine », *La Presse*, 27 août 1846 ; « La Chine à Paris », *La Presse*, 1er septembre 1851 ; « Une Famille chinoise, La Famille de M. Chung Ataï », *La Presse*, 13 octobre 1851 ; « Musique chinoise », *La Presse*, 2 et 3 novembre 1851 ; « Collection chinoise », *Le Moniteur Universel*, 6 juillet 1855 ; « L'Art chinois », *L'Artiste*, 7 octobre 1855 ; « Collection chinoise », *Le Moniteur Universel*, 18 et 19 mai 1860.

（35） 『十七・十八世紀のフランス文学における東洋』（一九〇六）を著したピエール・マルチノは、「実をいうとヴォルテールの同時代人は日本と中国を決して識別しておらず、ただ日本人が中国の中国人よりも中国人であると考えるようなことだけはしなかったくらいである」と記している。Pierre Martino, ***L'Orient dans la Littérature Française aux XVIIe et XVIIIe siècle***, Hachette, 1906, p. 108.

や学者が来仏し、彼女の関心は中国から日本に向けられるようになる。それと時を同じくして、フランスにおける和歌の研究・翻訳もまた急速に発展し始めていた。その経緯をつぎに素描してみたい。

鎖国をつづけることが難しくなった日本は、他の西欧列国と同様フランスとも一八五八年に通商条約を締結し、公的に交流を開始した。もちろん、開国前にもフランス艦が通商を求めて琉球を訪れていたし、文物の往来ということでは十六世紀後半のスペインやポルトガルのキリスト教宣教師の渡来にまでさかのぼれるだろう。鎖国中も、出島で貿易に携わる者がもち帰った情報はフランスにまで届いていた。だが、両国の交流が加速し、使節団や留学生の派遣が頻繁に行われるようになるのは、やはり開国後である。また、万国博覧会の開催もヨーロッパにおける日本文化受容の大きな転機となった。先に紹介したように、ジュディットが赴いた一八六二年のロンドン万博には遣欧使節団が初めて見学に訪れ、イギリス公使オールコックの収集品が多数公開されて、日本の工芸美術が注目を集めた。一八六七年のパリ万博には幕府、薩摩藩、佐賀藩が初参加、一八七三年のウィーン万博には日本が初めて公式参加し、一八七八年のパリ万博では漆器、陶磁器、浮世絵、書画など日本の美術工芸品が展示されて、ジャポニスムの流行が最高潮に達したことはいうまでもない。

ところで、十九世紀後半のヨーロッパにおける日本文化受容は、こうした民間への幅広い浸透に加え、学術としても日本学が確立されて辞書の編纂や語学教育の充実化が進むなど顕著な発展をみた。フランスでその先鞭をつけた人物としては、レオン・パジェス（一八一四―一八八六）、そして、レオン・ド・ロニー（一八三七―一九一四）がいる。パジェスは中国の公使館に配属された人物だったが、一八五九年に日本関連文献目録を、一八六八年にポルトガル語から翻訳した日仏辞書を作成した。[36] 一方、ロニーは、一八五〇年代後半から、『日本語学習のために必要な基礎知識概要』（一八五四）や『日本語学習入門』（一八五六）など、[37] 文法書や日本にかんする論文の類を多く著し、一八六三年にパリの東洋語専門学校（École spéciale des Langues orientales）で日本語教育を開始、六八年には新たに設置された日本語講座の初代教授に着任するなど、積極的な活動を行っていた。

このように、一八六〇年代に語学研究がめざましく進展したのち、七〇年代からは研究者の関心が文学にも向けられるようになる。とりわけ物語や説話などの散文作品が、ドイツ語ではアウグスト・フィッツマイヤー（一八〇八—一八八七）、英語ではフレデリック・ヴィクター・ディキンス（一八三八—一九一五）、フランス語ではフランソワ・トゥレッティーニ（一八四五—一九〇八）らによって翻訳され始めた。一例を挙げれば、フィッツマイヤーによる柳亭種彦の『浮世形六枚屏風』（一八四七）、『枕草子』（一八七五）、トゥレッティーニによる脇坂義堂の『民繁栄』（一八七一）、『平家物語』（一八七一）、ディキンスによる『忠臣蔵』（一八七六）、また、末松謙澄による『源氏物語』（一八八二）などがある。[38] このほかにも、学術ないし一般雑誌に寄稿された翻訳を含めると、数はさらに膨らむことだろう。

一方、韻文の翻訳は散文ほど容易には進められなかったが、それでも重要なものは徐々に揃いつつあった。まずは、ディキンスによる英訳『百人一首』（一八六六）[39] である。和歌の翻訳はロニーの『日本語学習入門』などでも試みられていたが、まとまったものとしてはこれがヨーロッパ初である。彼は軍医として日本に滞在した経験があっ

（36） Léon Pagès, *Bibliographie japonaise, ou catalogue des ouvrages relatifs au Japon qui ont été publiés depuis le XIe siècle jusqu'à nos jours*, Benjamin Duprat, 1859 ; *Dictionnaire japonais-français, traduit du dictionnaire japonais-portugais composé par les missionnaires de la Compagnie de Jésus et imprimé en 1603 à Nagasaki*, Firman Didot frères, 1868.

（37） Léon de Rosny, *Résumé des principales connaissances nécessaires pour l'étude de la langue japonaise*, 1854 ; *Introduction à l'étude de la langue japonaise*, Maisonneuve et Cie, 1856.

（38） August Pfizmaier, *Uki yo gata roku-mai-biyau-bu (Riutei Tanefico)*, *Sechs Wandschirme in Gestalten der Vergänglichen Welt*, Wien, Kaiserlichen Akademie, 1847 ; August Pfizmaier, *Die Aufzeichnungen der japanischen Dichterin, Sei Seô-Na-Gon*, Wien, C. Gerold's Sohn, 1875 ; François Turrettini, *Tami-no Nigivai, l'activité humaine*, Genève, H. Georg, 1871 ; François Turrettini, *Heike monogatari, récit de l'histoire du Japon au XIIème siècle*, Genève, H. Georg, 1871 ; Frederick Victor Dickins, *Chiushingura*, New York, G. P. Putnam's Sons, 1876 ; Kenchio Suyematz, *Genji Monogatari, the most celebrated of the classical Japanese romances*, London, Trübner, 1882.

（39） Frederick Victor Dickins, *Hyak Nin Is'shiu, or Stanzas by a century of poets, being japanese lyrical odes, translated into english, with explanatory notes, the text in japanese and roman characters, and a full index*, London, Smith Elder & Co, 1866.

た。その頃に手にしたのか、序文で国学者・衣川長秋の『百人一首峯梯』(一八一五)を参照した旨を述べ、歌人の紹介や語句の解説に始まり、日本語の発音や漢字の説明までを付した詳細な書物に仕上げている。冒頭に歌の「韻文訳」を置き、補遺として、原歌の「ローマ字表記」「逐語訳」「かな書き」を掲載している。この韻文訳の試みはのちの『蜻蛉集』を思わせるが、大半が四・六・八行詩で、五行に訳されたものは数首にとどまるので、厳密に原歌の形式を意識したわけではなかったようである。

これにつづいてフランスで出版されたのが、ロニーによる『詩歌撰葉』(一八七一)[40]である。『万葉集』と『百人一首』の歌を中心に雑歌や民謡などを収め、文学史や歌の技法の概説も行った、当時としては貴重な文献である。ロニーは序文で先のディキンスの翻訳にも言及している。だが、入りくんだ文体をもつ和歌をヨーロッパ言語に翻訳するのはきわめて困難だと判断し、ディキンスのような韻文訳は行わず、原歌の「かな書き」「ローマ字表記」、そして「散文訳」を掲載した。正確な解釈に重きを置いた、厳密な翻訳だったといえるだろう。

このほかにもフランス以外では、フィッツマイヤーによる『万葉集』の抄訳(一八七二)、バジル・ホール・チェンバレン(一八五〇―一九三五)による『日本人の古典詩歌』(一八八〇)、ルドルフ・ランゲ(一八五〇―一九三三)による『古今和歌集』の抄訳(一八八四)などがあり[41]、散文につづいて韻文の翻訳も徐々に進められていた(そのほとんどが和歌であり、俳句への注目が高まるのは二〇世紀に入ってからである)。

そのなかで、一八七三年にパリで初めて開かれた国際東洋学者会議(Congrès international des orientalistes)も、ヨーロッパにおける日本文学ならびに和歌の浸透の大きな契機となったに違いない。国際アジア・北アフリカ研究会議と名前を変えて現在までつづくこの会議は一八八〇年代にかけておよそ十回にわたりヨーロッパ各地で開催され、日程・参加者ともに規模が大きく、対象領域も多岐に及んでいた。そして、ほかならぬロニーが組織の中心にいたことから、中国学などに比べて遅れをとっていた日本学が重視されたのである。その会議録をひもとくと、フィッツマイヤーが『新古今和歌集』の三夕の歌をとりあげたり、岩倉使節団として滞仏していた今村和郎が万葉歌五首について万葉仮名表記、ローマ字表記、仏訳を添え、解説を行ったりしたことなどがうかがえる。[42]

　このように、和歌の翻訳というのは、なじみの薄い日本の古語による韻文を扱うことから、一般読者向けというよりも、最先端の研究者による学術的な報告として存在していたという印象を受ける。事実、これらの翻訳には専門的な見地から関心を寄せる読者に応じるべく、原歌の「かな書き」や「ローマ字表記」が併記され、訳し方も解説と鑑賞のあいだで揺れた。ロニーも『詩歌撰葉』の序文で、つぎのように研究者への配慮を述べていた。

> 　私は、学生たちのために、各作品の訳の冒頭には原歌をまずはひらがなの活字体で、つぎにアルファベットの国際表記の原則によるヨーロッパの文字で転写するのが有効だと考えた。〔……〕
>
> 　同じく聴講者用に、詩の逐語訳を加えたかった。しかし、こうした訳はずっと理解しにくいものになるか、本の長さを倍増させるような説明を必要としたことだろう。知識のある学者たちは、日本の詩ほど簡潔であると同時に〈入りくんだ〉文体をもつ詩篇をヨーロッパの言語に翻訳するには、どれほどの努力とごまかしまでもが必要か、また、われわれの言葉とこれほども異なる言葉で表現された考えを十分鮮明に訳すには、どれほど婉曲的な表現に頼ることがときに必要かを知っている。しかし、私は常に可能な限り原歌に近づこうとした。私の『日本語実用概論』の前半部を真面目に学んだ者は、この翻訳のなかに各作品の意味と文法的効果を把握するのに十分な助けを見出すことだろう。[43]

（40）Léon de Rosny, *Si-ka-zen-yo, anthologie japonaise, poésies anciennes et modernes des insulaires du Nippon*, Maisonneuve et Cie, 1871.

（41）August Pfizmaier, *Gedichte aus der Sammlung der Zehntausend Blätter*, Wien, Kaiserlichen Akademie, 1872 ; Basil Hall Chamberlain, *The Classical poetry of the Japanese*, London, Trübner, 1880 ; Rudolf Lange, *Altjapanische Frühlingslieder aus der Sammlung Kokinwakashu*, Berlin, Weidmannsche Buchhandlung, 1884.

（42）*Congrès international des orientalistes, compte-rendu de la première session, Paris–1873*, t. 1, Maisonneuve et Cie, 1874.

（43）Léon de Rosny, *op. cit.*, pp. xxx-xxxi.

以上のような状況に照らしあわせれば、『蜻蛉集』の独自性はおのずと浮き彫りになってくる。つまり、これらの先例によって『蜻蛉集』が生まれる素地は確かに築かれていたはずだが、ジュディットには日本語の知識がなく、下訳をした西園寺も公家出身とはいえ和歌の専門家ではなかったことから、それらとはおよそ原点から異なった類の試みだったということである。それは、あとからみるように翻訳の体裁にも表れている。具体的にいえば、『蜻蛉集』には、原歌を示す「かな書き」や「ローマ字表記」は基本的にない。それどころか、すでに述べたように出典も記されず、ローマ字でたどたどしく綴られた歌人名以外に原歌を示す要素がない。また、テクスト自体も和歌の形式を模倣した「韻文訳」で、それは正確な翻訳を行う大きな妨げとなっただろう。さらに、美しい挿絵も添えられていて、まさに解説ではなく鑑賞を目的とした翻訳なのである。彼女がロニーの『詩歌撰葉』などを事前にみていたかどうかはこれだけではわからないが、『蜻蛉集』の着想をそうした既刊の翻訳から得ていたとは考えにくく、制作の動機は別のところに求めなければならない。

韻文訳の着想 —— 極東の短詩に対する詩人たちの興味

では、その動機を探すべきところはどこかといえば、やはり、ジュディットが身を置いていた創作の場ではないだろうか。そして、彼女が影響を受けた人物として、真っ先に思い出されるのが父のテオフィルである。彼女が中国や日本といった極東の国に憧れたのは、東洋の国々を好んで作品にとりあげた彼の志向をまさに継承しているからである。

テオフィルは、多岐にわたるジャンルで活躍していたが、なかでも、スペインからエジプトを経てペルシャなどの中東へと広がる東洋世界へのロマン主義的憧憬は、彼の様々な作品に表れた主題であり、その眼差しの先に極東の国々が存在した。そして、東洋学者とも交流のあった彼は、早くから作品のなかに中国や日本をモチーフとして登場させていた。例えば、一八三〇年代の詩では、日本の漆器や壺などを、役には立たないが目を惹きつけるもの、すなわち、彼の提唱した「芸術のための芸術」を象徴する様々な物の一つとして引き合いに出した。[44]また、「私が今愛している女性は中国にいる〔……〕こめかみにつりあがった目／手のひらに入る小さな足／ランプの真鍮よりも明るい肌／長くて赤い爪をしている〔……〕そして、毎夜、詩人のように上手に／柳や桃の花を歌っている」と中国人女性像を賛美した。[45]あるいは、「彼女の額に繊細な青白い筋をつけるため／日本はいちばん澄んだ群青を与えた／白い磁器もそれほど清くはない／透き通る彼女の首とめのうのこめかみほど。〔……〕その身のこなしは中国の優雅さにあふれ／そして傍らで彼女の美しさの周りに人々はすう／茶の香りのような甘い何かを」[46]と、極東の女性の美しさを磁器や茶に例えたりもした。ただ、これらはまだ、紋切り型のイメージや渡来した物に着想を得たに過ぎなかった。ジュディットが初めてティン・トゥン・リンと会うことになったとき、「一体この現実にいそうにない人物が、ついたてや扇以外のところで、象牙の頭や紙の顔をして存在していたのだろうか」[47]という感想を抱いた通りである。

だが、思想への関心から、十八世紀より研究が盛んだった中国については、すでに一八二〇年代から文学作品の翻訳も進められ、物だけでは飽き足りない当時の作家たちがいち早く関心を寄せていた。なかでも注目を引いたのが、中国詩人と中国詩である。そして、ここでもまたテオフィルの先見性が発揮されたのは、第二章でも述べた通

(44) Théophile Gautier, « Albertus, ou L'âme et le péché, 77 », *Albertus, ou L'âme et le péché, légende théologique*, Paulin, 1833.
(45) Théophile Gautier, « Chinoiserie », *La Comédie de la mort*, Desessart, 1838.
(46) Théophile Gautier, « Sonnet », *La Comédie de la mort*, Desessart, 1838. 同様の作品として、ジョゼフ・メリーの「東洋」(一八三八)、テオフィル・ゴーチエの「チューリップ」(一八三九)、「グスラ」(一八四五)、「椿とひなぎく」(一八四九)、テオドール・ド・バンヴィルの「魔法にかかった街」(一八四五)、ルイ・ブイエの『花綱装飾』(一八五九)に収録された「トゥ＝ツゥオン」、「北京の理髪師」、「磁器の神様」、アルマン・ルノーの「鴬籠」(一八六四)、ジョゼ＝マリア・ド・エレディアの「ついたて」(一八六八)などがある。シュワルツの前掲書に詳しい。
(47) Judith Gautier, *Le Second Rang du Collier*, p. 161.

りである。先に挙げた、中国を舞台とした彼の短篇小説「水上の亭」のなかに、つぎのような一節がある。

数秒後、彼〔＝主人公チン・シン〕は銀の彩色された四角い紙をもって出てきた。そこには、七音節の韻文で愛の告白が即興してあった。彼はこの詩の紙を巻き、一輪の花のがくのなかに入れ、全体を大きな蓮の葉で包んで、そっと水に浮かべた。(48)

主人公である中国人青年が思いを寄せる女性に詩を贈る場面である。ここで注目したいのは、その詩が「七音節」と説明されている点である。また、少しあとの詩「マルグリット・ダルデンヌ・ド・ラ・グランジュリ夫人へ、ソネI」(一八六五)をみると、ここでも、「中国の詩人らは古いしきたりに夢中になって」としたり、中国詩を「決められた形」と形容したり、「散文の氾濫に呆然とした老いぼれ詩人」としたり、ことさら中国詩の凝縮された厳格な形式に言及している。(49) さらに、ユゴーも「中国の壺、愛しいイ・ハン・ツェイへ」(一八五一)と題した詩で、七音節による四行詩での作詩を試みていた。その第一節がつぎのようにある(下線で音節数を示す)。

Vierge du pays du thé,
Dans ton beau rêve enchanté,
Le ciel est une cité
Dont la Chine est la banlieu.(50)

これについて、シュワルツは、「ユゴーが中国の詩形を知らずにこうした四行詩で七音節を採用したとは考えにくい」(51)と述べており、同様のことは、後年、ルイ・ブイエやシャルル・クロなどによっても行われた。(52) このように、当時の詩人たちは中国詩が「七音節」を基調とした「四行詩」という短詩であることを強調して、作品で引き合いに出したり、まねて作詩したりしていたのである(中国詩の代表的な形式には、五言と七言それぞれについて、四句からなる絶句、八句からなる律詩があるが、引き合いに出されるのは七言絶句が多い)。

こうした流行は、やがてジュディットにも直接伝えられることになる。それが、第二章で自伝から引用したように、彼女が散文で訳していた、のちに『白玉詩書』にまとめられることになる中国詩の翻訳を、テオフィルがもとの形式に倣って七音節の韻文に訳しなおしてみせたという出来事である(53)。当時のジュディットはこの手法をとらずに散文訳を行い、注目を集めていた中国詩の形式にさえ関心を寄せなかった。だが、この父との出来事の記憶が、時を経て『蜻蛉集』で韻文訳を行う彼女に大きな手引きを与えていたのではないだろうか。

確かに、ディキンスの英訳『百人一首』という韻文訳の例はあった。また、あえて韻文訳を行わなかったロニーの『詩歌撰葉』も、実は、注で幾度となく「これがこの日本の詩のフランス語韻文による模倣である」、「この歌は東洋語専門学校の私の学生の一人によってつぎのようにフランス語韻文に訳された」などとして韻文訳を紹介していた。つまり、学術研究として翻訳を行う研究者たちのあいだにも、原詩をフランス語の韻文で再現できるか否か

---

(48) Théophile Gautier, « Le pavillon sur l'eau », *Le Musée des familles*, 29 septembre 1846.

(49) Théophile Gautier, « A Mme Marguerite Dardenne de la Grangerie, *Sonnet I* », *Le Parnasse contemporain*, A. Lemerre, 1866. この詩が収録された『第一次現代高踏派詩集』(一八六六)には、ほかにも中国や日本に言及した詩が数篇あり、この詩集を揶揄して作られた『現代小高踏派詩集』(一八六七)にも、当時の詩人たちが中国詩に注目していたことが表されている。*Le Parnassiculet contemporain, recueil de vers nouveaux*, J. Lemer, 1867.

(50) Victor Hugo, « Vase de Chine » [1er décembre 1851], *Toute la lyre, Œuvres inédites de Victor Hugo*, t. II, G. Charpentier, 1889, pp. 175–176. 訳は「茶の国の乙女よ/おまえのすばらしく美しい夢のなかでは/天が都市で/中国がその郊外である」である。

(51) William Leonard Schwartz, *op. cit.*, p. 26.

(52) Louis Bouilhet, « La chanson des rames », « Vers Paï-lu-chi », *Dernières chansons*, Michel Lévy, 1872 ; Charles Cros, « Li-Taï-Pé », *Le Coffret de santal*, Alphonse Lemerre, 1873.

(53) Judith Gautier, *Le Second Rang du Collier*, p. 205.

という実験的な試みの欲求があったのである。[54] ただ、ほとんどは四行や六行によるもので、『蜻蛉集』のように原詩の形式に則ったわけではなかった。そうしたことからも、彼女が受け継いだのは、やはり最も身近なテオフィルを含む創作者側の土壌だったのではないかと推測できる。

ジュディット・西園寺・山本の出会い

以上のことをふまえながら、『蜻蛉集』の企画が具体的にどのようにして生まれたのかを跡づけていかなければならない。ジュディットと西園寺が船越光之丞という人物を介して出会ったことは、西園寺公望伝に本人の言葉として記されていた。しかし、それがいつのことで、また和歌翻訳のアイデアがいつもちあがったのか、そして、どのように制作が進められたのかといった事情を伝える資料は残っていない。そこで、ジュディット・西園寺・山本の三人が出会った経緯を可能な限り整理するとともに、彼女のもう一つの日本関連作品から、『蜻蛉集』以前の彼女の和歌受容の実態にも迫っていきたい。これにより、本訳詩集が中国から日本へという文化交流の拡大や、訳者より創作者の先人の影響のうえに成り立ったという、これまでの見方が裏づけられることになるだろう。

西園寺は一八七一年三月からパリに滞在していた。また、先に引用した彼の言葉によれば、「支那、日本の、東洋物の脚本を作る」ジュディットのために、彼は紹介されたという。さらに、伝記の記述からすると、西園寺がジュディットと出会った頃、彼女はすでに中国や日本を扱う作家として認識されていたようである。ここから、二人の出会いの時期を大まかに導き出すことができる（表2）。

彼女が最初に日本について執筆したのは一八六七年のパリ万博評で、中国やタイとあわせて日本の文化を紹介した四つの記事を「ジュディット・ヴァルテール」の名前で連載した。だが、西園寺がパリにやってくる四年も前のこれらの小さい記事が、彼の耳に入るほど評判を呼んでいたとは考えにくい。つぎに日本をとりあげるのは、一八七五年の小説『簒奪者』である。この頃になれば、彼女はすでに中国物の連載小説が成功して名を世に広めつつあったので、その作家による日本物の小説が出たという噂が彼のもとに届いたとしても不思議ではない。この小説は「ジュディット・マンデス」の名前で出ており、彼女が夫の姓を用いた最後の作品でもあった。翌年には「ジュディット・ゴーチエ」の名前を使い始める。田中貢太郎による伝記に「マンデエズ夫人」という項目があったことを思い出すと、西園寺は彼女がまだマンデス姓を名乗っていたあいだ、つまり、遅くとも『簒奪者』を発表したこの頃までに彼女と知りあっていたのではないかと思われる。一八七五年という年はまた、彼の名がゴンクール兄弟の『日記』に現れる年でもある。(55) ジュディットとゴンクール兄弟に早くから交流があったことを考えても、やはり七五年からそう遠くないうちに、彼女と西園寺の出会いが実現していた可能性が高い。

一方、挿絵を担当する山本芳翠がパリにやってきたのは、西園寺より七年遅れの一八七八年三月である。高階絵里加氏によれば、ジュディットとの交流は一八八〇年代前半に始まったようである。(56) また、八三年の夏にはサン＝テノガにある彼女の別荘に招かれ、「鳥たちの野」と名づけられた小屋に装飾壁画を施した。(57) 八〇年十月に帰国する西園寺とパリ滞在が重なったのは二年七ヶ月だが、小泉策太郎による『随筆西園寺公』所収の「坐漁荘日記」に、西園寺の言葉として「佛朗西留學時代の友人を思ひ出す中に、山本芳翠といふ繪かき、林忠正といふ骨董商がある」(58) と記されており、二人に交流があったことがわかる。

(54) 当時、同じく話題になった東洋の詩であるペルシャ詩も、ジャン＝バチスト・ニコラの『ハイヤームの四行詩』(一八六七)によって韻文訳が試みられていた。Jean-Baptiste Nicolas, *Les Quatrains de Khèyam Traduits du Persan*, Imprimerie Impériale, 1867.

(55) Edmond et Jules Goncourt, *Journal des Goncourt, mémoire de la vie littéraire*, V (1872–1877), G. Charpentier et E. Fasquelle, 1891, p. 227 [16 octobre 1875].

(56) 高階絵里加、前掲書、七九頁。

(57) 同右、五八頁。

(58) 小泉策太郎、前掲書、四一五頁。

表2 『蜻蛉集』の成立にかんする年表

西暦（年号）	ジュディット・ゴーチエ（1845–1917）	西園寺公望（1849–1940）	山本芳翠（1850–1906）
1862（文久二）	ロンドン万博で日本人をみる		
1863（文久三）	中国語学習および執筆活動を開始		
1864（元治元）			
1865（慶応元）			
1866（慶応二）	マンデスと結婚		
1867（慶応三）	中国詩翻訳集『白玉詩書』、パリ万博評で日本に言及	明治新政府の参与に就任	
1868（明治元）		新潟府知事に就任	
1869（明治二）	中国物小説『皇帝の龍』、ワーグナーと親交を結ぶ	辞職、フランス語学習を開始	
1870（明治三）		横浜出港	
1871（明治四）	ロニー『詩歌撰葉』	官費による留学生として3月にパリ到着	
1872（明治五）	散文詩作品群		
1873（明治六）	中国語教師が去る		
1874（明治七）	マンデスと離婚		
1875（明治八）	日本物小説『簒奪者』に和歌にかんする記述	ゴンクール『日記』に西園寺にかんする記述	
1876（明治九）			工部美術学校入学
1877（明治十）			工部美術学校退学
1878（明治十一）	この頃、極東にかんする短篇小説や記事を多数執筆		パリ万博の事務局雇いとして3月にパリ到着
1879（明治十二）			
1880（明治十三）		10月に帰国	1880年代前半にジュディットとの交流が始まる
1881（明治十四）			
1882（明治十五）		伊藤博文の欧州派遣随行	
1883（明治十六）			ジュディットの別荘壁画制作
1884（明治十七）		欧州派遣から帰国	『蜻蛉集』挿絵に署名
1885（明治十八）	和歌翻訳集『蜻蛉集』	ウイーン在勤	

これらを総合すると、『蜻蛉集』の制作は、まず一八七五年頃から西園寺の帰国する八〇年十月までのどこかで彼からジュディットに下訳がわたり、そののち八〇年代前半から遅くとも八四年までに山本に挿絵の注文があり（タイトルページに「千八百八十四年春」というサインがある）、挿絵の完成、そして印刷という経過をたどったと考えられる。さらに、西園寺が帰国してから作品が出版される一八八五年までには四年ほどの開きがある。その間、西園寺は八二年に伊藤博文の憲法調査に随行して再びパリを訪れているので、この滞在時に訳の再確認などの相談ができた可能性もあるが、おそらく政府高官である彼に長時間の作業は許されなかっただろう。そういうわけで、献辞において『蜻蛉集』が捧げられた光妙寺三郎（一八四八―一八九三）という人物が手助けをしたとも推測されることは、高橋邦太郎の論考などに記されている通りである。[59] 光妙寺三郎は一八七〇年から七八年までパリに留学しており、西園寺の友人としてよく名前が挙がる。八二年から八四年までは、公使館書記官としてパリに滞在していた。[60]

では、そもそもジュディットに和歌翻訳のアイデアが生まれたのはいつだったのだろうか。先述の通り、フランスでは一八七一年に、最初の和歌翻訳であるロニーの『詩歌撰葉』が刊行されていた。実は、これまで指摘されてこなかったが、ジュディットが和歌に関心をもった形跡も、『蜻蛉集』のおよそ十年前、先に挙げた一八七五年の日本を舞台とした小説『簒奪者』にすでにみられる。それがつぎの箇所である。長い一節だが、彼女の和歌受容の

（59）小泉策太郎による伝記（三一六頁）に、「ほう、これが出てきましたか。光明寺〔ママ〕だ、これが光明寺三郎の手紙だ。と、光明寺を二言かさねて、なつかしげに仰せらる」という記述がある。

（60）光妙寺三郎は、ジュディットの作品でよく名前の挙がる人物である。短篇小説「日本の罪」では日本で起こった事件を彼女に伝えたのが彼であること、エッセー『日本』ではお茶のお点前を教わる約束をしていたが急な事情で帰国してしまい、約束が果たされぬまま亡き人となってしまったことが記されている。Judith Gautier, « Crime japonais », *Khou-n-Atonou (fragments d'un papyrus)*, Armand Colin et Cie, 1898, p. 215 ; *Le Japon (Merveilleuses histoires)*, Vincennes, Les Arts Graphiques, 1912, pp. 59–63. その他、以下の論文がある。福井純子、「光妙寺三郎：その人と足跡」、『立命館言語文化研究』、四（四）、一九九三年、一〇三―一二八頁。

実態が見事に表れているので引用してみたい。

——さあ始め、とキサキがいった。それぞれ自然に着想を得て漢字で四行詩を作るのですよ。

〔……〕

各競争者は、詩を書くため、これらの扇を一つ手にとる。筆と溶いた墨ももってこられた。すぐに白い扇のうえに黒い文字が縦に並んで四行に連ねられる。そして、詩が完成された。詩人たちはそれぞれ自分の詩を大きな声で読みあげる。

最初はイザハル姫である。

「最初の花」

人生のなかでなんと短いことか、
喜びと希望だけがあって、後悔のないときというのは。
春のうちで、いちばん甘美な瞬間はいつだろう。
一つとして花がまだ枯れていない瞬間である。

この詩は大きな称賛を受ける。

再び静かになると、シマバラが話し始める。

「自然への愛」

顔をあげると、ガンの群れがみえる。
この旅人たちのうち、先ほど先頭にいた一羽が仲間に追い越されていく。
ほらほかの鳥たちのうしろを飛んでいる。なぜあのように遅れているのか。
それは空の高みから景色の美しさを眺めているからである。

——すばらしい、すばらしい、と聴衆が叫ぶ。

何人かの王子たちは満足げに頭をふりながら最後の句をくりかえす。

それからまたいくつかの四行詩が読まれ、つぎにキサキが自分の詩を読みあげた。

「雪」

空は澄み渡り、ミツバチが花壇のうえでざわめいている。
暖かな風が木々のあいだを走りぬける。
風はたくさんの梅の花を散らせる。
春の雪はなんと心地よいことか。

――あなたは皆の師匠だ、と人々は興奮して叫ぶ。あなたの詩に比べてわれわれの詩ときたら。

――われわれの偉大なツラユキ(一)でもこれほど完璧な詩を作らなかった、とナガト王子がいう。

――じっさい私が着想を得たのはその詩人なのです、とキサキが喜んで微笑みながらいう。ところで、イワクラ殿、つぎはあなたの番ですよ、とキサキは王子のほうをみながらいった。

ナガト王子は扇を広げて、読んだ。

「柳」

あなたがいちばん愛するもの、誰にもまさって愛するもの、
それはほかの人のものだ。
こんなふうにあなたの庭に根を張る柳は
風におされて傾き、その小枝が隣の屋敷を美しく飾っている。

――有名なチカゲ(二)はあなたの兄弟でしょう、とキサキがいう。チカゲの詩のなかでもこれほど優れた四行詩はありません。私はあなたの手による扇を手元においておきたいと思います。それを私にくださいませんか。

ナガトはキサキに近づき、ひざまづいて、扇を渡した。

(一)この後者の四行詩二つは日本で最も有名な詩人であるツラユキの作品から訳したものである。

(二)日本の著名な詩人、「柳」と題する四行詩の作者(61)。

歌会という設定、扇に詩を書く行為、朗詠など、ヨーロッパで和歌が知られ始めるなかで得たと思われる知識が駆使されているほか、紀貫之の名前まで挙がっているのに驚く。だがそれだけでなく、この一節からは、彼女が和歌翻訳というアイデアをもった経緯について、非常に重要な情報を得ることができる。

第一に、詩を「四行詩」とくりかえし述べている点に注意したい。当然、和歌は五句三一音からなり、行をわけるとするならば、ジュディットがのちの『蜻蛉集』で行うように五行詩とすべきではないだろうか。だが、ここで「四行詩」と説明していることを単なる誤解と早急に判断してはいけない。先にも述べたように、当時「四行詩」というのは、中国詩の代表的な形式として「七音節」とともに広く認知され、詩人たちが作品でよくとりあげていた、一種のキーワードだったからである。ジュディット自身、すでに『白玉詩書』で(四行詩には訳さなかったが)中国詩に親しんでいたことを思い出せば、それらの延長線上でこうした誤りが出た可能性がきわめて高い。先ほども指摘したように、当時の一般的なヨーロッパ人が中国詩と和歌をまだ同列に扱っていたとしても一向に不思議ではない。ここから、彼女が和歌を漠然としか理解しないまま、翻訳に手を染め始めていたことがみえてくる。つまり、ロニーの『詩歌撰葉』など、和歌にかんする詳しい解説のある既刊の書物をおそらくはほとんどみていなかったのだろう。

また第二に、うえのような誤解を含んでいたものの、この頃の和歌との出会いが十年後の『蜻蛉集』へと直接つながるものだったことがわかる。それというのも、引用の末尾に出てきた「チカゲ」という歌人、そして、彼の「柳」という歌は、韻文訳に変えて『蜻蛉集』に収められることになる橘千蔭の歌(四三番)と同一のものだからである。『蜻蛉集』の韻文訳は少なからず脚色されてしまっているが、韻文訳をする前の西園寺による下訳が『簒奪者』の訳と似通っているので、比較してみたい。

〔『簒奪者』(一八七五)〕
あなたがいちばん愛するもの、誰にもまさって愛するもの、
それはほかの人のものだ。
こんなふうにあなたの庭に根を張る柳は
風におされて傾き、その小枝が隣の屋敷を美しく飾っている。

〔『蜻蛉集』西園寺訳(一八八五)〕
私の心が何よりも愛する女性、彼女はほかの人のものだ。こんなふうに、私の庭に根を張る柳は、風におされて傾き、その小枝で隣の屋敷を美しく飾っている!

このように傍線部分以外は一致する。これはどう解釈すべきだろうか。先に、ジュディットと西園寺がこの『簒奪者』の刊行前後に出会ったと思われることを述べたが、その執筆中にすでに知りあっていて、彼がこの歌を訳してやったのだろうか。しかし、西園寺という相談役がいながら、四行詩として発表するような失態を犯したとは考えにくい。あるいは、まず『簒奪者』執筆の際に、ジュディットは誰かに聞くか何かの書物で読みかじって歌の簡単な意味だけを得ており、それを中国詩と同じ形式の短詩だと勘違いして四行詩にしていた(特に見立絵などでは歌が散らし書きされているので、形式を誤解することもあるだろう)のを、後年、『蜻蛉集』に再録されることになった際に西園寺が目にし、訳の適切でない点を修正してやったというパターンも考えられる。残念ながらこの歌の原歌はわからないため、修正部分が訳の誤りを正したものかどうかは確認できない。しかし、じっさい彼が修正したように、「あなた」の「もの」を見立ての手法を用いてまで歌に詠むというのは何とも回りくどく、和歌が感情の発露であるこ

(61) Judith Mendès, *L'Usurpateur*, t. 1, ch. XII, « Le verger occidental ».

とを思うと、「私」の愛する「女性」に関わる苦悶を詠んでいることのほうがより自然ではないだろうか。

いずれにせよ、この一節から、『蜻蛉集』に至る種が早くからジュディットのうちに蒔かれていたということに加え、彼女の和歌翻訳は、やはり、中国詩に触れた創作者側の影響を受けたものだったということが明白になっただろう。つまり、『蜻蛉集』にとりくむ彼女の意識は、訳者である以上に創作者だったのである。そのことは、中国詩翻訳集『白玉詩書』の制作過程における彼女の姿勢をふまえていれば、さほど驚くことではない。

三　作品としての『蜻蛉集』

制作の背景から、『蜻蛉集』が当時の学者による解説的な和歌翻訳とは根本から異なり、中国詩の短詩形式に対する詩人たちの興味を引き継いで生まれたものだったことが確認された。そもそも、正確な意味の伝達を難しくする韻文訳という手法自体が創作性を含んでおり、鑑賞に重きを置いていた証だとみなすこともできる。『蜻蛉集』が単なる〈翻訳〉ではなく〈創作〉的側面をもつことは、さらにその内部を分析することでいっそう明確になってくる。体裁から翻訳手法に至るあらゆる側面に、和歌を主体的に解釈し表現しようとしたことを示す一つの志向が見受けられるからである。

そこでまずは、のちに詳しくとりあげる翻訳手法以外の諸側面を検討し、『蜻蛉集』が作品としてどのように制作されているのかを把握していきたい。

「トンボの詩篇」という書名

まずは書名である。冒頭で述べたように、『蜻蛉集』は既存の歌集の翻訳ではなく、独自に和歌を選んで訳したアンソロジーである。そうしたことから、固有の書名として「トンボの詩篇」と名づけられた。一作品としての独自性をもつことは、まずこの書名にみてとることができる。例えば、ディキンスの『百人一首』は全訳なので、原題のローマ字表記をそのまま書名とした。また、『蜻蛉集』と同じく様々な和歌を集めたロニーやチェンバレンの訳詩集では、『詩歌撰葉、日本の集、日本国の古今詩歌選集』や『日本人の古典詩歌』といった、内容を過不足なく表す書名が選ばれた。これらの先例に比べると、「トンボの詩篇」という書名は、トンボの挿絵をちりばめた装丁とあいまって、書物全体に独創性を与えるものとなっている。

ところで、トンボを詠んだ歌は一つも収録されていない。しかしながら、トンボから日本を連想させる手法は、当時のヨーロッパでももはや珍しいことではなかった。十九世紀後半、トンボをモチーフとした日本の美術工芸品が多数ヨーロッパに輸入され、エミール・ガレ（一八四六―一九〇四）に代表されるアール・ヌーヴォーの作品に影響を与えたことは周知の通りであり、日本を「あきつしま」と呼ぶことや、その起源である『日本書紀』の逸話も、日本の習俗を知ろうと伝説や民話に関心を寄せた宣教師や日本学者らによって伝えられていたはずである。[62] その逸話とはつぎのものである。

> 三十有一年の夏四月の乙酉の朔に、皇輿巡り幸す。因りて腋上の嗛間丘に登りまして、国の状を廻らし望みて曰はく、「妍哉乎、国を獲つること。内木綿の真迮き国と雖も、猶し蜻蛉の臀呫の如くにあるかな」とのたまふ。是に由りて、始めて秋津洲の号有り。（『日本書紀』、巻第三、神日本磐余彦天皇〔神武天皇〕）
>
> （現代語訳）三一年の夏四月の乙酉の一日に、天皇が御幸をなさる。その折に腋上の嗛間丘にお登りになり、国の形

（62）一八五四年出版のロニーによる『日本語学習基礎要項』にもトンボの挿絵がある。Léon de Rosny, *Résumé des principales connaissances nécessaires pour l'étude de la langue japonaise*, 1854.

を眺め回して、「なんとすばらしい、国を得たことよ。狭い国ではあるが、蜻蛉が臀呫〔交尾した蜻蛉の雌雄が互いに尾を含みあって輪の形となって飛ぶこと〕をしているようであるなあ」と仰せになる。このことによって、初めて秋津洲の呼び名ができた。

ちなみに、ジュディット自身も一八七五年の小説『簒奪者』で「トンボの島」と題する一章を設けているが、それは大阪の住吉の向かいにある小島なるものを指していた。[63] このことから『蜻蛉集』の十年前には、彼女がまだ和歌のみならず日本についても正確な知識をもちあわせていなかったことがわかる。

だが、一八八一年にエドモン・ド・ゴンクール（一八二二―一八九六）が発表した『ある芸術家の家』、第二巻の「極東コレクション」の項につぎのような記述があり、うえの逸話は広く知られるようになった。

日本で飛ぶ竜と呼ばれる、リベリュルあるいはドゥモワゼル〔＝いずれもトンボのフランス語名〕はほとんど伝説化した虫で、よく装飾に現れる。日本国の創始者である神武天皇が高い丘にのぼったところ、日本の形が飛ぶ竜〔＝トンボ〕の形に似ているようにみえたことから、この虫の名前を帝国につけたといわれている。[64]

こうしたことから、『蜻蛉集』ではトンボの意味が説明されなかったにもかかわらず、出版当時の書評がこぞってこの逸話を詳しく紹介することができたのである。例えば、『ラペル』紙のフレデリック・モンタルジによる説明はつぎのようにある。

ある日、山の高みから帝が自分の国を眺めて突然こう叫んだという。「ほう、私はトンボのうえに君臨している。」こうしてこの美しい虫の名がこの国の名前の一つになった。そしてその延長で、ジュディット・ゴーチエ夫人がマダム通り七九番地のジロ社から翻訳を印刷出版させた、魅力ある日本詩歌選集の名前になった。[65]

あるいは、『レピュブリック・フランセーズ』紙のフィリップ・ビュルティもより詳しい解説を施した。

ある日、帝は日本の山々のなかでいちばん高い真ん中の山に登った。目で——帝たちはただの人間よりずっと鋭い眼差しをもっている——太平洋、中国の海、日本海に打ち寄せられた海岸の、長くやや弓なりになった輪郭を追った。帝はいった、確かに生餌を捕る虫の細く輪をつらねた体にとてもよく似ているので、「これはトンボだ」と。(66)

このように、トンボによって日本を連想させるのはすでに紋切り型となっていたが、それでも一般的な訳詩集の代わり映えのしない書名に比べれば、「トンボの詩篇」という書名にはどこか詩的な響きがあり、単に国の異名を借用しただけではなく、訳した和歌を一つの新しい文学作品としてまとめようとする思いが感じられる。

日本では、腕に噛みついた虻をトンボが食べて救ってくれたという雄略天皇の歌によって古来トンボは勝虫とされ、前に進んで後退しないことから、概して好意的なイメージが与えられてきた。これに対し、丹尾氏によれば、フランスにはトンボが噛むとか、羽で手が切れるといった不吉な迷信があり、人々はトンボに怪物じみたイメージを抱いていたようである。(67) 一方、ジュディット自身がトンボにどのようなイメージを抱いていたのかは、高階氏も引用している、『蜻蛉集』の二七年後に出版されたエッセー『日本』(一九一二)にうかがうことができる。(68) ここで初めて、彼女も先の逸話に言及しながら、和歌を「トンボの羽」になぞらえた。かつて制作した『蜻蛉集』に思いを馳せていたに違いないだろう。関係する二つの節を引用してみたい。

---

(63) Judith Mendès, *L'Usurpateur*, t. 1, ch. XVII, « L'île de la Libellule ».
(64) Edmond de Goncourt, *La Maison d'un artiste*, t. II, G. Charpentier, 1881, p. 335. 厳密にいえば、リベリュルはトンボ亜目、「お嬢さん」という呼び名がついているドゥモワゼルはそれよりも飛ぶ速度が遅く、止まっているときに羽が背中にくっつけられるイトトンボを指す。
(65) Frédéric Montargis, « Poèmes de la libellule », *Le Rappel*, 20 mai 1885.
(66) Philippe Burty, « Poèmes de la libellule », *La République Française*, 22 mai 1885. これらの書評は高階絵里加氏の前掲書に掲載されている。
(67) 丹尾安典、前掲論文、五六頁。
(68) 高階絵里加、前掲論文、二〇〇頁。

王国は、その形から自らをアキツシマ、トンボの島と呼び始めた。高みからみると、じっさい、その輪郭は細長い体で、両方の大きな羽を広げた虫を十分に思わせる。[69]

〔帝による歌会の様子を紹介しつつ〕しかし、トンボの羽よりもはかない魅力をもつこれらのとらえがたい詩を、どのようにフランス語に直せばよいのだろうか。日本の詩の女神は中国のたいそう小さな靴よりもずっと窮屈な厚底靴を履く。思いを閉じ込めなければならない型はほとんど一つしかなく、大変な簡潔さを要求する。ウタは全部で三一音節の五行しかない。散文で訳せばそのすべてが消えてしまうが、この韻律で訳すのはなんて無理なことだろうか！[70]

この部分にかんして高階氏は、「薄くもろい昆虫の羽は、詩人にとって異国の文芸の象徴だった。わずかでも注意深さを欠いた指が触れれば、それはたちまちにしてちぎれ、美しさを失ってしまう。壊れやすい虫の羽そのもののような日本の詩（歌）を他国の言葉に移し変えることの困難さを、詩人は誰よりもよく知っていた」[71]と解釈している。先に述べたように、フランスではトンボに不吉なイメージがつきまとっていたようだが、それと同時に、軽く触れがたい羽に幻想的な魅力を見出していたことも事実で、例えば、テオフィル・ゴーチエがジュディットの叔母カルロッタ・グリジのために台本を提供した『ジゼル』（一八四一）などを始めとする十九世紀のロマン派バレエでは、トンボやチョウのような羽が好んで衣装につけられていたし、彼自身も小説『スピリット』（一八六六）で精霊の軽やかさを「トンボの羽の軽いひと触れ」と比較していた。[72]ジュディットも、和歌翻訳集を「トンボの詩篇」と名づけることで、神秘性を秘め、簡単にはつかみ得ない魅力をもった詩であることを示唆しようとしたのは十分に考えられることだろう。

　ちなみに、『蜻蛉集』のトンボの意味については、当時の書評も様々に解釈していた。例えば、『ラペル』紙のモンタルジはつぎのような見方をした。

ジュディット・ゴーチエ夫人が今日われわれを彼女の「トンボ」の羽のうえに乗せて連れていってくれるのは〔……〕日本である。〔……〕トンボ！　このただ一語が、何か軽やかで、繊細で、陽気なものを思わせる。それはあなたに夜明けのみずみずしさと花咲いた梅の香りを与える。[73]

トンボには脆いイメージがあるが、そのうえに私たちが乗るのだという、まるでツバメの羽に乗って暖かい国へいくアンデルセンのおやゆび姫のような様子は、異国の詩歌の新鮮さに心躍らせる読者の思いを代弁している。あるいは、『レピュブリック・フランセーズ』紙のビュルティはつぎのように解釈した。

ジュディット・ゴーチエ夫人が選んだ書名は、彼女が「トンボ」を歌ったことを意味するのではなく、日本人たちが小さなかごにホタルをとらえるように、日出づる国の有名な古典詩歌をおよそ百首集めたことを意味している。[74]

トンボを、ホタルなどと同じくかごに入れて賞でられる、グロテスクながら愛くるしい昆虫の一つとしてとらえたのは、日本美術愛好家ならではの発想だろう。彼にとってトンボは、つかまえては手元に集め、悦に入って眺める鑑賞物だったのである。

こうした批評家の思い思いの見解とは異なり、ジュディットが壊れやすい、いいかえれば、翻訳しがたい和歌の

(69)　Judith Gautier, *Le Japon*, Les Arts Graphiques, 1912, p. 19.
(70)　*Ibid.*, p. 74.「厚底靴を履く」chausser un cothurne という表現には「悲劇を書く（演じる）、悲壮な文体で書く」という成句的意味があり、それをもじっていると思われる。
(71)　高階絵里加、前掲論文、二〇〇頁。
(72)　Théophile Gautier, *Spirite, nouvelle fantastique*, Charpentier, 1866, ch. V, p. 71.
(73)　Frédéric Montargis, *op. cit.*
(74)　Philippe Burty, *op. cit.*

繊細な魅力をトンボの羽に重ねあわせていたことは、先のエッセーの一節から確かに読みとれる。じっさい、山本の描いたトンボは、模様がかすかに浮きあがった半透明の薄い羽が印象深い。だが、彼女にとってこのトンボの羽は、ただ繊細な美しさを象徴するだけでなく、とりわけ意味深い「部位」だったようである。それというのも、先ほどの『日本書紀』の逸話を説明した部分に、ある大きな特徴が見出せるからである。その箇所で彼女は、あきつしまという名前の由来であるトンボに似た日本の国土の形状を「細長い体で、両方の大きな羽を広げた虫」と、「羽」までを含めて例えていた。だが、もとの逸話では「蜻蛉の臀呫」、すなわち、つがいのトンボが尾をとらえあう形とされており、ゴンクールも「飛ぶ竜〔=トンボ〕の形」、モンタルジもただ「トンボ」とだけ、ビュルティも「長くやや弓なりになった輪郭」「虫の細く輪になった体」としか述べていなかった。つまり、彼女だけが羽に言及しているのである。羽の存在感にいかに注目していたかがここに表れている。

さらに、もう一点注意したいところがある。それは、彼女が先の一節で、「トンボの羽よりもはかない魅力をもつこれらのとらえがたい詩」と述べた直後に、和歌を「中国のたいそう小さな靴」と比較して「ずっと窮屈な厚底靴」といいかえたり、「思いを閉じ込めなければならない型」「大変な簡潔さを要求する」「全部で三一音節の五行しかない」と説明したりしていたことである。つまり、小さな詩——当時の詩人たちがその短詩形式に注目していた中国の律詩や絶句よりもさらに小さな詩——であることを強調しているのである。このことから、「はかない魅力」という表現には、「とらえがたい・翻訳しがたい」ということに加え、「あまりに小さい」という意味も含まれていたと考えられるだろう。

これをふまえると、「トンボの詩篇」という書名は、トンボの薄く壊れやすい羽でさえ運んでくることのできる、あるいは、トンボの薄く壊れやすい羽こそが運んでくる小さな詩を示唆しているのではないかと思えてくる。次項でとりあげる挿絵にも、少しばかり目を向けてみたい。すると、その一つにトンボの羽を短冊もしくは題簽とし、その狭いスペースに書名などが筆文字で記された挿絵がある。トンボが文字を背負っている形である。さらに、ほかの挿絵のモチーフをみてみると、「飛ぶ羽」が語源ともいわれるトンボのほかに、コウモリ、カラス、ウグイス、シラサギといった、いずれも空を舞う生き物が多く描かれている。つまり、全体として飛翔のイメージが強く、挿絵とともに訳詩を鑑賞すると、まさに、これらの生き物によって運ばれてきた詩であるかのような印象を受ける（訳詩の一つにある「北へゆく雁のつばさにことつてよ雲のうは書きかき絶えずして」という紫式部の歌もそのイメージに近い）。また、ジュディットは歌の意味を正確に伝えることが難しくなるのを承知で、五行による韻文訳の完成を優先した。それも、トンボたちが運んできた小さい詩を表現するためだったのではないだろうか。そうしたことを、書名が最初に伝えているように思われる。

挿絵のなかにひそむ詩

つぎに、山本芳翠による挿絵も、『蜻蛉集』に作品としての風格を与えている重要な要素である。この挿絵についてはすでに高階絵里加氏が、山本のパリ時代の活動の一環として、また十九世紀末の装飾文化との関連性において詳しく論じている。よってここでは、概要をふりかえり、『蜻蛉集』の創作性に関わる点だけを確認しておきたい。

挿絵は作品全体に及んでいる。挿絵というよりも下絵、もしくは、絵のなかに詩が置かれているというべきである。初めから順番にみていくと、まず薄い水色の表紙に竹の葉が印刷されてあり、その傍らに青の繊細な筆致で一匹のトンボが描かれている（口絵7）。この表紙は厚紙でできており、高階氏は「縦横に走る網目模様が不規則な四角形や三角形をつくる型押しの厚紙――それはまさに、拡大した蜻蛉の羽そのもの」と評している。[75] つづいてタイトルページがあり、先に紹介した短冊ないし題簽のような羽をもつトンボが、書名や訳者名をフランス語で記した四角囲みのうえに止まっている（口絵8・図19）。この羽は二枚の紙を重ね、真ん中で折ったところをトンボの背

(75) 高階絵里加、前掲論文、二〇〇頁。

図19　『蜻蛉集』のタイトルページ（京都大学人文科学研究所蔵）

中につけたもので、こちらには紙の四つの面がみえる。手前の面に筆文字で「蜻蛉集」「千八百八十四年春」、折り返した向こう側の面には文字を逆さにして「志由知津堂阿良者須」「山本画」とあり、この三つ目の面の文字は「しゆちつとあらはす（＝ジュディット著す）」と読める。これらは先述の通り、トンボがメッセージを運んできたような様子を表しているといえるだろう。このあとには、同様にトンボが描かれた献辞や序文の頁がつづく。

　挿絵は、訳詩が印刷された頁にも全面にわたって描かれている（口絵9・図20）。八八篇の訳詩が一頁に一篇ずつ置かれているので、挿絵の枚数は八八枚にのぼる。ただし、すべての訳詩に対して個別の挿絵があるわけではない。絵柄は全八種で、それらが色違いに十一枚印刷されて、計八八枚となっているのである。絵柄は、（イ）〈トンボ〉、（ロ）〈滝に楓〉、（ハ）〈松にコウモリ〉、（ニ）〈雪景にカラス〉、（ホ）〈梅にウグイス〉、（ヘ）〈竹〉、（ト）〈月にカラス〉、（チ）〈芦にシラサギ〉であり、高階氏によれば、いずれも「伝統的かつ典型的な日本風」のもので、十九世紀後半のジャポニストたちがこぞって「虫や鳥や花に心を寄せて、身近に親しく愛でる日本人の自然観」に感銘を受けていたことと共通している。[76] さらに前述の通り、羽をもち、空を飛ぶ生き物が多いことも指摘できるだろう。

ちなみに、それぞれの絵柄に割り当てられた訳詩は以下のようになる。

（イ）一、七、十五、二一、三三、三七、四九、五三、五七、六三、七三
（ロ）二、八、十六、二二、三四、三八、五〇、五四、五八、六四、七四
（ハ）三、十九、二三、二九、三九、四五、五五、五九、六五、七五、八五
（ニ）四、二〇、二四、三〇、四〇、四六、五六、六〇、六六、七六、八六
（ホ）五、十一、十七、二七、三一、四三、四七、六一、七一、七九、八三
（ヘ）六、十二、十八、二八、三二、四四、四八、六二、七二、八〇、八四
（ト）九、十三、二五、三五、四一、五一、六七、六九、七七、八一、八七
（チ）十、十四、二六、三六、四二、五二、六八、七〇、七八、八二、八八

これをみると、（イ）・（ロ）、（ハ）・（ニ）、（ホ）・（ヘ）、（ト）・（チ）の四組の絵柄で歌番号が連続していることがわかる。つまり、これらの絵柄は必ず表裏になっているのである。高階氏から得た説明によると、印刷の方法は、

（76） 同前、一九〇―一九二頁。ちなみに、ここで〈芦にシラサギ〉とした鳥について、高橋邦太郎は朝日新聞の記事で「（富士に）鶴」と紹介していたが、のちの「『蜻蛉集』考」では「（芦）雁」に変えた。高階氏も前掲論文で、この挿絵によく似た、着物の装飾図案「ひいなかた」にみられる「芦に雁」の資料を挙げたうえで「雁」としている。やや描き方に曖昧な点がある芳翠の鳥の挿絵だが、日本画家の川島睦郎氏によれば、「白鷺」とみられるようである。これにかんして思い出されるのは、歌川広重の富士三十六景「さがみ川」である。富士を背景に、相模川の葦原を下る筏師と白鷺が描かれてあり、芳翠の挿絵が富士を配していることと一致する。実はこの絵は、ジャポニスムの影響が顕著な、ゴッホによる「タンギー爺さん」（一八八七）の背景に模写された浮世絵の一つでもあった。芳翠が同じように「さがみ川」を参照したかどうかはわからないが、こうしたモチーフの共通性、同時代のジャポニスムの絵画に影響を与えた絵だったという事実、それに芳翠が描いた長い首の湾曲具合から、本書ではこの鳥を「シラサギ」とする。

図20　『蜻蛉集』の本文ページの例（京都大学人文科学研究所蔵）

絵柄四種ずつを二枚の版に描き、色調を変えながら局紙の表裏に各十一回ずつ刷って、局紙の上下で四柄二つ折の刷本を二組（計八柄）×十一枚作り、中央で裁断して製本するというものであり、絵柄の順番が単調にならないように製本前の折り方にも工夫がみられるそうである。そして、できあがった挿絵に、訳詩と歌人名が活版印刷された。

そうすると、並び方が決まっているそれぞれの挿絵に対してあとから歌が割り当てられたことになるのだろうか。それというのも、絵柄は八種しかないので、そもそも歌の内容にあう挿絵が添えられるとは限らないのだが、絵柄と歌の関連性を調べてみると、しばしば面白い呼応が見出せるからである。例えば、「沼の水面に〔……〕緑の絨毯」という表現がある歌には灰緑色の〈滝に楓〉の絵柄（二、以下括弧内は歌番号）、「星のない夜が暗い色の布で」には群青色の〈松にコウモリ〉（三）、「舞う雪のしたで」には灰色の〈雪景にカラス〉（四）、「木の葉をすっかり緋色に染めた」には褐色の〈滝に楓〉（八）、「消えゆこうとする月」には白黒の〈月にカラス〉（九）、「フジ山のうえに」には水色と黒の〈芦にシラサギ〉（十、図20）、「梅の花々」にはブルーグレーと緑色の〈梅にウグイス〉（十一）、「真っ赤な夜明け〔……〕鳥」には朱色の〈月にカラス〉（十三）、「使いのコウノトリたち」には緑色の〈芦にシラサギ〉（十四）、「涙にくれる桜の木々」には茶色の〈梅にウグイス〉（十七）、「白い煙〔……〕燃え立つ雲」には朱色の〈雪景にカラス〉（二〇）、「岩のもとで〔……〕高波が砕け散っていく」には薄茶色の〈滝に楓〉（二二）、「夢の青い道」には青色の〈松にコウモリ〉（二三）、「単調な侘び住まい」には茶色の〈雪景にカラス〉（三〇）といった具合である。つまり、モチーフないし色味が可能な範囲で歌の内容と関連づけられているのである。

こうした挿絵と歌の配置をめぐって、ジュディットと山本がどのような打ちあわせを行ったかはわからない。だが、いずれにせよ、印刷方法によって順序が決まっている挿絵のうえに、あとから絵柄に関連づけて訳詩を配置していったのであれば、歌の順番自体にはほとんど意味が与えられていなかったことになる（じっさい、返歌などを除き、内容からもあまり連続性があるとは思えない）。こうした点に着目するのは、日本の伝統的な歌集では、和歌の配列にきわめて重要な意味があったからである。ここに、日本の歌集と比較した際の『蜻蛉集』の独自な点が一つ表れているといえるだろう。別のいい方をすれば、ただ日本の歌集をまねてミニチュアを作ることが本訳詩集の目的ではなかったということである。

それから、七つの訳詩（一、十五、三三、四九、五七、六三、七三）には、上記の挿絵頁の前に、歌の内容にあった単独刷の挿絵が添えられており(77)、そのうちの五つ（一、十五、三三、六三、七三）には草書体で原歌が書き込まれている(78)（口絵10・図21）。ただ、ディキンスやロニーの和歌翻訳集が学習者に向けてかな書きを掲載したのとは異なり、『蜻蛉集』ではこの部分にしかなく、目的はほとんど視覚的・装飾的なものに限られていたと思われる(79)。また、草書体による

---

(77) 単独刷の挿絵が添えられた訳詩の頁は必ずトンボの挿絵になっている。このことから、どこに単独刷の挿絵を挟むかといったことも製本上の都合によって決定されていたと考えられる。

(78) それぞれの草書体文字はつぎの通り。一番「(右から)伊勢／春ごとに／流るゝ／川を／花と／見て／おられぬ／水に／袖や／ぬれ／なむ」、十五番「(左から)業平朝臣／みずもあらず／見もせぬ人の／恋しきは／あやなく／けふやながめ／(画の右下、左から)くら／さむ」、三三番「(右から)景樹／言とへばこと問ひ／かへすから鳥の／恋しと／いへば／こひしと／いはなむ」、六三番「(右から)袖の／うゑに／たれ／ゆへ月は／やどるぞと／よそになしても／人のとへかし／藤原秀能」、七三番「(右から)蝉丸／これやこの／ゆくも／かへるも／わかれては／しるも／しらぬも／逢坂のせき」(適時濁点をふった)。

(79) ラフカディオ・ハーンは「日本詩歌一瞥」と題した記事で、「中国人と日本人はともに彼ら独自の絵のような文字に当然感銘を受けていた」とし、ロニーの『詩歌撰葉』に収められている蘭学者・松木弘安の「うすゞみでかくたまづさとみる［ママ］かなくもるかすみにかへるかりがね」という歌を引いている（『後拾遺和歌集』に、津守国基による「薄墨にかく玉づさと見ゆるかな霞める空にかへる雁がね」と

図 21　『蜻蛉集』の 63 番の歌に添えられた単独刷の挿絵（京都大学人文科学研究所蔵）

かな書きが添えられたこれらの歌にのみ、歌のローマ字表記が付されている。これも既存の翻訳のように発音の手引きといったものではなく、聴覚的に日本語の音にふれて鑑賞するための一つの装置だったのだろう。

そして、『蜻蛉集』の解釈に大きく関連するのが、すでに当時の書評や高階氏によっても指摘されている挿絵における訳詩の配置である。『蜻蛉集』がそれ以前の学術的翻訳と異なる点として、基本的に、原歌のかな書きやローマ字表記、逐語訳(ただし、巻末に西園寺による下訳を掲載)、語彙説明、歌人の来歴の紹介もなく、ただ「韻文訳」と簡単な歌人名だけが印刷されていることはすでに述べた。その「韻文訳」は挿絵が施された頁に一つずつ置かれている。卓上に広げてゆったりとひもときたいような、通常よりも一回り大きなサイズの書物だが、さらに、紙面も贅沢に使われている。絵に詩を添えるのは日本ではありふれた手法なので、そこから着想を得たようにも思われるが、この挿絵と訳詩の関係には、そうしたこととも異なる、どこか不思議な様子がある。高階氏がこの形態をつぎのように分析している。

フランス語の訳詩は、各頁すべて異なる位置に置かれている。それも規則性のない、完全に自由な置き方である。〔……〕五行詩はいつも構図中心部の余白に置かれているわけではない。頁の上下左右にかなり偏っていることもある。その結果、本来詩を入れるべき余白が空白のまま残されてしまう頁も多い。〔……〕またこれだけの余白がありながら、わざわざ絵と文字とを重ねたりもしている。〔……〕さらには五行詩の行頭を不規則にずらすようなこともしばしばあり、〔……〕そのためにかえって詩行そのものが自然の一部になって自由に飛び回り、歌っているような印象を与えるのである。(80)

いうよく似た歌がある)。彼が霞のなかを飛ぶ雁の連なりを墨文字とみる歌に心惹かれたように、日本語の意味を理解しないヨーロッパ人にとっても、その文字の絵画性は十分鑑賞に値するものだったのだろう。Rafcadio Hearn, « A peep at Japanese Poetry », May 27 1883, *Essays in European and Oriental Literature*, Ayer Company Publishers, 1923, p. 337.

(80) 高階絵里加、前掲論文、一九五―一九六頁。

挿絵における、一見不自然ともいえる歌の配置が呼び起こすこうした印象は、出版当時の読者も感じとっていたようで、書評を書いたビュルティは、日本人の自然観に感銘を受けたジャポニストらしくこれをじつに詩的に解釈した。

これらの〈ウタ〉は、木の間で歌う小鳥たちのように、梅の花や、松の緑の葉や、細長い竹の尖った葉のかげに隠れている。また別の所では、冷たい雪景色や滝煙のなかにかろうじて〈ウタ〉が読みとれる。[81]

こうした見解をふまえたうえで、『蜻蛉集』の挿絵をより詳しく読み解いてみたい。そうすると、訳詩が〈松〉〈竹〉などのモチーフの傍に置かれている場合は、歌がそうした植物の隙間にひそんでいるとみることができるだろう。また、〈雪景〉〈富士〉といったモチーフの近くに置かれている場合は、風景のなかに漂っていると解釈できるだろう。あるいは、〈トンボ〉〈コウモリ〉〈カラス〉〈ウグイス〉〈シラサギ〉といった羽をもつ生き物の隣にある場合は、彼らが運んできたとみることができるだろう。いずれにおいても、訳詩の独特な配置、つまり、挿絵のなかにひそむ詩はその小ささとあいまって、動植物や風景を含め、自然のなかにひそむ詩というものを演出しており、それは『蜻蛉集』が視覚を通して伝えるメッセージの一つとして存在しているのである。

選ばれた和歌〈出典〉——仮名序に始まる八代集歌

それでは、こうした書名と挿絵のもとに、どのような歌が集められたのだろうか。先例では、ディキンスが最も人口に膾炙した歌である『百人一首』を全訳し、ロニーの『詩歌撰葉』はより古い歌集（万葉集、古今集など）の歌や民衆の生活を伝える素朴な歌（雑歌、民謡など）を収めていた。あるいは、のちのルヴォンの『日本文芸抄』（一九一〇）は、各時代の主要な作品や歌人から歌を万遍なく採り、和歌史の全体像を浮かびあがらせようとした。[82]和歌がヨーロッパでほとんど知られていなかったからである。これらに対し、『蜻蛉集』は歌の選び方においても独自的で、偏向しているともいえる。だが、それは作品としての主張でもある。

この選ばれた歌の特徴を、〈出典〉と〈主題〉という二つの点から明らかにしていきたい。ただし、歌の選び方を考察する際、ある問題に直面する。それは、原歌を翻訳したのは西園寺であり、歌の選択には彼の意向しか反映されていないのではないかという問題である。もしそうであれば、ジュディットの作品として『蜻蛉集』を分析するにあたり、歌の主題はほとんど意味をなさなくなってしまう。もちろん、ジュディットが日本語に通じていなかったにせよ、自ら出版する訳詩集の歌を選ぶのに全く関与しなかったということは考えにくいが、真相はわからない。そうしたことから、歌の出典や主題の傾向にどこまで意味を見出すべきかは、これまでにとりあげた書名や挿絵、そしてあとから分析する翻訳手法とあわせて判断していく必要があることを念頭に置いておきたい。

まずは、選ばれた和歌の〈出典〉にかんしてである。『蜻蛉集』の制作にあたり、西園寺がじっさいにどのような文献を参照したのかはわかっていない。文献目録から、当時、パリにどのような日本の書物が存在したのかはある程度推測できるのかもしれないが、彼自身が日本から携えた書物を用いた可能性もある。『蜻蛉集』にもこうした資料にかんする説明は何もない。訳詩にかんする情報は、歌人名・韻文訳・逐語訳しかないのである。だが、歌の出典は判明している。すでに述べたように、安藤徳器と高橋邦太郎が大半の訳詩の原歌を明らかにしたからである。その後、高階絵里加氏、浅田徹氏、筆者の調査からさらに数首の原歌がわかり、現在、未詳なのは五首の原歌と一首の出典のみである（巻末「訳詩篇」の『蜻蛉集』「付記」参照）。この原歌が判明している八三首（出典が判明している八二首）をもとに、どういった類の歌が集められ、そこにどのような基準や傾向がみられるのかを考察してみたい。

（81）Philippe Burty, *op. cit.*

（82）古代、奈良時代、平安時代、鎌倉時代、南北朝・室町時代、徳川時代、明治時代にわけ、万葉集、古今集から百人一首を経て、俳諧に至るまで解説を行っている。

出典にかんする第一の特徴は、大半の歌が「八代集」のものだということである。八代集とは、天皇や上皇の命により編纂された歌集、すなわち、勅撰和歌集の最初の八つのことで、『古今和歌集』(九〇五)から『新古今和歌集』(一二一六)まで、まさに古典和歌の栄華を体現する作品群である。『蜻蛉集』が採用した八代集歌は七七首で全体の九割にのぼり、なかでもその半分弱が『古今集』の歌である。内訳は、『古今集』三四首、『後撰集』五首、『拾遺集』九首、『後拾遺集』五首、『金葉集』一首、『詞花集』一首、『千載集』四首、『新古今集』十八首となっている。このうち、のちに『百人一首』にとられた歌が十七首ある(『新勅撰集』からの一首もある)。[83]それぞれ、『古今集』三首、『後撰集』二首、『拾遺集』三首、『後拾遺集』二首、『金葉集』一首、『詞花集』一首、『千載集』一首、『新古今集』四首である。これをみると、比較的規模の小さい『金葉集』と『詞花集』の歌、各一首(二二、二四)はいずれも『百人一首』にあるものなので、もとの歌集から一首だけ採られたというよりも、むしろ『百人一首』の歌として選ばれたとみるほうが自然だろう。日本人にとって親しみのある『百人一首』は、当時のヨーロッパでもアプローチしやすい資料だったようで、ヨーロッパ初のまとまった和歌翻訳がディキンスの『百人一首』であるし、ロニーの『詩歌撰葉』も二九首の百人一首歌を訳出していた。[84]

こうした歌の選び方にはどのような意味があるのだろうか。八代集歌は古典和歌の代表作であり、『百人一首』同様、人口に膾炙した歌も多いので、これらの歌が選ばれるのは一見ごく自然なことだと思われる。だが、注意すべきは、同じく著名な『万葉集』の歌が完全に排除されている点である。『万葉集』から直接採られた歌がないのは、当時のほかの和歌翻訳に比べると、非常に特徴的である。和歌を語るにあたり、最初の歌集である『万葉集』を避けて通ることはできない。フィッツマイヤーによる『万葉集』の抄訳はもちろん、ロニーの『詩歌撰葉』、チェンバレンの『日本人の古典詩歌』も万葉歌をとりあげた。また、極東学の黎明期において、詩歌は風習・風俗を知るための資料でもあったことから、日本の古代生活が歌われている万葉歌は貴重だったはずである。[85]だが、『蜻蛉集』にはこうした素朴な歌や土着の歌に対する関心は全く見出せない。このことから、選歌は意図的に八代集に絞られていたことがわかる。

またこの選歌方法は、序文代わりに、紀貫之による『古今集』「仮名序」の抄訳を冒頭に置いたことと何よりも密接に関連していると思われる。やはり、『古今集』に始まる勅撰和歌集に意識的に焦点が当てられていたのである。和歌の専門家である浅田徹氏は、出典の傾向について、「幕末・明治初期の万葉尊重の風潮の影響がないということであり、西園寺が幕末以前の伝統的和歌観の内部にあることを示している。西園寺は貴族の好文家としては珍しく、和歌ではなく俳諧に親しんでいた由で、国学系の復古主義や、まして近代の新派の歌には興味を覚えていなかったのだろう」と西園寺側の事情を推察している。(86) またそれと同時に、この「仮名序」の抄訳が冒頭五頁にわたって掲載されたことを重視すると、つぎのように考えることもできるのではないだろうか。つまり、「仮名序」は仮名文による最初の歌論として和歌史上重要なテクストであるとともに、「やまとうたは人の心を種として万の言の葉とぞなれりける」と自然の比喩を用いて和歌を定義し、効用や歴史を説いた美しいテクストでもある。例えば、ジュディットがまだフランス語に訳されていなかったこの記念碑的かつ詩的な歌論の存在を西園寺から聞き(歌の素養のある彼であれば「仮名序」を思い出すのは自然なことだろう)、大いに興味を寄せたことから、上記のような歌の選び方になったというパターンである。じっさい、自然の比喩を用いて和歌の理念を説いた —— 歌が生まれるさまを種か

(83) 十二、十八、二二、二四、二八、三〇、三五、三八、四〇、四八、六五、六九、七二、七三、七五、七八、八二、八三番。
(84) ちなみに、『蜻蛉集』と『詩歌撰葉』に共通する百人一首歌は、二八、四〇、六九、七八、八三番の五首である。だが、訳し方にはあまり共通性がない。
(85) こうした興味から、ロニーの『詩歌撰葉』は雑歌、葉歌(端歌)、民謡を、のちのラフカディオ・ハーンは七夕伝説の歌や虫の歌、子守唄などをとりあげた。
(86) 浅田徹、「『蜻蛉集』のための西園寺公望の下訳について」、『比較日本学研究センター研究年報』、お茶の水女子大学比較日本学研究センター、第四号、二〇〇八年、五一頁。

ら発芽して葉となる木の成長に重ねあわせた――「仮名序」は、生き物によって運ばれてきた詩や自然のなかにひそむ詩を演出したとみられる書名や挿絵とよく似た志向を表しており、抄訳された部分は、ほかにも、「塵の集まりからできて天までのぼる山のように、詩は発展した」、「まだまだ多くの詩人がいて、その名は野原を覆っては う植物のように広がっている。森の葉の数ほどある」、「尽きることのない泉のように詩情が流れている」、「(われわれの詩は)春の花々に例えられうるにはほど遠く、秋の夜のように空虚に思われる」といった、いかにも彼女が好みそうな自然の比喩を用いた表現であふれている。[87] それに「仮名序」は、通達の具として日常性を呈した末期万葉の歌と一線を画し、宮廷社会の晴れの場にふさわしい歌の復活を宣言したものである。その宣言のもと、時代を代表する秀歌を集めた勅撰集が次々に編纂された。古代和歌を採らず、そうした勅撰集から歌を選ぶということも、『蜻蛉集』が単なる翻訳ではなく、一作品としての完成を目指していたとすれば納得がいく。歌の選択にせよ「仮名序」の抄訳にせよ、西園寺の影響が色濃くあることは想像できるが、それはジュディットの意図とも強く共鳴したうえでのものだったと思われるのである。

さて、歌の選び方について主題の点からも考察しなければならないが、その前に、「八代集以外」の歌集を出典とする若干数の歌にも言及しておきたい。それらは五首ある。香川景樹の『桂園一枝』から一首(十三)、源実朝の『金槐和歌集』から一首(七六)、松平定信の『三草集』から一首(七七)、『新勅撰集』から藤原公経の一首(八三)、『新後拾遺集』から従三位忠兼の一首(八四)である。また、原歌は判明しているが出典のみ未詳の三三番と原歌未詳の四三番も、作者はそれぞれ香川景樹、橘千蔭とわかっているので八代集以外の部類に入る。歌の大半が八代集から採られているなかで、これらの存在は出典的にも時代的にも異質としかいいようがない。ただし、『新勅撰集』の歌は『百人一首』にもあるので、むしろ百人一首歌とみるべきだろう。すると、問題は『桂園一枝』(一八三〇、江戸後期)、『金槐和歌集』(一二一三頃、鎌倉前期)、『三草集』(一八二七、江戸後期)、『新後拾遺集』(一三八三、室町)、それに橘千蔭や香川景樹(江戸中後期)の歌がなぜ入ったのかということである(賀茂真淵の万葉歌風に反対した景樹の歌と、真淵一門の千蔭の歌さえ同時に選ばれている）。ちなみに、実朝の『金槐和歌集』の歌は定信の『三草集』の歌が下敷きにしたものなので、それに付随して収録された可能性が高い。そうすると、八代集以外の歌は、西園寺やジュディットの時代により近い江戸後期のものがほとんどだということになる。

これにかんして、浅田氏が興味深い仮説を立てている。[88] これらの歌は「画賛」（絵の空白に書き入れた漢詩や和歌、俳句などの文章）にあったもので、美術品としてフランスに輸入され、それがジュディットの目に止まったのではないかという見方である。浅田氏はその根拠もいくつか挙げている。まず、今述べた『金槐和歌集』と『三草集』の訳詩について、添えられた詞書のなかで二つの歌の隔たりを二五〇年と大幅に誤っていたり、『三草集』の歌の作者について唯一「ある大名」と曖昧な書き方しかしていなかったりするなど、西園寺がこれらの歌をあまりよく知らず、「不完全な資料」に基づいていたと想像されることである。また、香川景樹と橘千蔭については「幕末・維新期に最も画賛の出回った歌人」で、千蔭は「酒井泡一や円山応挙といった著名な画家と組んでの画賛が多」かったという事実がある。特に、景樹の三三番は単独刷の挿絵のなかにかな文字で歌が書かれていたため原歌が判明しているが、それにもかかわらず出典が不明で（口絵10）、千蔭の四三番は特定されていない。浅田氏はこの理由を、「画賛には、歌人が以前に詠んだ歌を流用することも多いが、その場で書き捨てる歌もある」からではないかと推測している。こうしたことから、『蜻蛉集』が生まれたきっかけには、まずジュディットと西園寺の画賛にまつわるやりとりがあり、そののち『百人一首』や八代集からの本格的な選歌に移ったと考えられるようである。『蜻蛉集』の「散らし書き」的な形態は「まさに日本の画賛の形態を模したものである」と浅田氏は指摘する。

（87）原文は、「高き山も麓の塵ひぢよりなりて、天雲たなびくまで生ひのぼれるが如くに、この歌も、かくの如くなるべし」、「このほかの人々、その名きこゆる、野辺に生ふるかづらの這ひひろごり、林にしげき木の葉のごとく多かれど」、「このたび集め撰ばれて、山した水のたえず」、「詞は、春の花匂すくなくして、空しき名のみ、秋の夜の長きをかこてければ」である。

（88）浅田徹、前掲論文、五二―五三頁。

こうした浅田氏の分析を受けて、非常に納得できたことがある。それは、先に紹介したジュディットの『蜻蛉集』以前の小説『簒奪者』の一節で、登場人物たちの作品として挙げられたいくつかの和歌翻訳（一四行詩）に訳され、中国詩の絶句とまだ混同していたような初期の和歌翻訳）に、まさに千蔭の歌が使われていたことである（二五二頁参照）。この歌は、『蜻蛉集』に収められた千蔭の、原歌がいまだ判明していない四三番の歌である。つまり、千蔭研究の進んだ現在の日本においても簡単に特定できないようなマイナーな歌を、和歌翻訳を本格的に行う以前（おそらく西園寺に出会う以前）のジュディットが知っていたというのは、やはり、即興的にこの歌が書き捨てられた画賛などを目にしたからだとしか考えられない。また、『蜻蛉集』制作以前の早い時期の作品にこの千蔭の歌が引用されているということは、彼女が和歌にふれた最初の媒体が、正式な文献ではなかったことも強く示唆している。(89)

こうしたことを総合的に考えると、『蜻蛉集』には江戸時代の歌を中心とした若干数の異質な歌が含まれており、歌の選択基準を考察する際の問題点となるが、それらはおそらくジュディットが画賛などで目にし、手元に残しておいたものを一緒に収録したためであり、やはり『蜻蛉集』における実質的な歌の選択は、「仮名序」に始まる「八代集」をもとにしていたに違いないのである。

選ばれた和歌〈主題〉—— 詩の比喩としての花

では、選ばれた歌の〈主題〉には何らかの傾向があるのだろうか。『蜻蛉集』の訳詩は八八篇にのぼるうえ、八代集歌に江戸期の歌が不自然に紛れ込んでいることなどから、主題に完全な統一性があるとは想像しがたい。また、ジュディットがどこまで歌の選択作業に関わったかは不明であるため、すべての歌について、選ばれた理由を追究することに意味があるとも限らない。だが、主題にある傾向を認めることはできる。

『蜻蛉集』の歌が八代集より採られていることを考えると、主題にかんしてまず思い出すべきは「部立て」である。すなわち、『古今集』で確立された、春・夏・秋・冬・賀・離別・羈旅・物名・恋・哀傷などの部のことであり、さらに各部のなかでも、四季の部なら季節の移り変わりを、恋の部なら男女の間柄の変化を、歌の配列によって繊細に描くことに配慮が尽くされた。つまり、ただ秀歌を集めるのではなく、歌を関連づけて並べ、単体では持ち得ない意味を生み出すこと、一種のオーケストレーションが編者の力量の見せ所だった。『古今集』のこの部立てと配列の概念は、あとにつづく勅撰集でも変化をつけつつ踏襲された。だが、『蜻蛉集』はこうした部立てと配列、つまり、日本の歌集の本質である流れの意識を全く無視している。八代集から歌を採り、「仮名序」の抄訳を掲げてその理念を伝えつつも、勅撰集を模倣するのではなく、あくまで自立的である。

八代集から採られた七七首について、収められていた部の統計をとってみると、四季三三首、恋二九首、離別一首、羇旅二首、哀傷一首、雑十首、神遊びの歌一首となる。四季の歌と恋の歌が大きな比重を占めるのは勅撰集と同様である。だが、四季の歌の内訳をみると、春十九首（一、三、十一、十二、十七、二五、二六、二七、三一、三四、四一、

（89）浅田氏の見解をもとに筆者が行った調査のなかで、鈴木春信の「見立絵」が目にとまった。見立絵とは江戸中期の浮世絵師である鈴木春信（一七二五―一七七〇）が得意とした、和漢の古典を江戸の風俗で表し、ときに画面を雲形などで区切った一部に詩歌を記した作品である。歌麿、北斎、広重などの作品とともに当時のヨーロッパで知られ、美術におけるジャポニスムに影響を与えた。小林忠氏の『春信』（三彩社、一九七〇）によれば、春信は「古今和歌集・新古今和歌集・千載和歌集・後千載和歌集・拾遺和歌集・後拾遺和歌集・後撰和歌集・拾遺愚集・小町集・玉葉和歌集・金葉和歌集など、著名な歌集」の、特に「当時の人々の基本的な教養として愛唱され、親しく耳馴れていた和歌」を題材としたようである。こうした春信の見立絵のなかに、『蜻蛉集』に収められた歌がいくつかあった。「見わたせば柳さくらをこきまぜて宮こぞ春の錦なりける」（五七）と「風をいたみ岩うつ波のをのれのみくだけてものをおもふころかな」（二二）が『絵本花葛蘿』に（後者は『三十六歌仙』にも）、「花の色に染めし袂の惜しければ衣かえうき今日にもあるかな」（七）が『絵本さざれ石』に用いられている。詩歌の出典を記さず、歌人名と歌だけを記す点も『蜻蛉集』に似ている。もちろん八八首もの和歌を集めるためには何らかの文献が参照されたに違いないが（とりわけ、八代集のなかで歌に添えられている詞書まで忠実に訳したものがあることからもそう推測できる）、なかにはこうした美術作品の複製などをジュディットが目にし、西園寺に訳を頼んだものも含まれていることだろう。あるいはまた、江戸時代に多く制作された「絵手本」にも詩歌を伴ったものが多い。例えば、春信が影響を受けたとされる橘守国の『絵本通宝志』などにも、『蜻蛉集』の挿絵によく似た構図がみられる。こうした点についても、今後より詳しい研究が必要である。

四七、五七、六一、六五、七九、八一、八六、八八）、夏三首（七、四二、六二）、秋七首（六、八、三〇、四〇、五四、五八、六四）、冬四首（四、二四、四六、五六）と、春の歌に大きく偏っていることがわかる。さらに、そのほぼすべて（二五、八一、八六以外）が梅、桃、桜など、花にまつわる歌である。花以外の一首（八六）も、氷が解けて噴き出す水のしぶきを花に見立てたものとなっている。もちろん、花は春の歌の中心主題だが、勅撰集には立春、残雪、若菜、霞などの歌もあるので、『蜻蛉集』が花に置いた重点は大きい。この傾向は、夏から冬の歌をみてみるといっそう明確になる。夏の歌三首のうち一首（七）は衣更えの歌で、花の色に染めた衣を詠んでいる。また、もう一首（四二）は蓮の花の歌である。勅撰集の夏の歌には、卯の花、夏草、ホトトギス、菖蒲、早苗、五月雨、新樹、蝉、蛍などを詠んだものもあるが、それらはとりあげられていない。冬の歌も特徴的で、四首のうち三首（四、四六、五六）が雪を花に見立てた歌である。やはり、冬の歌でありながら春の花に収斂されていく。これらに対し、秋の歌は、散る葉や季節の移ろいなど、秋らしい寂寥感を詠んだ歌が採られているが、何より勅撰集で春の花と双璧をなす秋の紅葉の歌が乏しく、七夕、月、鹿、萩などの歌もない。その一方で、七首中三首（六、五八、六四）には菊などの花が現れる。五八番の歌にいたっては、西園寺訳に「花」という語がないにもかかわらず、ジュディットがつけ加えているのである。[90] ほかにも、四季の歌以外で花を含むもの（五一、六三、八三、八代集以外では四三）をあわせると、二九首が花にちなんだ歌ということになる。

この傾向が偶然とはいいがたいことが、別の点からも確認できる。まずは「献辞」である。『蜻蛉集』の冒頭には、西園寺の帰国後にジュディットを手助けしたともいわれている光妙寺三郎（三田光妙寺）に宛てた献辞が置かれている。その感傷的な文句から、「はるか遠く日本にある光妙寺三郎に対するまことの愛を見出すことが出来るのではなかろうか」と高橋邦太郎は憶測しているが、真相はともかくとして、訳詩と同じ五行詩の形で彼女が創作したものになっており、美しくまとめられている。[91]

三田光妙寺へ
あなたの愛する島国の／これらの花を贈ります。／涙にくれたこの空のしたで、／
その色と香り立つその心とに／あなたは気づいてくれるでしょうか。

「これらの花」とはもちろん、この献辞につづいて掲載される八八篇の和歌の訳を指しているのだろう。元来ヨーロッパでは、ギリシャ語の「花」anthos と「集める」lego を組みあわせた「花束」anthologia が「詩集」(フランス語では anthologie、日本語でも「詞華集」とある)を意味しており、詩が花に例えられるのは珍しいことではない。[92]だが、『蜻蛉集』ではこの比喩がとりわけ強調されているのである。八八番目、最後の訳詩をみてみたい。原歌は「きみならで誰にか見せむ梅花色をも香をもしる人ぞしる」で、ジュディット訳はつぎのようにある。

あなたに贈ります／この淡い花々の一枝を。／香りと色に／
酔いしれることのできる人だけが／この愛撫を受けるにふさわしいのです。

やはり、最後も花の歌で締めくくられている。だが、注目したいのはそれだけではない。この最後の訳詩と先の献辞を比較すると、「贈る」という共通の行為、「その色と香り立つその心」「香りと色」という同じ二語、それに、

(90) 西園寺訳は「秋の風が吹いて散らばった露の粒を集めようとするけれど、どの葦の茎のうえでも露は再び結びつきはしなかった。」とある。これをジュディットは「露の玉をまとめあわせようと、風が吹いているのかもしれない！　花々のうえに、置かれたしずくはどれも、ただ虹色に輝くままである。」と訳した。
(91) 高橋邦太郎、前掲記事(上)。三田(光田)は姓、光妙寺は実家の寺社の名前だった。
(92) 例えば、『蜻蛉集』の二年後に刊行されたエミール・ブレモンの『中国の詩』にも「エドゥアール・ロックロワ夫人に、この異国の花々の軽いブーケは彼女の忠実なしもべより恭しく捧げられている」という献辞がある。Émile Blémont, *Poèmes de Chine*, Alphonse Lemerre, 1887.

献辞で表された問いかけや不安が、最後の歌で確信によって閉じられるという円環が描かれてあり、この訳詩が最後に置かれたのは明らかに意図的なものだったと思われる。そして、この二つの詩が呼応しているならば、献辞の「これらの花」がこれから披露する訳詩を指すのに対し、最後の訳詩の「この淡い花々」は披露し終えた訳詩を示唆するものと解釈できる。このような構造によって、花と詩の比喩関係が強調されているのである。

さらに、序文代わりに置かれた「仮名序」抄訳の冒頭文にも着目したい。紀貫之による原文は「和歌は人の心を種として万の言の葉とぞなれりける」である。これがつぎのように訳されている。

詩は人間の心に芽生え、枝や多くの花へと咲き開いた。

詩を「葉」に例えるべき部分が、「枝や多くの花へ」と、言葉を変えて訳されているのである。なぜこの部分を意訳する必要があったのだろうか。じっさい、のちに日本学者によって幾度となく試みられた「仮名序」の翻訳のなかでも、「種」の部分を直訳するか、「根」や「地」などと意訳するかで意見がわかれることはあっても、「葉」の意味が損なわれたことはほとんどない[93]。また、「仮名序」の末尾、「たとひ、時移り事去り、楽しび哀しびゆきかふとも、この歌の文字あるをや」という部分にも注意したい。

何世紀もの時が流れようとも、多くのものが消えようとも、春が柳の葉を緑にする限り詩は再び花を咲かせるだろう。

原文の意味は「この歌の文字がある〔だから消えてしまうことはない〕」だが、『蜻蛉集』では「再び花を咲かせる〔よみがえる〕」refleurirという動詞を用いて意訳されているのである。「仮名序」の抄訳には下訳のような資料が掲載されていないため、ジュディット自身が西園寺から受けとった訳にどれほど手を入れたのかはわからない。だが、直訳が困難な場合を除き、あまりもとの語彙を大きく変えることのない彼が、こうしたとりわけ記念碑的な文章、かつ翻訳に苦労を要するとは思えない文章で、わざわざこのような操作を行ったとは考えにくいうえ、フランス語の文章が倒置や省略を用いてこなれていることから、ジュディットがある程度手を入れていたのではないかと想像できる。それならば、献辞や最後の訳詩と一致させ、詩を花に例えて訳し直した可能性もあり得る。

このように『蜻蛉集』では、花の歌の多さに加え、詩を花に例える手法がくりかえされているのである。もちろん、常に考えなければならない問題として、ジュディットが花の歌を求めたのか、西園寺の判断で花の歌が選ばれたのかはわからないということがある。しかし、いずれかの段階で、彼女が詩の比喩としての花を重要なモチーフとして『蜻蛉集』に組み入れたのは確かなことだといえるだろう。

ところで、花の歌が集中的に採られ、『蜻蛉集』における一つの重要なモチーフであることは間違いないが、比率としては全体の三割少しである。では、それ以外にはどのような歌が選ばれているのだろうか。先に述べた通り、四季の歌についで多いのは、恋の歌の二九首である。[94] また、離別や雑の部の歌にも恋を詠んだものがあるので、[95] それらをあわせると、恋を主題とした歌は全体の五割近くにのぼる。ロニーによる『詩歌撰葉』が様々な主題の歌を収めていたのに比べると、『蜻蛉集』の選歌はより情愛に傾倒した、詩的、ロマン主義的な傾向をもつといえるだろう。しかし、あまた存在する恋の歌のなかから(『古今集』では四季の部がそれぞれ一つか二つであるのに対し、恋の部は五つ設けられた)、なぜ上記の四〇首あまりが選び出されたのかを追究するのは難しい。洋の東西を問わず共感される主題が選ばれたのかもしれないし(一目惚れ・恋の苦悶・夢で会う)、古の日本の文化を伝える歌が選ばれたのかもしれ

---

(93) 例えば、ルヴォンは「ヤマトの詩は人の心に種をもち、そこから無数の言葉の葉に発展した」と、ボノーは「ヤマトの詩は人の心に根をもち、言葉に葉をもつ」と訳している。Michel Revon, *op. cit.*, p. 139 ; Georges Bonneau, *Préface au Kokinshû*, Librairie Orientaliste Paul Geuthner, 1933, p. 25.

(94) 二、五、九、十五、十六、二〇、二一、二二、二三、二八、二九、三六、三八、三九、四四、五二、五三、五五、五九、六三、六六、六七、七二、七四、七五、八〇、八二、八五、八七番。

(95) 十三、十八、十九、三二、三三、三五、四三、四九、五〇、六八、六九、七〇、八四番。

ないし（通い婚・有明の月・涙と袖・手枕）、真理をついた歌が選ばれたのかもしれない（かたみこそ今はあだなれ・逢ひ見ての後の心に比ぶれば昔は物を思はざりけり・忘れなんと思ふさへこそ思ふこと）。それに、おそらく西園寺が訳しにくい歌は排除され、訳しやすい歌が優先されたことだろう。このように可能性は様々に考えられるが、すべての歌の選び方に絶対的な意味を見出すことはできない。

ただ、集められた歌にかんして、個別の主題にかかわらずある傾向が見受けられることを指摘しておきたい。それはまず、「見立て」の技法を用いた歌がしばしば登場することである。特に人間の心情などを自然界の生物・事物・現象になぞらえて説明したもので、例えば、人知れぬ深遠な思いをうき草で覆われた淵に例えたり、つれなくされる自分を岩に砕け散る波に例えたり、高まる思いを富士の噴煙に例えた歌などである。[96] もちろん見立ては和歌の主要な技法の一つで、歌人たちにとっては常に斬新な切り口を開拓しなければならない類のものだったが、そこには自然の一角に自分たちに類似する、あるいは、代弁してくれる要素を見出しつづけてきた日本人の視点がよく表されている。このことは、ジュディットが各種批評で駆使した自然をモチーフとする比喩、それに『白玉詩書』でくりかえされた万物のただ一つの法則を強調するアナロジーにかんする表現を思い出させもするが、それらのときに視覚的で軽妙な視点に比べ、はるかに情緒的で詩趣が高いのはいうまでもない。また、これに加えて『蜻蛉集』の読者は、日本人が生き物や自然に深い親近感をもって接していることや、[97] 日本人の時の流れが季節の移り変わりや自然の変化とともにあることも、[98] 集められた数々の歌をとおして知ることができたはずである。これは四季の歌の多さからも感じとられていたことだろう。四季の歌は、つまり、自然を詠んだものだからである。

抄訳された「仮名序」にも、「花々を愛し、鳥たちをうらやみ、春の霞を愛で、露とともに涙すること、そのどれもが詩の主題になった」、「宮廷人のなかのある者は花々の小道にいざなわれた見知らぬ場所で迷ったと、別の者は月がのぼるのを待ちながら夜中ずっとさまよったと詠っていた。しかし花々や月だけが話題になっていたのではない。天皇の治世を、善行の数から砂浜の砂に、偉大さからそびえたつ山々になぞらえて称えていた。心から喜びをあふれさせ、愛はフジ山の煙のようだといっていた。あるいは、虫たちが鳴き渡るのを聞きながら、友を思い出し、若き頃をしのび、老いはタガ・サゴのもみの木々を思わせていた[99]」とある。このような、古の日本人が自然に向けた眼差しをくりかえし伝えるような和歌が、『蜻蛉集』には多数収められているのである[100]。

こうした歌の選び方は、先に検証したような、トンボによって運ばれてきた詩を表す書名、自然のなかにひそむ詩を演出した挿絵、歌の発生を木や花の成長に見立てた「仮名序」の抄訳、詩を花に例えた献辞といった、『蜻蛉集』のあらゆる側面と志向を同じくしており、単なる訳詩集ではなく、作品として、全体をもって一つの〈主張〉を打ち出しているとみることができる。

ただ、自然を詠んだ和歌はもとより多く存在するので、選ばれる可能性は高かっただろうし、さらに和歌の選択傾向から西園寺の影響を差し引くことはできないので、このような特徴をそのままジュディットの意図が反映されたものと断定するにはまだ早い。彼女自身の和歌理解や制作の動機がこれらにどう結びついているのかを判断するためには、彼女が西園寺訳をもとにして完成させた韻文訳のテクストを検討していく必要がある。

---

(96) 二、十五、二三、三三、三五、三七、三八、四三、四四、五〇、五二、八〇、八三番など。
(97) 十一、十二、十三、十四、十九、二七、二九、四一、四七、四八、六八、七一、七八、八一番など。
(98) 六、七、十、六〇、六一、六二、六五、七七番など。
(99) 原文は、「花をめで、鳥を羨み、霞をあはれび、露を悲しぶ心ことば多く、さまざまになりにける」、「あるは花を翫ぶとて、たよりなき所にまよひ、あるは月をおもふとて、しるべなき闇にたどれる心々を見給ひて、さかし愚かなりとしらしめしけむ。しかあるのみならず、さざれ石に喩へ、筑波山にかけて君をねがひよろこび身にすぎ、たのしみ心に餘り、富士の煙によそへて人を恋ひ、松蟲の音に友を偲び高砂、住の江の松も相生のやうにおぼえ」である。
(100) 『蜻蛉集』で自然に関係しない歌は十九首（五、十六、十八、二一、二三、二八、三二、三九、四五、五三、五五、六六、六七、七二、七三、七五、八二、八五、八七番）だけである。

四　『蜻蛉集』の翻訳手法

ジュディットには日本語の知識がなかった。それにもかかわらず和歌の翻訳を企てたのは、同じ極東の詩である中国詩翻訳集『白玉詩書』を出版した経験があったからだろう。なかでも、その中国詩の散文訳を父テオフィルがもとの詩形を模して韻文訳に直してみせたことが、後年、彼女を『蜻蛉集』の制作に向かわせるきっかけの一つになったに違いない。『蜻蛉集』では、まさに和歌の詩形に倣った韻文訳を行っているからである。日本語の読めない彼女が西園寺の逐語訳を介してまで和歌の翻訳を行ったのは、自らの手でこうした韻文訳を完成させるという目的があったからにほかならない。

だが、極東への飽くなき憧れを作品に昇華しつづけたジュディットにとって、『蜻蛉集』が単なる韻文訳の芸を披露するだけの場だったということがあるだろうか。文学で極東を表現する先駆者として、和歌に詩としての魅力を認め、何らかの可能性を期待し、それを自らの言語で再構築しようとする意志が根底にあったはずではないだろうか。そうした彼女が表現しようとした和歌とはどういうものだったのかを明らかにするため、これまでに書名や挿絵や歌の選択方法といった側面を分析してきたが、彼女の和歌理解が最も明確に表れているのは、やはり、翻訳手法である。

そこで、八八を数える訳詩の文体的特徴を分析し、彼女が和歌をどのような詩として演出しようとしたのかを最後に解明したい。特に、韻文訳という多くの制約が課せられる翻訳のなかで、いかなるものを優先し、強調したのか、あるいは、歪曲した部分はあるのかといった点に着目することによって、一つの〈主張〉が浮き彫りになるはずである。

和歌の韻律による韻文訳

ジュディット訳の第一の特徴は、何より、和歌の形式を模した五行詩だということである。先にみたように、彼女は一八七五年の小説『簒奪者』で和歌を四行詩と紹介し、四行の散文に訳していた。だが、その十年後の『蜻蛉集』では、序文代わりに置いた「仮名序」の抄訳に、素戔男尊によって「詩の音節の数が三一に決められ、その形はもう変わらなかった」という箇所があり、そこに「日本の詩、「ウタ」は五つの詩句よりなる。一番目は五音節、二番目は七音節、三番目は五音節、最後の二つは七音節、あわせて三一音節である」と注記したうえ、訳詩でも各行の音節数を五・七・五・七・七にそろえた五行詩の形を徹底させている。

また、目を見張るのは、すべての訳詩で韻を踏ませている点である。いわば、和歌とフランス詩を融合させた形になっている。彼女が韻文訳を行ったのは、和歌の姿を訳詩に反映させることが目的だったと考えられるが、この脚韻の存在から、ただ原歌を再現するだけではなく、和歌の韻律とフランス詩の伝統をかけあわせ、新たな可能性を開くことをねらいとしていたとみられる。[101] この脚韻は、シュワルツが指摘したように、女性韻（最後の音節が無音のｅで構成される韻）と男性韻（それ以外）の組みあわせでできており、[102] 脚韻のパターンはａｂａａｂ、ａａｂａｂ、ａｂａｂｂ、ａｂｂａｂ、ａｂａｂａ、ａｂｂａａなど多様にある。例えば、最初の訳詩はつぎのようにａｂａａｂ（ａが -che、ｂが -leur）の構成になっている（下線で音節数を示す）。

（101） アルカンボーは、「彼女は自分のフランス語の詩が常に原詩の正確な姿を表しているようにしたいのである。脚韻の力も借りようとし、しかも普通のどこにでもあるような脚韻では満足しない。〔……〕一言でいえば、翻訳家の作品と詩人の作品を同時に制作しようとしているのである」と述べている。E[dme] A[rcambeau], *op. cit.*, p. 22.

（102） William Leonard Schwartz, *op. cit.*, pp. 52–54.

Pour cueillir la branche
Dont l'eau berce la couleur
Sur l'eau je me penche :
Hélas ! j'ai trempé ma manche
Et je n'ai pas pris de fleur !

三十一文字に倣った音節数と、一・三・四行目に同じ女性韻、二・五行目に同じ男性韻をもつ。こうした技巧が一糸の乱れもなく全訳詩に施されているところをみれば、ジュディットが韻文訳の完成にいかに重きを置いていたかは明らかだろう。そして、このような音節数の限られた短い詩のなかで、原歌の内容を保持しつつ韻を踏ませることは、言葉の選択で相当な配慮を要したに違いない。彼女は西園寺の逐語訳から、どのように韻文訳を構築していったのだろうか。

各訳詩の五つの脚韻を含む単語を抜き出してみると、五×八八で計四四〇語にのぼる。このうち、もともと西園寺訳にあった単語は九六語にとどまる。それ以外は、ジュディット自身が選んだものということになる。では、それらはどのようにして選ばれたのだろうか。各詩行が五ないし七音節と決まっており、脚韻部に置く単語の音節数によって同一詩行で使用する単語が制限されるため、まず西園寺訳から意味上欠かせない単語や韻を踏みやすい単語を選び、脚韻部に据えたように見受けられる。あるいは、「ユラ（由良）」Ioura（三八）、「オグラ（小倉）」Ogoura（四八）、「オオサカ（逢坂）」Ossaka（七三）などの地名、つまり、日本語の響きそのものを表す単語も好んで脚韻部に置いたようである。それというのも、「フジ（富士）」Fouzi（一〇）、「キョウト（京都）」Kioto（五七、六〇）など、西園寺訳にはない地名まで使用しているからである。[103] さらに、西園寺訳で使われた単語に同綴異義語が存在する場合は、それが脚韻に生かされたりもした。「霰／か細い」grêle（七七）、「通り道／〜ない」pas（八一）、「墓／消えゆく」

tombe（八三）、「割れる／そよ風」brise（八六）などである。ただし、こうした技巧、いわば、遊びの要素はわずかにみられるだけで、『蜻蛉集』全篇にわたって追求されているわけではない。

こうして韻の目安がついたのち、歌の内容に沿いつつ、同じ韻をもつ単語を探す作業が行われたと考えられる。例えば、西園寺訳にある単語が脚韻にそぐわない場合は、音節数を考慮のうえ、意味の近い表現で置きかえられた。「水生植物」を「絡みつく植物」（二）としたり、「雪が降る」を「舞う雪」（四）といいかえたりするものである。よく似た語彙を用いたこれらの変更は、西園寺訳が伝えた原歌の意味を壊してはいない。[104]

（103）脚韻部以外でも、「フジ（富士）」Fouzi（五二）、「ナスノ（那須の篠原のことだが、西園寺が「ナスノの平原」la plaine herbue de Nasuno としているので、ジュディットがそのまま採用した）」Na-Sou-No（七六）という地名が使われていたり、「天皇」empereur ではなく「ミカド」Mikado（四八）とわざわざ日本語に変更したりしている例もある。

（104）その他、「広がっている」s'étale → s'étend（一）、「みわけ」→「みつけ」、「枝」→「幹」（四）、「花々の香りがいっぱいについた」→「香りの漂うその花々」（七）、「葉」feuilles → feuillée（八）、「青白く光る月」→「消えゆこうとする月」（九）、「新しい住人」→「新しい主人」、「昔の住みか」→「愛した住みか」、「冷たい」→「心は閉ざされて」（十二）、「懐かしむ」→「涙を流す」（十八）、「夕べ」→「夜」、「いなくなった人」→「離れていった女性」（十九）、「嵐」→「風がうめき声をあげる」、「波」→「高波」、「冷たさ」→「つれない心」（二二）、「好きな人」→「私が待ちわびている人」（二三）、「岩間」→「あまたの岩のあいだ」、「人目を逃れて」→「人知れず、暗い孤独のなか」（二九）、「涙に濡れた」→「涙があふれた」（三二）、「一瞬」→「すぐに」（三五）、「黄昏」→「輝く日の光」、「過ぎゆく舟」→「去っていく舟」（三七）、「舵を失った」→「舵のもうない」（三八）、「どこかわからず」→「道もわからないまま」、「夜になる」→「夜がやってきた」（四一）、「あざむく」→「嘘をついている」、「宝石」→「真珠かダイヤモンド」（四二）、「小枝で〔……〕飾っている」→「花々を伸ばす」（四三）、「木々や〔……〕植物が〔……〕花々を咲かせる」→「淡い色の花々がみえる」（四六）、「眺め」→「みる」、「今日」→「今」（四九）、「滝のように降る雨」→「雨水がつぎつぎと降ってくる」、「涙」→「すすり泣き」（五〇）、「人の思いは一体どこで止まるだろう」→「心はどこまでのぼるだろう」（五二）、「集め」→「まとめあわせ」（五八）、「とらわれの身」→「とらわれて」（六一）、「千年」→「何世紀」（六六）、「おまえの怒りをしずめ」apaisant ta colère → Calmant tes clameurs、「愛する女性の髪に優しく触れ」→「恋人の髪をそっと撫で」（六八）、「住みか」→「巣」（七一）、「悲嘆にとらわれたなか」→「苦しみのなか」（七四）、「心地よい隠居所」→「絹の床」（七七）、「せめて一度」→「ただいつか」（八二）、「庭の花々」→「果樹園の花々」（八三）、「邪魔をされる」→「引き離される」、「大切な夢」→「大好きな夢」（八五）、しかし、こうした忠実な置きかえに対し、原歌の意味が損なわれてしまったものもある。例えば、「梅の花々」を単なる「枝」(一)、「この春の夜」を単なる「夜」(三)、「梅の花々」を「花々」(二七)、「秋によって緋色になった葉」を「はかない葉」(四八)、「木々からはがれ落ちた、緋色の葉」を「葉」(五四)、「柳と花咲いた桜の木々」を「柳が、花びらで」(五七)、「秋の風」を「風」(五八)、「菊の花々」を「花々」(六四)に変更したり、「春の」(六九)、「春に」(七九)、「夏に」(八〇)、「秋の」(八四)といった語を削除したりした場合である。音節数や脚韻のために、付属的な意味を省略する必要があったのかもしれないが、これらの例をみると、多くが花の種類や季節を表す語だったことがわかる。先に、花や自然を詠んだ歌が多数採用されていると分析したが、一方で、日本の歌集に表された繊細な流れを重視する自然観そのものをとらえているわけではなかったように、この言葉の選択にも、咲く花の種類や葉の色によって時の移り変わりをとらえたり、四季ごとの趣や風習を重んじたりする日本的価値観との決定的な違いが表れている。微細な自然にわけ入り、その息吹に身を委ねる日本的価値観に対し、自然に目を向けつつも、総体としてとらえるばかりの西洋的価値観だといえるだろうか。

このことは、上記のような語が削除されただけでなく、別の語と交換可能なものとして扱われていたことからもわかる。例えば、「梅の花々」が「桃の花々」(三)、「桜の花々」が「梅の花々」(十一)、「梅の花々」が「淡い色の木」(三四)、「葦の茎」が「花々」(五八)、「秋の風に苦しんでいる」が「冬がコートに吹きつけている」(六〇)、「桜の花々」が「ばら色の実り」(六一)、「梅の花々」が「淡い花々の一枝」(八八)に変更されている。ここには、韻文訳を完成させるためには、多少の内容の変更も躊躇しないという翻訳姿勢が表れている。

また逆に、西園寺訳にはない語をつけ加えた例もある。「水生植物の絨毯」を「緑の絨毯」(二)、「夜明け」を「真っ赤な夜明け」(十三)、「煙」を「白い煙」、「夢の道」を「夢の青い道」(二三)、「夜の鳴き声」を「単調な鳴き声が、冬に秋に寂しい夜に」(二四)、「噴火口の燃えるような煙はさらに高くのぼる」を「ごうごうと鳴る火山の炎はもっと高く赤い光をなげかけている」(五二)、「涙で濡れた私の絹の袖」を「ばら色の袖のうえで、私の涙が花々を水浸しにして」（六三）、「この木」を「葉のかよわいこの木」（八一）、「雪を降らせる」を「雪を降らせる、地上、白い墓場」（八三）、「水の白い泡」を「水の泡が虹色に輝く」（八六）としたり、「青い空」（三一）、「櫛の黄金」（八七）といった語を加えたりしたものである。これらのなかにも、音節数を揃えるためだけに挿入されたものがあるかもしれない。だが、大半が共通して色彩を表す語であり、かつ、その多くが挿絵の色調と一致していて、訳詩のイメージを増幅させる効果をあげている。つまり、ジュディットが自らの編集方針によって、西園寺訳にはない言葉をも自由につけ加えていたと考えられるのである。

同じく、恋を意味する表現を意図的に織り込むこともあった。「悲しみ」を「恋の苦しさ」（十八）と限定し、「忘れたいこと」を「あの人や禁じられた幸せ」（二二）と具体的に述べ、「自由にあなたのことを考えたい」を「闇に私の恋をうちあけよう」（二九）と詳らかにし、「あなたは消えてしまった」を「これほど愛しているあなた〔……〕私を避けて」（三五）と感情をあらわにしたものなどである。必ずしも恋を意味しない、例えば、友情などの意の西園寺訳が恋の歌として訳されている。このようにジュディット訳は、五行詩という形式の完成を第一の目的としてはいるが、表現の選択にも、彼女自身の志向が確かに打ち出されている。

さらには、つぎのような理由からも、ジュディット訳は西園寺訳と異なる趣を呈することになった。それは、平易な言葉を用いながらも、一つの事象を通常とは異なる視点でとらえて表現しようとしたことである。例えば、「〔夜の〕おぼろなかげ」を「星のない〔……〕暗い色の布」とより視覚性のある表現にしたり（三）、「花を待ちわびながら」を「花の、心が開きかけるのを夢みて」（六）といいかえたりしたものである。[105] こうした表現から生まれる詩

（105）その他、「隠れ〔る〕」→「隠れられるヴェール」（三）、「それらの香りを盗んで私のもとへ運んできておくれ」→「花のうてなに盗みにいっておくれ、私がこよなく愛する香りを」（十一）、「かつてと同じ香り」→「花々の昔からのかぐわしいもてなし」（十二）、「文字」→「軽〔る〕」enverrai（八八）、などである。
「谷のなまあたたかい風」→「池をかすめるそよ風」（八六）、「愛する人の愛撫」→「くちづけの愛しい跡」（八七）、「送〔る〕」adresse→「贈

的な響きが、『蜻蛉集』に詩人による翻訳の誉れを与えてきたのだろう。[106]

以上、ジュディットが西園寺訳をもとにどのような韻文訳を構築したのかを、主に使用する語彙の変化に着目して探った。ジュディット訳の文体については、述べるべきことがまだ多くある。だが、まずこれらの分析からつぎの二つのことが理解できただろう。一つは、彼女が韻文訳の完成を絶対としていたということである。それは三一音節しか含まない五行の小さな詩で、原歌の姿を再現するためのものだが、さらに韻を踏ませるという緻密な操作を行い、かつ詩の内容を収め込んだ精巧なつくりをもつ。先に、『蜻蛉集』の詩が自然の生き物によって運ばれてきたような趣をもつことを述べたが、まさにフランスの伝統的な詩形（例えば、アレクサンドランなら一行十二音節、小さいとされるソネでも十四行詩）に比べ、きわめて微細で、人間離れした神秘性さえ漂う。彼女は、原歌を忠実に翻訳することよりも、そうした形を実現することに努力を費やしたのである。そして、もう一つは、形式を揃えるためだけでなく、詩の内容のためにも、西園寺訳への色づけをためらわなかったということである。つまり、形式のうえで和歌とフランス詩を融合させたような独自性がみられたように、内容のうえでも自身の解釈を含んだ翻訳を行っていたのである。これらのことを念頭に置いて、テクストの分析を進めていくべきだろう。

ジュディット訳の文体 —— 声高な詩

つぎに、そうしたジュディット訳のいくつかの文体的特徴をより詳しくみていきたい。それらは共通して、声高な、ともいうべき文体を作っている。

まず始めに、「感嘆詞」の多さが目につく。具体的には、「なんということだ」hélas が四回、「おお」o/ô が八回、「ああ」ah が八回で、計二〇回用いられており、そのうちの十三回は、西園寺訳になかったにもかかわらず、ジュディット訳で加えられたものである。[107] ただ、こうした一ないし二音節の語は音節数を調整する格好の道具でもあるので、そこにさほど重要な意味は見出せないと思われるかもしれない。ところが、音節数に関与しない「感嘆符」

もまた、多く使用されているのである。それは、全体のおよそ半数である四六の訳詩でみられ、そのうち二四の訳詩ではジュディット自らがつけている。(108) ジャック・ルボーの『もののあはれ』(一九七〇)の冒頭に引用された久松潜一の解説に、「語源的に〈あはれ〉は悲哀を意味するのではなく、むしろ「おお」と、苦しみのときもまた喜びの

快な詩」(十四)、「思い」→「精神の鏡」(十六)、「過去に」→「時がもち去った」(十八)、「会ったことがない」→「目が休みなく彼を探していた」(二三)、「過去のものになって」→「時が過ぎ去って」(二七)、「秋の夕べ」→「帳をなげかけている秋の夜」(三〇)、「散歩して」→「空のもとへ出かけ」(四一)、「月だけがやってくる」→「星の光だけがさまよって涙を流している」(四九)、「あいびき」→「愛のはかりごと」(五〇)、「散らばった露の粒」→「露の玉」(五八)、「川」→「清らかな水晶」(七四)、「もうあなたを思っていたくない」→「あなたを愛する悲しい心から愛をはぎとりたい」(八二)、「色と香りを愛でる」→「香りと色に酔いしれる」、「[花々を]受けとるにふさわしい」→「[花々の]愛撫を受けるにふさわしい」(八八)、などである。

(106) いくつかの訳詩では音の技巧も凝らされている。三番では、sans étoiles、en ses sombres toiles、quels sont les voiles とS音、鼻母音、E音、-oile が交差する。五番では、mal、jamais、mon、Mais、mensonge、me とM音がつづく。七番では、flottants、Quittons、printemps と鼻母音が呼応する。十三番では、s'éveille、son、Chassant、ses、cheveux、ses とS音、CH音が連続する。二四番では、cri、courlis、qui、vient、fuit、Hiver、éveille、triste、nuit、Gardien、détruit とI音がくりかえされる。二五番では、sème、même、Mais、moi、combien、même とM音がつづく。三六番では、ombre が三回使われ、amour、m'a、même、suprême、aime とあわせてM音が連続する。三七番では、qui、luit、Qu'il、vie、qui、fuit、sillon、qui、suivie、qui、suit と連続感を詠う歌の意味に重ねてI音が並べられている。音の技巧ばかりが追求されたわけではないが、ときおりみられるこうした遊びも訳詩を詩的なものにしている。

(107) 「なんということだ」が一、四九※、六六※、六七※、「おお」が九※、十一、十三※、二七、四七、六三※、六八、七八、「ああ」が二〇※、二六、三三※、四八※、五五※、五七※、六九※、七〇番※で用いられている(※印がジュディットの加筆によるもの)。例外的に、二三、七九番では西園寺訳にあった「なんということだ」を、十一、四一、四七、七五番では「おお」を、八二番では「ああ」を削除している。

(108) 一、八※、九※、十三※、十四※、二〇、二一※、二三、二六、二七、二八※、二九、三一、三二※、三三、三六、三八※、四一、四三、四七、四八、四九※、五〇※、五三※、五四、五五※、五七※、五八※、六一、六三、六五※、六六、六七※、六八、六九※、七〇※、七三、七四、七五※、七八、七九※、八二、八四※、八五※、八六※、八七番※(※印がジュディットの加筆によるもの)。一つの訳詩で何度も用いている場合もあるので延べ数はさらに多くなる。例外的に、十五、十六、十九番では西園寺訳にあった感嘆符を削除している。

ときも、そういわしめる衝動を意味する」[109]とあるように、和歌に詠まれた内容は多くが感嘆に通じる。その意味では、こうした感嘆詞や感嘆符の多用は和歌の本質に適っていたともいえるのだが、それにしてもなぜ、彼女は西園寺訳にはなかった感嘆の意をも積極的に足していったのだろうか。

その理由の一つに、西園寺による逐語訳がやや平坦なものだったということがあるように思われる。じっさい、技法を駆使して重層的な意味をもたせている和歌を完全な形でフランス語に翻訳するのは至難の業である。そうしたことから平坦になってしまった西園寺訳の詩趣を補い、短い韻文訳のなかで劇的効果をあげる方法として、先の詩的な表現への書きかえのほか、感嘆のような強い表現が用いられたと考えられる。

具体的に、原歌から西園寺訳に至る過程でどのような内容が失われたのか、西園寺の翻訳方法を検証してみたい。まず、和歌の技法、例えば、「掛詞」や「歌枕」のような広い文学的・文化的知識を前提に用いられているものは翻訳が難しかったようである。『蜻蛉集』に訳された和歌で掛詞を含むものは十八首ある。[110]このうち、掛詞の両方の意味が訳されたのは四首のみで、[111]それ以外では一方の意味しか訳されていない。それは片方の意味だけでも歌が成立するからだが、それでもつぎの四九、六五番などは、一方が欠けることで歌の味わいが大きく損なわれてしまっている。[112]

もろともにながめし人もわれもなき宿には月やひとりすむらん
〔一緒に月を眺めた人も亡く、私もいない家に、月が一人住んで、澄んだ光を投げかけているのだろうか。〕

私たちが一緒に月を眺めたこの住まいに、今日は月だけがやってくる。(四九・西園寺訳)

この西園寺訳では、掛詞「すむ(住む/澄む)」のうち「月が澄む」の意味が訳されておらず、誰もいなくなった宿の侘しさを際立たせる、静寂な月明かりの情景が表されていない。次も同様である。

花の色はうつりにけりないたづらにわが身世にふるながめせしまに

〔花の色は衰えてしまったことだなあ。なすすべもなく空しく、この世でもの思いをしながら過ごしているあいだに、長雨がつづいて。〕

鬱々として時を過ぎゆかせていたあいだに、花々の輝きはあせていっていた。（六五・西園寺訳）

西園寺訳では、掛詞「ふる（経る／降る）」「ながめ（眺め／長雨）」の両方に関係する「長雨が降る」の意味が訳されていないため、長雨が表す時間の経過、つまり、それほど長いあいだ、憂鬱に暮らしていたという詠み手の絶えざる苦悩が消えている。ジュディットはこうした西園寺訳の単調さを補うように、つぎのような韻文訳を作った。

私たち二人、／夜に月をみるのが好きだった／この住まいに、／
なんということ！　今は、／星の光だけがさまよって涙を流している！（四九・ジュディット訳）

夢みながら、／憂いでいっぱいになり、／時を風とともに／
たびたび逃がしていたあいだに、／花はもう色あせてしまった！（六五・ジュディット訳）

（109）Jacques Roubaud, *Mono no aware*, Gallimard, 1970, p. 7.

（110）「ふかき（淵が深い／深い心）」（二）、「うつろふ（菊が色褪せる／移ろう秋）」（六）、「おもひ（思い／情熱の火）」（十六、二〇）、「あだなれ（恋が実らなくてはかない／敵）」（二一）、「すむ（住む／澄む）」（四九）、「あらじ（嵐／ない）」（五四）、「たつ（霞が立つ／出発する）」（六〇）、「をく（扇を置く／露が置く）」（六二）、「ふる（経る／雨が降る）」と「ながめ（眺める・物思いにふける／長雨）」（六五）、「かひな（甲斐なし／腕）」（六九、七〇）、「ながらへ（生き長らえる／緒が延びる）」（七二）、「あふ（会う／逢坂の関）」（七三）、「ほころび（花が開く／糸がほころびる）」（七九）、「したもえ（蚊遣火が燃える／思いが燃える）」（八〇）、「ふり（経る／雪が降る）」（八三）、「うらみ（葉の裏をみる／怨み）」（八四）である。

（111）六二番の「をく」は「置かれ」と「露を流す（露が置く）」、六九番の「かひな」は「むなしい」と「腕」、八〇番の「したもえ」は「ともされた木の火〔……〕したに隠れる」と「ひそかに焦がれて」、八三番の「ふり」は「降らせる」と「（年を取って）衰えて」とある。

（112）原歌とその歌意については、『新日本古典文学大系』（岩波書店）、『新編国歌大観』（角川書店）を参照した。

ジュディット訳特有の詩的な表現も魅力となっているが、感嘆詞や感嘆符を加えることによって、西園寺訳で消えてしまった詠み手の思いをよみがえらせようとしているのがわかる。

また、西園寺が訳さなかった技法には、歌枕もある。「須磨」(二四)、「由良」(三八)、「小倉山」(四八)、「富士」(五二)、「白河の関」(六〇)、「逢坂の関」(七三)などである。特に、二四番や六〇番などは、歌枕に古くから与えられた荒涼たるイメージが想起できなければ、歌の感慨は半減する。

淡路島かよふちどりのなくこゑにいく夜ねざめぬ須磨の関守

〔淡路島に飛び通っている千鳥の鳴く声のために、幾夜目を覚ましたことか、須磨の関守は。〕

アヴァジ島にいきつ戻りつするシギたちの夜の鳴き声にスマの古い城壁の守衛は幾度目を覚まされたことか。(二四・西園寺訳)

「須磨」は、万葉以来、藻塩焼くわびしいあまの里を想起させる歌枕であり、在原行平の流謫の地としても知られていた。また、『源氏物語』「須磨」の巻では、光源氏が失脚を企てられて須磨に退去し、「友千鳥もろ声に鳴くあか月はひとり寝さめの床もたのもし〔＝群れをなす千鳥が私と一緒になって鳴いてくれる暁は、一人寝の寝覚めの床にいてもさびしくはない。〕」という歌を詠んだ。二四番の原歌はこの歌に同情し、光源氏を「須磨の関守」に重ねて詠んだものだった。また、六〇番はつぎのようにある。

都をば霞とともに立ちしかど秋風ぞ吹く白河の関

〔都を春霞が立つのとともに出発したが、いつのまにか秋風が吹く季節になってしまったことだ。この白河の関では。〕

都を離れたのはあたたかい春と薄い雲の頃だった、国境を通り過ぎながらもう秋の風に苦しんでいるよ。(六〇・西園寺訳)

「白河の関」は、遥か僻地である陸奥国にいよいよ足を踏み入れていくという入り口だった。歌枕としての白河の関は単なる国境ではなく、都から遠く隔てられた距離を厳然と突きつける言葉である。このように、西園寺訳は掛詞や歌枕などの技法による重層的な意味を厳密に訳出しなかったため、原歌の言葉がもつ広がりや、背後に存在する文学的・文化的な厚みをとりこぼさざるを得なかったのである。ちなみに、これらの歌のジュディット訳は、つぎの通りである。

きては去る、シギたちの／単調な鳴き声が、／冬に秋に／
寂しい夜におまえを目覚めさせる、／廃れた城壁の守衛よ。（二四・ジュディット訳）

キョウトを去ったとき、／春の優しい息吹が／平野を撫でていた。／
けれども、国境にきたところで、／冬がコートに吹きつけている。（六〇・ジュディット訳）

感嘆表現は用いられていないが、「単調な」「冬に秋に」「寂しい」や「冬が〔……〕吹きつけている」といった言葉によって、状況の厳しさを強く表現している。

こうした技法の問題に加え、「助詞・助動詞」を訳す難しさも、西園寺訳を平坦なものにした一因だと思われる。例えば、順接を表す助詞「ば」、逆接を表す助詞「と（も）」「ど（も）」である。和歌では上の句で述べた事柄について、下の句でいかに独創的な展開をみせ、感慨を呼ぶかに力点が置かれ、それに関係する一つがこれらの助詞である。西園寺は、順接の「ば」については、「もし〜ならば」**si**、「〜すると」**quand**、「〜なので」**car** などの接続詞を用い、原歌に従って訳していることが多い(113)。だが、つぎの七番では、原歌における理由と結果、そのあいだに

(113) 二八、三〇、四八、七二、八一番。

生まれる詠み手のためらいを忠実に訳さず、後半が主観の入っていない事実の提示だけになってしまっている。

花の色に染めし袂の惜しければ衣かへうき今日にもある哉

〔花の色に染めた袂が惜しいので、衣更えをしたくない今日であることよ。〕

花々の香りがいっぱいについた春の装いを惜しんでいる、けれども今日はそれを手放さなくてはならない、もう夏だから。（七・西園寺訳）

また、逆接の「と（も）」「ど（も）」については、「しかし」mais、「〜にもかかわらず」malgré、「たとえ〜としても」quand といった語で訳しているが[114]、つぎの十番のように、逆接の意味を正確に訳さなかったため、うえの例と同じく、単なる事実を述べただけの文になってしまったものもある。

宮こにて山の端に見し月なれど海より出でて海にこそ入れ

〔都にいるときは山の端から出て山の端に入るのをみていた月だが、（このように海上の舟からみると）海から出て海に入ることであるよ。〕

都で山のうえにのぼるのをみていた月、今日はそれが海から出て、海に沈むのをみている。（十・西園寺訳）

つまり、都では山のうえに出ていた月なのに今日は海に沈むほど遠くへ来てしまったのかという原歌のやるせなさ（じっさい、作者の紀貫之は、かつて阿倍仲麻呂が中国で「天の原ふりさけ見れば春日なる三笠の山に出でし月かも」と望郷の念を詠んだ歌を下敷きにしている）が、西園寺訳ではただ月の位置が変化したということの表明に変わってしまっているのである。

こうした和歌に表された感慨というものは特に翻訳が難しかったようで、うえのような例のほかにも、強意を表す係助詞「ぞ」「なむ」「や」「か」「こそ」（いわゆる係り結び）、詠嘆を表す終助詞「かな」「ものを」などが関係している。

かたみこそ今はあだなれこれなくは忘るゝ時もあらまし物を

〔この形見こそが今となっては仇敵である。これがなければあの人を忘れるときもあるだろうに。〕

あれほど大切だったこの品が今は私の敵である、忘れたいことを思い出させるのだから。（二一・西園寺訳）

秋風はふきむすべどもしら露のみだれてをかぬ草の葉ぞなき

〔秋風は吹いて露を結んでいるが、その白露がばらばらに置いていない草葉とてないことだ。〕

秋の風が吹いて散らばった露の粒を集めようとするけれど、どの葦の茎のうえでも露は再び結びつきはしなかった。

（五八・西園寺訳）

このように、和歌では受けた印象の強さが助詞一つに表されるため、内容を表面的に翻訳しただけでは、詠み手の強い感情がみえにくくなるという事態がしばしば起こってしまう。

同様のことが、気づきを表す「けり」、推量を表す「らむ」といった助動詞の意味を訳さないことによっても生じている。これらは出来事に対する詠み手の距離感を示すもので、「けり」は今まで意識していなかった事柄に初めて気づいたという詠嘆（「今思えば～である／そういえば～だったよ」）[115]、「らむ」は目の前にない現在の事柄の推量（「今頃～だろうか」）を表す。どちらも意味を正確に訳さなければ、単なる出来事を述べた内容にしかならないことが、つぎのような例にうかがえるだろう。まずは「けり」の例である。

(114) 五、十一、二三、二七、六〇番。

(115) 例えば、二八番では「今私は～と理解している」je comprends que、六〇番では「ほら～」voici que などと表現されている。

雪ふれば冬ごもりせる草も木も春に知られぬ花ぞさきける
〔雪が降るので冬ごもりしている草にも木にも春に知られない花が咲くことだ。〕

雪が降ると木々や冬のために閉じ込もっている植物が、春の知らない花々を咲かせる。（四六・西園寺訳）

いのちにもまさりておしくある物は見はてぬ夢の覚むるなりけり
〔命にもまさって惜しい物であるのは、最後まで見終わらない夢が覚めることだったよ。〕

より惜しい、命より惜しいこと。それは大切な夢の邪魔をされることである。（八五・西園寺訳）

このように西園寺訳は断定的ないい方になっており、花は春のものなのに春が知らない花、すなわち雪による花が冬にあったということ、あるいは、おそらく恋しい人に会っている夢の途中で目覚めるのがいかにつらいかということを、今ようやく理解できたことだという詠み手の心の動きが表されていない。「らむ」の例も同様である。

帰るさの物とや人のながむらん待つ夜ながらのありあけの月
〔帰り際のつれない月としてあの人は見入っているだろうか。私が一夜を待ち明かしながらみるこの有明の月を。〕

待ちぼうけの長い夜のあとに私がまだ眺めているこの青白く光る月は、恋人の家から帰る幸せな男をうっとりさせる朝の光景である。（九・西園寺訳）

もろともにながめし人もわれもなき宿には月やひとりすむらん
〔一緒に月を眺めた人も亡く、私もいない家に、月が一人住んで、澄んだ光を投げかけているのだろうか。〕

私たちが一緒に月を眺めたこの住まいに、今日は月だけがやってくる。（四九・西園寺訳）

それぞれ西園寺訳では、ここにいる不幸な自分とは違う幸せな人に思いを馳せたり、かつて慣れ親しんだがもう戻ることのない宿を偲んだりするなど、心情の空間的な広がりをも表すことのできる「らむ」の効果が消え、客観的事実だけを述べるにとどまっている。

　以上のような問題から、西園寺訳はしばしば平坦なものになってしまったのである。しかし、これは必ずしも西園寺の翻訳技術に不足があったということではないだろう。彼はジュディットが韻文訳で磨きあげることを前提に逐語訳を行った。それゆえ、可能な限り簡潔に、フランス人にも理解しやすい訳を作ろうとしていたのだと思われる。では、ジュディット訳には、すでに挙げた感嘆表現のほかに、どのような文体的特徴があるのだろうか。いいかえれば、彼女は単調な西園寺訳を、どう鑑賞し得る詩に仕立てていったのだろうか。

　やはり、常につきまとうのは、韻文訳を成立させるうえでの制約である。おそらく、そうしたことが関係して、簡潔な表現がよく用いられている。例えば、「どうでもよい人〔ですよ〕!・」(三二)、「その涙はなぜ」(六三)といったように、言葉が限界まで切り詰められている。[116] 感嘆表現と同じく瞬間的な強さがあるとともに、会話的であるともいえる。会話的であるということは、直接疑問文が多いこととも共通している。[117] もちろん、こうした直接疑問文の形は基本的に西園寺訳を踏襲したものではあるが、つぎの三、十六、三二、三五番では、傍線で示すように、ジュディットが直接疑問文に変えている。

---

(116) その他、「もろい布!」(八)、「もうそうではない」(十)、「ほら、そこかしこに、もっと、もっと、花々が、花々が」(三一)、「そんなふうにしてください!」、「いってください」(三三)、「それでおしまい」(五四)、「せめていってください」(六三)、「沈む、死んでしまう!」(六八)、「裏切った者は!」(七五)、「遅かった!」(七九)、「春一番の花!」(八六)、などである。

(117) 「どうやって〜」(四)、「忘れてしまっていたのだろうか」(六)、「〜だろうか」(八)(十八)、「〜か」(三七)、「〜べきですか」(三九)、「〜なのか」(四五)、「どこまで〜」(五二)、「どうやって〜」(五三)、「どこへいってしまうのだろう」(五四)、「〜と思っているのだろうか」(五九)、「わかるでしょうか〜」(六七)、「〜ねばならないのですか」(六九)、「なぜ〜」(七〇)、「何といいましょうか」(七一)、などである。

この春の夜のおぼろなかげが梅の花々の色を隠している。けれどもその香りは隠れられない。（三・西園寺訳）

星のない夜が／暗い色の布で／桃の花々を隠している。／

けれども、香りよ、どれだい／おまえが隠れられるヴェールは。（三・ジュディット訳）

あなたが私をみたか否かなどどうでもよいのです！　思いだけが存在するのです、もし私が本当にあなたの思いのなかにいるならば私たちはすぐに再会するでしょう。（十六・西園寺訳）

私をみることが何になりましょうか。／思いだけが存在するのです。／もし、あなたの精神の／鏡のなかに、私がいるならば、／私たちはいつの夜にかお会いするでしょう。（十六・ジュディット訳）

涙に濡れた私の袖に気づいたのはどうでもよい人だった、あなただけにみつけてもらいたかったのに。（三二・西園寺訳）

涙があふれた／私の袖を、誰がみたのですか。／どうでもよい人ですよ！／

あなただけにみてもらおうと思っていたのに／こうして涙にくれているのを。（三二・ジュディット訳）

やっと会えるや否や、表情さえみわけられぬ前にあなたは消えてしまった、まるで雲から一瞬出て再び隠れてしまう月のように。（三五・西園寺訳）

これほど愛しているあなた／どうして、私を避けて、／顔を隠したの。／

そんなふうに、雲から出た月は、／すぐにそこへ戻ってしまう。（三五・ジュディット訳）

つまり、歌の背後に広がる世界や主観的な表現を割愛して平坦な文になった西園寺訳に対し、ジュディット訳は、感嘆詞や感嘆符を加えたり、簡潔な表現に内容を凝縮したり、直接疑問文に変えたりすることで、短い詩のなかにも喚起性のある、語りかけるような詩、つまり声高な詩に仕上げられているのである。

自然に語りかける詩

それでは、その喚起性や語りかけとは誰に向けられたものなのだろうか。『蜻蛉集』は翻訳としてあり、各訳詩にはそれぞれの歌人名が付されている。ゆえに、どのように声高な詩に仕上げようとも、そこに訳者が入り込む余地はなく、すべてが古の日本人の独白、ないし、恋歌や贈答歌ならば彼らが思いを寄せる相手への訴えである。「北へゆく雁のつばさにことつてよ雲のうは書きかき絶えずして」(十四)という歌のように、日本語は主語や話しかける相手を明示しないことも多いが、その場合はたいてい、西園寺が「私」や「あなた」などの語を補って訳しているので、ジュディットが直面する問題ではなかった。ところが、こうした翻訳のなかで、訳者の彼女が西園寺の逐語訳に反してまで、歌を差し向ける方向を変え、自分の視点を導入したものがある。

『蜻蛉集』には独白や贈答歌とは別に、もう一つ、特徴的な相手に語りかけた歌がある。それは、動植物や自然に語りかけた歌である。もちろん、そうした形式は和歌に珍しいものではない。

花の色は霞にこめて見せずとも香をだにぬすめ春の山風(十一)
ながめつるけふは昔になりぬとも軒場の梅はわれをわするな(二七)
思ふどちそことも知らずゆきくれぬ花の宿かせ野べの鶯(四一)
散りぬとも香をだにのこせ梅の花こひしき時の思いでにせん(四七)
天つかぜ雲の通ひ路ふきとぢよをとめの姿しばしとゞめむ(七八)

『蜻蛉集』に採られているこれらの歌を、西園寺はもとの意に忠実に訳しており、ジュディットもそれに従って韻文訳を行っている。つぎの傍線部分には、これら五つの原歌における風や花といった自然への語りかけが、西園寺訳からジュディット訳へと正確に受け継がれたことがうかがえるだろう。

霧が桜の花々を隠しているけれども。おお春の風よ、それらの香りを盗んで私のもとへ運んできておくれ。（十一・西園寺訳）

霧がしめしあわせて／梅の花々を隠している。／おお春の風よ、／花のうてなに盗みにいっておくれ／私がこよなく愛している香りを。（十一・ジュディット訳）

花々を眺めているこの日が過去のものになっても、おお、屋根の角に咲いた梅の花々よ、私を忘れないでおくれ！（二七・西園寺訳）

私たちの住まいの屋根が／ふれている淡い花々よ、／涙のなかにおまえたちをみている／この時が過ぎ去っても、／私を忘れないでおくれ、おお花々よ！（二七・ジュディット訳）

恋人たちがどこかわからず散歩しているうちに、夜になる。おお！ウグイスよ花々のしたに逃げ込ませてやっておくれ！（四一・西園寺訳）

道もわからないまま／恋人たちは空のもとへ出かける。／夜がやってきた…／おとなしいウグイスよ、どこか／花のしたに逃げ込ませてやっておくれ！（四一・ジュディット訳）

おお！　梅の花よ飛び去るのならせめて思い出におまえの香りを残しておくれ。（四七・西園寺訳）

おお梅の花よ／風がかすめて、もうすぐ、／消え去ってしまうけれど、／

せめておまえの香りはとどまってほしい／最後の思い出として！（四七・ジュディット訳）

おお空の風よ、雲の道を閉じてこれらの甘美な乙女たちがまだもう少し地上にとどまるようにしておくれ！（七八・西園寺訳）

おお風たちよお願いだ、／魔法にかけた大空を閉じておくれ、／これほど魅力に彩られた、／この美女たちが、／まだ地上にとどまるように！（七八・ジュディット訳）

また、原歌は未詳だが、十九、六八番でもジュディットが西園寺訳に倣って、それぞれクモや風に語りかける形式の韻文訳を作っている。

嘘を重ねる嘘つきクモよ、この長い夕べに、いなくなった人に再び会えると予言したりして。もうおまえを信じはしないよ！（十九・西園寺訳）

嘘つきクモよ／この長い夜に、あの、／離れていった女性に、／会えるだろうと予言して、／もうおまえの期待を信じはしないよ。（十九・ジュディット訳）

おお私が死ぬ嵐を引き起こす風よ、おまえの怒りをしずめて私の愛する女性の髪に優しく触れにいっておくれ！（六八・西園寺訳）

沈む、死んでしまう！／おお私を遭難させる風よ、／おまえの怒りをしずめ、／私の恋人の髪を／そっと撫でにいっておくれ！（六八・ジュディット訳）

ところが、つぎの六つの歌はどうだろうか。いずれも、原歌を理解できないジュディットが唯一の資料とした西園寺訳で、語りかけの形式は採られていない。原歌はいわば詠み手の独白で、西園寺もそのように訳している。しかし、彼女はつぎのような形に変えてしまう。傍線を引いた、自然にまつわる語彙の扱いが明らかに変わっていることがわかるだろう。

この春の夜のおぼろなかげが梅の花々の色を隠している。けれどもその香りは隠れられない。（三・西園寺訳）

星のない夜が／暗い色の布で／桃の花々を隠している。／
けれども、香りよ、どれだい／おまえが隠れられるヴェールは。（三・ジュディット訳）

待ちぼうけの長い夜のあとに私がまだ眺めているこの青白く光る月は、恋人の家から帰る幸せな男をうっとりさせる朝の光景である。（九・西園寺訳）

おお消えゆこうとする月よ、／待ちぼうけの夜の／私の苦しい涙をみたおまえは、／
夜明けに恋人のもとを去る／幸せな男をうっとりさせているのか！（九・ジュディット訳）

ウグイスが柳の糸をよって、縫っているものそれは梅の花々の帽子である。（五一・西園寺訳）

ウグイスよ、おまえは／この春の柳の／か細い糸をよって、／
梅の木のうえに、縫っているんだね、／新しい花々の帽子を。（五一・ジュディット訳）

秋が露を流す前に扇は脇に置かれるのだろうか。あるいは人が扇に飽きる前に露が現れるのだろうか。（六二・西園寺訳）

きれいな扇よ、／人は夏中おまえを愛するだろうか。／捨てられるだろうか、／

美しいおまえのうえに／秋が涙を落とす前に。（六二・ジュディット訳）

春に柳のすじは桜の花々を縫いつけるのに役立つに違いないだろう！　なんということ熟れた花々が木からほどけるのはその糸のかせがつまぐられるときである。（七九・西園寺訳）

柳よ、おまえの糸で、／もろい桜の木に／とれそうな花々を縫いつけておくれ。／遅かった！　糸のかせがほぐれる／めしべがほどけるときに！（七九・ジュディット訳）

たえまなく秋の険しい風がこの木蔦の一面をしつこく攻撃して、そこに露を哀れむ心すら残さない。（八四番・西園寺訳）

激しく厳しい風よ、／おまえのむき出しの怒りで／枝が折れてしまった。／おまえはまだ、意地悪く、／露を哀れむ心までとりあげようとする！（八四番・ジュディット訳）

このように、これらの六つの歌は、ジュディットの手によって、動植物や物、自然などに語りかける形に書きかえられているのである。おそらく彼女は、先に挙げた、これらと同様の形をもともと備えた歌に余程心惹かれるところがあったのではないだろうか。

だが、これらにはさらに詳細に検討すべき点がある。初めから自然に語りかける歌だった先の七例は、「［香りを］盗みにいっておくれ」（十二）、「私を忘れないでおくれ」（二七）、「逃げ込ませてやっておくれ」（四二）、「香りはとどまってほしい」（四七）、「大空を閉じておくれ」（七八）、「おまえの期待を信じはしないよ」（十九）、「撫でにいっておくれ」（六八）というように、自然に対する人間からの一方的な、ほとんど実現不可能なことは承知したうえでの願望であり、自然が本当に人間の意を酌んでそうした行動をとるかどうかは問題ではなく、あくまで、梅の香りを嗅ぎたい、花が散ってほしくないなどといった、願望の強さを表すための修辞である。これに対し、ジュディットが自然に語りかける形に変えたあとの例をみてみると、「どれだいおまえが隠れられるヴェールは」(三)、「男をうっとりさせているのか」(九)、「縫っているんだね」(五一)、「哀れみまでとりあげようとする」(八四)など、自然が人間のように行動したり、感情をもったりしているとみること自体に焦点が当てられている。つまり、彼女にとって自然に語りかける行為は、自然に人間と同じ生を認めることと密接につながっており、そうした視点を訳者の立場を逸脱して導入しているのである。

じっさい、このように自然に語りかける形に変えた例は数首にとどまるが、ほかの訳詩でも、人間と同じような営みをする自然という見方はくりかえし言葉の選択のうえに表れている。まず、うえの五一番の花々の帽子を縫うウグイスや、七九番の花々を木に縫いつける柳のように、動植物がまるで人間のミニチュアのように行動するさまを詠んだ歌が八、五七番にも選ばれている。

葉を、布のように一生懸命緋色に染めているのは白い霜だろうか。いずれにせよその布は丈夫ではない、緋色になった途端に、風が吹き飛ばしてしまうから。(八・西園寺訳)

白い霜だろうか／木の葉をすっかり／緋色に染めたのは。／もろい布! 遠くの風に／その緋色は吹き飛ばされてしまった。(八・ジュディット訳)

都の遠くから眺めて柳と花咲いた桜の木々が枝をよりあわせ春の布を織っているようであるのにみとれている。(五七・西園寺訳)

ああ! キョウトが／比類なき花々のなかにみえる!／どの丘でも、／柳が、花びらで、／春にコートを織っているよ! (五七・ジュディット訳)

とりわけ後者では、柳が「布を織っているようである」を「コートを織っている」といいかえ、より人間的な生活感や親近感が醸し出されている。

さらには、擬人法などを用いた表現に変え、自然の生命や自立性を強調した訳も多数見受けられる。例えば、花の開花は花が心を開き、風に吹き飛ばされる葉は羽をもって飛び去り、月の運行は月が自分についてきていると解釈する。花から漂ってくる香りは花によるもてなしや愛撫であり、ウグイスの鳴き声は空に向けた告白で、鳥が連なって飛ぶ姿は空に書かれた詩である。風の音を聞いたのは待ちぼうけのわびしさのせいであるはずが、むしろ、風そのものがむせび泣き、うごめく森を駆けているという。動植物や自然現象には悲しさや寂しさといった感情、優しさ、残酷さ、欲求までも与えている。また、歌人はただ夢想にふけっているのではなく闇に語りかけているのであり、物をみて思い出すのではなく物が話しかけてきているのである。季節さえも自発的に行動する。(118)

---

(118) 具体的には、「花を待ちわび」→「花の、心が開きかけるのを夢みて」(六)、「夏だから」→「夏が私たちを待ち構えているのだから」(七)、「私が〔月を〕眺めている」→「私の〔……〕涙をみた〔月〕」、「幸せな男をうっとりさせる」(九)、「〔月が〕海から出て、海に沈む」→「海まで月は私についてきて、同じように起きては寝る」(十)、追加「霧がしめしあわせて」(十一)、「花々は〔……〕かつてと同じ香りを送ってくれる」→「花々の昔からのかぐわしいもてなし」(十二)、「ウグイスが暁の光をほめ歌う」→「鳥が、おおすばらしい！と暁の光にうちあける」(十三)、「空を飛ぶのが文字を形作るようにみえる」→「美しい飛翔は、大空に、軽快な詩を書いているよう」(十四)、追加「涙にくれる桜」、追加「そよ風が拭う、雨水」(十七)、「〔この品が〕思い出させる」→「〔物が〕語りかけてくる」(二一)、追加「風がうめき声をあげる」(二二)、「自由にあなたのことを考えたい」→「闇に私の恋をうちあけよう」(二九)、「そこかしこ同じ単調で寂しい秋の夕べである」→「そこかしこに帳をなげかけている秋の夜」(三〇)、追加「春が飾〔る〕」(三一)、「聞いたことをくりかえす中国の鳥」→「中国の鳥は言葉を聞くごと空にふりまく」(三三)、「花びらが渦を巻いて舞〔い〕」→「残酷な風が〔……〕運び去る」(三四)、追加「波が望むところ」(三八)、「泥のなかに根を張り」→「泥のなかに生まれ」(四二)、「雪が降ると〔……〕花々を咲かせる」→「冬が咲かせた〔花々〕」(四六)、追加「星の光だけがさまよって涙を流している」(四九)、「木々からはがれ落ちた〔葉〕」→「葉は〔……〕羽音を立てて〔いってしまう〕」(五四)、「もみの木々のあいだで吹く風」→「息もたえだえな風のむせび泣きが〔……〕うごめく森のなかを駆けていく」(五九)、追加「春の優しい息吹が平野を撫で」、「秋の風に苦しんで」→「冬がコートに

このように、ジュディットは韻文訳を行うにあたって、韻律を整えるための語彙の変更や詩的な表現への書きかえ、逐語訳の平坦さを解消するための文体の工夫といった技巧的な操作に加え、人間と同じような営みをする自然という思想を独自に織り込んでいるのである。もちろん、『蜻蛉集』の歌の選択には西園寺の意向も反映されているだろうし、恋を嘆く歌や人生を詠んだ歌など内容も様々にある。よって、すべての歌が統一的に自然に語りかけ、自然の生を賛美しているわけではないが、それでもこうした思想はジュディット訳の端々に深く刻み込まれている。『蜻蛉集』のあらゆる側面で自然というモチーフが重要な意味を担っていることをすでに述べたが、この翻訳手法からも、彼女がいかに自然への眼差しを強く表現しようとしたかがわかるだろう。

翻訳に込められた主張 —— 自然から教えられる

本書はこれまで、『蜻蛉集』が〈翻訳〉にとどまらず、〈創作〉として一貫した方向性をもつことを、様々な側面から示してきた。まず、「トンボの詩篇」という書名は、蜻蛉島・日本の詩の翻訳集であるということ以上に、和歌がトンボの羽のようにはかない魅力をもつこと、そして、トンボの羽に乗せて運ばれてきたような小さい詩であることを示唆していると考えられた。事実、訳詩でも、意味を忠実に伝えることより、小さく手の込んだ和歌の形式を再現することのほうが優先されていた。また、それと呼応するように、挿絵における訳詩の配置は、自然のなかにひそむ詩を演出していた。さらに、選ばれた歌の大半が『古今集』に始まる八代集を出典としており、それは「和歌は人の心を種として万の言の葉とぞなれりける」という冒頭の一文を始め、自然にまつわる多様な比喩を用いて歌の発生を説いた『古今集』「仮名序」を序文代わりに置いたことと密接に関連していた。歌の主題についても、四季、とりわけ花の歌が多く、その花は作品の随所で詩の比喩として強調された。また、主題にかかわらず、歌の多くが自然に事寄せて思いを詠んできた日本人の詩観を表すものだった。そして、ジュディットの翻訳手法においても、自然に語りかけ、自然が人間と同じような営みをすることを認め、擬人法によって自然の主体性を際立たせるなど、西園寺訳にはない独自の思想を織り込んでいたことがわかった。以上のようなあらゆる側面を通して、『蜻蛉集』は自然の生命力、そして、自然との深い関わりのなかに存在した日本の詩歌というものを体現しようとしているのである。

こうした美学、つまり、生き生きとした自然を観察し、それを瑞々しく表現するという日本的美学は、まさに十九世紀のジャポニストたちが心を奪われ、ジャポニスムが流行した時期の多くの芸術作品に投影されたものにほかならない。高階氏も「この詩集全体に流れる通奏低音が「自然」であること」を認め、それを「虫や鳥や花に心を寄せて、身近に親しく愛でる日本人の自然観。それが日本の文学や美術の源泉にあることに、ジャポニストたちは着目した」という当時の動向のなかに位置づけている。(119) それでは、『蜻蛉集』はつまるところ、そうした日本文化に魅せられたジャポニスムの幸せな作品の一つにただ数えられるばかりなのだろうか。しかし本書は最後にもう一つ、ジュディット訳が編み出された過程を分析することでしかとらえることのできない、本訳詩集の隠れた〈主張〉を浮きあがらせ、それをジュディットによる〈詩のジャポニスム〉の意味深い主題として受け止めておきたい。

すでに述べたように、ジュディット訳では、語りかける形式を採用したり、擬人法を用いたりすることで、自然の主体性に焦点が当てられていた。これに加えて、彼女はしばしば自然や動植物を、力強く神秘的で、生命力に満ちたものとして形容している。例えば、「空を飛ぶ」を「〔大空での〕美しい飛翔」(十四)、「雲」を「輝いて〔……〕燃え立つ雲」(二〇)、「空」を「魔法にかけた大空」(七八)としたように、その見事さや壮大さを強調する形容詞等を加えている。また、花の咲き誇る様子は「幻」(四)、春の花は「ばら色の収穫物」(六一)、「川」は「清らかな水晶

吹きつけ」(六〇)、追加「〔春が〕惜しみ嘆く私に耳を貸さず、ばら色の実りを刈りとって」(六一)、「秋が露を流す」→「秋が涙を落とす」(六二)、「私が死ぬこの嵐」→「私を遭難させる風」(六八)、追加「夜明けが生まれて」(六九)、「〔花々を〕受けとる」→「〔花々の〕愛撫を受ける」(八八)、などである。

(119) 高階絵里加、前掲論文、一八九―一九〇頁。

（七四）と、いっそう魅惑的なものとして示している。さらに、「ウグイスの歌は相変わらず昔の歌だ」ということを「永遠によみがえりつづける、変わらぬ調べを、ウグイスは空にふりまいている」（二五）、「春」を「永遠の春」（五六）、「風がとかす氷」を「氷が割れる、池をかすめるそよ風のしたで波がよみがえる」（八六）として、その永続性をうたっている。『蜻蛉集』において、自然は人間と比べて遜色のない、人間の話し相手にもなり得る微笑ましい存在として描かれるだけでなく、人間を抱き込み、ときに圧倒さえする豊かな力として提示されているのである。

それゆえ、人間は自然によく懇願する。「忘れないでおくれ、おお花々よ」（二七）、「おお〔……〕風よ〔……〕怒りをしずめ〔……〕ておくれ」（六八）。それに、七八番の「おお風たちよお願いだ」、八一番の（わざわざ）「その通り道へいって」風に頼むといった、ジュディット訳で加えられた表現は、もはや自然にすがることしかできない人間のありさまを際立たせている。このように、ジュディットは自然を、あるときは人間に対して有無をいわさぬ力を奮う脅威としても描く。

そして、その一方で注視したいのは、彼女が人間の描き方においてもまた、自らの見解を反映させている点である。それは、自然とは対照的に、弱く無力で、苦しみにつきまとわれる孤独な姿であり、以下の書きかえをみれば、いかにそうしたイメージが『蜻蛉集』のテクストに流し込まれつづけたかは明らかなものとなるだろう。「苦しみ」は「このうえない苦しみ」（三六）、「私の恋」は「不安に満ちた私の恋」、「心」は「無防備な心」（五五）、「待ちぼうけの夜」は「待ちぼうけの寂しい夜」（五九）、「私たち」は「疲れた二人の心」（六六）、「もうあなたを思っていたくない」という心は「あなたを愛する悲しい心」（八二）になる。また、「絶望」は「たえざる苦しみ」（五）、「あなたのことづて」は「あなたの苦しみ」（十四）、「眺めている」は「涙のなかにおまえたちをみている」（二七）、「雨」は「この不幸」（五〇）、「心が望まないこと」は「いまわしい鎖」（五三）と、より険しい言葉に置きかえられている。ほかにも、「会ったことがない」という事実が「むなしく、長いあいだ目が休みなく探していた」（二三）という苦悩に満ちた記憶となり、「愛撫を消してしまわないように」という願いが「くちづけの愛しい跡が消えないかとあま

りに心配だから」（八七）という頼りない不安になっている。(120)

さらに、訳例をいくつかとりあげてみたい。四五番の歌「世中は昔よりやは憂かりけんわが身ひとつのためになれるか」は、西園寺の訳によれば、今感じている悲しさが世の常として諦めるほかないものなのか、自分にだけ課せられた孤独なものなのかと自問した歌である。

古い時代にも世の中は悲しいものだったのか。あるいは私にだけそうなったのか。（四五・西園寺訳）

だが、ジュディットは二つの文の順序を逆にし、人間に原初から定められた苦しみというものを問題にする。

ただ私にだけ／この世は悲しいものなのか。／たえがたい苦しみは、
人間が存在するようになったときから、／あるものなのか。（四五・ジュディット訳）

悲しさを一人かみしめている人間の思考の渦を詠んだ原歌に対し、ジュディット訳では、悲しみがやがて苦しみに変わり、それは人間という存在に課せられた根深い業となる。

そして、三九、七二番の歌のジュディット訳では、苦しみの果てに陥るものであるはずの「死」が、むしろ、苦しみから解放してくれるもの、「希望」であると、原歌にはない諦観的な意味合いがつけ加えられている。

私はきっとこの恋で死んでしまうでしょう、いつかあなたに会えるという希望がもしなければ。試してみますか。そして私が死ぬか生きるかみてみたいですか。（三九・西園寺訳）

（120）その他、「あなたは消えてしまった」→「私を避けて、顔を隠した」（三五）、「あなたのそばにはいない」→「とり乱し、愛するあなたから離れてさまよう」（三六）、「もう何にも関心をもたない人」→「もう何にも気をひかれないさげすむような目」（六四）、などの書きかえもある。また、「私の苦しい涙」（九）、「禁じられた幸せ」（一一）、「寂しい夜」（一四）、「惜しみ嘆く私」（六一）といった表現の追加もある。

解放してくれる死、／もしあなたに再び会えないのなら、／それがただ一つの希望です。／あなたの力を試してください。／私は死ぬべきですか生きるべきですか。（三九・ジュディット訳）

私の命が終わるなら、ええいっそのことそれで結構です、この命がまだつづけば恋をもう隠していられなくなるのが心配ですから。（七二・西園寺訳）

絶望して／解放してくれる死を待っています。／生きていなければならないのなら、／いつの日か夢中になっている悲しい恋を／表に出してしまうでしょうから。（七二・ジュディット訳）

三九番では、同じ「希望」という語が、西園寺訳ではあなたに会える希望であるのに対し、ジュディット訳では死が解放してくれるという希望にすりかえられている。また、七二番では、「生きていなければならない」という義務の意や、「悲しい恋」などの語を足して、苦悩がいや増している。

さらに、つぎの九、六九番のジュディット訳は特徴的な例で、主語が主体性をもった自然に変えられることによって、人間と自然の立場が逆転し、人間はいっそう無力な存在として表される。

待ちぼうけの長い夜のあとに私がまだ眺めているこの青白く光る月は、恋人の家から帰る幸せな男をうっとりさせる朝の光景である。（九・西園寺訳）

おお消えゆこうとする月よ、／待ちぼうけの夜の／私の苦しい涙をみたおまえは、／夜明けに恋人のもとを去る／幸せな男をうっとりさせているのか！（九・ジュディット訳）

春の一夜のむなしい夢の時間にあなたの腕で休めと。そのために噂と戦い面目を守らねばならないのですか。（六九・西園寺訳）

ああ！　夜明けが生まれてとりあげる、／むなしい夢のために、／これから先、／
あまりに短いこの夜のあとに、ずっと／面目を失って生きねばならないのですか。（六九・ジュディット訳）

六九番では、夢見心地の一夜が時の経過とともに終わっていくものではなく、夜明けが有無をいわせずとりあげてしまうものとされる。また、特に九番では、視線が、西園寺訳では「私が眺めている」として、地上の人間から天上の月へとあげられていたのに対し、ジュディット訳では「私の涙をみた月」として、天上の月から地上の「苦しい涙」を流す人間におろされた形となり、いわば、月が生命力をもって天にのぼる一方、人間はむなしく地に落ちてしまっているのである。

このように強調された、豊かな自然と苦悩する人間という対比は、さらに、もう一つの〈主張〉へとつながっていく。それは、「仮名序」の一節、貫之が人間はなぜ歌を詠むのかということを説いた、つぎの箇所の訳に現れる――すなわち、本書の冒頭で語ったような、私をこの『蜻蛉集』、さらには、ジュディット・ゴーチエの文学の研究にいざなった一つの「違和感」、果たして誤訳なのか、あるいは意訳なのか、それとも意図的な操作なのかという、立ち止まらずにはいられない、しかし容易には解消できない「違和感」を抱かせた一節の訳である。

世中に在る人、事、業、繁きものなれば、心に思ふ事を、見るもの、聞くものに付けて、言ひ出せるなり。花に鳴く鶯、水に住む蛙の声を聞けば、生きとし生けるもの、いづれか、歌を詠まざりける。

この現代語訳はつぎのようになる。

この世に生きている人は、出来事やなすべき事が多いので、心に思うことを、見るもの、聞くものにつけて、歌に表現するのである。花に鳴くウグイスや、水に住むカエルの声を聞けば、生きとし生けるもの、誰が、歌を詠まないだろうか。

つまり、人間だけでなく自然に至るまで、命をもつものはみなそれぞれの歌を詠んで生きているという、歌人の気高い信念が示されている。和歌史上、最も重要な歌論として、「やまとうたは人の心を種として万の言の葉とぞなれりける」につづき、多くの日本人が学び、記憶にとどめてきた。この原文に対し、『蜻蛉集』はつぎのような訳を載せている。

自然がみせるじつに多彩な光景が様々な思いを生まれさせた。人間は自分の周りをみて学んだ、それというのも、花々のしたで歌うウグイスから、水のなかで鳴くカエルに至るまで、すべてが人間に詩を教えていたからである。

この訳が原文の意味を大きく変えてしまっていることは、数々の部分より明らかである。

まず、「事、業」は、うえの訳のように、自然の光景に限定される語では決してない。「事」は人間のする行為、しなくてはならない仕事、もしくは、人間の身の上に起こる事柄のことであり、「業」も仕事や勤めを意味する。それを「自然がみせる光景」と解釈し、それが「様々な思いを生まれさせた」としている。この一節が、いかに自然に特別な役割を担わせているかがわかるだろう。

また原文の、この世に生きる限り出会う事柄に心を動かし、いい出さずにはいられない思いが歌となるのは自然の理で、命あるものすべてがおのおのの歌をうたうという意味のなかに、「人間は自分の周りをみて学んだ」「すべてが人間に詩を教えていた」、つまり、人間が自然から学んだ、教えられたという受け身の意味は全くない。それにもかかわらず、そうした意味が二度にわたってまで繰り返されている。

そのうえ、この箇所の少しのちに、「詩は天地の初めより存在していた」[121]、すなわち、神代より存在したという一文があることにも注意したい。原文のように、歌を詠むのは自然の理、つまり、生と不可分で、天地の初めより歌が存在したとつなげるのであれば矛盾はない。だが、人間が周りの生き物から歌を教えられたということは、天地の初めより歌が存在したということ、いいかえれば、歌が生きることそれ自体から生じるということと齟齬をきたす。そもそも、冒頭の一文を思い出せば、「詩は人間の心に芽生え」、すなわち、「人の心を種として」発生したのではなかったのか。つまり、この「仮名序」の抄訳で、うえに挙げた部分だけが異質な、かつ、明確な主張を行っているのである。

「仮名序」抄訳の下訳は掲載されていないため、西園寺がそう訳していたのか、あるいは、ジュディットが訳し変えたのかはわからない。しかし、「生きているものすべてが歌を詠む」というきわめて単純な文章をここまで意訳して伝える必要性が、果たして西園寺側にあったのかと訝られるうえ、西園寺訳の手法をみる限り、彼はほとんど余計な修飾語を加えず、余程、翻訳に手こずる文章でない限り、もとの構造を変えることもなかった。よって、西園寺による意訳であるとは少々考えにくい。

その一方で、人間が優位にあるのでもなく、万物が平等に存在するというのにも飽き足らず、人間がむしろ自然から教えられる立場にあるのだというこの主張は、ジュディット訳に織り込まれつづけた、強い自然に対する弱い人間という構図とまさに呼応している。ジュディット訳が提示しつづけてきたような無力な人間であるからこそ、詩をも、豊かな自然に教えられなければならなかったのではないだろうか。この一節はまた、ジュディットが、例えば、ワーグナーの『マイスタージンガー』の批評において、主人公が鳥たちや自然から歌を学んだと歌う場面に強い関心を寄せていたこと、『白玉詩書』の訳詩で、万物が互いに似通って存在する調和のなかで詩作を行う詩人を描き、若い詩人に自然をまねよと訴えていたこと、あるいは、美術批評で、自然が秘めた真理を写しとろうとする風景画家の作品を高く評価したこと、散文詩作品群で、自我を手放し、宇宙のリズムに身を委ねる「私」を一貫して登場させたことなど、本書がこれまでにたどってきた数々の場面を思い出させもするだろう。そうしたことから、この部分の訳は、ジュディット自身の主張を大いに反映したものである可能性がきわめて高いと考えられるの

(121) 原文は「この歌、天地の開闢初まりける時より、出来にけり」。

である。

『蜻蛉集』は、あらゆる側面に自然のモチーフが散りばめられ、一見、ジャポニスムが好んできた、優美で軽快な日本的自然観を賛美した作品だと解釈することができる。しかし、ジュディットの翻訳手法を詳細に分析することで現れ出るのは、自然のなかにその一部として身を置き、歌を詠むという和歌の精神とは異なる、人間と自然の相対する関係性を切実にとらえた独自の強い〈主張〉である。自然の豊かさや真理を感得するだけではなく、そこへ人間を屈服させるという構図まで打ち立てなければならなかったのは、人間を中心に据えてきた西洋的思考への反動が根底に流れていたからではないだろうか。事実、彼女は、最初に執筆した書評から、日々の祈りのなかで意識されるべき人間の弱さを強調し、西洋的宇宙観における人間の傲慢を見据えていた。詩作では、伝統によって固定化された規範にさえ違和感を訴えていた。また、のちには、着々と西洋化が進められる現実の極東から目をそむけていくことにもなるのである。[122]そうした〈主張〉の存在は、この『蜻蛉集』が単なる受動的なジャポニスムではなく、揺るがぬ意志に基づいた〈創作〉として、作家ジュディット・ゴーチエの文学活動のなかに位置づけられるべきものであることを物語っている。

* * *

訳詩集である『蜻蛉集』は、これまでの先行研究で、ジュディット・ゴーチエの作品として個々のテクストの細部まで分析されることはなかった。しかし、先立って出版していた中国詩翻訳集『白玉詩書』が創作的側面をもっていたことや、日本学者でも日本語が理解できたわけでもない一作家が和歌翻訳を手がけていたことから、そこには何らかの文学的意図が存在したのではないかと想像せずにはいられなかった。

その通りに、制作の背景を調査すると、彼女は和歌翻訳を行うにあたって、翻訳の先例よりも当時の詩人たちが極東詩に対して抱いていた興味を受け継いでおり、作品にとりくむ意識は訳者よりも創作者としてのものだったことがわかった。またじっさい、作品のあらゆる側面に、単なる翻訳ではなく、一作品として成立させるための一貫した志向が見受けられた。それは、まさにジャポニスムが流行した時代の作品らしく、自然のモチーフを強調するものだった。これにはジュディットの翻訳手法も密接に関連しており、彼女の韻文訳は西園寺の下訳からしばしば離れて、自然に語りかけ、豊かな自然を描き出すものに仕上げられていた。

だが、彼女はさらに西園寺訳を逸脱し、そうした自然とは対照的な、無力で苦しみにつきまとわれる人間の姿をも織り込んでいた。そして、それは「仮名序」がいう「生きとし生けるものはみな歌を詠む」という和歌の理念を、「人間は自然から詩を学ぶ」と読みかえた、『蜻蛉集』独自の〈主張〉へとつながっていたのである。作品の根幹に据えられたこの〈主張〉をふまえながら、今作品をふりかえると、トンボが羽に乗せて運んできた詩を示唆する書名、それにふさわしい小さく繊細な八八もの詩、自然のなかに詩がひそんでいることを表現した挿絵、詩の発生を種から葉へと成長する様子になぞらえた「仮名序」の抄訳、その「仮名序」に始まる勅撰集からの歌の収集、詩の比喩としての花の強調、自然になぞらえて詠まれた数々の歌、あるいは、自然に語りかけ、訴えかけるような声高な文体、自然の主体性を強調する翻訳手法、これらすべてが、人間は、詩のみならず様々なことを「自然から教えられる」立場にあるのだということを体現しているように思われる。

そうした、豊かな自然と苦悩の多い人間を対比させ、人間は自然から学びを得るものだとした『蜻蛉集』の〈主張〉は、まさに第一・二章でとりあげた、当時の西洋文化についての各種批評や中国詩の翻訳、その延長線上に

---

(122) モンクレールの記事に、「しかし彼女の熱意に物憂さが少し混ざる。日本の伝統が損なわれているからである。かの土地の人々はヨーロッパの制度を採用している。〔……〕「私は東洋人をみたくはないのです。彼らを想像するほうが好きです」と彼女はいう」とある。Monclair, « Silhouettes féminines, Mme Judith Gautier », *Le Figaro, supplément littéraire*, 15 février 1890.

あった散文詩の創作を通して、ジュディットが構築していた世界観を突き詰めたものだと考えることができる。すなわち、自然の豊かさや生命力に気づき、自然に人間と同等の営みを認め、その一方で、広大な宇宙における人間の微細な存在を再認識するとともに、人間を含むあらゆる事物が一つの法則のもとに息づき、その流れに融合していくことを理想とした考え方、そして、その真理や美に文化芸術を通して触れ、それを表現すべきだという意識である。例えば、テオフィルを始めとする先人たちが極東の詩に対して抱いた興味は、主に形式や典型的なイメージといったものに向けられた表層的なものだった。だが、彼女の〈詩のジャポニスム〉は、単に極東文化を手放しで摂取したり流行に迎合したりした結果ではなく、当時のフランスあるいはヨーロッパに現れた新しい文化芸術の経験によって育まれた土壌のうえで共鳴的に極東文化を受けとめ、それを自身の思想の表現に利用したという、より高度なものだったことが、以上のことから明確に示されたはずである。東洋趣味に彩られた著作を多く生み出すとともに、最新の西洋文化にも深く関わり、その一身のうちに西洋と東洋の出会いを内包した稀有な作家ならではの実りだったといえるだろう。

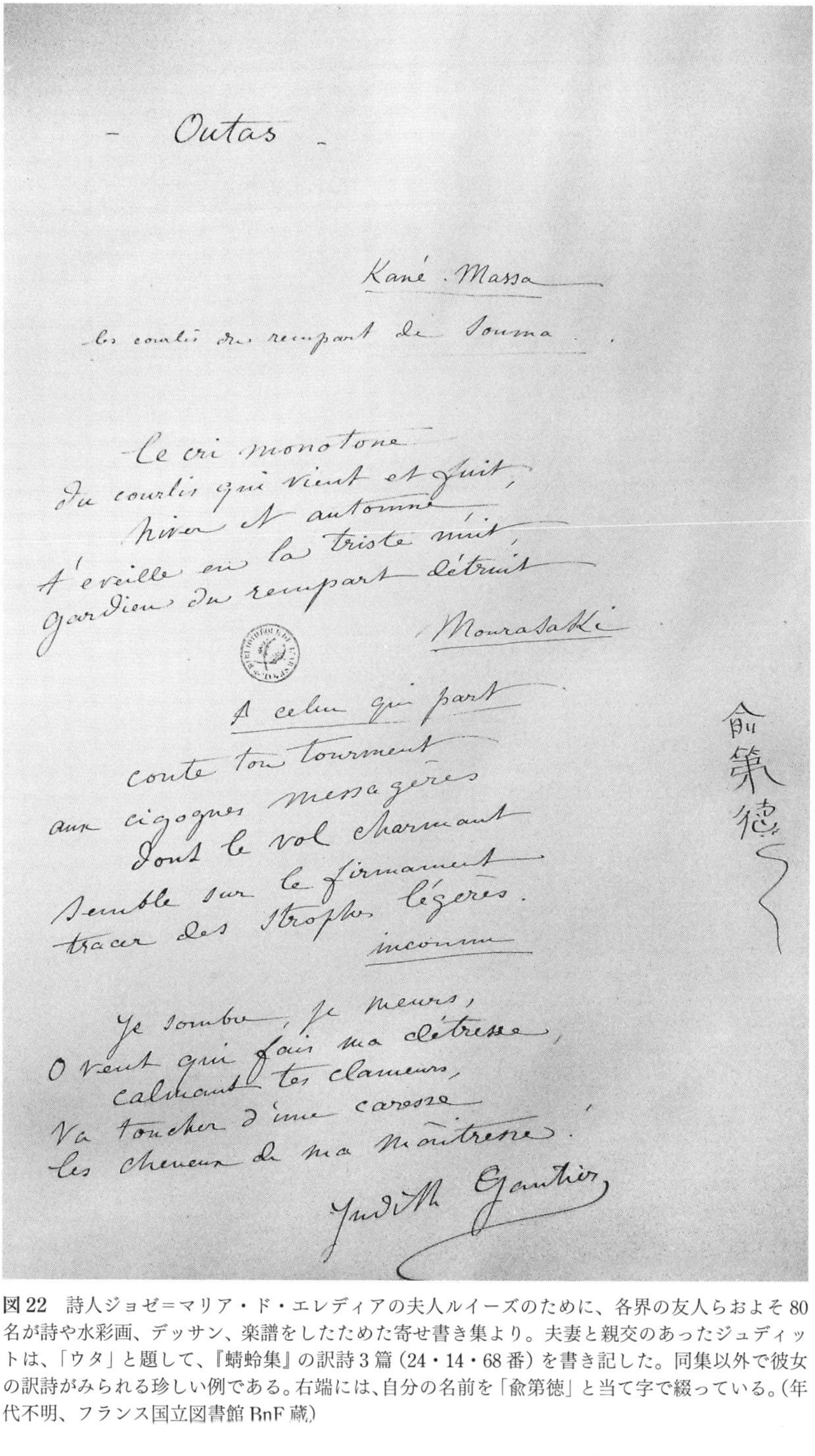

– Outas –

Kané Massa

Les courlis du rempart de Souma.

Le cri monotone
du courlis qui vient et fuit,
hiver et automne,
s'éveille en la triste nuit,
gardien du rempart détruit.

Mourasaki

A celui qui part

Conte ton tourment
aux cigognes messagères
dont le vol charmant
semble sur le firmament
tracer des strophes légères.

inconnu

Je tombe, je meurs,
O vent qui fais ma détresse,
calmant tes clameurs,
va toucher d'une caresse
les cheveux de ma maîtresse.

Judith Gautier

兪第徳

図22　詩人ジョゼ=マリア・ド・エレディアの夫人ルイーズのために、各界の友人らおよそ80名が詩や水彩画、デッサン、楽譜をしたためた寄せ書き集より。夫妻と親交のあったジュディットは、「ウタ」と題して、『蜻蛉集』の訳詩3篇（24・14・68番）を書き記した。同集以外で彼女の訳詩がみられる珍しい例である。右端には、自分の名前を「兪第徳」と当て字で綴っている。（年代不明、フランス国立図書館 BnF 蔵）

コラム3　♪　詩人と音楽の幸せ

十九世紀において、詩人の作品に曲をつけた小品、すなわちフランス歌曲(メロディ)はドイツ歌曲(リート)とともに盛んに作られた。代表的な作曲家としては、エクトル・ベルリオーズ(一八〇三―一八六九)を始め、カミーユ・サン＝サーンス(一八三五―一九二一)、エマニュエル・シャブリエ(一八四一―一八九四)、ガブリエル・フォーレ(一八四五―一九二四)、アンリ・デュパルク(一八四八―一九三三)、クロード・ドビュッシー(一八六二―一九一八)、フランシス・プーランク(一八九九―一九六三)など、枚挙に暇がない。また、ベルリオーズの歌曲集『夏の夜』のもとになったテオフィル・ゴーチエの『死の喜劇』、デュパルクが曲をつけたボードレールの「旅への誘い」、フォーレの歌曲集『優しい歌』のもとになったヴェルレーヌの同名の詩集、同じくフォーレが曲をつけたルコント・ド・リールの「イスファハンの薔薇」のほか、ユゴー、バンヴィル、シルヴェストル、リラダン、マンデス、レニエ、アポリネールなど、詩を提供した詩人も数多い。このように当時の詩人と音楽家の関係は深いものだったが、「中国の歌」への曲づけをアルマン・グジアンに依頼した(本書二一六頁参照)ジュディットもその例にもれず、あるいは、いっそうの思いを込めて音楽家に接していたように思われる。

そもそも母エルネスタがイタリア座の歌手であり、のちにジュディットが伝記『偉大な歌手の物語』を著したテノール歌手マリオ・ド・カンディア(一八一〇―一八八三)も、エルネスタの従姉妹でソプラノ歌手のジュリア・グリジ(一八一一―一八六九)の夫だった。ジュディットは彼らの舞台を幼少期から目にしていたほか、父テオフィルのもとを訪れた音楽家たちがピアノを奏でるのも真横で聴いていた。そうした環境にもかかわらず、音楽のレッスンは彼女の苦手とするところだったのだが、ある時、カール・マリア・フォン・ウェーバー(一七八六―一八二六)のピアノ曲「舞踏への勧誘」に触れ、音楽に開眼させられた。ウェーバーの音楽は、テオフィルも「超自然の世界の澄んだ音」として敬愛していたものである。そして、ウェーバー以上の陶酔を彼女に与えたのがワーグナーだったことはいうまでもない。

さて、ジュディットの中国詩翻訳集『白玉詩書』の「磁器の亭」がドイツ語訳され、マーラーの『大地の歌』の歌詞に使用されたことはよく知られているが、フランス国立図書館には、同訳詩集の「小さな花々がいかめしいモミの木々を笑う」がのちの一九五〇年にアンドレ・ブレッドという作曲家によって曲づけされた楽譜も残されている。また、一八九一年の『マガジン・フランセ・イリュストレ』誌には「ガザル〔ペルシャの抒情詩〕」と題した彼女の詩に、幼馴染みの配偶者だったピアニストのポール・イルマシェ（一八五二—一九三三）とリュシアン・イルマシェ（一八六〇—一九〇九）が曲をつけた譜面も掲載されている（左図）。さらに、友人ロベール・ド・モンテスキウに宛てた一九〇三年頃の書簡には、「ジョルジェット・ルブラン（メーテルランクの愛人として知られる歌手）がロンドンで歌う『白玉の詩』（『白玉詩書』のこと）を稽古しにやってきます（私の作曲家デビューです!!）」とあり、ジュディット自ら作曲をたしなんでいたこともうかがえる。それに、オペラ『月光のソナタ』を始め数々の作品をともに制作した作曲家ルイ・ベネ

ジュディットの詩「ガザル」をもとにした楽譜（『マガジン・フランセ・イリュストレ』誌より、一八九一年刊、フランス国立図書館 BnF蔵）

ディクトゥスが献身的な愛をもって生涯ジュディットにつき従っていたことからも、彼女の人生と音楽のかかわりの深さは想像に難くない。

　そのなかでも、最晩年のジュディットが一人の作曲家に寄せた思いはとりわけ心を打つ。その作曲家はエルネスト・ファヌリ（一八六〇—一九一七）といい、彼女は一八九二年頃に知人から紹介されて支援を頼まれた。彼はジュディットの父テオフィルの小説『ミイラ物語』（一八五八）に着想を得た『交響的絵画』（一八八三）を制作しており、彼女はそれを大いに評価して快く受け入れていたのだが、いつしか姿をみせなくなり、ひそかにヴァリエテ座のティンパニー奏者として働くようになっていた。劇場で鉢合わせたジュディットがとがめても、彼はおどけるばかりだった。だが、彼女は彼が家庭をもったことに気づき、「新しい義務を前にして、あまりに高尚な彼の芸術が何の役にも立たなくなった」こと、「家族を養えるあらゆる仕事を勇敢に受け入れるため、作品で実現したすべてを冷酷に残酷に打ち捨ててしまった」ことを悟った。この「恵まれた才能の精神的自殺」は、彼女が知るなかで最もつらいものだった。

　ところが、二〇年後の一九一二年、コロンヌ管弦楽団の指揮者ガブリエル・ピエルネ（一八六三—一九三七）が、ファヌリの『交響的絵画』を見出し、シャトレ座で披露すると

いう話題が駆け巡った。そして、ジュディットはそのとき初めて、この作品がずっと以前からほかならぬ自分に捧げられていたことを知ったのである。演奏会は成功し、ファヌリは歓喜に包まれた。ただ、金銭的な問題から逃れられることはなく、ジュディットは資金集めに奔走し、プライベートコンサートを開いては周囲に宣伝して回った。長年忘れることのなかった才能ある作曲家との再会は、晩年の彼女にとってひときわ喜ばしい出来事だったに違いない。しかしながら、そうした懐かしさと安堵に満ちた日々も束の間、『交響的絵画』の成功からわずか五年後の一九一七年晩秋、サン＝テノガのジュディットのもとに届いたのは、思いがけぬファヌリ死去の報せだった……

　ジュディットはファヌリの死を伝える記事が一つもないことを憂えて、同年十二月二三日付の『フィガロ』誌に追悼記事を寄せた。

　〔ファヌリの傑作に〕未来は、人生が残酷な悪夢であるのをやめたとき、喜んで喝采を送るだろう。

　だが、この記事はジュディットがしたためたおよそ最後のものとなった。この掲載が実現してまもなく、まるで一人の音楽家の光とかげ、そして旅立ちを見届けられたことに安心したかのように、彼女もまた息を引きとったからである。

　それからおよそ一世紀が経った今、手にとることのできるファヌリのＣＤが一枚ある。アドリアーノ指揮、スロヴァキア放送交響楽団による『交響的絵画』（マルコ・ポーロ、二〇〇二）である。彼の才能を信じて活躍を見守りつづけたジュディットは、今に至るまでその音楽が伝えられているのをみて、きっと喜びで胸をいっぱいにし、微笑んでいることだろう。真の芸術は、現実と義務に押し潰されながらも、永遠にその芽を枯らすことがないのを確信しながら……

結び
自然と人間をめぐりながら

晩年のジュディット　フランス国立図書館BnF蔵

ジュディット・ゴーチエにおける東西の出会い

明治以来、日本の一部の人々のあいだで語り継がれてきたフランス語による和歌翻訳集――パリに留学中の若き西園寺公望が置土産のごとく下訳を預け、山本芳翠による美しい挿絵が添えられた、三十一文字と同じ韻律をもつ見事な韻文訳の『蜻蛉集』が、一体どのようにして、また、なぜ制作されたのか。さらに、その賞賛すべき訳者、十九世紀後半から二〇世紀初頭の東洋趣味の作家として記憶されているジュディット・ゴーチエの、東洋へとしなやかに伸ばしたその手の源にはいかなる思いが流れていたのか。

文学界・批評界の重鎮テオフィル・ゴーチエを父に、伝説的プリマ・バレリーナのカルロッタ・グリジを叔母に、そして、ワーグナーやユゴーといった各界の巨匠と密な関係をもち、本書では到底いい尽くすことのできない作家、詩人、音楽家、画家、知識人たちとの交流に支えられて、当時の豊かな文化芸術の世界に身を置いていたジュディット・ゴーチエ。彼女が残した少なからぬ著作をたどると、単に流行の東洋趣味を弄んだのではなく、その一身に、西洋文化と東洋文化の出会いを内包し、西洋文化における東洋文化受容の意義を体現した作家だったことがわかる。そうした稀有で魅力ある彼女の文学の〈本質〉はどこにあるのか。

とりわけ、その著作のなかで注目すべきは、本人が後年、「最も喜んで書いた」とふりかえった中国詩翻訳集『白玉詩書』、それに、同じく極東詩の翻訳であるとともに、より高い完成度をもった和歌翻訳集『蜻蛉集』である。前者は、彼女が作家活動を始める以前から熱意をもってとりくんでいた作業の賜物であり、後者は、日本語が理解できなかったにもかかわらず和歌の翻訳に手を染め、細部に至るまで趣向を凝らした一つの芸術作品といっても過言ではない。つまり、これら二つの訳詩集は、商業的な成功を見込んで制作にあたらなければならないこともあったと想像される小説や戯曲とは異なり、翻訳でありながらも、逆説的に、自らの純粋な創作意欲に基づいて手がけることができたもの、すなわち、彼女の文学の〈本質〉が表れた作品だと考えられる。特に後者は、何よりわれわれ日本人の興味を大いにかき立てる本だが、それのみならず、多様に研究されてきた西洋におけるジャポニスムの流行のなかで、いまだ十分に解明されていない十九世紀における〈詩のジャポニスム〉を代表する貴重な資料でもある。

これら二つの訳詩集を通して、西洋文化と東洋文化の出会いを内包した作家の〈本質〉、いいかえれば、作家が体現する両文化の出会いの意義を浮き彫りにすることはできないだろうか。そのために本書は、これらに先立つ、あるいは、時を同じくして執筆されたもう一つのテクスト、ジュディットによる当時の西洋文化についての批評記事も考察の対象として掘り起こすことにした。そして、これら三種類のテクストをもとに、東洋文化を受容する土壌に当時の西洋文化を通じてどのような美意識や思想が育っていたのか、彼女にとってそもそも〈翻訳〉とはいかなる行為だったのか、それは果たして〈創作〉的側面をもつものだったのか、そこで表現されたのはいかなるものか、また、それは西洋文化を通して培った美意識や思想とどう呼応していたのかといった問いの答えを求めてきた。

まず、第一章では、ジュディットが『蜻蛉集』に至るまでの一八六〇年代から一八八〇年前後に執筆した、書評・美術批評・音楽批評をふりかえった。書評では、神にすがる人間の祈りを視覚化した挿絵本や、人間を超える地球や宇宙の多彩な営みを説いた書物、それに、宇宙の起源と運命、そしてすべてが融合に向かう理想を語った作品をとりあげていた。こうした本の選択に自身の意向が積極的に反映されていたわけでは必ずしもなかったが、これらのテクストとの対峙から、人間・地球・宇宙を相対化し、自然の営為に目を向けるとともに、そこにおける人間の位置づけを直視しようとする意識が彼女のなかに芽生えていたことがわかった。

つぎに、美術批評でまず特徴的だったのは、自然にまつわる比喩を頻繁に用いて作品を解説していることだった。それは、ジュディットが物事の比較対象として、常に自然の事物を想起していたことを示す。また、作品に描かれていない背景である自然の存在にまで思いをめぐらせているのも注目すべき点だった。そして、とりわけ「芸術家の魂を通して」描かれ、「詩情」を宿している、つまり、絵の背後にひそむ何物かを想像させると熱心に評価した作品のほとんどが、自然の豊かな表情をとらえた風景画だった。それは、バルビゾン派に代表される風景画の流行や、近代化が進む都市に暮らす人々の自然回帰とも呼応していた。一方、彼女は、身近なモデルを模写し、ありのままを表現するレアリスムを強く批判する。実は、風景画もそれと同様、当時の批評家から想像力を介していないと揶揄されることがあったのだが、ジュディットはあくまで特別な価値を認め、風景画家の創作活動を手放しに称賛しつづけた。さらに、風景画に向ける眼差しは繊細かつ想像力豊かで、論評するよりも、作品を通して自然をめぐり愛しむ。その自然は擬人化され、自然以上のものとなり、そこへ人間が融け込んでいるさまを描いた作品は特に高く評価した。つまり、ジュディットにとって自然は、最も多くの美や真理を見出しうる対象だったのである。

そして、音楽批評では、批判が渦巻くワーグナーのオペラ改革を支持しつづけていた。ジュディットはとりわけ、詩と音楽を融合し、オペラにおける音楽の一体性を目指したワーグナーのメロディ（無限旋律）に着目した。それは彼自身によって、多様に変化しながら連続していく川の流れや、様々な声を内包する森に例えられながら、統一体であることが説明されていたが、ジュディットはその比喩を独自に咀嚼し、より繊細で表情に富んだ川や、生き物のごとき有機性と生気を秘めた森を思い描いた。つまり、彼女がワーグナーのメロディにみたのは、音楽の統一体以上に、自然の営みのようなエネルギーだったのである。このことは個々の作品解説にも表れており、彼女は作品から、ドラマの筋よりも、海や空といった自然が現れる場面をしきりに抽出した。また、自然から歌を学んだと歌われる場面、いいかえれば、自然を源とした音楽という発想はとりわけ彼女を惹きつけた。さらに、音楽とドラマの関連性に言及する際も、登場人物の行動や感情との連動より、水や光や空気といった自然の要素を表現している点に着目した。こうしたことから、彼女はワーグナーの音楽が何より自然の律動と深く共鳴していることを認め、また、芸術でそうしたものを表現していく必要性を強く感じとっていたことが浮き彫りになった。

以上の分析より、ジュディットが、当時のフランスやヨーロッパに訪れた新しい文化芸術を経験するなかで、人間を長らくこの世の中心に据えてきた西洋の伝統的価値観とは異なる、自然と人間の関係性の再認識という〈主題〉を、自らの思考の軸に置くようになっていたことが明らかになった。

つづいて、第二章では、ジュディットにおける東洋文化受容の意義を考えるうえで最も重要な作品の一つである、中国詩翻訳集『白玉詩書』をとりあげた。この作品にかんする研究は比較的充実しており、少なからぬ誤訳を指摘しつつも、当時のフランスに中国詩を紹介した功績と後世に与えた影響を積極的に評価した、比較文学的見地によるアプローチと、散文訳という形式から、訳詩をジュディット自身による散文詩だとみなしてきた、散文詩研究の見地によるアプローチとがある。しかし、テクストの特徴を評したこれらの先行研究では、ジュディットの意向というものが十分に検討されてこなかった。

そこで、本書は改めて、作品成立の背景やジュディットの詩観を調査することから始めた。まず、『白玉詩書』の訳詩が出版当初から散文詩になぞらえられたのは、当時、ボードレールによる小散文詩の発表を始め、散文詩創作に注目が集まっていたからだった。その流れを受けて、書評のほか、父テオフィルなどの近親者も、彼女の訳詩を散文詩とみなした。これに対してジュディット自身は見解を残していないが、散文詩流行の立役者たちが彼女の身近な人物だったこと、中国詩翻訳の発表の場を提供したのもそのうちの一人だったこと、形骸化した韻文の形式に早くから違和感を抱き、最初に試みた詩が散文詩だったと自伝で語っていることなどをかえりみれば、散文詩への関心を少なからず有していたことは明白である。

また、これまで看過されてきたプレオリジナルに着目して、『白玉詩書』に至る成立過程を分析すると、当初は原詩の詩人名を曖昧にしか提示していなかったこと、章立てのために訳詩の内容を調整したこと、詩を分割して再録した例もあることなどから、原詩への忠実性とは全く異なる方向を向き、自らの編集方針を優先して翻訳に当たっていたことが明らかになった。そのなかでも、熱心に推敲したのが散文形式による訳詩の構造や文体で、それによって詩の主題が明瞭になったり、詩情の生まれる場が再構築されたりする。翻訳というより、散文詩の創作に近い。これまで誤訳がいくつも指摘されてきたが、正確な翻訳を行おうとする意識はもとより希薄だったのであり、一方、テクストの印象から評されてきた散文詩的な特徴は、明確に意図していたものだったのである。こうして、ジュディットにおいて〈翻訳〉は自らの〈創作〉としての性質を帯びていたことが認められた。

さらに、主題にかんしては、七つの章立てがやや便宜的なものである一方、プレオリジナルへの加筆を分析すると、集全体を通して、擬人化される自然や、人間と自然の交感といったものが強調されていることがわかった。特に、アナロジーを示す表現を頻用し、この世の物事が互いに似通い、地上にはただ一つの法則しかないという見方が至るところに散りばめられていた。また、〈詩人たち〉の章では、詩作を自然現象に例え、詩人に自然をまねよと訴えた詩が選ばれていた。こうした主題は、『白玉詩書』につづいて制作された散文詩作品群にも引き継がれる。そこでは、猛威を振るう自然を前にして、欲望や自我を手放し、広大な宇宙に融合していく人間の姿が一貫して描かれていた。その根底には、この世には、宇宙の原理以外に、安定したものも確かなものもないという思想があったからである。このように、『白玉詩書』の訳詩と散文詩作品群には、形式のみならず主題のうえでも連続性があり、人間はより大きな法則によって動かされているという認識こそが、散文詩作品群の冒頭で示唆されたように、固定された形、すなわち、詩の伝統的な形式を放棄する理由になったと考えられた。

以上の分析から、ジュディットにおける〈翻訳〉が〈創作〉的側面をもっていたこと、そして、中国詩を通して表現されたのが、第一章でみたような、当時の西洋文化を通して彼女が思考の軸としていた、自然と人間の関係性の再認識という〈主題〉の延長線上にある世界観だったことが明らかになった。

そして、第三章では、ジュディットのもう一つの極東詩の翻訳で、作品としての完成度がより高い、和歌翻訳集『蜻蛉集』をとりあげ、彼女の文学のさらなる〈本質〉に迫った。そもそも、日本語に精通しない彼女が和歌の翻訳にとりくんだのには、何らかの創作的な意図があったと推測せずにはいられない。だが、これまで『蜻蛉集』は、下訳を提供した西園寺公望の文化的功績として回顧されるか、挿絵を描いた山本芳翠の作品として研究されるばかりで、ジュディットによる訳詩がかえりみられることはほとんどなかった。

まず、『蜻蛉集』の背景をたどると、一八六〇年代から八〇年代はフランスにおける日本学が確立された時期で、日本の詩歌の研究も始まっていたが、そうした学者による翻訳に対して、『蜻蛉集』は編者の立場が大きく異なり、詳細な説明を備えた先例とは対照的に、歌意をとりこぼしかねない韻文訳を挿絵の施された頁にゆったりと一つずつ配置するという、鑑賞を優先させた体裁を有していた。これはジュディットが、訳者としてよりも、一つの作品を成立させようとする創作者としての意識を強くもっていたことを示している。それのみならず、韻文訳という方法は、当時の詩人たちが、和歌よりも先に知られていた中国詩の形式を模倣して作詩したことから影響を受けたものだった。彼女が父テオフィルからその方法をみせられていたことが自伝に記されているほか、和歌の形式を中国詩と混同して説明したテクストも見つかったからである。つまり、『蜻蛉集』の制作の動機は、和歌研究の発展上よりも、外国の詩の形式に対する詩人たちの関心、新しい詩への期待の延長線上に見出されるべきものだった。

『蜻蛉集』が単なる翻訳ではなく、創作者による一つの作品であることは、あらゆる側面にもみてとれた。「トンボの詩篇」という書名は日本の異名を踏まえたものだが、ジュディットは特にトンボの羽を重視し、和歌の比喩として用いてはかなさと小ささを表した。それは、羽に文字が書かれたトンボの挿絵があることや、羽をもち空を舞う生き物が挿絵のモチーフに採用されていることとも関連する。すなわち書名は、そうした生き物によってもたらされたような小さな詩を意味していると考えられた。五行による厳密な韻文訳も、韻律への興味だけではなく、詩の小ささを視覚的に強調するためだったのだろう。じっさい、挿絵のなかで訳詩は、空を舞う生き物のほか、花や葉、木の間、景色の一角に隠れるように置かれていた。詩が自然の至るところにひそんでいるような演出である。また、自然という主題の重要性は選歌方法にも表れており、歌の発生を植物の成長になぞらえるとともに、日本人が自然と向きあって歌を詠んできたことを述べた『古今集』「仮名序」の抄訳を冒頭に掲げ、その理念を受け継いで編纂された『古今集』に始まる八つの勅撰和歌集から原歌の大半を選んでいた。歌の内容も自然を主題としたものが多く、とりわけ花の歌を多数集め、献辞と末尾の歌で詩を花に例えて円環を描くといった目配せもしていた。

そして、『蜻蛉集』における自然という主題の重視を最も強く示しているのが翻訳手法だった。ジュディットは韻文訳を作る際に西園寺の下訳にはない意味を添えており、それには、直接疑問や感嘆表現を用いて自然の事物に語りかける形にしたり、動植物を擬人化して人間と同じような営みをするさまを描いたり、自然の壮大さや豊かさ、脅威を表す語彙を加えたりするといったものがあった。さらに注目すべきは、それとは逆に、人間の悲嘆や苦しみを誇張する言葉を足していたことである。つまり、自然の生命力を称える一方で、人間の弱さを強調し、豊かな自然と弱い人間という図式を構築していたのである。この意識は、「仮名序」の抄訳で、生きとし生けるものすべてが歌を詠むという万物の理を述べた箇所が「自然から教えられる」と訳された点に凝縮されている。西園寺の誤訳とも考え得る部分だが、自然のなかにひそむ詩の存在や、嘆きの多い人間と自然の豊かな営みという対比を強調していたことに鑑みれば、これを『蜻蛉集』に織り込まれた一つの〈主張〉だったと解釈せずにはいられない。

以上より、『白玉詩書』と同じく『蜻蛉集』にも、翻訳である以上に一つの作品を作りあげようとする意図が働き、さらには、独自の〈主張〉が表されていたことも明らかになった。そして、自然のなかに人間への学びを見出そうとするその主張は、ほかでもなく、ジュディットが当時の西洋文化や中国詩の受容、散文詩の創作を通して追究しつづけた〈主題〉、すなわち、人間の営みに等しい、あるいは、それを凌駕する自然の豊かさを認め、万物の理を再認識し、人間と自然の融合を理想とした世界観からの最も簡明かつ直接的なメッセージである。それを、作家人生の円熟期にさしかかっていたジュディットは、手にしやすい形で、軽やかに、しかし一縷の望みにかけて諭すため、『蜻蛉集』をこれほどにも美しい挿絵本に仕立てたのだろう。

このように、『白玉詩書』『蜻蛉集』という二つの訳詩集を通して、詩をめぐるジュディットの東洋文化受容をたどってきたが、そのなかで、一つの疑問が残っているかもしれない。それは、『白玉詩書』における散文訳と、『蜻蛉集』における韻文訳という、二つの形式の違い、いわば、矛盾である。『白玉詩書』では、当時、「四行詩」「七音節」という中国詩の形式に大きな関心が寄せられて、それをまねた作詩が試みられ、父テオフィルからも原詩の形式に倣った韻文訳という方法をみせられていたにもかかわらず、ジュディットは散文訳を選び、中国詩の韻律にはほとんど興味を示さなかった。しかし、その十八年後の『蜻蛉集』では、まさにテオフィルが中国詩を用いて示した、原詩に倣った韻文訳を和歌に転用し、五・七・五・七・七の韻律による五行詩を見事なまでに完成させているのである。形骸化したフランス詩の規範に違和感を抱きつづけ、詩は散文でも理解されると信じ、それを『白玉詩書』の散文訳で試したのみならず、その直後に、自らの散文詩作品群を発表したジュディットが、なぜ『蜻蛉集』では、和歌というフランス詩以上に厳格な規範をもつ詩形に、詩を閉じ込めたのだろうか。十八年という時の開きは小さくはない。その間に心変わりがあったのか、あるいは、『白玉詩書』と散文詩作品群において、一旦は散文による詩の表現をなし得たからなのかと、様々に憶測できるだろう。しかし、本書で行った分析をふまえると、その答えはシンプルなものではないかと思われる。つまり、一方は、宇宙の原理を唯一のものとし、それ以外に「決まったものは何もない、はっきりした形もない」という思いから人間が決めた伝統的形式を放棄した散文訳、もう一方は、トンボを始めさまざまな生き物の羽が運んできたり草花の隙間から顔を出したりして、自然が弱き人間に学びを与えるためにもたらしたような小さな韻文訳である。その韻文訳は、単なる珍しい詩形の模倣ではなく、表現する詩の意味と密接に結びついている。すなわち、いずれも自然を前にした人間のあり方を、一方はマクロな、もう一方はミクロな視点で問いながら、ふさわしい詩の姿を模索した結果だったのである。

以上のような研究をふりかえり、ジュディット・ゴーチエの文学の〈本質〉というのは、執筆活動の初期より長年にわたって行った、自然と人間の関係性の再認識、いいかえれば、人間を世界の中心に据えてきた西洋の伝統的価値観に対する問題意識の追究にあったと、一つの答えを出すことができる。そして、その追究が西洋文化と東洋文化の出会いを通して行われたということ、つまり、既存の価値観から脱却しようとする新しい西洋文化を経験し、それらを通して深めた省察の答えを東洋文化のなかに求め、作品として昇華させながら、西洋文化に対する警鐘に利用したということにこそ、彼女のしなやかな東洋文化受容の最も重要な意義を見出すことができるだろう。

詩のジャポニスムの実り

さて、こうして導き出されたジュディットの文学の本質をふまえながら、改めて『蜻蛉集』を、十九世紀における――つまり、二〇世紀のヨーロッパにおける俳句の流行に先立つ――〈詩のジャポニスム〉の開花を証言する作品としてとらえ直してみると、そこには、高度に機能した日仏文化交流の実りがみえてくる。

確かに、『蜻蛉集』が同時代もしくは後世の創作に与えた影響はといえば、のちの俳句の流行――すなわち、二〇世紀初頭に日本に滞在したポール＝ルイ・クーシュー（一八七九―一九五九）が俳句に魅せられ、フランス語による三行詩「ハイカイ」なるものを発表（『水の流れのままに』、一九〇五）[1]したことを皮切りに、ヨーロッパで俳句の簡潔性と象徴性が大いにもてはやされ、ライナー・マリア・リルケ（一八七五―一八二六）やポール・クローデル（一八六八―一九五五）をも巻き込み、ロラン・バルト（一九一五―一九八〇）による考察（『表徴の帝国』、一九七〇）[2]を経ながら、今日に至るまで俳句愛好家を獲得してきたこと――に匹敵するほどの、大きな動きを生み出すことはなかった。すでに、ステファヌ・マラルメ（一八四二―一八九八）が一八七〇年代から、のちに『折りふしの詩句』（一九二〇）[3]としてまとめられる、封筒や扇に書いた挨拶文のような四行詩を作ってはいたが、東洋の短詩がフランス詩の伝統を大きく突き崩すほどの機は熟していなかったのかもしれないし、まもなく知られるようになった俳句の三行という圧倒的な短さの衝撃を前に、和歌の優美な五行詩はいつの間にかかげをひそめてしまったのかもしれない。『蜻蛉集』の韻文訳は、直接的には、イタリアのダヌンツィオに同種の試みの着想を与えてはいたが[4]、むしろ、十九世紀

（1） [Paul-Louis Couchoud, André Faure et Albert Poncin], *Au fil de l'eau*, 1905.
（2） Roland Barthes, *L'Empire des signes*, Skira, 1970.
（3） Stéphane Mallarmé, *Vers de circonstance, avec un quatrain autographe*, Nouvelle revue française, 1920.
（4） Gabriele d'Annunzio, « Outa Occidentale », *Isaotta Guttadauro ed altre poesie*, Roma, La Tribuna, 1886.

中葉の詩人たちが試みた目新しい中国詩の韻律の模倣に始まり、二〇世紀の俳句を通した短詩の可能性の発見に至る、東洋の詩の受容の流れの一つとして、マラルメの『骰子一擲』(一八九七)やギヨーム・アポリネール(一八八〇―一九一八)の『カリグラム』(一九一八)[5]など、フランス詩が新しい形に向かって解体されていく大きなうねりに、ささやかな力を添えたというべきだろうか。

しかし、『蜻蛉集』のジャポニスムは、外から与えられた驚きによって新しい地平が開かれたというよりも、内なる要求から手を伸ばし命を吹き込み直したという意味で、より深部に起こった日仏文化交流だったとみることができる。それは、くりかえし述べるように、自然と人間の関係性の再認識をめぐるものである。

例えば、ヨーロッパに驚きと発見を与えた日本の自然観は、とりわけ、十九世紀後半から二〇世紀にかけての美術の分野で論じられる。豊かな風景描写を有した日本画や、草花や生き物といった自然のモチーフに焦点を当てた美術品などが日本から多く輸入され、日本人の自然に対する愛情ある眼差し、自然の移ろいや四季の変化を感じとる繊細さ、グロテスクだが生き生きとした生き物たちへの興味が、ヨーロッパの人々のあいだでもてはやされるようになって、彼らに自然との新しいつきあい方を示してみせた。そこから、人間を中心とする思想体系のなかにあって、長らく自然が主役になることのなかった西洋美術に新しい切り口を提示したことは、印象派の画家たちによる自然描写や構図の設定、エミール・ガレを始めとするアール・ヌーヴォーの工芸品のモチーフ、あるいは、テキスタイルにおける自然を意匠化した文様、庭園デザインなどに至るまで多くの事例に表れている。また、のちにクーシューが俳句に魅せられたのも、日本人の自然観に驚嘆したことが一つにあった。ジュディットによる『蜻蛉集』も、一見すれば、そうした日本の自然観を素直に受け止めて制作されたように思われるだろう。

だが、本書で考察したように、『蜻蛉集』のねらいは自然賛美にとどまらず、自然と人間の関係性への問いかけをも射程に入れていた。ジュディットの真意は、人間の存在を厳しくかえりみながら、自然に優位を返すことにあり、そこには、自然への屈服、そして、融合への希望が垣間みられる。つまり、『蜻蛉集』に表された自然への眼差しは、ただ日本文化の受容に従ったものではなく、当時の西洋文化をみつめることによって深まっていた問題意識が、中国詩を含む極東の詩の自然観に触れ、共鳴し、それを表現手段にして現れ出たものだったのである。ここに、一過的なエキゾチスムや表面的な模倣ではなく、西洋文化における内省と結びつきながら、より広大な異文化交流の流れのうえに起こったジャポニスムの一つの形をみることができる。

もちろん、美術、音楽、装飾芸術、服飾等、いずれのジャンルにおいても、既存のあり方におけるある種の閉塞感が、ジャポニスムという新しい風の流入を促し、革新の追い風としていた。それは、俳句による詩のジャポニスムも同様だろう。だが、そのなかでも、ジュディット・ゴーチエによる〈詩のジャポニスム〉は、西洋文明の岐路に立ったフランスと古の悠然とした日本という、時も場所も隔てた二つの意識のより緊密な出会いと奥深い融合を鮮やかに示すものとして、日仏文化交流の舞台における貴い実りだったといえる。西園寺公望が置土産として落とした、路傍のささやかな実ではなかったのである。

本書では、ジュディット・ゴーチエの文学活動における東洋文化受容の意義を中心に考察したため、同時代の人々が東洋文化に対してどのような関心を抱いていたのかということは具体的に検討しなかった。とりわけ、ジュディットにとって中心的なテーマだった東洋の自然観を、彼らがどのように受けとっていたのかという点を調べることは重要で、それにより当時の文脈における『蜻蛉集』や『白玉詩書』の位置づけ、意義がより明確に示されるはずである。加えて、西洋における自然観の変遷も、その背景としてより緻密にふまえることが、今後の大きな課

（5） Stéphane Mallarmé, « Un Coup de Dés jamais n'abolira le Hasard », *Cosmopolis*, n° 17, mai 1897 ; Guillaume Appolinaire, *Calligrammes, poèmes de la paix et de la guerre*, NRF, 1918. フランスにおける短詩の流行と俳句の受容との関係については、イヴ＝アラン・ファーヴルによる論文「マラルメからクローデルに至る短詩の技法」に詳しい。Yves-Alain Favre, « L'art du poème court de Mallarmé à Claudel », *Cent ans de littérature française 1850–1950*, SEDES, 1987, pp. 179–190.

題としてある。「自然を師とせよ」と詠ったワーズワースを始めとするロマン主義の自然観との関連性の考察も残されている。また、ジュディットが書評・美術批評・音楽批評でとりあげた当時の文化的事象、すなわち、自然科学の発展と大衆化、風景画の流行、都市の近代化に伴う自然保護の動き、ワーグナーのオペラ改革などについても、同時代人がどのような見解を抱いていたのかをより広く調査しなければならない。それにより、ジュディットが受けた影響、もしくは、独自性がさらに浮き彫りになっていくだろう。

そして、本書で得た切り口をもとに、ジュディットの他の著作をとらえ直していくことも、これからの研究において重要な作業の一つになる。具体的には、数多く残されている東洋趣味の小説や戯曲、東洋以外の主題をもつ作品、多く加筆がなされた改訂版『玉書』、詩集『詩篇』、熱心に行われたワーグナーの楽劇『パルジファル』の翻訳、オペラや歌曲のために書いた詩などである。これらの作品において、自然という主題がどう扱われているのか、あるいは、どう変奏されているのかを分析するのは興味深いことである。また、その一方で、自然という主題と対をなして、ジュディットが人間もしくは人為についてどのような見解をもっていたのかにも注目しなければならない。彼女が生きた時代は、ヨーロッパの高度な近代化のみならず、日本を始めとした後進国の文明化、異文化との急激な接近、二度の戦争(普仏戦争、第一次世界大戦)を経験しており、彼女の自然に対する眼差しは、これらの人間の行為を目の当たりにすることで深められたと考えられるからである。こうした研究によって、東洋趣味にはとどまらない、彼女の文学の真の魅力が広く知られるようになるのを目指していきたい。

ジュディットがその文学人生のなかで経験し、作品に表現してきた極東との出会いは、われわれにかつての日本をかえりみさせてくれるのみならず、異文化との接し方や、自然と人間の関係など、多くのことを考察し直すきっかけを与えてくれる。それを受けとっていくなかで、ジュディットが『蜻蛉集』の献辞で涙雨降るパリから三田光妙寺に問いかけたように、今度は彼女にこうも問いかけ、ときおりうしろをふりかえってみずにはいられない。

A
JUDITH GAUTIER

Pâlies, effeuillées,
Nos îles valent ces fleurs ?
Saurons-nous toucher
L'âme que tu as cachée
Sous leurs parfums, leurs couleurs ?

J. Y.

ジュディット・ゴーチエへ

色あせ、葉を落とした、
島国はそれらの花々にふさわしいでしょうか。
その香りと色のしたへ
あなたが隠した心に
私たちは触れることができるでしょうか。

著者紹介

吉川順子（よしかわ じゅんこ）

1977年生まれ。上智大学文学部フランス文学科卒業。フランス・ストラスブール第二大学文学研究科DEA課程修了。京都大学大学院文学研究科博士課程研究指導認定退学。京都大学文学博士（2011年）。現在、同志社大学非常勤講師。専門は、19世紀フランス文学、日仏文化交流史。主な著作に、« L'évolution des idées sur la danse chez Théophile Gautier »（*Études de langue et littérature françaises*, n° 84, 2004）、「『蜻蛉集』における実りと萌芽 ── 和歌とフランス詩の接点」（宇佐美斉編『日仏交感の近代』、京都大学学術出版会、2006年）、« *Le Livre de Jade* de Judith Gautier, traduction de poèmes chinois ── le rapport avec sa création du poème en prose »（*Études de langue et littérature françaises*, n° 96, 2010）、« *Poèmes de la libellule* de Judith Gautier ── un cas d'interprétation du Japon à l'époque des Goncourt »（*Cahiers Edmond et Jules de Goncourt*, n° 18, 2011）など。

（プリミエ・コレクション 21）
詩のジャポニスム
── ジュディット・ゴーチエの自然と人間

2012年7月10日 初版第一刷発行

著者 吉川順子
発行人 檜山爲次郎
発行所 京都大学学術出版会
京都市左京区吉田近衛町69番地
京都大学吉田南構内（〒606-8315）
電話（075）761-6182
FAX（075）761-6190
URL http://www.kyoto-up.or.jp
振替 01000-8-64677

ISBN978-4-87698-229-5
Printed in Japan

印刷・製本 ㈱クイックス
定価はカバーに表示してあります

訳詩篇

ジュディット・ゴーチエ

『蜻蛉集』（1885）
『白玉詩書』（1867）
散文詩作品群（1872–1873）

蜻蛉集

Poëmes
de la
libellule

1885年、ジロGillot社より、ジュディット・ゴーチエの名で出版された和歌翻訳集。『古今和歌集』「仮名序」の抄訳につづき、全88篇の和歌の韻文訳が、ローマ字表記した歌人名とともに掲載され、山本芳翠による挿絵が添えられている。また、巻末には「蜻蛉集の逐語訳」として西園寺公望による下訳が収録されている。ここではそれらのテクストの和訳を、ジュディットによる韻文訳と西園寺による下訳については原文もあわせて掲載し、これまでの調査（「訳詩篇」54頁の付記参照）で推定されている原歌を記す。なお、各訳詩には便宜的に番号をつけた。また、原文でローマ字表記されている固有名詞はカタカナで表す。

三田光妙寺へ

　あなたの愛する島国の
これらの花を贈ります。
　涙にくれたこの空のしたで、
その色と香り立つその心とに
あなたは気づいてくれるでしょうか。

ジュディット・ゴーチエ

A
MITSOUDA KOMIOSI

Je t'offre ces fleurs
De tes îles bien-aimées.
Sous nos ciels en pleurs,
Reconnais-tu leurs couleurs
Et leurs âmes parfumées ?

J. G.

エンギ五年（九世紀）*、アツ・キミ・ミカドの命により編纂された、
古今の詩の集への

序文

ツラ・ユキによる

詩は人間の心に芽生え、枝や多くの花へと咲き開いた。

自然がみせるじつに多彩な光景が様々な思いを生まれさせた。人間は自分の周りをみて学んだ、それというのも、花々のしたで歌うウグイスから、水のなかで鳴くカエルに至るまで、すべてが人間に詩を教えていたからである。

荒々しい力を使わずに天地を震わせ、目にみえない神々や精霊たちを感動させ、男女の仲をとりもち、兵士の心をやわらげること、それこそが詩の目的である。

詩は天地の初めから存在していた。けれども神話の時代のものではシタ・テル・ヒメ女神の詩しか知られていない。その頃は音節の数が決まっておらず、きわめて簡素なために詩はしばしばわかりにくい。人間の時代になって、知られている最も古い詩はサン・サ・オ・ノ・ミコト王子のものである。その王子によって詩の音節の数が三一に決められ、その形はもう変わらなかった。[1]

> 「おお山々からやってくる雲よ！　宮殿の壁をなす雲。妻を受け入れなくてはならない宮殿の。おお！　壁をなす雲よ！」

この時代から、花々を愛し、鳥たちをうらやみ、春の霞を愛で、露とともに涙すること、そのどれもが詩の主題になった。そして、一歩から始まる長い旅のように、塵の集まりからできて天までのぼる山のように、詩は発展した。

つぎの、子供たちが書を学ぶために写す二つの詩は、詩の祖父母とみなされている。一方では、君臨するミカド（三年の空位期間ののちに即位したニント・ク）のことが初めてほのめかされた。

> 「マニワ・ズに今日咲いているこの花は冬のあいだは隠されていた。でも

1　日本の詩、「ウタ」は五つの詩句よりなる。一番目は五音節、二番目は七音節、三番目は五音節、最後の二つは七音節、あわせて三一音節である。

〔*延喜5（905）年は10世紀である。〕

今は、春をまるごと手にしているかのように、輝かしく堂々と、咲いている。」

もう一方は、ふるまわれたもてなしにあまり満足していない天皇をなだめるため、地方の高級官吏の妻によって、たいそう当意即妙に即興された。

「たしかに、アサカの山を映す井戸はあまり深くありません。ですが私たちがあなたをお招きするのに抱いている尊敬の念の深さは、はかりしれないものです。」

われわれの時代は、暮らしぶりがより派手になって、人間の心が虚栄でふくれあがっているため、詩は、概して、つまらなく空疎で、軽薄な人間たちの家に姿を隠し、まじめな精神をもつ人々の前にはもう現れようとしない。ああ！　そうあってはならないのに、詩の起こりを思い出せばそうはなるまいに。

かつて天皇たちは「春の花咲く朝」や「秋の夕べの月の光」によって催される宴に宮廷人を招待し、そうした集まりが詩の主題になってあるじに贈られていた。

宮廷人のなかのある者は花々の小道にいざなわれた見知らぬ場所で迷ったと、別の者は月がのぼるのを待ちながら夜中ずっとさまよったと詠っていた。しかし花々や月だけが話題になっていたのではない。天皇の治世を、善行の数から砂浜の砂に、偉大さからそびえ立つ山々になぞらえて称えていた。心から喜びをあふれさせ、愛はフジ山の煙のようだといっていた。あるいは、虫たちが鳴き渡るのを聞きながら、友を思い出し、若き頃をしのび、老いはタガ・サゴのもみの木々を思わせていた。こうして王子たちも、また姫たちも、詩をたしなみ、天皇はみなが表現した思いからたびたびその人となりを判断していたのである。

今日、フジ山の煙の消失や、再建されるナガラの橋が、まだ詩の主題になっている。

最も古い時代から名の知れた詩人たちのうち、ヒト・マロを詩人のなかの詩人とみなすことができる。だがそれに並んで見事な詩を作るアカ・ヒトがいる。私はヒト・マロがアカ・ヒトをしのぐことはできないし、劣ることもありえないと思う。

これら二人の偉大な人物のほかにも現れた詩人は数多い。その詩人たちの作品の集は「マン・ユ・シャン（一万の葉）」という題を掲げている。この時代からわれわれの時代まで一世紀以上が流れて十人の天皇があとを継いだ。その間はきわめ

てわずかな詩人しか生まれなかった。かろうじて一人二人、昔のことや本当の詩を知っている者をみいだせるだけである。ほかの多くの者は、良いところも悪いところもあり、完璧な詩人とはみなされえない。ここでは、敬意を欠くのをおそれ、位の高い人々のことは述べない。そうした人々を除いて、われわれの時代で名の知れた詩人はつぎの者である。

ヘン・ジョ（位の高い僧侶）、
ナリ・ヒラ、
ヨス・ヒデ、
キセン（ウゼ山の僧侶）、
コマチ、
クロ・ヌシ、

ヘン・ジョの詩は、形は正しくとも、真実味に欠けている。絵のなかの女性に夢中になっている人のようである。

ナリ・ヒラは思いが多く言葉があまりに少ない。その詩は香りはあるが輝きが失せてしまった枯れた花に似ている。

ヨス・ヒデの表現は逆に巧みだが思いにあっていない。まるで立派な服を着た普通の人のようである。

キセンの詩は回りくどく、雑然としていて、夜明けの雲を通して秋の月をみるようである。

コマチは多感だが、力強さに欠けている。その詩はきれいだが病んでいる女性のようである。

クロ・ヌシの作品は心地よいが気品がない。花々のしたで休んでいるきこりを思わせる。

まだまだ多くの詩人がいて、その名は野原を覆ってはう植物のように広がっている。森の葉の数ほどある。けれども自分たちを詩人だと思いながら詩のことすらわかっていない。

九年前から天のしたに君臨し、その威光で守っている日本の島々に、プカバの山のかげがなすごとく、慈悲をあふれさせている天皇は、決してまつりごとを怠ることなく残された余暇を利用して、いにしえの時代をふりかえり、失われたものを、今味わうとともにつぎの世代へ伝えるためによみがえらせたいと願った。そうして、

エンギ五年四月十八日に、詩人たちを集めた。その名はつぎの通りである。

トモノリ、
ツラ・ユキ、
ミツネ、
タダミネ、

そしてマン・ユ・シャンにみられないすべての詩を集め、そこに自分たちの作品を加えるよう命じた。

その新しい集は千の詩からなり、二〇巻にわかれている。題は「コ・キン　ワカ・シュ（古今のウタの集)」という。

尽きることのない泉のように詩情が流れている、これらの数えきれない詩をみながら、たいそう香りの乏しい自分たちの詩を恥ずかしく思う。春の花々に例えられうるにはほど遠く、秋の夜のように空虚に思われる。そしてわれわれにはあまりにも似つかわしくない名声を思うと、人々の前のみならず、詩そのものをも前にして、恥ずかしさで顔を赤くさせられる。

私、ツラ・ユキにとって、寝ているときも起きているときも、動いているときも止まっているときも、この仲間と同じ時代に暮らし、この治世に生き、この出来事を語るのはまことに幸せなことである。

さいわい詩はヒト・マロの死後も地上を去ることはなかった、そして、何世紀もの時が流れようとも、多くのものが消えようとも、春が柳の葉を緑にする限り詩は再び花を咲かせるだろう。しかし、われわれのあとにつづく詩人たちは、過去をかえりみて、われわれの時代の栄光が広い空のなかに光る月のごとく輝いているのを目にすることになるだろう。

以下、88篇の訳詩を1篇ごとに、上からジュディット訳(左に和訳、右に原文)、西園寺訳（上に和訳、下に原文)、原歌、歌人名の順で配置した。原歌、歌人名のうしろの括弧内は出典・部立て・歌番号で、主として『新編国歌大観』によるが、歌の表記は改めている。歌人名も一部補った。「百」は『小倉百人一首』にあるもので、その歌番号も記す。

1　イセ姫

LA PRINCESSE ISSE

　水が色を揺らしている
枝をたおろうと
　水面に身をかがめる。
なんということ！　袖を濡らして
花はつかめなかった！

　Pour cueillir la branche
Dont l'eau berce la couleur
　Sur l'eau je me penche :
Hélas ! j'ai trempé ma manche
Et je n'ai pas pris de fleur !

水が色を動かしている、梅の花々をつもうと、水面に身をかがめた、けれども、なんということ！　花をつまずに袖がすっかり濡れてしまった！

Pour cueillir les fleurs de prunier, dont l'eau agite les couleurs, je me suis penchée vers l'eau, mais, hélas ! je n'ai pas cueilli de fleurs et ma manche est toute trempée !

春ごとにながるる河を花とみておられぬ水に袖やぬれなむ　伊勢（古今・春上 43）

2　よみ人しらず

INCONNU

　沼の水面に、
絡みつく植物の草、
　緑の絨毯が、広がっている。
誰の目もおりてはこない
私の思いの底までは。

　Sur l'eau de l'étang,
L'herbe à la plante enlacée,
　Vert tapis, s'étend.
Aucun regard ne descend
Jusqu'au fond de ma pensée.

沼のうえに水生植物の絨毯が広がっている。誰も私の思いの深さに気づきはしない。

Sur l'étang s'étale le tapis des plantes aquatiques : personne ne soupçonne la profondeur de ma pensée.

うき草のうへは繁れる淵なれやふかき心を知る人のなき　よみ人しらず（古今・恋一 538）

3 ミツ・ネ

MITSOU-NÉ

　星のない夜が
暗い色の布で
　桃の花々を隠している。
けれども、香りよ、どれだい
おまえが隠れられるヴェールは。

　La nuit sans étoiles
Dérobe en ses sombres toiles
　Les fleurs du pêcher.
Mais, parfum, quels sont les voiles
Où tu pourrais te cacher ?

　この春の夜のおぼろなかげが梅の花々の色を隠している。けれどもその香りは隠れられない。

L'ombre terne de cette nuit de printemps dérobe la couleur des fleurs du prunier ; mais le parfum ne peut se cacher.

　春の夜の闇はあやなし梅花色こそ見えね香やはかくるる　凡河内躬恒（古今・春上 41）

4 トモノリ

TOMONORI

　すべてが花咲いているようだ
舞う雪のしたで。
　どうやってみつけよう
梅の木を、この幻のなかで、
幹を一本たおるために。

　Tout semble fleurir
Sous la neige qui voltige.
　Comment découvrir
Le prunier, dans ce prestige,
Pour en cueillir une tige ?

　雪が降ると、すべての木々が花を咲かせる。どうやって梅の木をみわけて一枝もっていこうか。

Quand il neige, tous les arbres fleurissent. Comment reconnaître le prunier pour en emporter une branche ?

　雪ふれば木ごとに花ぞさきにけるいづれを梅とわきておらまし　紀友則（古今・冬 337）

5 オキ・カセ　OKI-KASSÉ

たえざる苦しみに疲れ、
あなたに決して
会うまいとした。
けれども夢の幻が
私を残酷な希望につき返す。

Las d'un mal sans trêve,
De ne jamais vous revoir
J'ai fait mon devoir ;
Mais le mensonge du rêve
Me rend au cruel espoir.

絶望のあまりあなたを忘れたい。けれども夢のいたずらが私をむなしい希望のなかに再び陥れる。

Dans mon désespoir je voudrais vous oublier ; mais la tromperie du rêve me rejette dans de vains espoirs.

わびぬればしひて忘れむと思へども夢といふ物ぞ人だのめなる　藤原興風（古今・恋二 569）

6 チサト　TISATO
キサキの歌合せで　AU CONCOURS DE LA KISAKI

自分で種をまいて、
愛するこの花の、
心が開きかけるのを夢みていたとき、
その菊を枯らす冬のことを
忘れてしまっていたのだろうか。

En semant moi-même,
Rêvant son cœur entr'ouvert,
Cette fleur que j'aime,
Avais-je oublié l'hiver
Qui fane le chrysanthème ?

花を待ちわびながら、この植物の種をまいたとき、その菊を枯らす冬のことを考えていただろうか。

Quand j'ai semé cette plante, attendant la fleur avec impatience, est-ce que je songeais à l'hiver qui fane les chrysanthèmes ?

うへし時花まちどをにありしきくうつろふ秋にあはむとや見し　大江千里（古今・秋下 271）

7 シゲ・ユキ

SIGUÉ-YOUKI

私は惜しい
ゆらゆらと香り漂うその花々が、
けれども手放そう
春に着ていた装いを。
もう夏が私たちを待ち構えているのだから。

Bien que je regrette
Ses fleurs aux parfums flottants,
Quittons la toilette
Que je portais au printemps ;
Car déjà l'été nous guette.

花々の香りがいっぱいについた春の装いを惜しんでいる、けれども今日はそれを手放さなければならない、もう夏だから。

Je regrette ma toilette du printemps toute embaumée de fleurs, et pourtant il me faut la quitter aujourd'hui car voici l'été.

花の色に染めし袂の惜しければ衣かへうき今日にもある哉　源重之（拾遺・夏81）

8 セ・キオ

SÉ-KIO

白い霜だろうか
木の葉をすっかり
緋色に染めたのは。
もろい布！　遠くの風に
その緋色は吹き飛ばされてしまった。

Est-ce la gelée
Blanche qui de pourpre a teint
Toute la feuillée ?
Frêle étoffe ! au vent lointain
Sa pourpre s'est envolée.

葉を、布のように一生懸命緋色に染めているのは白い霜だろうか。いずれにせよその布は丈夫ではない、緋色になった途端に、風が吹き飛ばしてしまうから。

Est-ce la gelée blanche qui travaille à teindre comme une étoffe, les feuilles en pourpre ? En tout cas l'étoffe n'est pas solide car, à peine pourprée, le vent l'emporte.

霜のたて露のぬきこそよはからし山の錦のをればかつ散る　藤原関雄（古今・秋下291）

9 サダイエ

SADAIÉ

　おお消えゆこうとする月よ、
待ちぼうけの夜の
　私の苦しい涙をみたおまえは、
夜明けに恋人のもとを去る
幸せな男をうっとりさせているのか！

　O lune mourante,
Qui vis mes pleurs douloureux
　Dans la nuit d'attente,
Tu charmes l'amant heureux
A l'aube quittant l'amante !

　待ちぼうけの長い夜のあとに私がまだ眺めているこの青白く光る月は、恋人の家から帰る幸せな男をうっとりさせる朝の光景である。

Cette lune pâlissante que je contemple encore après une longue nuit d'attente, est le spectacle matinal qui charme l'amant heureux revenant de chez son amante.

　帰るさの物とや人のながむらん待つ夜ながらのありあけの月　藤原定家朝臣（新古今・恋三 1206）

10 ツラ・ユキ

TSOURA-YOUKI

　フジ山のうえに
月が現れるのをみていた。
　でももうそうではない。
海まで月は私についてきて、
同じように起きては寝る。

　Sur le mont Fouzi
Je voyais la lune poindre ;
　Ce n'est plus ainsi :
En mer elle vient me joindre,
S'y lève et s'y couche aussi.

　都で山のうえにのぼるのをみていた月、今日はそれが海から出て、海に沈むのをみている。

La lune, que je voyais dans la capitale, se lever au-dessus de la montagne, aujourd'hui je la vois sortir de la mer, et se coucher dans la mer.

　宮こにて山の端に見し月なれど海より出でて海にこそ入れ　紀貫之（後撰・羇旅 1355）

11 モネ・サダ　　MONNÉ-SADA

霧がしめしあわせて
梅の花々を隠している。
おお春の風よ、
花のうてなに盗みにいっておくれ
私がこよなく愛している香りを。

Les brumes complices
Cachent les fleurs du prunier.
O vent printanier,
Va dérober aux calices
L'odeur qui fait mes délices.

霧が桜の花々を隠しているけれども。おお春の風よ、それらの香りを盗んで私のもとへ運んできておくれ。

Malgré le brouillard qui cache les fleurs du cerisier ; ô vent printanier, dérobe leur parfum et apporte-le moi.

花の色は霞にこめて見せずとも香をだにぬすめ春の山風　良岑宗貞（古今・春下 91）

12 ツラ・ユキ　　TSOURA-YOUKI

たとえ私が愛した住みかの
新しい主人の
心は閉ざされていても、
わかると思う花々の
昔からのかぐわしいもてなしは。

Si du nouveau maître
De mon logis bien-aimé
Le cœur m'est fermé,
Des fleurs je crois reconnaître
L'ancien accueil embaumé.

私の昔の住みかの新しい住人たちの心は、おそらく私に対して冷たいだろう。けれども花々は、覚えているようで、かつてと同じ香りを送ってくれる。

Le cœur des nouveaux habitants de mon ancienne demeure, m'est peut-être hostile ; mais les fleurs, qui semblent se souvenir, m'envoient le même parfum qu'autrefois.

ひとはいさ心もしらずふるさとは花ぞ昔の香ににほひける　紀貫之（古今・春上 42；百 35）

13 カゲ・キ

KAGUÉ-KI

私の愛する人が目を覚まし
真っ赤な夜明けに、額から
髪をはらう。
そして鳥が、おおすばらしい！　と
暁の光にうちあける。

Mon amour s'éveille
De son front, aube vermeille,
Chassant ses cheveux ;
Et l'oiseau fait, ô merveille !
A l'Aurore ses aveux.

私の愛する女性が額から夜明けの髪の乱れをはらうとき、窓のそばでウグイスが暁の光をほめ歌う。

Quand ma bien-aimée écarte le désordre de ses cheveux de l'aurore de son front, près de sa fenêtre le rossignol chante l'aurore.

わぎもこがねくたれ髪をあさなあさなとくも来てなく鶯の声　香川景樹（桂園一枝・春 22）

14 ムラサキ
旅立つ人へ

MOURASAKI
A CELUI QUI PART

あなたの苦しみを話してください
使いのコウノトリたちに
その美しい飛翔は、
大空に、軽快な詩を
書いているようです！

Conte ton tourment
Aux cigognes messagères
Dont le vol charmant
Semble, sur le firmament,
Tracer des strophes légères !

あなたのことづてをコウノトリたちの翼に託してください、たえまなく、空を飛ぶのが文字を形作るようにみえる、コウノトリたちに。

Confiez vos messages à l'aile des cigognes, aux cigognes dont, sans relâche, le vol sur le ciel semble former des inscriptions.

北へゆく雁のつばさにことつてよ雲のうは書きかき絶えずして　紫式部（新古今・離別 859）

15 ナリ・ヒラ

弓兵たちの馬場に、詩人が馬で通りがかり、牛車の簾越しに見知らぬ女性をみる。

あなたをわずかにみただけだ
稲妻をみるように。
けれどもにわかに炎が
私の体を焼き尽くし
やがて死をもたらすのだ。

あなたをみなかった、けれどもあなたは私の目を眩ませた。そして恋が私を焼き尽くす、今夜までどうやって生きられるかわからないほどに！

見ずもあらず見もせぬ人の恋しくはあやなく今日やながめ暮さむ　在原業平朝臣（古今・恋一 476）

NARI-HIRA

Au manège des archers, le poète, passant à cheval, aperçoit une inconnue à travers les stores d'un char traîné par des bœufs.

Je vous vis à peine
Ainsi qu'on voit un éclair ;
La flamme soudaine
Qui pourtant brûla ma chair
Va faire ma mort prochaine.

Je ne vous ai pas vue, pourtant vous m'avez ébloui ; et l'amour me brûle à tel point que je ne sais comment je pourrai vivre jusqu'à ce soir !

16 見知らぬ女性からの返事

私をみることが何になりましょうか。
思いだけが存在するのです。
もし、あなたの精神の
鏡のなかに、私がいるならば、
私たちはいつの夜にかお会いするでしょう。

あなたが私をみたか否かなどどうでもよいのです！　思いだけが存在するのです、もし私が本当にあなたの思いのなかにいるならば私たちはすぐに再会するでしょう。

知る知らぬ何かあやなく分きて言はむ思ひのみこそしるべなりけれ　よみ人しらず（古今・恋一 477）

RÉPONSE DE L'INCONNUE

Qu'importe me voir ?
Seule la pensée existe :
Si, dans le miroir
De votre esprit, je subsiste,
Nous nous verrons quelque soir.

Qu'importe que vous m'ayez vue ou non ! la pensée seule existe et si je suis vraiment dans la vôtre nous nous reverrons bientôt.

17 よみ人しらず | INCONNU

雨をみて、	En voyant la pluie,
涙にくれる桜の木々のしたに	Sous les cerisiers en pleurs
逃げこんだ、	Je me suis enfuie,
そよ風が拭う、雨水が、	Pour que l'eau, qu'un souffle essuie,
花々を通して私を濡らすように。	Me mouille à travers les fleurs.

桜の花々をみにいこうとすると突然雨に降られる。もし濡れなければならないのならせめて花々のしたでありますように。

Tandis que je vais voir les fleurs de cerisier la pluie me surprend. Si je dois être mouillé que ce soit au moins sous les fleurs.

桜狩雨は降りきぬおなじくは濡るとも花の影に隠れむ　よみ人しらず（拾遺・春 50）

18 キヨス・ケ | KIOS-KÉ

いつか、懐かしんで涙を流すだろうか、	Pleurerai-je, un jour,
今の恋の苦しさを思って、	Le mal du présent amour,
時がもち去ったが永久だと信じていた	Comme je les pleure,
すべての苦しさを思って、	Tous ces maux qu'emporta l'heure
今涙を流しているように。	Et que j'ai crus sans retour ?

いつか今の悲しみを、懐かしむようになるのだろうか、過去に、不幸だと思っていたときを、今懐かしんでいるように。

Regretterai-je un jour, la tristesse de l'heure présente, comme je regrette, dans le passé, des heures où je me croyais malheureux ?

ながらへば又このごろやしのばれん憂しと見し世ぞ今は恋しき　藤原清輔朝臣（新古今・雑下 1843；百 84）

19 ヨリン IOLIN

嘘つきクモよ
この長い夜に、あの、
離れていった女性に、
会えるだろうと予言して、
もうおまえの期待を信じはしないよ。

Trompeuse araignée
Qui prédis, dans ce long soir,
Que je vais la voir,
Celle qui s'est éloignée,
Je ne crois plus ton espoir.

嘘を重ねる嘘つきクモよ、この長い夕べに、いなくなった人に再び会えると予言したりして。もうおまえを信じはしないよ！

Araignée trompeuse qui multiplie tes mensonges, dans cette longue soirée, pour me prédire que je vais revoir l'absente ; je ne te crois plus !

（原歌未詳）

20 詩人シュンゼの娘 LA FILLE DU POÈTE CHUNZÉ

回転して、それから
消え去った白い煙、
輝いていたのに
もうそこにはない燃え立つ雲、
ああ！　なんて悲しいのでしょう！

La blanche fumée
Qui roulait, puis s'envola,
La nue enflammée
Qui brillait et n'est plus là,
Ah ! que c'est triste cela !

地上で散りわかれてなくなっていく煙、空で跡形も残さずに消える雲。なんて悲しいのでしょう！

La fumée qui va se dissoudre et disparaître sur terre, le nuage qui s'efface au ciel sans laisser de traces ; comme c'est triste !

したもえに思ひきえなん煙だに跡なき雲のはてぞかなしき　皇太后宮大夫俊成女（新古今・恋二 1081）

21 よみ人しらず

INCONNU

　かつては大切だった、
思い出をうらぎらなかった物、
　それが今はなんと忌まわしいことか！
いまだにあの人や禁じられた幸せのことを
語りかけてくるのだから。

　L'objet, cher jadis
A mon souvenir fidèle,
　Que je le maudis !
Car il me parle encor d'elle
Et des bonheurs interdits.

あれほど大切だったこの品が今は私の敵である、忘れたいことを思い出させるのだから。

Cet objet qui me fut si précieux est maintenant mon ennemi puisqu'il me fait souvenir de ce que je veux oublier.

かたみこそ今はあだなれこれなくは忘るる時もあらまし物を　よみ人しらず（古今・恋四 746）

22 シゲ・ユキ

SIGUÉ-YOUKI

　岩のもとで、
風がうめき声をあげるとき、
　高波が砕け散っていく。
こんなふうに、あなたのつれない心へ、
私の恋は砕けにいくのです。

　Lorsque le vent brame,
Au pied des rochers, la lame
　S'en va s'écraser :
Tel, aux froideurs de votre âme.
Mon amour vient se briser.

たえまなく波が、嵐に押され、岩に当たって砕ける。とめどなく私の恋があなたの冷たさに当たって砕ける。

Sans relâche les vagues, poussées par la tempête, se brisent contre les rochers. Sans fin mon amour se brise contre votre froideur.

風をいたみ岩うつ波のをのれのみくだけてものをおもふころかな　源重之（詞花・恋上 211；百 48）

23 コマチ

KOMATI

会って話を聞いています、
夢の青い道で、
私が待ちわびている人と。
うつつでは、むなしく、長いあいだ
目が休みなく探していたのに！

Je vois et j'entends,
Sur le bleu chemin du rêve,
Celui que j'attends.
Dans la vie, en vain, longtemps
Mes yeux l'ont cherché sans trêve !

夢のなかの道では好きな人によく出会い立ち止まって話を聞いている。けれどもなんということ！　現実では一度も会ったことがない。

Sur le chemin du rêve je rencontre souvent celui que j'aime et je m'arrête pour l'écouter ; mais hélas ! dans la vie réelle je ne l'ai jamais rencontré.

ゆめぢには足もやすめず通へども現にひとめ見しごとはあらず　小野小町（古今・恋三 658）

24 カネ・マサ

スマの城壁のシギたち

KANÉ-MASSA

Les courlis du rempart de Souma

きては去る、シギたちの
単調な鳴き声が、
冬に秋に
寂しい夜におまえを目覚めさせる、
廃れた城壁の守衛よ。

Le cri monotone
Du courlis, qui vient et fuit,
Hiver et automne
T'éveille en la triste nuit,
Gardien du rempart détruit.

アヴァジ島にいきつ戻りつするシギたちの夜の鳴き声にスマの古い城壁の守衛は幾度目を覚まされたことか。

Par le cri nocturne des courlis qui vont et reviennent de l'île Avadsi combien de fois a-t-il été réveillé le gardien du vieux rampart de Souma ?

淡路島かよふちどりのなくこゑにいく夜ねざめぬ須磨の関守　源兼昌（金葉・冬 270；百 78）

25 トモノ・コディ
大臣の母

TOMONO-KODI
LA MÈRE DU MINISTRE

永遠によみがえりつづける、
変わらぬ調べを
ウグイスは空にふりまいている。
けれども私はどれほど
もう同じではないと感じることでしょう。

Toujours renaissants,
Dans l'air le rossignol sème
Les mêmes accents ;
Mais moi combien je le sens
Que je ne suis plus la même

ウグイスの歌は相変わらず昔の歌だ。けれども私はもう同じではないのかしら。

Le chant du rossignol est toujours celui d'autrefois ; mais moi je ne suis plus la même ?

鶯の鳴くなる声は昔にて我が身ひとつのあらずもある哉　藤原顕忠朝臣母、富小路右大臣母（後撰・春下 81）

26 よみ人しらず

INCONNU

ああ！　私の袖のしたに
空を隠せるといいのに！
そうすればとめるのに
残酷な風が、かわいそうな枝をたわめ、
葉を落としてしまうのを。

Ah ! que je voudrais
Cacher le ciel sous ma manche !
Car j'empêcherais
Le vent cruel, qui la penche,
D'effeuiller la pauvre branche.

ああ！　もし私の袖を空に覆い被せられるならもちろん風にこれらの咲いた花々をこれほど揺らさせはしないのに。

Ah ! si ma manche pouvait les cacher ciel je ne laisserais certes pas le vent tourmenter ainsi ces fleurs écloses.

大空におほふ許の袖も哉春咲く花を風にまかせじ　よみ人しらず（後撰・春中 64）

27 シキシ姫　LA PRINCESSE SIKISI

私たちの住まいの屋根が
ふれている淡い花々よ、
涙のなかにおまえたちをみている
この時が過ぎ去っても、
私を忘れないでおくれ、おお花々よ！

Douces fleurs qu'effleure
Le toit de notre demeure,
Quand s'enfuira l'heure
Où je vous vois dans mes pleurs,
Ne m'oubliez pas, ô fleurs !

花々を眺めているこの日が過去のものになっても、おお、屋根の角に咲いた梅の花々よ、私を忘れないでおくれ！

Quand le jour où je contemple les fleurs sera le passé, ô fleurs de prunier, épanouies à l'angle du toit, ne m'oubliez pas !

ながめつるけふは昔になりぬとも軒場の梅はわれをわするな　式子内親王（新古今・春上 52）

28 アツ・タダ　HATSOU-TADA

かつて、あなたと知りあわず、
悲しいと思い込んでいた
心はもうない！
苦しみに目覚めるべきは
あなたのすげない目のしたででした。

Il n'est plus ce cœur
Qui jadis, sans vous connaître,
Triste croyait être !
C'était sous votre œil moqueur
Qu'aux douleurs il devait naître.

私の今日の心をあなたと知りあう前に苦しんでいた心と比べたら、あの頃は苦しみというものを知らなかったのだと思う。

Quand je compare mon cœur d'aujourd'hui à celui dont je souffrais avant de vous connaître, je comprends qu'alors je ne connaissais pas la douleur.

逢ひ見ての後の心にくらぶれば昔は物も思はざりけり　権中納言敦忠（拾遺・恋二 710；百 43）

29 サイギョ

SAIGIO

誰からも遠く、ずっと遠く、
あまたの岩のあいだに逃げ込もう！
そしてそこで、人知れず、
暗い孤独のなかで
闇に私の恋をうちあけよう！

Loin de tous, bien loin,
Fuir parmi les rocs sans nombre !
Et là, sans témoins,
Dans la solitude sombre
Conter mon amour à l'ombre !

たった一人、岩間に逃げて、遠く、ずっと遠く、人目を逃れて、自由にあなたのことを考えたい！

Tout seul, s'enfuir dans les rochers, loin, très loin, et penser à vous librement, effacé du regard des hommes !

はるかなる岩のはざまに独りゐて人目おもはで物思はばや　西行法師（新古今・恋二 1099）

30 リョゼン僧侶

LE BONZE LIOZEN

独り居にくたびれ、
単調な侘び住まいを
離れるけれど、
そこかしこに帳をなげかけている
秋の夜しかみえない。

Lorsque j'abandonne
Ma retraite monotone,
Lassé d'être seul,
Je ne vois qu'un soir d'automne
Jetant partout son linceul.

寂しい侘び住まいに飽き、自然をみに外へ出るが。そこかしこ同じ単調で寂しい秋の夕べである。

Quand, fatigué de la triste retraite, je sors pour regarder la nature : partout la même soirée d'automne monotone et triste.

さびしさに宿を立ち出でてながむればいづくも同じ秋の夕暮　良暹法師（後拾遺・秋上 333；百 70）

31 よみ人しらず

INCONNU

　春が飾らない
場所はない。
　なぜって、青い空のした、
ほら、そこかしこに、もっと、もっと、
花々が、花々が、咲こうとしている！

　Il n'est pas de lieu
Que le printemps ne décore ;
　Car, sous le ciel bleu,
Là, partout, encore, encore,
Des fleurs, des fleurs, vont éclore !

　春が存在しない場所はない。そこかしこ、そこかしこに！　花々が咲きに咲いているのしかみえない！

Il n'y a pas de lieu où le printemps n'existe : il est partout, partout ! Je ne vois que des fleurs s'épanouir, s'épanouir !

　春の色のいたりいたらぬ里はあらじさけるさかざる花の見ゆらん　よみ人しらず（古今・春下 93）

32 サネスケ

SANESKÉ

　涙があふれた
私の袖を、誰がみたのですか。
　どうでもよい人ですよ！
あなただけにみてもらおうと思っていたのに
こうして涙にくれているのを。

　Ma manche inondée
De pleurs, qui l'a regardée ?
　Un indifférent !
Par vous seul j'avais l'idée
D'être vue ainsi pleurant.

　涙に濡れた私の袖に気づいたのはどうでもよい人です、あなただけにみつけてもらいたかったのに。

C'est un indifférent qui a remarqué ma manche trempée de larmes, tandis que je désirais qu'elle fût aperçue par vous seul.

　藤原実資（原歌未詳）

33 カゲ・キ
KAGUÉ-KI

中国の鳥は
言葉を聞くごと空にふりまく。
ああ！　そんなふうにしてください！
私があなたに「愛している」といったら
「愛している」といってください。

L'oiseau chinois sème
Dans l'air chaque mot saisi :
Ah ! faites ainsi !
Quand je vous dis : « Je vous aime »
Dites : « Je vous aime » aussi.

聞いたことをくりかえす中国の鳥のように、私があなたに「愛しい人」といったら「愛しい人」と答えてほしい！

Ainsi que l'oiseau chinois qui répète ce qu'il entend je voudrais, si je vous dis : « Amour » que vous répondiez « Amour ! »

こととへばこと問ひかへす唐鳥の恋しといへば恋しといはなん　香川景樹（出典未詳）

34 イセ姫
水のほとりの花咲く梅の木をみて

LA PRINCESSE ISSÉ
EN VOYANT UN PRUNIER EN FLEUR AU BORD DE L'EAU

この淡い色の木が
映る、澄んだ水は、
ぼんやりと曇る
ひゅうひゅうと音を立てる残酷な風が
香りと花々を運び去るときに。

L'eau claire, où se double
Cet arbre aux tendres couleurs,
Devient sombre et trouble
Quand les cruels vents siffleurs
Emportent parfums et fleurs.

何年も前から梅の花々の鏡としてあるこの澄んだ水は花びらが渦を巻いて舞いあがるときに曇る。

Cette eau claire qui depuis des années sert de miroir aux fleurs de pruniers se ternit quand les pétales s'envolent en tourbillon.

年をへて花のかがみとなる水は散りかかるをや曇るといふ覧　伊勢（古今・春上 44）

35 ムラサキ　　MOURASAKI

これほど愛しているあなた
どうして、私を避けて、
顔を隠したの。
そんなふうに、雲から出た月は、
すぐにそこへ戻ってしまう。

Toi que j'aime tant
Pourquoi m'as-tu, m'évitant,
Caché ton visage ?
Ainsi, sortant d'un nuage,
La lune y rentre à l'instant.

やっと会えるや否や、表情さえみわけられぬ前にあなたは消えてしまった、まるで雲から一瞬出て再び隠れてしまう月のように。

A peine suis-je parvenue à vous rencontrer, avant même que j'aie pu distinguer vos traits vous avez disparu, comme la lune qui un moment sort d'un nuage et s'y cache de nouveau.

めぐり逢ひて見しやそれともわかぬまに雲隠れにしよはの月かげ　紫式部（新古今・雑上 1499；百 57）

36 よみ人しらず　　INCONNU

恋は私を
かげそれよりももっとかげにした
そして、このうえない苦しみは、
体のないかげとなって、とり乱し、
愛するあなたから離れてさまようことよ！

L'amour m'a rendu
Plus ombre que l'ombre même
Et, douleur suprême,
Ombre sans corps, éperdu,
J'erre loin de vous que j'aime !

恋の苦しみで私の体はかげよりももっとかげになる、けれども、体から離れたかわいそうなかげよ、私はあなたのそばにはいない！

Par souffrance d'amour mon corps devient plus ombre que mon ombre, pourtant, pauvre ombre loin de son corps, je ne suis pas près de vous !

こひすればわが身は影となりにけりさりとて人に添はぬものゆへ　よみ人しらず（古今・恋一 528）

37 マンセ

MANSÉ

輝く日の光か
人生を例えるべきは。
去っていく舟か。
それにつづいた跡か。
その跡につづく泡か。

Est-ce au jour qui luit
Qu'il faut comparer la vie ?
A la nef qui fuit ?
Au sillon qui l'a suivie ?
A l'écume qui le suit ?

人生を何に例えられるだろうか。黄昏か。過ぎゆく舟か。舟が残す筋か。あるいはその筋が残す泡だろうか。

A quoi peut-on comparer la vie ? au crépuscule ? au bateau qui passe ? au sillon que laisse le bateau ? ou à l'écume que laisse le sillon ?

世中を何にたとへむ朝ぼらけ漕ぎ行く舟の跡の白波　沙弥満誓（拾遺・哀傷 1327）

38 ヨシ・タダ

YOSI-TADA

波が望むところへ
舵のもうない
ユラの水夫はいく。
こんなふうに、恋は私の心を
好きなようにさらっていく！

Où le veut la lame
Va le marin d'Ioura
Qui n'a plus de rame :
Ainsi, comme il le voudra,
L'amour emporte mon âme !

舵を失ったユラの港の舟人のように、恋の道が私をどこへ連れていくのかわからない。

Comme le navigateur du port de Ioura qui a perdu son gouvernail, je ne sais pas où me conduit le chemin de l'amour.

由良の門をわたる舟人かぢをたえゆくゑもしらぬ恋の道かも　曾禰好忠（新古今・恋一 1071；百 46）

39 オキ・カセ

OKI-KASSÉ

解放してくれる死、
もしあなたに再び会えないのなら、
それがただ一つの希望です。
あなたの力を試してください。
私は死ぬべきですか生きるべきですか。

La mort qui délivre,
Si je ne peux vous revoir,
Est mon seul espoir.
Essayez votre pouvoir :
Me faut-il mourir ou vivre ?

私はきっとこの恋で死んでしまうでしょう、いつかあなたに会えるという希望がもしなければ。試してみますか。そして私が死ぬか生きるかみてみたいですか。

Je mourrai certainement de cet amour si je n'ai l'espérance de vous voir quelquefois. Ferez-vous l'essai ? et voudrez-vous me voir mourir ou vivre ?

死ぬる命いきもやすると心見に玉の緒許あはむと言は南　藤原興風（古今・恋二 568）

40 テンディ・ミカド

LE MIKADO TENDI

稲田の真ん中に
みえる私の小屋は、
壁から屋根まで
朽ちている、だから落ちてくる水が
粗末な袖を濡らす。

Ma hutte qu'on voit
Au milieu de la rizière,
Des murs jusqu'au toit
Est disjointe, et l'eau qui choit
Mouille ma manche grossière.

稲田の真ん中にある、米の藁で覆われた私の小屋は朽ちているので、両袖がすっかり露で濡れている。

Ma hutte couverte en paille de riz, au milieu de la rizière, est disjointe et mes manches sont toutes mouillées de rosée.

秋の田のかりほのいほの苫を荒みわが衣手は露に濡れつつ　天智天皇（後撰・秋中 302；百 1）

41 イエ・タカ

田園で

IYÉ-TAKA

A LA CAMPAGNE

道もわからないまま
恋人たちは空のもとへ出かける。
夜がやってきた...
おとなしいウグイスよ、どこか
花のしたへ逃げ込ませてやっておくれ！

Sans route connue
Les amants vont sous la nue :
La nuit est venue....
Doux rossignol, garde-leur
Un abri sous quelque fleur !

恋人たちがどこかわからず散歩しているうちに、夜になる。おお！　ウグイスよ花々のしたに逃げ込ませてやっておくれ！

Tandis que les amants se promènent sans savoir où, la nuit tombe. Oh ! rossignol donne-leur un abri sous les fleurs !

思ふどちそことも知らずゆきくれぬ花の宿かせ野べの鶯　藤原家隆朝臣（新古今・春上 82）

42 ソジョ・ヘンジョ

SODJO-HENDJO

きれいな、睡蓮
泥のなかに生まれついたのに、
まるで別物のように嘘をついている。
葉のうえで、水を変化させては
真珠かダイヤモンドのようにみせる。

Le lotus, charmant
Bien qu'il soit né dans la fange,
Comme un autre ment :
Sur ses feuilles, l'eau qu'il change
Nous semble perle ou diamant.

どうして睡蓮は、泥のなかに根を張りながらこんなに清いままで、葉のうえに並んでいる露を宝石のようにみせては私たちをあざむくのでしょう。

Pourquoi le lotus, qui reste si pur tout en prenant racine dans la boue, nous trompe-t-il en montrant comme des pierreries la rosée égrenée sur ses feuilles ?

はちす葉のにごりに染まぬ心もてなにかはつゆを珠とあざむく　僧正遍昭（古今・夏 165）

43 チ・カンゲ　TI-KANGUÉ

私はあなたゆえに死ぬというのに、
あなたはほかの男のものだ！
こんなふうに涙を流すこの木は
私の土地から、あたたかい風に吹かれ、
隣の畑に花々を伸ばす。

Vous par qui je meurs,
Un autre homme vous possède !
Tel cet arbre en pleurs
De mon champs, sous le vent tiède,
Au clos voisin tend ses fleurs.

私の心が何よりも愛する女性、彼女はほかの人のものだ。こんなふうに、私の庭に根を張る柳は、風におされて傾き、その小枝で隣の屋敷を美しく飾っている！

Celle que mon cœur aime par-dessus tout elle appartient à un autre ; ainsi ce saule, qui prend racine dans mon jardin, se penche poussé par le vent et embellit de ses rameaux l'enclos voisin !

橘千蔭（原歌未詳）

44 ヒト・マロ　HITO-MARO

楽しげな猟師の
残酷な矢の前の
おびえる、鹿の
その不安も及びはしない
あなたの目が私の心に与える不安には。

Du cerf, anxieux
Devant la flèche cruelle
Du chasseur joyeux,
L'angoisse est peu près de celle
Qu'à mon cœur causent vos yeux.

粗暴な男の矢の前の鹿でさえ、あなたのそばで、私の心を締めつける不安ほど胸を刺すような不安を感じはしない！

Même le cerf en face de la flèche de l'homme brutal n'éprouve pas une angoisse aussi poignante que celle qui, près de vous, me serre le cœur !

あらち男の狩る矢の前に立鹿もいと我許物は思はじ　柿本人麿（拾遺・恋五 954）

45 よみ人しらず

INCONNU

　ただ私にだけ
この世は悲しいものなのか。
　たえがたい苦しみは、
人間が存在するようになったときから、
あるものなのか。

　Est-ce seulement
Pour moi que le monde est triste ?
　Est-ce qu'il existe,
L'insupportable tourment,
Depuis que l'homme subsiste ?

古い時代にも世の中は悲しいものだったのか。あるいは私にだけそうなったのか。

Le monde était-il triste dans les temps anciens ? ou l'est-il devenu pour moi seul ?

世中は昔よりやは憂かりけんわが身ひとつのためになれるか　よみ人しらず（古今・雑下 948）

46 ツラ・ユキ

TSOURA-YOUKI

　空に雪が降ると、
部屋からまた
　淡い色の花々がみえる
冬が咲かせた、
春の知らない花々。

　Quand il neige en l'air,
Dans la chambre on voit encore
　Des fleurs au ton clair
Que l'hiver a fait éclore,
Et que le printemps ignore.

雪が降ると木々や冬のために閉じ込もっている植物が、春に知られていない花々を咲かせる。

Quand il neige les arbres et les plantes renfermées pour l'hiver, font éclore des fleurs qui ne sont pas connues du printemps.

雪ふれば冬ごもりせる草も木も春に知られぬ花ぞさきける　紀貫之（古今・冬 323）

47 よみ人しらず

INCONNU

　おお梅の花よ
風がかすめて、もうすぐ、
　消え去ってしまうけれど、
せめておまえの香りはとどまってほしい
最後の思い出として！

　O fleur du prunier
Qui vas t'enfuir, tout à l'heure,
　Au vent qui t'effleure,
Qu'au moins ton parfum demeure
Comme un souvenir dernier !

おお！　梅の花よ飛び去るのならせめて思い出におまえの香りを残しておくれ。

Oh ! fleur du prunier si tu t'envoles laisse-moi au moins ton parfum comme souvenir.

散りぬとも香をだにのこせ梅の花こひしき時の思いでにせん　よみ人知らず（古今・春上 48）

48 テジネ・コ

TÉSINÉ-KO

　ああ！　もし
ミカドがやってくるよと
　オグラの頂の
はかない葉たちに知らせたら、
散るのを待ってくれるだろう。

　Ah ! si l'on révèle
Que le Mikado viendra
　Au feuillage frêle
Du faite de l'Ogoura,
Pour tomber il attendra.

もしオグラ山の頂の秋によって緋色になった葉たちが、知りえたら、帝が訪れるまで散るのを遅らせるだろうに！

Si les feuilles pourprées par l'automne sur la cime du mont Ogoura, pouvaient savoir, elles retarderaient leur chute jusqu'à la visite de l'empereur !

小倉山峰のもみぢ葉心あらば今一度の行幸待たなん　小一条太政大臣、貞信公（拾遺・雑秋 1128；百 26）

49 ナガイエ僧侶
愛する女性の亡きあとに世を離れて

私たち二人、
夜に月をみるのが好きだった
この住まいに、
なんということ！　今は、
星の光だけがさまよって涙を流している！

LE BONZE NAGAIÉ
Retiré du monde après la mort de sa bien-aimée.

Dans cette demeure
D'où, tous deux, nous aimions voir
La lune le soir,
Hélas ! de l'astre, à cette heure,
Le rayon seul rode et pleure !

私たちが一緒に月を眺めたこの住まいに、今日は月だけがやってくる。

Dans cette demeure d'où nous avons ensemble contemplé la lune, la lune seule revient aujourd'hui.

もろともにながめし人もわれもなき宿には月やひとりすむらん　民部卿長家（後拾遺・雑一 855）

50 よみ人しらず
あいびき

雨水がつぎつぎと降ってくる！
この不幸が私たちの愛のはかりごとを
滅茶苦茶にしてしまう。
私はすすり泣きをこらえている
にわか雨をひどくさせないように。

INCONNU
RENDEZ-VOUS

L'eau tombe par flots !
Et ce malheur bouleverse
Nos tendres complots.
Moi je retiens mes sanglots
Pour ne pas grossir l'averse.

滝のように降る雨のせいであいびきがなくなってしまい、私はにわか雨をひどくさせないように涙をこらえている。

La pluie qui tombe par torrents fait manquer le rendez-vous et je retiens mes larmes pour ne pas grossir l'averse.

（原歌未詳）

51 よみ人しらず

INCONNU

ウグイスよ、おまえは
この春の柳の
か細い糸をよって、
梅の木のうえに、縫っているんだね、
新しい花々の帽子を。

Rossignol, tu mêles
De ce saule printanier
Les écheveaux frêles,
Pour coudre, sur le prunier,
Le chapeau des fleurs nouvelles.

ウグイスが柳の糸をよって、縫っているものそれは梅の花々の帽子である。

Le rossignol tord le fil des saules et ce qu'il coud c'est le chapeau des fleurs de prunier.

青柳を片糸によりてうぐひすの縫ふてふ笠は梅のはながさ （古今・神遊びの歌 1081）

52 カリュ

KALIOU

フジは天空に
高くそびえている。けれども
ごうごうと鳴る火山の炎は
もっと高く赤い光をなげかけている...
でも心はどこまでのぼるだろうか。

Le Fouzi dans l'air
Monte haut ; pourtant la flamme
Du volcan qui clame
Plus haut lance un rouge éclair....
Mais jusqu'où s'élève l'âme ?

いちばん高い山それはフジだ、けれども噴火口の燃えるような煙はさらに高くのぼる、そしてそれよりうえにのぼれるものは何もないと人はいう。——けれども人の思いは一体どこで止まるだろうか。

La plus haute montagne c'est le Fouzi, mais la fumée brûlante du cratère monte plus haut encore, et l'on se dit que rien ne peut s'élever au delà. ——Cependant la pensée humaine où donc s'arrête-t-elle ?

富士のねの煙もなをぞ立ちのぼる上なきものは思ひなりけり 藤原家隆朝臣（新古今・恋二 1132）

53 ヨシ・モト / YOSSI-MOTO

　忘れようとする
それはまだ思い出しているのです！
　どうやってほどこう
いまわしい鎖を、私の心は
相変わらず熱望しているのに。

　Vouloir oublier
C'est se souvenir encore !
　Comment délier
Une chaîne que j'abhorre
Quand toujours mon cœur l'adore ?

忘れたいと思うことそれはまだ思い出しているということだ。私の心が望まないことをどうやって自らなし得ようか。

La volonté d'oublier c'est encore une façon de se souvenir. Comment pourrai-je obtenir de moi-même ce que mon cœur ne veut pas ?

忘れなんと思ふさへこそ思ふことかなはぬ身にはかなはざりけれ　大弐良基（後拾遺・恋三 759）

54 ストク / SUTOK
退位した天皇 / EMPEREUR DÉTRONÉ

　一体どこへいってしまうのだろう、
これらの葉は、つらなりあい
　羽音を立てて。
それでおしまい。悲しい風だけが
秋の名残りだ！

　Où donc s'en vont-elles,
Ces feuilles, en se suivant
　Avec un bruit d'ailes ?
C'est fini : le triste vent
Seul de l'automne est vivant !

木々からはがれ落ちた、緋色の葉はどこへいくのだろう。舞い、ゆき過ぎ、風の音が秋の残すもののすべてだ！

Où vont les feuilles pourprées, arrachées des arbres ? Elles volent, elles passent, et le bruit du vent est tout ce qui reste de l'automne !

もみぢ葉のちりゆくかたをたづぬれば秋も嵐の声のみぞする　崇徳院（千載・秋下 381）

55 ツラ・ユキ　TSOURA-YOUKI

　ああ！　ずっと前から、
もし涙がなければ、
　不安に満ちた私の恋の
たえざる望みが、無防備な心を
焼き尽くしているだろう！

　Ah! depuis longtemps,
Si je n'avais pas de larmes,
　Les désirs constants
De mon amour plein d'alarmes,
Brûleraient mon cœur sans armes !

もし涙がなければ、私の恋の熱はずっと前から心を焼き尽くしてしまっていただろう。

Si je n'avais pas de larmes, l'ardeur de mon amour aurait depuis longtemps brûlé mon cœur.

君こふる涙しなくは唐衣むねのあたりは色もえなまし　紀貫之（古今・恋二 572）

56 フカ・ヤブ
雪

FOUKA-YABOU
LA NEIGE

　空から、私たちのところへ、
冬なのに、これらの見知らぬ花々が
　やってきたのだから、
永遠の春が
雲の向こうにあるのだろう。

　Puisque c'est du ciel,
Qu'en hiver, nous sont venues
　Ces fleurs inconnues,
C'est qu'un printemps éternel
Réside au delà des nues.

冬に空から花々が降ってくる。春は一体雲の向こうにあるのだろうか。

En hiver les fleurs tombent du ciel. Le printemps réside-t-il donc au delà des nuages ?

冬ながら空より花の散りくるは雲のあなたは春にやあるらん　清原深養父（古今・冬 330）

57 ソセ僧侶

LE BONZE SOSSÉ

　ああ！　キョウトが
比類なき花々のなかにみえる！
　どの丘でも、
柳が、花びらで、
春にコートを織っているよ！

　Ah ! je vois Kioto
Parmi ses fleurs sans rivales !
　Sur tout le coteau,
Le saule, avec les pétales,
Au printemps tisse un manteau !

都の遠くから眺めて柳と花咲いた桜の木々が枝をよりあわせ春の布を織っているようであるのにみとれている。

En voyant de loin de la capitale j'admire les saules et les cerisiers en fleurs qui mêlent leurs rameaux et semblent tisser l'étoffe du printemps.

見わたせば柳さくらをこきまぜて宮こぞ春の錦なりける　素性法師（古今・春上 56）

58 ダイニ
秋の朝

DAINI
MATIN D'AUTOMNE

　露の玉を
まとめあわせようと、
　風が吹いているのかもしれない！
花々のうえに、置かれたしずくはどれも、
ただ虹色に輝くままである。

　Pour fondre et mêler
Les perles de la rosée,
　Le vent peut souffler !
Chaque goutte, aux fleurs posée,
Y reste seule irisée.

秋の風が吹いて散らばった露の粒を集めようとするけれど、どの葦の茎のうえでも露は再び結びつきはしなかった。

En dépit du vent d'automne qui souffle pour réunir les grains dispersés de la rosée, sur aucune tige de roseau la rosée ne s'est rejointe.

秋風はふきむすべどもしら露のみだれてをかぬ草の葉ぞなき　大弐三位（新古今・秋上 310）

59 ゴキョ・ゴク摂政　LE RÉGENT GOKIO-GOKOU

人々は、たびたび
耳にできると思っているのだろうか
息もたえだえな風のむせび泣きが、
待ちぼうけの寂しい夜に、
うごめく森のなかを駆けていくのを。

Croit-on que souvent
L'on puisse écouter du vent
La plainte haletante,
Courir dans le bois mouvant,
Par un triste soir d'attente ?

毎日聞けるものと思っているのだろうか。待ちぼうけの夜にもみの木々のあいだで吹く風を。

Croit-on que c'est une chose qu'on puisse écouter tous les jours : le vent qui souffle dans les sapins un soir d'attente ?

いつも聞く物とや人の思らんこぬ夕暮の秋風のこゑ　摂政太政大臣、後京極摂政（新古今・恋四 1310）

60 ノ・イン　NO-INE

流浪　EXIL

キョウトを去ったとき、
春の優しい息吹が
平野を撫でていた。
けれども、国境にきたところで、
冬がコートに吹きつけている。

Quand j'ai fui Kioto,
Du printemps la douce haleine
Caressait la plaine ;
Mais, à la frontière à peine,
L'hiver souffle en mon manteau.

都を離れたのはあたたかい春と薄い雲の頃だった、国境を通り過ぎながらもう秋の風に苦しんでいる。

Quand j'ai quitté la capitale c'était le doux printemps et les nuages légers, en passant la frontière comme déjà je souffre du vent d'automne.

都をば霞とともに立ちしかど秋風ぞ吹く白河の関　能因法師（後拾遺・羇旅 518）

61 ソノ・カ
快方に向かった病人の悲しみ

SONO-KA
TRISTESSE DE CONVALESCENT

　閉ざされた部屋の奥に
私はとらわれていた。
　つかの間の春は、
惜しみ嘆く私に耳を貸さず、
ばら色の実りを刈りとってしまった！

　Moi j'étais captif
Au fond de la chambre close ;
　Le printemps furtif,
Sourd à mon regret plaintif,
A fauché sa moisson rose !

春のことを何も知らずとらわれの身だったあいだに、桜の花々はほら終わってしまった！

Pendant que j'étais prisonnier ne sachant rien du printemps, voici que les fleurs de cerisiers ont vécu !

たれこめてはるのゆくゑも知らぬまにまちし桜もうつろひにけり　藤原因香朝臣（古今・春下 80）

62 タダミネ

TADAMINÉ

　きれいな扇よ、
人は夏中おまえを愛するだろうか。
　捨てられるだろうか、
美しいおまえのうえに
秋が涙を落とす前に。

　Eventail qui charmes,
T'aimera-t-on tout l'été ?
　Seras-tu jeté,
Avant que sur ta beauté
L'automne ait pleuré ses larmes ?

秋が露を流す前に扇は脇に置かれるのだろうか。あるいは人が扇に飽きる前に露が現れるのだろうか。

L'éventail sera-t-il mis de côté avant que l'automne ait pleuré sa rosée ? ou la rosée paraîtra-t-elle avant que l'on soit rassasié de l'éventail ?

夏はつる扇と秋のしら露といづれかまづはをかんとすらん　壬生忠岑（新古今・夏 283）

63 ヒデ・ヨシ

HIDÉ-YOSSI

ばら色の袖のうえで、
私の涙が花々を水浸しにして、
月が宿る。
せめていってください、その涙はなぜと。
おおあなた、わけをよくご存知の！

Sur ma manche rose,
Dont mes larmes noient les fleurs,
La lune se pose.
Dis au moins : Pourquoi ces pleurs ?
O toi, qui sais bien leur cause !

月が涙で濡れた私の絹の袖のうえに宿っている。あの人がわからないふりをして、なぜかと尋ねてくれるといいのに！

La lune se pose sur ma manche de soie trempée de larmes ; je voudrais qu'il me demandât pourquoi, comme s'il l'ignorait !

袖のうへにたれゆへ月は宿るぞとよそになしても人の問へかし　藤原秀能（新古今・恋二 1139）

64 サイギョ
僧侶になった有名な武士

SAIGIO
GUERRIER CÉLÈBRE DEVENU BONZE

もう何にも気をひかれない
さげすむような目にさえ、
色のない庭で、
花々をなぎ倒していく、
秋は涙をかきたてる。

Même aux yeux railleurs
Pour qui rien n'a plus de charmes,
En brisant les fleurs,
Dans les jardins sans couleurs,
L'automne arrache des larmes.

もう何にも関心をもたない人でさえ、風が菊の花々を揺さぶるときの秋の悲しさには、平然としていられない。

Même à celui qui ne s'intéresse plus à rien, la tristesse de l'automne quand le vent secoue les fleurs de chrysanthèmes, ne peut être indifférente.

をしなべてものを思はぬ人にさへ心をつくる秋のはつ風　西行法師（新古今・秋上 299）

65 コマチ

KOMATI

　夢みながら、
憂いでいっぱいになり、
　時を風とともに
たびたび逃がしていたあいだに、
花はもう色あせてしまった！

　Pendant que rêvant,
Pleine de mélancolie,
　J'ai laissé souvent
L'heure fuir avec le vent,
La fleur est déjà pâlie !

鬱々として時を過ぎゆかせていたあいだに、花々の輝きはあせていっていた。

Pendant que je laissais passer le temps avec mélancolie, l'éclat des fleurs se flétrissait.

花の色はうつりにけりないたづらにわが身世にふるながめせしまに　小野小町（古今・春下 113；百 9）

66 ケン・トク・コ
二日間の仲違いののちある女性へ

KEN-TOKOU-KO
A une femme après deux jours de bouderie

　柵、なんということ！
昨日から私たちが疲れた二人の心の
　あいだに立てたけれど、
もう私にとっては
何世紀も置かれているように思われる。

　La barrière, hélas !
Depuis hier par nous dressée
　Entre nos cœurs las,
Déjà semble à ma pensée
Par des siècles amassée.

私たちのあいだに近頃立ちはだかった柵。今日と昨日。私にはそれが千年前からそこにあるように思われる！

La barrière qui s'est dressée entre nous depuis peu : aujourd'hui et hier ; il me semble qu'il y a mille ans qu'elle est là !

別れては昨日けふこそへだてつれちよよを経たる心ちのみする　謙徳公（新古今・恋四 1237）

67 エチの返し

RÉPONSE ÉTI

自分でわかるでしょうか
なんということ！　いつ私たちが
最後の誓いからとかれたかなんて、
どれほどあなたを愛しているか
心が忘れてしまいそうだったときに。

Sais-je, hélas ! moi-même
Quel jour nous vint délier
D'un serment suprême,
Quand mon cœur put oublier
Jusqu'à quel point il vous aime ?

それが昨日だったか今日だったかどうやって私にわかるでしょうか、心があなたを追いやってしまいそうなほどとり乱していたときに。

Comment saurai-je si c'était hier ou aujourd'hui quand mon cœur était à tel point éperdu qu'il a pu vous chasser de lui ?

昨日ともけふとも知らず今はとて別れしほどの心まどひに　恵子女王（新古今・恋四1238）

68 よみ人しらず

INCONNU

沈む、死んでしまう！
おお私を遭難させる風よ、
おまえの怒りをしずめ、
私の恋人の髪を
そっと撫でにいっておくれ！

Je sombre, je meurs !
O vent qui fais ma détresse,
Calmant tes clameurs,
Va toucher d'une caresse
Les cheveux de ma maîtresse !

おお私が死ぬ嵐を引き起こす風よ、おまえの怒りをしずめて私の愛する女性の髪に優しく触れにいっておくれ！

O vent qui cause ce naufrage où je meurs, apaisant ta colère va effleurer doucement les cheveux de ma bien-aimée !

（原歌未詳）

69 ソノが答えた

ある春の夜、高貴な娘たちがニジョ姫のところに集まりにぎやかにお喋りをしていた。美しいソノが、けだるげに横たわり、頭を休めるための枕を求めた。タダイエ公が、外の回廊を通りがかって、簾越しにそれを聞き、自分の腕を差し出した。

SONO RÉPONDIT

Un soir de printemps les filles d'honneur étaient réunies chez la princesse Nizio et l'on devisait gaiement. La belle Sono, étendue paresseusement, demanda un coussin pour reposer sa tête. Le seigneur Tadaïé, qui passait sur la galerie extérieure, l'entendit à travers le store et lui offrit l'appui de son bras.

ああ！ 夜明けが生まれてとりあげる、
むなしい夢のために、
これから先、
あまりに短いこの夜のあとに、ずっと
面目を失って生きねばならないのですか。

Ah! pour un vain rêve,
Que l'aube en naissant enlève,
Faut-il désormais,
Après cette nuit trop brève,
Sans honneur vivre à jamais ?

春の一夜のむなしい夢の時間にあなたの腕で休めと。そのために噂に立ち向かい面目を守らねばならないのですか。

Me reposer sur votre bras le temps d'un vain rêve d'une nuit de printemps ? faut-il pour cela braver l'opinion et tenir mon honneur ?

春の夜の夢ばかりなる手枕にかひなく立たむ名こそをしけれ　周防内侍（千載・雑上964；百 67）

70 タダイエの返し

RÉPONSE DE TADAIÉ

一体なぜそんなに短いのですか
愛を得た春の夜が。
ああ！　もし夢ならば、
私の胸のそばのこの眠りが
ずっと終わらないでいてほしい！

Pourquoi donc si brêve
La nuit du printemps vainqueur ?
Ah! si c'est un rêve,
Ce repos près de mon cœur,
Que jamais il ne s'achève !

一体なぜむなしい夢と考えるのですかこの春の夜を、愛があって、あなたに私の手枕を差し出すこの夜を。

Pourquoi donc la considérer comme un vain rêve cette nuit de printemps, où, dans mon amour, je vous offre l'oreiller de mon bras ?

契りありて春の夜ふかき手枕をいかがかひなき夢になすべき　大納言忠家（千載・雑上 965）

71 ある日、帝が散歩をしているとき、ばら色の花をつけた梅の木をたいそう気に入り、自分の庭に移させたいと思った。そしてその木を掘り起こすために使者を送った。梅の木があった屋敷の女主人が答えた。

Un jour l'empereur avait admiré, en se promenant, un prunier aux fleurs roses et il voulait le faire transporter dans son jardin ; il envoya un messager pour déraciner l'arbre. La maîtresse de l'enclos où se trouvait le prunier répondit :

誰もがたたえる、
あの方が望むのだから、
それはもちろん結構です。
けれどもウグイスには何といいましょうか、
自分の巣を探しにきたときに。

Puisqu'il le désire,
Celui que chacun bénit,
Cela doit suffire ;
Mais au rossignol que dire
Lorsqu'il cherchera son nid ?

帝の命にはよく従わなければなりません。けれども住みかをもうみつけられなくなるウグイスには何といえばよいのでしょうか。

Il faut bien obéir aux ordres de l'empereur ; mais que dirai-je au rossignol qui ne trouvera plus son logis ?

勅なればいともかしこし鶯の宿はと問はばいかが答へむ　右大将道綱母（拾遺・雑下 531）

72 よみ人しらず

INCONNU

絶望して
解放してくれる死を待っています。
生きていなければならないのなら、
いつの日か夢中になっている悲しい恋を
表に出してしまうでしょうから。

En désespéré
J'attends la mort qui délivre :
Car, s'il me faut vivre,
Quelque jour je trahirai
Le triste amour qui m'enivre.

私の命が終わるなら、ええいっそのことそれで結構です、この命がまだつづけば恋をもう隠していられなくなるのが心配ですから。

Si ma vie fuit, eh bien je l'aime autant, car si elle dure encore je crains de ne plus pouvoir cacher mon amour.

玉の緒よ絶えなばたえねながらへばしのぶることのよはりもぞする　式子内親王（新古今・恋一 1034；百 89）

73 セミ・マル

SÉMI-MAROU

人生はすべてそこにある。
いくのも、くるのも、
荷をおろすその道で。
そして誰もがオオサカの門の
空を通り過ぎていく！

La vie est là toute :
L'on va, l'on vient, sur la route
Où l'on débarqua ;
Et tous passent sous la voûte
De la porte d'Ossaka !

これが人生というもの。いく者、くる者、互いに知っている者や知らない者、誰もがオオサカの門のしたを通り過ぎてから別れていく！

Voilà la vie : celui qui va, celui qui vient, ceux qui se connaissent et ceux qui s'ignorent, tous se séparent après avoir passé sous la porte d'Ossaka !

これやこの行くも帰も別つつ知るも知らぬもあふさかの関　蝉丸（後撰・雑一 1089；百 10）

74 キンサネ　実現しなかった希望
ホリ・カヴァ・ミカドに捧げる百のウタの一つ。

KINSANÉ　ESPOIR DÉÇU
Faisant partie des cent outas offerts au mikado Holi-Kava.

苦しみのなかで、思う、
水面、清らかな水晶のもとに
喉が渇いて身をかがめる人のことを。
水は指のあいだから流れ出る。
そして袖を濡らすだけだったのだ！

Je songe, en mon mal,
A l'altéré qui se penche
Vers l'eau, frais cristal :
L'eau d'entre ses doigts s'épanche ;
Il n'a que mouillé sa manche !

悲嘆にとらわれたなかで自分にいいたい。どれだけの人が川で水を飲もうとして汲むが、指のあいだから流れるのをみて、袖を濡らすだけだったことかと！

Dans l'obsession de mon désespoir je voudrais me dire : Combien puisent de l'eau pour boire à la rivière qui voient fuir l'eau entre leurs doigts et n'ont fait que mouiller leur manche !

思ひあまり人に問はばや水無瀬川むすばぬ水に袖はぬるやと　大納言公実（千載・恋二 704）

75 ウク　OUKOU

「すぐ死ぬように
裏切った者は！」と私たちは誓っていた...
だから泣いているのです。
大好きだったあの不実な人に、
天は死を求めるでしょうから！

« Qu'il meure sur l'heure
« Le traitre ! » avions-nous juré....
C'est pourquoi je pleure :
Car, l'infidèle adoré,
Le ciel va vouloir qu'il meure !

死ぬとき以外は決して互いのことを忘れないと誓いを立てていた。おお私を忘れているあなた、この誓いがあなたの命を危険にさらすのを嘆いているのですよ。

Nous avions fait serment de ne jamais nous oublier sans mourir. O toi qui m'oublies, comme je pleure ce serment qui met ta vie en danger.

忘らるる身をば思はず誓ひてし人の命の惜しくもある哉　右近（拾遺・恋四 870；百 38）

76 サメ・ヨリ　SAMÉ-YORI

二番目のサイグン

LE DEUXIÈME SAÏGOUN

霰がはね返る
腕鎧から楯に。
そして騎兵は
近くのナスノの平原の
薮に向けて矢を放つ。

La grêle ricoche
Du brassard au bouclier ;
Et le cavalier
Lance un trait vers le hallier
Du champ de Na-Sou-No proche.

霰がナスノの草の生い茂った平原で優雅に弓を引き矢を放つ騎兵の腕鎧のうえにはね返って音をたてる。

Le grêle ricoche et résonne sur le brassard d'un cavalier qui tend son arc avec élégance et lance une flèche dans la plaine herbue de Nasouno.

もののふのやなみつくろふこてのうへに霰たばしる那須のしの原　源実朝（金槐和歌集・677）

77 あるダイミョが二五〇年後、平和な時代に、先の詩を思って。

Un daïmio 250 ans plus tard, dans une période de paix, en songeant au poème précédent.

先祖たちの腕鎧から
霰がはね返っていた
時代はずっと古い。
私が今そのか細い音を聞いているのは、
絹の床の奥からである。

Le temps est bien vieux
Où du brassard des aïeux
Ricochait la grêle.
C'est du fond d'un lit soyeux
Que j'écoute son choc grêle.

騎兵たちの腕鎧から霰がはね返っていた時代はなんと遠いことか！　私が今日霰が落ちるのを聞いているのは、心地よい隠居所の奥からである。

Qu'il est loin le temps où la grêle ricochait du brassard des cavaliers ! c'est du fond d'une retraite voluptueuse que je l'entends tomber aujourd'hui.

こてのうへにふりし世しらで厚ぶすまかさねて夜半の霰をぞきく　松平定信（三草集・冬 88）

78 ヘンジョ僧侶
宮廷の踊り子たちをみながら

LE BONZE HENDJO
EN REGARDANT LES DANSEUSES DE LA COUR

おお風たちよお願いだ、
魔法にかけた大空を閉じておくれ、
これほど魅力に彩られた、
この美女たちが、
まだ地上にとどまるように！

O vents que j'implore,
Fermez les cieux enchantés,
Pour que ces beautés,
Que tant de grâce décore,
Restent sur la terre encore !

おお空の風よ、雲の道を閉じてこれらの甘美な乙女たちがまだもう少し地上にとどまるようにしておくれ！

O vent du ciel, ferme la route des nuages pour que ces femmes délicieuses restent encore un instant sur terre !

天つかぜ雲の通ひ路ふきとぢよをとめの姿しばしとどめむ　僧正遍昭（古今・雑上 872；百 12）

79 ツラ・ユキ　TSOURA-YOUKI

柳よ、おまえの糸で、
もろい桜の木に
とれそうな花々を縫いつけておくれ。
遅かった！　糸のかせがほぐれる
めしべがほどけるときに！

Saule, avec ton fil,
Couds au cerisier fragile
Les fleurs en péril.
Trop tard ! l'écheveau s'effile
Quand se découd le pistil !

春に柳のすじは桜の花々を縫いつけるのに役立つに違いないだろう！　なんということ熟れた花々が木からほどけるのはその糸のかせがつまぐられるときである。

Au printemps les filaments des saules devraient bien servir à coudre les fleurs de cerisiers ! hélas c'est quand les écheveaux se dévident que les fleurs mûres se décousent de l'arbre.

青柳のいとよりかくる春しもぞみだれて花のほころびにける　紀貫之（古今・春上26）

80 よみ人しらず　INCONNU

ゆっくりと燃やされ、
蚊に嫌がられる香木が
煙を出す。
この隠された火に
私の覆われた心は似ている。

Lentement brûlé,
Fume l'arbre aromatique
Haï du moustique.
A ce feu dissimulé
Ressemble mon cœur voilé.

夏に蚊を追い払うため、火鉢のなかで火をともされた木の炎は、煙のしたに隠れる。いつまで私はこんなふうにひそかに焦がれているのだろうか。

En été le feu du bois allumé dans le brasier, pour chasser les moustiques, se cache sous la fumée. Jusqu'à quand brûlerai-je ainsi en secret ?

夏なれば宿にふすぶる蚊遣火のいつまでわが身したもえをせむ　よみ人しらず（古今・恋一 500）

81 よみ人しらず

INCONNU

　あそこで吹いている風に
聞いてもらうことができるなら、
　その通り道へいって
いうのに。葉のかよわいこの木は
壊さないでと。

　S'il pouvait m'entendre
Le vent qui souffle là-bas,
　J'irais sur ses pas
Lui dire : Ne brise pas
Cet arbre au feuillage tendre.

　吹く風に聞かせられるなら、この木は助けてやってとお願いするだろう。

Si l'on pouvait se faire écouter du vent qui souffle, je lui demanderais d'épargner cet arbre.

　吹風にあつらへつくるものならばこの一本は避きよと言はまし　よみ人しらず（古今・春下 99）

82 ミチ・マサ

MITI-MASSA

　最後の望み
それは、ただいつか、
　あなた自身にこういうことです。
あなたを愛する悲しい心から
愛をはぎとりたいのだと！

　Mon espoir suprême
Est de pouvoir, un seul jour,
　Vous dire à vous-même :
Je veux arracher l'amour
Du triste cœur qui vous aime !

　ああ！　どうしてあなた自身にいえないのか、せめて一度でも、私はもうあなたを思っていたくないのだと！

Ah ! que ne puis-je vous dire à vous-même, une fois au moins, que je ne veux plus penser à vous !

　いまはただ思ひたえなんとばかりを人づてならでいふよしもがな　左京太夫道雅（後拾遺・恋三 750；百 63）

83 キントゥネ

KINTENÉ

風が雪を降らせる
地上、白い墓場の、
果樹園の花々に。
そしてふと思う
私も衰えて消えゆくのだと。

Le vent fait neiger
Sur la terre, blanche tombe,
Les fleurs du verger ;
Et je me prends à songer
Qu'aussi je décline et tombe.

嵐が雪を降らせるのは庭の花々にだけではない。同じように衰えて消えゆくもの、それは私である。

Ce n'est pas seulement les fleurs du jardin que l'orage fait neiger : celui décline et tombe aussi, c'est moi.

花さそふ嵐の庭の雪ならでふりゆくものはわが身なりけり　入道前太政大臣、藤原公経（新勅撰・雑一 1052；百 96）

84 タダ・カネ

TADA-KANÉ

激しく厳しい風よ、
おまえのむき出しの怒りで
枝が折れてしまった。
おまえはまだ、意地悪く、
露を哀れむ心までとりあげようとする！

Vent âpre et tranchant,
A ta colère exposée
La branche est brisée ;
Tu lui prends encor, méchant,
La pitié de la rosée !

たえまなく秋の険しい風がこの木蔦の一面をしつこく攻撃して、そこに露を哀れむ心すら残さない。

Sans relâche le hargneux vent d'automne harcèle cette nappe de lierre et il ne lui laisse même pas la pitié de la rosée.

真葛原露のなさけもとどまらずうらみし中は秋風ぞ吹く　従三位忠兼（新後拾遺・恋五 1245）

85 タダミネ

TADAMINÉ

命を失うほうが
つらくなかっただろう、
こんなに早く、引き離されるよりは、
心が奪われていた
大好きな夢から！

De perdre la vie
J'aurais été moins navré,
Que d'être tiré,
Si tôt, du rêve adoré
Où mon âme était ravie !

より惜しい、命より惜しいこと。それは大切な夢の邪魔をされることである。

Ce qu'il y a de plus regrettable, plus regrettable que la vie ; c'est d'être interrompu dans un rêve cher.

いのちにもまさりておしくある物は見はてぬ夢の覚むるなりけり　壬生忠岑（古今・恋二 609）

86 マサ・スニ

MASSA-SOUNI

氷が割れる。
池をかすめるそよ風のしたで
波がよみがえる。
水の泡が虹色に輝く、
春一番の花！

La glace se brise :
L'onde revit sous la brise
Frôlant les étangs ;
L'écume de l'eau s'irise,
Première fleur du printemps !

谷のなまあたたかい風がとかす氷のしたで、吹き出す水の白い泡は春の最初の花だ。

Sous la glace que fond le souffle tiède de la vallée, la blanche écume de l'eau qui se réveille est la première fleur du printemps.

谷風にとくる氷のひまごとに打いづる波や春のはつ花　源当純（古今・春上 12）

87 ヒト・マロ　HITO-MARO

今朝は、
櫛の黄金を通さずに、
髪をこのままおいておきたい。
くちづけの愛しい跡が
消えないかとあまりに心配だから！

Ce matin je veux,
Sans que l'or du peigne y passe,
Laisser mes cheveux :
J'aurais trop peur qu'il efface
Des baisers la chère trace !

今朝は髪をとかさないでおきましょう、愛する人の愛撫を消してしまわないように。

Je ne peignerai pas mes cheveux ce matin, pour ne pas en effacer les caresses du bien-aimé.

朝寝髪我はけづらじうつくしき人の手枕触れてし物を　柿本人麿（拾遺・恋四 849）

88 トモノリ　TOMONORI

花咲いた梅の一枝の贈り物

Envoi d'une branche de prunier en fleur

あなたに贈ります
この淡い花々の一枝を。
香りと色に
酔いしれることのできる人だけが
この愛撫を受けるにふさわしいのです。

A toi je l'adresse
Cette branche aux tendres fleurs :
Seul qui sait l'ivresse
Des parfums et des couleurs
En mérite la caresse.

誰にこれらの梅の花々を送ろうか、あなたにではなくて。色と香りを愛でることのできる人だけがこれらを受けとるにふさわしい。

A qui enverrai-je ces fleurs de prunier, si ce n'est à vous ? celui qui sait apprécier couleur et parfum mérite seul de les recevoir.

きみならで誰にか見せむ梅花色をも香をもしる人ぞしる　紀友則（古今・春上 38）

付　記

『蜻蛉集』の訳詩の原歌は、歌人名以外明らかにされていなかったが、安藤徳器（『陶庵素描』）と高橋邦太郎（「『蜻蛉集』考」）によって大半がみつけ出された。二人が特定したのは八一首で、七首（19、32、43、50、68、72、84番）が未詳、三首（13、33、77番、前二つは香川景樹）が出典のみ未詳とされていた。後年、高階絵里加氏（『異界の海、芳翠・清輝・天心における西洋』）が13番の出典と72番の原歌を明らかにした。また、筆者（「『蜻蛉集』における実りと萌芽」）が84番の原歌を示した。ここではさらに、浅田徹氏から受けた指摘により、77番の出典を加えたほか、20、39番は高橋の認定違いとわかり、新たに浅田氏の提案する歌を採用した（20番は高橋以前の安藤も提案していたもの）。こうして現在は、五首（19、32、43、50、68番）の原歌、一首（33番）の出典が未詳である。以下、原歌のわからない五首について説明を加えておきたい。

19番の歌人名はIOLIN「ヨリン」(例えば、「由良」をIouraとしている)もしくは「イオリン」とある。恋人がくることを予言するクモを主題とした、允恭紀の「我が夫子が来べき夕なりささがねの蜘蛛の行ひ是夕著しも」という衣通姫の歌に始まる歌群に属すものだろう。浅田氏は、「今しはとわびにしものをささがにの衣にかかり我を頼むる」（よみ人しらず、古今・恋五773）を提案している。あるいは、「別れにし人は来べくもあらなくにいかにふるまふさゝがにぞこは」（土御門右大臣女、後拾遺・哀傷576）、「わがせこがこぬよひよひの偽りを猶たのめどもかかるささがに」（左近衛権中将藤原行輔、延文百2982）なども近い。

32番の歌人名はSANESKÉ「サネスケ」とある。平安時代の藤原実資のことだろう。実資の和歌は『拾遺集』以下の勅撰集に八首入っている。そのうち、「みるからに袂ぞぬるる桜花空よりほかの露やおくらん」（新千載集・哀傷2181）は、「濡れた袖」、「涙」、「みる」などの語が一致するが、「桜」が入っていないので未詳としておく。

43番はTI-KANGUÉ「チ・カンゲ」とある。橘千蔭のことである。内容は、「花すゝき我こそ下に思しかほにいでゝ人にむすばれにけり」（藤原仲平朝臣、古今・恋五748）に似ている。これをもとにした歌が千蔭にあったのかもしれないが、今のところ不明である。

50番と68番はINCONNU「よみ人しらず」とあり、歌の特定がさらに困難である。50番は、「待ちえたるかひもなみだのふる雨に逢瀬へだつるあまの河波」（毛利元就、春霞集59)、「もらさじと袖のなみだをつつむまに逢瀬によどむ中河の水」（中宮、続後拾遺・恋一653)、あるいは、浅田氏の提案による「つれづれのながめに増さる涙河袖のみ濡れて逢ふよしもなし」（敏行朝臣、古今・恋三617）に似ている。

白玉詩書

Le Livre

de

Jade

1867年、アルフォンス・ルメールAlphonse Lemerre社より、ジュディット・ヴァルテールの名で出版された中国詩翻訳集。7章よりなる全71篇の中国詩の散文訳が、タイトルとローマ字表記した詩人名とともに掲載されている。ここではそれらを訳出し、これまでの調査(「研究篇」132–133、160頁参照)で推定されている原詩をそれぞれ末尾に記す。なお、各訳詩には便宜的に番号をつけた。また、原文中の特定されていない固有名詞はカタカナで表す。各章冒頭の漢字6文字の題詞は原書にあるもの。

中国の詩人

ティン・トゥン・リンに

この本を捧げる。

ジュディット・ヴァルテール

一八六七年四月

A

TIN-TUN-LING

Poëte chinois

CE LIVRE EST DÉDIÉ.

J. W.

Avril 1867.

恋人たち

黄金栁葉浮水

1　柳の葉　　張九齢による

LA FEUILLE DE SAULE　*Selon Tchan-Tiou-Lin.*

窓にひじをついて夢みている若い女性が、私は好きではない、黄河のほとりに贅沢な家をもっているから。

でも好きだ、小さな柳の葉を水に落としたから。

東のそよ風が好きではない、東の山を白くしている花咲いた桃の香りを運んでくるから。

でも好きだ、小さな柳の葉を私の舟のほうに押してきたから。

そして小さな柳の葉が、好きではない、再び花咲いたばかりの淡い春を思い出させるから。

でも好きだ、そのうえに若い女性が刺繍針の先である名前を書いたから、それは、私の名前だから。

〔折楊柳〕

2　蜜柑の葉のかげ　　丁墩齢による

L'OMBRE DES FEUILLES D'ORANGER　*Selon Tin-Tun-Ling.*

孤独な部屋で一日中働いている若い娘はふと玉の笛の音を聞くとかすかに心が揺れる。

そして若い男の声を聞いていると思い込む。

障子紙を通して、蜜柑の葉のかげが膝のうえに座りにくる。

そしてだれかが自分の絹の服を破いたと思い込む。

3 川のほとりで　李太白による

AU BORD DE LA RIVIÈRE *Selon Li-Taï-Pé.*

若い娘たちが川に近づいた。睡蓮の茂みに入り込んでいる。

その姿はみえない、けれども笑っているのが聞こえる、そして風が娘たちの服を通って香っている。

馬に乗った若い男が川のほとりの、若い娘たちのすぐそばを通りがかる。

娘たちのうちの一人は胸が高鳴るのを感じて顔色を変えた。

けれども睡蓮の茂みが隠している。

〔採蓮曲〕

4 貞節な妻　張籍による〔『玉書』の張説は誤り〕

L'ÉPOUSE VERTUEUSE *Selon Tchang-Tsi.*

あなたは私に二つの輝く真珠を贈ってくださいます。私は顔を背けるけれど、心は思わず青ざめて動揺します。

少しのあいだ服のうえにつけます、この二つの澄んだ真珠を。赤い絹がそれらにばら色のかげをつけます。

どうして結婚する前にあなたに出会わなかったのでしょう！　でも離れてく

ださい、私は夫のものですから。

まつげのふちに、ほら震える二つの涙が。これが私からあなたにさしあげる真珠です。

〔節婦吟〕

5 桃の花　Tse-Tiéによる〔『玉書』では無名氏〕

LA FLEUR DE PÊCHER　*Selon Tse-Tié.*

小さな桃の花をつんで小さな花々よりももっとばら色のくちびるをした若い女性にもっていった。

黒いツバメをつかまえて黒いツバメの二つの羽に似たまつげをした若い女性にあげた。

つぎの日に花は枯れてしまい、鳥は窓から桃の花々の精が住む青い山のほうへ逃げてしまっていた。

けれども若い女性のくちびるはずっとばら色のままで、目の黒い羽は飛び立ってしまっていなかった。

〔『詩経』、桃夭〕

6 皇帝　杜甫による

L'EMPEREUR　*Selon Thou-Fou.*

新しい金の王座のうえで、天子が、宝石で輝きながら、高官たちの真ん中に座っている。星にとりまかれた太陽のようだ。

高官たちは厳かにまじめな話をしている。けれども皇帝の思いは開いた窓から逃げ出した。

磁器の亭のなかでは、葉にとりまかれた見事な花のように、王女が侍女たちの真ん中に座っている。

王女は愛しい人が会議に時間をかけ過ぎているのかしらと、退屈して、扇を動かしている。

香りがふと皇帝の顔を撫でる。

「私の愛しい人が扇をあおいでくちびるの香りを送ってきている」と皇帝は、宝石できらめきながら、磁器の亭のほうへ歩く、驚いた高官たちが黙って目をみあわせているのもかまわずに。

〔紫宸殿退朝口號〕

7 釣り人　李太白による

LE PÊCHEUR　*Selon Li-Taï-Pé.*

大地が雪を飲み込んで、梅の花々が再びみえる。

柳の葉は新しい金に似ていて、湖は銀の湖のようである。

今こそ硫黄のおしろいをつけたチョウたちが花々の芯のうえに滑らかな頭をもたせかけるときだ。

釣り人が、止まった舟から糸を垂れ、水面が壊れる。

巣にいるツバメのように家にいる女性、これからツバメの雄のように、食べ物をもって会いにいく女性のことを思っている。

〔早春寄王漢陽〕

8 鳥たちの歌、夜　　李太白による

CHANT DES OISEAUX, LE SOIR　*Selon Li-Taï-Pé.*

さわやかな風のなか鳥たちが横になった枝のうえで陽気に歌っている。

窓の格子のうしろで、絹の布にまばゆい花々を刺繍している若い女性は、鳥たちが木々のなかで楽しげに呼びあっているのを聞いている。

顔をあげて腕を落とす。思いはずっと前から遠くにいる男性のほうへ飛び立った。

「鳥たちは葉の茂みのなかで互いにみつけあうことができる。でも若い女性たちの目から嵐の雨のように落ちる涙はいなくなった人を呼び戻しはしないのね。」

腕を再びあげて縫い物に顔を落とす。

「あの人にあげる服の花々のあいだに一篇の詩を刺繍しましょう、たぶんその文字が戻ってくるようにいってくれるでしょう。」

〔烏夜啼〕

9 玉の珠　　張九齢による

LES PERLES DE JADE　*Selon Tchan-Tiou-Lin.*

偉大な高官ロー＝ワン＝リーの第一夫人が通りがかるのをみた。夫人は湖の近くの、月が柳の葉を白くしている小道を馬に乗って散策していた。

散策しながら首から玉の珠をいくつか落とした。そこにいたある男はそれを拾い集めたいそう喜んで逃げた。

けれども私は珠を集めなかった、その若い女性の、柳の葉のなかの月よりも白い、美しい顔だけをみていたから、そして泣きながら去った。

10 水のうえの葉　Tché-Tsiによる〔『玉書』では王績〕

LA FEUILLE SUR L'EAU　*Selon Tché-Tsi.*

風が柳の葉を一枚落とした。葉は湖に軽やかに落ち、波に揺られて遠ざかった。

時が私の心から思い出を消した、ゆっくりと消えた思い出を。

水辺に横たわって、傾いた木から遠く旅する柳の葉をさみしくみている。

愛していた女性を忘れてから、一日中、水辺にさみしく横たわって夢みているから。

そして目はずっと柳の葉を追い、今それが木のしたに戻ってきた、だから心のなかで思い出は決して消えなかったのだと思う。

〔春桂問答か〕

11 曲江で　杜甫による

SUR LE FLEUVE TCHOU　*Selon Thou-Fou.*

舟が河のうえを速くすべり、私は水のなかをみている。

うえには大きな空があり、そこを雲が漂っている。

空は河のなかにもある。一片の雲が月の前を通ると、水のなかにも通るのがみえる。

すると舟が空のうえをすべっているような気がする。

それからこんなふうに愛する女性が私の心に映っているのを想像する。

〔曲江対酒か〕

12 間違った道　Tse-Tiéによる〔『玉書』では無名氏〕

LE MAUVAIS CHEMIN　*Selon Tse-Tié.*

大きな木々でほんのりと暗がりになった道をみた、花咲く茂みにふちどられた道を。

目は緑色のかげのしたに入り込み、長いあいだその道をさまよった。

でもその道をいって何になるだろう。私が愛する女性の住みかに通じてはいない。

私の愛しい女性がこの世にやってきたとき、人々は小さな足を鉄の入れ物に閉じ込めた。だから私の愛しい女性は絶対に道を散歩することはない。

この世にやってきたとき、人々は心を鉄の入れ物に閉じ込めた。だから私の愛する女性は絶対に私を好きにならないだろう。

13 若い詩人が河の対岸に住む愛しい女性を思う　Sao-Nanによる

UN JEUNE POËTE PENSE A SA BIEN-AIMÉE.　*Selon Sao-Nan.*〔『玉書』では陶翰〕
Qui habite de l'autre côté du fleuve.

月が夜空の真ん中にのぼり、そこでうっとりと休んでいる。

ゆっくりと揺れる湖のうえに、夜のそよ風が通って、通って、幸せな水に口づけをしながらまた通る。

おお！　一緒になるためにできたものの結びつきからはなんと穏やかな調和が生まれることか！

けれども一緒になるためにできたものはめったに一緒にはならない。

〔宿天竺寺か〕

14 扇　　張若虚による

L'ÉVENTAIL　*Selon Tan-Jo-Su.*

新妻が香りをつけた部屋に座っている。そこには前の日に初めて夫が入った。

こんな文字が書かれた扇を手にもっている。「空気が重苦しく風が立たないとき、人々は私を愛し、私に涼しさを求める。けれども風が立ち空気が冷たくなると、人々は私をさげすみ、私を忘れる。」

この文字を読み、若い女性は夫のことを思う、そしてもう悲しい考えに覆われている。

「夫の心は今は若くて燃えている。心をすっきりさせようと私のそばにくる。

けれども心が冷たく静かになったら、たぶん私をさげすんで忘れてしまうのでしょうね。」

〔春江花月夜、第二九〜三二句〕

15 花々の舟のいちばん美しい女性へ　　Tché-Tsiによる〔『玉書』では王績〕

A LA PLUS BELLE FEMME Du Bateau des Fleurs　*Selon Tché-Tsi.*

黒檀の笛を吹きながらきみに歌をうたった、私のさみしさを語った歌を。けれどもきみは聞いてくれなかった。

きみの美しさをたたえる詩を作った。けれどもきみは頭を横にふりながら、私が文字をしたためた華やかな紙を水に投げ入れた。

そこで大きなサファイヤ、夜空のようなサファイヤをあげた、すると、暗いサファイヤとひきかえに、口の小さな真珠をみせてくれた。

16 心のなかの家　杜甫による

LA MAISON DANS LE CŒUR *Selon Thou-Fou.*

残酷な炎が私の生まれた家をすっかり焼き尽くした。

それから金づくしの舟に乗り、悲しみを紛らわせようとした。

彫刻がほどこされた笛をとり、月に歌をうたった。けれども月を悲しませ、月は雲に覆われた。

山に戻った、けれども山は何も思わせてくれなかった。

子供の頃の楽しみがすべて家のなかで焼かれてしまったように思えていた。

死にたくなって、海のうえに身を傾けた。そのとき、一人の女性が小舟を通りがかっていた。水のなかに映る月をみたのだと思った。

もしその女性が望むなら、心のなかに家を建て直してあげるだろうに。

〔登楼か〕

17 西の地方からみた舟の揺らぎについて　蘇東坡による

SUR LES BALANCEMENTS D'UN NAVIRE *Selon Sou-Tong-Po.*
Vu de la province de l'Ouest

青い蒸気が軽い薄布のように舟を覆い、白い歯の列のような泡のレースがとりまいている。

太陽が海に微笑みながらゆっくりとのぼり、海は金色の刺繍が施された大きな絹の布のようにみえる。

魚が輝く真珠ほどたくさんある気泡を水面に吹き出しにきて、透明な波が優しく花々の舟を揺らしている。

こんなに遠ざかり、絹の綱で岸につながれた舟をみて、私の心は苦しみでよじれる。

そこにいちばん見事な花々が咲いているから、そこに風が香って春がとどまっているから。

扇で拍子をとりながら、韻文の歌をうたおう、そして最初に通りがかるツバメに、私の歌をあちらへもっていってもらおう。

それから海に花を一輪投げ入れよう、風がそれを舟まで押していくだろう。

小さな花は、死んでいても、水のうえで軽快に踊る。それなのに私は悲しみにくれた心で歌う。

〔八聲甘州〕

月

玩月談情詩詞

1 穏やかな河　張若虚による

LE FLEUVE PAISIBLE *Selon Than-Jo-Su.*

人は地上にいる限り、いつも澄んで輝く月をみる。

穏やかな河が流れるように、月は毎日空を渡る。

決して止まるところもあと戻りするところもみることはない。

けれども人は気短かでふらついた考えをもっている。

〔春江花月夜、第九～十二句〕

2 海のなかの月の光　Li-Su-Tchonによる〔『玉書』では李巍〕

LE CLAIR DE LUNE DANS LA MER *Selon Li-Su-Tchon.*

今しがた満月が水から出てきた。海は銀の大きなお盆に似ている。

舟のうえで友たちが酒を何杯も飲んでいる。

月に照らされ、山のうえで揺れる小さな雲々をみて、

ある者たちは白い服を着て散歩する皇帝の妃たちだという。

また別の者たちは白鳥の群れだといい張る。

〔張九齢の望月懐遠か〕

3 玉の階段　李太白による

L'ESCALIER DE JADE *Selon Li-Taï-Pé.*

満月の淡い明かりのした、王妃が露ですっかり輝いている玉の階段をまたのぼる。

ドレスの裾が段のふちに優しく口づけをする。白い絹と玉は似ている。

月の光が王妃の寝室に広がった。扉を入ると、王妃はすっかり目をくらまされる。

窓の前の、水晶の珠にふちどられたカーテンのうえに、光を奪いあうダイヤモンドの集まりをみているような気がするからだ。

そして、青白い木の床では、まるで星たちが輪舞しているようだ。

〔玉階怨〕

4 詩人が月をみる　張若虚による
UN POËTE REGARDE LA LUNE　*Selon Tan-Jo-Su.*

庭から女性が歌っているのが聞こえてくる、けれども思わず月をみる。

隣の庭で歌う女性に会おうとは全く思わなかった。目はずっと空で月を追っている。

月も私をみていると思う、銀色の長い光線が私の目にまで届いているから。

コウモリたちがときおり横切って急に瞼を閉じさせる。けれども再び瞼をあげると、相変わらず私に投げられた銀色の視線がみえる。

月は詩人たちの目のなかに姿を映す、海の詩人、龍の光るうろこのなかに映すように。

〔春江花月夜、第二五〜二八句〕

5 花々にふちどられた川で　張若虚による
SUR LA RIVIÈRE BORDÉE DE FLEURS　*Selon Tan-Jo-Su.*

ただ一片の雲が空に漂っている。私の舟だけが河にある。

けれどもほら月が空と河にのぼる。

雲はそれほど暗くはなくなり、私は孤独な舟のなかでそれほどさみしくはなくなっている。

〔春江花月夜、第十七〜二〇句〕

6 草原での夜の散歩　杜甫による

PROMENADE LE SOIR DANS LA PRAIRIE *Selon Thou-Fou.*

秋の太陽が東からやってきて草原を渡った。今は西の大きな山のうしろをいっている。

ひとすじの光が空に残っている。たぶん山の向こう側に日がのぼっている。

木々はさび病に覆われ、夜の冷たい風が最後の葉を落とす。

一羽の後家のコウノトリが、さみしげにゆっくりと、まるでもう戻ってこない人の帰りを待ち望むかのように、孤独な巣に戻る、

そして夜に向けて月が光り始めるあいだ、カラスたちが木々の周りで大きな音をたてる。

〔野望〕

7 小さな湖のほとりで　張若虚による

AU BORD DU PETIT LAC *Selon Tan-Jo-Su.*

小さな湖は風に追いかけられて逃げる、けれどもすぐに引き返してくる。

魚たちがときおり水の外に飛び出す。それはまるで花咲く睡蓮のようだ。

雲に和らげられた月は、枝を通って道を作り、

白い霜は露のダイヤモンドを真珠に変えている。

〔春江花月夜、第五〜八句〕

8　河口のそばで　　李太白による

PRÈS DE L'EMBOUCHURE DU FLEUVE　*Selon Li-Taï-Pé.*

さざ波が水の澄んだ緑色を銀色に変える月の光で輝いている。まるでたくさんの魚が海へ向かっているのをみているようだ。

私は岸に沿ってすべる舟に一人でいる。何度か舵で水をかすめる。夜と孤独が私の心をさみしさでいっぱいにする。

けれどもほら大きな真珠のような花々をつけた睡蓮の茂みが。それを舵でそっと撫でる。

葉のそよぎが優しくささやき、花々が小さな白い頭を垂れて、私に話しかけているみたいだ。

睡蓮は私を慰めようとしている。けれどももう、それをみて、さみしさを忘れてしまっていた。

9　鏡の前の女性　　張若虚による

UNE FEMME DEVANT SON MIROIR　*Selon Tan-Jo-Su.*

鏡の前に座って、女性は月の光をみている。

おろした簾が光をさえぎる。寝室のなかではまるでたくさんの塊に割れた玉をみているようだ。

髪をとかさずに、竹ひごでできた簾をあげる、すると月の光がもっと輝いてみえる、

絹をまとった女性が、そのドレスを落とすように。

〔春江花月夜、第二一～二四句〕

秋

秋詩遊景快樂

1 白い髪　丁墩齢による

LES CHEVEUX BLANCS　*Selon Tin-Tun-Ling.*

緑のキリギリスたちが麦と同時に出てくる。こんなふうに、美しい季節には、若者たちが酒を飲んではしゃぐ。

けれども気高い精神をもつ者たちはすぐに悲しくなる、黒い雲が空の半ばで揺れ動いているから。

黒いツバメたちが去る。白いコウノトリたちがやってくる。こんなふうに黒い髪に白い髪がつづく。

これが全地上のただ一つの法則なのだ、空に月が一つしかないように。

2 鵜　蘇東坡による

LE CORMORAN　*Selon Sou-Tong-Po.*

孤独にじっとして、秋の鵜が河のほとりで考え込み、その丸い目が水の歩みを追っている。

ときおり人が岸を散歩していると、鵜は頭をふりながらゆっくりと離れていく。

けれども、葉のうしろで、散歩者が立ち去るのをうかがっている、単調な流れのうねりをまだみていたいから。

そして、夜、月が波のうえに輝くと、鵜は水に足をつけて、考え込む。

こんなふうに心に大きな恋を抱く人はいつも同じ思いのうねりを追っている。

〔卜算子〕

3 私が自然を歌っていたあいだに　杜甫による

PENDANT QUE JE CHANTAIS LA NATURE *Selon Thou-Fou.*

水辺の亭に腰かけて、よい天気を眺めた。太陽が澄んだ空を通って、ゆっくりと西に歩いていた。

舟は枝のうえの鳥たちよりも軽く水のうえをたゆたい、秋の太陽が海に金色を流し込んでいた。

筆をとり、紙のうえに身をかがめ、女性が手で撫でつける黒い髪のような文字を書いた。

そして、金色の太陽のしたで、よい天気を歌った。

最後の詩節で、顔をあげた。すると水のなかに雨が落ちているのがみえた。

〔返照か〕

4 秋の夜　Tché-Tsiによる〔『玉書』では李巍〕

LE SOIR D'AUTOMNE *Selon Tché-Tsi.*

秋の青い蒸気が河のうえに広がっている。小さな草が白い霜に覆われている、

まるで彫刻家がうえに玉の粉を落としたかのように。

花々にはもうすでに香りがない。もうすぐ北風が散らしていく、そしてすぐに睡蓮が河のうえを動き回るだろう。

灯りがひとりでに消え、夕べが終わり、まもなく床に就きにいく。

私の心のなかで秋はたいそう長く、顔のうえでぬぐう涙がたえず出てくる。

一体いつ結婚という太陽がこの涙を乾かしにやってくるのだろうか。

〔李益の夜上受降城聞笛か〕

5 秋の思い　　杜甫による
PENSÉES D'AUTOMNE　*Selon Thou-Fou.*

さみしい雨だ。まるで青空が去ったのを空が嘆いているかのようだ。

憂いが雲のヴェールのように心に覆いかぶさり、私たちはさみしく屋内に座っている。

今こそ夏のあいだに溜まった詩を紙に落とすときだ。そんなふうに、木々から、熟した花々が落ちる。

さあ始めよう、筆を湿らせるたびにくちびるを茶碗に浸そう、

そして煙の筋のように夢想を逃がさないようにしよう、時はツバメよりも早く去るのだから。

〔船下菱州郭宿雨湿不得上岸別王十二判官〕

6 太陽に向けたさみしい心　　Su-Tchonによる〔『玉書』では無名氏〕
LE CŒUR TRISTE AU SOLEIL　*Selon Su-Tchon.*

秋の風が木々から葉をむしりとって地面にまき散らしている。

葉が飛んでいくのを私は惜しみもせずにみている、葉がやってくるのをみたのも、いってしまうのをみているのも私だけなのだから。

さみしさが私の心にかげを落とす、高い山々が谷に夜をもたらすように。

冬の風が水を輝く石に変える。けれども夏の最初の眼差しで再び陽気な滝になるだろう。

夏が戻ってきたら、一番高い岩のうえに腰かけにいこう、太陽が私の心をとかすかどうかをみに。

7 白い霜のうえに書かれた思い　Haon-Tiによる〔『玉書』では王績〕

PENSÉE ÉCRITE SUR LA GELÉE BLANCHE *Selon Haon-Ti.*

白い霜が低木をすっかり覆っている。おしろいをつけた女性の顔に似ている。

窓からそれをみて、男性は、女性なしでは、葉を落とされた花のようだと思う。

そしておそってくるつらい悲しみを追い払おうと、

息で、白い霜のうえに思いを書きつける。

8 農夫の悲しみ　蘇東坡による

TRISTESSE DU LABOUREUR *Selon Sou-Tong-Po.*

雪が大地に軽やかに落ちた、チョウたちの大群のように。

農夫は鋤を置いた、そしてみえない糸が心を締めつけるような気がする。

悲しいのだ、大地は恋人だったから、それに希望でいっぱいの種を託そうとそのうえに身を屈めていたとき、秘密の思いもささげていたから。

のちに、種が芽を出したとき、満開になった自分の思いをみつけた。

そして今大地は雪のヴェールのしたに身を隠している。

〔前調〕

9 若い王の亭　王勃による

LE PAVILLON DU JEUNE ROI　*Selon Ouan-Po.*

テンの若い王は大きな河のそばの優雅に輪郭が浮きあがった亭に住んでいた。

王は繻子を身にまとい、玉の飾りが腰で揺れていた。

けれども今繻子の服は黒檀の小箱のなかで眠り、玉の飾りは動かない。亭にはもう朝の青い蒸気と夜に涙を流す雨が入るのしかみられない。

雲が空でとどろき、澄んだ水を濁らせている。王が立ち去ったからだ。こんなふうに月は空を渡って消える。

そしていくつもの秋がさみしくつづいている。王は一体どこへいったのか。かつて河にみとれていた。震える水はその目のかげをとどめていない、そして王は、今、河の記憶をもちつづけているだろうか。

〔滕王閣〕

10 小さな花々がいかめしいもみの木々を笑う　丁墩齢による

LES PETITES FLEURS SE MOQUENT DES GRAVES SAPINS　*Selon Tin-Tun-Ling.*

山の高みに、もみの木々がきまじめに尖って立っている。山の裾には、色鮮やかな花々が草のうえに広がっている。

小さな花々は自分たちのみずみずしいドレスともみの木々の暗い服を比べて、笑い出す。

そしてその陽気さに軽やかなチョウたちが入り混じる。

けれども、秋のある朝、私は山をみた。するとすっかり白い衣装を着たもみの木々が、そこで、いかめしく夢想にふけっていた。

山の裾を探しても無駄だった、からかい好きの小さな花々はみえなかった。

11 暖かい天気のときに　王昌齢による

PAR UN TEMPS TIÈDE *Selon Ouan-Tchan-Lin.*

かつての若い娘たちが花咲いた茂みに座って、低い声で内緒話をしている。

「人々は私たちが年老いて髪が白くなっているというわ。私たちの顔がもう月のように輝いていないともいうわ。

それがどうしたっていうの。きっと悪口よ、自分で自分の姿はみえないから。

私たちの表情を曇らせたり髪を白い霜で覆ったりする冬が鏡の向こう側にないなんてだれがいうかしら。」

〔西宮秋怨〕

12 ある若い娘の心配事　Han-Ouによる〔『玉書』では韓愈〕

LE SOUCI D'UNE JEUNE FILLE *Selon Han-Ou.*

月が中庭を照らしている。窓から顔を出して階段をみる。

葉の茂みのかげと、風が揺らすぶらんこの動くかげがみえる。

戻って格子の寝床に就く。夜の涼しさがおそった。孤独な部屋で震える。

すると湖に雨の落ちる音が聞こえる！　明日私の小さな舟は濡れているでしょう。どうやって睡蓮の花々をつみにいこうかしら。

〔韓偓の效崔國輔體三首その三〕

旅人たち

遊花舶觀娥詞

1 亡命者　蘇東坡による
L'EXILÉ　*Selon Sou-Tong-Po.*

若者たちは好んで明るい色の服を着る。ある者たちはばら色の服、ほかの者たちは緑色の服、

若い春が戻ってきて庭が新しい草や花咲いた桃の木できらめくように。

けれども祖国を離れて旅する者は、まだ若いのに、いつも黒い服を着ている。

〔少年遊か〕

2 宿　李太白による
L'AUBERGE　*Selon Li-Taï-Pé.*

この宿の床で寝た。月が、床に、白い光を投げかけていた、

そして初めは床に雪が降ったのかと思った。

明るい月のほうへ顔をあげて、これから歩き回る土地やみなければならない異国のことを考えた。

それから床のほうに顔をおろし、もうみることがないだろう祖国や友たちのことを考えた。

〔静夜思〕

3　大きなネズミ　　Sao-Nanによる〔『玉書』では陶翰〕
LE GROS RAT　*Selon Sao-Nan.*

大きなネズミ！　巨大なネズミ！　私の穀物を全部食べるな、残酷でがつがつしたネズミめ！

三年前からおまえの鋭い歯の容赦ないしわざに耐え、何度おとなしくするよういっても無駄だった。

けれどももういってしまうよ、おまえから逃げて、遠い国に家を建てにいく、

遠くの幸せな国、後悔が永遠にはつづかないところに！

〔『詩経』、碩鼠〕

4　向かい風を避ける船　　蘇東坡による
UN NAVIRE A L'ABRI DU VENT CONTRAIRE　*Selon Sou-Tong-Po.*

帆が帆柱に沿って重たげに落ち、風がすさまじく笛を吹く。

四方から、泡を立てて、波が船を打つ。まるで大きな白い花の真ん中に置かれているようだ。

鎖の先のいかりが水のなかをおりて岩にひっかかる。何里も向こうから風がいかりにぶつかり、岩も一緒にたたかう。

まるで海は山を駆けあがって空をつかまえたいかのようだ。ときおり空と海が出会っているようにみえる。

暇な船人たちは船のなかで眠っている、はげしい大海のうえで平然と。けれども心には同じ向かい風と嵐をもっている。

天気が再び出発を許せば、山の脇腹に自分の思いを書いてやろう。

〔発洪澤中塗遇大風復還〕

5 秋の笛　杜甫による

LA FLUTE D'AUTOMNE *Selon Thou-Fou.*

かわいそうな旅人よ、祖国を離れ、金もなく友もなく、母国語の懐かしい音楽を聴くこともうない。

しかし夏はこんなに輝き、自然はこれほど豊かに広がっているのだから、おまえはかわいそうではない。それに鳥たちの歌はおまえにとって外国語ではない。

けれどもおまえはこの秋の笛、セミの叫び声を聞き、空で雲が風に巻かれるのをみると、もうつらくてしかたがなくなるだろう、

そして、目に手をあて、心を祖国のほうへ逃げ出させてしまうだろう。

〔吹笛〕

6 ツィ＝リへ向かいながら　Tse-Tiéによる〔『玉書』では丁墩齢〕

EN ALLANT A TCHI-LI *Selon Tse-Tié.*

道のほとりの、倒れた木のうえに座り、ツィ＝リのほうへ消えゆく道をみた。

今朝は靴の青い繻子が鋼のように輝き、黒い刺繍の絵をたどることができた。

今はほこりのしたに隠れている。

出発したときは、太陽が空で笑い、チョウたちが私の周りを舞っていた、そして私は草のなかに広がる真珠の塊のような白い菊を数えていた。

今は夜になり、もう菊はない。

ツバメたちがすばやく私の足元をかすめ、カラスたちが寝にいこうと呼びあっている、そして私は頭に結った髪を巻いた農夫たちが、隣の村に帰っていくのをみている。

けれども私にはまだたどらねばならない長い道がある。

ツィ＝リに着く前に、一篇の詩を作りたい、仲間のいない私の心のように悲しい一篇の詩を、

それも難しい韻律で、とても難しい韻律で、ここからツィ＝リへの道がとても短く感じるように。

酒

談酒作樂提詩

1 河の真ん中で　Tchan-Ouiによる〔『玉書』では張説〕

AU MILIEU DU FLEUVE　*Selon Tchan-Oui.*

河がそっと揺らす舟で、日がつづく限り漂い、

水のなかの山々のかげをみている。

もう酒以外への愛はなく、いっぱいになった盃が前にある。心もほろ酔い気分で満たされている。

昔は心のなかにそれはたくさんの嘆きがあった。けれども、今は、

水のなかの山々のかげをみている。

〔送梁六〕

2 あの思いを忘れるために　王維による

POUR OUBLIER SES PENSÉES　*Selon Ouan-Oui.*

一緒に楽しんで磁器の盃を温かい酒で満たそう。

さわやかな春は遠ざかるけれど、また戻ってくるだろう。くちびるが渇く限り飲もう、

そうすればたぶん人生の冬にいることを忘れるだろう、

それに花々が枯れていることも。

〔酌酒與裴迪〕

3 九月の思い　李太白による

PENSÉES DU SEPTIÈME MOIS　*Selon Li-Taï-Pé.*

庭の花々の真ん中で、玉のように冷たく透明な酒を飲みながら物思いにふけっている。

風が優しく頬を撫でて焼けつくような空気を冷ます。それなのに、冬がやってきたら、外套をもってくるのだ！

美しい盛りの女性は八月の暖かい風のようである。私たちの人生をよみがえらせ香り立たせてくれる。

けれども、齢の白い絹がその頭を覆うと、私たちは冬の風のように逃げてしまう。

4 河のうえでの歌　　李太白による

CHANSON SUR LE FLEUVE　*Selon Li-Taï-Pé.*

私の舟は黒檀でできている。玉の笛は金の穴がいくつもあいている。

絹の布についたしみをとる植物のように、酒は心のなかのいさかいを消す。

よい酒、優雅な舟、若い女性の愛を得ているとき、人は不死の神々のようだ。

〔江上吟〕

5 磁器の亭　　李太白による

LE PAVILLON DE PORCELAINE　*Selon Li-Taï-Pé.*

小さな人工の湖の真ん中に緑と白の磁器の亭がたっている。トラの背中のように曲がった玉の橋を通ってそこへいく。

この亭のなかで明るい色の服を着た友たちが一緒に温かい酒を飲んでいる。

楽しげに喋ったり、帽子をうしろにやって少し腕まくりをしながら詩を作ったりしている、

そして、小さな橋がひっくり返って玉の三日月のようにみえる湖では、磁器の亭のなかで、明るい色の服を着た友たちが、頭を逆さにして酒を飲んでいる。

〔宴陶家亭子、登単父陶少府半月臺〕

6 高官の三人の女性たち　　Sao-Nanによる〔『玉書』では陶翰〕

LES TROIS FEMMES DU MANDARIN　*Selon Sao-Nan.*

正妻

盃には酒があり、皿にはツバメの巣がある。ずっと前から、高官はいつも正妻を敬っている。

愛人

盃には酒があり、皿にはよく肥えたガチョウがある。妻が子を宿さなければ、高官は愛人を選ぶ。

女中

盃には酒があり、皿には色んな砂糖漬けがある。高官にとって女性が妻であろうと愛人であろうとあまり重要ではないが、毎晩新しい女性を欲する。

高官

盃にはもう酒がなく、皿には乾いたネギしかない。さあ、さあ、お喋りな女たち、かわいそうな年寄りをからかうのではない。

7 杜甫の家で飲みながら　崔宗之による

EN BUVANT DANS LA MAISON DE THOU-FOU *Selon Tsoui-Tchou-Tchi.*

盃のふちまでよい酒で満たしたが、飲もうとしたとき、盃は空になっていた、窓から入ってきた風が床に落としてしまっていたからだ。

雨が降っているときというのは、山々のうえの、雲のなかで酔っ払っている不死の賢者たちのいっぱいの盃を風がひっくり返しているのだ。

けれども畑の露と河の水が、太陽に求められて、再び神々の大きな盃を満たす。

そして杜甫の家には、私が詩人たちとタ＝ミン皇帝を称える詩を作りながらまだ飲めるようにと、十分な酒が残っている。

8 一緒に酒を飲んでいた八人の偉大な詩人に　杜甫による

A HUIT GRANDS POETES Qui buvaient ensemble *Selon Thou-Fou.*

知章に

知章、おまえの馬はよい風を受けた舟よりも速くかけ出し、そのしなやかな動きは波の揺れをまねていた。

視線を地面に落としても、まるで水の底で目を開けたかのように、かろうじて物がみえるくらいだった。

そしておまえはすぐに友たちと飲みにやってきた。

汝陽に

汝陽、私はおまえにずっとユ＝ヤンの街にとどまることをすすめる。

そこにこそいちばんよい酒がたっぷりとある、まるで酒のわき出る湖があるかのようだ。

そしておまえの大変な渇きを癒すのに十分な酒をみつけられるのはそこだけなのだ。

左相に

左相、おまえの盃からはいつも急流が湖に落ちるように酒が口に落ちていく。

おまえの喉は二つの山のあいだを流れる河の床のようで、腹は河が流れ込む大海だ。

おまえは魚が水を吸い込むように酒を飲む。魚にとって水が多すぎることは決してないし、おまえの偉大な精神にとって酒が多すぎることも決してない。

崔宗之に

崔宗之、おまえの盃はほかの人の盃よりもずっと大きい。

おまえが酒を飲もうとして白目をむきながら頭をそらすとき、空に雲があるかどうかをみる瞬間がある。

顔は波の泡のように白く、おまえは風が通り抜ける玉の木のようにみえる、

香りのついた酒がおまえのくちびるを通り過ぎるときに。

李太白に

李太白、おまえは盃をもちあげ、机に置く前に百の詩を作った。

おまえはまだ酒を頼むが、商人は寝てしまっているし、店にももう酒はない。

舟で通りがかった天子が近くへくるよういった。けれどもおまえは「私は貴族が好きではない、八人の友と一緒にいるのだ」と。

私はおまえが酒のなかに不死の賢者たちの至福をみつけていることを知っている。けれどもそのことをいいはしないよ。

蘇晋に

蘇晋、おまえは大きな仏塔に住んでいる。決して肉を食べず、酒も少ししか飲まない。

けれども詩人たちの集まりが好きで、詩を作りはしないが、おまえの言葉がそれぞれに一つの詩である。

張旭に

張旭、おまえは三杯飲んでから瞑想し始める。

慣わしに反し、帽子を脱いで書き始める。

そしてたいそう速く文字が紙に現れるので、おまえの筆からは煙が上がっているようにみえる。

焦遂に

焦遂、すでにおまえは五杯飲んだが、詩を書いていない。

おまえの騒々しい言葉は風が雲を押し分けるように友たちを夢想から起こす。

もうみんな椅子から立ちあがっている。飲むのをやめよ、ずっと前から飲んでいる奴よ。ついにここを発たねばならないのだから。

〔飲中八仙歌〕

戦

織錦回文給詩

1 若い女性の夫が戦に備える　杜甫による〔『玉書』では無名氏〕
L'ÉPOUX D'UNE JEUNE FEMME S'arme pour le combat　*Selon Thou-Fou.*

さあ、妻よ、仕事台の赤い絹におまえの長い針を刺し置き、ここへ私の武具をもってくるのだ。

おまえ自ら私の腰に二つの大きな剣を交差させ、その動じない柄が私の肩を超えてみえるようにせよ。

そして私がこの槍、澄んだ先端が敗者にたいそうはれやかな傷を与える槍を誇らしげにもち、

この槍を手にもち、そばにひざまずくおまえをみているあいだ、

腰紐にしなやかな弓をかけよ、そこからもうすぐひゅうひゅうと音を立てるたくさんの矢が放たれ、空中に優雅な弧を描いて、震えながら血まみれの肉に向かっていくだろう。

そしてさあおののいて離れよ、もう敵にみせる恐ろしい顔になったのだ！

2 大将の出発　杜甫による

LE DÉPART DU GRAND CHEF　*Selon Thou-Fou.*

大将は恋人とさみしく別れた。街の大門から出て幕舎に寝に帰り、恋人のことを夢みている。

突然、秋の風に揺られる枯葉に似た音で目を覚まし、ひじをついて起きあがる。

それは秋の風に揺られる枯葉の音をまねる恋人の絹の服である、会いにやってきた恋人の。

「私は元気を失っていたが、すぐに取り戻させてくれた。西の山の雪が突然解けるのよりも驚いている。」

こう大将が話し、恋人は答える。

「私は西の窓で泣いていました。すると心を打たれたツバメが翼を貸してくれて、たいそう速くやってきたので、私のそばではあなたの戦の馬も亀の歩みのようだったでしょう。」

〔奉和厳国公軍城早秋〕

3 永遠の別れ　Roa-Liによる〔『玉書』では李巍〕

LES ADIEUX　*Selon Roa-Li.*

大将が戦に発った。馬が最初の動きをする前に、妻は絹の布を渡した。

「持っていってください、私の思い出に、文字を刺繍したこの布を、そしてあまり遅くならないでください。

今は満月の時期ですが、毎日その丸い塊は欠けていきます。

そんなふうに残酷な時間が私の美しさを損なっていくのですから。」

4 赤い花　李太白による
LA FLEUR ROUGE　*Selon Li-Taï-Pé.*

窓のそばでさみしく仕事をしているとき、針で指を刺してしまった。すると刺繍していた白い花が赤い花になった。

そして反乱に向かうために出ていった人のことをふと思い出した。あの人の血も流れたのかと思い、目から涙が落ちた。

けれどもあの人の馬の足音を聞いたような気がして、喜んで立ちあがった。それはたいそう早く打ち鳴らして、馬の足音をまねた私の心臓だった。

窓のそばで仕事に戻り、仕事台に広げられた布に涙が真珠の飾りをつけた。

〔冬夜、烏夜啼〕

5 西の窓から　王昌齢による
DE LA FENÊTRE OCCIDENTALE　*Selon Ouan-Tchan-Lin.*

たけり狂うたくさんの兵士たちの先頭で、銅鑼をけたたましく鳴らし、夫はいってしまった、栄光を追いかけて。

私は若い娘の頃の自由をとり戻して初めは喜んだ。

今は、黄色くなった柳の葉を窓からみている。夫が出発したときは、淡い緑色をしていた。

あの人も喜んでいるのかしら、私から遠く離れて。

〔閨怨〕

6 勝者の犬　杜甫による〔『玉書』では無名氏〕
LE CHIEN DU VAINQUEUR　*Selon Thou-Fou.*

黒い幟のもとで戦った大きな戦で私は傷を負ったが、多くの敵を殺した。

乱戦のあとすっかり血まみれになり、隣で戦った犬を連れて、戦場を歩いた。

そして犠牲者たちの屍をみせて、「食え」といい、まだ流れている血をみせて、「飲め」といった。

けれども気高い獣は敗者の卑しい屍に全く触れようとせず、目を見開いて、私の開いた傷口の高さまで、うしろ足で立ちあがった。

赤い盃のような傷口に沸き立つ私の勝ち誇った熱い血しか飲みたくなかったのだ！

7 コウノトリ　Chen-Tué-Tsiによる〔『玉書』では陳子績〕
LA CIGOGNE　*Selon Chen-Tué-Tsi.*

おお偉大なる中国のかわいそうな住人よ、あなたたちは内戦のいけにえであり、私の心はあなたたちの苦難を思うと悲しみで青ざめる！

あなたたちは自由の身に生まれながら奴隷となった。何も悪いことをしていないのに罰せられる。

一体いつ救済の日がやってくるのか。あなたたちを苦しみから救うために天から選ばれるのは、どの民族の人なのか。

白いコウノトリがあそこの雲のあいだにあらわれるが、どの家のうえに止まるかはまだわからない。

〔張九齢の感遇か〕

詩人たち

詩家勝百君王

1 賢者たちが踊る　李太白による
LES SAGES DANSENT　*Selon Li-Taï-Pé.*

玉の先飾りがついた笛で、人間たちに歌をうたった。けれども人間たちは理解してくれなかった。

そこで笛を天に向けて、賢者たちに歌をうたった。

賢者たちは喜んだ。輝く雲のうえで踊った。

そして今人間たちは理解してくれる、玉の先飾りがついた笛にあわせて歌うと。

2 若い詩人に　Sao-Nanによる〔『玉書』では陶翰〕
A UN JEUNE POËTE　*Selon Sao-Nan.*

大きくなる月をまねよ！　のぼる太陽をまねよ！

決してぐらつかず、決して揺れない、南の山のようになるのだ、

そして誇り高い松や杉のようにいつまでも緑のままでいよ！

3 詩人が舟のうえで笑う　Ouan-Tiéによる〔『玉書』では王績〕

UN POËTE RIT DANS SON BATEAU　*Selon Ouan-Tié.*

澄んで静かな小さい湖は水でいっぱいになった茶碗に似ている。

岸では、竹が小屋の形をしていて、木々がそのうえに緑の屋根を作っている。

そして花々の真ん中に置かれた、大きな尖った岩は、仏塔に似ている。

私は水のうえに舟をゆっくりと滑らせ、こんなふうに自然が人間をまねているのを面白がってみている。

4 不思議な笛　李太白による

LA FLÛTE MYSTÉRIEUSE　*Selon Li-Taï-Pé.*

ある日、葉の茂みと香り立つ花々のうえを通って、風が遠くの笛の音を運んできた。

そこで柳の枝を一本折って歌を返した。

それ以来、夜になって、みんなが寝てしまうと、鳥たちが自分たちの言葉で会話するのが聞こえる。

〔春夜洛城聞笛〕

5 夏の心地よさに目もくれず　張若虚による

INDIFFÉRENCE AUX DOUCEURS DE L'ÉTÉ　*Selon Tan-Jo-Su.*

桃の花がばら色のチョウたちのように舞っている。柳が微笑みながら水のなかの自分をみている。

けれども私の憂いはいつまでも消えず、詩を作ることができない。

梅の香りを運んできてくれる東のそよ風にも、何も感じない。

おお！　眠りのなかで悲しみを忘れさせてくれる夜はいつやってくるのだろうか！

〔春江花月夜、第二九〜三二句〕

6　白い紙　　Tché-Tsiによる〔『玉書』では李巍〕
LA FEUILLE BLANCHE　*Selon Tché-Tsi.*

手のなかに顔をうずめ、ここにいてからずっと白いままの紙をみている。

筆の先の乾いた墨もみている。

私の精神は眠っているようだ。起きないのだろうか。

太陽ですっかり暑くなった野原に出かけ、高い草のうえに手をはわせる。

一方には滑らかな森がみえ、もう一方には雪におしろいをつけられ太陽が紅をさしている、優雅な山々がみえる。

そしてまた雲のゆっくりとした歩みをみて、カラスたちの笑い声に追われながら戻り、

筆のしたで白いままの紙の前に座る。

7　詩人が霧に包まれた山に登る　　蘇東坡による
LE POËTE MONTE LA MONTAGNE Enveloppée de brouillard　*Selon Sou-Tong-Po.*

この高い山に登る。馬の黒い毛は病気で黄色くなっている。

悲しみがまた私の黄みを帯びて痩せた頬を覆い、さみしく山に登る。

良質な米の酒で瓢箪を満たし、酒が与える陶酔のなかに悲しみを隠してしまいたい。

〔太白山下早行至横渠鎮書崇壽院壁〕

8 詩人が霧に包まれた山を散歩する　　蘇東坡による

LE POËTE SE PROMÈNE SUR LA MONTAGNE　*Selon Sou-Tong-Po.*

Enveloppée de brouillard

詩人が山でゆっくりと散歩している。遠くからみると霧に覆われた石は眠っているヒツジにみえる。

とても疲れて頂についた、酒をたくさん飲んだから。そして石のうえで寝る。

雲が頭のうえで揺れている。それらがくっついて空を覆うのをみる。

それから秋が近づく、風が涼しくなる、つぎの春はまだ遠いとさみしく歌う。

すると自然の美しさを楽しみにきている散歩者たちが手をたたいて詩人をとり囲み、「これはきっとおかしな人だ！」と叫んでいる。

〔定風波〕

9 西の街の花々の舟　　杜甫による

LE BATEAU DES FLEURS Du faubourg de l'Ouest　*Selon Thou-Fou.*

この舟には女性たちのなかでいちばん美しい人がいる。まつげはチョウたちの触覚に似ている。

その人はさみしそうに笛を吹いて詩を即興する。高い雲のなかで賢者たちが感動する。

「泥のなかに落ちた花のように、心ない通りすがりの人たちが私を見捨てる。

風が揺らす稲は私よりも幸せだ。穂が開きかけると、私の微笑みのようにみえる。

けれども私は、ずっと前から、もう決して笑わない。

きっともうすぐある男性が、岸に花々の舟をつないでいる絹の綱を肩から引いて、私の苦しみを別の国へもっていってくれるだろう！」

〔麗人行〕

10 李太白への賛辞　杜甫による

LOUANGE A LI-TAI-PÉ *Selon Thou-Fou.*

詩はきみの言葉だ、歌が鳥たちの言葉であるように。

太陽の光のもとでも夜の闇のもとでも、きみはあらゆるものの詩をみる。

金色の酒を飲むと、ほろ酔いの雲のうえできみに詩のひらめきが訪れる。

きみはいちばん優れた人間だ、そして、太陽のように、人々のうえに才知の光を広げる。

闇のなかできみを崇める者から、このひそかな賛辞を受けとっておくれ。

〔贈李白、不見か〕

11 十二月二〇日李太白に贈る　杜甫による

ENVOI A LI-TAI-PÉ Le vingtième jour du douzième mois *Selon Thou-Fou.*

きみの名はチ＝シエ＝ジャン、枯れることのない水の雫、そして不死の賢者たちの地位にある。

天子の王杖はきみの筆ほど力をもたない。兵士の剣もそれほど強くはない。

夏の澄んだ空に嵐を予測させるものは何もない。けれども突然風が雲を集めて、雨が降る。

それと同じようにしみ一つない紙のうえにきみの才能の息吹が黒い文字を降らせる。それはきみの筆から静かに流れる精神の涙である。

そして、詩が終わると、きみの周りには目にみえない神々の称賛のささやきが聞こえる。

〔寄李十二白二十韻〕

12 永久の文字　　李太白による
LES CARACTÈRES ÉTERNELS　*Selon Li-Taï-Pé.*

詩を作りながら窓から竹の揺らぎをみている。まるで動く水のようである。そして葉は棘をかすめながら滝の音をまねている。

紙のうえに文字を落とす。遠くからみるとまるで梅の花が逆さになって雪のなかに落ちるようである。

蜜柑の心地よいみずみずしさは女性が長くたもとにもっているとなくなる、白い霜が太陽で消えるのと同じに。

けれども私が紙のうえに落とす文字は決して消えることがないだろう。

散文詩作品群

Poëmes
en
prose

1872年6月から1873年3月にかけて、ジュディット・マンデスの名で『文学芸術復興』*La Renaissance littéraire et artistique*誌に掲載された散文詩作品群。ここではその全7篇を訳出する。ただし、最初と最後の詩には作品番号が付されておらず、また、「散文詩VI」は今のところ見つかっていない。

チロエ島
L'Ile de Chiloë

そこでは、この世の何世紀も前から、雨が降っている。ゆっくりと熱い雨が単調な音を立てて落ちている。

太平洋の穏やかな波が音もなく押し寄せている。その青色はこの陰鬱で生暖かい島のゆるやかな岸のそばの霧のしたで薄くなっている。

白い空にある大きなオパール、それが降る雨を通して、チロエ島を照らす星である。

安定しているもの、堅固なものは何もない、この太古からある波のもとでは。地面は沼である。一番高いところにある星は、子供の腕がもぎとるだろう。

決まったものは何もない、はっきりした形もない。熱い水蒸気が大地からのぼって奇妙な森を包んでいる。

いくらか離れたところには青い霧と、それよりも濃い霧のような木の曖昧な形しかみえない。

すぐそばでは、木性シダが、地球の若い皮のうえに生え出ていたように、鉄砲玉のごとく飛び出してぼんやりとした葉の束を広げている。

高い枝から緑色の長いひげを垂らして下がり、それから霧のなかでみえない小枝につながっていこうとしている、雨でびしょぬれのつるもみえる。

雨が降っている。どの鳥も静かなにわか雨の細かい筋を遮って飛びはしない。ど

のガゼルも、通りすがりに、水で重くなった枝を払いはしない。

ただ、背の高い草のあいだで、爬虫類がいくらか動き、水溜りのうえに広げられた光る大きな葉のしたに、自然が無視してもう作ろうとはしない、古代の奇妙な生物、甲殻類の殻があるだけである。

私はどうしてこの島で（理由もなく、なぜなら悲しんでいないのだから）泣きたくなるのかわからない、頬のうえでしずくと涙を混ぜてしまうような永遠につづく雨の只中で。

この世の何世紀も前から雨が降っているこの陰鬱な島で、雨が降る限り泣いていたい、太平洋がとり囲むチロエの靄のかかった島で雨が降る限り。

散文詩Ⅱ、忘却
Poëmes en prose, II. Oubli

焼けるような欲望が夜も昼も、夜明けにも、夕暮れにも、私を苦しめる。

それは復讐の欲望か。名誉のか。愛のか。

私にはわからない、けれども狂おしく、不安に襲われながら欲している。

虚しくも人生のあらゆる喜び、あらゆる憎しみ、あらゆる狂気のなかに探している。

一体私の欲望を表現するような言葉は失われてしまったのか。欲望の目的はもはや存在しないのか。

おそらく前の世からその欲望をもってきて、理由は忘れてしまったのだ。

けれども満たされることのない欲望が私のなかに残酷で盲目なまま残った。

散文詩Ⅲ、自殺

Poëmes en prose, III. Suicide

海に、帆も櫂もない小舟が、一隻ある。捨てられている。穏やかな海がゆりかごのように揺らしている。

捨てられたゆりかごのようである。眠気を催させる波がやさしく回している。

霧のかかった空に日がかすかにのぼる、海は人気がなく静かである。

一体誰がうねりに揺られるこの舟で眠っているのだろう。通りがかるカモメたちはそれをみることができる。

カモメたちは眠らない。見開いた目が光っている。太陽の光を投げ返す波のように、その目はどうにもならない愛の告白を投げ返している。

海、物いわぬ共犯者が、傷口から流れる血のように、この心地よいゆりかごのなかへゆっくりと入り込む。そしてゆりかごは少しずつ、重くなり、音がしなくなる。

それから消える。水面に円が描かれ、大きくなり、波から波へと流れる。

沖に向かって、海岸に向かって流れ、そこでゆるやかに消えてゆく、一隻の舟の鎖がぶらさがっている柱の近くで。

散文詩Ⅳ、罰

Poëmes en prose, IV. Châtiment

私たちはどうやって激しい波にあちこちへ投げられるあの舟にいたのだろうか。あなたは船首に、私は静かな船尾に。

乱暴な風に髪を乱されて打ちつけられた私は、あなたを陽気な麻痺状態でみつめていた、危険にも私のなかに染み込んで歯をがたがたいわせる凍てつく寒さにも気をとめず。

あなたは、厳かで静かに、遠くをみていた。

不気味なある男が櫂をとり、私をあなたから引き離していた...男は私をみてせせら笑っていた。

一体どこへ連れていくの。これは私の心の最後の旅だったの。あなたは審判だったの。この男はカロンそれともただ海の風で黒ずみ日焼けをした水夫だったの。

あなたの目がこちらを向き、怒らずに私をみた、まるであらゆることをみるように、そしてあなたの声が震え、嵐の凍てつく寒さよりももっと私を震えさせた。

「罰せられるだろう」とあなたが私にいうと、風がくちびるからその声を奪って復讐にとりつかれた女のようにうごめいている波に投げつけた、そして船頭がせせら笑いながらくりかえした、「罰せられるだろう」と。

けれども自分の罪を忘れやすい私は微笑んでいた。こんなふうに嵐のなかで、終わりなく、旅していたかったのだ。

けれども怒り狂った波がおそいかかって私を舟から遠くへ運び去った。波がこちらからあちらへとまるでどの波も私を飲み込みたくないかのように押し返していた。

波に見知らぬ地へ投げ出され、目であなたのいた舟を海のうえに探したが、もうみえなかった。

すると私の心はため息でいっぱいになり、砂浜に沿って走りながら、消えたあなたの姿に向かって腕を伸ばした。

風が私の耳にささやいていた、「罰せられるだろう」と。意識はいっぱいになったずた袋のように重く感じられた。

そして私を虚しくも愛した人々のすべての苦しみがのしかかっているように思われた。周りに亡霊があらわれ、私が苦しむのをみた。

悲しいかげよ、手を貸してください、共にうめきましょう。聞いてください。私はもうあの人の目、空が映るサファイヤも、くちびるも、残忍な顔もみえないのです。

みて、私は打ちのめされている、あの人の槍の先が私の喉を突き、神々しい足が私の心臓を押しつぶす。ああ！　私は大天使聖ミカエルを愛しているのです！

散文詩V、港

Poëmes en prose, V. Le Port

海をみていた。なげやりな思考が波に任せて、あるときは静かで神秘的な地平線のほうへ、あるときは最初の波のあてにならない営みのほうへ、漂っていた。

一隻の船が長旅に向けて出港しかけていた。水夫たちが鎖を引きながら愚痴をこぼしていた。

綱が風のなかで震え、泡にふちどられた舳先が出発を待ち構えていた。

私は冷たい波がたたきつける北の地を、生気がなくて白く、死のように冷たい海を思っていた。

それに、暑さで麻痺した国々や、くたびれた波がくずおれる燃えるような浜辺を。

そして知らない国々や、誰も聞いていないたくさんの音や、人がいない所で行われたすべての営みのことも考えていた。

けれども帆が荘厳にふくらみ、船が天空に挨拶をした。

それから目をあげた、ある男性が船尾にひじをついていた、私がみると男性も私をみた。

港に触れて永遠に嵐から逃れられたように思った。私の心はその目のなかに錨をおろした。

けれども船は、獲物を運び去るワシのように大きな羽で、遠ざかった。

それ以来、人気のない海のうえで休みなくさまよっている。

嵐が情け容赦なく私を愚弄し、地平線の灯台のように光る星々をもう信じなくなって長い。

散文詩Ⅶ、死の勝利
Poëmes en prose, VII. Victoire funèbre

おお！　おまえをつかまえたい、横暴なキマイラよ！　抗しがたい希望、輝きよ！

おまえは私の夢のなかで近づけない灯台のように光っている。おまえは唯一の美、全能、神だ！

ああ！　おまえの素晴らしさは私の目の幻想でできている。おまえの美の力、それは私がおまえに与えようとする愛だ。おまえの絶対的な力、それは私の服従だ。

けれどもおまえに手を伸ばし、つかまえようとすると、おまえは私に栄光の鎧のかけらを一つずつ返すだろう。

おまえの褒めたたえられた姿、足どりの麗しさ、言葉の色香を惜しげもなく飾ったすべての恵みを返すだろう。

それに私がおまえの顔に与える人間離れした誇り、おまえの目のなかにみるえもいわれぬ優しさ、すべての喜びを見出したおまえの微笑みを！

すると、おまえの王座はひっくり返り、栄光は引き裂かれる ── おまえはもういない ── それから私に平和が戻ってくるだろう。

そしてとうとう死へと通じる単調な道をいくことになるのだ、情熱も、欲望も、ふりかえることもなく。

カモメ
Le Goëland

おお静かな海よ！　完璧な美！　天空！

海風の厳しい冷たさがある記憶とともに額をかすめる。おおあの声とともに耳に響く海の叫び！

なんて素敵な調和だろう。海とあの優美な美しさは。

大波がやってきては去り、また戻ってきて岸のほうに向かう。ぼんやりとした夢想が去来して、煮えきらない欲望、まもなく沈むもろい小舟に絶えず打ちつける。

静かな空のしたのなんて平和な地平線！　おお穏やかな海の只中で遭難する不安！

水が太陽のしたで透き通り、穏やかな波が低い声で叫ぶ。おお波に身を委ねるのんびりとした優しいあの顔！　海と空をすべて飲み込む憂いのないあの美しい目！

このむき出しの平面はなんて色褪せて単調なのだろう。おお透明な水のように澄んだ目の記憶！

その目はなんて生気がなく冷たいのだろう。おお澄みきった海の郷愁！

一羽の鳥が波のうえを通りがかる。おお！　海のうえを逃げるカモメの無垢な羽を撫でたい！

ほら野生の鳥を手につかまえた。おお飛び立つ欲望、海のうえのカモメのように。

索引

以下、「西洋」「東洋」に分類した人名・作品名につづけて、
新聞・雑誌名、および、事項にかんする索引を掲載する。
本書巻末「訳詩篇」の頁数には *Y* をつけた。

人名・作品名

西洋

東洋

［ア行］

［カ行］

新聞・雑誌名

事項（主な頁に限る）

究室における様々な場面で、いつも温かい励ましと支援をいただいている。

また、『蜻蛉集』にかんして、古典和歌がご専門であるお茶の水女子大学の浅田徹先生には、フランス文学という専門内ではわからない新しい発見のほか、分野横断的なシンポジウムにおいて様々な専門家から学問的刺激を受ける機会を与えていただいた。『白玉詩書』を研究された鳥取大学の門田眞知子先生からも、そのご著書を常に傍らに置き、多くの導きをいただいた。本書口絵に掲載した数々の初版本の撮影を快く許可してくださり、ある心地よい昼下がりに迎え入れてくださった成城大学名誉教授の金沢公子先生、そして武蔵大学の小山ブリジット先生という、ジュディット・ゴーチエをとりあげてこられたお二人の女性研究者の姿は、日本でこの作家を研究していく勇気を与えてくださった。私を最初にフランスへ送り出してくださった上智大学の永井敦子先生も、長年、常に優しく見守りつづけてくださっている大きな存在である。それに、研究にかんして親身になって相談に乗ってくださった先輩への感謝の気持ちは、およそここに書ききれない。

最後に、拙論の出版を広い心で受け入れてくださり、本を世に送り出すうえでのあらゆるご助言をくださった京都大学学術出版会の鈴木哲也編集長、きめ細やかな配慮と文学に対する深い愛をもって編集を担当してくださった、信頼してやまない福島祐子氏、また『蜻蛉集』の挿絵モチーフをフランスの伝統色と装飾模様に乗せて新たな西洋と東洋の出会いを表現する美しい装丁を手がけてくださった谷なつ子氏、原書の余韻を残す訳詩篇を実現したいという私の願いを聞き入れて組版にあたってくださったクイックスの泉葉子氏にも、篤くお礼を申しあげたい。

なお、本書の刊行にあたっては、京都大学の平成二三年度総長裁量経費「若手研究者に係る出版助成事業」による助成を受けた。身に余る特典を授けてくださった関係各位に、深い謝意を表する。

そして大学で、強く夢を追いつづける学生たちとの豊かな出会いが、私に日々、大きな喜びと新しい力を与えてくれる。研究は思うようにいくものではないが、多くの人に支えられて今があることを心から幸せに思っている。

私がこの研究を進めてこられたのは、ただひたすら、京都大学フランス語学フランス文学研究室を始め、さまざまな場所でこれまでに出会えた多くの先生方の導きがあったからにほかならない。

初めに、フランス文学を学ぶなかで生じた私の小さな迷いを広い心で受け止めてくださり、しばらく自由な時間を与えながら、あるべき方向へと導いてくださった吉田城先生。先生は、私が『蜻蛉集』というテーマを得て心新たに再度フランスへ留学し、帰国したその日に帰らぬ人となってしまったが、いただいたいくつもの言葉は今もみずみずしく、私に語りかけてくださっている。

また、宇佐美斉先生は、『蜻蛉集』というかけがえのないテーマを、実績もなく、十分に研究を進めることもできない私に預けてくださり、京都大学人文科学研究所での研究会を通して数々の貴い経験をさせてくださった。先生のきわめて寛大な導きがなければ、私はジュディットに出会うこともその教えを受け取ることもできなかった。

そして、博士論文を経てこの本にまとめた研究は、吉川一義先生という大きな存在がなければ決して実現しなかった。論文にかんする直接のご指導のみならず、論文を完成させるまでの年月に、先生の最先端をいく研究者としての姿を京都・東京・パリの各地でみせていただいたことが、私にとってのこのうえなく明るい灯台となり、その光は今もまぶしく放たれている。

博士論文の審査を通して多くの助言をくださった田口紀子先生には、長年にわたって、研究が生まれ、表に出ていく現場を間近でみる貴重な機会も与えていただいた。その先生の姿をみて、私はたびたび襟を正すとともに、研究の成果という目標を意識させてもらうことができた。田口先生とともに副査を務めてくださった高階絵里加先生には、人文科学研究所での研究会のときから指導していただき、その山本芳翠と『蜻蛉集』にかんするご研究からは、読み返すたびに何度も新しい発見が与えられた。廣田昌義先生も、私の小さな迷いにすぐに耳を傾けてくださり、研究にかんする力強い励ましとともに、背中を押してくださった。増田真先生、永盛克也先生からも、仏文研

そこで自然を享受しながら執筆を行い、終の棲家にしたのだと思うと、心からこの作家に共感することができた。

それまでに知っていたフランスの作家は、王に庇護された作家、宗教に身を捧げた作家、政治や革命に加担して波乱を生きた作家、潤沢な財をもとに文学に没頭した作家、麻薬や酒に溺れて狂気に至った作家、情熱的な愛を渡り歩いた作家、常人的ではない生活から大作を紡ぎ出した作家など、その作品に大きな魅力はあれど、人物としては強烈な個性をもち、国も時代もはるかに異なる彼らの創作の背景は、到底、私に実感しきれるものではなかった。戦争で命を落としてしまう間際の純粋な心を抱えた若い作家、尽きない夢と好奇心のままに生きた精力的な文豪……いずれの作家も貴いが、あまりに遠い存在である。

しかし、ジュディット・ゴーチエは、作家を父に、オペラ歌手を母に、バレリーナを叔母にもつという華やかで恵まれた環境に生まれながら、これほどのどかな自然に囲まれた地で多くの時間を過ごし、虚栄や熱狂やいき過ぎた情熱に傾くことなく、目の前の日常に繊細な心を費やした。文筆で生計を立て、人とのつながりを喜び、家族や周囲の事物を愛し、過去の記憶を温め、豊かな文化芸術に触れては、偉大な先達を傍らから眺め、若き芸術家を見守った。ジュディットのなかには、交流と孤独、楽しみと謹み、友情と愛情が、穏やかに共在している。一世紀以上も前の外国の作家でありながら、その姿は、今の私の心にも響く。

だが、ジュディットのその穏やかな日常は、一方で東洋というきわめて異質な外の文化をも、素直な憧れのみならず深い自省をもって受け入れていた。こうした西洋と東洋のしなやかな出会いは、日々彼女の足元に広がっていた〈自然〉という、いつの世にもいずこにおいても普遍的な問題に対する眼差しが根底にあったからである。そのようなジュディットの東洋文化に向かう姿勢——すなわち、好奇心と積極性ばかりではなく、自らの手元をかえりみることから発生した異文化受容の姿勢は、いつしか、フランスという外国の文学・文化に対面している私自身にも大きな学びを与えてくれていた。そして、彼女が和歌の翻訳という形を借りて飛ばした「トンボの詩篇」のメッセージもまた、過去の西洋から今の日本へ、再び戻ってこなければならないはずである。

あとがき

大学時代にフランスに留学し、初めて一人旅に出かけたことがあった。海辺の田舎町に育ったので、海のない暮らしはときどき息が詰まり、フランス北西部の都市レンヌを経由して、ブルターニュ地方へと向かった。

在来線に乗って、終着のサン＝マロ駅で降り、そこからさらにバスで丘を越えて隣町に入った。ところが、町はこぎれいな風情を漂わせているものの、どの店も扉を閉めている。人の気配もなく、目的のバス停で降りたのも私だけで、すぐに見知らぬ土地で一人になってしまった。フランスの暦に慣れていなかったせいで見落としていたのだが、その日は十一月十一日、第一次世界大戦休戦記念日だった。フランスの祝日はパリでも物寂しい。それに、北部の避暑地を、誰が初冬に訪れるだろうか……

仕方なく歩き始めたが、周りには住宅しかない。それも多くが別荘だから人もいない。やっとのことで地元の人をつかまえ、地図を確認して、予定のホテルにたどり着いた。こういう状況とは知らずに数日の予約を入れていたので、それからしばらくは、朝から晩まで読書と食事のくりかえし、あとは薄曇りの空を見ながら海辺を散歩するだけの、退屈な時間を過ごさなければならなかった。けれども、ブルーグレーの海と、イギリス風の洗練された別荘が緑のなかに点在する風景は、異国にいながら不思議と気の休まるもので、なだらかに弧を描く浜辺に波が打ち寄せているところをみると、故郷の海にすぐつながっているような気もした……

その町、ディナールのサン＝テノガが、ジュディット・ゴーチエの豊かな後半生を支えた土地だったことは、数年後この研究にとりくむようになってから初めて知った。のちに私を魅了する作家が暮らした町へ初めての一人旅で足を踏み入れていたという偶然も心躍るものだったが、それ以上に、彼女がこの海辺の小さな町に愛着を抱き、

AOKI Hiroko, « *La Marchande de sourires* et le japonisme », *Études de Langue et Littérature Françaises*, n° 84, HAKUSUISHA, 2004, pp. 131–143.

DANIEL Yvan, « Cruauté et « Supplice chinois » dans *Le Dragon impérial* de Judith Gautier », *Le Supplice oriental dans la littérature et les arts, édition préparée par Antonio Dominguez Leiva et Muriel Détrie*, Neuilly-les-Dijon, Les Éditions du Murmure, 2005, pp. 31–45.

BRUNEL Pierre, « Deux figures du *mundus muliebris* dans le *Journal* des Goncourt : Judith Gautier et Augusta Holmès », *Les Goncourt dans leur siècle, un siècle de « Goncourt »*, Villeneuve d'Ascq, Presses universitaires du Septentrion, 2005, pp. 115–124.

ジュディット・ゴーチエ、吉田文訳、『白い象の伝説 —— アルフォンス・ミュシャ復刻挿画本』、ガラリエ・ソラ、二〇〇五年。

宗像衣子、『ことばとイマージュの交歓 —— フランスと日本の詩情』、人文書院、二〇〇五年。

柴田依子、『俳句のジャポニスム —— クーシューと日仏文化交流』、角川学芸出版、二〇一〇年。

POPELIN-DUCARRE Claudius, *Poésies complètes*, Charpentier, 1889.
HEREDIA José-Maria de, *Les Trophées*, Alphonse Lemerres, 1893.
RENAUD Armand, *Poésies*, Alphonse Lemerre, 1896.

ジャポニスム、その他について

GONSE Louis, *L'Art japonais*, Quantin, 1883.
BING Samuel, *Le Japon artistique, documents d'art et d'industrie*, vol. 1–6, Marpon et Flammarion, 1888–1891.（サミュエル・ビング編、大島清次ほか訳、『藝術の日本』、美術公論社、一九八一年。）
RÉGAMEY Félix, *Le Japon*, Paul Paclot, 1903.
WEISBERG Gabriel P., *Japonisme, Japanese influence in French Art 1854–1910*, The Cleveland Museum of Art and others, 1975.
金沢公子、「テオフィル・ゴーチエの『日本』を読む」、『教養論集』、六、成城大学、一九八六年、六三―八三頁。
木々康子、『林忠正とその時代 ―― 世紀末のパリと日本趣味』、筑摩書房、一九八七年。
FAVRE Yves-Alain, « L'art du poème court de Mallarmé à Claudel », *Cent ans de littérature française 1850–1950*, SEDES, 1987, pp. 179–190.
金沢公子、「ジュディット・ゴーチエの『ジン・グウ皇后』、神功皇后の新羅征討物語のフランスにおける変容」、『教養論集』、八、安田一郎教授退任記念号、成城大学、一九九〇年、一〇七―一二三頁。
KANAZAWA Kimiko, « Le Japon paru dans les œuvres de Théophile et Judith Gautier »,『教養論集』、九、成城大学、一九九二年、三五―四四頁。
金沢公子、「フランス文学におけるジャポニスムの一端、アルフォンス・ドーデとジュディット・ゴーチエの場合」、『教養論集』、十一、成城大学、一九九四年、五九―七〇頁。
COHEN Aaron M., « Judith Gautier's Role in 19 Century Japonisme on the French Stage »,『麗沢大学紀要』、六一、一九九五年、二三九―二五七頁。
馬渕明子、『ジャポニスム、幻想の日本』、ブリュッケ、一九九七年。
ジャポニスム学会編、『ジャポニスム入門』、思文閣出版、二〇〇〇年。
KOYAMA-RICHARD Brigitte, *Japon rêvé, Edmond de Goncourt et Hayashi Tadamasa*, Hermann, 2001.（小山ブリジット著、高頭麻子・三宅京子訳、『夢見た日本、エドモン・ド・ゴンクールと林忠正』、平凡社、二〇〇六年。）

『蜻蛉集』の書評などについて

GONCOURT Edmond de, *La Maison d'un artiste*, t. II (1862–1865), G. Charpentier, 1881.

MONTARGIS Frédéric, « Poèmes de la libellule », *Le Rappel*, 20 mai 1885.

BURTY Philippe, « Poèmes de la libellule », *La République Française*, 22 mai 1885.

Il Duca Minimo [Gabriele d'Annunzio], « La vita ovunque-Piccolo corriere », *La Tribuna*, 10 giugno 1885.

D'ANNUNZIO Gabriele, « Letteratura giapponese », *Domenica letteraria-Cronaca Bizantina*, 14 giugno 1885.

O[ctave] U[zanne], « Petite gazette du bibliophile », *Le Livre, bibliographie moderne*, 10 août 1885.

GUILLEMOT Maurice, « La Marchande de Sourires », *Le Figaro*, 21 avril 1888.

当時の詩と極東・極東詩について

GAUTIER Théophile, *Albertus, ou L'âme et le péché, légende théologique*, Paulin, 1833.

GAUTIER Théophile, *La Comédie de la mort*, Desessart, 1838.

GAUTIER Théophile, *Poésies complètes*, Charpentier, 1845.

GAUTIER Théophile, « Le pavillon sur l'eau », *Le Musée des familles*, 29 septembre 1846.

BANVILLE Théodore de, *Odes funambulesques*, Alençon, Poulet-Malassis et de Broise, 1857.

BOUILHET Louis, *Poésies, Festons et astragales*, A. Bourdilliat, 1859.

MÉRY Joseph, *Poésie intimes*, Michel Lévy frères, 1864.

Le Parnasse contemporain, recueil de vers nouveaux, I, Alphonse Lemerre, 1866.

Le Parnassiculet contemporain, recueil de vers nouveaux, précédé de l'Hôtel du dragon bleu, J. Lemer, 1867.

GAUTIER Théophile, *Émaux et Camées, édition définitive*, Charpentier, 1872.

BOUILHET Louis, *Dernières chansons*, Michel Lévy, 1872.

CROS Charles, *Le Coffret de santal*, Alphonse Lemerre, 1873.

MENDÈS Catulle, *Les Poésies*, Sandoz et Fischbacher, 1876.

BLÉMONT Émile, *Poèmes de Chine*, Alphonse Lemerre, 1887.

HUGO Victor, *Toute la lyre*, t. II, G. Charpentier, 1889.

DICKINS Frederick Victor, *Hyak Nin Is'shiu, or Stanzas by a century of poets, being japanese lyrical odes, translated into english, with explanatory notes, the text in japanese and roman characters, and a full index*, London, Smith Elder & Co, 1866.

ROSNY Léon de, *Si-ka-zen-yo, anthologie japonaise, poésies anciennes et modernes des insulaires du Nippon*, Maisonneuve et Cie, 1871.

Congrès international des orientalistes, compte-rendu de la première session, Paris–1873, t. 1, Maisonneuve et Cie, 1874.

ROSNY Léon de, *Distiques populaires de Nippon Extrait du Gi-retu Hyaku-nin is-syu*, Maisonneuve, 1878.

BOUSQUET Georges, « Le Japon littéraire », *Revue des deux Mondes*, 15 octobre 1878.

CHAMBERLAIN Basil Hall, *The Classical poetry of the Japanese (in English verse)*, London, Trübner, 1880.

ASTON William George, *A History of Japanese Literature*, London, Heinemann, 1898.

ROSNY Léon de, « XV. La poésie populaire chez les Japonais », *Feuilles de momidzi*, Ernest Leroux, 1902, pp. 257–268.

MARTINO Pierre, *L'Orient dans la Littérature Française aux XVIIe et XVIIIe siècle*, Hachette, 1906.

PORTER William N., *Hundred Verses from Old Japan*, Oxford, Clarendon, 1909.

REVON Michel, *Anthologie de la Littérature Japonaise des Origines au XX siècle*, Librairie Delagrave, 1910.

HEARN Rafcadio, « A peep at Japanese Poetry » [may 27 1883], *Essays in European and Oriental Literature*, Ayer Company Publishers, 1923.

BONNEAU Georges, *Préface au Kokinshû*, Librairie Orientaliste Paul Geuthner, 1933.

MATSUO Kuni, en collaboration avec Ryuko KAWAJI et Alfred SMOULAR, *Histoire de la littérature japonaise des temps archaïques à 1935*, Société françise d'éditions littéraires et techniques, 1935.

BONNEAU Georges, *Le Problème de la poésie japonaise, technique et traduction*, Librairie Paul Geuthner, 1938.

BERSIHAND Roger, *La Littérature japonaise*, PUF, « Que sais-je ? », 1956.

畠中敏郎、「ミッシェル・ルボンと『日本文芸抄』」、『大阪外国語大学学報』、十三、一九六三年、一—二九頁。

ROUBAUD Jacques, *Mono no aware*, Gallimard, 1970.

BEILLEVAIRE Patrick, *Le Japon en langue française, ouvrages et articles publiés de 1850 à 1945*, Publication de la Société Française des Etudes Japonaises, Éditions Kimé, 1993.

八木正自、「レオン・ド・ロニー著『詩歌撰葉』の成立とその周辺」、『日本古書通信』、六八号（三）（第八八四号）、二〇〇三年。

高橋邦太郎、「『蜻蛉集』考」、『共立女子大学紀要』、第十二号、一九六六年、三七四—四六五頁。

木村毅、「時の人・時の本、高橋邦太郎「蜻蛉集」考」、『日本古書通信』、第二七三号、一九六七年一月十五日。

畠中敏郎、「Judith Gautier の日本（一）」、『大阪外国語大学学報』、十九、一九六八年、二七—三七頁。

畠中敏郎、「Judith Gautier の日本（二）」、『大阪外国語大学学報』、二〇、一九六八年、一三五—一五一頁。

吉田精一、「蜻蛉集の豪華本」、『吉田精一著作集』、別巻一「随想」、桜楓社、一九八一年、四二六—四二七頁。

佐々木康之、「西園寺文庫蔵『蜻蛉集』について」、『立命館図書館だより』、第四二号、一九八八年、一—二頁。

高階秀爾、「詩人の娘・詩人の妻 —— ジューディット・ゴーティエ」、『世紀末の美神たち』、集英社、一九八九年、三二一—三四六頁。

河盛好蔵、「まぼろしの詩集『蜻蛉集』」、『芸術新潮』、五月号、一九九九年、一一六—一二〇頁。

吉川順子、「ジュディット・ゴーチエ『蜻蛉集』における和歌翻訳について」、『人文知の新たな総合に向けて』、第二回報告書Ⅳ〔文学篇一、論文〕、京都大学大学院文学研究科21世紀ＣＯＥプログラム「グローバル化時代の多元的人文学の拠点形成」、二〇〇四年、三五一—三六二頁。

吉川順子、「『蜻蛉集』における実りと萌芽 —— 和歌とフランス詩の接点」、宇佐美斉編『日仏交感の近代』、京都大学学術出版会、二〇〇六年、二〇五—二二四頁。

小山ブリジット著、隠岐由紀子訳、「『蜻蛉集』解説」、『ジュディット・ゴーチエ —— 日本・中国趣味著作集（復刻集成全五巻＋別巻『蜻蛉集』）』、編集・解説小山ブリジット、エディション・シナプス、二〇〇七年。

吉川順子、「和歌（やまとうた）とのたわむれ —— 『蜻蛉集』における翻訳手法とジュディット・ゴーチエの詩作」、『比較日本学研究センター研究年報』、お茶の水女子大学比較日本学研究センター、第四号、二〇〇八年、十三—二一頁。

吉川順子、「『蜻蛉集』全訳」、『比較日本学研究センター研究年報』、お茶の水女子大学比較日本学研究センター、第四号、二〇〇八年、二三—四七頁。

浅田徹、「『蜻蛉集』のための西園寺公望の下訳について」、『比較日本学研究センター研究年報』、お茶の水女子大学比較日本学研究センター、第四号、二〇〇八年、四九—五八頁。

YOSHIKAWA Junko, « *Poèmes de la libellule* de Judith Gautier — un cas d'interprétation du Japon à l'époque des Goncourt », *Cahiers Edmond et Jules de Goncourt*, n° 18, 2011, pp. 113–123.

高橋正、『西園寺公望と明治の文人たち』、不二出版、二〇〇二年。

山本芳翠と『蜻蛉集』について

WICHMANN Siegfried, *Japonisme, The Japanese Influence in Western Art since 1858*, London, Thames and Hudson, 1981.

丹尾安典、「ヨーロッパへ飛んでいった蜻蛉」、『芸術新潮』、十一月号、一九八八年、五一—五七頁。

高階絵里加、「パリ時代の山本芳翠」、『近代画説』、四、明治美術学会、一九九五年、四二—七一頁。

高階絵里加、「パリ時代の山本芳翠〔資料編〕」、『近代画説』、六、明治美術学会、一九九七年、五三—七五頁。

高階絵里加、『異界の海　芳翠・清輝・天心における西洋』、三好企画、二〇〇〇年。

高階絵里加、「フランスから来た「日本」——『蜻蛉集』挿絵について」、宇佐美斉編『日仏交感の近代——文学・美術・音楽』、京都大学学術出版会、二〇〇六年、一八四—二〇四頁。

ジュディット・ゴーチエと『蜻蛉集』について

A[RCAMBEAU] E[dme], « La poésie japonaise et les Poèmes de la libellule », *Bulletin de la Société franco-japonaise de Paris*, n° 31–32, octobre 1913–janvier 1914, pp. 17–24.

GAUTIER Madame Judith, « Poèmes de la libellule », *Bulletin de la Société franco-japonaise de Paris*, n° 31–32, octobre 1913–janvier 1914, pp. 25–56.

SCHWARTZ William Leonard, *The Imaginative interpretation of the far east in modern french literature 1800–1925*, Librairie ancienne Honoré Champion, 1927.（W・L・シュワルツ、『近代フランス文学にあらわれた中国と日本』、北原道彦訳、東京大学出版会、一九七一年。）

高橋邦太郎、「西園寺公ジユヂツトゴオチエ共譯「蜻蛉集」に就いて、上」、『東京朝日新聞』、一九三二（昭和七）年七月十六日（朝刊）。

高橋邦太郎、「西園寺公ジユウヂツゴオチエ共譯「蜻蛉集」に就いて、下」、『東京朝日新聞』、一九三二（昭和七）年七月十七日（朝刊）。

安藤徳器、「蜻蛉集」、『陶庵素描』、新英社、一九三六年、一四〇—一九五頁。

高橋邦太郎、「蜻蛉集考證」、木村毅『西園寺公望傳』・附録第二、傳記刊行會、一九三七年、二二六—二三九頁。

「園公若き日の作、佛譯『蜻蛉集』發見」、『読売新聞』、一九三九（昭和十四）年六月十一日（朝刊）。

「園公六十年前の情熱、蜻蛉集発見さる、パリ文化人の話題の種」、『報知新聞』、一九三九（昭和十四）年六月十二日。

BAUDELAIRE Charles, *Petits poèmes en prose, œuvres complètes de Charles Baudelaire*, IV, Michel Lévy frères, 1869.
CROS Charles, *Le Coffret de santal*, Alphonse Lemerre, 1873.
阿部良雄、「解題・ボードレール散文詩集の成立」、ボードレール、阿部良雄訳、『散文詩、美術批評下、音楽批評、哀れなベルギー』、ボードレール全集・第四巻、筑摩書房、一九八七年、四一九―四四九頁。
中地義和、「散文詩の誕生」、『詩歌の饗宴』、岩波講座文学四、岩波書店、二〇〇三年、六一―九三頁。

第三章　和歌翻訳集『蜻蛉集』―― 詩のジャポニスム

西園寺公望と『蜻蛉集』について

GONCOURT Edmond et Jules, *Journal des Goncourt, mémoire de la vie littéraire*, V (1872–1877), G. Charpentier et E. Fasquelle, 1891.

西園寺陶庵、国木田哲夫編、『陶庵随筆』、新聲社、一九〇三年。

白柳秀湖、『西園寺公望傳』、日本評論社、一九二九年。

竹越與三郎、『陶庵公』、叢文閣、一九三〇年。

田中貢太郎、『西園寺公望傳』、偉人傳全集・第二一巻、改造社、一九三二年。

安藤徳器、『陶庵素描』、新英社、一九三六年。

安藤徳器、『西園寺公と湖南先生』、原海書房、一九三六年。

木村毅、『西園寺公望傳』、歴代総理大臣傳記全集・第七巻、傳記刊行會、一九三七年。

安藤徳器、『園公秘話』、育生社、一九三八年。

小泉策太郎、『随筆西園寺公』、小泉三申全集・第三巻、岩波書店、一九三九年。

高橋邦太郎、「西園寺公望と『蜻蛉集』」、『明治村通信』、第十二号、一九七一年。

鈴木良、「近代日本のなかのフランス山脈 ―― 西園寺公望と中江兆民」、『立命館言語文化研究』、一巻二号、一九九〇年、五一―六八頁。

鈴木良、「西園寺公望とフランス」、後藤靖編『近代日本社会と思想』、吉川弘文館、一九九二年、一〇一―一三四頁。

立命館大学編『西園寺公望傳』、第一巻、立命館大学西園寺公望伝編纂委員会、岩波書店、一九九〇年。

福井純子、「光妙寺三郎：その人と足跡」、『立命館言語文化研究』、四（四）、一九九三年、一〇三―一二八頁。

Louÿs, René(e) Vivien) », *Masculin / Féminin dans la poésie et les poétiques du XIXe siècle, sous la direction de Christine Planté*, Lyon, Presses universitaires de Lyon, 2002, pp. 469–485.

『白玉詩書』の書評などについて

VERLAINE Paul, « Le Livre de jade, par Judith Walter », *L'Étendard*, 11 mai 1867.
HUGO Victor, *Correspondance*, III (1867–1873), Albin Michel, 1952.
COPPÉE François, « Le Livre de Jade, par Mme Judith Walter », *Le Moniteur Universel*, 5 octobre 1867.
GAUTIER Théophile, « Charles Baudelaire », *Œuvres complètes de Charles Baudelaire*, I, Michel Lévy frères, 1868, pp. 1–78.
BONNIÈRES Robert de, « XXIII, Madame Judith Gautier », *Mémoires d'aujourd'hui*, 2ème série, Ollendorf, 1885, pp. 303–314.
FRANCE Anatole, « Judith Gautier », *La Vie littéraire*, 4ème série, Calmann-Lévy, 1892, pp. 133–144.
SOUDAY Paul, « Les Livres. Judith Gautier », *Le Temps*, 19 janvier 1918.
WALEY Arthur, *A Hundred and Seventy Chinese Poems, Bibliographical Notes*, London, Constable and Company, 1918.
芥川龍之介、「パステルの龍」、『人間』、一九二二（大正十一）年一月一日。
ALEXÉIEV Basile, *La Littérature chinoise*, Paul Geuthner, 1937.

当時の散文詩について

BERTRAND Louis [Aloysius], *Gaspard de la nuit, fantaisies à la manière de Rembrandt et de Callot*, Victor Pavie, 1842.
BAUDELAIRE Charles, « Le crépuscule du soir » ; « La solitude », *Fontainebleau, paysages, légendes, souvenirs, fantaisies*, Hachette, 1855, pp. 78–80.
CALMELS Fortuné, « Les oubliés du dix-neuvième siècle, Louis Bertrand », *Revue fantaisiste*, 15 octobre 1861.
BAUDELAIRE Charles, « Poèmes en prose », *Revue fantaisiste*, 1er novembre 1861.
BAUDELAIRE Charles, « Petits poèmes en prose, à Arsène Houssaye », *La Presse*, 26 août 1862.
BERTRAND Louis [Aloysius], *Gaspard de la nuit, fantaisies à la manière de Rembrandt et de Callot, nouvelle édition augmentée de pièces en prose et en vers*, René Pincebourde, 1868.
MENDÈS Catulle, *Histoires d'amour*, Alphonse Lemerre, 1868.

n° 54, 2002, pp. 145–164.
DANIEL Yvan, « Présentation, Le Livre de Jade, un rêve de Judith Gautier », *Le Livre de Jade*, Édition d'Yvan Daniel, Imprimerie nationale, 2004, pp. 7–33.
STOCÈS Ferdinand, « Sur les sources du *Livre de Jade* de Judith Gautier [1845–1917] [Remarques sur l'authenticité des poèmes] », *Revue de littérature comparée*, n° 319, 2006, pp. 335–350.
STOCÈS Ferdinand, « Le mystère du *Livre de Jade* de Judith Gautier », *Histoires littéraires*, n° 26, 2006, pp. 49–76.
YU Pauline, « "Your Alabaster in This Porcelain" : Judith Gautier's *Le Livre de jade* », *Publications of the Modern Language Association*, n° 122, 2007, pp. 464–482.
YOSHIKAWA Junko, « *Le Livre de Jade* de Judith Gautier, traduction de poèmes chinois — le rapport avec sa création du poème en prose », *Études de langue et littérature françaises*, HAKUSUISHA, n° 96, 2010, pp. 15–29.

『白玉詩書』について（散文詩研究）

HUYSMANS Joris-Karl, *À rebours*, Charpentier, 1884.
MERRILL Stuart, *Pastels in prose*, New York, Harper & Brothers, 1890.
MENDÈS Catulle, *Rapport à M. le ministre de l'Instruction publique et des beaux-arts sur le mouvement poétique français de 1867 à 1900*, Fasquelle, 1902.
BERNARD Suzanne, *Le Poème en prose de Baudelaire jusqu'à nos jours*, Librairie Nizet, 1959.
RUDE Fernand, *Aloysius Bertrand*, Seghers, 1970.
GROJNOWSKI Daniel, « Poétique du vers libre : « Derniers vers » de Jules Laforgue (1886) », *Revue d'histoire littéraire de la France*, n° 3, 1984, pp. 390–413.
SCOTT Clive, *Vers libre, The Emergence of Free Verse in France 1886–1914*, Oxford, Clarendon Press, 1990.
VINCENT-MUNNIA Nathalie, *Les Premiers poèmes en prose, généalogie d'un genre dans la première moitié du dix-neuvième siècle français*, Champion, 1996.
LEROY Christian, *La Poésie en prose française du XVII*^{e} *siècle à nos jours*, Honoré Champion, 2001.
VINCENT-MUNNIA Nathalie, « Le poème en prose au féminin / masculin (chez Marguerite Burnat-Provins, Judith Gautier / Walter, Pierre

森英樹、「フランス文学と漢文学との出会い（その一）――デルヴェ・ド・サン・ドニの唐代詩集について」、『慶應義塾大学日吉紀要フランス語フランス文学』、二九、一九九九年、七三―一一一頁。

森英樹、「フランス文学と漢文学との出会い（その二）――デルヴェ・ド・サン・ドニの唐代詩集について（承前）」、『慶應義塾大学日吉紀要フランス語フランス文学』、三〇、二〇〇〇年、三八―八六頁。

森英樹、「フランス文学と漢文学との出会い（その三）――李白とフランス〔一〕」、『慶應義塾大学日吉紀要フランス語フランス文学』、三一、二〇〇〇年、七六―一一一頁。

森英樹、「フランス文学と漢文学との出会い（その四）――書誌」、『慶應義塾大学日吉紀要フランス語フランス文学』、三二、二〇〇一年、六一―九一頁。

森英樹、「フランス文学と漢文学との出会い（その五）――李白とフランス〔二〕」、『慶應義塾大学日吉紀要フランス語フランス文学』、三三、二〇〇一年、十五―四七頁。

『白玉詩書』について（比較文学研究）

DÉTRIE Muriel, « *Le Livre de jade* de Judith Gautier : un livre pionnier », *Revue de littérature comparée*, n° 3, 1989, pp. 301-324.
NOGRETTE Pierre, « Judith Gautier et « Le Livre de jade »», *Bulletin de la Société Théophile Gautier*, n° 14, 1992, pp. 165-180.
KADOTA Machiko, « Comment Judith Gautier a interprété les poèmes chinois dans *Le Livre de Jade* ? »、『仏蘭西学研究』、第二六号、一九九六年、三七―六〇頁。
門田眞知子、「第二章、ジュディット・ゴーチエと彼女の中国詩訳集――*Le Livre de Jade*（『玉書』）を巡って」、『クローデルと中国詩の世界――ジュディット・ゴーチエの『玉書』などとの比較』、多賀出版、一九九八年、三七―九三頁。
門田眞知子、「補録、ジュディット・ゴーチエの『玉書』の原詩と原詩人――一九〇二年の改訂版に基づいて」、『クローデルと中国詩の世界――ジュディット・ゴーチエの『玉書』などとの比較』、多賀出版、一九九八年、一八七―二〇九頁。
森英樹、「フランス文学と漢文学との出会い（その六）――ジュディット・ゴーチェの中国詩翻訳〔一〕」、『慶應義塾大学日吉紀要フランス語フランス文学』、三四、二〇〇二年、七一―一〇四頁。
森英樹、「フランス文学と漢文学との出会い（その七）――ジュディット・ゴーチェの中国詩翻訳〔二〕」、『慶應義塾大学日吉紀要フランス語フランス文学』、三五、二〇〇二年、一一三―一四三頁。
RUBINS Maria, « Dialogues across cultures : adaptations of Chinese verse by Judith Gautier and Nikolai Gumilev », *Comparative Literature*,

HALDE Jean-Baptiste du, « Odes choisies du Chi King », *Description géographique, historique, chronologique, politique et physique de l'Empire de la Chine et de la Tartarie chinoise*, P. -G. Le Mercier, 1735, pp. 309–317.

Mémoires concernant l'histoire, les sciences, les arts, les mœurs, les usages des Chinois, par les missionnaires de Pe-kin, Nyon aîné, t. IV, 1779 ; t. VIII, 1782.

RÉMUSAT Abel, *Mélanges asiatiques*, I, Librairie Orientale de Dondey-Dupré Père et Fils, 1825.

Confucii Chi-King, sive Liber carminum, ex latina P. Lacharme interpretatione, edidit Julius Mohl, Stuttgartiae et Tubingae, Sumptibus J. B. Cottae, 1830.

BROSSET Marie Félicité, *Essai sur le Chi-King et sur l'ancienne poésie chinoise*, F. Didot, 1828.

RÉMUSAT Abel, « TOU-FOU, poète chinois », *Nouveaux mélanges asiatiques*, t. 2, Schubart et Heideloff, 1829, pp. 174–178.

JULIEN Stanislas, *Tchao-chikou-eul, ou l'Orphelin de la Chine*, Moutardier, 1834.

BIOT Édouard, « Recherches sur les mœurs des anciens Chinois, d'après le *Chi-king* », *Journal Asiatique*, novembre 1843.

BIOT Édouard, « Recherches sur les mœurs des anciens Chinois, d'après le *Chi-king* (Suite et fin) », *Journal Asiatique*, décembre 1843.

Encyclopédie catholique, répertoire universel et raisonné des sciences, des lettres, des arts et des métiers, formant une bibliothèque universelle, publiée par la Société de l'encyclopédie catholique, sous la direction de M. l'abbé Glaire, de M. le Vte Walsh, et d'un comité d'orthodoxie, t. 6, Parent-Desbarres, 1843.

HUC Évariste, *L'Empire chinois*, II, Librairie de Gaume Frère, 1854.

HERVEY-SAINT-DENYS Le Marquis de, *Poésies de l'époque des Thang (VIIe, VIIIe et IXe siècles de notre ère)*, Amyot, 1862.

HUNG Cheng-Fu, *Un siècle d'influence chinoise sur la littérature française, 1815–1930*, F. Loviton, 1934.

DEMIÉVILLE Paul, « Aperçu historique des études sinologiques en France », *Les Choix d'Etudes sinologiques (1921–1970)*, Leiden, Brill, 1973, pp. 433–487.

門田眞知子、「ヨーロッパ文化圏への中国詩の移入：一・その小史」、『鳥取大学教育学部研究報告、人文社会科学』、第四七巻第一号、一九九六年、一二一—一三一頁。

門田眞知子、「フランス文化の中の中国詩、上、中、下」、『しにか』、四・五・六月号、大修館書店、一九九七年。

門田眞知子、「第一章、西洋における中国詩の受容の小史」、『クローデルと中国詩の世界 —— ジュディット・ゴーチエの『玉書』などとの比較』、多賀出版、一九九八年、三—三五頁。

Théophile Gautier, n° 8, 1989, pp. 71–83.
CAZEAUX Isabelle, « La part de la musique dans la vie et l'œuvre de Judith Gautier », *Bulletin de la Société Théophile Gautier*, n° 8, 1989, pp. 107–113.
EIGELDINGER Marc, « Théophile Gautier critique de Richard Wagner », *Bulletin de la Société Théophile Gautier*, n° 8, 1989, pp. 205–213.
LEBLANC Cécile, *Wagnérisme et création en France 1883–1889*, Honoré Champion, 2005.
MIZUNO Hisashi, « L'Esthétique de Nerval et Wagner », *Quinze Études sur Nerval et le romantisme*, Kimé, 2005, pp. 91–115.
BRUNET François, *Théophile Gautier et la musique*, Honoré Champion, 2006.
MIZUNO Hisashi, « Wagner défini par Baudelaire — la nature moderne du génie », *Baudelaire toujours : hommage à Claude Pichois*, Honoré Champion, 2007, pp. 215–230.

第二章　中国詩翻訳集『白玉詩書』と散文詩 —— 翻訳と創作

ティン・トゥン・リンについて

TIN-TUN-LING, lettre chinois de la province de Chang-si, *La Petite Pantoufle (Thou-sio-sié), traduction de M. Charles Aubert*, Librairie de l'Eau-forte, 1875.
GONCOURT Edmond et Jules, *Journal des Goncourt, mémoire de la vie littéraire*, II (1862–1865), G. Charpentier et E. Fasquelle, 1888.
SILVESTRE Armand, « XI, Tin Tun Ling », *Portraits et souvenirs*, Charpentier, 1891, pp. 184–193.
GRISON Georges, « Tin-Tun-Ling », *Le Figaro*, 29 décembre 1917.
MINDEN Stephan von, « Une expérience d'exotisme vécu : "le chinois de Théophile Gautier" », *Bulletin de la Société Théophile Gautier*, n° 12, « Colloque international, l'Orient de Théophile Gautier », t. I, 1990, pp. 35–53.
FIZAINE Jean-Claude, « Un portrait de Judith en impératrice chinoise », *Bulletin de la Société Théophile Gautier*, n° 14, 1992, pp. 149–163.

当時の中国詩研究・翻訳などについて

FRÉRET Nicolas, « De la poésie des Chinois » [1714], *Œuvres complètes de Fréret*, t. III, Dandré, 1796.

LEMAIRE Gérard-Georges, *Histoire du Salon de peinture*, Klincksieck, 2004.
BAUDELAIRE Charles, *Salon de 1859 : texte de la* Revue française, *établi avec un relevé, un commentaire et une étude sur Baudelaire critique de l'art contemporain par Wolfgang Drost*, Honoré Champion, 2006.
GEORGEL Chantal, *La Forêt de Fontainebleau, un atelier grandeur nature*, Éditions de la Réunion des musées nationaux, 2007.

音楽批評について

WAGNER Richard, *Quatre poèmes d'opéras, traduits en prose française, précédés d'une Lettre sur la musique [à Frédéric Villot, Paris, 15 septembre 1860] par Richard Wagner. Le Vaisseau fantôme, Tannhaeuser, Lohengrin, Tristan et Iseult*, A. Bourdillat, 1861.
BAUDELAIRE Charles, « Richard Wagner et Tannhaüser à Paris », *Revue européenne*, 1er avril 1861.
REYER Ernest, « A propos de *Lohengrin* et de Richard Wagner », *Journal des Débats*, 30 septembre 1868.
NIETZSCHE Frédéric, *Richard Wagner à Bayreuth, traduction par Marie Baumgartner*, Schloss-Chemnitz, Ernest Schmeitzner, 1877.
MENDÈS Catulle, *Richard Wagner*, Charpentier, 1886.
BARTHOU Louis, « Richard Wagner et Judith Gautier (documents inédits) I », *Revue de Paris*, 1er août 1932.
BARTHOU Louis, « Richard Wagner et Judith Gautier (documents inédits) II », *Revue de Paris*, 15 août 1932.
POURTALÈS Guy de, *Wagner, Histoire d'un artiste*, Gallimard, 1932.
TIERSOT Julien, *Lettres françaises de Richard Wagner*, Grasset, 1935.
MALHERBE Henry, *Richard Wagner révolutionnaire*, Albin Michel, 1938.
GUICHARD Léon, *La Musique et les lettres au temps du wagnérisme*, P. U. F., 1963.
CŒUROY André, *Wagner et l'esprit romantique, wagner et la France, le wagnérisme littéraire*, Gallimard, 1965.
金沢公子、「フランス文学におけるワグネリスム成立過程の一考察 ── ボードレールのワーグナー論について」、『比較文学研究』、十一、東京大学比較文学會、一九六六年、七七─九三頁。
金沢公子、「ワーグナーの愛したジュディット・ゴーチエ、そして日本」、『教養論集』、四、井上正蔵先生古希記念号、成城大学、一九八四年、七七─九八頁。
ボードレール、阿部良雄訳、『散文詩、美術批評下、音楽批評、哀れなベルギー』、ボードレール全集・第四巻、筑摩書房、一九八七年。
DELPORTE Michel, « Théophile Gautier, spectateur et critique d'opéra à travers le feuilleton du *Moniteur universel* », *Bulletin de la Société*

GAUTIER Théophile, « Salon de 1864 », *Le Moniteur universel*, 18 mai–14 août 1864.
GAUTIER Théophile, « Salon de 1865 », *Le Moniteur universel*, 6 mai–25 juillet 1865.
GAUTIER Théophile, « Le Banc de pierre, à E. Hébert », *Le Moniteur universel du soir*, 28 juin 1865.
GAUTIER Théophile, « Salon de 1866 », *Le Moniteur universel*, 15 mai–10 août 1866.
GAUTIER Théophile, « Salon de 1868 », *Le Moniteur universel*, 2 mai–9 juillet 1868.
ZOLA Émile, « Les paysagistes », *L'Evénement illustré*, 1er juin 1868.
GAUTIER Théophile, *La Nature chez elle, eaux-fortes de Karl Bodmer*, Imprimerie de l'Illustration, 1870.
DORBEC Prosper, *L'Art du paysage en France, essai sur son évolution de la fin du XVIIIe siècle à la fin du Second Empire*, Laurens, 1925.
CASTEZ Pierre-Georges, *Baudelaire critique d'art*, Sedes, 1969.
BOURET Jean, *L'École de Barbizon et le paysage français au XIXe siècle*, Neuchâtel, Editions Ides et Calendes, 1972.
LEDUC-ADINE Jean-Pierre, « Théophile Gautier et les réalistes », *Bulletin de la Société Théophile Gautier*, n° 4, 1982, pp. 21–33.
MIQUEL Pierre, « Théophile Gautier et les paysagistes », *Bulletin de la Société Théophile Gautier*, n° 4, 1982, pp. 89–102.
飯田昌平、『バルビゾンの画家たち』、美術出版社、一九八二年。
LACOSTE-VEYSSEYRE Claudine, *La Critique d'art de Théophile Gautier*, Monpellier, Sup Exam, 1985.
ボードレール、阿部良雄訳、『美術批評上』、ボードレール全集・第三巻、筑摩書房、一九八五年。
ボードレール、阿部良雄訳、『散文詩、美術批評下、音楽批評、哀れなベルギー』、ボードレール全集・第四巻、筑摩書房、一九八七年。
MOULINAT Francis, « Théophile Gautier et Gustave Courbet », *Bulletin de la Société Théophile Gautier*, n° 11, 1989, pp. 85–107.
LACOSTE Claudine, « Judith Gautier critique d'art », *Bulletin de la Société Théophile Gautier*, n° 14, 1992, pp. 181–185.
井出洋一郎、『バルビゾン派』、東信堂、一九九三年。
GAUTIER Théophile, *Crituque d'Art, extraits des Salons (1833–1872), textes choisis, présentés et annotés par Marie-Hélène Girard*, Séguier, 1994.
LACOSTE Claudine, « Théophile Gautier, Président de la Société nationale des Beaux-Arts », *Bulletin de la Société Théophile Gautier*, n° 16, 1994, pp. 117–133.
井出洋一郎、「フランス19世紀自然主義の成り立ち —— バルビゾン派、コロー、ミレーを中心として」、『コロー、ミレー、バルビゾンの巨匠たち展、中村コレクション秘蔵の名品』、読売新聞社、二〇〇二年。

第一章　書評・美術批評・音楽批評 —— ジュディットと自然

書評について

L'Oraison dominicale, illustrations (eaux-fortes) par Lorenz Flörich, Lorenz Flörich, [s. d].
POE Edgar Allan, *Eureka, a prose poem*, New York, G. P. Putnam, 1848.
FIGUIER Louis, *La Terre et les Mers, ou description physique du globe*, Hachette, 1864.
POE Edgar, *Euréka, traduit par Charles Baudelaire*, Michel Lévy frères, 1864.
ポール・ヴァレリー、「ポーの『ユリイカ』について」、『ヴァレリー・セレクション（上）』、東宏治・松田浩則編訳、平凡社、二〇〇五年、一五一—一七三頁。
ポオ、『ユリイカ』、八木敏雄訳、岩波文庫、二〇〇八年。

美術批評について

RÉMARD Charles, *Guide du voyageur à Fontainebleau*, E. Durant, 1820.
GAUTIER Théophile, « Salon de 1839. IX. Bertin, Aligny, Corot », *La Presse*, 27 avril 1839.
DENECOURT C. -F., *Guide du voyageur et de l'artiste à Fontainebelau, itinéraire du palais et de la forêt*, Librairie du Palais-National, 1840.
BAUDELAIRE DUFAŸS, *Salon de 1846*, Michel Lévy frères, 1846.
GAUTIER Théophile, « Palange des peintres de paysage », *La Presse*, 11 août 1849.
GAUTIER Théophile, *Les Beaux-arts en Europe, 1855*, Michel Lévy frères, 1856.
BAUDELAIRE Charles, « Lettre à M. le Directeur de la Revue française sur le Salon de 1859 », *Revue française*, 10, 20 juin, 1er et 20 juillet 1859.
GAUTIER Théophile, *Abécédaire du Salon de 1861*, E. Dentu, 1861.
GAUTIER Théophile, « Revue des Beaux-Arts : Exposition de la Société nationale des Beaux-Arts », *Le Moniteur universel*, 18 février–9 mars 1864.

« Le Salon (dernier article). Les Portraits / Dessins, Porcelaines, Gravures / Sculpture », *Le Rappel*, 26 juin 1876.
« Exposition des œuvres de Diaz », *L'Artiste*, 1er juin 1877.

*　　　*　　　*

ジュディット・ゴーチエにかんする総合的研究および著作集

GOURMONT Rémy de, *Judith Gautier*, Bibliothèque Internationale d'Édition, 1904.
CAMACHO Mathilde, *Judith Gautier, sa vie et son œuvre, thèse pour le doctorat d'université présentée à la faculté des lettres de l'Université de Paris*, Librairie E. Droz, 1939.
MEYER-ZUNDEL Suzanne, *Quinze ans auprès de Judith Gautier*, Porto, 1969.
RICHARDSON Joanna, *Judith Gautier, traduit de l'anglais par Sara Oudin*, Seghers, 1989. (*Judith Gautier, A biography*, London, Quartet Books, 1986)
BRAHIMI Denise, *Théophile et Judith vont en Orient*, La Boîte à documents, 1990.
DANCLOS Anne, *La Vie de Judith Gautier, égérie de Victor Hugo et de Richard Wagner*, Éditions Fernand Lanore, 1996.
NOBLET Agnès de, *Un univers d'artistes, autour de Théophile Gautier et de Judith Gautier, dictionnaire*, L'Harmattan, 2003.
KNAPP Bettina, *Judith Gautier, une intellectuelle française libertaire, traduit de l'américain par Daniel Cohen*, L'Harmattan, 2007. (*Judith Gautier, Writer, Orientalist, Musicologist, Feminist*, Dallas, Hamilton Books, 2004)
小山ブリジット著、隠岐由紀子訳、「東洋を謳う比類ない女流作家ジュディット・ゴーティエ」、『ジュディット・ゴーチエ ── 日本・中国趣味著作集』、別冊付録、エディション・シナプス、二〇〇七年。
『ジュディット・ゴーチエ ── 日本・中国趣味著作集（復刻集成全五巻＋別巻『蜻蛉集』）』、編集・解説小山ブリジット、エディション・シナプス、二〇〇七年。
GAUTIER Judith, *Œuvres complètes, édition d'Yvan Daniel*, t. 1, Classiques Garnier, 2011.

« Richard Wagner chez lui », *Le Rappel*, 3 août 1869.
« Promenades d'été, I. A Bâle », *La Liberté*, 7 août 1869.
« Promenades d'été, II. Lucerne, III. Trente mille carabines », *La Liberté*, 24 août 1869.
« Théâtre de Munich. *L'Or du Rhin* », *Le Rappel*, 7 septembre 1869.
« Promenades d'été, IV. Sur le lac de Constance », *La Liberté*, 7 octobre 1869.
« Théâtre de la Monnaie. *Lohengrin* par Richard Wagner », *La Liberté*, 26 mars 1870.
« Le Festival Richard Wagner à Weimar », *Le Rappel*, 24 juin 1870.
« L'Ile de Chiloë », *La Renaissance littéraire et artistique*, 1er juin 1872.
« Poëmes en prose, II. Oubli, III. Suicide. », *La Renaissance littéraire et artistique*, 13 juillet 1872.
« Poëmes en prose, IV. Châtiment. », *La Renaissance littéraire et artistique*, 3 août 1872.
« Poëmes en prose, V. Le Port. », *La Renaissance littéraire et artistique*, 28 septembre 1872.
« Poëmes en prose, VII. Victoire funèbre. », *La Renaissance littéraire et artistique*, 21 décembre 1872.
« Le Goëland », *La Renaissance littéraire et artistique*, 15 mars 1873.

「ジュディット・ゴーチエ」JUDITH GAUTIER の名によるもの

« Le Salon. I. Première impression », *Le Rappel*, 2 mai 1876.
« Le Salon. II. Gustave Moreau », *Le Rappel*, 6 mai 1876.
« Le Salon. III. Les Grandes Toiles », *Le Rappel*, 7 mai 1876.
« Le Salon. IV. Les Grandes Toiles / Sculpture », *Le Rappel*, 10 mai 1876.
« Le Salon. V. Les Grandes Toiles / Sculpture », *Le Rappel*, 14 mai 1876.
« Le Salon. VI. Le Boudoir et la rue », *Le Rappel*, 23 mai 1876.
« Les Refusés », *Le Rappel*, 27 mai 1876.
« Le Salon. Histoire et Genre », *Le Rappel*, 2 juin 1876.
« Le Salon. L'Orient / Sculpture », *Le Rappel*, 15 juin 1876.
« Le Salon, Les Champs, les bois et la mer », *Le Rappel*, 21 juin 1876.

1865.

« Salon de 1865. VI. MM. Jules Breton, Fromentin, Chifflart, Doré, Brandon », *L'Entr'acte*, 7 juin 1865.

« Salon de 1865. VII. MM. Alma-Tadema, Chaplin, Heilbuth, Berchère, Journault, Valenzano », *L'Entr'acte*, 14 juin 1865.

« Salon de 1865. VIII. MM. Ziem, Van Lérius, Laugée, Verlat, Veyrassat, Daubigny fils, Madarasz, Huguet, Mmes Browne, Unternahrer », *L'Entr'acte*, 25 juin 1865.

« Salon de 1865. IX. MM. Vollon, Desgoffe, Antigna, Cabat, Chavet, Bonvin, Belly, Mazure, Wyld, etc. », *L'Entr'acte*, 12 juillet 1865.

« Salon de 1865. X. Aquarelles. – Dessins. Mme La Princesse Mathilde, Mme Rothschild, MM. Ziem, Herst, Brandon, Stop, Axenfeld, Dubois, Amaury-Duval, Bellel, Lagier, Claudius, Popelin », *L'Entr'acte*, 26 juillet 1865.

« Soirs de lune, petits poèmes chinois », *Revue du XIXe siècle*, 1er mai 1866.

« Salon de 1866. M. Ribot », *Gazette des étrangers*, 7 mai 1866.

« Salon de 1866. M. Gustave Moreau - Gustave Courbet », *Gazette des étrangers*, 17 mai 1866.

« Salon de 1866. M. Gérôme - M. Bonnat - M. Horovitz », *Gazette des étrangers*, 1er juin 1866.

« Salon de 1866. M. H. Madarasz - M. Hamon - M. Puvis de Chavannes - M. Schryer - M. Robert-Fleury - M. Monet - M. Tavernier - M. Oudry - M. Roybet », *Gazette des étrangers*, 14 juin 1866.

« Salon de 1866. (Dernier article.) MM. Chintreuil, Gustave Doré, Daubigny fils, Auguste Herst ; Mlle Louisa Rochat ; MM. Ernest Hébert, Jalabert, Pérignon, Lazarus Whil, Carpeaux, Aimé Millet, Carrier-Belleuse, Jacquemart, Klagman, Godebski, Moulin, Claudius Popelin, Jules Crosnier », *Gazette des étrangers*, 7 juillet 1866.

« Chanson chinoise », *Revue des lettres et des arts*, n° 5, 10 novembre 1867.

« EUREKA », *Revue des lettres et des arts*, n° 10, 15 décembre 1867.

「ジュディット・マンデス」JUDITH MENDÈS の名によるもの

« Théâtre de Bade : *Lohengrin*, opéra en trois actes, de Richard Wagner », *La Presse*, 8 septembre 1868.

« Richard Wagner et la critique », *La Presse*, 17 octobre 1868.

« Richard Wagner et la critique (suite et fin) », *La Presse*, 30 octobre 1868.

« Richard Wagner », *La Liberté*, 7 avril 1869.

（43）『仏塔の香り』（短篇小説・戯曲・エッセー集）※死後出版
Les Parfums de la pagode, Librairie Charpentier et Fasquelle, 1919.
（44）『リヒャルト・ワーグナーの傍らで、一八六一年から一八八二年までの思い出』（エッセー）※死後出版
Auprès de Richard Wagner, souvenirs 1861–1882, Mercure de France, 1943.
（45）「残酷な日々のなかで……」（未完の自伝第四巻）※シュザンヌ・メイエル＝ザンデルが著書で公開
Suzanne Meyer-Zundel, « Pendant les jours sanglants... (Fragments du *Collier des Jours*, 1914) », *Quinze ans auprès de Judith Gautier*, Porto, 1969, pp. 229–255.

ジュディット・ゴーチエの執筆記事（本書でとりあげたものに限る）

「ジュディット・ヴァルテール」JUDITH WALTER の名によるもの

« Livres d'étrennes, II. L'oraison dominicale, de Lorenz Frolich. La terre et les mers, de Louis Figuier. », *L'Artiste*, 15 décembre 1863.
« Variations sur des thèmes chinois d'après les poésies de Li-taï-pé, Thou-fou, Than-jo-su, Houan-tchan-lin, Haon-ti. », *L'Artiste*, 15 janvier 1864.
« Exposition de la Société nationale des Beaux-Arts, Boulevard des Italiens », *L'Artiste*, 15 mars 1864.
« EUREKA, Essai sur l'univers matériel et spirituel, par Edgar Poe, traduit par Ch. Baudelaire », *Le Moniteur universel*, 29 mars 1864.
« Collection chinoise de M. Négroni », *L'Artiste*, 15 avril 1864.
« Salon de 1864. Sculpture », *L'Artiste*, 15 juin 1864.
« Salon de 1865. MM. Puvis de Chavannes, Baudry, Hébert », *L'Entr'acte*, 10 mai 1865.
« Salon de 1865. II. MM. Gérome, Corot, Cabanel, Meissonier », *L'Entr'acte*, 13 mai 1865.
« Salon de 1865. III. Manet, Lambron, Moreau, Ribot », *L'Entr'acte*, 17 mai 1865.
« Salon de 1865. IV. MM. César de Cock et Xavier de Cock, Daubigny, Herst, Chintreuil », *L'Entr'acte*, 22 mai 1865.
« Salon de 1865. V. Delaunay, Schreyer, Giacomotti, Matejko, Bouguereau », *L'Entr'acte*, 29 mai 1865.
« Variations sur des thèmes chinois d'après des poésies de Su-tchou, Sou-ton-po, Thou-fou, Li-taï-pé et Kouan-tchau-lin », *L'Artiste*, 1er juin

（31）『日々の連珠、私の人生の思い出』（自伝第一巻）
Le Collier des Jours, Souvenirs de ma vie, Félix Juven, 1902.

（32）『日々の連珠、連珠の二連目』（自伝第二巻）
Le Collier des Jours, Le Second Rang du Collier, Félix Juven, 1903.

（33）『絹と金の屏風』（東洋物の短篇小説集）
Le Paravent de soie et d'or, Librairie Charpentier et Fasquelle, 1904.

（34）『日々の連珠、連珠の三連目』（自伝第三巻）
Le Collier des Jours, Le Troisième Rang du Collier, Félix Juven, 1909 [s. d.].

（35）『中国にて（不思議な物語）』（エッセー）
En Chine (Merveilleuses histoires), Vincennes, Les Arts Graphiques, 1911.

（36）『天の娘』（中国を舞台にした戯曲）※Julien Viaud（Pierre Loti）との共著
La Fille du ciel, drame chinois, Calmann-Lévy, 1911.

（37）『詩篇（神々に捧げる儀式、夢のままに、冗談、竪琴のために）』（詩集）
Poésies, Les Rites divins, Au Gré du Rêve, Bandinages, Pour la Lyre, Eugène Fasquelle, 1911.

（38）『日本（不思議な物語）』（エッセー）
Le Japon (Merveilleuses histoires), Vincennes, Les Arts Graphiques, 1912.

（39）『偉大な歌手の物語（マリオ・ド・カンディア）』（伝記）
Le Roman d'un grand chanteur (Mario de Candia), d'après les souvenirs de sa fille Madame Cecilia Pearse et la version française de Mlle Ethel Duncan, Eugène Fasquelle, 1912.

（40）『デュプレックス、歴史の数頁』（フランス領インド総督ジョゼフ・フランソワ・デュプレックスについての長篇小説）
Dupleix, pages d'Histoire, Vincennes, Les Arts Graphiques, 1912.

（41）『セヴィニェ夫人の未公開書簡』（チョコレート店の宣伝用パンフレット）
Lettres inédites de Madame de Sévigné, recueillies par Judith Gautier, et illustrées par Madeleine Lemaire, à la Marquise de Sévigné, 1913.

（42）『五歳の将軍』（第一次世界大戦の逸話をもとにした絵本）※死後出版
Un Général de cinq ans, avec images d'Alice Bergerat, Berger-Levrault, 1918.

Fleurs d'Orient, Armand Colin et Cie, 1893.
（21）『山の老人』（エルサレムを舞台にした長篇小説）
Le Vieux de montagne, Armand Colin et Cie, 1893.
（22）『パルジファル』（オペラの台本の翻訳）
Parsifal, poème de Richard Wagner, traduction de Judith Gautier, Armand Colin et Cie, 1893.（*Parsifal, nouvelle édition, suivie de la correspondance de Mme Judith Gautier avec Wagner à propos de la traduction de* Parsifal, Armand Colin, 1914）
Parsifal, poème de Richard Wagner, traduction nouvelle s'adaptant à la musique, Société Française d'Éditions d'Art, 1898.
Parsifal, drame sacré en trois actes de Richard Wagner, version française de Judith Gautier et Maurice Kufferath, *La Petite Illustration*, n° 44, 3 janvier 1914.
（23）『白い象の伝説』（インドを舞台にした長篇小説）
Mémoires d'un éléphant blanc, Armand Colin et Cie, 1893.
（24）『ラ・カマルゴ』（バレエ・パントマイムの台本）※ Armand Tonnery との共著
La Camargo, ballet-pantomime en deux actes et trois tableaux, Armand Colin et Cie, 1893.
（25）『月光のソナタ』（オペラの台本）
La Sonate du clair de lune, opéra en un acte, poème de Judith Gautier, musique de Bénédictus, Armand Colin et Cie, 1894.
（26）『ク・ン・アトヌ（パピルスの断片）』（東洋物の短篇小説集）
Khou-n-Atonou (fragments d'un papyrus), Armand Colin et Cie, 1898.
（27）『一九〇〇年の万博における奇妙な音楽』（歌詞の翻訳）※匿名による
Les Musiques bizarres à l'Exposition de 1900, transcrites par Louis Bénédictus, 6 vol., Paul Ollendorff, 1900.
（28）『新しい信仰の書』（詩）※匿名による、出版社名なし
Le Livre de la foi nouvelle, 1900 [s. d.] (Bibliothèque Nationale de France, Pièce 40 R 1287).
（29）『愛の姫君たち（日本の娼婦たち）』（日本を舞台にした長篇小説）
Les Princesses d'Amour (Courtisanes japonaises), Paul Ollendorff, 1900.
（30）『玉書』（『白玉詩書』の改訂版）
Le Livre de Jade, poésies traduites du chinois, nouvelle édition, Félix Juven, 1902.

(9)『リヒャルト・ワーグナーとその詩作品、『リエンツィ』から『パルジファル』まで』(エッセー集)
Richard Wagner et son œuvre poétique, depuis « Rienzi » jusqu'à « Parsifal », Charavay frères, 1882.
(10)『ポテパルの妻』(エッセー)
La Femme de Putiphar, Marpon et Flammarion, 1885.
(11)『イズー』(エッセー)
Iseult, Marpon et Flammarion, 1885.
(12)『蜻蛉集』(和歌翻訳集)
Poëmes de la libellule, traduits du japonais d'après la version littérale de M. Saionzi, conseiller d'état de S. M. l'Empereur du Japon, par Judith Gautier, illustrés par Yamamoto, Gillot, 1885.
(13)『イスカンダル』(ペルシャを舞台にした長篇小説)
Iskender, L. Frinzine et Cie, 1886.
(14)『天国の征服』(インドを舞台にした長篇小説)
La Conquête du Paradis, vol. 1, *Le Lion de la Victoire* / vol. 2, *La Reine de Bangalore*, L. Frinzine, 1887.
(15)『太陽の巫女』(『簒奪者』の改訂版)
La Sœur du Soleil (L'Usurpateur), ouvrage couronné par l'Académie Française, nouvelle édition, Dentu et Cie, 1887.
(16)『微笑みを売る女商人』(日本を舞台にした戯曲)
La Marchande de sourires, pièce japonaise en cinq actes et deux parties, prologue par Armand Silvestre, musique de Bénédictus, G. Charpentier et Cie, 1888.
(17)『フィンガルの結婚』(歌詞)
Les Noces de Fingal, poème en trois parties (Concours Rossini), Imprimerie de Firmin-Didot, 1888.
(18)『一八八九年の万博における奇妙な音楽』(歌詞の翻訳) ※匿名による
Les Musiques bizarres à l'Exposition 1889, recueillies et transcrites par Louis Bénédictus, G. Hartmann et Cie, 1889.
(19)『世界の首都、東京』(エッセー)
Les Capitales du monde, Tokio, Hachette, 1892.
(20)『東洋の花』(東洋物の短篇小説集)

主要参考文献

ジュディット・ゴーチエの著作

(1)『白玉詩書』（中国詩翻訳集）※ Judith Walter の名で出版
Le Livre de Jade, Alphonse Lemerre, 1867.

(2)『皇帝の龍』（中国を舞台にした長篇小説）※ Judith Mendès の名で出版
Le Dragon impérial, Alphonse Lemerre, 1869.

(3)『簒奪者』（日本を舞台にした長篇小説）※ Judith Mendès の名で出版
L'Usurpateur, 2 vol., Albert Lacroix, 1875.

(4)『リュシエンヌ』（ノルマンディーを舞台にした小説）
Lucienne, Calmann-Lévy, 1877.

(5)『愛の残酷さ』（東洋物を含む短篇小説集）
Les Cruautés de l'Amour, E. Dentu, 1879.

(6)『奇妙な人々』（東洋にかんするエッセー集）
Les Peuples étranges, G. Charpentier, 1879.

(7)『イゾリーヌ』（ブルターニュを舞台にした小説）
Isoline, Charavay, 1882.

(8)『イゾリーヌ、ヘビ花』（東洋物を含む短篇小説集）
Isoline et la Fleur-Serpent, Charavay frères, 1882.